KB146055

730

이유월 장편 소설

01

730

Dedicated to the brightest muse of my life,

my beautiful Lee.

많은 경우, 성자의 통찰은 ᄌ인으로서의 경험에서 나온다.

— 에릭 호퍼

contents

· 일러두기

1. 본문 속 대화는 영어를 기본으로 하며 한국어 발언은 서술을 통해 별도로 언급합니다.

2. 일부 대화는 원어 표현을 살리기 위해 영문 괄호 병기합니다.

3. 본 작품은 실제 단체와 장소를 배경으로 꾸며 낸 이야기로, 실존 인물 및 업체와 관계없는 허구임을 밝힙니다.

0

프롤로그

And neither the angels in Heaven above

Nor the demons down under the sea

Can ever dissever my soul from the soul

Of the beautiful Annabel Lee;

그리고 하늘 위 천국의 천사들도

바다 아래 악마들도 갈라놓지 못합니다

결코 나의 영혼을 갈라놓을 수 없습니다

아름다운 애너벨 리로부터

......

탕!

총성이 울렸다. 남자의 어깨에서 피가 튀었다. 물 빠진 데님 셔츠가 검붉게 젖어 든다. 이지러진 원형으로 퍼지는 핏자국은 파문을 닮았다.

제 어깨에 난 총구멍을 구태여 확인한 남자가 다시 여자를 본다. 화장을 갓 마친 얼굴이 끔찍하도록 아름다웠고 양손으로 리볼버를 쥔 손가락은 바들바들 떨었다. 립스틱으로 완벽히 치장한 입술이 달싹였다. 고혹적인 레드. 희게 질린 여자의 뺨은 그러나 핏기 없이 창백하다.

"……나가(Get out)."

남자는 대답하지 않았다. 구멍 난 어깨를 틀어막는 대신 마음껏 피를 토하도록 내버려 두었다. 총상을 입고도 그는 두려워하는 기색이 없다. 다만 여자가 움켜쥔 은빛 총신에 눈길을 주었다. 섬세한 손가락. 그 손에 쥔 무기와 어울리지 않는, 골이 옴폭 패여 부러질 것 같은 양쪽 손목. 하얀 두 팔을 따라 남자는 계속하여 시선을 옮긴다. 검은색 드레스 위로 노출된 어깨. 도드라진 쇄골의 뼈마디. 틀어 올린 머리카락. 완전히 드러난 목덜미. 그리고,

가느다란 목에 감긴 진주 목걸이.

"죽고 싶지 않으면 어서 가라고!"

여자가 소리 죽여 윽박질렀다. 그리고 초조한 눈길로 남자의 어깨 너머를 살폈다. 아치형의 마호가니 문은 굳게 닫힌 채 잠겼으나 바깥에서 다가오는 위협을 남자도 알았다. 묵직한 무게의 사내가 분명한, 한 쌍의 구둣발이 내는 소리. 총성이 울린 후 발소리는 시시각각 접근해 오고 있다.

"제발, 어서 가."

총구를 겨눈 채 여자가 애원했다. 빈손으로 선 남자는 여전히 그녀의 얼굴만을 바라본다. 왼쪽 어깨에서 솟은 피가 이미 흥건히 소매를 적셨다. 툭. 손가락 끝에 맺힌 핏방울이 바닥에 떨어지고, 남자는 여자를 향해 천천히 움직였다. 흰색 운동화 밑창에 붉은 얼룩이 묻었다.

"같이 가(Come with me)."

총을 겨눈 여자를 향해 마른 입술을 벌렸다. 대꾸 없이 어깨를 떠는 여자를 향하여 그는 다시 더듬대듯 한 걸음을 뗐다. 조금만 더. 이제 몇 발짝만 더 가면 손에 잡힐 듯 여자는 가깝다.

"같이 도망쳐. 같이 가."

다시 한 걸음. 다가오는 남자를 위협하듯 여자가 권총을 고쳐 쥐었다. 그녀가 등지고 선 커다란 여닫이창은 밖을 향해 활짝 열려 있었다. 주물로 장식된 철제 비상계단. 바깥은 한밤의 어둠을 배경으로 온갖 불빛이 흥청대고, 얼음처럼 찬 밤공기가 안으로 들이쳤다. 크림색 시폰 커튼이 춤추듯 하늘하늘 흔들린다.

"……잘 들어, 요한 리."

여자의 낯빛이 가라앉았다. 가늘고 섬세한 목선과 달리 그녀의 음성은 낮게 울린다. 검은색 드레스를 장식한 비즈 위로 백열등 빛이 부서졌다. 화려한 크리스털 샹들리에는 마치 거대한 불덩이처럼 여자의 정수리 위에 아슬아슬 떠 있다.

"난 널 사랑하지 않아."

선언하며 팔을 옮겨 제 관자놀이에 총구를 댔다. 지켜보던 남자가 비로소 동요한다. 붉은색 발자국을 남기던 두 발도 묶인 듯 멈춰 섰다.

"Jane! Open the door! Jane!"

고함 소리와 함께 누군가 밖에서 거칠게 문을 두드렸다. 쾅쾅대는 문을 힐끗 본 여자가 방아쇠에 걸린 검지를 천천히 안으로 당긴다. 관자놀이를 파고드는 은빛 총구. 맨살에 닿은 금속은 발사의 잔열로 더웠다.

"그러니까 어서 꺼져. ……더 험한 꼴 보고 싶지 않으면."

그의 얼굴이 일그러졌다. 여자는 피 흘리고 선 남자를 본다. 등지고 선 커다란 창으로 쉼 없이 바람이 불어왔다. 흔들리는 크림색 커튼 뒤로 도시의 불빛이 일렁이고, 두 남녀는 멀지도 가깝지도 않은 거리를 유지한 채 움직이지 않았다.

그는 막막한 절벽을 마주하듯 여자의 흰 얼굴을 망연히 바라본다. 그녀의 관자놀이 바짝 으르렁대는 은빛 리볼버. 이제 그는 다가갈 수도, 그러나 이렇게 돌아설 수도 없다. 길을 잃은 남자는 문득 지금이 금요일 밤임을 상기한다.

"제인……."

어디선가 아득히, 즐거운 사람들이 명랑한 웃음을 터뜨렸다.

……

And so, all the night—tide, I lie down by the side
Of my darling—my darling—my life and my bride,
In her sepulchre there by the sea—
In her tomb by the sounding sea.
그래서 밤새도록, 나는 누워 있습니다
나의 사랑하고 사랑하는—나의 생명 나의 신부 곁에,
바닷가 그녀의 무덤 안—
파도 소리 들리는 그녀의 무덤 안에.

— 에드가 앨런 포, 애너벨 리(Annabel Lee) 중에서

1

헤매는 자들의 도시

1995년

숨을 쉴 때마다 허연 입김이 연기처럼 뿜어져 나왔다. 알몸뚱이를 드러낸 나무들 위로 잔설이 드문드문했다. 요한은 파카 주머니에 양손을 단단히 찔러 넣은 채 꽁꽁 언 센트럴 파크의 정경을 바라보았다. 정오가 가까워지는데도 한가로이 운동하는 사람들이 제법 눈에 띄었다.

다리 윤곽이 드러나는 운동복에 러닝화를 신은 사람들이 눈 쌓인 공원을 달린다. 두꺼운 점퍼 아래로 반바지 차림인 남녀도 드물지 않았다. 그 광경을 기가 막힌 얼굴로 바라보던 요한이 보란 듯이 아래턱을 부르르 떨었다. 입김을 푹푹 뿜으며 건강을 과시하는 사람들을 못마땅히 쳐다보다 고개를 위로 꺾었다. 하늘은 쾌청했다. 눈보라가 휘몰아치던 게 불과 어젯밤이건만 어느새 파랗게 갠 하늘이 천연덕스럽다.

"안녕, 이쁜이(Hey, pretty)."

느긋하게 고개를 돌렸다. 다가오는 발소리만 듣고도 누군지 알고 있었다. 오른쪽 어깨를 스치며 옆에 선 남자가 키들키들 웃는다. 수수깡처럼 마른 남자에게서 코를 찌르는 향수 내음이 진동했다. 싸구려 머스크 향 아래 감춘 마리화나 흔적을 요한은 곧장 감지했다.

"맞을래?"

이쁜이란 호칭을 질색하는 걸 모를 리 없다. 호세가 좋다고 낄낄대자 금으로 테두리를 씌운 왼쪽 앞니가 번쩍였다. 오른쪽 앞니에는 오부 다이아 박겠다는 걸 겨우 뜯어말린 사람이 요한이었다. 그게 열여섯 살 때였나 열일곱 살 때였나. 쓸모없는 기억을 되짚어 보려다 그만두었다.

"처웃지 마, 느끼한 새끼야."

짐짓 눈을 부라리며 쏘아붙였다. 키득대며 담뱃갑을 꺼낸 호세가 한 개비 꺼내 입에 문다. 불을 붙여 연기를 푹 뿜고는 권하듯 내밀자 요한이 가볍게 인상을 썼다.

"너나 많이 피우고 빨리 뒤지세요."

"알았어."

씩 웃은 호세가 양 볼이 깊이 파이도록 맛나게 담배를 빨았다. 요한은 먼 산을 향해 선 채 곁눈으로 그를 힐끗 살폈다. 모자챙 아래 드러난 얼굴이 한 줌이다. 호세가 얇은 입술을 혀로 축이며 말을 걸었다.

"요새 장사 잘 되나 봐?"

"되는 날도 있어야지. 근데 추워 죽겠는데 뭔 공원으로 나오래."

"갑자기 보자고 한 게 누군데."

"그럼 어떡하냐, 재고가 똑 떨어졌는데."

"이 근처에 볼일 좀 있어서. 대낮에 보니까 좋구만 뭘. 너도 내 덕에 바람 쐬고 좋잖아."

한겨울에 칼바람 쐬어서 퍽이나 좋겠다, 새끼야. 구시렁대자 담배 문 입이 낄낄 웃는다. 강 건너 사는 놈이 센트럴 파크 근처엔 무슨 볼일이냐고 요한은 묻지 않았다. 길게 연기를 뿜어낸 호세가 말을 이었다.

"너 때깔 더 좋아졌다."

"넌 꼴이 볼만하네."

상대를 응시하며 요한이 빈정댔다. 호세는 눈길을 피하듯 야구 모자 아래 비어져 나온 곱슬머리를 만지작대더니 모자챙을 푹 누른다. 찰나였지만 상태를 파악하기에는 충분했다. 올리브빛 홍채 안쪽의 동공이 야밤의 고양이처럼 확장됐고 눈 아래는 시커멓게 꺼져 있다. 요한은 다시 먼 산을 향해 고개를 돌리고 한숨 쉬듯 말했다.

"작작 해라. 가루에 코 박고 죽고 싶지 않으면."

"오, 어떻게 알았어? 내 장래 희망이 그건데."

굽은 콧대 아래 좁은 콧망울에서 헤픈 웃음과 담배 연기가 동시에 흘렀다. 호세는 중증이다. 틀림없이 밤새 에시드와 코카인, 니코틴과 알코올을 마구 섞어 퍼넣었을 거라고 요한은 확신했다.

마약이든 의약이든 모든 종류의 약물은 털어 넣기 시작하면 내성이 생길 수밖에 없다. 그가 알기로 약쟁이의 결말은 대체적으로 그랬다. 피가 썩고 뇌가 녹는 줄 모르고 점점 더 많은 양을 들이마시다 스펀지처럼 온몸에 숭숭 구멍이 뚫리고, 그러다 어느 순간 심장이 낙엽처럼 바스라져 골로 가 버린다. 그런 식의 최후는 대부분 환각 상태에서 이뤄진다. 내가 나인지 남인지 숨을 쉬는지 시체가 됐는지조차 분간이 안 되는, 치사하고도 무정한 무아지경의 상태에서.

그는 각질이 허옇게 일어난 호세의 손에 시선을 주었다. 반 토막

난 담배를 쥔 엄지와 검지가 눈에 띄게 덜덜 떨린다. 그러고 보니 움푹 패인 뺨이며 앙상한 손목이 지난번 만났을 때보다 더 마른 것 같다. 이 새끼 이러다 진짜 죽는 거 아닌가. 요한은 불식간에 눈살을 찌푸렸다.

"야, 어제 폴이 죽이는 여자앨 데려왔는데,"

"비즈니스부터."

턱짓하자 호세가 손에 쥔 담배를 냉큼 입에 물었다. 오른손을 주머니에 쑥 집어넣었다 빼더니 악수를 청하듯 세로로 세워 내민다. 큼직한 손바닥 안에 숨은 명함첩만 한 크기의 물건은 요한의 손에도 가볍게 들어왔다. 자연스럽게 건네받아 주머니에 넣은 다음 같은 방식으로 돈을 건넸다. 반으로 접어 고무줄로 고정시킨 백 달러짜리 지폐 뭉치. 순식간에 현찰을 받아 챙긴 호세가 천연덕스런 얼굴로 담배 연기를 뿜는다. 거래는 눈 깜짝할 새 끝났다.

"근데 걔가 혀 놀림이 아주 예술이더라고."

"뭔 소리야."

"폴이 데려온 여자애 말이야. 대학생이라던데. 대학교에선 그런 것도 가르쳐 주냐?"

"내가 그걸 어떻게 알아. 대학 가 본 사람한테 물어보든지."

예술은 무슨. 니가 약에 쩔어 안 서니까 걔도 어떻게든 세워 보려 애쓴 거겠지. 속으로 중얼거리며 요한은 주머니에서 사탕 하나를 꺼내 포장을 벗겼다. 파인애플 맛 사탕을 혀 위에 굴리며 호세에게도 하나 내밀었다. 고개를 짧게 저은 그가 아쉬운 듯 꽁초를 한 모금 더 빨더니 발치에 툭 버린다. 착실히 타던 담뱃불이 하얗게 얼어붙은 눈 위에서 픽 사라졌다.

"참, 너 퀸즈보로 브릿지는 언제 접수했냐?"

"정보력하고는. 그거 한 지가 언젠데."

"와, 하여간 이거 존나 쿨한 새끼야. 나 엊그제 보고 깜짝 놀랐잖아. 거길 어떻게 올라갔대?"

"영업 비밀."

"미친 새끼. 야, 너 언제 파티할 때 꼭 좀 와 주라. 세븐써리 내 친구라고 백번을 말해도 안 믿는다니까?"

대뜸 흥분한 호세가 요란하게 떠들기 시작했다. 갑작스레 목소리가 치솟고 발음이 뭉개지는 것으로 보아 아직 약이 덜 깬 게 틀림없다. 지나가던 사람들이 이쪽을 힐끔대 요한은 의식적으로 파카 깃에 턱을 묻었다.

"근데 아직 못 잡았어?"

"뭐가."

"그 쥐새끼 같은 놈 말야, 네 작품 쫓아다니면서 망가뜨리는 새끼."

요한이 인상을 쓰며 고개를 가로저었다.

"어떻게 잡아, 그걸."

"브루스 그 개새끼라니까. 그 새끼 아니면 누가 그런 짓을 해? 세븐써리 그래피티를 어떤 새끼가 건드리냐고?"

눈 덮인 한겨울의 센트럴 파크는 몹시도 추웠다. 도심 한복판에 있는데도 공원이라 그런지 더 추운 것 같아 김이 펄펄 솟는 뜨거운 커피 생각이 간절해졌다. 요한은 가볍게 주먹 쥔 오른손을 앞으로 내민다. 입 좀 닥치고 이만 헤어지자. 말하지 않아도 알아들은 호세가 나불대던 입을 슬쩍 다물었다.

"또 연락할게. 잘 지내고."

"나야 돈만 주면 언제든."

가볍게 주먹을 맞부딪힌 다음 요한은 빠르게 눈을 굴려 주위를 둘러보았다. 그러나 온통 조깅하는 주민과 관광객뿐인 늦은 오전, 센트럴 파크에 마약단속반 사복 경찰이 잠복해서 그를 주시하고 있었을 확률은 제로에 가깝다. 그들은 지금쯤 으슥한 할렘가 골목에서 마리화나 피우는 잡범들이나 찾으려 개처럼 코를 킁킁대고 있을 것이다. 내가 경찰이라면 나 같은 마약 조직 하바리쯤 얼굴만 봐도 잡아낼 수 있을 텐데. 요한은 헛짓만 하고 있을 뉴욕시경을 향해 보란 듯이 중지를 쭉 뻗어 주는 상상을 했다.

양손을 파카 주머니에 쑤셔 넣은 채 동쪽을 향해 걸었다. 비닐 포장된 묵직한 덩어리 때문에 오른쪽 주머니가 비좁았다. 정면을 보며 시가지까지의 거리를 가늠해 보았다. 우거진 나목들 사이로 어퍼 이스트 사이드의 브라운스톤이 멀지 않다. 5애비뉴에서 가장 가까운 가게가 어디 있더라. 그는 훤히 아는 맨해튼 골목의 지도를 머릿속에 펼쳐 더듬어 보았다.

잔잔하던 시야에 낯선 여자가 등장한 것은 그때였다.

불쑥 나타난 여자는 검은 머리의 동양인이었다. 한겨울인데도 맨다리를 절반쯤 드러낸, 무릎 위까지 오는 러닝 팬츠와 턱밑까지 지퍼를 채운 점퍼는 하나같이 똑 떨어지는 블랙. 여자는 노루처럼 가볍게 달려와 가까운 벤치 앞에 멈춰 섰다. 드러난 맨살에 절로 시선이 간다. 쳐다보기만 해도 제 다리가 다 시렸다. 한겨울에 반바지 차림으로 조깅하는 게 요즘 맨해튼 부촌의 최신 유행인 모양이지. 요한은 속으로 혀를 찼다.

추위를 모르는 동양인 여자. 그 외에 다른 감상은 딱히 들지 않았다.

작정하고 달리러 나온 사람답게 여자는 화장기가 없었다. 결 좋아 보이는 긴 머리를 하나로 높이 묶었는데 도자기 같은 피부와 까만 눈동자는 나이를 가늠하기 쉽지 않다. 십 대 후반 같기도 하고 이십 대 중반처럼 보이기도 했다. 무심하고도 오만한 표정은 뉴욕 시민다웠다. 몇 걸음만 다가가면 입김이 뒤섞일 것 같은, 불과 몇 미터 앞에 여자는 서 있었다.

"안 추워요?"

요한이 말을 걸자 여자가 고개를 돌린다. 눈이 마주친 것은 매우 찰나였다.

여자는 분명 눈에 띄는 미모를 지녔다. 그러나 뉴욕에는 미인이 많았으며 저쪽은 그의 취향과 거리가 멀었다. 그러므로 영화처럼 대번에 시선을 쫙 빨아들이거나, 침착하던 동공이 느닷없이 확대된다거나, 여자를 제외한 주변 배경이 온통 흐리게 처리된다거나 하는 따위의 특수효과는 전혀 없었다.

다만 수북이 쌓인 눈을 배경으로 허옇게 드러난 종아리. 평일 늦은 오전에 센트럴 파크를 달리는 또래의 젊은 여자. 오만한 표정의 동양인. 그 부르주아적 조합이 괴상하게도 신경을 건드려 요한은 살짝 입매를 비틀었다.

"오늘 날씨 드럽게 추운데(It's frickin freezing today)."

여자는 대꾸하지 않았다. 경계하는 눈길로 힐끗 쳐다본 다음 시선을 거둬 버렸다. 무표정한 얼굴로 양손을 허리께 짚고서 이쪽저쪽 목을 돌리는 모습을 요한은 그저 쳐다만 보았다. 수작 거는 남자를 무시하는, 경멸이 분명한 태도가 묘하게 사락사락 속을 긁었다.

"저기, 그쪽한테 말한 건데."

스스로 기꺼이 시인하건대 요한은 여자를 좋아한다. 그러나 거미처럼 팔다리가 마른 체형은 선호하지 않는다. 더욱이 동양인 여자는 24년을 사는 동안 단 한 번도 만난 적이 없다. 그런데도 어째서, 대낮에 공원에서 수작 거는 실없는 놈 취급을 당하면서까지 말을 걸었을까. 팔자 좋은 또래의 여자가 눈꼴시어서. 날씨가 추운 탓에 제정신이 아니어서. 아니면 그냥, 심심해서. 적당한 핑계거리를 궁리해 보았으나 달리 마땅한 정답을 고르지 못했다.

"나 알아요(Do I know you)?"

세 번째 말을 건 후에야 여자가 비로소 입을 열었다. 경계만이 가득한, 화장기도 표정도 없는 얼굴에는 아무런 온도조차 없었다. 요한은 길게 뻗은 포니테일에 눈길을 주었다. 윤기 흐르는 검은 머리. 하등 낯설 것 없는 색깔인데도 자꾸 시선이 들러붙는다.

"아아, 나 이상한 사람 아니에요."

양 손바닥을 펼쳐 보이며 싱긋 웃었다. 그 미소에 반짝이는 호의를 다분히 섞었건만 별 소용은 없는 것 같다. 여자는 왈왈 짖는 남의 집 개를 피하듯 사뿐히 몸을 돌리더니 5애비뉴를 향해 걷기 시작했다. 요한은 망설이지 않고 뒤를 따랐다. 어차피 같은 방향이다.

"나는 그냥 이해가 안 돼서 그러는 거거든요. 이런 날씨에 그렇게 입고 뛰면 체지방이 더 잘 타나? 딱 봐도 추워 보이는데 왜 굳이 한겨울에 센트럴 파크냐 이거죠, 저렇게 눈까지 쌓였는데. 피트니스 클럽이라는 게 괜히 있는 게 아니잖아요? 정 그렇게 달리고 싶으면 러닝 머신,"

"저기요."

걸음을 멈춘 여자가 이쪽을 향해 몸을 돌렸다. 숨 쉴 틈 없이 재잘대던 요한도 덩달아 멈춰 섰다. 뒤통수 중앙에 바짝 묶인 머리채가 휙 돌며 반원을 그렸다. 피루엣을 하는 발레리나처럼 우아한 동작이었다.

그들은 어느새 공원을 벗어나 있었다. 호화로운 브라운스톤이 늘어선 5애비뉴는 다운타운을 향해 뚫린 일방통행 도로다. 동일한 방향으로 달리는 자동차들이 여자의 어깨 너머로 쉼 없이 지나갔다.

"미안하지만 나는 모르는 사람과 이야기하지 않아요."

"요한 리. 그쪽은?"

넉살 좋게 눈까지 찡긋해 보인다. 미친놈 보듯 쳐다보는 여자의 시선을 그는 흡사 즐기는 것 같았다. 네 이름 따위 전혀 관심 없거든. 굳은 얼굴에 쓰인 분명한 메시지를 정확히 전달받았으나 경계하는 여자를 향해 더욱 환하게 웃었다. 초승달처럼 휘어진 두 눈이 선량하기 그지없다.

요한은 스스로의 강점을 잘 아는 남자였다. 그린 듯 섬세하고도 분명한 이목구비는 온갖 인종이 모이는 이곳에서도 흔치 않은 조합이다. 촘촘한 피부에 건강한 윤기가 흐르고, 경계가 선명한 밝은 갈색 홍채는 사시사철 물기가 유난스럽다. 보기 좋게 솟은 광대뼈와 꼭 알맞은 높이의 잘생긴 콧대. 농담이 확실한 그 윤곽 덕분에 순수한 한국계 혈통을 의심받는 것조차 그는 익숙했다.

"같은 시민들끼리 인심 한번 야박하네. 뉴욕이 이 정도까진 아니었는데. 안 그래요?"

능글맞게 책망하면서도 눈웃음을 거두지 않았다. 여자의 시선을 붙잡은 채 놓아주지도 않았다. 이러면 대부분은 버티지 못하고 픽 웃어 버린다. 어떤 상황이든 여자가 웃으면 게임은 끝났다고 봐야 한다. 그는 최대한 매력적으로 미소하며 이름을 다그치고, 상대가 못 이기는 척 성을 뗀 이름을 던져 주면 그때부터 분위기는 급물살을 탄다. 그 모든 과정이 요한의 눈에는 손금처럼 훤했다.

뉴욕. 아름다운 나의 고향. 돈과 예술과 섹스의 도시.

이곳에서 낯선 남자와 여자는 시선을 섞고 말을 섞고 체액을 섞다가 몸을 섞는다. 그 지루한 과정이 놀랍도록 축약되는 마법의 도시. 이 정글 같은 고장에서 나고 자라며 때 이른 발정기에 돌입한 그는 적어도 지금까지, 마음먹은 여자를 마음먹은 곳까지 데려가는 데 실패해 본 적이 없었다.

"나는……"

망설이던 여자가 조심스레 입술을 뗐다. 매력적인 남자의 미소 앞에 5분을 채 버티지 못한다. 보기보다 나이가 어릴지도 모르겠다고 생각하는 찰나,

"귀찮은 일이라도."

막 입을 열려던 여자가 고개를 돌렸다. 어느 틈에 다가왔는지 그녀의 어깨 뒤로 웬 낯선 남자가 하나 서 있었다. 그의 시선은 진즉부터 요한에게 닿아 있다.

어두운 금발을 말끔하게 뒤로 넘긴 남자는 맞춘 듯한 검정 수트 차림이었다. 중키를 훌쩍 넘는 장신에다 수트 속에 숨은 몸매마저 다부져 보였다. 요한은 재빨리 주변을 눈으로 훑었다. 역시나 저만치 뒤쪽, 보도에 바짝 붙여 세운 검은색 세단이 비상등을 깜빡이고 있다. 롤스로이스. 익숙하고도 낯선 엠블럼에서 압도적인 돈 냄새가 풍겼다.

"아무것도 아니야."

여자는 놀란 기색 없이 대꾸하더니 가볍게 몸을 돌려 세단으로 향했다. 정말로 아무것도 아니라는 듯 요한에게는 눈길조차 주지 않았다. 스치듯 지나치면 두 번 다시 마주할 리 없는, 수많은 무리 속의 행인을 대하는 것처럼.

여자가 차로 향했으나 수트 차림의 남자는 앞질러 가지도 문을 열어 주지도 않았다. 그럴 시늉조차 하지 않은 채 가만히 선 채로 그저 요한만을 뜯어보았다. 여자는 제 손으로 뒷좌석 문을 열고 차 안으로 사라졌고, 남자는 상석에 앉은 여자를 기다리게 하면서도 아랑곳 않았다. 연인이라기엔 명백히 사무적이고 운전기사라기엔 무례하게도 고압적이다. 기묘한 분위기였다.

남자는 여전히 보도 위에 선 채 요한을 바라보았다. 창백한 이마와 어두운 금발. 쾌청한 하늘의 색을 닮은 푸른빛 홍채. 뉴욕에는 저런 아일랜드계 혈통이 흔하다. 위협인지 호기심인지 모호한 시선의

정체를 가늠하려 요한이 고개를 갸웃했을 때, 남자는 드디어 시선을 거두고 돌아서더니 성큼성큼 세단을 향해 걸어갔다.

자동차로 다가간 그가 자연스럽게 운전석 문을 열었다. 홀로 남아 멀뚱히 서 있던 요한은 입맛을 다셨다. 두 남녀를 태운 롤스로이스가 제 곁을 지나칠 때는 기분이 조금 나쁜 것도 같았다. 검은색 세단은 거침없이 다운타운을 향해 멀어졌고, 그는 잠시 후에야 잊고 있던 커피를 떠올렸다. 5애비뉴와 72스트리트. 여기서 가장 가까운 가게는 렉싱턴 애비뉴에 있다.

요한은 성긴 자동차들 사이로 길을 건넜다. 보행자 신호에 여전히 빨갛게 불이 들어와 있다. 도로 이쪽으로 태평히 건너온 다음 걸음을 멈추고 다운타운 쪽으로 돌아섰다. 동일한 방향을 향해 달리는 자동차들의 꽁무니 사이로 그는 잠시 시선을 놓았다.

세단의 승차감은 묵직하고도 고요하다. 분주한 맨해튼과 완전히 차단된 자동차 실내는 마치 딴 세상 같다. 음악도 대화도 없는 무거운 공간에서 정교한 엔진이 돌아가는 미미한 소음만이 잘게 흩어졌다.

제인은 매끄러운 가죽 시트에 깊숙이 등을 묻은 채 차창 밖으로 의미 없는 시선을 묶어 두었다. 정지신호를 받은 자동차가 플라자 호텔과 카르티에 매장 사이에 멈춰 섰다. 미드타운 5애비뉴는 늘 관광객들로 북적인다. 거리를 따라 늘어선 쇼윈도가 화려해지는 12월은 특히 그렇다. 앞으로 2주 후면 크리스마스고, 전날 내린 폭설까지 더해져 맨해튼의 연말 분위기는 이제 극에 달해 있었다.

센트럴 파크 입구에는 여느 때처럼 관광객을 기다리는 마차들이 모여 있었다. 마부석을 비워 두고 삼삼오오 모여 담배를 피우는 젊고 늙은 남자들. 그 새삼스러울 것 없는 풍경을 그녀는 무상히 바라보았다. 히팅이 알맞게 설정된 차 안은 덥지도 춥지도 않다.

"그래서, 어디로 가십니까."

전방을 향해 시선을 둔 채 남자가 물었다. 한 시간짜리 달리기를 마치고 나면 아파트로 돌아가 더운물에 한참 동안 목욕을 한다. 정해진 동선을 이미 열흘째 수행하는 남자가 새삼 행선지를 물을 리 없었다. 질문의 요지를 아는 제인이 차창 밖에 눈을 둔 채 입술을 뗐다. 짤막한 말투는 퉁명스럽다.

"아무 데도 안 가."

지난주 대학들의 가을 학기가 끝났다. 이제 마지막 학기만 남겨 두게 됐으니 졸업 기념으로 연말은 유럽에서 보내면 어떻겠냐는 제안이었다. 런던이나 파리 같은 대도시도 좋고 이탈리아의 어느 조용한 섬에서 느긋하게 지내는 것도 나쁘지 않을 거라고. 제인은 탱탱한 대구 살을 씹으며 잠자코 듣기만 했다. 졸업 기념이라고. 4년간 허락한 자유에 대한 관대한 종지부겠지. 속으로 시부렁댔지만 입 밖으로 꺼낼 용기까지는 없었다.

"모처럼 좋은 기회일 텐데요. 해외여행이라니."

놀리는 말이 분명하건만 발끈하지 않았다. 그녀가 아주 오랫동안 뉴욕 밖으로 나가지 않았다는 것을 그는 잘 알고 있다. 좀 더 정확히 말하자면 뉴욕 밖으로 나가는 것이 허용되지 않은 지 4년째였다. 부아가 났으나 냉랭한 척 무신경을 가장했다.

"당신도 따라올 거잖아."

"아마도 그렇겠죠. 원하는 바는 아닙니다만."

"그러니까 안 간다고. 나도 당신 따위랑 연말 보내고 싶은 생각 없어."

역시나. 무신경을 가장한 지 10초도 버티지 못하고 볼멘소리를 냈다. 그녀가 대뜸 목에 핏대를 세워도 운전대를 잡은 남자는 미동도 않았다. 오히려 코끝으로 얕게 웃은 것도 같다. 제인은 이제 정말로 입을 다물리라 다짐하며 차창을 향해 다시 고개를 돌렸다.

파랗게 갠 하늘 아래로 사람들이 바삐 오갔다. 두터운 외투와 털모자, 목도리 위로 드러난 얼굴들이 하나같이 해밝았다. 제인은 관광객임이 분명한 인파를 물끄러미 바라본다. 그들은 한결같이 카메라를 목에 걸고 누군가의 손을 잡은 채 얼어붙은 도시를 기쁘게 누비고 있었다. 바깥과 완전히 차단된 차내에서도, 대기에 노랗게 흩어지는 웃음소리가 제인의 귀에는 들렸다. 놀라운 일이다. 이 차갑고 오만한 도시에서 누군가의 시간은 저토록 행복할 수 있다니.

돌연 밀실에 갇힌 듯 숨이 막혀 와, 그녀는 정면으로 고개를 돌렸다.

"라디오라도 좀 틀어 봐."

말하며 맵 포켓에서 생수병을 집어 뚜껑을 열었다. 때맞춰 주행 신호를 받은 세단이 앞으로 나아가기 시작했다. 자동차가 안정적으로 다운타운을 향해 달리고, 제인은 5애비뉴 양쪽으로 늘어선 상점들을 바라보며 병을 기울여 물을 한 모금 마셨다.

"그러죠, 미즈 제인 헤닝."

보일 듯 말 듯 미간을 찌푸렸다. 제인 헤닝. 구태여 저 이름을 부르는 것도 역시 놀리려는 의도임을 안다. 주파수가 맞춰진 라디오에서 지루한 오케스트라의 연주가 흘러나왔다. 제인은 입술을 깨문 채 오른쪽 차창을 향해 말했다.

"고마워, 미스터 베런 콜린스."

그가 룸미러를 통해 이쪽을 힐끗 쳐다본 것을 알고 있다. 그러나 고개를 돌린 채 마주 보지 않았다. 퉁명스런 말은 비스듬히 던질지언정 정면으로 눈을 마주칠 배짱까지는 없었다. 그러니까 그녀는 언제나 이런 식이다. 구두 위로 발가락 긁듯 어설프게 긁어 대 스스로 갑갑증만 돋울 뿐이다. 잠자코 있을 만큼 온순하지 못하고 구두를 벗어던질 용기도 없다. 완벽히 순종하지도, 제대로 반항하지도 못한다. 나는 왜 이렇게 못난 걸까. 제인은 내키지 않는 오케스트라를 억지로 들으며 쓸데없이 화려한 상점들의 쇼윈도를 바라보았다.

띠띠띠.

록펠러 센터를 지나자 전화기가 울렸다. 베런이 콘솔박스에 놓인 휴대전화를 집어 통화 버튼을 누르고는 망설임 없이 입을 뗐다. 번호를 아는 사람이 한 명뿐인 모양이지. 그녀는 무척이나 뻔한 생각을 해 보았다.

"예, 보스."

그의 목소리는 고저가 불분명하다. 늘상 지독히도 무료해 보이는 무표정과 썩 잘 어울리는 말투였다. 그 심심한 목소리는 단답형의 대답만 상대에게 돌려주었다. 그렇습니다. 맞습니다. 알겠습니다. 1분도 채 채우지 않은 채 전화기를 내려놓고는 정면을 향해 통보한다.

"아파트로 오신답니다."

창밖을 보던 제인이 고개를 돌리며 되물었다.

"지금?"

뻔한 질문이란 것을 안다. 그러나 못마땅한 심정을 밖으로 꺼내려면 무슨 대꾸라도 해야 했다. 물으나 마나 한 질문에도 베런은 참을성 있게 대답했다. 다만 말끝에 미약한 한숨.

"예. 지금."

무어라 말할 거리를 찾듯 입술을 오물댔으나 그만두었다. 앞으로 당겼던 상체를 좌석 시트에 던지듯 파묻는 것만이 불만족을 표현하는 유일한 방법이었다. 그 상태로 제인은 두 눈을 감았다. 불현듯 한기가 느껴져 어깨를 움츠렸다.

'안 추워요?'

방금 들었던 목소리를 떠올렸다. 남자의 목소리는 낮지도 높지도 않은 쾌활한 톤이었고 비아냥과 호기심이 절반씩 섞여 있었다. 멋을 부려 꾸미지 않은, 가진 그대로의 순정한 음성. 청바지에 두툼한 파카를 입은 남자는 말끔한 차림새였으나 영락없이 뒷골목 냄새를 풍겼다. 틀림없이 브루클린이나 퀸즈 출신이리라고 그녀는 보는 순간 확신했다.

'오늘 날씨 드럽게 추운데.'

장난기가 드글드글한 얼굴은 놀라울 정도로 매력적이었다. 특히 유리구슬 같던, 반짝거리는 눈동자가 뇌리에 꽤나 선명히 남았다. 경박한 말투와 건들대는 몸짓이 볼 것도 없이 한심한 치였다. 대화는커녕 시선조차 마주하기 불유쾌한 타입. 그런데도 지금 그 건달 같은 남자를 떠올리는 까닭이 무엇인지 제인은 알지 못했다.

'요한 리. 당신은?'

그가 동양인이기 때문일까. 듣는 순간 몰래 움찔했던, 너무나도 친숙한 성씨를 쓰기 때문일까. 아마도 같은 곳에 두었을, 아무짝에도 쓸모없는 혈통의 뿌리 따위에 속절없이 끌렸던 걸까.

한심하게도.

딱한 생각에 잠긴 여자를 싣고 세단은 좁은 골목을 잘도 누볐다. 적당한 시간이 지나고 감았던 눈을 뜨자 워싱턴 스퀘어 파크의 아치가 시야에 들어왔다. 머지않아 자동차가 멈춰 설 테고 아파트로 올라가면 곧 그가 도착할 것이다. 어쩌면 이미 거실 소파에 앉아 기다리고 있을 수도 있다. 그래, 아마도 그는 출발한 뒤 통보하듯 전화를 걸었을 것이다.

거기까지 생각이 닿은 순간 제인은 저도 모르게 입술을 달싹였다.

"Frickin freezing."

룸미러로 이쪽을 넘겨다보는 시선이 다시 느껴진다. 드럽게 춥네. 그녀는 혀에 걸리는 낯선 단어들을 다시 한번 중얼거리고는 제풀에 키득거렸다. 운전석에 앉은 남자는 무슨 생각을 하는지 아무 말도 않았고, 뒷좌석의 여자는 모처럼 입가에 웃음기를 묻힌 채 익숙한 창밖의 건물들을 바라보았다.

드럽게 춥네.

요한 리. 그 건달 같은 남자의 말이 옳았다. 오늘은, 확실히 드럽게 추운 날이었다.

베런은 일방통행 도로를 따라 솜씨 좋게 차를 몰았다. 훤히 아는 길목들을 능숙하게 지나 유백색 건물 입구 앞에 정확히 세단을 세웠다. 건물에서 나온 도어맨이 세련된 동작과 미소로 차 문을 열자 제인이 희미한 억지웃음과 함께 차에서 내렸다. 금색으로 깃을 장식한, 새것처럼 빳빳한 유니폼이 그녀의 눈에는 영국 병정처럼 좀 우스꽝스럽다.

"운동은 어떠셨습니까, 미스 비첼리오?"

"좋았어요. 고마워요, 월."

의례적인 질문과 더 의례적인 대답이 한 차례 오갔다. 제인은 도어맨 월 카터가 열어 준 문을 통과해 빠른 걸음으로 엘리베이터로 향했다. 남자는 능숙하게 열쇠를 꽂아 전용층 잠금을 풀고 9층을 누른 다음 닫힘 버튼을 눌렀다. 그리고 폐쇄된 공간에서 여자로부터 최대한 멀찍이 떨어져 섰다.

9층 펜트하우스에는 젊은 동양인 여자가 4년째 살고 있다. 리오나르도 비첼리오의 이름으로 임대된 최고급 아파트에 혼자 사는, 완벽한 영어를 구사하지만 말수는 무척이나 적은 여자. 4년 전 처음 입주했을 때는 하도 말이 없어 벙어리인 줄 알았다. 매일같이 마주치면서 실수로라도 먼저 인사를 건넨 적이 단 한 번도 없었다. 스물이 채 안 되어 보이는 어린 여자가 지나치리만치 주변을 경계했고, 장례식에 참석한 추도객처럼 언제나 표정이 굳어 있었다.

그래서 처음에는 그녀의 신분을 의심했다. 하지만 아무리 봐도 그런 타입과는 거리가 먼 데다가 기껏해야 십 대 후반의 어린 정부를 위해 거액의 임대료를 몇 년씩이나 내주는 물러 터진 남자가 있을 것 같지도 않았다. 결정적으로 비첼리오라는 남자는 이곳에 거의 나타나지 않았고, 밤을 보내고 간 적은 카터가 알기로는 전혀 없었다.

그렇다면 저 여자의 정체는 뭘까. 건물을 통틀어 유일한 동양인 세입자에게 호기심을 느낀 것은 다행히도 카터 한 사람뿐만이 아니었고, 재바른 청소 직원 하나가 임대 사무실을 통해 답을 알아냈다. 그래도 역시 정부일 거란 쪽에 돈을 걸었던 카터는 덕분에 피 같은 20달러를 잃고 말았다.

"오빠분이 방금 올라가셨습니다. 비첼리오 씨는 언제 봬도 참 멋진 분이에요. 조금만 일찍 도착했다면 같이 들어가실 뻔했네요."

"그러게요. 그럼 카터 씨 일이 줄었을 텐데."

"별말씀을. 저는 엘리베이터 안내를 무척 좋아합니다."

퍽이나. 제인이 비스듬히 입술을 비틀었다. 모자를 쓴 도어맨의 뒤통수를 바라보다가 바닥에 깔린 붉은색 카펫으로 시선을 옮겼다. 점퍼 주머니에 오른손을 넣어 열쇠를 집었다. 얼음 조각 같은 열쇠가 손바닥 안에서 뱅뱅 돌다가, 차갑던 쇳덩이에 체온이 옮아 미지근해졌을 즈음, 땡 하는 종소리와 함께 엘리베이터 문이 부드럽게 열렸다.

"좋은 하루 보내세요, 미스 비첼리오."

깍듯한 인사와 함께 도어맨이 사라지고 난 뒤 제인은 마호가니 문 앞에 홀로 섰다. 빅토리안 스타일로 음각해 간유리를 넣은 문은 중세 시대 교회의 것처럼 장식이 웅장하다. 열쇠를 꽂아 넣으려다 그만두고 빈손을 뻗었다. 잠기지 않은 문은 쉽게 열렸다. 제인은 외출할 때 결코 문단속을 잊지 않는다. 열려 있는 까닭을 알고 있는데도 별수 없이 목덜미에 솜털이 곤두섰다.

펜트하우스는 복층 구조다. 두 개의 층을 관통하며 높게 트인 천장에 거대한 샹들리에가 매달려 있고, 그 아래에 놓인 원목 테이블을 중심으로 소파와 각색의 안락의자들이 둘러 있다. 거실 한쪽 벽면을 채운 4층짜리 장식장은 온통 책으로 차 있었다. 대부분 영어로 쓰인 책이지만 이탈리아 서적도 간간이 섞여 있는데, 제인의 이탈리아어는 실로 형편없는 수준이라 8할 이상은 화보집이었다. 이름난 브랜드와 디자이너들의 최신 컬렉션이 수록된 패션잡지도 한쪽에 잔뜩 쌓여 있었다.

러닝화를 벗고 슬리퍼에 발을 넣었다. 부러 소리를 죽이지도, 들으란 듯 요란스레 굴지도 않았다. 평소처럼 행동하기 위하여 그녀는 오히려 애를 써야 했다. 목 끝까지 지퍼를 채운 점퍼 끝단을 잡아 아래로 두어 번 끌어 내렸다. 신축성 없는 겨울용 러닝점퍼는 정확히 허리까지만 덮는다.

분명하게, 실내에서 남자 향수 냄새가 풍겼다.

코에 익은 향내를 들이마시며 천천히 걸음을 옮겼다. 현관에서 거실로 향하는 복도식 통로에는 추상화 유화들이 예닐곱 점 잇달아 걸려 있다. 그림들을 지나 거실에 가까워질수록 향수 냄새는 점점 더 짙어졌다.

남자는 거대한 유리창 앞, 물소 가죽을 씌운 윙체어에 앉아 책장을 넘기고 있었다.

몸에 꼭 맞는 네이비 컬러 수트와 새하얀 드레스 셔츠가 완벽하게 어울렸다. 적당히 목을 조인 셔츠 깃 아래 기하학적 무늬의 타이. 언제나처럼 잘 다듬어 뒤로 넘긴 고동색 머리칼은 무서울 정도로 빈틈이 없다. 하얀 셔츠 소매 끝에 은색 커프 링크. 저토록 수트가 한 몸처럼 잘 어울리는 남자를 제인은 아직까지 보지 못했다. 문을 열고 들어온 여자의 기척을 모를 리 없건만 그는 상대가 먼저 말을 걸 때까지 눈을 들지 않았다.

"리오."

한숨처럼 이름을 부르자 기다렸다는 듯 고개를 든다. 창을 등져 역광 아래 숨었음에도 얼굴의 윤곽이 뚜렷하다. 여자를 바라보는 그의 낯엔 아무런 감정도 지나지 않았다. 리오는 다만 짧게 제인과 눈을 맞춘 다음 무릎까지 드러난 맨다리에 시선을 주었다. 짙은 눈썹 아래 눈매가 조금 가늘어졌으나 아무 말도 하지 않았다.

"어쩐 일이에요, 이 시간에."

"점심이나 같이 할까 해서."

마침내 울린 남자의 음성은 묵직한 저음이다. 무엇에도 휘둘리지 않을 것 같은, 무엇이든 뜻대로 해낼 수 있을 것 같은 선명한 위압감. 남자에게서 5미터쯤 떨어져 선 제인은 기꺼이 인정했다. 그를 처음 본 순간부터. 심지어 지금까지도. 그녀는 언제나 그에게 속절없이 압도된다.

"준비하고 나와. 한 시에 예약해 뒀어."

리오가 말했다. 왼쪽 손목에 찬 시계를 힐끗 들여다보고는 다시 읽고 있던 책장으로 눈을 돌린다. 등받이가 높고 가죽이 단단한 윙체어에 그림처럼 앉은 남자. 그 모습을 건조한 눈길로 보던 제인이 한 숨처럼 읊조렸다.

"십오 분만 기다려요(Fifteen minutes)."

요한은 렉싱턴 애비뉴의 오래된 델리에서 진하게 내린 커피 한 잔을 기갈난 듯 마셨다. 속이 더워지자 허기가 몰려와 땅콩버터를 바른 베이글도 한 개 주문했다. 베이글을 가져다준 웨이트리스가 청하지도 않은 커피 한 잔을 리필해 주었다. 주홍빛 립스틱을 바른, 그 앞에서 최대한 매력적으로 보이려 애를 쓰던 금발의 웨이트리스는 터질 듯한 젖가슴이 인상적이었다. 팽팽하게 벌어진 블라우스 단추 사이로 레이스 브래지어와 깊은 가슴골을 충분히 감상하고는 베이글을 먹어 치우자마자 미련 없이 가게를 나왔다. 말끔히 비운 커피 잔 옆에 후한 팁을 놓아두는 것도 물론 잊지 않았다.

지하철을 타고 다운타운으로 향했다. 러시아워를 한참 지난 이른 오후의 지하철은 좌석이 드문드문 비어 있었다. 조도가 낮은 형광등 아래 띄엄띄엄 앉은 승객들은 저마다 책을 읽거나 신문을 펼쳐 들거나 눈을 감고 있었다. 제 머리만 한 헤드폰을 쓰고 끄덕끄덕 리듬을 타는 젊은 치들도 간혹 보였다. 열차가 다운타운으로 가까워질수록 승객들의 평균 연령은 낮아졌고, 객차 내 분위기는 유니언 스퀘어를 지난 후 완전히 바뀌었다.

덥수룩한 수염과 화려한 문신, 피어싱 따위를 매단 남녀들이 열차에 올라타기 시작했을 때 요한은 플랫폼으로 내려섰다. 뉴욕대와 워싱턴 스퀘어 파크를 등진 채 동쪽을 향해 빠르게 걸었다. 그가 사는 곳은 맨해튼 동쪽 구석의 이스트 빌리지. 꿈을 좇아 뉴욕에 온 청년과 대학생들, 뮤즈를 찾느라 술과 담배와 환각제에 찌든 괴짜 예술가들이 일본계 이민자와 더불어 사는 작은 동네였다. 요한은 그곳에서도 가장 집세가 싼 허름한 5층짜리 건물 반지하에 살았다. 아파트 주민들이 공용으로 쓰는 세탁실이 곁에 있어 사람들이 수시로 들락거리는 걸 제외하면 딱히 불만은 없는 곳이다.

"안녕, 리."

아파트로 돌아가기 앞서 단골 철물점부터 들렀다. 낯익은 가게 주인의 인사에 응하며 요한은 카운터 맞은편 끝에 놓인 진열대에서 검은색 스프레이 페인트를 세 통 집었다. 파란색과 노란색은 맨 꼭대기에 있어 양팔을 쭉 펴고도 발돋움을 해야 했다. 바로 곁에 사다리가 있었지만 그는 몸을 길게 늘리는 쪽을 택했다. 차갑고 딱딱한 캔이 아슬아슬하게 손끝이 닿았다.

"별일 없지?"

스프레이 캔 일곱 개를 카운터 위에 올렸다. 철제 캔들이 저들끼리 부대끼며 깡깡대고, 턱수염을 구름처럼 기른 중년 남자가 종이봉투를 꺼내 솜씨 좋게 물건을 쟁여 넣었다. 두툼한 손의 모양과 달리 날렵한 놀림을 보며 요한이 대답한다.

"맨날 그렇죠 뭐."

말하며 습관적으로 뒷주머니 쪽에 손을 가져갔다. 지갑 대신 딱딱한 물체만 만져지자 그제 아차 싶었다. 자연스럽게 팔을 거둬 점퍼 지퍼를 내리고 안주머니에서 지갑을 꺼냈다. 그와 눈이 마주치자 가게 주인이 씩 웃었다. 그러나 태연한 얼굴에 섞인 경계의 빛을 요한은 놓치지 않는다. 봤구나. 확신한 뒤 대수롭지 않게 어깨를 으쓱하며 말했다.

"뉴욕이잖아요."

머리 위 높다란 데 놓인 캔을 집으려 버둥댈 때는 등허리에 꽂아 둔 리볼버가 훤히 드러났으리란 생각을 미처 하지 못했다. 뉴욕 시내에서 총기 소지는 엄연한 불법이다. 작년에 취임한 루디 줄리아니 시장이 범죄에 대한 무관용을 선포한 후 시내 경찰들의 눈초리는 더욱 삼엄해졌다.

요한은 적당한 미소를 띤 채 주인 남자와 눈을 맞추었다. 여기 한 달에도 몇 번씩 와서 스프레이 페인트를 무더기로 사 가는, 허리춤엔 권총까지 꽂은 대단히 의심스런 놈이 있다고 신고라도 당한다면 몹시 골치 아파질 것이다. 잠시간 말없이 마주 보던 남자는 다행히도 화답하듯 어깨를 으쓱해 보였다.

"몸조심하라구."

"사장님도요."

조금 더 밝게 웃으며 값을 치렀다. 묵직한 스프레이 캔이 담긴 커다란 봉지를 들고 철물점을 나섰을 때 청바지 주머니에서 호출기가 울었다. 걸으면서 호출기를 끄집어내 번호를 확인한 뒤 주위를 둘러보았다. 마침 빈 공중전화가 보여 호주머니를 뒤졌다. 10센트와 25센트짜리가 네댓 개쯤 뒤섞여 있다. 동전은 충분했다.

슈퍼마켓 옆에 붙은 공중전화는 부스 없이 노출돼 있었다. 수화기를 집어 다이얼을 누르며 그는 의식적으로 주변을 살폈다. 새로 녹음된 음성메시지를 재생시키자 예상했던 여자의 발랄한 음성이 흘러나왔다.

— 자기, 나야 트레이시. 맥주 열 병이랑 스프라이트 스물다섯 캔이 필요해. 이따 일곱 시에 코너에서 기다릴게. 오늘 저녁 일곱 시야. 이따 봐.

수화기를 내려놓자 차라락 동전 떨어지는 소리가 경쾌했다. 공중전화 몸통을 뒤덮은 이름이며 욕설 따위 조잡한 낙서를 감흥 없이 훑다가 요한은 올해 최고의 화제였던, 반으로 접는 휴대용 전화기를 떠올렸다.

모토로라에서 나온 스타택은 첫눈에 맘에 쏙 들었지만 가격이 무려 1천 달러나 한다. 한 달 집세에 생활비를 합친 것과 맞먹는 돈이었다. 그러나 그는 잘나가는 비즈니스맨도 월스트리트 주식 중개인도 아니니 휴대전화 같은 건 필요 없다고 애써 구매욕을 꺾었다. 도심에 지천으로 널린 게 공중전화다. 휴대용 전화기라니, 들고 다니기 거추장스럽기만 하지 뭐. 요한은 발치에 내려 두었던 스프레이 캔 꾸러미를 다시 들고 아파트로 향했다.

5층짜리 건물 뒤편으로 돌아 관리인이 주로 쓰는 뒷문을 열었다. 계단 예닐곱 개를 경쾌하게 내려가자 등 뒤에서 문 닫히는 소리가 쿵 하고 났다. 지면 아래로 절반 넘게 박힌 반지하층은 볕이 통 안 들어 24시간 형광등을 켜 둔다. 연한 곰팡내 사이로 풍겨 오는 진한 세제 냄새. 요한은 공용 세탁실을 지나 암녹색 철제문에 열쇠를 꽂아 돌렸다. 묵직한 문 너머 드러난 아파트 내부는 화창한 날씨와 딴 세상처럼 음습하고 컴컴하다.

들어오자마자 문을 닫고 잠금장치를 모두 채웠다. 발끝으로 운동화를 대강 벗어 두고는 아담한 거실을 가로질러 한 개뿐인 방으로 들어갔다. 손바닥만 한 창문조차 두꺼운 커튼으로 가린 탓에 가구도 몇 없이 휑한 실내가 몹시 어두웠다. 제 키만 한 스탠드로 다가가 스위치를 올리자 노란 백열전구에 불이 들어왔다. 나무 마루가 깔린 방 안에는 낡아 빠진 퀸 사이즈 침대 한 개와 협탁, 군데군데 칠이 벗겨진 초록색 철제 스탠드, 그리고 큼지막한 붐박스 하나가 놓여 있다.

요한은 침대 위에 털썩 앉은 채 아래쪽으로 팔을 뻗었다. 모서리가 구겨진 운동화 상자를 더듬어 끄집어내자 다람쥐 꼬리처럼 뭉친 먼지 덩이가 주르륵 딸려 온다. 털어 내지 않고 그냥 상자를 열었다.

맥주 열 병이랑 스프라이트 스물다섯 캔. 기억해 둔 주문대로 에시드 시트 열 장을 헤아려 비닐 팩에 넣고 마리화나 25온스를 함께 신문지로 쌌다. 메트로 신문 지면에는 NYPD 경관 모집 공고가 실려 있다. 정의로운 뉴욕시를 위해 봉사하십시오. 코끝으로 웃으며 펜을 집어 뺨으로 꼭지를 눌렀다.

접착 메모지에 숫자 7과 알파벳 T를 휘갈겨 써 붙인 다음 협탁 첫 번째 서랍을 열었다. 곧 팔려 나갈 꾸러미 여섯 개가 저마다 이름표를 달고 대기 중이었다. 오늘은 금요일이라 수요가 많은 거고 평소에는 하나도 못 파는 날도 부지기수다. 그럼에도 5달러도 채 되지 않는 최저 시급에 비하면야 월스트리트 주식 중개인 부럽지 않은 수입이었다. 그래 봤자 스타택은 못 사지만. 그는 반으로 접는 휴대용 전화기를 다시 한번 떠올렸다.

— 오늘도 흥미로운 사연이 있네요. 브루클린 레드훅에서 로타 씨가 보내온 편지입니다. 안녕하세요, 저는 미드타운 의류점에서 세일즈 일을 하는 스물다섯 살 여자입니다.

붐박스 라디오를 틀자 무덤 같던 공간이 화들짝 살아났다. 요한은 배경으로 깔리는 피아노 연주와 나지막한 여자의 음성을 흘려들으며 파카 주머니를 뒤졌다. 센트럴 파크에서 호세에게 넘겨받은 뭉치는 고깃덩이처럼 비닐 랩으로 겹겹이 포장돼 있다. 아무렇지도 않은 손길로 한 겹씩, 꼼꼼하게 겹쳐진 랩을 찢어 냈다.

— 첫눈에 반했다는 게 그런 느낌일까요? 이름도 사는 곳도 모르는, 심지어 결혼을 했는지도 모르는 사람인데 말이죠. 아, 물론 손에 반지는 없었지만, 결혼반지를 끼지 않는 사람도 있으니까요.

시답잖은 연애 상담을 흘려들으며 마지막 한 겹의 랩을 뜯어냈다. 사각형 비닐 팩 안에는 활석 같은 덩어리들이 가루와 아울러 모서리까지 꽉 차 있다. 내용물의 옅은 상아색을 눈으로 확인한 다음 조심스럽게 비닐 입구를 열었다. 코를 가까이 가져가 냄새를 맡고 검지 끝으로 가루를 찍어 혀에 대 본다. 그 모든 과정은 심상하고도 단조로웠다.

가루가 닿은 혓바닥이 그새 얼얼했다. 호세가 대 주는, 정확하게는 그 윗선이 넘겨주는 코카인은 시내를 통틀어 단연 최고급이다. 호세는 너랑 나랑 친구니까 물 한 방울 안 타고 주는 거라고 생색이 여간 아니지만 요한은 믿지 않는다. 물 한 방울 안 타기는. 순수한 코카인은 산지에서나 구경할 수 있다는 것쯤 중학생도 알 거다.

— 예, 브루클린에 사시는 로타 씨. 크리스마스 시즌에 어울리는 사연이었습니다. 저는 문득 이런 게 궁금해지네요. 처음 만난 사람과 사랑에 빠지는 시간. 얼마나 걸릴까요?

"십오 분(Fifteen minutes)."

대답하듯 중얼거리며 협탁 맨 아래 서랍을 열었다. 저울과 베이킹 소다 봉지를 꺼내 협탁 위에 올려놓고 가로세로 2인치 크기의 새 비닐 팩도 몇 장 꺼냈다. 고리로 연결된 계량용 스푼 꾸러미까지 끄집어낸 후 서랍을 닫았다.

— 다음에 만나면 꼭 이름을 물어보세요. 어쩌면 지금, 그 사람 역시 당신을 떠올리고 있을지 모르니까요. 로타 씨가 신청하신 머라이어 캐리의 이모션스, 틀어 드립니다.

이모션스라니. 새로 나온 좋은 곡들 많은데 하필이면. 가볍게 투덜대며 계량스푼을 집어 상아색 가루를 한 스푼씩 비닐 팩에 덜어 넣는다. 경쾌한 리듬에 맞춘 여자의 노랫소리가 어두침침한 방 안을 휘돌았다.

— 기분이 좋아. 정말 좋아. 이렇게 만족스러운 적은 처음이야.

약 팔아 먹고사는 약사 입장에서 코카인은 희석시킬수록 돈이 된다. 이때 섞는 비율이 중요한데 이물질이 너무 많으면 당연히 맛이 떨어져 손님도 떨어져 나간다. 품질 좋은 마약을 극도로 즐길 수 있되 과하지는 않은 비율. 요한은 그 기막힌 농도를 알고 있었고 단골이 끊이지 않는 비결도 그 손맛 덕택이었다. 코카인 하는 인간들이 베이킹소다 좀 같이 들이마신다고 별 탈 있겠나. 순도가 너무 높아도 초상 치르기 십상이니, 이건 고객들의 복지에도 도움이 되는 거라고 요한은 합리화하곤 했다.

— 난 살아 있어. 취해 있어. 높이 날아. 꿈을 꾸는 것 같아.

익히 아는 가사를 흥얼대며 이번에는 베이킹소다를 비닐 팩에 퍼넣었다. 두 가지 가루가 비율대로 담긴 비닐 팩들은 입구를 눌러 밀봉한 뒤 흔들어 잘 섞어 주면 된다. 손가락 두 마디 크기의 앙증맞은 팩들을 대강 흔들며 그는 생각했다. 살아 있어. 취해 있어. 높이 날아. 사랑에 빠졌을 때와 마약에 취했을 때의 기분은, 그러고 보니 무척이나 흡사하지 않나.

그때 청바지 주머니에서 호출기가 울었다. 역시 금요일엔 주문이 몰린다니까. 요한은 경쾌한 동작으로 호출기를 꺼내 숫자를 확인했고,

730911.

편안히 이완됐던 표정이 일순 굳어졌다.

"젠장(Shit)."

협탁 위에 놓인 전화기 스피커폰 버튼을 눌렀다. 재빨리 호출기 번호를 눌러 음성사서함을 확인했다. 새로운 메시지 한 건. 익숙한 호세의 음성이 스피커 밖으로 흘러나왔다.

— 야, 지금 오면서 봤는데 퀸즈보로 브릿지에 네 그래피티 없어졌어. 그 개같은 새끼가 이번엔 완전히 지웠나 본데.

빌어먹을. 전화기를 노려보며 양쪽으로 천천히 목을 꺾었다. 짧은 숨을 들이쉰 다음 호세의 목소리는 다시 이어졌다.

― 그런데 있잖아, 그 새끼가 희한한 걸 남겨 놨다?

요한이 두 눈을 가늘게 떴다. 곁에 있던 펜을 집어 든 것은 반사적인 동작이었다.

― 331W4라고 적혀 있어. 너도 알아야 할 거 같아서 알려 주는데, 음, 몸조심해. ……아, 시발 찜찜하네. 여튼 몸조심하라고. 나중에 또 연락해.

메시지를 끝까지 듣고 난 후 스피커폰을 껐다. 플라스틱 볼펜이 기다란 손가락과 얽힌다. 331W4. 메모지에 남은, 암호 같은 숫자와 문자의 조합을 응시하던 남자가 천천히 눈을 슴벅였다.

331 웨스트 4스트리트.

정확한 지점은 모르겠으나 분명 웨스트 빌리지 주소였다.

미드타운에 문을 연 고담 태번은 개업 반년 만에 맨해튼 인기 레스토랑 대열에 합류했다. 비싸기로 이름난 이곳에 제인도 이미 여러 번 와 보았는데, 리오는 이곳의 샤토브리앙과 대구 스테이크를 좋아한다.

고급 정장을 멋지게 차려입은 지배인은 못해도 오십 대 후반쯤은 되어 보였다. 그가 직접 주문을 받았을 땐 그러려니 했지만 접시까지 친히 날라 올 줄은 몰랐다. 우아한 표정과 세련된 동작으로, 그는 점심으로 먹기엔 좀 거하다 싶은 안심 스테이크를 제인의 앞에 놓아 주었다.

"고마워요."

"별말씀을, 미스 비첼리오."

즐거운 시간 되십시오. 정중한 인사와 함께 지배인이 물러가자 리오가 와인 잔을 집어 한 모금 마셨다. 식사 때 와인 한 잔을 반드시 곁들이는 식성까지 지배인은 꿰고 있었다. 제인은 묵직한 커트러리를 양손에 쥐고 어린애 주먹만 한 고깃덩이를 찔렀다. 새하얀 접시 위로 핏빛 물기가 울컥 배어 나왔다.

"어디로 갈 거야."

와인을 삼킨 후 리오가 물었다. 제인은 나이프를 내려 두고 제 몫의 잔으로 오른손을 뻗었다. 탄산수가 담긴 유리잔을 입으로 가져가며 되묻듯 그를 본다. 묵묵히 마주 보던 남자가 덧붙였다.

"여행 말이야."

안다. 무슨 말인지는 처음부터 알고 있다. 그러나 제인은 자주 모른 척하고 리오는 시침 떼는 것을 못 본 척한다. 도무지 효용이라곤 없는 신경전은 느슨하고도 번거롭지만 그 불필요한 과정을 그들은 매번 되풀이했다.

"나폴리 쪽이 좋을 것 같은데. 이스키아 같은 곳은 겨울에도 가 볼 만하지."

"생각 없어요. 한겨울에 무슨 섬이야."

"도시를 원하면 런던이나 파리도 있고."

"도시 중에 도시는 뉴욕이라면서요."

"해외가 내키지 않는 거면 별장이라도 다녀와. 마이애미에서 한 일주일쯤."

추운 날씨 싫어하잖아. 느긋하게 덧붙인 리오가 와인 한 모금을 머금으며 대화는 끊어졌다.

감시꾼 딸려 가는 여행이 퍽도 즐겁겠네. 제인은 속으로 중얼거리며 큼직하게 썬 스테이크 조각을 입에 욱여넣었다. 대답을 피할 핑계치곤 궁색하지만 달리 좋은 생각이 떠오르지 않았다. 입 안 가득 씹히는 고기 조각은 마치 연한 고무 같다. 죽은 동물의 설익은 살코기.

셰프의 비결이 스몄을 육즙이 돌연 역하게 느껴져 그녀는 탄산수 잔을 향해 허둥지둥 팔을 뻗었다.

"그냥 여기 있을래."

졸업 작품 준비나 하면서. 음식물을 삼켜 낸 후 덧붙였다. 얼굴을 마주 보는 대신 그의 접시에 시선을 두었다. 은제 식기를 가볍게 쥔 커다란 손이 시야에 들어왔다. 길고 매끈한 손가락이 커트러리와 한 몸 같다고 제인은 생각했다.

리오는 여자의 동그란 이마를 바라보았다. 그녀는 시선을 회피한 채 식사에 열중한 척 시늉에 한창이다. 연신 음식을 썰어 입으로 가져가는 모습. 조금은 조급해 보이는 턱의 움직임과 그에 맞춰 팔딱이는 관자놀이 근육. 조금은 우습기도, 어딘가 막막하기도 한 광경을 바라보며 그가 짧은 숨을 뱉었다.

"작품 준비는."

화제가 바뀌자 제인이 비로소 시선을 들어 상대와 눈을 맞췄다. 느슨하게 뜬 남자의 눈매. 실내의 아늑한 조도 탓에 그의 눈동자는 거의 검게 보인다.

"주제 바꾸려고요."

"어째서."

"별로인 것 같아서."

"난 좋은 것 같은데."

접시 위에서 커트러리를 다루며 리오가 말을 이었다.

"흥미롭잖아. 시의성도 있고."

"그렇긴 한데 아티스트를 찾아낼 방법이 없어요. 특히나 그 사람은."

"하필 그런 자를 고른 것도 본인이지."

"그러게요."

제인은 가볍게 한숨을 쉬었다.

그러니까 발단은 지난봄, 학교에서 시작됐다. 오전 강의가 있어 학교로 향하는데 웬 사람들이 잔뜩 모여 있었다. 무슨 일인가 싶었지만 굳이 가까이 가 볼 필요는 없었다. 7애비뉴에 면한 학교 건물의 오른쪽, 대리석 벽면을 채운 낯선 색채는 멀찌감치서도 아주 잘 보였으니까.

검은색 스프레이 페인트로 그린 그래피티는 사이즈가 상당했다. 높이가 어지간한 남자 키만 했다. 예술(Art). 흑백 음영을 곁들인 작품의 내용은 꽤나 명료했다.

'말도 안 돼.'

'세븐써리야.'

'어젯밤에 왔다 간 거지? 새벽인가?'

'나 어제 작업하다 아홉 시 넘어서 갔는데 그땐 없었어.'

'이걸 진짜 십 분 만에 그렸을까?'

'십 분? 말이 돼?'

'세븐써리는 십 분 만에 그린다던데?'

입을 떡 벌린 학생들 사이로 슬쩍 끼어들었다. 예술대학 건물에 굳이 '예술'이라고 써 놓은 창의력은 그저 그랬지만 조형미만큼은 일품이었다. 이런 건 누가 그렸을까. 제인은 습관적으로 작품의 오른쪽 하단에 시선을 주었다. 아티스트의 서명은 무척이나 생경한, 마치 수감 번호 같은 숫자였다.

730

뉴욕에는 그래피티를 그리는 인간들이 많다. 대부분은 개가 전봇대마다 오줌을 갈기듯 제 이름이나 별명 따위를 끄적이는 수준이지만 간혹 볼만한 작품을 남기는 거리의 예술가도 있다. 평론가의 고상한 안목까지 끌어들이지 않더라도 세븐써리는 단연코 후자에 속했다.

'글자 균형 완벽한 거 봐. 밑그림 없이 바로 뿌린 건데.'

'이전 작품들보다 직선 느낌이 강하네. 터치가 거칠어.'

'작년에 소호 우체국에 그렸던 거 있잖아. 그거랑 좀 비슷한 거 같지 않냐?'

세븐써리는 오직 글자만 그렸다. 한 번에 한 가지 색으로 하나의 단어만을 남긴다. 그의 그래피티는 그림보다 캘리그라피에 가까웠다. 장소마다 단어도 필체도 달라지는 것이 특징인데 이를테면 시청 건물에는 '얼빠진 놈(Goofy)', 경찰서 앞에는 '짭새들(Pigs)', 공중화장실 문에는 '시궁창(Cesspool)' 따위를 멋들어지게 써 놓는 식이다. 선뜻 지우기도 아까울 만큼 훌륭한 퀄리티로.

'근데 세븐써리 우리 학교 좋아하냐?'

'그러게. 아트라니.'

'단어 선택 너무 호의적인데.'

'내 말이.'

세븐써리의 작품은 뮤직비디오와 각종 화보 촬영에 배경으로 끼어 나오기도 했다. 〈뉴요커〉 같은 잡지에 실린 적도 있는데, 주로 '무례하고 아름다운 뉴욕의 메신저', '힙합을 듣지 않는 독자들도 좋아하는 그래피티', 'NYPD가 가장 잡고 싶어 하는 거리의 낙서꾼' 따위의 긴 수식어가 붙는다. 특히 경찰과는 악연이 꽤나 깊어서, 매달 7일과 30일마다 뉴욕시경 본부 건물에 맹랑한 작품을 남긴 전설 같은 일화는 거리 예술에 별 관심 없는 제인도 알고 있을 정도였다. 그걸 무려 6개월 동안 했는데도 체포되지 않아 그 새끼 정녕 스파이더 맨이 아니냐는 말까지 나왔다지.

'너나 나나 다 같이 예술 하는 입장이다, 뭐 이런 뜻 아닐까?'

'아트로 하나 되자?'

'알고 보면 우리 학교 학생 아냐?'

'설마.'

'가능하지.'

그렇게 한바탕 소란이 인 후, 제인이 기억하기로는 그로부터 사흘 뒤였다.

그날따라 새벽에 일찍 깼다. 마천루 사이로 푸르게 번지는 새벽이 유별나게 투명한 날이었다. 그래서인지 대뜸 사진이 찍고 싶어져 카메라를 들고 무작정 집을 나섰다. 습기 품은 이른 아침을 들이마시며 그리니치 빌리지를 가로질렀고, 7애비뉴를 따라 걷다 보니 학교 앞에 다다랐다.

아마도 오전 6시를 조금 넘은 시각이었을 것이다. 부지런한 사람들이 하나둘 집을 나서고 한산하던 도로가 조금씩 활기를 되찾던 시간, 그녀는 학교 건물 앞에 홀로 섰다. 사흘 전 등장해 온 학교를 들썩이게 만들었던 그래피티 왼쪽으로 못 보던 단어가 거짓말처럼 돋아 있었다.

가짜(Fake).

오른쪽의 어휘를 합치면 가짜 예술. 그러니까 이 발칙한 거리 예술가가 예술대학 건물에 붙여 준 이름표는 페이크 아트. 제인은 아마도 그때 피식 웃었던가. 눈으로 충분히 감상한 후에 연거푸 카메라 셔터를 눌렀고, 지금 내 손에 카메라가 있는 것이 다행스럽단 생각을 처음으로 했다.

"그냥 찍어 둔 사진 중에 골라서 낼까 봐."

음식을 삼킨 뒤 중얼거리듯 말을 보탰다. 명성 높은 예술대학 정면에 새겨진 '가짜 예술'은 그날 오전 관리 직원들에 의해 깨끗이 지워졌으니 필름에 담은 사람은 아마도 그녀가 유일할 것이다. 큼직하게 인화해서 제출하면 교수는 어떤 반응을 보일까. 졸업 작품 전시회에 끼워 주지 않으려나. 오히려 좋은 자리에 보란 듯이 걸어 줄 수도 있다. 예술 하는 사람들은 참신함에 집착하며 어떻게든 보수적으로 보이길 두려워하니까.

"기다려 봐."

리오가 말했다.

"운이 좋은 사람은 말뚝을 박아도 레몬나무로 자라니까."

제인이 눈을 들어 남자를 본다. 리오는 저렇게 종종 이탈리아 속담을 썼다. 미국에서 태어나 이탈리아 방문은 손에 꼽을 정도인 주제에 그 나라 말을 능숙하게 구사하고, 평소엔 영어로 말할 때도 이탈리아 속담이나 격언을 불쑥 인용하곤 한다. 노인 같은 구석이 있죠. 그의 독특한 습관을 가리켜 베런은 그리 평가했다.

"그러니 기다려 보자고. 레몬이 열릴지, 아니면 그냥 말뚝으로 썩어 버릴지."

그가 알맞게 썬 고기 조각을 입으로 가져갔다. 은빛 포크 끝이 창날처럼 푸르다. 제인은 식사에 열중한 남자를 빈 눈으로 바라보았다. 어디선가 레몬 향이 나는 듯한 착각이 일어, 육즙에도 메마르던 입 안에 비로소 침이 고였다.

"아, 시발."

331 웨스트 4스트리트까지 찾아오는 데 꼬박 반 시간이 걸렸다. 찾고 보니까 아는 데라서 기어이 욕설이 튀어나왔다. 코너 비스트로. 오픈한 지 40년이 다 되어 가는 이곳은 웨스트 빌리지에서 손에 꼽히는 맛집이다. 물론 요한도 여러 번 와 보았으며, 설익은 패티를 끼

운 이곳의 두툼한 햄버거와 약간 싱거운 생맥주를 좋아한다.

331W4

철문 위쪽에 붙은 금빛 주소를 한 번 더 확인한 다음 문을 열고 안으로 들어갔다. 붉은 벽돌이 그대로 드러난 실내는 낮인데도 어두컴컴했다. 불그스름한 백열등 조명이 조금은 갑갑하게 띄엄띄엄 들어와 있다. 점심시간은 한참 지났고 저녁 먹기엔 아직 이른 오후 나절. 한산한 바를 지키며 글라스를 닦던 덩치 좋은 바텐더가 손님을 맞았다.

"어서 오세요."

살갑게 눈짓하는 바텐더를 향해 다가갔다. 소매를 걷어붙여 드러낸 팔뚝은 근육도 불끈댔지만 그중 왼쪽 하완을 꼼꼼히 채운 문신이 가장 먼저 시선을 채었다. 화려한 색채의 정교한 문신. 그쪽을 힐끗 본 요한은 애써 그의 얼굴로 관심을 돌렸다. 사십 대 초반쯤 되어 보이는 남자의 녹색 눈동자가 이쪽을 마주 보았다.

"어떻게 도와드릴까."

그러게. 어떻게 도와 달라고 해야 하나 요한은 잠깐 고민했다. 그러니까 오밤중에 죽을 둥 살 둥 원숭이처럼 다리로 기어 올라가 간신히 작가 정신을 발휘했는데, 어느 말아먹을 놈의 새끼가 그걸 감쪽같이 지워 놓고는 댁네 주소를 남겨 놔서요. 그 새끼 만나면 일단은 몇 대 쳐야 대화가 가능할 거 같은데 누군지 혹시 아시는지. 설마 댁이 그 개새끼는 아니시겠지. 목젖 아래 들끓는 생각들을 누르며 입술을 뗐다.

"세븐써리 찾아왔는데요."

밑도 끝도 없는 말에 바텐더가 대꾸 없이 이쪽을 바라보았다. 제 얼굴을 훑는 시선의 의미를 읽어 내려 요한은 애를 썼다. 변화 없는 표정에 살짝 흥미로운 빛이 스치는 것 같았고, 응시가 지나치다 싶은 순간 시선을 거둔 남자가 열심히도 닦던 글라스를 내려놓았다. 바 안쪽에서 꺼내 이쪽으로 내민 것은 반으로 접힌 메모지 한 장.

"그리로 전화 한 통 부탁한다고 하던데."

간략한 전언과 함께 저쪽 맞은편에 놓인 전화기를 턱짓으로 가리킨다.

"이게 누군데요."

"그야 통화해 보면 알겠지."

불친절하게도 짤막한 대구에 요한이 눈살을 찌푸렸다. 나는 그냥 전달만 부탁받아서. 덧붙인 바텐더의 말은 변명 같기도 하고 놀리는 것 같기도 하다. 기분이 상했으나 일단 잠자코 있기로 했다. 바텐더는 어느새 아까 닦다 놔둔 글라스를 도로 집어 열심히 닦고 있었다.

그를 등지고 입구 쪽으로 걸어갔다. 벽에 걸린 초록색 유선전화기는 손님들 쓰라고 둔 모양이었다. 컨셉인 건지 연식이 20년도 넘어 보이는 구식 디자인이지만 소리만큼은 깨끗하게 잘 들렸다. 턱과 어깨 사이에 수화기를 끼운 채 메모지에 적힌 대로 열 번의 다이얼을 돌렸다.

신호가 정확히 세 번 울린 후 저편에서 누군가 응답했다.

— Hello.

굵직한 남자 목소리였다. 헬로. 두 개의 모음이 단일한 톤이라 어딘지 모르게 공격적인 음성. 요한은 잠깐 틈을 둔 뒤 입을 뗐다.

"코너 비스트로, 찾아왔는데."

상대는 얼른 대답하지 않았다. 가늠하듯 입을 다물고 잠시간 침묵하더니,

— 지금 그리로 가지. 십 분이면 될 거 같은데.

"당신 누구야?"

— 십 분 후면 알게 될 거야. 기다리는 동안 뭐라도 한 잔 마시든
가.

"미친 새끼. 내가 누군지는 알고 만나자는 거야?"

— 세븐쌔리.

대꾸하는 남자의 말에 한숨이 섞였다. 반항기의 십 대를 다루는
상담교사 같은 말투.

— 십 분 후에 봅시다.

숫제 통보만 거듭하다 전화는 끊어졌다. 분개를 누르며 요한은 수
화기를 신경질적으로 내려놓았다. 쾅 하는 소리에 멀찍이 마주 앉은
중년 커플이 이쪽을 힐끔댔다. 바텐더는 못 들은 척 여전히 글라스
닦기에 한창이다.

"맥주 한 잔 드릴까?"

잠자코 끄트머리 스툴에 앉으려던 요한이 눈을 치떴다. 잘 닦인
글라스를 조명 아래 이리저리 비춰 보며 남자가 말을 이었다.

"아님 더 독한 게 필요한가. 진토닉? 얼음 꽉 채워서?"

요한은 그만 코로 더운 숨을 뿜었다. 저 빙글대는 면상을 쳐 주고
싶은데 그러면 안 되겠지. 생각을 읽기라도 했는지 바텐더가 휙 고개
를 돌리더니, 눈이 마주치자 싱긋, 넉살 좋게 미소까지 날려 준다.

"일단은 진정하는 게 좋을 거야."

그러고는 길고 투명한 유리잔을 집어 얼음물을 채웠다. 능숙한 손
놀림으로 정확히 손님 앞에 컵 받침을 밀어 놓고는 그 위에 잔을 올
려 뒀다. 제 눈앞으로 길게 뻗은 상대의 왼팔. 현란한 빛깔의 문신을
우두커니 응시하던 요한이 고개를 들었다.

"만만치 않은 녀석이거든."

바텐더가 속삭였다. 조언인지 조롱인지 이번에도 애매하다. 역시 이놈과 그놈은 한패인 모양이었다. 놈들의 영역에 걸어 들어왔으니 지금 나는 미친 짓을 하고 있는 건가. 코앞에 놓인 유리잔을 보며 생각했으나 이제 와 박차고 나갈 마음은 없었다.

그러니까 도발이 시작된 것은 몇 주 전쯤부터다.

요한이 그려 놓은 낙서들, 다수의 사람들은 작품이라 불러 주는 그 흔적들에 누군가 굵직한 줄을 긋기 시작했다. 마치 폴리스 라인 같은, 기다란 엿을 먹이듯 가로로 쫙 그어진 노란색 페인트 한 줄. 그 걸 본 순간 어찌나 기가 차던지 욕도 나오지 않았다. 하단에 남겼던 '730'이라는 서명들은 아예 깨끗이 지워 놨다. 누가 봐도 노골적인 선전포고였다.

퀸즈보로 브릿지 그래피티는 마지막 남은 작품이었다. 한때 도시 곳곳을 점령한 세븐써리의 이름은 이제 뉴욕시에서 완전히 멸종됐다. 가만히 있는 사람의 성질을 건드리려 수고를 아끼지 않은 까닭이 궁금했다. 대체 어떤 미친놈인가 면상만큼은 꼭 봐야겠다. 요한은 바텐더의 눈을 피해 오른손을 등허리로 슬쩍 옮겨 보았다. 허리춤에 꽂힌 리볼버는 충실히 대기 중이다.

그래서 그는 홀로 앉아 기다렸다. 앞에 놓인 얼음물에는 손도 대지 않았다. 그리고 대략 10분쯤 지나지 않았을까 싶던 찰나, 유리잔 표면에 맺힌 물방울이 하나둘 아래로 흐르기 시작할 무렵 등 뒤의 출입문이 열리는 기척이 났다.

왔다.

뚜벅뚜벅 구둣발 소리가 다가오더니 짙은 향수 냄새가 혹 끼친다. 상대는 느긋한 걸음으로 다가와 그의 왼쪽 두 번째 스툴에 앉았다. 검은색 수트를 맵시 좋게 입은 남자는 어두운 금발을 말끔히 뒤로 넘겼다. 다리 위에 그려 놓은 남의 낙서를 지우기는커녕 그래피티 따위엔 관심조차 없을 것 같은 입성. 예상했던 것과 판이한 모습에 요한은 내심 당황했다.

"같은 걸로."

"얼음물이야."

바텐더가 퉁명하게 대꾸했다. 남자는 잠시 침묵하더니 짧게 웃듯 콧김을 뿜는다. 여전히 이쪽은 쳐다도 보지 않는 미끈하고도 멀끔한 프로필에 비소가 선명했다. 그걸 보며 요한은 다문 입술에 힘을 주었다. 하마터면 내가 주문한 거 아니라고 발끈할 뻔했다.

"그럼 진토닉으로."

남자가 말하며 이쪽으로 고개를 돌렸다. 대체 어떤 미친놈인가 기어이 면상을 보게 된 요한은 저도 모르게 미간을 좁힌다.

"당신,"

"……구면이네."

베런의 푸른 눈동자가 요한을 응시했다. 권태로이 이완됐던 표정에 약간의 놀라움과 흥미가 섞였다. 재빠르게도 진토닉을 만들어 내놓은 바텐더는 어디론가 사라졌고, 텅 빈 바에는 이제 스툴 하나를 사이에 두고 나란히 앉은 남자 둘뿐이다.

"우연치곤 절묘한데."

"악연은 원래 지랄맞아."

"성급한 판단은 지양하라고 해 주고 싶군."

"당신 누구야(Who the fuck are you)."

"그건 알 필요 없고(No need to know)."

베런이 유리잔을 집어 입가로 가져갔다. 왼쪽 손목의 시계가 조명을 받아 반짝였다. 그는 차가운 진토닉 한 모금을 유유히 삼킨 뒤 입술을 뗐다.

"그래피티를 좀 그려 줘야겠어."

"그게 무슨 엿같은,"

"무슨 엿인지는 나도 잘 몰라. 심부름하는 입장이라."

요한은 기가 막혀 입을 벌렸다. 투자은행 직원처럼 수트를 빼입은 남자가 나타났을 때부터 이상하단 생각은 했지만 상황은 감조차 잡히지 않는 방향으로 전개 중이다.

"내 그래피티는 왜 지운 건데?"

"그쪽을 찾아야겠는데 달리 방법이 없어서."

더 생각할 시간도 없었고. 베런이 덧붙였다.

"낙서들 망가뜨린 건 유감스럽게 됐어. 다시 말하지만, 우리도 심부름하는 입장이라."

우리. 역시 패거리가 있는 모양이다. 물론 저런 비주얼로 친히 건물이며 다리 위에 기어 올라가 낑낑대며 페인트를 지웠을 거라고 생각하진 않았다.

"다섯 점에 만 오천 달러."

"뭐?"

"낙서 하나에 삼천 달러면 대단히 후한 값이지. 시키는 대로 시키는 자리에 평소처럼 그려 주면 돼."

"시키는 대로? 하, 어이가 없어서 말도 안 나오네."

"복권 당첨됐다고 생각해."

"복권?"

"다시 말하지만 낙서 하나에 삼천 달러야."

"그러니까 이게 다 무슨 엿같은 짓거리냐고?"

"일종의 협업이라고 해 두지(Let's call it a collaboration)."

대본을 외워 둔 배우처럼 상대는 유수 같은 대답을 이어 갔다. 어이도 없거니와 어째 자꾸 말리는 기분이라 요한은 일그러진 입을 다물지 못했다. 콜래보레이션 같은 소리 하네.

"거절하면?"

"안 될 거야."

베런은 진토닉을 크게 두 모금 삼켰다. 창백한 옆얼굴. 유리잔을 내려놓은 그가 정면을 향해 말했다.

"심부름시키신 분이, 성정이 좀 모질어서."

패거리가 있는 걸로 모자라 무려 시키신 분까지 있는 모양이다. 그러니까 이 남자는 중간책쯤 되는 건가. 요한이 되물었다.

"심부름시킨 놈이 누군데."

"지나친 호기심은 명을 재촉하지."

베런이 이쪽으로 고개를 돌렸다. 호수 같은 벽안과 어두운 금발. 아이랜드계 혈통이 틀림없다고 요한은 재차 생각했다.

"그러니 궁금해하지 않는 게 좋을 거야. 그쪽은 나만 알면 돼. 지시를 전달할 사람도, 대가를 지불할 사람도 나니까."

요한의 눈썹이 미미하게 꿈틀댔다. 제 이름조차 밝히지 않은 주제에 저만 알면 된다는, 지극히 오만한 태도에 속이 다 뒤틀렸다. 성정이 모질다는 그분은 아마도 무지막지 대단한 사람인 모양이지. 그는 못마땅한 표정을 숨기지 않았으나 베런은 상한 기색 하나 없이 침착하게 이쪽을 마주 보았다.

"대금은 현찰로 지불할 수도 있어."

"현찰?"

"물론 수표 쪽이 더 편리하겠지만 원한다면. 다섯 건 모두 마친 후에 일괄 지불할 수도 있고 건당 지불할 수도 있고."

원한다면 착수금도 가능하지. 덧붙이는 말을 들으며 요한은 계산을 시작했다. 1만 5천 달러. 그래피티 하나당 3천 달러. 정상적인 상황이었다면 너무도 황송한 제안이라 아마 믿기지 않았을 것이다.

이 패거리가 지운 그래피티는 못해도 열댓 군데였다. 스프레이 페인트는 뿌리는 것보다 없애는 게 훨씬 어려우며 여간해선 벗겨지지도 않는다. 적절한 약품과 충분한 시간이 필요하고 무엇보다 정성과 의지가 있어야 하는데, 그들은 다리 한중간에 그려 놓은 것까지 기어올라가 기어코 없앴다.

이 모든 수고와 노동이 단지 세븐써리를 찾아 협업하기 위해서였다면 그 협업이란 그들에게 분명 중요할 것이다. 요한의 갈색 눈동자가 고급스런 행색의 백인 남자를 훑었다. 심부름시키신 분. 그렇다면 잘난 그분께서 지운 작품들 값까지 아울러 쳐주셔야겠지.

"삼만 달러."

베런은 눈앞의 동양인 남자를 계속하여 바라보았다. 제시한 가격이 두 배로 뛰어 돌아왔으나 표정엔 변화가 없다. 오히려 재미있다는 듯 눈가에 웃음기가 스치더니 수트 재킷 안주머니로 손을 가져갔다. 설마 3만 달러짜리 수표를 벌써 써 주려나 싶었지만 돌아온 것은 하얀 명함 한 장.

"난 명함 같은 거 없는데."

"뒷면에 연락처 적어."

나 주는 게 아니었구나. 요한은 명함을 받아 눈으로 훑었다. 사람 이름 없이 주소와 연락처만 박힌 명함에는 주류 수입 회사의 상호가 큼직하게 들어 있다. 본인이 소속된 업체인지 어쩌다 갖고 있던 거래처 명함인지는 명확하지 않았다.

엠파이어 주류상사(Empire liquor imports LLC).

남자는 품에서 펜까지 꺼내 건넸다. 뚜껑 꼭지에 흰색 별. 써 본 적은 없으나 몽블랑 펜이라는 것쯤 요한도 안다. 이 남자는 돈 많이 주는 회사에서 일하는 모양이었다. 그래피티랑 콜래보레이션 할 만한 곳 중에 주류업과 관련이 있고 돈도 많이 주는 회사라. 실마리를 찾아보려 머리를 굴렸으나 아무래도 모르겠다. 그는 이미, 절반쯤은 무언가에 홀린 기분이었다.

윤기 나는 펜의 뚜껑을 열었다. 집에 굴러다니는 플라스틱 볼펜과는 상이한 무게감. 그 묵직한 중량에 손가락이 무뎌지는 것 같았지만 내색하지 않고 명함을 뒤집어 호출기 번호를 적었다.

진토닉을 끝까지 다 마신 남자가 명함을 도로 받아 눈으로 확인했다. 이름 없는 숫자의 나열을 눈으로 훑고는 말없이 품에 넣는다. 그리고 왼손에 찬 시계를 한번 들여다보며 미련 없이 일어섰다. 그러고 보니 이 남자 한겨울에 모직 코트 한 장 걸치지 않았다. 공원에서도 지금도. 몸에 딱 맞는 수트는 테일러점에서 맞춘 것이 분명해 보이는데도.

"그럼 조만간 연락하지."

베런은 지갑에서 20달러짜리 지폐를 꺼내 빈 잔 옆에 놓아두었다. 스툴에 앉은 요한에게 눈인사하듯 힐끗 시선을 준 뒤 몸을 돌려 입구 쪽으로 향했다. 문을 열고 밖으로 나가는 모습을 요한은 지켜보았다. 보도 곁에 세워진 새까만 롤스로이스 역시 눈에 익다. 방금 진토닉 한 잔을 비운 주제에 거리낌 없이 운전석 문을 열더니 남자는 차와 함께 사라졌다.

"뭘 또 이십 달러나 두고 갔대."

언제 돌아왔는지 바텐더가 중얼대며 지폐와 빈 잔을 집어 갔다. 사라진 롤스로이스 꽁무니를 눈으로 좇던 요한이 고개를 돌렸다. 이쪽을 향해 녹색 눈동자가 싱긋 웃는다. 입고 있는 셔츠가 터질 듯 근육이 우람한데 표정만큼은 퍽 순박했다.

"그쪽이나 나나 오늘 운수가 대통한 모양이야."

실실대는 남자를 향해 요한은 대꾸하지 않았다. 대신 제 앞에 놓인, 물기가 흥건한 유리잔의 허리께를 오른손으로 움켜쥐었다. 잘아진 얼음 알갱이와 아울러 벌컥벌컥 물을 들이켠 다음 빈 잔을 바 위

58

에 내려 두었다. 갑작스레 얼음물 세례를 받은 뱃속이 꽁꽁 얼어붙는 것 같다.

"그냥 가도 돼. 물은 공짜니까."

요한은 물기가 잔뜩 달라붙은 손바닥을 청바지 위에 문질렀다. 그 래피티 다섯 개만 그려 주면 3만 달러를 준단다. 시급으로 따지면 월스트리트 주식 중개인이 문제가 아니다. 금발 남자의 말처럼 정말 이지 복권에 당첨된 셈이라 파티라도 거하게 벌여야 할 판이었다. 그런데도 뱃속이 이렇게 싸늘한 까닭은 방금 얼음물을 들입다 부었 기 때문일 것이다. 그는 축축한 오른손을 계속하여 청바지에 문질렀 다.

어쩐지, 방금 대단히 위험한 계약서에 서명한 기분이 든다.

"뭐?"

제인이 두 눈을 크게 떴다. 오늘도 운동복은 아래위로 일관된 블 랙. 검은색 머리카락은 여지없이 포니테일로 길게 묶어 내렸다.

"지금 뭐라고 했어?"

"단어 목록을 달라고 했습니다."

"그 사람을 찾았다고?"

저도 모르게 발을 옮겨 한 걸음 다가섰다. 시선 끝에 선 베런이 귀 찮은 기색으로 대꾸했다.

"방금 그렇게 말씀드렸습니다만."

"어떻게 찾았어? 리오가 찾으랬어?"

"……아는 걸 왜 묻는지 모르겠습니다."

그는 펜트하우스 현관에 서 있었다. 늘 건물 입구에 차를 대놓고 기다리는 남자가 9층까지 올라왔을 때부터 이상하다 싶었다. 제인은 놀라운 소식에 깊은 숨을 들이켰다.

'기다려 보자고. 레몬이 열릴지, 아니면 그냥 말뚝으로 썩어 버릴지.'

무슨 말인가 했더니. 그녀는 불과 3미터 앞에 선, 여느 때와 같이 검은색 수트를 빼입은 남자를 바라보았다. 관조하듯 이쪽을 보는 눈길엔 열기도 냉기도 없다. 눈동자의 푸른 빛깔을 탓하지 않더라도 베런의 시선은 늘 차가웠다.

"그렇게까지 할 필요는 없었는데."

"동감입니다. 왜 그렇게까지 하시는지."

금방이라도 혀를 차며 고개를 가로저을 것처럼, 그는 무례하도록 마음껏 중얼거렸다.

베런 콜린스는 리오의 수족이다. 공식 직함은 아니지만 자칭 타칭 비서실장이며 제인이 알기로는 리오가 가장 신뢰하는 최측근이었다. 그런 남자를 운전기사처럼 부려 먹는 기분이란 대체적으로 부담스러웠으며 조금쯤은 통쾌했다. 여기서 한 가지 확실히 해 두자면, 그녀는 베런을 매우 싫어한다.

제인은 그의 일과에 대해 아는 것이 없었다. 오전 10시에 아파트로 와 센트럴 파크까지 저를 실어 나르고, 정확히 한 시간 후에 다시 저를 싣고 아파트로 돌아오는 일정을 제외하면 베런이 무슨 일을 하는지, 어디에 있는지, 심지어 언제부터 언제까지 일하는지도 알지 못한다. 대학 과정이 비공식적으로 종료된 이달 중순부터 센트럴 파크 조깅을 시작했으니 아직 보름이 채 되지 않았는데도, 그녀는 매일같이 이 남자를 상대하기가 이미 고역스러운 중이었다.

"그 사람 연락처 줘. 내가 직접 얘기할 테니까."

"곤란합니다."

"어째서?"

그는 여전히 뻐딱하게 선 채로 팔짱을 꼈다. 그리고 성가셔 죽겠단 표정으로 대꾸하지 않았다. 대답을 기다리던 제인이 다시 물었다.

"리오가 나한테 연락처 주지 말랬어?"

"그건 아닙니다만."

"그럼 왜?"

두 사람은 시선을 똑바로 맞대었다. 따지듯 저를 보는 여자를 느른히 마주하며 베런은 잠시 말을 않았다. 가까이 선 그들 사이로 팽팽한 침묵이 흘렀고, 입을 다문 제인이 끝까지 답을 요구하자 비로소 한숨 섞인 대꾸가 돌아왔다.

"안전에 문제가 생길까 봐 그럽니다. 미스 비첼리오."

시원찮은 대답이다. 제인이 눈썹을 모았다. 갑자기 웬 비첼리오. 그냥 하던 것처럼 헤닝이라고 부르지 그래. 목구멍까지 기어 올라온 그 말을 쏘아붙이지는 못했다.

"안전에 문제가 생긴다고?"

"아시다시피 아가씨 신변 문제는 제게 일임하셨습니다."

"그 사람한테 돈 준다며."

"그러니 무슨 일이 생기면 제가 책임지게 되겠죠."

"돈 받고 일하는 고용인이 왜 위험한 건데?"

"단어 목록과 위치를 주시면 전달하겠습니다."

"콜린스!"

어긋나는 대화를 억지로 이어 가던 여자가 급기야 날을 세웠다. 동문서답은 베런이 그녀를 다룰 때 애용하는 수단이지만 당할 때마다 기분이 더러워진다. 아예 듣지 않는 것보다 듣고도 무시당하는 게 훨씬 기분 나쁘다는 것을 제인은 이 남자에게서 배웠다.

"납득이 안 돼. 그쪽 찾아서 얘기까지 끝냈으면 이제 내가 상대하면 되잖아."

"저를 통해서 상대하시죠."

"그러니까 당신이 왜 수고스럽게 연락책을 맡는 거냐고. 그렇게 한가해?"

"한가하지 않은 사람이 수고를 자처할 때는 그만한 이유가 있지 않을까요."

줄곧 느슨하던 베런이 몸을 똑바로 세웠다. 팔짱을 풀어 오른손을 바지 주머니에 꽂는다. 온도 없이 미적지근하던 눈빛에 설핏 냉기가 돌았다.

"저는 이런 번거로운 일까지 일일이 보고 올리고 싶지 않습니다."

남자의 입에서 나오는 언어는 여전히 정중했다. 그러나 눈빛이 말하는 바는 다르다. 베런은 입술을 다문 채 잠시간 침묵을 끌어들였다. 푸른색 홍채에 둘러싸인 동공이 일순 확대됐다.

"그러니 고집부리지 맙시다. 미스 비첼리오."

심장이 무겁게 뛰었다. 분노인지 두려움인지 혹은 수치심인지 분간할 수 없었다. 어쩌면 세 가지 모두 정답일 거라 생각하며 제인은 무참한 기분을 감당해 냈다.

"그만 내려오시죠. 차에서 기다립니다."

남자가 뚜벅뚜벅 사라지고 난 후에도, 그녀는 현관 앞에 한참을 홀로 서 있었다.

깍듯이 예의를 차릴 때 무시는 오히려 도드라진다. 융숭한 태도 속에 숨은 비소. 애써 숨기려 들지 않는 멸시. 그것들이 채찍처럼 살갗을 휘감아 들 때면 비로소 화들짝 제 꼴을 인식하게 된다.

편안한 감옥에 들어앉아 하루하루 늙어 가는 스물네 살짜리 여자. 벗어날 의지도 머무를 마음도 없이 삶을 허비하는 여자. 제게 주어진 안락함에 방심했다 또 문득 소스라치는, 방향도 목적도 없는 한심한 여자. 호화로운 펜트하우스에 살고, 아침마다 롤스로이스에 올라 센트럴 파크에서 조깅을 하며, 청소부터 빨래까지 다수의 고용인이 온갖 수발을 들지만 실상은 수감자와 다를 것 없는 처지의 이방인. 제인의 눈에 비친 자신의 모습은 그러했다.

'이런 번거로운 일까지 일일이 보고 올리고 싶지 않습니다.'

사물처럼 서 있던 여자가 팔을 뻗어 문을 연다. 육중한 마호가니 문은 안에서 잠근 상태로 밀어 닫았다. 제대로 잠긴 것을 확인하고 엘리베이터로 향했다. 9층에서 대기하던 승강기에 올라 로비에 도착하자 도어맨 카터가 인사를 건넸다. 어제도 봤고 내일도 볼 사이에 지나치도록 반가운 표정이 조금 역겨웠다.

"여행은 결국 안 가기로 하셨다고요."

그녀가 뒷좌석에 올라타자마자 자동차는 앞으로 나아갔다. 남자 향수 냄새가 뒤섞인 차내가 적당한 히팅으로 포근했다. 제인은 운전석의 향기에 짓눌린, 그러나 뒷좌석에 분명히 남은 잔향을 인지한다. 리오도 아침마다 이 차를 탈 것이다.

"아쉽게 됐습니다. 모처럼의 기회였는데."

대답하지 않았다. 어차피 상대방도 대답을 기대하지 않을 테다. 부드럽게 주행하는 자동차 안에서 그만 멀미가 날 것 같아 그녀는 창밖 멀리 시선을 두려 애를 썼다. 선팅이 짙은 차창. 거기에 비친 창백한 얼굴. 제인은 자신의 검은 눈동자를 멍하니 응시했다.

"졸업 작품 준비는 최대한 배려하도록 지시하셨습니다."

제 모습을 똑바로 보기란 쉽지 않다. 어떤 사람들에겐 특별히 고통스럽기도 하다. 나만 알고 싶은 내 꼴. 모두에게 숨기고픈 그 비루한 몰골을 들키는 것은 별수 없이 깊은 모멸감을 몰아온다. 나조차 외면하는 그 몰골을 시시때때 들추어내는 상대가 있다면 괴로움은 자주, 또한 자꾸 짙어진다.

"왜 그렇게까지 하시는지, 전 도통 모르겠습니다만."

제인이 베런을 싫어하는 까닭은 그것이었다.

❖

Pitiableness.

요한은 엄지와 검지로 메모지를 집어 올렸다. 아무리 봐도 떠오르는 감상이란 별놈의 단어가 다 있네, 였다. 무슨 뜻인지는 알 것 같은데 도저히 입에 붙지 않는 그 단어는 생전 처음 보는 어휘였고, 그래서 답지 않게 사전을 뒤져 풀이까지 찾아봤다. 역시나 가엾고 불쌍하고 비참하고, 뭐 그런 뜻을 번거롭게도 늘려 놓은 단어였다.

"대학 나온 사람인가 보지."

호세가 손가락에 묻은 토마토케첩을 핥으며 말했다. 어디 섬에서 탈출한 난민처럼 빼빼 마른 주제에 먹성은 스모 선수 같아서 치즈버거를 세 개째 해치우는 중이다. 요한은 절반쯤 남은 버거를 쥔 채 다른 쪽 손으로 어니언링을 집으며 대꾸했다.

"내 손님 중에 대학생 널렸거든? 이따위 단어 쓰는 인간 구경을 못했어."

"그럼 시발 엄청 좋은 대학 나왔나 보지. 돈도 많다며, 그 새끼."

세 번째 치즈버거까지 말끔히 먹어 치운 호세가 맥주를 들이켰다. 요한은 메모지를 접어 파카 주머니에 집어넣고 제 몫의 맥주잔을 집어 들었다. 기름에 튀긴 양파는 달큰하고 맥주는 씁쓸하다. 만족스러운 조합이었다.

"돈은 많아 보이긴 하더라만."

"근데도 너는 겨우 햄버거를 산단 말이지."

"언제는 여기가 우주 최고 맛집이라며."

"고등학생 때랑 같냐? 삼만 달러면 고담 태번 정도는 가야지, 새끼야."

"필레미뇽도 먹어 본 놈이 먹는 거야. 분수에 맞게 놀아야 오래 산다."

요한이 타박하며 맥주 한 모금을 크게 삼켰다. 고담 태번. 미드타운 대기업 중역들과 월스트리트 주식 중개인들이 한 끼 식사에 수백 달러씩 쓰며 돈지랄하기로 하도 유명해, 요한 리와 호세 고메즈 같은 변두리 이민 2세들도 그 최고급 식당 이름만큼은 아주 잘 안다.

"근데 진짜 누굴까?"

"누군진 왜."

"궁금하잖아. 넌 안 궁금해? 돈도 많고 대학도 나온 새끼가 왜 그래피티를……"

호세는 말하다 말고 곁을 지나는 웨이트리스를 향해 빈 맥주잔을 들어 보였다. 입술을 새빨갛게 칠한 웨이트리스가 애교 있게 웃으며 고개를 끄덕였다. 그녀는 반이나 남은 요한의 맥주잔을 확인하는 척 잠깐 들여다보더니 그의 얼굴을 쉼 없이 힐끔대며 바 쪽으로 물러간다. 아까 전부터 열심히 추파를 던지며 밑 작업에 힘을 쏟던 호세가 홱 눈살을 찌푸렸다.

"아 진짜 이 새끼랑 같이 다니지 말아야 돼."

볼멘소리를 하며 그는 남은 햄버거를 입으로 밀어 넣는 자신의 일행을 마주 보았다. 얘네 부모님은 완전 동양 사람인데 어떻게 이런 얼굴이 나왔을까. 양 볼이 빵빵해진 모습마저 인정하지 않을 수 없도록 잘생겨서, 호세는 긴 숨을 코로 내쉬며 중얼거렸다.

"나도 어디 가서 빠지는 인물은 아닌데."

"그러시겠지."

"새끼야, 진짜야. 너 같은 것만 안 달고 있으면 여자가 줄을 서지."

음식물을 우물대던 요한이 키들키들 웃으며 맥주잔을 입으로 가져갔다. 그러는 사이 테이블로 다가온 웨이트리스가 호세의 앞에 새로 채운 맥주를 놓아 준다. 제 쪽을 곁눈질하던 여자와 눈이 마주치자 요한이 선심 쓰듯 싱긋 웃어 보였고, 웨이트리스는 부자연스러울 만치 눈꼬리를 접어 화답했으며, 꿀벌처럼 엉덩이를 흔들며 멀어지는 여자를 향해 호세가 코웃음을 쳤다.

"얼씨구. 이따 집에 같이 가자고 하겠다, 저 여자."

"내 취향 아니야."

"알아."

맥주잔을 집어 들며 호세가 덧붙인다. 대수롭지 않은 말투.

"동양인이잖아(She's Asian)."

요한은 희한하게도 동양인 여자를 상대하지 않았다. 고등학생 때 하도 궁금해서 까닭을 물었더니 다른 게 좋아서, 라는 지극히 단순한 대답이 돌아왔다. 다른 게 좋아서라니. 저와 다른 인종의 여자 앞에서만 서는 극단적인 취향이라도 있나. 도저히 이해도 공감도 어려운 그 철학을 호세는 일종의 페티쉬로 받아들였고, 지금까지 그가 알기로 요한은 정말로 본인과 같은 인종의 여자를 단 한 번도 만난 적이 없다. 하여간에 괴상한 놈. 그는 짐짓 부루퉁한 표정을 지으며 중얼거렸다.

"너 이 새끼는 아주 취향이 한결같지. 내가 아는 것만 십 년이 다 됐는데."

"사람이 갑자기 변하면 죽는대."

"뭔 헛소리야. 누가 그래?"

"우리 엄마가. 한국 속담이라던데."

그런 속담도 있구나. 애매한 표정으로 호세가 보일 듯 말 듯 고개를 끄덕였다.

그는 고등학교에 올라가 요한을 처음 만났다. 10학년 때 같은 홈룸에 배정되면서 친해졌지만 이름만큼은 8학년 때부터 익히 들어 알고 있었다. 요한은 동양인으로서는 몹시 드물게도 중학생 때부터 잘생긴 걸로 유명했다. 그러다 고등학생이 되면서부터는 미친놈으로 더 유명해졌다.

팔다리가 가느다랗게 여물다 만 소년 시절부터 그는 저보다 머리하나는 큰 애들을 따라다니며 돈을 벌었다. 요한의 역할이란 주로 잔심부름이었는데, 예컨대 주차된 남의 차 타이어를 형들이 떼어 내는 동안 주변을 살피거나, 날치기한 핸드백을 받아 재빨리 도망쳤다가 약속된 장소로 가져가는 일, 고가철도 아래 기둥 틈에서 기다리는 손님에게 코카인과 마리화나가 담긴 맥도날드 종이봉투를 전달하는 따위 잔일들이었다. 그때부터 요한은 몸이 날쌨고 발이 무척빨랐다.

잔심부름을 시키던 형들은 하나둘 소년원과 교도소로 사라졌지만 언제나 새로운 형들이 나타났으므로 문제는 아니었다. 그렇게 번 돈으로 요한은 주로 새 운동화와 옷을 샀다. 배우처럼 반짝이는 인물에 입성까지 남다르니 도저히 눈에 안 띌 수가 없는 운명이었다. 고등학생이 되어 팔다리가 단단해지고 어깨에 두툼한 근육이 붙자 연령과 인종을 막론하고 여자들이 넋을 놓았다. 너 나 할 것 없이 빠듯한 동네. 이민자들이 모여 사는 퀸즈 아파트촌에서 요한은 그야말로 슈퍼스타였다.

"이쁜아."

"죽여 버린다, 개새끼야."

태연히 욕설을 속삭이는 요한을 향해 호세가 킥킥댔다. 힘깨나 쓸 것 같은 어깨며 팔뚝과 달리 목 위쪽으로는 여전히 소년처럼 예쁘게 생겼다. 특히 섬세한 얼굴 윤곽과 매끈한 피부, 쭉 뻗은 목선은 가끔

씩 만져 보고 싶을 때가 다 있을 정도니까. 여기서 한 가지 확실히 해 두자면, 호세 고메즈는 현실에서도 꿈속에서도 오직 여자만을 대단히 좋아하는 건강한 발정기 남자다.

"근데 언제부터 하냐, 그래피티?"

"바로 해야지. 돈 받으려면."

"건당 준대?"

"그것도 현찰로."

"뭐, 현찰로? 삼만 달러를? 시발, 진짜 뭐 하는 새끼지?"

혹시 그 새끼 라스트 네임이 카네기는 아니겠지. 두 눈을 둥그렇게 뜬 호세가 낮게 지껄였다. 설마 진담이겠냐마는 영 농담도 아닌 것 같다. 일행의 마른 얼굴과 시커멓게 꺼진 눈자위를 훑으며 요한은 열없이 픽 웃었다.

'지나친 호기심은 명을 재촉하지.'

제 이름도 밝히지 않은, 맞춤 수트를 입고 탱크 같은 롤스로이스를 몰던 남자는 지금 생각해도 직업조차 가늠할 수가 없다. 지시한 사람이 따로 있다니 대리인일 텐데, 변호사 느낌과는 거리가 멀었고 회계사는 더더욱 아니었다. 나이는 많아야 삼십 대 초반으로 보였지만 그것도 모를 일이고.

'그러니 궁금해하지 않는 게 좋을 거야. 그쪽은 나만 알면 돼.'

요한은 문득 여자를 떠올렸다.

눈 쌓인 센트럴 파크에서 조깅하던, 한겨울에 종아리를 훤히 드러낸 동양인 여자. 그 여자를 뒷좌석에 태우고 운전대를 잡던 남자. 금발의 푸른 눈을 지닌 그 남자는 꽤나 자연스럽게 굴었지만 어쩐지 기사 노릇이 썩 어울리지는 않았다.

그 여자도 관련이 있을까.

요한은 이어 생각한다. 연인이라기엔 사무적이고 운전기사라기엔 고압적이던 기묘한 분위기를 상기한다. 그 여자는 누구일까. 두 사람은 무슨 관계일까. 그래피티 그리면 돈을 주겠단 사람은 어디서 별안간 나타났으며 조만간 손에 쥐게 될 그 돈은 또 어디서 오는 걸까.

"뭐 하는 새끼면 어때. ……돈만 받으면 됐지."

슬슬 술기운이 도는지 심장 박동이 무거워졌다. 남은 맥주를 단숨에 비웠으나 여전히 목이 탔다. 돌연 뱃속에 열이 오르는 것 같아, 요한은 웨이트리스를 향해 성마르게도 빈 잔을 흔들어 보였다.

크리스마스는 눈부신 활기를 불러온다. 백화점부터 구석진 델리까지 온 도시 곳곳에 캐럴이 울려 퍼졌다

90년대 들어 미국 경제는 호황 가도를 달리고 있다. 투자가 국가적 상식, 소비가 국민적 미덕이 된 지는 이미 오래되었다. 가뜩이나 흥청대는 뉴욕시는 연말 분위기를 만끽하러 몰려든 관광객들로 거리마다 번잡했다. 그 많은 사람들이 약속이라도 한 듯 하나같이 물건을 사 댔다. 누구나 양손 가득 이런저런 쇼핑백을 들고 흥겹게 거리를 걸었다. 크리스마스가 사흘 앞으로 다가왔으니 쇼핑도 이번 주가 마지막 기회다. 제인은 묵직한 카메라 가방을 어깨에 멘 채 한 방향으로 몰려가는 인파에 끼었다. 얼굴을 가린 선글라스 덕에 표정이 더 딱딱해 보인다.

'완성했답니다.'

베런의 전화를 받은 것은 30분쯤 전. 조깅을 마치고 돌아와 막 냉장고 문을 열었을 때였다. 인사도 서두도 생략한 남자의 음성은 수화기 저편에서 꽤나 딱딱하게 건너왔지만, 그마저도 어찌나 반갑던지 그녀는 억지로 흥분을 내리눌러야 했다.

'고집부리지 맙시다. 미스 비첼리오.'

그날 이후 센트럴 파크 조깅을 그만뒀다. 멀리까지 가기도 번거롭고 그냥 집 앞에 있는 공원을 달리겠다 하자 리오는 다음 날부터 차를 보내지 않았다. 운동한답시고 자동차로 공원을 오가는 우스운 짓 따위 실은 오래 할 생각도 없었다. 그것은 순전히, 불편한 식탁에서 생각 없는 말을 아무렇게나 주워섬긴 결과였다.

'드디어 마지막 방학이네.'

'그러게요.'

'어떻게 보낼 생각이야.'

'글쎄. ……센트럴 파크에서 조깅이나 할까.'

제인은 오른쪽 어깨에 멘, 묵직한 카메라 가방을 추스르며 걸음을 서둘렀다.

평일 오전의 소호 거리는 예외 없이 크리스마스 장식이다. 브로드웨이 양쪽으로 면한 점포들이 들고 나는 인파로 온통 북적였다. 프린스 스트리트를 따라 동쪽으로 빠지자 거리는 조금 한산해졌다. 여전히 곳곳에 포진한 즐거운 사람들. 그 사이로 제인은 익숙하게 방향을 잡아 빠르게 걸었다.

그리고 다음 블록에서 코너를 끼고 오른쪽으로 돈 순간, 우뚝 걸음이 멎었다.

6층짜리 건물 꼭대기에 설치된 빌보드에 유명 백화점의 광고가 걸려 있었다. 세로로 긴 넉넉한 사이즈의 빌보드 안에는 불룩한 선물 보따리를 진 산타클로스가 수호신처럼 사람들을 내려다보고 있다. 눈밭을 딛고 선 산타의 발 아래, 새것 같은 검은색 부츠 아래 건물 벽면 위로 하얀색 글자가 선명했다.

Pitiableness.

베런에게 단어와 지점을 넘기면서도 솔직히 반신반의했다. 그래서 제인은 몇 번이나 이곳에 와 보았다. 남의 건물에 올라가 낙서를 하고 사라지는 그래피티는 빈집 털이와 비슷하다. 남몰래, 빠르게, 되도록이면 어둠을 틈타 신속하게 해치우고 사라진다. 그러니 밤새 지키고 서 있지 않는 한 마주칠 리 없을 텐데도, 미련한 줄 알면서 그녀는 한밤중의 거리를 몇 번이나 서성였다.

Pitiableness

하얗게 선명한 단어를 계속하여 올려다봤다. 완벽한 위치에 완벽한 크기. 철자의 곡선을 강조한 필치조차 마음에 꼭 들었다. 제인은 두 눈을 가린 선글라스를 벗었다. 화창한 겨울 햇살에 눈이 부셨다. 산란하는 빛 속에서 하얗게 빛나는 글자들. 그 멋진 작품을 제대로 보기 위해 오른손을 들어 손차양을 했다.

공중에 뜬 손목이 휘어잡힌 것은 그 순간이었다.

반사적으로 팔을 거뒀으나 끄떡도 없는 악력이었다. 그 짧은 찰나에 갖은 가정이 뇌리를 스쳤지만 무엇도 확신할 수 없었다. 그리고 고개를 돌려 눈앞의 상대를 확인한 순간, 그녀는 건강한 제 두 눈을 강하게 의심했다.

"역시,"

그 남자였다.

"당신이었어."

제인은 기억하고 있다. 단 한 번 마주친 낯선 남자의 이름조차 또렷이 기억하고 있다. 요한 리. 세 음절의 짧은 성명이 소리 없이 입 속을 굴렀다.

"심부름시켰다는 분, 그쪽 맞지?"

성정 모질다는 그 대단한 분. 여자의 손목을 움켜쥔 손아귀에 힘이 들어갔다. 요한은 두 눈을 가늘게 뜬 채 코웃음을 쳤다.

금발 남자에게서 단어를 받은 다음 날, 그러니까 오늘 새벽에 그는 일을 마쳤다. 남자가 지목한 건물은 오래된 6층짜리 주상복합건물인데, 의류 매장과 모자 가게가 있는 1층을 제외한 나머지는 모두 아파트 유닛이었다. 새벽 5시에 집에서 나와 소호로 왔고, 건물 입구 앞에 앉아 기다린 지 정확히 20분 만에 입주민일 젊은 여자가 하품을 흘리며 밖으로 나왔다. 차림새로 보아 아침거리를 사러 가는 모양이었다.

여자가 열고 나온 문틈으로 자연스럽게 들어가 옥상으로 올라갔다. 허술하게 잠긴 옥상 문을 따는 것쯤이야 그에게 일도 아니었다. 그렇게 유유히 작업을 마치고 금발 남자에게 전화를 걸어 통보한 뒤부터 줄곧 그 건물 앞에 앉아 기다렸다. 맞은편의 카페가 문을 연 다음에는 그 안에 들어가서 기다렸다. 거리가 훤하게 잘 보이는, 숨을 곳 없이 트인 창가 자리에서 요한은 한참을 기다렸다.

한 시간이 가고 두 시간이 갔다.

한심한 짓이라고 생각했다. 알지도 못하는 대상을 무턱대고 기다린다고. 그러나 시간이 갈수록 늘어나는 사람들을 하나하나 꼼꼼히 살피고, 눈알이 빠지도록 뒤지고 헤집다 드디어 여자의 얼굴을 찾아냈을 때, 요한은 그제 비로소 깨달았다.

"나타날 줄 알고 있었지."

제인은 두 눈을 크게 뜬 채 눈앞의 남자를 바라보았다. 일방적인 발언들이 이어지는데 무슨 소린지 이해가 되지 않는다. 역시. 당신이었어. 나타날 줄 알고 있었지. 남자의 말과 표정, 상황을 한데 모아 종합해 본 후에야 살짝 눈살을 찌푸렸다.

"설마,"

그는 긍정도 부정도 하지 않았다. 그러나 날 선 눈빛과 뻐딱한 미소만으로 대답은 충분했다. 믿어지지 않는다는 듯 여자가 작게 입술을 벌렸다.

"우연치곤 절묘하다고 그쪽 심부름꾼이 그러던데."

우연. 우연이라고. 제인이 미간을 좁혔다.

아무리 작은 섬이라지만 맨해튼은 인구 150만이 넘는 대도시다. 생면부지의 남자를 두 번이나 우연히 만날 확률이 얼마나 될까. 머릿속으로 막 근사치를 구해 보려다 문득 붙들린 손목을 인지했다. 낯선 상대의 더운 체온. 당혹한 여자가 뒤늦게 잡힌 손을 뿌리쳤다.

"놓고 말해."

세지 않은 힘에도 그는 선선히 손목을 놓아주었다. 그러나 꽉 붙들린 시선은 놓여지지 않았다. 이쪽의 눈을 똑바로 들여다보는 갈색 눈동자. 햇살을 받아 투명해진 그의 홍채는 흡사 금빛으로 보인다.

"다섯 시간이나 기다렸어. 어디 가서 얘기 좀 해."

"나중에 해. 사진부터 찍어야 하니까."

"사진? 뭔 사진?"

남자가 얕게 눈살을 찌푸렸다. 그래피티의 정확한 용도에 대해서는 설명을 듣지 못한 모양이다. 하기사 베런의 성격을 생각하면 모르는 것이 당연했다. 돈 줄 테니 시키는 일이나 하라고 했겠지. 안 봐도 알 것 같은 상황을 짚으며 여자가 긴 숨을 뱉었다.

"하긴. 굳이 알 필욘 없겠지만."

"뭔 소린지 알아듣게 말을 해."

"뭔 소린지 몰라도 상관없단 소리야."

"젠장, 금발 놈이랑 똑같은 소리 하네."

그가 부드럽게 웃는 얼굴로 욕설을 지껄인다. 그 얼굴을 외면하며 제인은 맞은편 건물로 들어갔다. 거리에 홀로 남은 요한이 빚쟁이처럼 뒤를 따랐다.

여자가 들어간 건물은 8층짜리 호텔이었다. 3성급이라기엔 조금 누추하고 2성급을 붙이면 서운할 것 같은 오래된 숙박업소. 제인은 카운터를 지나 로비에 대기 중인 승강기에 올라탔고, 야박하게도 닫히는 자동문 사이를 요한이 잽싸게 통과해 들어왔다.

"매너 없는 것도 똑같고."

그 빌어먹을 금발 놈이랑. 구시렁대는 남자를 여자는 못 들은 척했다. 비좁은 승강기는 두 사람을 싣고서 느릿느릿 위로 올라갔다. 낡은 기계 안의 공기가 무척이나 낯설었고, 제인은 입을 꾹 다문 채 그 어색한 기류를 들이마시다 승강기가 7층에 도착하자마자 문밖으로 걸어 나갔다.

그리고 706호. 며칠 전부터 드나들고 있는 객실 앞에 선 채 뒤따라온 남자를 의식한다.

호텔은 텅 빈 것처럼 조용했다. 카펫이 깔린 복도와 양쪽으로 늘어선 문들 너머 어디에서도 텔레비전 소리 한 줄 새어 나오지 않았다. 외투 주머니 안에 손을 넣어 객실 열쇠를 쥐었으나 등 뒤에 선 남자는 말이 없다. 사탕이라도 물고 있는지 남자에게서는 달큰한 과일 냄새가 풍겼다.

"안에까지 따라올 생각이야?"

"여기로 온 건 그쪽이야."

"따라오라고 한 적은 없어."

"우리 할 얘기가 있었던 것 같은데."

"이야기하기에 적절한 장소는 아닌 것 같아서."

"호텔보다 적절한 장소가 또 있나?"

문을 향해 서 있던 여자가 뒤쪽으로 고개를 돌렸다. 두 걸음쯤 떨어져 선 요한은 눈이 마주치자 빙긋 웃어 보인다. 이 남자는 뭐가 좋아서 자꾸 실실대나. 제인이 조금 한심한 눈으로 대꾸했다.

"그쪽과 나한테 적절한 장소는 아닌데."

"나도 뭐, 처음 만난 여자랑 이런 데 온 적은 없어."

요한이 말을 이었다.

"두 번은 만나야 올 만하지."

지금처럼. 덧붙이며 웃는 얼굴은 잘생겨서 더 얄밉다. 처음 봤을 때부터 알았지만 꽤나 뻔질대는 남자였다. 시니컬한 단어를 시내 곳곳에 남겨 놓은 사람. 경찰국 본부를 반년간 오가며 NYPD를 골탕 먹인 그래피티 아티스트. 긍지 높은 예술대학을 가짜라고 비웃어 준 거리 예술가에 대해 제인이 기대했던 이미지와 이 남자는, 실로 너무하다 싶도록 겹치는 구석이 없다.

진짜 세븐써리가 맞긴 한 걸까. 입술을 다문 채 남자를 보았다. 밝은 갈색의 눈동자가 물끄러미 이쪽을 마주 본다. 무게 없는 미소 속에서 여자를 응시하는 눈동자는 유리알처럼 빛을 냈다.

"여기다 계속 세워 둘 건 아니지? 나 새벽부터 나와서 좀 피곤한데."

요한이 넉살 좋게도 볼멘소리를 했다. 어처구니없다는 얼굴로 쳐다보다가 제인은 아까부터 손안에서 뱅뱅 돌던 열쇠를 꺼냈다. 이렇게 된 이상 다른 방법이 없다. 허술하도록 간단한 잠금장치는 한 번의 삽입으로 쉽게 풀렸다.

내부를 드러낸 객실은 단출했다. 커다란 침대와 작은 크기의 텔레비전, 창가 테이블이 딸린 방은 오래됐으나 말끔했다. 그 방으로 여자가 먼저 들어가 테이블 위에 카메라 가방부터 내렸다. 창문을 가린 두꺼운 커튼을 젖히자 맞은편 옥상에 선 산타클로스가 정면으로 보인다. 바깥을 조망한 다음 가방의 지퍼를 열고 안에 든 카메라와 렌즈를 꺼냈다.

"카메라?"

능숙하게 기기를 다루는 광경에 요한은 관심을 숨기지 않았다. 언제 따라 들어왔는지 테이블 의자 하나를 빼내 편안히 앉아서 구경 중이다. 얌전히 닫힌 객실 문을 눈으로 확인한 제인은 그러나 남자 쪽으로는 시선조차 주지 않았다.

광각렌즈를 카메라 몸체에 장착한 다음 유리창을 열었다. 날씨는 원하던 대로 화창했다. 정오에 가까워지는 늦은 오전의 태양광은 오후의 것보다 투명하다. 산타클로스가 입은 빨간 옷의 색채가 덕분에 한층 과장돼 보였다.

"뭐 찍는 거야?"

"산타."

"산타?"

셔터를 누르며 건성으로 대답했다. 처음 몇 번은 창가에 선 채로 찍었지만 조금씩 창 너머로 나가더니 나중에는 건물 밖으로 상체를 절반 이상 내민 채 셔터를 눌러 댔다. 뷰파인더에 온 신경을 집중하며 대여섯 장을 더 찍은 다음에야 창 안쪽으로 몸을 물렸다. 광각렌즈를 분리하고 망원렌즈를 끼우는 모습을 지켜보다 요한이 물었다.

"산타 사진을 왜 찍는 건데?"

"곧 크리스마스니까."

"크리스마스? 교회 다녀?"

되묻는 말 끝에 웃음기가 묻어났다. 그러나 여자는 여전히 조금도 웃지 않았다.

"뉴욕의 크리스마스는 산타 생일 같아."

카메라를 만지며 제인이 말했다. 남자는 여전히 팔짱을 끼고 앉아 이쪽을 본다.

"그러니 신이 여길 내려다본다면, 불쌍히 여기지 않겠어?"

소비의 신과 그의 탄신일. 크리스마스가 다가오면 누구나 물건을 산다. 사람들은 불필요한 물건을 사기 위해 열심히 돈을 벌고 돈을 버느라 포기한 것들을 보상하기 위해 더욱 열심히 물건을 산다. 더 비싼 것을 사려면 더 많은 것을 포기해야 하고 덜 비싼 것을 사려면 열등감을 감내해야 한다. 도무지 끝이 없는, 결승점도 승자도 없는 무의미한 마라톤. 그러니 만일 신이 이 광경을 지켜본다면 우리는 참 가련해 보이겠지.

"신이 있다고 생각해?"

가련함. 가여움. 비참함. 몇 시간 전 제가 그려 놓은 그래피티를 내다보며 요한이 물었다.

"있으면 좋겠다고 생각해."

딱딱하게 대답하는 여자를 그는 바라보았다. 화장기 없는 얼굴은 조그맣고 카메라를 만지는 손가락은 터무니없이 가늘다. 하나로 질끈 묶은 검고 곧은 머리카락. 검은색 코트에 검정 러닝화. 처음 보았을 때와 마찬가지로 여자는 나이를 가늠하기 어려웠다. 온통 검정 일색인 차림새도 그때와 마찬가지.

"너 몇 살이야?"

뷰파인더에 얼굴을 가져다 대던 제인이 살짝 눈살을 찌푸렸다. 대놓고 나이를 묻는 질문은 너무나 오랜만이라 조금 당혹스러웠다. 그녀는 카메라에서 떼어 낸 시선을 남자에게로 옮겼다. 의자에 편안히 기대어 앉은, 이쪽을 올려다보는 남자의 갈색 눈동자. 빙글대는 얼굴이 아마도 저와 비슷한 또래일 거라 제인은 생각한다.

"스물넷. 넌 몇 살인데."

요한이 눈썹을 위로 치켰다.

"너랑 동갑."

또래일 줄은 알았지만 동갑일 줄이야. 남자는 이제 웃음을 뚝뚝 낭비하며 놀라운 친화력을 발휘하는 중이다. 지나치게 준수해 일견 퇴폐적으로마저 보이는 그 얼굴을 그녀는 생경하게 바라보았다.

요한 리.

뉴욕에서 자란 이들만의 독특한 냄새가 있다. 불친절하고 오만하며 위험한 냄새. 리오와 베런을 비롯하여 그녀가 아는 뉴욕 출신들은 하나같이 비슷한 냄새를 풍긴다. 요한은 하던 거 계속하라는 것처럼 눈짓을 하고는 창밖으로 고개를 돌렸으나, 제인은 계속하여 그의 옆얼굴을 바라보았다. 같은 나이의 동양인. 익숙한 성씨. 경박한 말투와 가벼운 웃음. 스스럼없이 거리를 좁혀 오는 낯선 남자. 그러나 나이와 피부색이 같다 하여 경계를 늦춰선 안 된다. 설령 같은 곳에 뿌리를 두었을지언정 그는 분명 제인과 다른 부류의 인간이다.

"나한테서 차마 눈을 뗄 수 없는 심정은 이해하겠는데 그만 쳐다보고 하던 일이나 빨리해. 나 궁금한 거 많으니까."

창밖을 향해 시선을 둔 채로 요한이 말했다. 시야가 넓은 건지 감이 좋은 건지 쳐다보는 건 또 어떻게 알았나. 동요를 들키지 않도록 제인은 얼른 뷰파인더에 얼굴을 박았다. 고개를 돌린 남자의 옆얼굴이 슬쩍, 소리 없이 웃는 것 같았다.

망원렌즈를 통해 맺힌 상은 손에 닿을 듯 가까웠다. 붉은 벽돌 위 새하얗게 그려진 철자들을 세세히 눈으로 살폈다. 몇 차례 셔터를 누르던 제인이 이만 카메라를 내려 둔다. 과일 냄새를 풍기며 앉아 있는 남자 때문에 실은 좀처럼 집중이 되질 않았다.

"뭐가 궁금한데."

말하며 창문을 닫고 커튼을 쳤다. 내도록 창밖을 보던 요한이 이쪽으로 고개를 돌렸다. 여자는 가까이 마주 앉는 대신 멀찍이 침대 끝에 걸터앉았다. 단단히 깃을 여민 검은색 외투 위로 빠져나온 얼굴이 희다.

"지금 이 엿같은 상황, 네가 시킨 거야?"

엿같은 상황이라. 제인은 그게 뭘까 천천히 눈을 슴벅이다 고개를 끄덕였다.

"그런 셈이지."

"그럼 그 금발 놈이 네 심부름꾼인 거네."

피식 웃음이 났다. 금발 놈. 본인이 들었다면 틀림없이 불쾌감을 숨기지 않았을 것이다. 그나저나 심부름꾼이라. 엄밀히 따지자면 자신의 심부름꾼은 아니었으나 제인은 굳이 부정하지 않기로 했다. 이 남자는 아무것도 알지 못한다. 저를 찾아내 접근한 남자의 이름조차 모르는 눈치다. 베런 콜린스는 누구에게도 친절히 설명할 줄 모르는 인간이니 당연히 그럴 것이다. 이쪽 사람들은 다른 세계 사람에게 함부로 정체를 드러내지 않는다. 그러니 이 남자는 우리에 대해서도 아는 것이 전혀 없을 것이다.

우리에 대해. 거기까지 생각한 제인이 쓰게 웃었다.

"내 그래피티로 사진 찍어서 뭐 하게?"

"졸업 작품에 필요해."

"졸업 작품?"

졸업 작품이라니. 살짝 눈살을 찌푸린 남자를 향해 여자가 말을 이었다.

"대학에서 사진을 전공했어. 곧 졸업인데, 전시회에 제출할 연작에 세븐써리 그래피티를 넣고 싶어서."

졸업 작품. 고급스런 행색의 금발 남자가 패거리까지 동원해 가며 주선한 협업이 겨우 대학생의 졸업 작품. 요한은 하마터면 시원하게 욕을 할 뻔했다. 아직 잘 알지도 못하는 여자 앞에서.

"아아, ……졸업 작품."

이어 생각했다. 여자는 역시나 어려운 단어를 쓰는 대학생이다. 뜯어 먹지도 못할 사진 따위를 전공으로 택한 걸 보면 역시나 팔자가 늘어진 부잣집 딸이다. 졸업 작품이 얼마나 중요한 건지는 모르겠으나 길거리 낙서꾼에게 3만 달러를 선뜻 지불하며, 롤스로이스를 몰고 몽블랑 펜을 쓰고 맞춤 수트를 입는 남자를 심부름꾼으로 부린다. 동양인만 아니었다면 라스트 네임이 카네기일 수 있다고 충분히 의심할 만한 환경. 아시아에도 카네기 같은 갑부는 있겠지. 요한은 문득 여자의 성이 궁금해졌으나 우선은 더 궁금한 것부터 묻기로 한다.

"날 어떻게 알았는데?"

"뉴욕 살면서 그래피티 아티스트 몇쯤 모르는 사람도 있을까."

"너 같은 업타운 걸도 알 줄은 몰랐거든."

"너 같은 관심 분자를 모르기도 쉽지 않아."

"관심 분자?"

별 소릴 다 듣네. 그가 흥미로운 얼굴로 상체를 당겼다. 팔짱을 낀 제인은 여전히 건조한 표정.

"경찰 본부에 장난쳤잖아. 괴도 루팡 흉내 내면서."

"짭새들 약 올리는 거 내 취미야. 그리고 루팡이 아니라 스파이더맨이거든?"

"작년 볼드랍 땐 타임스퀘어에 낙설 해 놨었지, 아마."

"버진 레코드 건물. 그때 엠티비 생방에 나왔었지."

"마돈나 뮤직비디오에도 한 컷 잡혔고."

"보그 화보도 뒤져 보면 몇 장 있을걸."

"맞잖아, 관심 분자."

남자가 고개를 숙이며 키득댔다. 원래 저렇게 웃음이 헤픈 모양이지. 생각한 순간 그가 비스듬히 눈을 치떠 시선을 마주쳐 왔다. 뚜렷한 눈매였다. 눈꺼풀과 속눈썹, 눈동자와 흰자위의 경계마저 그린 듯 분명한 눈. 저도 모르게 순간 호흡이 무너져 제인은 아주 잠깐 숨을 멈추는 쪽을 택했다.

"내 열성 팬을 이렇게 만날 줄은 몰랐네."

요한이 조금 더 웃는다. 그러나 이완된 얼굴과 달리 눈빛에는 불티가 번쩍였다. 광기 같기도 색기 같기도 한 묘한 빛. 어느 쪽이든 여자에게는 위협적이다.

"뭐, 덕분에 떼돈 벌게 됐으니 고맙다고 해야 하나."

돈을 주기로 했다는 건 들었으나 얼마인지까지는 알지 못했다. 브루클린이나 퀸즈 출신임에 분명한, 멀끔한 차림새의 건달 같은 남자가 말하는 떼돈이란 얼마쯤일지 제인으로서는 감도 잡히지 않았다. 하나를 보면 열을 안다고 대부분의 사람들이 한창 일할 시간에 한가로이, 잘 알지도 못하는 여자를 따라 호텔방에 죽치고 앉은 걸 보면 건실한 인간은 확실히 아닌데. 뭐 하는 남자일까. 그녀는 두 눈을 가늘게 뜬 채, 마치 그의 얼굴에 해답이 적혀 있기라도 하듯 면밀히 살펴본다.

"아 그리고 다음부턴 단어 좀 미리 줘. 크리스마스 전에 필요하다면서 목전에 주는 건 대체 무슨 매너야? 어제 연락받고 진짜 기가 차서."

나도 크리스마스 때 찾아갈 가족이 있다고. 요한이 농담처럼 가벼이 투덜대자 제인은 얼굴을 굳혔다.

분명 일주일 전에 베런에게 단어를 넘겼다. 그리고 당일부터 이 객실을 빌려 수시로 와 보았다. 밤손님처럼 나타날 낙서꾼과 마주칠 가능성이란 몹시 희박하겠으나 그래도 운을 빌어 보았다. 그러나 일주일이 다 되도록 연락도 그래피티도 나타나지 않아 이상하단 생각은 했다.

'한가하지 않은 사람이 수고를 자처할 때는 그만한 이유가 있지 않을까요.'

제인은 이어 생각했다. 요한이 어제 단어를 받았다면 그건 베런이 닷새 동안 전달하지 않았단 뜻이다. 연락책을 자처하며 양쪽의 시간을 어그러뜨렸다. 무척이나 궁금해한다는 걸 알면서 이 남자와 마주치지 않도록 세심하게도 신경과 머리를 썼다.

'귀찮은 일이라도.'

그녀는 베런의 푸른 눈동자를 상기한다. 그날, 센트럴 파크 앞 거리에서, 우연히 제게 말을 건 남자를 한참이나 바라보던 뒷모습을 떠올린다. 겨울 호수처럼 차가운 푸른 눈. 그때 그 눈은 이 남자를 어떻게 바라봤을까.

지그시 입술을 안으로 깨물었다.

'안전에 문제가 생길까 봐 그럽니다, 미스 비첼리오.'

탕! 귀청이 터질 듯한 환청이 귓가를 울렸다.

"근데 너 이름이 뭐야."

제인이 눈을 들어 남자를 마주 본다. 이름이 뭐야. 입 속을 구르는 몇 개의 음절들 사이로 혀가 굳어졌다. 침묵을 제멋대로 해석한 요한이 조금 뻣뻣하게 덧붙였다.

"알 필요 없다, 뭐 그딴 소리는 이제 그만 듣고 싶은데."

왼쪽으로 살짝 기울어진 얼굴. 그 얼굴을 향해 여자가 천천히 입술을 뗐다. 메마른 입술 사이로 낮은 음성.

"제인 헤닝."

요한은 순간 미간을 움찔거렸다. 그리고 거의 자동적으로 여자의 왼손을 본다. 그러나 약지를 포함한 어느 손가락에도 반지는 없었다. 결혼반지를 거추장스러워하는 여자일 수도 있지. 유부녀가 아니라면 입양인일까. 남편은 고사하고 애인도 없을 것 같은데. 그래, 입양인일 거야. 갖가지 생각이 미처 수습할 틈도 없이 사방으로 튀어 내심 당혹했다.

그래서 그는 입을 꾹 다문 채 여자를 바라보았다.

킴도, 리도, 파크도 아닌 헤닝. 예상치 못한 이름의 배경이 궁금했지만 요한은 감히 사정을 묻지 못한다. 검은 옷을 입은 검은 머리의 여자. 표정 없는 눈과 딱딱하게 굳어진 입가. 소녀처럼 조그맣고 흰 얼굴이 왠지 금방이라도 울음을 터뜨릴 것 같아서.

"제인, ……헤닝."

어울리지 않는 이름을 되짚으며 그는 가볍게 고개를 끄덕였다.

여자는 한국인이다. 요한은 확신했다.

그녀의 영어는 완벽했다. 다만 모음을 발음할 때 미미한 억양이 섞여 나왔다. 많은 사람들은 차이를 알지 못하겠으나 요한의 귀에는 확실했다. 대여섯 살 무렵 엄마 손에 이끌려 한인 교회에 갔던 때 이후로 지금까지, 그 나라 사람들이 구사하는 다양한 수준의 영어를 지겹도록 들었으니까.

억양이 남아 있으니 분명 십 대 이후 영어를 배웠을 것이다. 보통 입양아는 열 살 미만 어린애들로 데려오지 않나. 사춘기 십 대 여자애를 외국에서 입양해 올 사람이 있을까. 역시 부모와 함께 한국에서 이민 왔다는 가설이 가장 설득력 있다. 그럼 역시, 미세스 헤닝인가.

미세스 헤닝이면 결혼반지는 왜 안 끼고 다녀.

"젠장."

타인의 이름의 근원에 대해 혼자 치열하게도 생각하던 요한이 욕설을 중얼거렸다. 실은 그 이름을 들은 직후부터, 머뭇대는 여자를 다그쳐 연락처를 교환하고 어딘가 미진한 기분으로 헤어져 집으로 돌아오는 내도록, 혼자 라디오를 들으며 식은 피자로 저녁을 때우던 시간까지도 간헐적으로 그 생각을 했다. 심지어 두 번의 밤이 지나고 크리스마스이브를 맞은 지금, 부모를 만나러 지하철에 올라 이스트

리버를 건너는 이 순간까지도 빌어먹을 헤닝은 불쑥불쑥 떠올라 그의 신경을 거스른다.

'요한아, 엄마야. 내일 집에 올 거지? 저녁때 꼭 와.'

엄마의 음성메시지는 짧았다. 길게 이야기할 일은 없겠으나 그럴 수도 없다. 영어를 못 하는 부모는 영어밖에 못 하는 아들에게 긴 이야기를 할 수 없다.

'너 좋아하는 불고기 재 놨어. 내일 저녁에 꼭 와. 알았지?'

그러므로 엄마의 목소리는 정확히 그가 예상한 만큼, 예상했던 내용만을 남기고 끊어졌다.

지하철역을 빠져나오자 찬 공기가 얼굴로 달려들었다. 오늘은 그나마 바람이 잔잔해 혹한이 괴롭지는 않다. 요한은 아파트를 향해 빠르게 걸었다.

그가 세 살 때 이사 온 낡은 아파트에 부모는 여전히 살고 있다. 뉴욕의 가난한 사람들은 임대료가 싼 아파트에 한번 들어가면 늙어 죽어서야 나오는 경우가 태반이므로 20년 넘게 살았단 것은 전혀 놀라운 일이 아니다.

제가 자란 동네를 그는 익숙하게 걸었다. 아버지는 세상없어도 매일 저녁 7시 반에 밥상을 받는 이상한 고집을 지닌 남자다. 하나뿐인 아들이 늦더라도 아무 상관 없이 밥을 먹을 것이고 피차 신경 쓰지 않는 거야 요한도 마찬가지일 것이다. 서두르는 이유는 순전히 엄마 때문이었다. 불고기가 식을까 차마 접시에 담지도 못한 채, 남편의 눈치와 벽시계를 번갈아 보며 초조하게 기다릴 엄마 때문에.

겨울의 짧은 태양은 일찌감치 져 버렸다. 사방은 한밤중처럼 어두웠고 하늘은 눈이 올 것처럼 부옇게 흐렸다. 성탄 전야의 거리는 한적했다.

고등학교를 졸업하자마자 기다렸다는 듯 방을 얻어 나간 후부터 요한은 이 집에 좀처럼 발을 들이지 않았다. 그 집에서 저녁 식사를 하는 것도 크리스마스이브와 추수감사절, 1년 중 딱 두 번이다. 부모와 저녁을 함께 먹은 기억은 같이 살 때도 거의 없었으니, 세 가족이 식탁에 함께 둘러앉기 시작한 것은 오히려 요한이 독립해 나온 이후부터였다.

5년 전에 나온 집이지만 열쇠는 아직 갖고 있다. 그는 굳게 잠긴 아파트 로비 문을 열고 안으로 들어가 1층 두 번째 문으로 걸어갔다. 현관 열쇠를 찾아 문을 열었다. 묵직하게 열리는 오래된 철문 틈으로 달착지근한 음식 냄새가 훅 끼친다. 간장과 참기름, 갓 지은 쌀밥의 구수한 냄새. 입 안에 절로 침이 고였다.

"요한이 왔구나. 춥지?"

안에서 기다리던 엄마가 종종대며 현관으로 나왔다. 그는 운동화를 벗으며 들고 있던 케이크 상자를 내밀었다.

"뭘 이런 걸 사 와, 그냥 오지. 얼른 들어와. 밥 먹자."

마른 얼굴에 번지는 수줍고도 어색한 웃음. 케이크 상자를 들고 주방으로 들어가는 엄마의 뒷모습을 보다가 벽에 걸린 시계로 눈을 돌렸다. 7시 25분. 요한은 거실을 가린 파티션 쪽을 힐끗 쳐다본다. 언제나처럼 안쪽에서는 한국어 라디오 방송이 흘러나왔다.

가뜩이나 좁은 주방에 세 명이 둘러앉자 빈틈없이 공간이 찼다. 벽에 바짝 붙여 놓은 식탁을 중심으로 요한과 아버지가 마주 앉았다. 엄마는 밥을 푸고 국을 나르느라 홀로 종종거린다. 이마가 닿을 듯 가까이 앉아 있는 부자는 대화는커녕 인사조차 나누지 않았다.

"요한이 많이 먹어. 밥은 잘 먹고 다니니? 얼굴이 좀 마른 거 같은데."

한 공기 꽉 채운 쌀밥을 아들의 앞에 놓아 주며 얼굴을 들여다본다. 밥 잘 먹고 다니니까 걱정 마. 그 정도는 한국어로 대답할 수 있지만 엄마는 말할 틈도 주지 않고 조리대로 몸을 돌렸다. 큰 접시에 수북하게 담긴 불고기를 식탁 중앙에 놓고는 요한 쪽으로 조금 밀어 두었다. 잡채와 모둠 전, 색색의 나물들. 모처럼 받는 한식 식탁은 푸짐했다.

"Thanks."

요한은 젓가락을 집어 들었다. 역시 가장 먼저 집는 것은 불고기다. 여기 살 때는 한국 음식이 지겨워 마냥 끔찍했는데 막상 독립해 나가니 가장 생각나는 것도 이 음식이었다. 그래서 그는 가끔 혼자 코리아타운을 찾아가 한식을 사 먹기도 한다.

"너는 밖에서 뭐 해 먹고 사는 거야."

막 밥을 한 술 떴을 때 아버지가 물었다. 곁에 앉은 엄마가 긴장하는 것이 느껴졌다. 요한은 잡채 접시로 젓가락을 가져가며 건성으로 대답한다.

"일해(I got a job)."

"그러니까 무슨 잡이냐고."

"알 게 뭐야(Who cares)."

"이 자식이. 한국말 안 해?"

가르쳐 줬어야 하지. 요한은 음식물을 삼키며 속으로 중얼댔다. 아버지의 잔소리는 못 들은 척 잠자코 흘려보낸다. 재미도 의미도 없는 돌림노래는 귀담아들어 봤자 화만 나니 무시하는 게 수다. 그가 아주 어렸을 때부터 스스로 터득한 방법이었다.

"그만해요, 애 오랜만에 와서 밥 먹는데."

"오랜만에 온 게 잘한 거야? 부모 알기를 뭐같이 아는 놈이. 너는 엄마한테 잘 먹겠습니다, 그 말도 못 하냐?"

지가 아주 미국 놈인 줄 알지. 불만스레 중얼대는 소리에 요한이 기어이 미간을 굳혔다.

"대학을 안 갈 거면 기술을 배우라니까. 정비 기술 있잖냐, 차 고치는 거. 그런 거 배워서 일을 시작해. 나중에 카센타 같은 거 하고 살면 좋잖아."

예순이 가까운 나이에도 아버지는 체격이 좋았다. 젊은 시절 한국에서 유도선수 생활을 했다는 것은 요한도 알고 있다. 몸이 왜소하고 뼈대가 가는 엄마 때문인지 그의 몸은 아버지만큼 우람하지는 않았다. 대신 신체의 균형미는 아들 쪽이 월등하다.

"너는 영어도 잘하겠다 시민권잔데 못할 게 뭐가 있냐. 네 엄마랑 나는 미국 올 때 딱 삼백 불 갖고 비행기 탔어. 부지런히 일해서 돈 모아서 가게 열고 했다고."

이것 또한 이미 천 번은 더 들은 돌림노래. 요한의 젓가락질은 이제 눈에 띄게 더뎌졌다. 반도 훨씬 더 남은 밥공기는 여전히 수북한데 입 안은 모래 한 줌을 욱여넣은 듯 욕지기가 올라왔다. 그러나 오늘은 크리스마스이브. 너 좋아하는 불고기 재 났어. 떠올리며 그는 조용히 깊은 숨을 들이쉬었다.

"만나는 여자는 있냐? 미국 기집애들 만나지 말고 한국 여자를 만나야지. 우리 교회 보니까 참한 아가씨들 많더라. 너 주일마다 교회는 나가냐?"

"여보, 그만 좀,"

"아 뭘 그만해? 다 지 잘되라고 하는 소린데. 번듯한 직장이 있길 하나, 기술이 있나. 허우대는 멀쩡해 가지고 일찌감치 결혼이나 하던가. 하나 있는 아들놈 얘기만 나오면 할 말이 있어야지. 교회 사람들 보기 창피해서 원."

탁. 요한이 기어이 젓가락을 내려놨다. 주방의 분위기는 일순 싸늘히 식었다. 거실에서 여전히 들려오는 한국어 라디오 방송. 저들끼리 깔깔대던 진행자들이 크리스마스 캐럴을 틀었다.

"끝났어(Are you done)?"

가라앉은 목소리로 물었다. 대답을 바라고 한 질문이 아니니 당연히 저쪽은 대꾸하지 않았다. 요한이 다시 입술을 뗀다. 화를 누르듯 음성은 조금 더 가라앉았다.

"시발, 다 끝났냐고."

부모는 영어에 매우 서툴다. 그러나 이 정도는 알아듣는다는 것을 요한은 안다. 모르는 언어일수록 욕설은 가장 먼저 들리는 법이니까.

"너 이 자식,"

"왜. 아들 새끼가 고분고분 말 안 들어서 화나? 말도 안 통하고, 이젠 어릴 때처럼 때리지도 못하고, 답답해 미치겠어?"

"이요한!"

"난 내가 알아서 살아. 어떻게 살든 무슨 상관인데. 이럴 거면 앞으로 나 부르지 마. 미친 소리 듣는 것도 이제 시발 지겨우니까."

내가 여기 왜 왔을까. 예상 못 한 것도 아니면서. 그는 다만 쓰게 웃으며 일어섰다. 무시하듯 식사를 계속하는 아버지의 정수리는 여전히 새카맣게 숱이 많다. 요한은 의자 등받이에 걸어 둔 파카를 집으며 현관으로 향했다.

"얘 어디 가니, 밥 먹다 말고……."

엄마가 뒤따라 일어났으나 젊은 남자의 보폭을 따라잡을 수 없었다. 이미 운동화에 발을 쑤셔 넣고 현관문을 연 요한은 뒤도 돌아보지 않고 복도로 나갔다. 파카를 걸쳐 입으며 아파트 로비로 빠져나가는 동안에도 엄마가 부르는 소리가 뒤통수를 쳐 댔다.

"요한아! 이요한!"

무슨 일이 벌어질지 안다. 그러니 다툼이 더 커지기 전에, 욕설이 더 심해지기 전에, 목소리가 더 높아지기 전에 스스로 퇴장하는 것이 모두에게 유익하다. 그래서 그는 못 들은 척 도망치듯 아파트를 빠져

나왔다.

밤거리는 아까보다도 조용해졌다. 성긴 눈꽃이 하나둘 콧등 위로 떨어진다. 종일 흐리던 하늘이 기어이 눈을 뿌릴 모양이다. 요한은 파카 깃에 턱을 묻으며 지하철역을 향해 다시 걸었다.

요한 리와 이요한.

그는 둘 중 무엇도 온전히 되지 못한다. 단 한 번 가 본 적도 없는 나라는 평생에 걸쳐 그에게 엉뚱한 정체성을 강요했다. 미국 사회는 그를 한국계로 분류하고, 한인 사회는 그를 실패자로 취급하며, 한국에서는 아마 외국인보다도 못한 이방인일 것이다. 그래서 요한은 한국이 싫었다. 한국과 이어진 것이라면 무조건 피했다. 혼란에서 탈출하기 위해 철저히 미국인이 되는 쪽을 택했지만 그 또한 불가능하다는 건 조금 늦게 깨달았다. 그렇게 살다 보니 결국 어느 곳에도 온전히 속하지 못한 기형아가 되어 버렸다.

Pitiableness

그는 표정 없는 얼굴로 그래피티를 올려다본다. 공중에서 포슬눈이 가늘게 흩날렸다. 차갑고도 잔잔한 대기로 허옇게 입김이 흩어졌다. 화이트 크리스마스. 성탄 전야를 맞아 고요한 소호의 골목은 낭만적이다.

지하철에 올라 멍하니 앉아 있다 보니 내릴 역을 지나쳐 있었다. 지나친 김에 조금 더 기다려 소호에서 내렸다. 이미 작업을 끝낸 그래피티로 되돌아가는 것은 전에 없던 일이다. 그런데도 왜 그랬냐고 묻는다면 딱히 할 말은 없다. 반드시 까닭을 대라면, 그저 무언가에 이끌렸다 할밖에.

'그러니 신이 여길 내려다본다면, 불쌍히 여기지 않겠어?'

요한은 거리 한중간에 선 채 건물 꼭대기를 올려다보았다. 붉은 옷을 입은 산타도 이틀 전 그려 놓은 낙서도 여전히 그 자리를 지키고 있다. 맞은편의 낡은 호텔 쪽으로 슬쩍 고개를 돌렸다. 706호가 어디쯤일지 눈으로 더듬었다. 대강 그쯤일 듯한 객실은 그러나 불이 꺼져 검게 죽어 있었다.

삐빅.

청바지 주머니에서 대뜸 호출기가 울렸다. 화들짝 놀란 심장이 별안간 빨리 뛰기 시작한다. 근원 모를 긴장과 기대 속에 재빨리 호출기를 꺼냈으나 디스플레이에 찍힌 번호는 낯이 익었다. 늘 집까지 코카인을 가져다 달라고 배달을 요구하는 젊은 남자인데, 단골인 데다 매번 팁까지 후하게 챙겨 주는 젠틀한 손님이었다. 크리스마스이브에도 약 파티를 즐기는 인간은 곳곳에 넘쳐 난다. 뉴욕의 크리스마스는 산타 생일 같아. 그는 여자의 목소리를 떠올렸다. 쇼핑에 목을 매는 사람들에게 내일이 산타 생일이라면 마약에 취한 사람들은 사탄의 생일을 축하하는 건가.

'신이 있다고 생각해?'

'있으면 좋겠다고 생각해.'

세상에 신 따위는 없다. 스물네 살이나 먹었는데 여태 그것도 몰라. 다시 한번 픽 웃으며 하늘을 향해 고개를 젖혔다. 슬슬 떨어지던 눈발이 눈에 띄게 굵어졌다. 빌어먹게도 낭만적인 크리스마스이브의 밤, 홀로 거리에 선 요한은 배가 고팠다.

그리고 자문한다. 이게 무슨 미친 짓이람. 지금 여기서 난 뭘 하는 걸까. 무엇을 기대하고 있나.

혹은, 누구를 기다리고 있나.

신인지 산타인지 사탄인지 알지도 못하는 이의 생일 전날. 크리스마스 따위 나랑 무슨 상관인데. 요한은 부러 소리 내 스스로를 비웃어 주었다. 여자 만난 지 너무 오래돼서 그런가. 낭만적인 분위기에 휩쓸려 어울리지도 않는 짓을 하고 있다.

그는 이만 그래피티에서 시선을 뗐다. 그만 돌아가 돈이나 벌자. 환각이 필요한 외로운 인간에게 사탄의 가루나 전해 주는 것이 요한리에게 어울리는 짓이다. 배가 고픈 탓인지 몸이 다 떨리는 것 같았다. 냉장고에 남은 피자가 있었나. 기억을 뒤지며 브로드웨이를 향해 몸을 돌렸다.

그리고 거짓말처럼, 거기 그 여자가 서 있었다.

제인 헤닝.

요한은 걸음을 멈췄다. 목덜미와 귀 언저리에 우르르 솜털이 일어선다. 남자와 여자는 거리를 둔 채 서로를 바라보았다. 두 사람 사이로 노르스름한 인공의 빛이 고였다. 낙하하는 눈송이는 조금씩 무거워지고, 낭만적인 겨울밤은 바람 없이 잔잔하다.

한 움큼의 침묵이 지나간 끝에,

"메리 크리스마스."

나지막한 목소리로 요한이 말했다.

"……메리 크리스마스."

잠시 머뭇거리다, 제인이 대답했다.

브루클린 하이츠의 타운하우스 앞에 롤스로이스가 멈춰 섰다. 연한 갈색 사암으로 지은 3층짜리 브라운스톤은 모든 창에 불이 켜져 있었다. 세단이 지나온 골목의 반대쪽 끝으로 강변 공원이 있고 그 위쪽으로 브루클린 브릿지의 도입부 아치가 배경처럼 서 있다. 밤 10시에 가까워지는 시각. 강 건너편의 맨해튼은 불빛으로 찬란하고, 눈

내리는 강가는 무인도처럼 고요하다.

베런이 룸미러를 통해 힐끗 뒤쪽을 살폈다. 여느 때처럼 오른쪽 좌석에 앉은 남자는 아무런 말이 없었다. 굳게 입을 다문 채 사색하듯 앉은 남자를 충분히 기다려 짧게 물었다.

"찾아볼까요."

리오는 곧장 대답하지 않았다. 적절한 답을 고르듯 조금 더 침묵하다 한숨처럼 대답한다.

"됐어."

그리고 또다시 정적.

"들어가 봐."

그가 스스로 차 문을 열고 보도로 올라섰다. 베런이 황급히 운전석 문을 열자 리오는 됐어, 재차 짧게 만류하고 문을 탁 닫아 버렸다. 그가 계단을 지나 현관문을 열 때까지 롤스로이스는 움직이지 않았다. 주인의 모습이 집 안으로 완전히 사라진 것까지 확인한 후에야 검정 세단은 비로소 천천히 골목을 빠져나갔다.

아무도 없는 타운하우스 내부는 조용했다. 뚜벅뚜벅. 남자의 구둣발이 내는 느릿한 소음만이 3층짜리 너른 집의 유일한 기척이었다. 잘 정리된 집 안은 무척이나 밝았고 또한 괴이하리만치 고요했다.

집 전체 구석구석 불이 환하게 들어와 대낮 같았다. 주인은 현관에 놓인 슬리퍼로 갈아 신고 계단을 오른다. 그가 주로 머무는 2층은 침실과 서재, 빈방 하나로 이루어져 있는데 욕실과 드레스 룸이 딸린 침실이 공간의 대부분을 차지했다. 킹사이즈의 침대와 협탁, 이 인용 가죽 소파와 윙체어가 멀찍이 간격을 두고 배치돼 있다. 그리고 한편에 놓인 큼직한 리커 캐비닛. 리오는 침실에 딸린 드레스 룸으로 곧장 걸어 들어갔다.

몸에 걸친 코트 주머니에 손을 넣었다. 커다란 손에 작은 크기의 상자가 딸려 나온다. 정성스럽게 포장된 흰색 상자와 붉은 밀랍 봉인. 그는 손바닥 안의 상자를 잠깐 바라보다 선반 위에 올려 두었다. 코트를 벗어 옷걸이에 걸고 넥타이를 느슨하게 잡아당기는 동안에도 리오의 시선은 때때로 상자를 훑었다.

제인의 아파트는 불이 꺼져 있었다. 밤 9시가 훌쩍 넘은 시각. 잠들기는 아직 이르나 외출하기에 자연스런 시간은 더더욱 아니었다. 차 안에서 집으로 전화를 걸었지만 아무도 받지 않았다. 리오는 침묵했고 베런은 당황했다. 제인은 본인의 안전에 대단히 민감하다. 그런 여자가 밤중에, 그것도 크리스마스이브에 외출이라니. 전에 없던 일이었다.

리오는 드레스 룸과 연결된 욕실로 들어갔다. 보송하던 욕실 안에 금세 부연 수증기가 차오르고, 거칠게 물이 쏟아지는 샤워 부스 안에서 그는 비로소 피로감을 만끽한다. 내키지 않는 자리에 억지로 몸을 두는 것은 별수 없이 피로한 일이었다.

비첼리오가는 그리 번족하지 않다. 부당하게 누리는 부와 비례하여 총과 피를 가까이하는 집안이니 번족할 리 만무했다. 그러나 명절만큼은 반드시 한데 모여 식사와 기도를 나눈다. 성부와 성자와 성령의 이름으로 감사 기도를 드리고 크리스마스이브 만찬을 나누는 것은 집안의 오랜 전통이었다. 다음 날이면 또다시 고요히 세를 다투고 피를 볼지언정 매년 한 차례 성탄 전야만큼은 완벽한 평화를 과시했다. 같은 성을 쓴다는 것은 그들 사이 묘한 관계성을 부여해서, 내부의 다툼과 외부의 위협 사이 균형을 고민하게 만들었다.

리오는 샤워 가운 차림으로 욕실을 나왔다. 갓 씻어 낸 얼굴이 조금은 이완됐다. 헝클어진 고동색 머리칼에서 물기가 뚝뚝 떨어진다. 드레스 룸을 지나 침실로 향하다 다시 선반 위로 시선을 주었다. 붉은 인장으로 봉인된 흰색 상자. 그러나 그는 금세 눈길을 돌려 버렸고, 헤이즐색 눈동자는 동요하지 않았다.

리커 캐비닛으로 다가가 위스키 한 잔을 크리스털 잔에 따른다. 상온의 독주를 얼음 없이 한 모금 삼켰다. 조각처럼 붉거진 목울대가 반쯤 가라앉았다 다시 솟았다. 리오는 변함없는 시선으로 창밖을 내다보았다. 잘 닦인 유리창 바깥에서 묵직한 눈송이들이 춤추듯 낙하하고 있다. 어느새 함박눈이 된 결정체들은 쉽게 그치지 않을 것 같았다. 그는 도로 위에 쌓인 눈의 두께를 가늠해 본다.

이렇게 눈이 오는데.

서너 모금 만에 위스키는 동이 났다. 창밖에는 여전히 눈송이가 춤을 춘다. 그 후로도 한참 동안, 비첼리오는 빈 잔을 든 채 창가에 머물렀다.

제인은 보글보글 올라오는 콜라의 기포를 물끄러미 바라보았다. 얼음과 콜라를 꽉 채운 플라스틱 컵 표면에 물방울이 맺히기 시작했다. 베이컨 굽는 냄새와 기름 냄새, 커피 향이 뒤섞인 실내는 사람이 없어 그나마 쾌적한 편이었다. 크리스마스이브의 늦은 밤에 싸구려 다이너를 찾은 사람은 당연히 없었다. 직원들도 모두 퇴근했는지 가게에는 아랍계 이민자로 보이는 청년 혼자 카운터에서 책을 읽고 있다.

'저녁 먹었어?'

그래피티 아래서 마주쳤을 때, 어색한 인사와 함께 다가온 요한이 말했다. 입술은 웃고 있는데 두 눈은 어쩐지 지쳐 보였다. 그 얼굴을 바라보며 제인은 몇 번이나 눈을 슴벅였다. 네가 지금 왜 여기에. 현실 같지 않은 상황에 허둥대느라 재미없는 대답이 튀어나왔다.

'먹었는데.'

'그럼 나 먹는 거 구경해.'

그가 멋대로 방향을 잡으며 이쪽을 돌아보았다. 남이 밥 먹는 걸 구경하라니. 우습기 짝이 없는 제안이었으나 그녀는 잠깐 머뭇대다가 곧 홀린 사람처럼 뒤를 따랐다.

요한이 안내한 곳은 소호와 차이나타운 경계에 위치한 24시간 다이너였다. 특색은 없지만 먹을 만한 햄버거와 팬케이크와 샌드위치 따위를 밤새도록 파는 곳. 텅 빈 실내로 들어가자 카운터에 앉아 있던 직원이 놀란 표정을 지었다. 제인은 당연히 공감했다. 24시간 다이너라니. 성탄 전야에 젊은 남녀가 절대 오지 않을 곳으로 아마 여기만 한 데도 찾기 어려울 것이다.

손님이라곤 둘뿐인 식당에 앉아 요한은 제 얼굴만 한 큼직한 햄버거를 잘도 베어 먹었다. 함께 나온 감자튀김을 곁들여 맛있게도 먹는 광경을 제인은 조금 뜨악한 얼굴로 바라본다. 큰 컵의 콜라 한 잔을 다 마신 남자가 그녀 몫의 탄산음료를 넘겨봤다.

"그거 안 마실 거야?"

여자는 손도 대지 않은 음료를 저항 없이 밀어 준다. 역시 부잣집 아가씨라 콜라 같은 건 입에 안 대는 모양. 픽 웃은 요한이 보란 듯이 컵을 들어서는 단숨에 절반을 비웠다.

"이제 좀 살 것 같네."

얼굴만 한 햄버거 하나와 수북한 감자튀김, 콜라 두 잔까지 게 눈 감추듯 먹어 치운 후에야 그는 만족스럽게 웃는다. 부스 소파의 등받이에 상체를 기대는 남자에게 제인이 물었다.

"크리스마스 때 찾아갈 가족 있다며."

"찾아는 갔는데 밥을 다 못 먹고 나와서."

"왜."

"음, 성질이 지랄맞아서?"

요한이 낮게 키득거렸다. 그러나 흩어지는 허탈한 웃음.

"그러는 너는. 오늘 같은 날 왜 혼자 거기서 그러고 있었는데?"

그러게. 제인은 저를 직시하는 상대의 시선을 피하며 입 속으로 중얼거렸다.

이곳의 사람들은 1년에 두 번은 반드시 가족을 찾는다. 추수감사절과 크리스마스가 되면 절정에 달한 명절의 공기가 온 나라를 채웠다. 그럴 때면 빛이 강할수록 반대편의 그림자가 짙어지듯, 행복한 사람들 틈에서 비참한 이들은 또한 유별난 고독을 만끽해야 한다.

Pitiableness.

그러나 하필 그곳을 찾고 싶었던 까닭에 대해서는 제인은 일단 생각하지 않기로 한다.

"난 오늘 같은 날 찾아갈 가족이 없거든."

"결혼한 거 아니었어?"

여자가 눈을 들어 올렸다. 조금 놀란 것도 같은 눈매를 요한은 태연한 얼굴로 마주 본다. 이런 식으로 정면 돌파할 생각은 아니었는데 그만 말이 앞서고 말았다. 내심 난감했으나 말은 이미 내뱉어졌다. 물러설 수 없다면 차라리 앞으로 한 걸음 더.

"남편 성, 아니야?"

다시 물으며 상대를 응시했다. 까만 눈동자가 잠깐 동요했으나, 여자는 숨길 생각 따위 없다는 듯 순순히 고개를 끄덕였다.

"맞아."

빌어먹을. 표정이 무너지지 않도록 요한은 태연을 가장했다. 이미 알고 있던 것처럼 잘난 척하려면 놀란 기색을 들키면 안 된다. 제기랄. 그러나 입 속에는 끊임없이 욕설이 굴러다녔다. 남편 성을 따랐으면 결혼반지는 왜 안 껴. 미세스 헤닝이면 반지를 껴야지, 사람 헷갈리게.

"근데 왜,"

"죽었거든."

질문을 미처 맺지 못한 요한이 입을 벌린 채 상대를 쳐다봤다. 이 여자 진짜 여러 가지로 말문 막히게 하네. 창밖을 응시하는 옆모습을 보며 천천히 입을 다물었다. 여자는 오늘도 검정 코트에 긴 머리를 하나로 질끈 묶었으며 맨얼굴이다. 다시 봐도 남편은커녕 애인도 없을 것같이 생겼는데 무려 미망인.

"이런 날 찾아갈 가족 하나 없이 모르는 남자랑 마주 앉은 사람도 있어."

눈 내리는 창밖을 바라보며 제인이 말했다.

"그러니까 성질이 지랄맞으면 좀 죽이도록 해 봐."

요한은 대답하지 않았다. 입을 다문 채 느리게 눈만 슴벅였다. 적절하지 못한 조언이었으나 사적인 걸 불쑥 물은 건 본인이 먼저였으니 불평하지 않기로 한다. 이제 겨우 세 번 마주친 주제에 그들의 화제는 어느덧 훌쩍 선을 넘어 있었다.

"다른 가족은 없어?"

"궁금한 게 많네."

"남편은 없어도 크리스마스 같이 보낼 가족은 있을 거 아냐."

"없어."

"한국에도?"

이번에는 제인의 말문이 막혔다.

이곳에서 대다수의 사람들은 그녀의 출신국을 묻지 않았다. 동북아시아, 중국 아니면 일본일 거라 짐작할 뿐 정확히 어느 나라인지는 그들에게 중요하지 않다. 그러나 한국인임을 눈치챘다 해도 이상할 것은 없었다. 아마 억양을 듣고 알아챘을 테지.

"없어."

그래서 제인은 곧장 되물었다.

"너 한국 사람이야?"

"난 아니지."

그가 망설임 없이 고개를 젓는다.

"내 부모가 한국인이고,"

두 개의 시선이 다시 얽혔다. 요한이 그녀의 출신국을 알아차렸듯 제인도 이미 짐작하고 있었다. 존은 이곳에서 대단히 대중적인 이름이나 요한은 그렇지 않다. 존이 아니라 요한 리. 십중팔구 명백한 한국식 이름.

"나는 미국인이지."

완고한 남자의 얼굴을 바라본다. 웃음기를 걷어 내면 무척 차가운 인상이겠다고 제인은 생각했다.

"그건 나도 마찬가지야."

"언제부터?"

그가 다시 빙글대며 오른쪽으로 고개를 기울였다. 예민한 질문들을 아무렇지도 않게 묻는 남자. 너무 많은 것을 내보인다 생각하면서도 그녀는 흘러나오는 대답들을 참아 내지 못했다.

"……작년부터."

"그렇군. 미국인이 된 걸 환영해."

썩 좋은 나라는 아니지만. 경쾌히 덧붙이는 상대에게 제인은 대꾸하지도 웃어 보이지도 않았다. 테이블 가까이 상체를 당겨 앉는 남자. 뭐가 그리 궁금한지 그는 취조하는 수사관처럼 질문을 던져 댔다.

"쭉 뉴욕에 있었어?"

"사 년 전에 왔어. ……학교 때문에."

절반은 거짓말이다. 제인은 의식적으로 눈을 느리게 깜빡이며 입가를 굳혔다. 다행히도 진짜 수사관이 아닌 남자는 의심 없이 고개를 끄덕였다.

"그 전엔 어디 있었는데?"

물으면서도 너무 갔나 싶었다. 역시나 여자는 대답하지 않았고 그는 대답을 기다리는 대신 딴청을 피웠다.

"잘나신 심부름꾼은 휴가 보냈나 봐?"

"그 사람한텐 아무 말 하지 마."

"왜?"

또다시 침묵. 제인은 입을 다문 채 대답을 요구하듯 이쪽을 응시했다. 내색하지 말라는 요구는 진지한 모양. 요한이 슬며시 왼쪽으로 고개를 기울였다.

'한국에서 뭐 하고 살았는지 알 게 뭐야? 더럽게 번 돈으로 떵떵거리기는, 시부랄 것들.'

아버지는 그런 말을 자주 했다. 미국에서 팔자 늘어진 한국 사람 열에 일곱은 친일파 후손이란다. 독재정권 뒷구멍 빨던 개들도 돈 싸들고 도망 와 떵떵거리고, 재벌 회장님이 밖에서 싸지른 서자 서녀들도 한몫 챙겨 죄다 미국으로 온다고.

근본도 없는 졸부 새끼들. 독립운동에 몸 바친 명문가의 후손도 아니면서 아버지는 술만 마시면 그리 욕을 해 대곤 했다. 회장님이 싸지른 서자 서녀가 무슨 뜻이에요. 주일학교 선생님에게 물어봤다가 옆에 있던 엄마한테 등짝을 맞은 기억이 난다.

"알았어. 어차피 그 금발 놈이랑 별로 말 섞고 싶지도 않고."

요한은 흔쾌히 고개를 끄덕였다. 누구나 말 못할 사정 한둘쯤은 있기 마련이니까. 친일파 후손이든 회장님의 서녀든 여자의 출생 배경 따위엔 관심 없다. 부유한 어느 한국인의 불운한 상속녀, 혹은 미스터 헤닝의 유산을 물려받은 젊은 미망인. 어느 쪽이든 제인 헤닝도 숨기고픈 사정이 있을 테지.

그래서 그는 그저,

"맥주 마시러 갈래?"

제안하며 가볍게 웃었다.

약속도 하지 않은 남녀가 크리스마스이브, 그것도 함박눈이 펑펑 쏟아지는 한밤중의 거리에서 마주쳤다. 그런 여자에게 햄버거 먹는 모습만 보여 주고 헤어진다는 건 있을 수 없는 일이다. 이토록 로맨틱하기 짝이 없는 순간, 초월적 존재와 그 손길에 대한 망상마저 드는 지금, 막연한 무언가를 기대하게 되는 간지러운 기분은 여자들만 느끼는 건 아니니까.

그러나 여기 있는 여자는 좀 다른 모양이었다.

"나한테 관심 갖지 마."

"이미 생겼는데."

"그만두는 게 좋을 거야."

"내가 알아서 할게."

"난 너한테 관심 없어."

매몰차게 단언하며 제인은 웃는 남자를 마주 보았다. 분명한 거절에도 여전한 미소.

"그것도 내가 알아서 할 테니까,"

그리고 그 미소 속에 확고한 자신감.

"맥주 마시러 가자."

막무가내인 남자에게 제인은 대꾸하지 못했다. 실로 무어라 할 말이 없었다. 이 남자는 자신의 매력적인 외모를 인지하고 있으며 그것을 최대한으로 활용할 방법 또한 아주 잘 알았다. 어떻게 웃을 때 가장 매혹적인지, 아슬아슬 휘어진 눈매가 얼마나 아름다운지, 그렇게 웃으며 똑바로 쳐다보면 상대는 붙들린 듯 눈을 뗄 수 없다는 것까지 그는 아주 정확히 아는 것 같았다.

"집에 가야겠어."

잊은 물건이라도 떠오른 것처럼 여자가 벌떡 일어섰다. 예고도 없이 자리를 박차더니 출입문을 향해 달음질치듯 걸어간다. 이건 뭐지. 얼빠진 얼굴로 뒷모습을 쳐다보던 요한이 바람 빠지는 소리를 냈다. 재빨리 지갑을 꺼내 테이블 위에 지폐를 내려 두고 여자의 뒤를 따랐다. 카운터에 앉아 책을 읽던 청년이 목을 길게 빼고 이쪽을 쳐다본다. 두 남녀가 잇따라 나가 버리자 다이너는 다시 텅 비었다.

거리에 내린 밤은 더욱 깊어져 있었다.

브로드웨이를 향해 서둘러 걸었지만 제인은 결국 넓은 보폭에 따라잡히고 말았다. 달아나듯 앞질러 걷는 여자와 보조를 맞추며 요한이 말을 걸었다.

"데려다줄게."

"택시 타면 돼."

"운전기산 휴가 보냈어?"

격변한 분위기 좀 무마해 보려 했더니 역시나 대답은 돌아오지 않는다.

"어디 살아? 난 이스트 빌리지 사는데."

또다시 무응답. 제인은 여전히 타닥타닥 걸으며 자동차들이 오는 방향을 눈으로 살폈다. 크리스마스이브의 밤 10시. 한산한 도로에는 택시 한 대 보이지 않았다.

"이봐, 제인(Hey, Jane)."

그제야 여자가 우뚝 걸음을 멈췄다. 고개를 돌려 저만치 뒤떨어진 남자를 본다. 요한이 멀찌감치 시선을 맞춰 왔다. 양손은 파카 주머니에 집어넣은 채, 가로등 조명 아래 마네킹처럼 훤칠하게 서서.

"왜 그렇게 필사적으로 도망가는 건데."

둘 사이의 거리가 가깝지 않아 요한은 조금 소리쳤다. 별 이상한 여자 다 보겠다는 듯 어깨까지 으쓱해 보였다. 왼쪽으로 살짝 기울어진 얼굴.

"내가 미친놈인 건 맞는데, 그렇게 나쁜 놈은 아니거든?"

한밤의 어둠 속에서도 그의 눈동자는 유별난 빛을 냈다. 웃는 듯 마는 듯 미묘하게 휘어진 입술이 예뻤다. 잠시 그 얼굴을 바라보다가 제인은 저도 모르게 고개를 돌려 버렸다.

때맞춰 옐로우캡 택시 한 대가 서행으로 다가왔다. 여자가 한쪽 팔을 번쩍 들어 택시를 잡더니 뒷좌석에 올라 문을 탁 닫는다. 누가 보면 진짜로 치한인 줄 알겠네. 보도 위에 홀로 남은 요한이 헛, 허탈한 웃음을 흘렸다.

"워싱턴 스퀘어 웨스트로 가 주세요."

제인은 뒷좌석에 등을 기댄 채 뒤돌아보지 않았다. 그러나 사이드 미러에 비친 남자에게서 시선을 떼지도 못했다. 기사가 북쪽을 향해 속력을 올리자 거리에 선 남자는 빠르게 멀어졌다. 택시를 지켜보는 요한의 형체가 완전히 소실될 때까지 그녀는 또한 그를 마주 지켜보았다.

왜 그렇게 필사적으로 도망가는 건데.

가슴이 뛴다. 나쁜 짓이라도 한 것처럼. 거울 속 남자가 완벽히 사라진 후에야 제인은 비로소 깊은 숨을 들이마셨다.

이집트면으로 둘러싸인 침대에서 섬유유연제 냄새가 났다. 월요

일과 목요일 출근하는 고용인은 일주일에 한 번씩 침대 시트를 세탁한다. 두껍고도 가벼운 이불 안에 얼굴을 파묻은 채 제인이 긴 한숨을 내쉬었다.

"미쳤어……."

너무 많이 지껄였다. 적당히 둘러대지도 못하고. 지나치게 솔직하게.

"정신이 나갔어……."

자책하며 코앞에 놓인 호출기를 응시했다. 호출기는 사용감이 전혀 없어 새것처럼 반질거렸다. 그래피티 앞에서 처음 만났을 때 요한은 호텔 객실에 있던 메모지와 펜을 들이밀며 연락처를 요구했다. 제 번호라며 종이 위에 휘갈긴 숫자부터 내민 다음 같은 매너를 재촉했더랬다.

'휴대전화든 집 전화든 여기다 적어.'

휴대전화 따위 있을 리 없고 아파트 전화번호를 알려 줄 수도 없어 난감해하다 호출기 번호를 적었다. 언젠가 베런이 사다 안겨 줬을 호출기는 단 한 번도 써 본 적이 없었다. 번호를 알고 있는 것은 남다른 기억력 덕분이다. 그녀는 어릴 적부터 숫자를 잘 외우고 계산이 빨랐다.

그리하여 제인은 지금, 널찍한 침대 위에 홀로 누운 채, 온 신경을 그 호출기에 쏟고 있는 중이다.

그 날 아파트로 돌아오자마자 온 집 안을 뒤졌다. 쓸 일이 없어 처박아 두기만 했던 물건을 찾겠다며 구석구석을 샅샅이 뒤졌고, 옷장 한편에 굴러다니던 호출기를 찾아내—그게 왜 거기 들어 있는지는 알 수 없었지만—끄집어냈으며, 꺼진 지 최소 반년은 됐을 그 기계에 새 배터리까지 사다 끼워 넣었다.

그러나 호출기는 며칠째, 여전히 잠잠했다. 제인은 침대 위에 모로 누워서 새것 같은 호출기를 바라본다. 그리고 그 남자를 떠올렸다.

'메리 크리스마스.'

낙하하는 눈송이 사이로 건너오던 음성이 따스했다. 싸구려 다이너의 푸르스름한 형광등 아래 남자는 태연스럽게도 빛을 냈다. 햄버거를 덥석 물고 맛나게 우물대던 입술. 머릿속을 들여다볼 듯 깊숙이 응시하던 눈동자. 반짝이는 웃음. 그리고 이따금씩 그 사이를 번득 스치던 날카로운 안광.

'왜 그렇게 필사적으로 도망가는 건데.'

분명 이상한 여자라 생각할 것이다. 그러니 연락하지 않겠지. 제인은 호출기를 향해 눈살을 조금 찌푸렸다. 불유쾌한 마음이 좀 잦아들면, 그러니까 내일쯤 연락하지 않을까. 그러나 연락이 온다면 또 어쩔 건데. 갈팡질팡 번민하던 그녀는 결국 두 눈을 감아 버렸다.

거리를 둬야 한다, 거리를.

몇 차례 호흡을 한 뒤 눈을 떴다. 여전히 잠잠한 호출기는 그러고 보니 색깔이 분홍색이다. 물건 고르는 센스하고는. 뻣뻣한 척은 혼자다 하는 남자가 의외로 소녀 취향인가. 실없는 생각을 하며 그녀는 피식 웃었다.

띠리리.

대뜸 전화벨이 운 것은 그때였다. 멋대가리 없는 기계음은 물속처럼 고요하던 공간을 무자비하게도 찢어 놓았다. 움찔 놀란 제인이 침대 곁 협탁에 놓인 무선전화기를 집어 들었다.

"여보세요."

수화기 저편에서 짧은 침묵이 흘렀다. 그리고 한숨처럼 내뱉는 말투.

— 어디 다녀오셨습니까.

"무슨 상관이야."

제인이 퉁명스레 대답했다. 실은 통화 버튼을 누를 때부터 알고 있었다. 이 시간에 전화를 걸 사람은 한 명밖에 없다고 보면 된다. 죄수를 지키는 간수.

— 어째서 안 하던 행동을 하는지 도저히 이해가 안 가는데요.

"잠깐 바람 쐬러 나갔다 왔어."

— 그럼 잠깐만 쐬다 들어가셨어야지. 보스가 아파트로 가실 줄 몰랐습니까.

대놓고 힐난하자 그녀는 입을 다물었다.

안다. 매년 크리스마스이브마다 그는 비첼리오가의 성탄 전야 만찬을 주재한다. 독실한 가톨릭 가문의 후예들이 만찬 식탁에 둘러앉아 성호를 긋는 장면이라니. 제인은 당연히 한 번도 가 본 적이 없지만 그 광경을 상상하면 영 우습고 또 조금은 무서웠다.

— 아홉 시 반에는 도착하신다는 거, 알지 않습니까.

그것도 안다. 정찬은 9시쯤 끝나고 다운타운까지는 20분 거리. 뉴욕에서의 4년 동안 매년 똑같은 스케줄.

— 저를 곤란하게 만들 작정이었다면 대성공입니다. 브루클린까지 가는 내내 식은땀을 흘렸으니까.

리오는, 비첼리오가의 당당한 가주는 크리스마스이브면 항상 그녀를 찾아 선물을 건넸다. 하나같이 놀라울 만큼 취향에 부합했고 일관되게 값비싼 것들이었으나 가장 부담스러운 점은 성탄 전야의 한밤중에 리오나르도 비첼리오가 직접 찾아온다는 사실이다. 예전에는 같은 저택에 있던 그녀의 방으로. 이제는 강 하나를 사이에 둔 그녀의 아파트로.

— 내색하지 않는 분이니 별말씀은 없었습니다만 당연히 기분이 상하셨을 겁니다.

리오는 매년 잊지 않았다. 뉴욕에서 만찬을 주재한 첫해에도 그는 당일 밤 비행기에 올라 그녀가 있는 시카고 저택으로 돌아왔다. 똑똑. 간격이 긴 특유의 노크 소리. 성탄절을 갓 맞이한 늦은 새벽, 향수 냄새와 옅은 위스키 향을 풍기며 그가 찾아올 때까지 제인은 잠들지 못했다. 산타를 기다리느라 들뜬 마음 따위 당연히 아니었다.

그때는, 그 남자가 숨 막히도록 두려워서.

메리 크리스마스. 그의 인사에 자연스레 화답할 수 있기까지, 당연한 수순처럼 내미는 선물을 떨지 않고 받아 들 수 있기까지, 저를 내려다보는 눈동자를 똑바로 올려다볼 수 있게 되기까지 제인에게는 꼬박 3년의 시간이 소요되었다.

— 무슨 생각으로 그런 건지는 모르겠지만,

"리오한텐 내가 전화할게."

듣고만 있던 여자가 말허리를 잘랐다. 계속 듣고 있다간 또 무슨 말로 속을 뒤집어 놓을지 모르니까.

"그러니까 그만 떨고 잠이나 자. 당신은 이런 날 같이 보낼 애인도 없어?"

무슨 배짱이 솟았는지 꽤나 파격적인 면박까지 날려 주고 전화를 끊어 버렸다. 오늘 같은 날은 원수에게도 크리스마스 인사 정도는 해 주는 것이 인지상정이겠으나 별수 없다. 제인은 무선전화기를 협탁 위에 대강 놓아두고 천장을 향해 누웠다. 빅토리안 스타일로 음각된 천장은 설원처럼 새하얗다.

'당연히 기분이 상하셨을 겁니다.'

그리고 그 남자를 떠올렸다. 감정을 드러내지 않는 남자. 항시 무섭도록 냉정을 유지하는 남자. 죽어 가는 혈육 앞에서도 동요를 보이지 않던 남자. 무엇을 원하는지 알지만 어디까지 원하는지는 알 수 없는 남자.

거리를 둬야 한다, 거리를.

입 속으로 되뇌며 고개를 돌렸다. 코앞에 놓인 호출기에 또다시 자석처럼 시선이 끌려간다. 침대 위에 놓인 분홍색 호출기는 그러나 변함없이 잠잠했다.

리오나르도는 사교적인 성격이 아님에도 모임이 잦은 편이다. 비 첼리오가의 만찬을 비롯해 그가 참석해야 하는 어렵고도 필수적인 자리엔 혼자 가지만 파트너가 필요한 모임에는 제인이 동행한다. 뉴 욕에서 그의 대외 활동은 부쩍 늘어났고, 그에 비례하여 그녀의 옷장 에는 드레스가 쌓여 갔다.

"왜 검은색 드레스만 입는지 모르겠어. 피부 톤이 밝아서 어지간 한 컬러는 다 잘 어울릴 텐데."

내가 다 아까워서 그래. 조명이 눈부신 거울 속에서 메이크업 아 티스트가 투덜댔다. 하얀색 셔츠 소매를 팔뚝까지 걷어붙인 여자의 얼굴은 화장기 없이 눈썹만 겨우 다듬었다. 하나로 대강 묶은 금발은 짤막한 단발.

"제인은 인디고나 딥레드가 멋질 거야. 오늘은 화이트도 좋았을 걸. 플라자 호텔 볼룸은 조명이 어두워서 밝은 색이 눈에 띄거든."

"고마워요, 패트리샤."

"물론 블랙도 멋지지만, 자선 파티에는 좀 화사하게 입는 것도 좋 으니까."

거울 속에 비친 제인의 모습을 확인하며 여자가 투덜거렸다. 그러 나 비죽 내민 입술과 달리 푸른 눈동자에는 만족감이 뚜렷하다. 검은색 드레스 차림의 여자는 맨얼굴의 패트리샤와 대조적으로 완벽한 화장을 했다. 검은 머리카락을 틀어 올려 목덜미를 드러낸 여자. 눈 같이 흰 피부에 핏빛의 붉은 입술, 검은 머리칼. 백설 공주의 모델은 어쩜 동양인이었는지도 모른다고 패트리샤는 생각한다.

"그리고 이거,"

그녀가 거울 아래 서랍을 열더니 안에 놓인 작은 상자를 끄집어냈다.

"아까 콜린스 씨가 맡겨 두고 갔어. 선물 같은데 우리가 뜯을 수 있어야지."

제인은 상자를 받아 들었다. 하얀색 포장지로 싸인 상자가 묵직했다. 붉은색 밀랍에 눈길을 준 다음 지이익 소리를 내며 종이 포장을 뜯었다. 포장이 벗겨진 상자 안에서는 예상대로 귀걸이 한 쌍이 나온다. 빛을 토해 내는 새하얀 다이아몬드. 와우. 지켜보던 패트리샤가 감탄했다.

"끝내주네."

자기 정말 훌륭한 오빠를 뒀어. 덧붙이는 말을 흘려들으며 제인은 귀걸이를 응시했다. 패트리샤는 리오를 본 적이 없다.

묵묵히 보석을 집어 양쪽 귀에 걸었다. 작은 다이아몬드가 촘촘히 박힌 장미 모양 귀걸이는 검지 손톱 크기였다. 언제나 그렇듯 그녀의 취향에 완벽히 부합하는 디자인.

"근데 콜린스 씨 말야, 진짜로 제인 안 좋아하는 거 확실해?"

저 농담 같은 말은 벌써 몇 번이나 들었는지 모르겠다. 확실하다마다. 제인은 생각하며 열없이 웃었다.

"그 남자 싱글이지?"

"여자 친구 있다는 말은 못 들어 봤어요."

"그 인물에 왜 여자가 없을까? 설마 게이?"

패트리샤가 과장되게 눈썹을 치켜올렸다. 동성의 연인을 둔 것은 오히려 이쪽이다. 게이는 게이를 알아본다니까 저건 분명 농담일 테지. 제인은 대수롭지 않게 어깨를 으쓱했다.

"남자 친구가 있다는 말도 들어 본 적은 없지만."

"내가 볼 땐 그 사람이 제인 좋아하는 거 같은데. 눈길에 은근한 심지가 있거든. 왜 있잖아, 휘트니 휴스턴을 지켜보는 케빈 코스트너 같은 눈빛이랄까."

케빈 코스트너라니. 하마터면 실소를 터뜨릴 뻔했다. 나온 지 3년도 더 된 영화가 아직도 사람들을 환상에 빠뜨리는 모양. 그러나 베런 콜린스는 경호원이 아니라 감시원 쪽이며 따라서 영화 같은 로맨스는 결코 없다는 말을 제인은 입 속으로 중얼거렸다.

"아마 아닐걸요."

"흠, 너무 단정하지 말라구. 내가 이래 봬도 촉이 아주."

또 한바탕 말을 풀어놓으려는 찰나 아래층에서 직원이 올라왔다. 패트리샤는 끄덕 고갯짓을 하고 손목에 찬 시계를 들여다본다. 와우. 다시 한번 터지는 연극적인 감탄사.

"케빈 코스트너 오셨어. 역시 시간 참 정확하네."

여자가 이죽거리며 손을 내밀었다. 제인은 그녀의 손을 잡으며 의자에서 일어섰다. 키가 크고 마른 체격의 패트리샤는 단화를 신고도 하이힐을 신은 제인과 눈높이가 비슷하다. 종종걸음으로 다가온 직원이 그녀를 에스코트했다.

"아주 멋져, 제인."

"덕분에요."

"별말씀을. 다음에 또 봐."

살롱 입구에는 눈에 익은 롤스로이스가 서 있었다. 운전석 문을 열고 나온 베런과 눈이 마주쳤다. 언뜻 비웃는 것 같은 표정을 내비친 그가 뒷좌석 문을 열어 주고, 제인은 드레스 자락을 추스르며 차에 올랐다. 문이 닫히자 차내에는 두 남녀만 나란히 남았다.

"선물 고마워요."

베런이 보닛을 돌아 운전석으로 오는 동안 제인이 먼저 말을 건넸다. 옆에 앉은 리오가 고개를 돌려 그녀를 마주 본다. 눈동자에 머물던 시선이 천천히 귓불로 옮아갔다가 다시 여자의 눈으로 돌아왔다. 고요한 헤이즐색 눈동자.

"잘 어울려."

짧은 말을 마침과 동시에 운전석 문이 열렸다. 베런은 곧장 시동을 넣고 주행을 시작했다. 미드타운 5애비뉴에 위치한 플라자 호텔까지는 10분도 채 걸리지 않았다.

호텔 입구 앞은 줄지어 들어오는 차량들로 분주했다. 투숙객을 실은 옐로우캡들 사이로 리무진이 두어 대 끼어 있다. 롤스로이스는 잠깐 동안 순서를 기다려 입구 앞에 정차했다. 즉시 내린 베런이 왼쪽 문을 열었고 제인이 앉은 오른쪽은 유니폼을 갖춰 입은 호텔 직원이 열어 주었다. 과장된 미소와 환영의 인사. 낯선 남자가 내민 손을 잡고 제인은 차에서 내려섰다.

세단 뒤쪽으로 돌아온 리오가 다가와 오른팔을 내밀었다. 제인은 자연스럽게 왼손을 들어 그의 에스코트를 받는다. 팔짱을 낀 남녀가 호텔 로비를 향해 계단을 오르려는 순간 뒤쪽에서 누군가 그를 호명했다.

"비첼리오!"

리오가 고개를 돌릴 동안 제인은 계속하여 정면만을 바라보았다. 크림색 리무진에서 내린 남자가 오른손을 번쩍 든 채 함빡 웃고 있다. 자동차와 색을 맞춘 건지 크림색 줄무늬 수트 차림. 근방의 모두에게 들리도록 큰 목소리와 독창적인 패션 센스. 리오의 입술 끝에 보일 듯 말 듯 비소가 스쳤다.

"첸."

"해피 뉴이어, 리오."

광둥어 억양이 뚜렷한 남자가 누군지 제인은 안다. 어느새 지척으로 다가온 중년의 동양인 남자는 키가 크지 않았으나 체격이 좋았다. 마이클 첸. 규모 있는 부동산 개발업체를 운영하는 사업가이자 브루클린에 근거지를 둔 중국계 갱단의 수뇌로 남미에서 들여온 마약을 홍콩으로 옮기고 중국과 일본의 폭력 조직에 무기도 공급하는, 이를테면 미 대륙과 아시아를 잇는 국제 밀수 무역업자다.

"여기서 비첼리오와 마주칠 줄은 몰랐구만."

"올해 사업이 잘된 모양이군. 얼굴이 더 좋아진 걸 보니."

"경제 대호황 아냐? 피차 매일반일 텐데 겸손하긴."

첸이 호탕하게 웃으며 가슴을 앞으로 내밀었다. 나이에 비해 단단한 근골을 과시하려는 모양이었으나 제인은 그의 팔짱을 끼고 선 여자에게 눈길을 주었다. 풍성한 금발을 늘어뜨린 여자는 제 파트너보다 한 뼘은 넘게 키가 컸으며 머리통만 한 젖가슴을 절반 넘게 드러냈다. 기껏해야 스물을 갓 넘겼을 여자는 대놓고 리오를 쳐다보느라 제인의 눈길 따위 안중에도 없어 보였다.

"오늘도 아름다우십니다, 미스 비첼리오."

"고맙습니다, 미스터 첸."

제인은 그럴듯하게 화답하며 남자와 시선을 맞추었다. 노골적인 흥미와 약간의 경멸이 뒤섞인 눈길은 어지간히 익숙한지라 어렵지 않게 받아넘긴다.

"이쪽은 알리시아. 러시아에서 온 대학생이지."

"앨리예요."

금발 여자가 기다렸다는 듯 리오를 향해 손을 내밀었다. 빨간색

매니큐어로 꾸민 아름다운 손에서 다이아몬드 팔찌가 찬란하게도 흔들렸다. 그 순간 제인은 제 얼굴 양쪽에서 반짝이고 있을 귀걸이를 의식했고, 그만 가슴팍이 사늘해져 의식적으로 입꼬리를 끌어 올려야 했다.

"먼저 올라가지. 날씨가 꽤 추운데."

리오는 상대 여자의 얼굴에 스치듯 눈길을 준 뒤 첸을 향해 말했다. 뽀로통한 얼굴로 입술을 삐죽이는 여자를 데리고 첸이 앞장서 계단을 올랐다. 실크 드레스 위로 보란 듯이 엉덩이를 주무르자 여자가 앙탈을 하며 손을 뿌리쳤다. 가느다란 손목에서 다이아몬드 반사광이 춤을 춘다. 제인의 눈에는 오로지 그 보석의 빛만이 커다랗게 들어왔다.

"세상에, 와 주셨군요, 비첼리오 씨."

"초대해 주셔서 고맙습니다, 오도넬 부인."

연회장은 이미 사람들로 만원이었다. 리오를 발견한 중년 여자가 몹시 반색하며 말을 걸어왔다. 통통한 체격의 여자는 어깨에 걸친 푸른색 숄과 옅은 금발이 잘 어울린다. 오도넬이 제인에게도 눈인사를 하며 말을 이었다.

"뉴욕에서 자선 만찬 여는 사람치고 비첼리오 댁에 초청장 안 보내는 사람 있을까요? 일 년 내내 편지를 받으실 텐데, 우리 파티에 매년 와 주셔서 정말 감사하지요."

맨해튼에서는 매일같이 파티가 열린다. 온 미국의 자선단체들이 죄 몰려드는 모양으로 각종 기금 마련을 위한 만찬이 밤마다 끊이지 않는다. 수백 달러에서 수천 달러의 후원금을 내놓아야 참석할 수 있으니 이름이 알려진 사업가나 유명 인사들에게는 청하지 않아도 이런저런 초청장이 연중 쇄도했다.

"저희 연례 보고서 보셨는지 모르겠지만, 올해도 학비를 지원한 신입생이 이백 명이나 됐답니다. 조건을 맞추면 대학 마칠 때까지 저희가 지원하게 되죠. 다 비첼리오 씨 같은 분들 덕택이에요."

오늘은 장학기금 마련 만찬인 모양이다. 목적도 모르고 왔던 제인이 작게 고개를 끄덕였다. 그러고 보니 정면에 걸린 배너에 '오도넬 장학 재단 기금 모금 만찬'이라고 쓰여 있는 것이 보였다. 주변이 어두워서 전혀 눈에 띄지는 않았지만.

"그럼 편하게 즐기다 가세요. 여기 정찬이 꽤 먹을 만하답니다. 저는 전채로 나오는 감자 수프를 참 좋아하죠."

중년의 부인은 우아하게 웃어 보이고 다른 손님을 맞으러 자리를 옮겼다. 여자들이 지저귀듯 반갑게 인사 나누는 소리를 등 뒤로 흘리면서, 제인은 리오가 이끄는 대로 걸으며 볼룸 내부를 천천히 훑어보았다.

조도가 낮아 아늑하게 느껴지는 내부에 실내악단이 연주하는 모차르트 메들리가 흘렀다. 샹들리에와 휘장으로 꾸며진 높다란 천장. 둥근 테이블 가장자리를 따라 놓인 커트러리와 유리잔. 드레스와 턱시도로 멋을 낸 사람들. 환한 미소와 반가운 인사말이 사방에서 오가고, 12월 끝자락의 한겨울에도 제인을 포함한 대부분의 여자들이 어깨를 드러냈다.

가난한 아이들을 위해 장학금을 모으는 자리는 더없이 호화로웠다. 부유한 남녀들은 자선을 핑계로 최고급 호텔을 빌려 파티를 연다. 넉넉한 후원금을 내놓은 대가로 정찬과 사교를 즐기고 파트너의 아름다움과 값비싼 장신구를 자랑한다. 제인은 허리를 조인 드레스와 높은 구두가 쇳덩이처럼 무겁게 느껴졌다. 무엇보다도,

양쪽 귀에서 반짝이고 있을 다이아몬드 귀걸이가.

"장학사업에 관심이 있었네요."

그녀가 정면을 향해 말했다. 낮은 목소리 끝이 약간 허스키하다.

"미처 몰랐네."

빈정대듯 덧붙이자 남자는 코끝으로 얕게 웃었다. 때마침 곁을 지나는 웨이터를 세우고 쟁반에서 위스키 잔을 집어 들었다. 제인의 몫으로 샴페인 잔을 골라 내밀며 리오가 마주 섰다. 그리고 건배 없이 술잔을 입으로 가져간다.

"사업까진 모르겠고, 대학 가고 싶다는 사람은 보내 줘야지."

그녀는 표정 없는 얼굴로 남자를 마주 보았다. 그리고 그가 내민 유리잔을 천천히 받아 들었다. 샴페인 따위 내키지 않았으나 이쪽을 향한 시선들을 의식하고 있다. 괜한 장면을 연출해 흥밋거리를 던져 줄 수는 없는 노릇이니까.

"장학금은 대가를 요구하지 않는 거예요."

"난 자선사업가가 아니라서."

"그럼 이런 만찬회는 왜 자꾸 오는 건데."

"비즈니스에 필요해서라면 안 믿겠지."

"당연히 안 믿어요."

뾰족하게 구는 여자를 보며 리오는 위스키를 한 모금 더 마셨다. 부드럽게 올라간 입매가 퍽 즐거워 보였다. 어두운 실내의 흐린 빛 때문일까. 음악과 웃음이 북적이는 분위기 때문일지도. 제인은 저를 바라보는 남자의 뚜렷한 미소에 외려 조금 당혹했다.

"어째 별로 유쾌하지 않아 보이네."

"유쾌하지 않으니까요."

"뭐가 문젠지 모르겠는데."

"위선이 문제죠."

"위선?"

"돈 자랑 할 데가 없어서 안달 난 사람들이잖아. 자선은 핑계고 다들 허영 때문에 모인 거니까. 후원금보다 여자들 드레스 값이 훨씬 비쌀 게 분명해요."

"그 허영 덕에 이백 명이 대학에 간 것도 모자라 뉴욕 시내 디자이너들까지 돈을 벌었군. 듣고 보니 참 훌륭한 만찬회야."

제인은 입을 다물었다. 남자는 유유히 위스키를 머금으며 여자를 내려다본다. 독주에 젖은 입술이 불그스름했다.

"제인. 위선은 나쁜 게 아니야. 피해야 할 건 위악이지."

어차피 선하지 못한 자들에게 선함을 위장하는 것은 세상에 대한 최소한의 예우다. 위선은 누군가에게 도움이 되지만 위악은 아무것도 해내지 못한다. 리오는 제 앞에 선 여자의 눈을 느른히 바라보았다.

"위악은 아무도 돕지 못할뿐더러, 스스로까지 위험에 빠뜨리니까."

제인은 미간을 굳혔다. 말속에 도사린 가시가 목덜미를 찔렀다. 반박하고 싶은데 마땅한 말이 떠오르지 않았다. 이 남자 앞에서는 꼭 자라지 않는 아이가 된 기분이다. 열아홉 살. 어리고 어리석은 시절에 갇힌 맹추 같은 소녀처럼.

"유쾌하지 않은 이유는 알겠지만 그래도 좀 웃는 게 좋겠는데."

리오가 한 걸음 다가오며 낮게 속삭였다. 그의 손에 들린 크리스털 잔은 이미 투명하게 비어 있다.

"다들 우리만 보고 있잖아."

그가 상체를 굽혀 여자의 귓가로 입술을 가져갔다. 짙은 향수와 위스키의 오크 향이 콧속으로 들이쳐 제인은 불식간에 숨을 멈췄다. 왼쪽 뺨으로 느껴지는 남자의 체온. 뜨거운 날숨에 섞인 음절들이 귓바퀴를 핥았다.

"웃어. 미스 비첼리오."

리오의 목소리는 매우 낮다. 그가 큰 소리를 내는 것을 제인은 단 한 번도 본 적이 없으며 상상조차 하기 어려웠다. 침착한 발언들의 무게조차 이토록 가슴을 짓누른다. 그녀는 심장이 죄어드는 것 같아 제대로 숨을 쉬지 못하다가, 그가 다시 몸을 바로 세운 뒤에야 간신히 제법 그럴듯한 미소를 만들어 냈다.

"보스."

베런이 리오의 등 뒤로 다가온 것은 그때였다. 이런 자리에서 그는 보통 거리를 두고 곁을 맴돌며 수행과 경호를 겸하는데, 이쪽에서 먼저 부르지 않는 한 가까이 오는 일은 거의 없었다.

"죄송하지만 잠시 가 봐야 할 것 같습니다."

"무슨 일이야."

주위를 의식하듯 베런은 얼른 대답하지 않았다. 그저 의미 모를 시선을 제인에게 던진 뒤 짧게 입을 뗀다.

"신경 쓰실 일은 아닙니다. 제가 처리하겠습니다."

세 남녀 사이로 잠시간 침묵이 흘렀다. 베런의 얼굴을 바라보던 리오가 지나가는 웨이터의 쟁반에 빈 잔을 내려놓았다.

"잠깐 실례할게."

두 남자가 사라진 뒤 제인은 샴페인 잔을 든 채 홀로 남았다. 그리고 새삼 궁금해졌다. 이곳에서 웃고 있는 사람들. 기금 모금 만찬에 모인 부유하고 떳떳한 사람들은 리오 비첼리오가 내놓는 돈의 정체를 알고 있을까.

비첼리오 조직은 여타 마피아에 비해 대단히 양성적이다. 합법적인 사업체들의 규모도 크지만 회사의 운영을 조직과 완벽히 분리시켜 놓았다. 두 개의 회사에 고용된 직원들은 하나같이 조직과 관계가 없는 사람들로 대부분 사주의 정체에 대해 알지 못했다. 간간이 소문이 돌기도 했으나 그 소문이란 마치 유명 정치인의 숨겨 둔 사생아처럼, 흥미롭지만 확인할 길이 없고 별로 믿기지도 않는, 설령 사실이라 해도 뭐 어쩌랴 싶은 루머 정도에 불과했다. 그러니 장학

재단을 꾸려 가는 우아한 귀부인이 그에게 초대장을 보내는 의도가 과연 얼마나 순수한가에 대해 제인으로서는 온전히 알 방도가 없는 것이다.

어디선가 마이클 첸이 껄껄 웃음을 터뜨렸다. 제인은 사람들 틈에 섞인 그를 멀찍이서 바라본다. 첸의 팔짱을 끼고 선 여자. 알리시아라고 했던가. 이제 갓 스물이 넘었을 여자는 아버지뻘 되는 남자의 두툼한 손에 기꺼이 엉덩이를 내어주고 있었다. 사람들이 없는 곳에서는 더한 것도 내어줄 테고 그 대가로 다이아몬드 팔찌와 실크 드레스 따위를 받을 것이다. 알리시아를 향한 경멸의 시선들을 제인은 낯설지 않게 바라보았다.

"어머, 미스 비첼리오. 안녕하세요."

"오랜만이에요, 미스 비첼리오. 지난번 카네기홀 리셉션에서 뵀는데 기억하시나요? 바르샤바필 공연 때요."

"귀걸이 너무 예쁘네요, 미스 비첼리오. 선물 받았나 봐요."

친절한 얼굴들 뒤로 수군대는 소리들을 안다. 리오나르도 비첼리오가 장신구처럼 끼고 다니는 여자. 한때 한집에 살았던 여자. 아버지 정부의 딸. 여동생이라는 명목은 우습지도 않은 허울일 뿐이고 실상은,

비첼리오의 정부.

시선 둘 곳 없는 제인이 손에 든 샴페인 잔을 들여다보았다. 값비싼 드레스를 뽐내려 자선 파티에 오는 사람들이 위선자라면 제 것도 아닌 것들을 누리고 있는 나는 무엇일까. 몸을 감싼 옷가지와 보석을 벗어 던지고 싶다. 차라리 알몸이 되는 쪽이 덜 부끄러울 것 같다. 오늘 기분이 유쾌하지 않은 진짜 이유를 그녀는 그제 맥없이 인정했다.

그리고 맥락 없게도 그 남자를 생각한다.

'내가 미친놈인 건 맞는데, 그렇게 나쁜 놈은 아니거든?'

나는 미친 여자일까 나쁜 여자일까. 아니면 그냥, 맹추 같은 여자일까.

천천히 샴페인 잔을 입술로 가져갔다. 차갑고도 달콤한 액체를 삼키며 그녀는 매혹적인 눈매를 떠올렸다. 그 남자는 지금 뭘 하고 있을까. 이스트 빌리지에 산다면 꽤 가까운 곳인데. 지금쯤 분홍색 호출기에 음성메시지가 들어와 있을까. 연락도 안 할 거면 번호는 왜 가져간 거지.

아직까지 메시지를 남기지 않았다면, 내가 먼저 연락해 봐도 될까.

호화로운 사람들의 유쾌한 웃음들 속에서 제인은 홀로 선 채 잔을 비웠다.

요한은 상의에 딸린 후드를 눌러쓰고 검은색 마스크를 썼다. 양손에는 장갑 끼는 것도 잊지 않았다. 그는 추운 날씨를 싫어하지만 겨울도 쓸 만한 구석이 있다. 얼굴을 보이지 않는 건 마약 거래에 있어 기본 중의 기본이니까.

판매망은 좁고 깊게. 이력이 확실한 단골들만 상대한다. 첫 손님은 당분간 무조건 선금 입금이며 물건을 둔 지점은 전화로 알려 준다. 길거리 약사들이 애용하는 지점 가운데 대표적인 곳은 거리에 설치된 공공 쓰레기통인데, 비닐봉지 안에 잘 포장한 물건을 넣고 쓰레기 더미 위에 얹어 두면 아무도 의심하지 않는다. 대신 쓰레기 수거 스케줄만큼은 반드시 숙지해 둬야 하지만.

거래를 튼 지 얼마 안 된 손님이 대면을 요구하면 두 번 다시 거래하지 않는다. 약이나 돈을 빼앗으려는 패거리 혹은 잠복한 경찰일 가능성이 높다.

요한 같은 약사는 조직에조차 속하지 않는다. 마피아나 갱단이 마약을 대량으로 들여와 하부조직으로 넘기면 그 하부조직의 맨 하바리, 그러니까 호세 고메즈 같은 말단 조직원이 요한 같은 길거리 약사에게 비싼 값에 팔아넘긴다. 약사가 희석해서 낱개 포장한 물건이 최종 고객에게 더 비싼 값을 받는 것은 물론이다.

그는 배달 나갈 물건과 지점을 다시 한번 확인한 다음 등허리에 꽂은 리볼버를 체크했다. 어떤 조직에도 속하지 않은 프리랜서 자영업자이니 제 몸은 스스로 보호해야 한다. 능숙하게 확인을 마친 다음 아파트를 나섰다.

새해를 사흘 앞둔 세상은 이미 한밤중이었다.

이스트 빌리지에서 남쪽을 향해 쭉 내려가면 로어 이스트 사이드가 나온다. 소호와 이스트 리버 사이에 위치한 그 동네는 싸구려 술집과 하급 창녀들이 궁색한 손님을 기다리는 우범지대였다. 집에서는 걸어서 10분 거리. 요한은 오래된 건물 사이 인적 없는 거리를 빠르게 걸었다.

선량한 사람만 범죄의 대상이 되는 건 아니다. 확률이란 모두에게 공평하게 적용되므로 범죄자도 범죄 피해를 입을 때가 종종 있다. 뉴욕에서 마약 밀매는 최대 20년 실형을 살 수 있는 중범죄이지만 그런 남자도 동네 건달패에 걸려 흠씬 두들겨 맞은 다음 가진 걸 홀랑 빼앗길 수 있다는 소리. 맘 놓고 경찰을 부를 수도 없는 요한 같은 부류는 더더욱 주변을 경계해야 한다.

바로 지금처럼.

애비뉴 C를 따라 남쪽으로 걷던 그가 등 뒤를 의식했다. 누군가 빠르게 접근한다고 인지한 순간 뒤로 몸을 돌렸다. 무언가 눈앞으로 휙 날아오기에 반사적으로 방어하려 오른쪽 주먹을 휘둘렀다. 무식하게도 초면에 인사 대신 칼부터 앞세운 남자는 덩치가 크지 않았고 피부색이 어두웠다.

"죽기 싫으면 가진 거 다 내놔."

앳된 흑인의 억양을 요한은 대번에 알아들었다. 순식간에 벌어진 상황을 재빠르게 정리하며 주변을 살폈다. 불 꺼진 상가 앞, 거리 양쪽에서 패거리인 둘이 더 나타나 그를 에워쌌다. 어이가 없어서 코웃음이 절로 튀어나온다.

"니들 뭐 하는 새끼들이냐?"

오른쪽 손날이 쓰라렸다. 나이프를 새로 장만한 모양인지 살짝 스쳤는데도 장갑 안쪽까지 단번에 베었다. 빌어먹을. 상처의 깊이를 가늠해 보던 요한이 한 번 더 실소했다.

"하, 이런 개새끼들이."

"입 닥치고 빨리 지갑이나 내놔, 죽이기 전에!"

"시발 바빠 죽겠는데 별 똥파리 같은 새끼들이 꼬여."

상대는 세 명. 셋 모두 칼을 들었고 이쪽은 이미 칼에 찔렸다. 날 붙이부터 뽑아 설치는 걸 보니 어설픈 초범들이고 칼보다 더한 무기는 없는 것이 분명했다. 장난감 총으로 허세 부릴 머리조차 안 돌아가는 맹한 것들 같으니. 그 맹한 것들에게 피를 보인 요한은 애써 재수를 탓해 본다.

"형이 지금 일하는 중이라 좀 바쁘거든? 안 그랬음 제대로 놀아 줬을 텐데 운 좋은 줄 알아."

총알에 등을 꿰뚫릴 일은 없다고 결론 내린 뒤 도주로를 확인했다. 오른쪽 장갑이 슬슬 핏물에 젖는 게 느껴지지만 손님과 약속한 지점까지는 남쪽으로 서너 블록을 더 가야 한다. 그는 일단 배달부터 마치고 집에 가기로 결정했다. 비즈니스는 신용이 생명이니까.

"돈이 필요하면 일을 해, 새끼들아. 어디서 약사 주머니를 털려고."

쯧. 들으란 듯이 혀까지 차 준 다음 요한은 달리기 시작했다. 애비뉴를 따라 한 블록을 지난 다음 오른쪽으로 꺾어 건물 틈새로 잽싸게 숨어들었다. 뒤쪽 건물과의 사이에 기어오를 만한 높이의 담장이 있다는 것을 그는 안다. 맨해튼 골목 사정에 훤한 데다 발까지 빠른 남자를 따라잡는 것은 대낮에도 쉽지 않은 일이었다.

패거리를 가볍게 따돌린 다음 약속한 지점에 물건을 가져다 놓고 공중전화 부스에서 손님에게 배달을 통보했다. 오른쪽 장갑은 바깥으로 핏물이 밸 만큼 젖어 있었다. 급한 대로 왼쪽 장갑을 벗어 상처를 누르며 그는 낯익은 여자가 쓰레기통으로 다가가는 것을 멀찍이서 확인했다.

검은 머리를 질끈 묶은 여자는 빨간색 비닐봉지에 둘둘 싸인 물건을 단번에 찾아냈다. 보란 듯이 공중에 봉지를 휘휘 흔들어 보이고 어디론가 사라진다. 한밤중에 선글라스를 낀 탓에 되레 수상해 보이는 여자. 나이도 인종도 판이한 여자인데도 요한은 질끈 묶은 검은 머리칼에 한참 동안 시선을 주었다.

'나한테 관심 갖지 마.'

딱딱하게도 말하던 얼굴을 떠올린다. 검정 코트 밖으로 화장기 없던 조그만 얼굴.

'난 너한테 관심 없어.'

거기까지 회상하다 피식 웃었다. 가자는 대로 따라와 밥 먹는 것까지 순순히 지켜봐 놓고 그런 소릴 하면 누가 믿어. 그런 여자가 한때 유부녀였다는 것도 믿기는 어렵다. 나이는 스물넷이라면서 하는 짓은 중학생보다 순진한데. 헤닝이니 죽은 남편이니 설마 거짓말은 아니겠지. 요한은 이스트 빌리지로 돌아오는 내도록 그런 생각들을 했다.

집에 돌아오자마자 욕실로 향했다. 바깥은 어둡고 장갑도 검은색이라 잘 몰랐는데 욕실 바닥 타일에 핏방울이 뚝뚝 떨어지고 있었다. 절로 눈살이 찌푸려졌다.

"아, 시발."

조심스레 장갑을 벗자 피투성이가 된 손이 드러났다. 오른쪽 새끼손가락 아래 손날이 2인치가량 사선으로 베였다. 갈라진 살을 따라 피가 엉겨 있고 그 틈새로 아직도 핏물이 꾸역꾸역 배어났다. 이걸 어쩐다. 요한은 수건을 둘둘 말아 상처 위를 누른 다음 욕실에 붙은 거울을 열었다. 거울 안쪽 삼단 수납장에는 면도기와 면도날, 에프터 쉐이브와 로션 따위가 들어 있다. 맨 아래 칸에 넣어 둔 구급상자를 꺼내 변기 뚜껑 위에 걸터앉았다.

소독약과 연고, 붕대 따위를 세면대 위에 늘어놓고 상처를 덮은 수건을 떼어 냈다. 드러난 상처는 제법 깊어 보였다. 응급실까지 가자니 번거롭고 직접 꿰맬 도구나 재간 같은 건 더더욱 있을 리 없으므로 요한은 그저 제 세포의 건강한 회복력을 믿어 보기로 했다.

소독약 뚜껑을 열고 상처에 들이부었다. 각오는 했지만 하마터면 비명을 지를 뻔했다. 세면대 개수구로 핏물이 쉴 없이 흘러 내려간다. 상처 부위가 충분히 씻겨 나갈 때까지 이를 악물고 소독약을 부은 다음 갈라진 피부를 따라 연고를 듬뿍 발랐다. 거즈를 대고 붕대를 둘둘 감고 나자 그런대로 출혈은 멎어 갔다. 다행히 꿰맬 필요까지는 없던 모양.

"별 엿같은 일을 다 겪네."

타일 바닥에 떨어진 핏방울을 닦아 내며 중얼거렸다. 그리고 생각했다. 이런 걸 액땜이라고 하던가. 엄마는 나쁜 일을 겪을 때마다 액땜이라고 했다. 액땜했으니 됐어. 그게 정확히 무슨 말인지 요한은 알지 못했으나 나쁜 일을 겪은 엄마가 웃으니까 다행이라고 생각했다.

삐빅.

바지 주머니 안에서 호출기가 울렸다. 액정에 찍힌 번호를 확인한 그의 눈이 살짝 가늘어졌다. 핏물을 닦던 수건을 휴지통에 던져 넣고 방으로 들어갔다. 음성사서함에 새로운 메시지가 하나. 재생 버튼을 누르는 남자의 눈가에 미소가 번진다.

— 나야.

그 여자였다. 제인 헤닝.

— 부탁이 있어.

이미 귓가에 있는 수화기를 최대한 뺨에 가까이 눌러 붙였다.

— 그래피티 그리는 거, 직접 봤으면 좋겠어. 그러니까…… 사진을 찍고 싶단 얘기야. 음, 그러니까 다음 작업할 땐 나랑, 같이 가 달라고.

음성메시지 남기는 것도 어쩌면 이렇게 서툴기 짝이 없다. 어쩔 줄을 모르는 목소리와 어색한 호흡을 들으며 요한은 피식피식 웃음을 참지 못했다.

— 단어는 조만간 그 사람이 알려 줄 거야. 이쪽으로 연락 주면 내가 맞춰서 나갈게. 음…… 그럼 연락해.

역시 조금 허둥대는 기척을 끝으로 메시지는 종료됐다. 그래피티 그리는 걸 사진으로 찍고 싶으시단다. 허술한 핑계거리 궁리해 내느라 애썼을 모습을 상상하자 비죽비죽 자꾸만 웃음이 났다. 나한테 관심 없다면서. 요한은 벌어진 입으로 혼자 웃다가 가만히 중얼거린다.

"액땜."

낯선 단어를 발음하며 붕대 감은 오른손을 이리저리 살펴보았다. 발음이 맞는지는 모르겠지만 액땜은 그러니까 이런 의미인 모양이다. 약간의 나쁜 일로 아주 좋은 일을 불러오는 것. 잘 알지도 못하는

언어의 정의를 멋대로 내리며 그는 음성메시지 재생 버튼을 한 번 더
눌렀다.

❖

베런이 찾아온 것은 아침나절이었다. 일찌감치 조깅을 끝내고 돌
아와 뜨거운 물에 느긋이 목욕까지 마친 후, 샤워 가운 차림으로 아
래층 냉장고에서 막 오렌지주스를 꺼냈을 때 잠깐 들른다는 전화를
받았다. 오든지 말든지. 제인은 시큰둥하게 전화를 끊고 유리컵에 한
가득 주스를 따랐다.

가운 차림을 본 베런의 눈이 살짝 가늘어졌다. 답지 않게 내외하
나. 입 속으로 투덜대며 그녀가 입술을 뗐다.

"무슨 일이야."

그는 피로한 기색이 역력했다. 눈에 띄게 불그스름한 눈가와 흐트
러진 금발. 평소 같지 않은 모습을 눈으로 훑으며 제인이 짧게 눈살을
찌푸렸다. 그러고 보니 어젯밤 호텔에서 봤을 때와 차림새가 똑같다.

"집에 안 들어갔나 봐."

"가끔 있는 일입니다."

만찬장에서 베런과 함께 사라졌던 리오는 제인이 샴페인 한 잔을
비운 직후 돌아왔다. 풀코스로 나오는 정찬을 먹으며 같은 테이블에
앉은 사람들과 불필요한 이야기들을 나누는 동안 그는 느긋이 예의
를 차렸으며 때때로 웃기도 했다. 파트너의 아름다움을 칭찬하는 형
식적인 찬사에도 리오나르도는 능숙한 미소로 화답했다.

길고 긴 식사 후 호텔 앞에는 롤스로이스가 대기하고 있었지만 베
런은 없었다. 차 곁에 선 남자는 낯이 익으나 이름은 모르는 사람이
었고, 리오는 미리 알고 있던 것처럼 아무 말 없이 제인을 위해 차 문

을 열어 주었다. 그리고 아파트로 오는 10분 남짓한 동안 두 사람은 아무런 대화도 나누지 않았다.

"무슨 일 있었어?"

"아실 필요 없습니다."

창백한 낯빛이 눈에 거슬려 안부를 물었더니 참 따스한 대답이 돌아온다. 괜한 짓을 했지. 자책하려는 찰나 베런이 들고 있던 쇼핑백을 내밀었다.

"이게 뭐야."

"보시는 대로."

제인이 약하게 눈살을 찌푸리며 쇼핑백 안쪽을 들여다보았다. 안에 든 종이 박스에는 최신형 휴대전화의 사진이 전면에 붙어 있다. 로고를 확인할 필요도 없이 한눈에 알아봤다. 올해 새로 나온, 반으로 접는 폴더형 디자인으로 센세이션을 일으킨 모토로라 스타택. 그러나 인기 절정의 최신 기기를 손에 넣은 여자는 감동하는 대신 남자를 노려본다.

"아예 족쇄를 채우지 그래."

"그럴 일은 없기를 바랍니다."

"도망이라도 갈까 봐 이래?"

"일어나지 않을 일을 왜 걱정합니까."

막힘없는 대답에 외려 말문이 막혔다. 알고 있다. 벗어날 수 없다는 것. 하지만 도망은 불가능하니 꿈도 꾸지 말라는 말을 어쩌면 저렇게 면전에다 대고 할 수 있을까. 재수 없는 자식. 제인이 입 속으로 뇌까렸으나 상대는 아직 할 말이 끝나지 않은 모양이었다.

"미즈 헤닝은 눈치가 없는 겁니까."

그가 나지막이 물은 다음,

"아니면 없는 척하는 건가."

제법 정확한 답을 내놓았다.

"당신이야말로 눈치가 있다면 날 그따위로 부르지는 말아야지."

"그럼 뭐라고 부를까요. 신분증상의 이름보다 미스 비첼리오가 맘에 드는 건 아닐 테고."

제인은 입을 다물었다. 저 창백한 미간에 총구멍을 뚫어 주고픈 충동이 눈앞을 덮쳤다. 그러나 그러지 못할 것을 잘 아는 것처럼 베런이 엷게 웃으며 덧붙였다.

"아니면, 킴?"

결국 그녀는 이번에도 스스로 돌아선다. 거실로 성큼성큼 걸어가 휴대전화 박스가 담긴 쇼핑백을 소파 위에 던져 놓고는 테이블 위에 놓인 메모지와 펜을 집어 들었고, 종이에 무언가를 휘갈겨 쓴 다음 현관에 선 남자에 내밀었다.

"이거나 전해."

메모지를 건네받으며 그가 눈으로 내용을 읽는다. 뚜렷한 눈썹 아래 흥미로운 빛이 스쳤다. 밝은 청색의 눈동자는 실내에서 청록색으로 보인다.

"위치는요."

"아무 데나. 그쪽 내키는 대로 원하는 곳에 그리라고 해."

"알겠습니다."

철자를 하나하나 곱씹듯 충분히 들여다본 베런이 종이를 반으로 접어 품에 넣었다.

"저번 같은 일은 두 번 다시 없도록 합시다. 연락되지 않는 상황이 다시 생기면, 그땐 정말 제 얼굴을 매일 보게 될지도 모릅니다."

물론 저는 원하지 않습니다만. 그가 덧붙였다.

베런 콜린스는 특유의 표정이 있다. 자연스럽게 턱을 든 채 눈꺼풀을 반쯤 뜨고, 입가에는 아주 미미한 웃음기가 서린. 상대를 비웃는 것 같은 그 표정은 비단 그녀만을 위한 것은 아니며 이 남자는 기본적으로 모든 사람을 그렇게 대한다는 걸 제인은 관찰을 통해 알고 있었다. 그 오만한 얼굴이 오직 한 사람, 리오의 앞에서만 조금 겸손해진다는 것도.

정말이지 재수 없는 자식.

"이것도 보스의 지시야?"

"업무의 일환이죠."

"솔직히 말해 봐. 당신 나한테 이러는 거 즐기고 있지?"

"그다지(Not really)."

"날 좋아하기라도 하는 거야, 콜린스 씨?"

비웃음을 한껏 실어 쏘아 주었다. 제인으로서는 회심의 일격이었고, 반듯하던 남자의 미간이 움찔 찌푸려진 그 찰나의 변화에 순간이나마 조금 통쾌했다. 베런은 제가 뭘 들었나 돌이켜 보듯 잠시 말을 않다가 이내 기막히다는 듯 실소를 터뜨렸다.

"그런 말은 두 번 다시 하지 맙시다, 제인."

그가 눈을 들어 여자를 바라본다. 밤을 꼬박 샌 것이 틀림없도록 거무스름한 눈가. 그러나 차분한 음성만큼은 변함이 없었다.

"난 오래 살고 싶으니까."

말하며 상대의 눈을 똑바로 바라보았다. 청록색 홍채와 불그스름한 눈자위. 평소보다 흐린 입술 곁으로 오만한 웃음기는 여전했다. 그 앞에서 제인은 침착하려 애를 썼다. 그리고 저도 모르게 상기한 얼굴에 당혹했다. 오래 살고 싶으니까. 그 끔찍한 말 끝에 어째서 그 남자가 떠올랐을까.

"저는 그저 제 일을 할 뿐입니다."

베런이 지극히 사무적인 말투로 쐐기를 박았다. 용무가 끝난 것 같은데도 그는 여자의 반응을 살피듯 자리를 떠나지 않는다. 정말이지 재수 없는 자식. 모처럼 근성을 발휘해 보았으나, 제인은 이번에도 결국 입을 다문 채 스스로 돌아섰다.

❖

요한이 파카 주머니에 손을 넣어 쪽지를 꺼냈다. 구깃거리는 종이 위에 그의 필치로 단어 하나가 적혀 있다. 이번에는 다행히도 아주 잘 아는 어휘. 철자를 틀리는 것이 어려울 만큼 쉬운 단어지만 그래도 이렇게 적어 오고 싶었다.

Innocence.

결백.

파인애플 맛 사탕 하나를 혀 위에 굴리며 유니언 스퀘어 공원 벤치에 요한은 앉아 있다. 빌딩과 상점, 레스토랑이 모여 온종일 붐비는 곳이지만 자정이 훌쩍 넘은 시간이라 인적은 보이지 않았다. 자동차가 도로 위를 지날 때마다 헤드라이트 불빛이 그를 스쳤다. 그때마다 드러나는 옆얼굴은 시종 손에 든 종이를 응시하고 있다.

기척을 느낀 남자가 눈을 들었다. 역시나 가까운 길가에 옐로우캡 한 대가 서더니 문이 열렸다. 이 밤중에도 택시가 다니는구나. 대낮에도 택시 잡을 일이 좀처럼 없는 그는 새로운 사실을 알았다.

"일찍 왔네."

"너야말로."

가까이 다가온 제인이 손목시계를 들여다봤다. 새벽 2시 반. 정확히 약속한 시간이다. 기다렸다는 듯 벤치 위에서 일어선 요한이 앞장서 걸었다.

"어디로 가는 거야?"

"내 마음대로 정하라며."

뒤돌아 말하며 그가 웃었다. 마주 웃을 이유가 없는 제인은 그저 어깨에 멘 카메라를 추스르며 뒤를 따랐다.

요한은 14스트리트를 가로질렀다. 지나는 차가 거의 없는 3차선 도로라 건너기는 쉬웠다. 공원과 입구를 마주한 고층 빌딩 앞에 서더니 주변을 살핀다. 그가 고른 곳은 의류 매장의 쇼윈도. 좀 더 으슥하고 은밀한 골목으로 들어갈 줄 알았던 제인이 덩달아 주위를 경계했다.

"여기, 여기다 하게?"

"망 잘 봐."

그가 씩 웃더니 오른쪽 손에 끼고 있던 장갑을 벗었다. 손을 감싼 붕대가 하얗게 드러났다. 그 손이 파카 주머니에서 스프레이 페인트를 꺼내자 제인은 서둘러 카메라 렌즈 덮개를 열었다. 얼굴은 찍으면 안 되는데. 요한이 들리도록 중얼대며 작업할 위치를 눈으로 가늠한다.

뷰파인더에 눈을 가져다 댔다. 밤중이었지만 번화가라 마냥 어둡지는 않았다. 가로등 빛과 주변 간판의 조명 덕에 조리개를 최대한 열자 상은 제법 명확히 맺혔다. 카메라 안의 비좁은 세상. 그 안에 홀로 갇힌 남자는 창밖을 향해 선 마네킹들을 마주 보고 있다.

천천히 줌을 당기자 카메라 렌즈는 남자의 얼굴에 집중했다.

요한이 스프레이 페인트를 흔든다. 짤강짤강. 새벽 3시를 향해 가는 고요한 거리에서 그 소리는 마치 굉음처럼 울렸다. 머릿속으로 밑그림을 마쳤는지 그가 이쪽으로 고개를 돌렸다. 이제부터 시작할 테니 잘 봐. 프레임 속의 얼굴이 마치 그렇게 말하는 것 같다. 뚜렷한 눈빛과 휘어진 입술. 가로등 빛 아래 반짝이는 미소.

제인은 셔터를 눌렀다.

요한이 골무만 한 플라스틱 뚜껑을 열더니 아무렇게나 곁에 던졌다. 쇼윈도 바깥쪽 디딤대에 훌쩍 올라 팔을 최대한 위로 뻗어 페인트를 분사했다. 제인은 뷰파인더를 통해 그 장면을 지켜본다. 깨끗하던 유리창에 검은색 페인트가 뿌려지자 심장이 무겁게 뛰기 시작했다. 죄책감 같기도 쾌감 같기도 한 생소한 기분이 가슴을 옥죄었다.

남자는 천천히, 거침없이 글자를 그려 나간다.

아홉 개의 철자를 완벽한 균형으로 조금씩 단번에 써 넣었다. 스프레이 페인트 두 캔이 들어간 그래피티는 상점의 전면 유리창 7할을 채울 만큼 컸다. 페인트가 충분히 분사되지 않으면 멈추고 캔을 흔들어 가며 작업을 이었다. 그 모든 과정이 너무나도 쉬워 보이지만 결코 쉽지 않다는 것을 제인은 안다. 그리고 10분도 채 되지 않아 그는 마치 마법처럼, 눈앞에 유려한 흔적을 남겼다.

Innocence

뷰파인더에서 얼굴을 뗐다. 렌즈를 통하지 않은 맨눈으로 그를 바라보았다. 730. 서명까지 마친 요한은 이미 보도로 훌쩍 내려와 갓 완성된 작품을 살펴보고 있다. 그녀는 정신없이 셔터를 눌렀다.

"맘에 들어?"

그가 뒤돌아 묻는다. 반달처럼 휘어진 눈매. 붕대 감은 손에 스프레이 캔을 쥔 채로. 예쁘게도 웃는 모습이 마치 소년 같았다.

맘에 든다. 아주 많이.

목 안에 울리는 대답을 입으로 옮기려는 순간 그가 제인의 어깨 너머를 노려보았다. 웃음기를 싹 거둔 요한은 들고 있던 캔을 아무렇게나 던지며 여자 쪽으로 달려왔다. 쨍! 보도블록에 부딪힌 캔이 어찌나 큰 소리를 내던지 제인이 깜짝 어깨를 떨었다.

"어이, 거기!"

"뛰어!"

낯선 남자의 외침과 동시에 요한이 여자의 손을 낚아챘다. 제인은 영문도 모른 채 그가 이끄는 대로 달리며 허겁지겁 뒤를 돌아보았다. 제복 차림의 경찰관 두 명이 이쪽을 향해 팔을 저으며 달리고 있다. 그러니까 지금 남의 가게 쇼윈도에 낙서를 하다 순찰하던 경관들에게 딱 걸린 모양.

그 순간 제인은 가장 먼저 베런의 비웃음을 상기했다. 뒤이어 리오를 떠올린 것은 불가항력이었다. 여기서 경찰에게 붙잡히면 곤란해지는 정도가 아니다. 그래서 그녀는 요한의 손을 맞잡은 채 필사적으로 속도를 냈다. 어깨에 멘 카메라가 미친 듯이 덜렁거렸다.

"어디로 가는 거야!"

"그냥 믿고 따라와!"

두 남녀는 나란히 한밤의 거리를 도망쳤다. 뒤를 쫓는 경관들도 좀처럼 추격을 포기하지 않는다. 요한은 도로를 가로질러 가볍게 무단횡단한 다음 유니언 스퀘어 지하철역으로 들어갔다.

여자의 손을 놓고 앞장서 개찰구를 훌쩍 뛰어넘었다. 태어나 처음으로 무임승차를 시도하면서도 제인은 머뭇거리지 않았다. 스테인리스강 장애물을 단번에 뛰어넘어 안쪽으로 들어오자 그가 언뜻 웃는 것 같았다. 그리고 다시 여자를 향해 손을 뻗는다. 꽉 잡은 두 손은 뜨거웠다.

"거기 서! 당장 멈추라고!"

젠장. 개찰구 쪽으로 달려오며 경관들이 소리 지르자 요한이 욕설을 중얼거렸다. 끈질기게도 따라붙는 경찰 한 쌍을 확인한 남녀가 약속한 듯 다시 달아나기 시작했다. 설마 총을 쏘지는 않겠지. 등 뒤를 의식하며 달리던 제인은 이내 아연했다. 두 사람이 도달한 곳은 열차 플랫폼. 열차는 당연히 없었고 선로는 텅 비어 있다. 동굴 같은 터널을 앞둔 플랫폼 끝에서 그녀는 발을 멈췄다.

"막다른 길이잖아!"

뒤쪽을 돌아보며 다급하게 외쳤다. 맙소사, 경찰에 쫓기다니. 숨을 몰아쉬는 제인의 얼굴은 창백했다. 여기서 이 남자와 함께 경찰에 붙잡히면 감당하지 못할 일들이 벌어지게 될 것이다. 그러나 희게 질린 여자와 달리 요한은 별로 절박한 기색이 아니었다. 가볍게 숨을 헐떡이면서도 여자를 향한 눈길은 동요가 없다.

"믿으라니까."

엷게 웃어 보이며 플랫폼 아래로 훌쩍 뛰어내렸다. 그러고는 위쪽에 선 여자를 향해 어서 뛰어내리라는 듯 고갯짓을 한다. 지하철 통로를 따라 달아날 생각인 모양. 그제 도주 경로를 눈치챈 제인이 입을 벌렸다. 땅굴 같은 지하철 터널로 들어가다니. 맨정신으로는 절대 하지 않을 짓이지만 난생처음 경찰에 쫓기는 지금은 이미 맨정신이 아닌 쪽에 가까워서, 여자는 오래 망설이지 않고 플랫폼 아래로 몸을 던졌다.

"잘했어."

요한이 칭찬하며 다시 제인의 손을 잡는다. 캄캄한 터널 안에는 벽을 따라 띄엄띄엄 설치된 전구의 빛만이 한 줄로 이어져 있었다. 무엇이 기다릴지 알 수 없는 암흑. 경험해 본 적 없는 미지의 공간. 본능적인 두려움에 주춤대는 여자를 그가 강한 힘으로 잡아끌었다.

"걱정 마. 이쪽으로 가는 게 제일 안전해."

경찰서 유치장보다 쾌적하기도 하고. 덧붙이는 말투에 긴장감이 없어서 제인은 조금 안심이 됐다. 눈앞에 펼쳐진 뱀 아가리 같은 터널 속으로 그들은 함께 달려 들어갔다.

"거기! 당장 이쪽으로 나와! 선로 무단침입은 벌금 부과 대상이라고!"

플랫폼 끝에 선 경관이 터널 안쪽을 향해 소리를 질렀다. 그러나 뒤따라오지는 않는다. 벌금 좋아하시네. 요한이 중얼대며 피식 웃자 제인은 조금 더 안심이 됐다.

터널 안으로 들어온 지 1분도 못 되어 두 사람은 달리기를 멈췄다. 경찰은 추격을 포기한 모양인 데다 지상에서부터 꽤 오래 달려온 덕에 숨이 헉헉 턱에 닿았다. 그들은 천천히 걸으며 호흡을 가라앉혔다. 터널 안의 공기는 어둡고 탁했으나 숨 쉬기에 무리가 올 정도는 아니었다.

이제 마음을 놓아도 되는 건가. 제인은 생소한 주변 풍경을 더듬더듬 눈으로 살폈다. 여태 남자의 손을 붙잡고 있었다는 걸 그제 깨달았다. 슬쩍 손을 놓으려는데 한발 앞서 걷던 요한이 우뚝 걸음을 멈췄다.

"젠장(Shit)."

지점을 가늠할 수 없는 저 어딘가에서 진동이 느껴졌다. 진동은 터널 벽을 타고 빠르게 이리로 접근해 왔다. 열차가 들어오는 기척이란 것쯤이야 듣지 않아도 알겠다. 불안한 얼굴로 두리번대는 여자를 요한은 계속 앞으로 이끌었다. 터널 벽에 바짝 기대어 한 사람이 겨우 올라설 수 있을 너비의 계단이 나왔다. 대여섯 개의 층계를 오르자 역시 한 사람이 간신히 설 공간이 길게 나 있다.

와르르 울리는 공기가 뺨으로 느껴졌다. 진동은 이제 급격히 가까워졌다.

"선로 작업 인부들이 쓰는 대피공간이야."

길게 설명할 시간이 없었다. 심한 진동과 아울러 쇠끼리 부딪히는 소음이 빠르게 주변을 덮치고 있다. 요한은 접근하는 열차의 헤드라이트를 확인하며 제인을 벽 쪽으로 바짝 붙여 세웠다. 두 사람의 거리는 몸이 맞닿을 정도로 가까웠으나 자지러지는 소음 때문에 목소리를 높여야 했다.

"벽에 최대한 붙어 서! 공간 충분하니까 겁먹지 말고!"

소리치며 여자의 창백한 얼굴을 똑바로 바라본다. 겁먹지 말랬더니 역시나 잔뜩 겁에 질린 얼굴을 그는 물론 이해했다. 부잣집 아가씨란 출신까지 따지지 않더라도, 이런 상황을 처음 겪으면 누구든 패닉 상태가 되기 마련이니까.

"걱정 마! 날 믿어, 제인!"

여자가 고개를 끄덕였다. 요한은 왼쪽 팔을 길게 뻗어 제인의 앞을 감싸 막았다. 가슴 앞을 가로지른 남자의 팔목을 그녀가 붙잡은 순간, 경적을 울리며 열차는 순식간에 들어왔다.

빠앙!

눈앞에서 정신없이 지나가는 거대한 쇳덩이. 객차 내부의 조명이 눈앞에서 번쩍거리고 열차와 선로가 마찰하며 내는 굉음 때문에 귀가 마비되는 것 같다. 제인은 두 눈을 꽉 감은 채 요한의 팔목을 힘주어 잡았다. 그리고 왼쪽 어깨를 쥔 손길에 감각을 집중하려 애썼다. 남자의 손아귀. 그 강한 악력에 희한하게 마음이 놓였다.

구렁이 같은 열차는 두 사람을 빠르게 지나쳐 유니온 스퀘어 역을 향해 달려갔다. 열차가 꼬리처럼 끌고 가는 진동과 소음도 서서히 멀어졌다. 아까 그 경관들이 아직도 거기에 있다면 두 사람의 안부를 조금 걱정할 수도 있을 것이다.

"휴. 잊지 못할 경험이지?"

멀어지는 열차 꽁무니를 지켜보며 요한이 이죽거렸다. 지하철 터널 안에 맨몸으로 선 주제에 저토록 여유로운 말투라니. 제인은 그제야 깊은 숨을 들이쉬며 입을 열었다.

"……죽을 때까지 안 잊히겠어."

"영광인데."

"이런 거 자주 있는 일이야?"

"그럴 리가."

나 혼자였으면 위에서 벌써 따돌렸지. 그가 턱짓을 하자 제인은 허탈하게 따라 웃었다. 고맙다고 해야 하나 잠시 고민했으나 그것도 우스울 것 같아 그만두었다. 먼저 계단 아래로 내려선 요한이 이쪽을 향해 손을 내민다. 짙은 회색의 어둠 속에서 하얀색 붕대가 도드라졌다.

"손은 왜 그래?"

"그냥 어디 좀 긁혔어."

제인은 긁혔다는 손 대신 터널 벽을 짚고 계단을 내려왔다. 미약한 전구의 빛이 전부인 어둠 속. 암흑을 따라 나란히 뻗은 선로 가장자리에 두 사람은 마주 섰다. 요한이 허공에 둔 손을 거두며 멋쩍게 웃어 보인다. 못 본 척하며 그녀가 물었다.

"이제 어디로 가?"

"밖으로 나가야지."

"설마 걸어서 다음 역으로 간다는 건 아니겠지."

"정답."

그들이 걷는 선로는 남쪽 방향이다. 유니온 스퀘어 역에서 남쪽으로 다음 역이라면 8스트리트. 두 역은 여섯 블록 정도 떨어져 있으니 걸어서 10분도 채 걸리지 않는 거리였다. 제인은 머릿속으로 지상의 지도를 떠올리며 고개를 끄덕였다. 그리 먼 거리는 아니다.

여자는 선로 오른쪽으로, 남자는 침목 위로 걸었다. 철제 레일 하나를 사이에 두고서 그들은 보조를 맞춰 나란히 걸었다. 뉴욕시 지하철은 24시간 쉬지 않지만 지금 같은 새벽에는 배차 간격이 무척 길다. 이미 한 대가 지나갔으니 다음 열차는 20분 뒤에나 올 것이다. 어두운 터널 안의 공기는 이제 고요하게 가라앉았다.

묵묵히 걷던 제인이 물었다.

"세븐써리가 무슨 뜻이야?"

"뭐?"

저도 모르게 되물어 놓고 요한은 곧 수긍했다. 부잣집 아가씨였지
참. 730이 무슨 뜻인지 모르는 사람은 부모 이후 처음이라서 그는
어딘가 간지러운 기분으로 뜻풀이를 해 준다.

"미친놈."

"미친놈?"

"교도소에서 정신병자를 세븐써리라고 부르거든. 요주의 수감자
를 구분하는 코드라던데 진짠지는 잘 모르겠고. 여튼 학교 다닐 때
별명이 세븐써리였어."

"고등학생 때?"

"어. 십 학년 때."

그러니까 열여섯 살 무렵, 심부름시켜 놓고 약속한 돈을 주지 않
은 형을 나이프로 그은 적이 있다. 정확한 나이는 모르지만 요한보다
키도 덩치도 훨씬 큰 성인이었다. 출혈이 심했던 옆구리의 상해는 결
코 가볍지 않았으나 피해자가 전과 5범에 마약 거래로 다시 붙잡히
는 바람에 요한은 3개월간의 보호관찰 처분만을 받았다. 소년범 혐
의는 여간해선 전과기록이 남지 않으며 그 후로도 경찰에 체포된 적
이 없으니, 요한은 적어도 문서에 기록된 바로는 대단히 결백한 소시
민이다.

"불량 학생이었나 봐."

"그래서 더 인기가 많았지."

"여자애들한테?"

"남자애들한테도."

"쿼터백이었나 보네."

"딱 봐도 그렇게 생기지 않았어?"

잘난 척은. 제인이 코웃음을 쳤다.

"내가 공부를 안 해서 그렇지 이래 봬도 칠 학년 때까지 영재반이었어. 여기 학교엔 나 정도 미친놈들이야 널렸지."

사립학교 다녔을 업타운 걸은 잘 모르겠지만. 요한이 덧붙였다.

그가 태어나 자란 퀸즈 서부의 공립학교는 어린 짐승들을 가둔 우리 같았다. 빠듯하고 폭력적인 하층민 가정의 아이들은 학교에서 더욱 사나워지고, 하교 후엔 골목에서 풍기는 마리화나 냄새를 맡으며 새장처럼 좁은 아파트로 돌아갔다. 동네는 물론 학교 앞에서도 수시로 경찰차의 사이렌이 울렸다. 그러니 등굣길에 나이프며 커터 칼 따위 날붙이를 챙겨 다닌 것은 이를테면 자기보호와 생존을 위한 기술이었다.

"세븐써리는 뉴욕에서만 쓰는 말이야?"

"다른 덴 안 살아 봐서 잘 모르겠는데."

"교도소 은어를 아이들이 쓰다니. 재미있는 도시야."

"재미있지. 부르주아와 뒷골목 하층민이 새벽 세 시에 지하철 선로를 나란히 걸을 수 있는 곳인데."

피식대며 요한이 앞쪽을 가리켰다. 왼쪽으로 커브를 그린 터널 끝에 손톱만 한 빛 덩어리가 노랗게 떠 있다. 8스트리트 역이었다.

"거의 다 왔지만 혹시 못 걷겠으면 말해."

"업어 주기라도 하려고?"

"오늘 정답을 잘 맞춘다?"

경쾌한 너스레에 제인이 키드득 웃었다. 웃으면 안 되는데 아까부터 자꾸 웃음이 나 실은 몹시 난감한 중이다. 거리를 둬야 한다, 거리를. 그녀는 벌어지려는 경계를 여미듯 입매를 정돈했다.

역 플랫폼으로 올라왔을 때는 새벽 3시가 넘어 있었다. 신문을 읽으며 열차를 기다리던 남자가 플랫폼을 기어오르는 두 사람을 보더니 대놓고 경악했다. 요한과 제인은 제각기 파카에 붙은 후드를 나란히 뒤집어쓴 채 유유히 역사를 빠져나갔다.

8스트리트 역은 뉴욕대 역이기도 하다. 뉴욕대는 워싱턴 스퀘어 파크를 중심으로 학과 건물들이 모여 있으므로 제인의 아파트와 이를테면 캠퍼스를 공유한다. 그러니까 지하철역 출구 중 하나는 그녀의 집 바로 앞에 뚫려 있단 소리. 덕분에 계단을 지나 지상으로 빠져나오기 전부터 제인은 이 곤란한 상황을 어떻게 풀어야 하나 궁리 중이었다.

사는 곳을 노출시키면 안 되는데.

"어디 살아?"

또 도망치지 말고. 잊지 않고 덧붙이는 남자를 그녀는 마주 보았다. 어차피 지금은 집 앞인 데다가 지나는 택시도 없어서 도망갈 수도 없다. 어떻게 해야 하나. 제인은 대답을 유예한 채 잠깐 고민하다 결국 진실을 말하기로 했다.

"……이 근처야."

"데려다줄게."

"혼자 가도 되는데."

"부자 동네도 밤길은 위험해."

우리 동네 밤길보다 그쪽이 더 위험할 것 같은데. 제인은 머뭇거렸으나 결국 아파트를 향해 걷기 시작했다. 따돌릴 상황도 따돌려질 상대도 아니라는 판단은 아마도 옳을 것이다.

두 사람은 말없이 나란히 걸었다. 4년째 이곳에 살고 있건만 한밤도 새벽도 아닌 시각의 주변이 그녀는 낯설었다. 무거운 어둠 속에서 조명이 켜진 대리석 아치만이 노르스름하게 도드라졌다. 제인은 건물에 도달하기 전 넉넉히 거리를 두고 멈춰 섰다. 아파트 로비에는 도어맨이 24시간 근무 중이므로 눈에 띄지 말아야 한다.

"다 왔어."

"어딘데?"

"저 앞 건물."

유서 깊은 건물의 고풍스런 디자인. 요한은 불이 켜진 로비 쪽을 힐끗 보고는 오묘한 표정을 지었다.

"데려다줘서 고마워. 이제 들어가 봐."

"시간이 좀 늦긴 했지만,"

남자의 목소리는 높지 않다. 그러나 발음이 명료하고 음색이 밝았다. 제인은 저를 내려다보는 갈색 눈동자를 마주 바라보았다. 하얀 가로등 빛을 퉁기는 눈동자. 깎은 듯 음영이 뚜렷한 얼굴은 여전히 믿을 수 없을 정도로 매혹적이다.

"차 한잔 마시고 가라면 사양하지 않을게."

대꾸하지 않았다. 이토록 뻔한 수작이 농담일까 진심일까 가늠해 보듯, 그녀는 남자의 뻔뻔한 얼굴을 빤히 쳐다보았다.

"설마 진짜로 기대하고 한 말은 아니겠지."

"조금은?"

"자신감이 지나치네."

"솔직한 성격이라."

"그건 아닌 거 같은데."

말하며 남자의 오른손에 눈길을 준다. 솔직하기는. 그냥 좀 긁혔는데 붕대를 저리 칭칭 감는 사람이 어딨어.

"그러니까. 내가 이런 손으로 이 새벽에 낙서하는 것까지 보여 줬는데."

요한은 태평스럽게도 넉살을 피웠다. 태생적으로 얼굴이 두꺼운 모양이라고 제인은 생각했다. 변함없이 웃고 있는 저 미끈한 얼굴을 보니 틀림없이 그런 거라고.

"평생 잊지 못할 경험도 시켜 줬고."

"그래, 대단히 고맙게 생각해."

"유치장 들어갈 뻔한 것도 구해 줬는데."

"……그건 정말로 고맙고."

한풀 꺾인 여자를 향해 그가 얼굴을 들이밀었다. 미처 인식할 새도 없이 둘 사이 거리는 성큼 좁아진다. 체취와 뒤섞인 남자 향수 내음이 콧속으로 들이쳤다. 날숨이 품은 뚜렷한 체온과 달큰한 과일 냄새.

"정말로 고마우면,"

뒷걸음쳐 피할 요령조차 잊은 채 여자는 그저 숨을 멈췄다.

"작별 인사라도 제대로 해 주든가."

낮게 깔린 남자의 음성은 지금까지와 다르게 들렸다. 별것 아닌 자극들이 생소하게 감각을 뒤흔든다. 제인은 침착하려 애를 쓰며 천천히 숨을 쉬었다. 코끝에 닿을 듯 가까워진 남자의 입술에서 과일 향이 났다. 완전히 성숙한, 짓무르기 직전의 과실이 풍기는 유혹적인 단내가.

저도 모르게 그 입술로 시선을 옮겼다. 경계가 선명하고 불그스름한 입술은 틈이 살짝 벌어져 있다. 이대로 여자가 움직이지 않는다면 그는 전진하여 입을 맞출 것이다. 허락을 기다리는 찰나의 시간. 그 짧은 순간에도 제인은 그대로 눈을 감고픈 충동과 부족한 이성 사이에서 분투해야 했다. 그러나.

거리를 둬야 한다, 거리를.

결국은 부족한 이성이 어려운 승리를 거두었다. 제인이 주춤대며 뒤로 두 발짝 물러섰다. 남자의 유혹은 보기 좋게 실패했으나 목표물을 잃은 입술은 미소까지 잃지는 않는다.

"차도 안 주고 작별 인사도 없고. 너무하네."

"나한테."

"관심 이미 생겼다고. 다시 말해 줘야 해?"

저돌적인 내용과 달리 아무렇지도 않은 말투였다. 그 앞에 선 채 여자는 어쩔 줄을 몰랐다. 이런 상황에선 무슨 표정으로 어떻게 대꾸해야 하는지 그녀는 알지 못했다.

다만 병이라도 난 것처럼 심장이 뛴다.

"남편 없다며."

"뭐?"

"만나는 남자도 없는 거 같고."

"이봐, 리."

"나도 지금 만나는 여자 없고."

근데 뭐가 문제야. 요한은 그리 묻는 눈으로 여자의 대답을 기다렸다.

"나는……"

당황한 기색을 그는 고스란히 지켜보았다. 제인은 적절한 이유를 고르듯 긴 틈을 두다가, 더는 유예할 수 없을 지점에 다다라서야 간신히 말을 뱉어 냈다.

"나는, ……위험한 사람이야."

꺼내지 못할 이야기, 말할 수 없는 까닭들을 걸러 내고 나니 우스운 한 토막만 남아 버렸다. 사춘기 반항아도 입 밖에 내지 않을 어휘들을 발음하며 제인은 상대의 불신을 예상했다. 역시나 남자는 듣기 좋게 소리 내 웃어 주었다.

"그런 이유라면 걱정 마. 아마 너보다 내가 훨씬 더 위험할 거니까."

낮게 키득대며 여자의 조그만 얼굴을 바라본다. 그리고 그녀가 등지고 선, 젖빛 사암으로 지은 견고하고 아름다운 건물을 본다. 24시간 도어맨이 대기하는 로비의 벽면은 틀림없이 대리석일 테고 바닥엔 붉은색 카펫이 깔려 있을 것이다. 저 건물에 사는 사람들은 아마도 제 손으로 문을 연 적이 없을 테지. 눈앞의 육중한 문이 저절로 열리는 마법 같은 세상. 그의 삶에는 결코 존재한 적 없으며 아마 앞으로도 닿을 일이 없을 세계. 그런 세계를 지닌 여자가 불성실한 하층민의 위험한 삶에 대해 상상이나 할 수 있을까.

그래서 요한은 둘 중 누가 더 위험할까에 대해선 더 이야기하지 않기로 한다.

"찐빵 좋아해?"

제인이 미간을 움찔 좁혔다. 찐빵. 맥락 없이 튀어나온 단어에 놀랐고 예상 못 한 한국어 발음에 더 놀랐다. 난 그거 되게 좋아하거든. 요한이 대꾸 없는 대화를 홀로 이었다.

"코리아타운에 파는 데가 있어. 언제 한번 맛보여 줄게."

이왕이면 올해 안에. 그가 덧붙였으나 그녀는 대꾸하지 않았다. 자정이 한참 지났으니 지금은 12월 30일. 1995년은 이제 이틀밖에 남지 않았다.

"오늘은 그냥 가겠는데, 다음에 만나면 뭐라도 줘야 할 거야. 차든 작별 인사든."

말없이 선 여자를 향해 요한은 들어가라며 손을 휘휘 저었다. 건물 안으로 들어서는 모습을 보여 주지 않으려 순서를 양보했지만 씨알도 먹히지 않았다. 진짜 거기 사는 게 맞는지 확인하려는 셈일 테지. 그녀는 속으로 한숨을 쉬며 별수 없이 먼저 돌아섰다.

"제인."

서너 발짝 만에 우뚝 멈춰 뒤를 돌아본다. 여전히 같은 자리에 선 남자가 오른쪽 손을 펼치며 웃어 보였다. 하얀색 붕대를 칭칭 감은 손.

"잘 자(Good night)."

그녀는 상대를 물끄러미 바라보았다. 예상치 못한 인사말에 하마터면 피식 웃을 뻔했다. 무표정을 유지하려 애를 쓰며 아파트 쪽으로 다시 걷기 시작한다. 불이 켜진 로비로 향하는 입술이 조그맣게 달싹였다.

굿나잇.

등 뒤에서 지켜보고 있을 남자를 향해 소리 없이 화답해 본다.

브루클린의 선착장에는 완전한 어둠이 내렸다. 오전 5시. 아직 여명도 트지 않은 새벽은 잠잠했다.

거리 끝에서 나타난 검은색 롤스로이스가 느리지 않게 물가로 다가왔다. 부지런히 바닥을 쪼던 비둘기 몇 마리가 푸드덕 날아올랐다. 자동차 헤드라이트는 선착장에서 가장 큰 건물 앞에 멈춰 섰다. 어둠 속에 묻혀 있던 여남은 명의 남자들이 한꺼번에 모습을 드러내고, 그중 맨 앞에 선 건장한 남자가 뒷좌석 문을 열었다.

"나오셨습니까."

검은색 모직 코트를 걸친 리오가 보도 위에 내려섰다. 저를 기다리던 시커먼 남자들에겐 건성으로 알은체하며 그는 활짝 열린 건물 안부터 쳐다본다. 허연 입김을 푹푹 뿜어내는 작업복 차림의 인부들. 부산스런 움직임을 눈으로 훑으며 리오가 입술을 뗐다.

"물건은."

"어젯밤에 다 들어왔고 정리도 거의 마쳤습니다."

"별일은 없었고."

"에이, 며칠 만에 별일이 또 생기면 됩니까."

운전석에서 내려 보닛을 돌아오던 베런이 알폰시를 바라보았다. 능청스레 대구하며 씩 웃는 남자가 안 어울리게도 찡긋 눈인사를 한다. 한겨울 새벽이 춥지도 않은지 셔츠 한 장만 달랑 걸쳤는데 그마저도 양쪽 소매를 팔꿈치까지 걷어붙였다. 왼쪽 하완을 뒤덮은 컬러풀한 문신. 베런은 그 건장한 체구의 순박한 얼굴을 향해 코웃음을 쳐 줬다.

"그날은 수습하느라 콜린스가 애썼죠. 덕분에 비는 거 하나 없이 멀쩡하게 다 들어왔습니다."

"수고했어."

리오가 짧게 치사하고 건물 안으로 들어섰다. 직육면체로 지은 벽돌 건물은 1940년대 지어진 제분소 창고를 개조한 것이다. 실내 체육관처럼 천장이 높고 트인 공간에는 크고 작은 나무 궤짝들이 쌓여 있고, 청바지에 점퍼 따위를 걸친 남자들이 그 사이를 이리저리 돌아다녔다.

안으로 들어온 리오는 철제 계단을 올라 2층으로 향했다. 건물 천장 쪽에 딸린 사무실에서는 널따란 창고가 한눈에 내려다보였다. 마호가니 데스크를 중심으로 꾸며진 사무실은 공간이 널찍하고 집기들이 반짝거린다. 리오는 데스크 쪽으로 가지 않고 회의용 탁자에 기대선 채 뒤따라 들어온 베런을 불렀다.

"콜린스."

"예, 보스."

대답은 신속하게 이어졌으나 리오는 잠시 뜸을 들였다. 말 한마디에도 신중한 것은 그의 성격이니 이상할 것은 아닌데도 베런은 어째 입 안이 말랐다.

"안젤로 주변을 좀 지켜봐야겠는데."

역시나 예상 밖의 용건. 그는 놀란 속을 가다듬듯 잠깐 침묵 후 되물었다.

"무슨, 낌새라도 있습니까."

그리고 예상했던 대로 리오는 대답하지 않았다.

안젤로 비첼리오. 비첼리오 패밀리의 고문으로 리오의 삼촌이기도 한 인물에게 조용히 사람을 붙여 보란 소리. 유사시에는 보스가 될 수도 있는, 조직과 가문의 이인자를 의심하는 걸까. 베런은 그의 얼굴에서 단서를 찾아보았으나 철갑 같은 표정은 역시나 아무것도 내비치지 않았다. 더 묻는 것은 소용도 없을뿐더러 허락되지 않는 일. 베런은 당연히 오래 고민하지 않았다.

"알겠습니다."

"그 날은 고생했다."

"아닙니다."

"사흘쯤 푹 쉬고 나와. 새해인데."

"괜찮습니다. 신경 쓰지 마십시오."

리오는 관찰하듯 상대를 물끄러미 바라보았다. 수년간 야외 활동을 거의 하지 않고 있는 그는 빛에 그을릴 기회가 없는 것이 당연하지만 베런은 그보다도 낯빛이 창백하다. 아마도 혈통과 유전자의 문제일 테지. 생각하며 리오가 입을 열었다.

"벌써부터 목숨 걸고 일할 필요 없어."

낮고도 넓게 깔리는 침착한 음성. 시선을 내리고 있던 베런이 천천히 눈을 들어 올렸다.

"앞으로 그럴 일 많아질 테니까."

그리고 자신을 바라보는, 언제나처럼 묵묵한 헤이즐색 눈동자와 눈을 맞췄다. 저보다 키가 큰 남자지만 이렇게 눈을 마주 볼 때 그는 유독 더 크게 느껴진다.

"들어가 쉬어."

결국 베런은 보스를 사무실에 남겨 둔 채 홀로 층계를 내려왔다. 창고 안은 여전히 상자들을 옮기는 남자들로 분주하다. 나무 상자를 내려놓을 때마다 조명 아래 부옇게 먼지가 일었다. 베런은 잠깐 동안 층계 위에 서서 그 바쁜 풍경을 바라보았다.

"어이, 패디(Paddy). 용무 끝났음 이리 와서 손 좀 보태든가."

발칙한 호칭에 고개를 돌렸다. 아일랜드계 혈통을 대놓고 비웃는 무례한 자가 누군지는 굳이 보지 않아도 알고 있다.

"식당은 어쩌고 밤새 중노동이야."

"내 말이. 오늘 같은 연말 대목엔 팁 수입이 짭짤한데. 아깝게 됐지."

과장되지 않도록 한 차례 손사래를 친 다음, 알폰시가 흰 이를 드러내며 웃었다.

웨스트 빌리지에서 코너 비스트로를 운영하는 잭 알폰시는 인심좋고 입심은 더 좋은 바텐더지만 그의 본업은 인심과 거리가 멀다. 칼 놀리는 솜씨가 일품인 그는 총 들고 설치는 놈의 목을 잭나이프로 따 버린 적이 한두 번이 아니라고 허풍 떨길 좋아하는데, 제 이름이 하필이면 잭인 것도 거룩한 신의 뜻이라며 성호를 긋는 걸 베런도 여러 번 봤다. 흔적 없이 처리해야 하는 시체가 있으면 그의 가게로 옮긴다는 말도 누군가 농담처럼 하는 걸 들었다. 덕분에 맛집으로 유명한 그의 식당에 가도 베런은 잭이 내주는 햄버거를 절대 먹지 않는다.

"오다가다 가게에 한 번씩 들르라니까. 버거가 별로면 샌드위치도 있는데. 맨날 그놈의 진토닉만 마시고 가니 영 서운해서."

"식당 주인 바뀌면 그때 한번 먹어 보지."

"허, 나는 주방 쪽엔 관여 안 한다니까 그러네."

베런이 파악한 바로 잭 알폰시는 실제 칼을 쓰는 업무를 맡을 때가 많다. 가장 고통스러운 부위를 인심 좋게 웃으면서 건드리는 재주가 뛰어나 주로 상대를 겁줘야 할 때 그가 나선다. 드물게는 암살에도 동원되는 정황이 있는데 베런은 아직 확인하지 못했.

"저것들 코카인인가."

중얼대듯 묻자 알폰시가 양 눈썹을 크게 들어 올렸다. 이맛살에 뚜렷한 주름을 잡은 채 그는 베런을 따라 창고 안 가득한 나무 상자들을 눈으로 훑었다. 모두 배편으로 수입해 들여온 주류로, 위스키부터 코냑까지 유럽 쪽 양조장에서 온 것들이 태반이었고 남미에서 생산된 와인 레이블도 적지 않았다. 잭은 창고 중앙을 향해 시선을 둔 채 농담처럼 가볍게 대꾸했다.

"미안하지만 외부인한텐 기밀이라."

비첼리오 패밀리에서 베런의 위치는 대단히 예외적이다. 예외적이라는 것은 틀에서 벗어나 파격적이고 전례가 없어 애매하단 뜻이다. 이탈리아계 혈통이 아니라는 것은 이미 십수 년 전부터 흔들리기 시작한 전통이니 논외로 하더라도, 무엇보다 그는 조직 내에서 명확한 지위가 없었다.

"그나저나 저번에 왔다 간 일은 잘 됐어? 세븐써린가 뭔가 하는 놈."

"덕분에."

"되게 어려 보이던데. 사내놈이 곱살하게 생겨서는."

"시키는 일은 잘 하고 있으니 됐지."

"콜린스 너도 참 치다꺼리하느라 인생이 고되다."

베런 콜린스는 순전히 리오나르도의 사람이다. 그의 곁을 수행하고 보좌하며 지시를 따른다. 비첼리오 패밀리의 일원들, 이를테면 콘실리에리인 안젤로 비첼리오나 카포레짐인 잭 알폰시처럼 소정의 절차와 일정한 노력에 따라 전통적인 직함을 차지하지 않았다. 애당초

조직의 일원이 아니지만 보스의 최측근으로 크고 작은 일들에 관여하고 있으니 비첼리오 조직원들이 베런을 대하는 태도는 제각기 차이가 컸다.

그중 알폰시는 대단히 호의적인 편.

"그거 밤비랑 관련 있는 일이지?"

잭이 가볍게 눈을 굴려 주위를 슥 살피고는 목소리를 조금 낮췄다. 베런은 호기심이 그득한 녹색 눈동자를 향해 담담히 말해 준다.

"미안하지만 외부인한텐 기밀이라."

"허, 이 치사하고 쪼잔한 친구 좀 보게."

보기 좋게 되돌려받은 남자가 소리 없는 웃음을 왈칵 터뜨렸다.

"난 뭐 눈치가 없냐? 그래피티 하는 놈을 우리 바쁘신 콜린스가 사냥할 이유야 뻔하지."

"아는 걸 왜 물어."

"네가 아는 걸 묻는 이유와 같은 거랄까."

술병이 그득한 나무 상자들을 턱짓으로 가리키며 잭이 말을 이었다.

"아직도야?"

"그런 모양이던데."

"허, 내 살다 살다 이런 광경은 또 처음 보네. 우리 보스께선 정녕 수도승의 길을 추구하시나?"

모르지. 베런은 건성으로 대꾸하며 창고 안의 인부들을 바라보았다.

"몇 년째지? 이제 한 사 년 됐나?"

"시카고서부터 헤아리면 더 될걸. 네가 더 잘 알 거 아냐."

"아 그렇지. 가만있자, 그럼 벌써 육 년째가."

헉. 잭이 턱이 빠져라 장난스레 입을 벌렸다.

"설마 진짜 여동생으로 생각해서 안 건드리는 건 아닐 테고,"

신체적 결함이 있는 건 더 아닐 테고. 속닥이듯 말하며 베런의 눈치를 슬쩍 살핀다. 다행히 농담에 정색할 만큼 꽉 막힌 충성심은 아닌 모양.

"여하튼 내 머리와 아랫도리로는 도저히 이해가 안 되는 상황이라고. 콜린스 넌 이해가 돼?"

잭은 층계 저 끝에 있는, 성냥갑처럼 천장에 바짝 매달린 사무실을 올려다보며 고개를 절레절레 가로저었다.

남자가 여자를 곁에 두는 까닭은 뻔하다. 그 여자를 위해 수고와 신경과 돈을 아끼지 않는 이유는 더 뻔하다. 그러나 수년에 걸친 시간을 지나면서도 그 여자의 손끝 하나 건드리지 않고 지켜만 보는 것은 뻔하지도 흔하지도 않은 일이다.

왜일까.

"……글쎄."

베런은 흘리듯 중얼거리며 창고 안의 풍경만을 바라보았다.

❖

탕!

총성이 밀폐된 공간을 뒤흔들었다. 리볼버 권총을 쥔 제인이 안정감 있는 자세로 과녁을 본다. 인체 전신이 인쇄된 과녁 속 남자는 보기 좋게 왼쪽 어깨가 뚫렸다.

탕!

적당한 간격을 두고 총격이 이어졌다. 과녁 속 남자의 몸 위로 총구멍도 하나둘 늘어 갔다. 어깨를 시작으로 몸통을 지나 허벅지와 종아리로 내려갔다가 오른쪽 팔뚝이 탕 뚫리더니, 마지막 두 발은 심장과 머리에 보기 좋게 명중했다.

여덟 개의 탄환을 모두 소진하고서야 제인은 사격 자세를 풀었다. 버튼을 눌러 과녁을 불러들이며 은빛 리볼버의 실린더를 연다. 그리고 코앞까지 끌려온 과녁 속 만신창이가 된 남자를 날카로운 눈길로 살폈다.

'목적에 따라 목표도 달라져. 신속하게 죽일 생각인지, 천천히 피 흘리며 죽어 가게 할지에 따라 사격 부위는 당연히 달라지니까.'

처음으로 실탄을 다루던 날 리오가 한 말이다. 그때는 두 손이 벌벌 떨려 권총을 똑바로 쏘기조차 쉽지 않았으니 부위를 골라 명중시키는 것 따위 언감생심이었다. 그의 앞에서 제대로 총을 잡는 것조차 제인에게는 상당한 시일이 소요되었다.

'아무래도, 후자 쪽을 충분히 연습해 두는 게 좋겠지.'

그 말을 하던 남자의 눈빛을 잊을 수 없다. 지독히도 침착하던 눈동자였다. 증오는커녕 한 줄기 미미한 연민마저 엿보이던, 그래서 더욱 두려웠던 낯선 빛깔의 눈동자. 감히 똑바로 볼 수 없어 시선을 피하며 제인은 그때 수도 없이 자문했다. 이 남자는 어떻게 저런 눈으로 볼 수 있을까. 어떻게 말을 걸고 함께 식사를 하고 사격을 가르칠 수 있을까. 크리스마스 새벽에 선물을 내밀고 인사를 건넬 수 있을까.

제 아버지를 죽인 여자를.

"깔끔하네요."

실린더에 탄환을 채워 넣던 제인이 고개를 돌렸다. 미소 띤 얼굴의 동양인 남자가 시야에 들어왔다. 순간 그 남자인 줄 알고 소스라치게 놀랐으나 착각은 오래가지 않았다. 그녀는 머리에 쓴 헤드셋을 벗었다.

"제임스요, 제임스 류."

친절하게 상기시키는 중년의 남자를 향해 그제 아아, 바보 같은 탄성을 웅얼거렸다. 제임스는 사격장에서 일하는 직원이다. 첫 만남에서 한국계라는 것을 먼저 밝히며 같은 대답을 기다리던 남자. 턱수염을 짧게 기른, 오십 대가 분명할 얼굴은 잠시나마 착각한 것이 창피할 만큼 요한과 하나도 닮지 않아서, 제인은 몰래 깊은 한숨을 내쉬었다.

"잘 지내셨죠, 미스 헤닝."

"덕분에요."

"실례가 안 된다면 제가 좀 봐도 될까요."

대답을 채 듣지도 않고서 제임스가 사격대 위로 끌려온 과녁을 떼어 눈으로 훑었다. 그는 NYPD에서 20년 넘게 근무한 전직 경찰관으로 은퇴 후 소일거리 삼아 이곳 사격장에 파트타임으로 근무한다고 했다. 제인이 체크인하는 짧은 시간에도 그런 이야기들을 주절거릴 만큼 그는 말이 많은 편이다.

"부상의 경중을 계산하고 사격하신 거죠?"

대답 없는 여자를 힐끗 본 다음 그가 과녁의 총구멍을 가리켰다.

"여기 심장이랑 머리는 치명상이네요. 정확한 위치에 잘 맞혔어요. 몸통은 음, 왼쪽이 비장, 오른쪽은 간이니까 왼쪽에 쏘신 건 훌륭한 선택이고. 허벅지는 아마도 치명상이 아닐 걸로 생각하신 거 같은데, 이 부분은 동맥이 지날 확률이 높아서 아슬아슬하네요. 허벅지 동맥 잘못 건드리면 피가 펑펑 쏟아집니다. 응급실 데려가도 다시 잇기 까다로워서 사망하기 쉬워요. 도망을 못 가게 하려는 목적이면 이 바깥쪽을 쏴야 하고, 아예 종아리 근육 쪽을 쏘는 게 낫습니다."

전공 분야를 강의하는 교수처럼 제임스는 퍽 신이 나 보였다. 제인은 불쾌감도 호감도 표시하지 않은 채 그가 든 과녁을 가만히 들여다보고만 있다.

"하긴 어지간히 운이 없지 않고서야 총알 한 방에 허벅지 동맥이 파열되진 않지만요. 사실 총으로 사람을 죽인다는 게, 생각보다 그렇게 쉬운 일은 아니거든요."

제임스가 그렇게 품평을 마무리하며 과녁을 돌려주었다. 제인은 여덟 개의 구멍이 뚫린 남자의 몸을 두 손으로 건네받았다.

"부위별로 깔끔하게 맞혔습니다. 경찰 아카데미였다면 최고 점수를 받았겠어요."

"……고마워요."

계속 입을 다물고 있을 수도 없는 노릇이라 어정쩡하게 감사를 전했다. 별말씀을. 사람 좋게 허허 웃은 제임스가 자리를 떠난 후, 그녀는 사격대에 놓아둔 리볼버를 집어 실린더를 천천히 마저 채웠다.

'총으로 사람을 죽인다는 게, 생각보다 그렇게 쉬운 일은 아니거든요.'

그런데도 그때 내겐 왜 그렇게 쉬웠을까.

다른 손님이 들어왔는지 사격장 안에는 멀찌감치 총성이 울리기 시작했다. 맨해튼에서 유일한 실내 사격장이라 평일 낮에도 손님은 끊이지 않았다. 여덟 개의 탄환을 채운 리볼버를 손에 쥐고서, 제인은 헤드셋을 쓰는 것도 잊은 채 사격대 앞에 서서 눈을 감았다.

탕!

지금도 가끔씩 생각해 본다. 이 모든 일의 시초는 어디였으며 언제부터 잘못된 것인지. 갓난 손녀를 여고생으로 길러 준 외조모가 세상을 뜬 것이 불행의 시작이었나. 도망치듯 떠난 엄마가 홀로 남은 딸에게 뒤늦은 책임감을 발휘한 것이 문제였을까. 아니면, 미혼모의 배 속에 잉태된 그 순간부터 내 몫의 불운은 이미 정해져 있었나.

'지금 너를 죽이면 내가 뭘 얻을 수 있지?'

눈을 감은 채 제인은 떠올린다. 시카고 외곽의 아담한 저택. 회색 벽돌로 지어진 3층짜리 저택에 처음 도착하던 순간을. 가을날의 햇살은 오렌지빛으로 향긋했고 저택 앞을 꾸민 잔디와 조경수는 푸르렀다. 사진으로만 봐 왔던, 제인과 꼭 닮은 엄마는 화려한 차림새로 자랑스레 웃었다.

탕!

그 아름다운 저택의 정체를 서둘러 깨닫지 못한 것이 문제였을까. 조모와 함께 지방 소도시에서 자란 제인은 또래보다 물정에 어두웠고 약삭빠르지도 못했다. 집과 학교를 성실히 오가며 개근상과 표창장을 놓치지 않은 그녀는 남자와 여자의 관계에 대해 한심하리만치 몽매했다. 그래서 그때는 눈치채지 못했다. 엄마가 남편이라고 소개한 남자는 엄마를 아내로 여기지 않았다는 것. 무역업을 한다는 그 남자가 정확히 어떤 것들을 누구와 거래하고 있으며, 외국인 정부의 어린 딸을 향한 환영과 미소가 무엇을 의미했는지.

그리고 그 모든 것을 한꺼번에 알게 된 후, 태평양을 건너온 열여덟 살 소녀는 1년 만에 살인자가 되었다.

'이제 우린 공범이야.'

제인은 눈을 떴다. 탕! 여전히 울리는 총성을 막아 내려 헤드셋을 머리에 썼다. 그리고 새로운 과녁을 반대편 벽면 끝까지 밀어 놓고 양손으로 리볼버를 쥔다. 저 멀리 선 남자를 향해 은빛의 무기를 똑바로 겨눴다.

탕! 첫 번째 총알이 과녁 속 남자의 심장을 꿰뚫었다.

붉은색 조명이 어둑하게 켜진 공간이 액상 약품들의 냄새로 고약했다. 아파트 안에 꾸며 둔 암실은 자주 쓰지 않아 깨끗하다. 인화기며 약품을 담은 트레이, 건조용 집게까지 새것처럼 사용감이 거의 없었다.

노출시킨 인화지를 현상액에 담그자 천천히 상이 떠올랐다. 적당한 시간을 기다렸다가 핀셋으로 집어 올려 물에 씻어 냈다. 흑백으로 인화된 사진 속에는 정면으로 찍힌 남자의 얼굴이 큼직했다.

그는 고개를 돌려 사진 바깥을 바라보고 있다. 금지된 장난을 하기 직전, 흥분과 기대로 반짝이는 시선 속엔 약간의 긍지도 엿보인다. 이제부터 시작할 테니 잘 봐. 소년처럼 으스대는 눈빛은 흑백의 제한된 색채 속에서도 윤기를 흘렸다. 선명한 눈썹과 굴곡이 깊은 눈썹뼈. 음영이 뚜렷한 콧날의 선. 관능적인 아래턱. 보기 좋게 호선을 그린 입술. 제인은 마치 관음증 환자처럼, 사진 속에 갇힌 남자의 얼굴을 샅샅이 눈으로 훑어 내렸다.

까닭 없이 입 안에 침이 고인다.

조용히 침을 삼키며 픽서 용액에 사진을 집어넣었다. 머리 위를 지나는 레일에는 인화를 마친 사진 대여섯 장이 매달려 건조되고 있었다. 하나같이 한 사람의 모습을 흑백으로 담은 이미지들이다. 쇼윈도를 바라보는 요한 리. 그래피티를 그리는 요한 리. 스프레이 캔을 흔드는 요한 리.

이쪽을 응시하며 희미하게 웃는 요한 리.

화학 약품의 지독한 냄새 때문인지 머리가 어지러웠다. 마지막 인화지를 건져 레일에 매달아 둔 다음 붉은 조명을 끄고 암실을 빠져나왔다. 넓게 트인 거실의 신선한 공기를 반갑게 들이마시며 암실 문을 닫았다.

바깥은 이미 한밤중이었다. 커튼 틈새로 어둠이 비쳤다. 10시에 가까운 시간을 확인하며 제인은 침실로 올라갔다. 크림색 카펫이 깔린 계단을 지나면 위층에는 세 개의 문이 있다. 혼자 살면서도 방문을 꼬박 닫아 두는 습관 탓에 세 개의 문은 항상 굳게 닫혀 있었다.

삐빅.

침실로 쓰는 가운데 문을 열자마자 침대 위 호출기가 울었다. 제인이 재빨리 다가가 분홍색 호출기를 집어 든다. 고장 난 게 아닌가 싶을 정도로 잠잠하기만 하던 기계에 선명한 숫자가 떠올라 있었다.

730

주위를 두리번거려 전화기를 찾았다. 협탁 위 무선전화를 집어 번호를 누르는 손끝이 허둥거렸다. 새로운 음성메시지 한 개. 여자 목소리로 녹음된 안내 멘트가 나오자 개구리가 든 것처럼 가슴이 펄떡였다.

— 안녕(Hey). 어젠 잘 잤어?

수화기를 건너온 남자의 음성은 낯설게 들렸다. 그녀는 오른쪽 귀로 온 신경을 집중한다.

— 지금 잠깐 왼쪽 창가로 나와 봐.

예상치 못한 단어들에 미간을 좁혔다. 수화기 저편의 남자는 잠깐의 틈을 두더니,

— 해피 뉴이어, 제인.

다소 뜬금없고도 꽤나 시의적절한 인사말로 끝을 맺었다.

그게 다였다. 며칠을 기다려 간신히 얻어 낸 첫 메시지는 허무하도록 짧았다. 더 이상 아무 소리도 나오지 않는 수화기를 침대에 던져 놓고 제인은 서둘러 아래층으로 향했다. 왼쪽 창가로 나와 봐. 거실 왼쪽에 뚫린 유리창은 화재 대피용 비상계단이 있는 곳이다.

설마.

뛰듯이 계단을 내려가 창을 가린 두꺼운 커튼과 크림색 시폰 커튼을 동시에 열어젖혔다. 그러나 기대와 달리 창 너머 계단에는 아무도 없었다. 제인은 포기하지 않고 주변을 살폈으나 그 누구의 모습도 찾아내지 못했다.

기대로 잔뜩 부풀었던 가슴이 미친 듯이 뛴다. 1분도 채 되지 않을 짧은 시간, 그 찰나의 순간에 선명한 감정들이 온몸을 휩쓸어 그녀는 가쁘게 숨을 몰아쉬었다. 낙담한 얼굴로 비상계단 발코니를 훑다 문득 눈을 크게 떴다. 하얀색 비닐봉지에 싸인 물건 하나가 바닥에 놓여 있었다. 창문을 활짝 열고 밖으로 나가 봉지를 집어 들었다. 꼼꼼하게도 묶인 봉지를 뜯자 종이봉투로 포장된 찐빵 하나가 나왔다. 맙소사. 믿을 수 없는 물건에 제인은 그만 실소를 터뜨렸다.

"하……."

하얀 입김을 뿜으며 다시 한번 주위를 둘러본다. 그리고 제가 두 발로 딛고 선, 4년 동안 단 한 번도 밟아 본 적 없는 비상계단을 내려다보았다. 빅토리아풍 주물로 정성껏 장식된 철제 계단은 저 아래 2층부터 제인이 사는 꼭대기 층까지 연결돼 있다. 비상계단. 설마 여길 통해 9층까지 올라올 수 있을 줄, 엘리베이터를 애용하는 여자는 상상조차 하지 못했다.

'루팡이 아니라 스파이더맨이거든?'

현실 속 스파이더맨은 지하철 터널과 비상계단 따위를 주로 이용하는 모양. 제인은 실소를 흘리며 다시 창문을 통해 안으로 들어왔다. 얇은 차림으로 바깥 공기를 맞은 탓에 어깨가 추웠다.

봉투에서 꺼낸 찐빵은 큼지막했다. 물기와 온기가 열 개의 손가락 끝에 촉촉이 달라붙었다. 양손에 쥐고 천천히 반으로 갈랐다. 김이 모락모락 나지는 않았으나 보얀 속살과 넉넉한 팥앙금이 충분히 더웠다. 제인은 망설임 없이 크게 한입 베어 물었다. 달콤하고 따스한 단팥이 입 안에서 부서진다.

"맛있어."

오랜만에 먹는 음식이 반가워 혼잣말이 다 튀어나왔다.

한국에 있을 때는 긴 겨울마다 빼놓지 않고 먹던 간식거리였다. 할머니는 시장에 다녀올 때면 찐빵과 만두, 찹쌀도넛 따위를 잊지 않고 챙겨 와 공부방에 넣어 주곤 했다. 그러면 제인은 커다란 찐빵을 반으로 갈라 큼직한 쪽을 할머니에게 내밀었지만 약간의 실랑이 끝에 큰 쪽은 언제나 그녀의 몫으로 되돌아왔다. 일 인분의 음식을 둘이 나눌 때의 충족감. 단연코 포만감보다 만족스런 그 감정은 이제 그녀의 삶에 존재하지 않는다.

문득 콧날이 매워져, 여자는 찐빵을 우물대며 가볍게 훌쩍거렸다.

한국을 떠난 후 한 번도 먹지 못했다. 코리아타운에 가면 찐빵 정도야 쉽게 사 먹을 수 있었겠으나 미국에서의 제인은 그런 여유를 부릴 처지가 아니었다. 생활은 풍족했지만 먹고 싶은 음식은 없었고 구태여 시간을 들여 궁리하지도 않았다. 식욕은 그녀가 잃어버린 수많은 욕망들 중 아주 작은 하나였다.

거실 정중앙에서 크리스털 샹들리에가 불덩이처럼 번쩍인다. 고전적 디자인의 탁자와 주변을 둘러싼 이 인용 소파, 가죽 윙체어, 오토맨. 그 조화롭고도 세련된 공간은 텅 비워 둔 채 제인은 한쪽 구석 창틀에 걸터앉아 찐빵을 먹었다. 한겨울을 의식해 창문은 닫았지만 커튼은 활짝 열어 두었다. 창가에 스스로를 고스란히 노출시킨 채로 커다란 찐빵 하나를 천천히 다 먹는다. 나눠 먹을 사람이 있으면 좋겠다고 퍽 대담한 욕심을 부리면서. 어쩌면 저 어둠 속 어딘가 몸을 숨기고 있는지도 모를, 그 남자가 지금 나를 지켜보고 있기를 바라며.

'해피 뉴이어, 제인.'

문득, 그 남자가 보고 싶단 생각이 들었다.

베런이 팔짱을 낀 채 정면을 응시했다. 어둠이 짙게 내린 골목에
선 검은색 포드는 가로등 빛을 교묘히 피했다. 이스트 빌리지. 대학
생들로 시끌벅적한 유흥가에서 떨어진 주택가는 밤을 맞아 조용했
다. 새해를 이틀 앞두고 잔뜩 들뜬 금요일을, 그는 온종일 차 안에 갇
혀 보내는 중이다.

'안젤로 주변을 좀 지켜봐야겠는데.'

리오는 며칠 쉬라고 했지만 그런 지시는 재량껏 따르면 된다. 그
리하여 베런은 충성스런 수족답게 어제부터 제 차를 끌고 직접 잠복
에 나서고 있다. 평소와 달리 운동화에 청바지를 입고 두툼한 파카를
걸친 남자는 정장 차림일 때보다 앳돼 보였다. 그러나 휴가까지 자진
반납한 정성과는 달리 만 이틀 동안 얻어 낸 수확은 별로 없었다.

"안젤로. 안젤로 비첼리오라……."

이마 위에 드리운 금발을 쓸어 넘기며 조수석에 놓인 생수병을 집
어 든다. 뚜껑을 돌려 열고 병 주둥이를 입으로 가져가는 동안에도 그
는 안젤로가 사는 타운하우스 입구를 주시했다. 안젤로 비첼리오는
아내와 단둘이 산다. 외아들인 로코는 제 가족과 함께 여기서 20분쯤
떨어진 어퍼 이스트 사이드 아파트에 살고 있다. 베런은 비첼리오가
의 단출한 직계 가계도를 되짚어 보았다.

리오의 아버지 마르코에게는 두 아우가 있는데 둘째가 로렌조, 막
내가 안젤로다. 베런은 마르코를 직접 본 적이 없으나 애초에 보스
가 될 재목은 아니었던 모양이다. 집안과 조직을 장악하겠단 야심보

다는 미식과 미인을 즐기는 데 더 관심이 많았다는 걸 보니. 그 덕에
둘째인 로렌조에게 주도권을 빼앗기면서 마르코는 시카고로 밀려났
고, 뉴욕의 아우에게 꼬박꼬박 상납금을 보내며 묵묵히 살다가 어느
날 갑자기 제집에서 살해당했다. 그 소식이 날개를 달고 뉴욕으로
전해져 와 이쪽 바닥이 떠들썩했던 것은 베런도 당연히 기억하고 있
다.

아버지를 살해한 배후로 로렌조를 지목하고 보스 자리를 찬탈한
것이 지금의 보스인 리오다.

베런이 그를 처음 만난 것도 그 무렵이었다. 쿠데타로 하루아침에
수뇌가 바뀐 어수선한 조직을 온전히 접수하기 위해 리오는 수족처
럼 부릴 사람이 간절했고, 그 역할을 완벽히 수행한 베런을 그는 지
금까지 5년째 가까이 두고 있었다.

베런은 목구멍을 적실 만큼만 생수를 들이켠 뒤 뚜껑을 닫아 조수
석으로 던졌다. 두 부부가 집 안에서 모든 걸 해결하는지 이틀째 커
피 한 잔 사러 나오지도 않는다. 의심을 하려면 끝도 없겠으나 새해
를 불과 이틀 앞둔 세밑이니, 초로의 부부가 두문불출하는 것도 따지
고 보면 크게 별스런 일은 아니었다.

"왜 이렇게 꽁꽁 숨어 계시나⋯⋯."

안젤로가 정말로 딴생각을 하고 있는 건가. 베런은 크리스마스 장
식이 걸린 푸른색 대문을 응시했다.

4년 전 로렌조가 자신의 집에서 시신으로 발견됐을 때 그의 장례
식에는 두 아들의 관도 나란히 입회했다. 삼촌과 사촌들을 자비 없이
제거한 것은 당연하게도 리오의 의지였다. 베런은 지난 일들을 찬찬
히 되짚어 본다. 그런 조카 밑에서 가슴이 벌렁거리는 것도 이해 못
할 일은 아니지만 안젤로는 로렌조와 경우가 달랐다.

콘실리에리인 안젤로는 공인회계사로 비첼리오가의 이중장부를

포함해 대부분의 자산을 관리한다. 그의 아들 로코는 언더보스로 리오 다음의 서열 2위였다. 조직 내에서 확고한 지위를 인정받고 있는 안젤로가 딴마음을 먹을 만한 이유가 있을까. 아들 로코를 보스로 올릴 계산이라도 하는 건가. 리오는 무엇을 근거로 하나 남은 숙부를 주시하는 걸까.

그냥 동물적인 육감 같은 건가.

베런은 시간을 확인한다. 밤 10시 반. 오늘은 이쯤 하고 돌아갈까 생각하자 갑자기 피로가 몰려들었다. 어깨를 가볍게 풀며 자동차 열쇠를 돌려 시동을 넣었다. 어둡던 전방에 헤드라이트가 켜지면서 골목을 지나던 남자의 얼굴이 별안간 빛 아래 드러났다. 예고 없던 빛살에 눈살을 찌푸리며 지나는 남자. 그 얼굴을 알아본 베런이 두 눈을 가늘게 떴다.

세븐써리.

포드는 헤드라이트를 끈 채 천천히 주행했다. 빠른 걸음으로 걷는 동양인 남자를 간신히 놓치지 않도록 멀찍이서 뒤따랐다. 다행히 미행은 의심을 살 만큼 오래 지속되지 않았다. 남자는 안젤로의 타운하우스에서 네 블록 떨어진 시영 아파트 단지 쪽으로 걸어갔다.

상대가 눈치채지 않도록 도로변에 차를 세우고 재빨리 내렸다. 그리고 저만치 걸어가는 남자의 뒤를 따라갔다. 허름한 5층짜리 건물 뒤쪽으로 돌아간 남자는 계단 서너 개를 내려가더니 지면보다 낮은 건물 뒷문 앞에 섰다. 그가 주변을 한 차례 살피고 문 안으로 사라지는 모습을, 베런은 건물 벽면에 몸을 숨긴 채 지켜보았다.

안젤로의 집 앞에선 이틀째 허탕을 쳤지만 대신 뜻밖의 소득을 얻었다.

밤 11시가 다 되어 가는 늦은 시각, 빈손으로 혼자 들어갔으니 여기 산다고 보는 게 합리적이다. 관리인들이나 쓰는 뒷문, 그것도 지반보다 낮은 곳에 뚫린 문으로 들어간 것은 지하 유닛에 산다는 뜻일 테고. 베런은 요한이 들어간 낡은 건물의 번지수를 확인했다.

그래피티 아티스트 따위에 베런은 애당초 관심이 없다. 제 것도 아닌 것들에 멋대로 흔적을 남기는 놈들은 이를테면 기둥만 보면 오줌을 갈기는 개들과 비슷한 차원의 종자들이다. 개중 그럴싸한 오줌 자국을 남기는 놈들을 아티스트니 뭐니 추켜세워 주는 것도 베런이 생각하기에는 웃기는 일이었다. 그러나 세븐써리라는 놈은 단순한 이웃 동네 골칫덩이 개가 아니다.

같은 인종, 비슷한 나이의 매력적인 젊은 남녀. 한 번 더 부딪힌다면 예상 밖의 불꽃이 튈 소지가 다분한, 대단히 위험한 상황의 키를 쥐고 있으니까.

'그거 밤비랑 관련 있는 일이지?'

자동차로 돌아온 베런은 수첩에 번지수부터 갈겨 적었다. 730이라고 함께 써 둔 뒤에야 상대의 본명이 좀 궁금해졌다. 얼굴도 나이도 주소도 확인했으니 이제 이름만 알면 프로필이 완벽해지는데.

이어 그는 세븐써리의 얼굴을 떠올린다. 눈에 띄도록 또렷하고 조화로운 이목구비가 한 번 보면 쉽게 잊힐 외모는 아니다. 말투며 행동거지에 뒷골목 냄새가 밴 걸로 봐서는 뉴욕 태생임에 틀림없고 동양인이라 오차는 있겠으나 나이는 많아야 이십 대 중반.

베런은 시동을 넣고 가속페달을 밟으며 머릿속을 정리했다. 합의한 그래피티 다섯 개 중 두 개가 끝났다. 제인이 지금처럼 얌전히 굴어 준다면 세븐써리의 본명까지 캘 일은 없을 것이다. 그때까지 두 사람이 마주치지만 않는다면 지금의 이 신경 쓰이는 상황도 결국은 아무런 결말 없이 흘러갈 것이다.

그러나 문제는 어쩐지 예감이 좋지 않다는 것.

부디 피로로 인한 신경과민이길 바라며 부드럽게 핸들을 꺾었다.

검은색 포드가 주택가를 빠져나와 흥청대는 애비뉴로 미끄러지듯 들어선다.

❖

종말을 앞둔 해의 마지막 날은 화려했다. 똑같은 두 개의 날 사이 굵은 선을 길게 긋고 사람들은 수선을 떨며 새해의 도래를 기뻐했다. 365일마다 어김없이 돌아오는 뉴이어 이브지만 이 도시의 축하 열기는 한 해도 빠짐없이 유난스러웠다.

타임스퀘어에도 일찌감치 인파가 몰려들었다. 주변의 도로들에 바리케이드가 가로놓였다. 전 세계에서 몰려든 사람들은 오직 자정의 카운트다운을 위해 아침나절부터 온종일의 추위를 기꺼이 견뎠다. 목도리와 털모자로 중무장한 사람들은 세밑의 한파에도 행복한 표정들이다.

신년맞이 타임스퀘어 볼드랍은 뉴욕시에서 열리는 연례행사들 중에서도 가장 규모가 크다. 시 정부는 최대한의 경찰력을 동원해 치안 유지에 신경을 썼다. 제복 차림의 경찰관들이 입김을 뿜으며 눈을 부라리고 키 높은 말에 오른 기마경찰들도 배치돼 발아래 인파를 샅샅이 지켜본다. 12월 31일은 이제 최후의 몇 시간만을 남겨 두었다.

메리어트 호텔의 라운지에는 재즈 음악이 흘렀다. 피아노와 콘트라베이스, 색소폰으로 이뤄진 트리오의 레퍼토리는 세련되고도 적당히 경쾌하다. 해피 뉴이어. 넓은 공간을 가득 메운 사람들은 더없이 행복한 표정으로 활발히 인사를 주고받았다. 방한복으로 중무장한 창밖의 인파와 달리, 이곳의 사람들은 드레스와 하이힐로 한껏 멋을 냈다.

뉴욕 호텔 협회가 연 파티는 주최 측의 규모와 체면에 걸맞도록 화려했다. 제인은 전면 유리창 너머 내려다보이는 타임스퀘어의 어마

어마한 인파와 그 주위를 둘러싼 전광판의 현란한 번쩍임을 관망했다. 불과 한 겹의 유리를 사이에 두고 저쪽과 이쪽은 다른 세계처럼 판이하다. 그녀는 오른손에 든 클러치백을 손끝으로 가만히 쓸었다. 죽은 악어의 매끄러운 가죽이 서늘했다.

"비첼리오 씨, 이게 얼마 만입니까!"

넉넉한 체격의 중년 남자가 양팔을 벌리며 이쪽으로 다가왔다. 해피 뉴이어. 필수 관문처럼 인사부터 주고받은 두 남자는 얼굴을 마주한 채 악수를 나눈다. 제인은 낯선 남녀에게 번갈아 눈길을 주었다. 왼손에 나란히 낀 같은 디자인의 반지.

"함께 오신 숙녀분은 처음 뵙습니다만."

"제 파트너입니다. 이쪽은 이 호텔 사장인 스펜서 씨."

여자 쪽을 가볍게 돌아보는 리오의 몸짓은 자연스러웠다. 제인은 클러치백을 왼손으로 옮기며 오른손을 내밀었다.

"제인 헤닝입니다."

"처음 뵙습니다, 미스 헤닝. 토마스라고 합니다."

남자가 미소와 함께 가볍게 손을 쥐었다 놓았다. 정중하고도 깔끔한 매너.

"이쪽은 제 아내 로사고요. 여기 이분은 엠파이어 상사의 비첼리오 씨. 우리 호텔과 거래하는 사업가시지."

리오가 상대방의 아내와 같은 방식으로 인사를 나눈 뒤 네 사람은 샴페인 잔을 맞부딪혔다. 해피 뉴이어. 이미 셀 수 없이 주고받았던 말을 구호처럼 외치면서.

"요즘 사업이 번창 일로던데요, 비첼리오 씨."

"덕분입니다."

"건설업 쪽으로 확장하신단 말을 들었습니다만."

"저는 브루클린에 호텔 신축할 계획이 있으시단 말을 들었죠."

"하하, 이거 피차간에 소식이 빠르군요. 앞으로 거래할 일이 늘어날지도 모르겠습니다."

"그러길 고대하겠습니다, 미스터 스펜서."

스펜서 부인은 엷은 미소를 띤 채 남자들의 대화를 지켜보았다. 관심을 표현하듯 이따금씩 제인을 향해 눈웃음을 보이기도 하면서. 그러면 제인은 역시 비슷한 표정으로 비슷한 미소를 돌려주었다. 남자가 파티에 대동한 여자들은 대부분 이런 식이다. 정중히 허세를 겨루는 남자들의 곁에 서서 대화에 귀 기울이는 척, 그가 동조를 원할 때는 적당히 맞장구치는 것. 따분하고 지루해 죽을 지경이라는 것을 요령껏 감추고 각기 상황에 어울리는 표정, 주로 미소—억지웃음이라는 점을 들키지 않는 게 관건이다—를 화보 속 모델처럼 유지하는 것.

스펜서 부인은 부유한 사업가의 아내답게 대단히 세련된 표정들을 구사했으며, 제인도 수년간 리오를 따라다닌 연륜이 적지 않아 대응이 못지않았다. 그리고 두 여자 모두 끌어당긴 입가에 경련이 일기 직전까지 와서야 남자들은 영양가 없는 대화를 마무리했다.

"훌륭한 자리에 초대해 주셔서 고맙습니다. 조만간 연락드리겠습니다."

"별말씀을. 시간 내주신 것이 되레 감사하지요. 그리고 비첼리오 씨,"

스펜서가 다시 한번 악수를 청하며 말을 이었다.

"실례가 안 된다면 오늘 밤 저희 호텔에서 묵으시는 건 어떠십니까?"

웃으며 듣고 있던 제인은 하마터면 표정을 무너뜨릴 뻔했다.

"글쎄요."

"호의를 받아 주시길 바랍니다."

"오늘 같은 날에도 빈 객실이 있는 모양이죠."

"마침 스위트 하나가 예약이 취소됐거든요. 이런 날엔 종종 있는 일입니다. 아시겠지만, 사람 일이란 게 매번 계획대로 되지는 않으니까요."

흐르는 대화 속에서 제인은 보기 좋은 표정을 잃지 않으려 분투해야 했다. 호텔 스위트라니. 그러나 리오는 상대의 호의를 거절할 것이다. 그는 자신의 타운하우스 이외의 다른 곳에서 함부로 묵지 않는다. 그걸 알면서도 그녀는 긴장된 허리를 의식적으로 곧게 세웠다.

"두 분이 새해 첫 밤을 저희 호텔에서 보내신다면 대단히 기쁘겠습니다. 직원에게 일러둘 테니 부디 사양하지 마시고 편안히 지내다 가세요."

"고맙습니다."

그럼 즐거운 시간 되시길. 끝까지 정중하고 친절한 남자의 말투와 표정에서는 그 어떤 저열한 은유도 찾아볼 수 없다. 그럼에도 제인은 온몸이 발가벗겨진 것 같은 수치심을 느꼈으며 이어 그토록 견고한 자기 비하를 자책했다. 그리고 잠시 후, 딱 떨어지는 정장을 입고 금빛 배지를 단 중년 남자가 리오에게 다가와 키가 담긴 작은 봉투를 건네준 뒤, 제인은 미처 스스로를 만류할 틈도 없이 속으로 탄식하고 말았다.

오늘이 그 날인가.

"이게 누구십니까, 비첼리오 씨!"

또 한 명의 낯선 남자가 함박웃음과 함께 알은체를 했다. 리오는 손에 든 봉투를 재킷 주머니에 넣으며 자연스럽게 인사를 받는다. 저 훌쩍 위에 있는 남자의 얼굴을 제인은 당연히 읽어 낼 수 없었다. 또 한 차례 악수와 소개가 이어지고 서로의 파트너를 칭찬하는 절차와 똑같은 건배사. 해피 뉴이어. 제인은 대화에 집중하려 애를 썼으나 신경은 온통 리오의 재킷 주머니로 쏠려 있다. 그리고 다시 한번 생각했다.

오늘이 그 날인가.

'미즈 헤닝은 눈치가 없는 겁니까.'

그럴 리가. 그녀는 바보가 아니다. 남녀의 관계에 대해 몽매하고 무지하던 십 대 소녀는 양손에 피를 묻힌 후부터 차츰 교활해졌다. 제인은 그가 무엇을 원하는지 너무나도 잘 알고 있으며, 오히려 이 남자의 너그러움을 이용해 필요한 것들을 손에 넣어 왔다.

이를테면 4년간 대학에 다니는 호사를 누렸고, 제한됐으나마 그간의 자유를 충분히 허락받았으며, 덕분에 지금껏 '그가 원하는 일'을 시작조차 하지 않은 채 온갖 편의를 제공받았다. 그러나 제게 주어진 이 모든 것들이 언젠가 되갚아야 할 빚이라는 것을 제인은 또한 아주 잘 알고 있다.

'지금 너를 죽이면 내가 뭘 얻을 수 있지?'

어차피 빚을 진 신세, 최대한 더 끌어 써 보자는 계산이랄까. 그런 잔머리까지 돌아갈 만큼 제인은 이제 대단히 뻔뻔하고도 간사해졌다. 완벽히 순종하지도 제대로 반항하지도 못하지만 제게 주어진 상황을 최대한 이용할 정도로는 충분히 교활하다.

'지금 너를 살리면, 내가 널 얻을 수 있나.'

하지만 가끔은 자문한다. 목숨만 빚졌더라면 나는 내가 덜 미웠을까. 아니면 차라리 그때, 목숨조차 빚지지 않았더라면.

"올라가지."

인형처럼 웃으며 섰던 제인이 퍼뜩 정신을 차렸다. 눈앞에 있던 낯선 남자는 이미 사라지고 없다. 라스트 네임이 호프만이었던가 허핑턴이었던가. 친절히 소개받고 악수까지 나눴건만 이름조차 희미한 걸 보면 어지간히 생각에 빠져 있던 모양이다. 여자는 이제 미소를 지운 채 남자를 올려다보았다.

"뭐…… 지금 뭐라고 했어요?"

"올라가자고. 방으로."

명료하게도 말하며 리오가 오른팔을 내밀었다. 제인은 표정을 읽으려 눈을 바라보았으나 그의 속내를 파악하기란 애당초 제 능력으로 가능하지 않은 일이다. 리오의 눈동자는 차갑게 가라앉은 것 같기도 했고 뜨겁게 이글대는 것 같기도 했다. 그녀는 무겁게 뛰는 맥박을 인지하며 천천히 왼손을 들어 에스코트를 받았다.

스위트는 45층에 있었다. 8층의 파티장에서 45층까지 엘리베이터는 영원 속을 통과하듯 느리게 움직였다. 사방이 투명하게 트인 엘리베이터 안에서 제인은 앞을 가로막은 두 남자의 정장 어깨 언저리만 멍하니 바라보았다. 파티장에 있던 내내 리오를 주시하고 있었을 그들은 이번에도 낯은 익지만 이름은 모르는 사람들이다. 베런은 오늘도 어디 갔는지 보이지 않았다. 제인은 그나마 다행이라고 생각했다가 곧 코끝으로 자조하고 만다.

스위트는 대단히 넓었다. 침실과 욕실 모두 널찍하게 분리됐고 응접실에는 새까만 그랜드피아노까지 놓여 있다. 부자들이 부리는 사치란 정말이지 분야도 다양했으나 바짝 긴장한 제인은 그것을 투덜댈 생각조차 하지 못했다.

주변이 조용했다. 45층은 어지럼증이 날 정도로 높다. 외부와 유리된 초고층의 공간에는 시끌벅적한 지상의 소음마저 닿지 않았다.

리오가 창가로 걸어가 커튼을 젖혔다. 지상의 찬란한 조명 덕으로 밤하늘의 검은 빛은 부옇게 바래 있다. 까마득한 고층에서 내려다보는 타임스퀘어는 건물과 조명으로 여전히 복잡했다. 잠시 후면 전 세계 수억 명의 주목을 한 몸에 받게 될, 빌딩 꼭대기에 놓인 거대한 유리구슬마저 이곳에선 저 아래 발밑에 있었다.

"앉아. 왜 그러고 서 있어."

리오가 여자를 돌아보며 창가 소파 쪽을 가리켰다. 응접실 한중간에 뻣뻣하게 서 있던 제인이 천천히 다가와 소파 왼쪽 끝에 엉덩이를 붙인다. 남자는 리커 캐비닛으로 걸어가 덮개를 열었다.

"한 잔 줄까."

"괜찮아요."

태연하게 대답하려 애쓰며 그녀는 창밖을 내려다보았다. 자정이 가까운 시각. 곧 새해로 향하는 카운트다운이 시작될 것이다. 수백 개의 전구와 수만 개의 라인스톤으로 꾸며진 유리구슬은 예년보다 화려하게 빛을 뿜었다. 광장에 모인 인파는 개미 떼보다도 조그맣다. 초고층 빌딩이니까 창가 비상계단 같은 건 없겠지. 창밖을 보며 실없는 생각을 하는 동안 남자가 다가와 그녀의 오른편에 앉았다. 향수 냄새와 옅은 체취, 미미한 시가 향이 뒤섞인 특유의 체향. 불과 서너 뼘 떨어져 앉은 상대는 무척 가깝다.

주변이 지나치도록 조용했다. 45층에는 오직 이 스위트 하나만 있는 게 아닌가 싶을 만큼.

제인이 살짝 고개를 돌려 남자를 바라본다. 리오는 양 무릎 위에 팔을 걸친 채 상체를 앞으로 숙이고 있다. 왼손에 들린 크리스털 잔의 정교한 커팅 면들이 잔잔한 빛을 반사했다. 진한 호박색의 독주. 한 모금 삼키자 남자의 목울대가 느리게 움직였다. 잔에서 떨어진 입술에 물기가 배었다. 거기까지 지켜보다가 제인은 흠칫 시선을 돌리며 시침을 떼 본다.

"스위트라니. 웬일이에요. 이런 데서 안 자잖아."

여전히 창 너머 광장 쪽을 내려다보며 리오가 한 박자 늦게 대답했다.

"보통은 그렇지."

"호의를 거절할 수 없어서 받은 건가요."

남자가 코끝으로 짧은 웃음을 터뜨렸다. 순간 제인의 양쪽 손은

싸늘하게 식었다. 그녀가 모른 척한다는 것을 그는 알고 있으며 그가
모른 척해 준다는 것을 그녀 또한 알고 있다. 알면서 모르는 척. 그
맹랑한 놀음을 그는 오랫동안 묵인해 주었으나, 남자가 더 이상 동조
하지 않는 순간 여자는 즉각 무방비로 떨게 될 것이다.

압도적인 힘 앞에서 감히 반항조차 하지 못한 채.

"이번에도 비즈니스에 필요해서라고 해야겠지."

리오가 잠시 후 대답했다. 그가 계속하여 창밖을 바라보는 것이
제인은 다행스러웠다. 아울러 오늘 밤, 이 남자가 끝까지 제게 시선
을 주지 않기를 간절히 바라본다.

"어떤 관계든, 빚을 져야 갚을 기회도 생기니까."

그녀는 대꾸하지 않았다. 무릎 위에 모은 손톱 끝을 만지작거리며
창밖만 바라보았다. 전광판의 시간을 보니 자정까지는 아직 5분가량
남아 있다. 지나치게 조용한, 긴장한 심장박동이 밖으로 흐를 것 같
은 공간에서 시간은 숨 막히도록 더디게 흘렀다.

제인은 벌받는 학생처럼 허리를 바짝 세우고 앉아 있다. 무슨 생
각을 하고 있는지 모를, 어떤 일을 벌여도 이상하지 않을 남자와 지
척에서 나란히. 와인이라도 한잔 달랠 걸 그랬나. 자꾸만 입 안이 바
짝 말랐다.

"CPA 시험 준비는 하고 있어? 곧 필요할 것 같은데."

침묵을 이어 가느니 대화가 반가웠지만 어째 달갑지 않은 화제였
다. 제인은 고민하듯 입술을 오물대다 짧게 대답했다.

"이미 봤어요, 시험. 합격증도 받았고."

정식 면허 따려면 아직 멀었지만. 심드렁히 덧붙이자 리오가 고개
를 돌렸다. 소파 위 똑바로 앉은 여자를 향해 그는 약하게 눈살을 찌
푸렸다.

"착오가 있었나. 아무 말도 못 들었는데."

"베런도 몰라요."

"뭐?"

"말 안 했으니까."

남자의 눈시울이 가늘어졌다. 못마땅한 기색이 역력한 얼굴을 제인은 마주 보았다. 별수 없이 부아가 나 깊은 숨을 들이켰다. 공인회계사 면허는 리오가 요구한 것이다. 시키는 대로 따른 걸로는 부족하단 말인가.

"내가 뭘 하는지 일일이 그 남자한테 보고해야 하나요?"

"나는,"

탁. 그가 소파 곁에 놓인 협탁에 잔을 내려 두었다. 완전히 자유로워진 남자의 손은 체형과 마찬가지로 길게 뻗어 큼직했다. 저 손아귀에 붙잡힌다면 결코 빠져나갈 수 없을 것이다. 생각하는 순간 그가 왼팔을 소파 등받이에 걸쳤다. 이쪽을 향해 열린 몸에서 짙은 체향이 쏟아진다. 여자를 향한 뚜렷한 시선. 싸늘한 제인의 손끝은 이제 완전히 얼어붙었다.

"내 영역에서 내가 모르는 일이 벌어지는 걸 아주 싫어해."

대답하지 않았다. 혹여 남자를 자극할까 고개조차 돌릴 수 없었다. 반박하고 싶다. 나는 당신의 영역이 아니라고. 그러나 반박할 수 없다. 틀린 말은 아니니까.

"적어도 회계사인 너는 내 영역이지. 아닌가?"

그가 몸을 숙여 거리를 좁혀 왔다. 제인은 저도 모르게 상체를 왼쪽으로 기울였으나 공간은 충분히 확보되지 않았다. 거대한 그물처럼, 리오는 저보다 턱없이 작은 여자를 소파 끝으로 몰아갔다.

"대답해."

낮게 깔리는 음성 끝에서 제인은 어떠한 갈증을 본다. 무저갱 같은 검은 동공이 수축했다가 이내 크게 벌어지는 모습까지 그녀는 낱낱이 지켜본다. 그러나 고집스레 다문 입술에선 아무런 소리도 나오지 않았다.

침착한 조명이 켜진 실내는 잠시간 고요했다. 한창 숨 막히던 침묵 틈으로, 거의 들리지 않던 창밖의 소리가 일순 끼어들었다. 카운트다운이 시작된 모양이다. 저 바닥에서 우글대던 소음이 45층까지 솟구쳤다. 묵은해의 마지막 초를 입 모아 외치는 사람들. 수만의 군중이 내지르는 환호성은 초고층에 닿을 만큼 열광적이었다. 그 소음에 기대어 제인은 굳게 다문 입술을 가만히 뗀다.

"무슨 대답을 원하는데."

춤추듯 밤하늘을 누비던 스포트라이트가 소파 위 두 남녀를 핥았다. 스치는 빛 속에 드러난 남자의 동공이 날카롭게 수축했다. 그는 더 이상 가까이 다가오지 않은 채 여자의 두 눈만을 묵묵히 응시했다.

"내가 어떤 대답을 할지, 당신 알고 있잖아."

대꾸 없는 상대를 향해 제인이 다시 말했다. 몸집은 여전히 남자에 비해 터무니없이 작았으나 기세는 묘하게 역전이다. 리오는 더 이상 다그치지 않았다. 그저 저를 보는 여자를 눈에 새기듯, 그는 제인의 흰 얼굴을 한참 동안 마주 보았다.

새해가 밝은 모양이었다. 바깥의 환호성은 이제 잦아들었다. 그러나 소파 위의 남녀는 여전히 멈춘 듯 움직이지 않았다.

"내일 아침,"

리오가 말하며 느리게 눈꺼풀을 닫았다 열었다. 눈 주위로 돋은 속눈썹 끝에 빛방울이 맺혔다.

"열 시에 콜린스가 올 거야. 오늘은 여기서 자."

대답을 듣지 않은 채 자리에서 일어나더니 창가로 가 열린 커튼을 닫았다. 그러곤 소파 위에 앉은 여자를 일별한 다음 뚜벅뚜벅 걸어가 스위트의 문을 열고 나가 버렸다. 밖에서 입구를 지키고 있던 남자가 뒤를 따르는 기척이 들렸다. 두 명 중 한 명은 남겨 두었다는 것을 제인은 보지 않아도 안다.

남자들의 구둣발 소리는 카펫에 묻혀 들리지 않았다. 문이 찰칵 닫히자 그녀는 꼿꼿이 세운 허리를 무너뜨렸다. 소파에 쓰러지듯 몸을 묻은 채 참았던 숨을 길고도 깊게 내쉬었다.

"하아……."

1996년 1월 1일. 되돌아간 날짜처럼 그들의 관계는 또다시 원점이 되었다. 오늘도 '그 날'을 유예한 제인은 오른손을 들어 두 눈을 덮었다. 시체처럼 차가운 손이 제 것 같지 않았다. 그로써 그녀는 불과 이틀 전, 뜨겁게 맞잡았던 손을 회상한다.

'뛰어!'

감당하기 어렵도록 거친 호흡. 온몸으로 느껴지던 심장의 박동. 어둠을 향해 함께 달아날 때의 긴장과 쾌감. 암흑 속에서도 유리알처럼 반짝이던 미소와 눈동자.

'해피 뉴이어, 제인.'

온 도시가 흥청거리는 오늘 같은 밤, 그 남자는 어디서 누구와 함께 새해를 맞았을까. 설마 저 아래 인파 속에 섞여 있는 건 아니겠지. 혹시 지금 뭐 하느냐고, 분홍색 호출기에 메시지를 남겨 놓진 않았을까.

그 남자도 나처럼, 지금 나를 생각하고 있을까.

제인은 소파에서 일어나 리오가 닫아 둔 커튼을 열었다. 지상의 광장에는 흥분한 인파가 여전히 키스와 인사를 나누고 있다. 그녀는 드레스 차림으로 하이힐만 벗은 채 소파 위에 모로 누웠다. 조용하고 호화로운 공간 속 홀로 갇힌 여자는 창문 너머 추위 속에 바글대는 사람들을 한참 동안 부럽게 바라보았다.

2

충동적 열기와 무모함에 대하여

1996년

새해 첫날의 뉴욕 하늘은 잿빛으로 음울했다. 새벽까지 신년을 축하한 사람들은 숙취로 머리를 싸매며 한 해를 시작했다. 불과 몇 시간 전까지 인파로 넘실대던 타임스퀘어 광장도 파티의 후유증으로 썰렁했다.

베런 콜린스는 정확히 오전 10시에 문을 두드렸다. 안에서는 대답이 없었으나 그는 충분한 간격을 두었다가 카드 키를 꺼내 잠긴 문을 열었다. 가장 먼저 시선을 끈 것은 응접실 한중간에 놓인 육중한 그랜드피아노다. 그 피아노 벤치 곁에 흰 테이블보가 깔린 원탁이 놓여 있고, 여자는 그 앞에 홀로 앉아 있었다.

"같이 먹을래?"

돌아보지도 않고 말을 건넨 여자를 베런이 바라본다. 테이블 앞의 그녀는 샤워 가운 차림으로 이쪽을 등지고 앉았다. 스위트로 날라 온 이 인분의 아침 식사를 제인은 먹는 둥 마는 둥 건드리고만 있었다. 무슨 심사가 틀어졌는지 새해 벽두부터 말투가 꽤나 불퉁하다. 생각하며 그가 문을 닫고 테이블 쪽으로 걸어왔다. 못 본 척 접시 위에 시선을 박은 채 제인은 오렌지주스가 담긴 유리컵으로 팔을 뻗는다.

"오늘 같은 날은 해피 뉴이어, 뭐 그런 인사부터 주고받는 게 미덕 아닐까요."

"해피 뉴이어. 옷 가져왔지?"

올해는 삐딱선을 타기로 새해 다짐이라도 하셨나. 베런은 들릴 듯 말 듯 코웃음 치며 들고 있던 쇼핑백을 하나뿐인 빈 의자 위에 내려놓았다. 블루베리 한 알을 포크로 찍어 입에 넣던 여자가 쇼핑백을 힐끗 쳐다본다. 가슴 앞의 원형 테이블 위에는 에그 베네딕트와 팬케이크, 버터와 과일잼, 여러 종류의 시럽 따위가 푸짐하게도 진열되어 있었다.

"이 정도 센스는 있어서 다행이야, 콜린스."

"덕분에 우스운 센스가 다 생겼습니다."

"고마워하지 않아도 돼(You're welcome)."

"고맙단 뜻으로 한 말은 아닙니다만(I didn't mean that)."

"언젠가는 써먹을 일이 생기지 않을까."

"글쎄요."

호텔에서 밤을 보낸 여자를 위해 갈아입을 옷을 대령하는 센스 따위를 과연 또 발휘하게 될까. 베런은 다시 한번 코로 얕게 웃었다.

"앉아. 왜 그러고 서 있어."

제인은 그제 고개를 들어 앞에 선 남자와 눈을 맞췄다. 그는 언제나처럼 특색 없는 정장을 말쑥하게 갖춰 입었다. 잠깐 망설이던 베런이 쇼핑백을 카펫 위에 내려놓고 빈 의자를 뒤쪽으로 빼내 앉았다.

"아침 먹었어?"

"원래 안 먹습니다."

"그럼 좀 들어. 보다시피 양이 엄청나."

"고맙지만 근무 중이라."

물론 진심으로 권한 건 아닐 것이다. 두 사람은 음식을 나눌 정도로 편안한 관계가 아니며 호텔 스위트에 마주 앉아 아침 식사를 할 사이는 더더욱 아니다. 입을 꼭 다문 채 삼 단으로 쌓인 팬케이크를 자르는 여자를 베런은 무감동한 눈으로 바라보았다.

어딘가 묘하게 달라졌다.

모든 변화에는 반드시 계기가 있기 마련이므로 베런은 그 이전과 이후를 가르는 분기점이 어디일까 따져 본다. 정황상으로야 어젯밤 무슨 일이 벌어졌다는 게 가장 설득력 있을 것이나 간밤 리오나르도가 들어온 지 10여 분 만에 방을 떠났다는 것을 이미 확인했다. 10분이라니. 강압이든 합의든 둘 사이 무슨 일이 생겼다면 장담컨대 10시간쯤은 지나야 첫 불이 꺼질 것이다. 베런은 리오 비첼리오에 대해 많은 것을 알고 있다. 그는 실로 남다른 평정심과 인내력을 지녔으나 그에 비례하여 집요하고도 지독한 남자였다.

"뭘 그렇게 쳐다보는 거야."

"……아닙니다."

수상쩍게 일별한 제인이 일어서더니 쇼핑백을 낚아채며 침실로 들어갔다. 힘주어 딛는 걸음으로 숨기지 않은 불만이 언뜻 묻어난다. 샤워 가운과 슬리퍼 사이 보얗게 드러난 종아리. 베런은 저도 모르게 거기에 시선을 주었다.

확실히 달라졌다.

정확히 어디인지 지적할 순 없으나 그는 느낄 수 있었다. 원래부터 그리 고분고분한 성격은 아니었지만 최근의 제인은 조금 더 시니

컬해졌고 표현은 미세하게 대담해졌다. 마치 조만간 어떤 사고라도 칠 것 같은, 질풍노도의 그 위태로운 기운이 베런으로서는 당연히 달가울 리 없었다.

4년 전 처음 만났을 때부터 제인은 불안한 십 대 소녀처럼 보였다. 시카고에서 뉴욕에 도착한 그녀를 데려오기 위해 공항에 나간 것이 그였다. 아슬아슬하던 뉴욕의 상황이 비로소 안정된 직후였다. 그리고 그때부터 제인의 신변 문제는 베런의 주요 업무 중 하나가 되었다.

리오의 이름으로 아파트를 계약하고 적당한 가구 일체를 들여놓을 인테리어 업체를 선정한 것도 그였으며, 대학 입학을 위한 서류를 처리하고 영주권과 시민권 절차를 밟기 위해 이민 변호사를 선임한 것도 그였다. 4년간 여자와 관련된 잡다한 일들을 다루면서 베런은 제인의 존재와 의미를 조금씩 터득해 갔다. 개인적으로나 업무적으로나, 꽤 흥미로운 과정이었다.

리오나르도는 그녀를 매우 조심스럽게 대했다. 제삼자의 눈에도 명명백백한 욕망을 그는 놀라운 인내심으로 통제해 냈다. 베런에게 가장 흥미로운 대목은 그 대단한 인내가 다름 아닌 공포에 기인한다는 점이다. 비쳴리오는 제인이 사라져 버릴 것을 두려워한다. 그를 피해 먼 곳으로—저승을 포함하여—달아나 버릴 것을 우려하고 있다. 그것을 파악하기란 베런에게 그다지 어려운 일이 아니었다.

"당신 내 사이즈도 아나 봐."

침실 문을 열고 나온 제인은 무릎 아래까지 덮는 검은색 니트 원피스 차림이다. 푸짐한 음식이 차려진 테이블 앞에 앉아 있던 베런이 몸을 일으켜 세웠다. 여자는 도톰하고 편안한 원피스 한 벌을 걸치고 맨발에 검정 하이힐을 신었다. 어딘가 어정쩡한 복색이었으나 어차피 차에 태워 아파트까지 이동할 테니 문제없다고 그는 생각했다.

"그 정도 센스는 예전부터 있었습니다만."

대꾸하자 제인이 피식 웃는다. 그는 여자의 손에 들린 쇼핑백을 받아 들며 문을 열었다. 간밤에 입었을 드레스가 담긴 가방은 무게가 거의 느껴지지 않았다.

함께 엘리베이터를 타고 긴 시간을 거친 다음 롤스로이스에 오를 때까지 두 사람은 아무런 대화도 나누지 않았다. 무겁지 않은 침묵 끝에 베런이 입을 뗀 것은 5애비뉴를 따라 막 코리아타운을 지날 때였다.

"그래피티 말입니다."

창밖을 보던 제인은 조용히 다음 말을 기다렸다.

"남은 세 건은 한 번에 주시죠. 단어는 한꺼번에 전달하고 저쪽은 최대한 빨리 끝내는 걸로."

"왜?"

이번에는 운전석에 앉은 남자가 조용히 다음 말을 기다린다. 까닭 따위 묻지 말고 시키는 대로 하자는 소리.

"싫어."

그래서 제인은 또렷하게 거절해 주었다.

"잘 모르시겠지만 제가 매일같이 신경 써야 할 업무가 한둘이 아니라서요."

"연락책을 자청한 건 당신이야."

"아티스트를 찾아낸 것도 저였죠."

"그래서 내가 고마워해야 해?"

물론 그러라고 한 말은 아니다. 베런은 그쯤 잠시 입을 다물었다. 그리고 다시, 이전보다 확실히 공격적인 반응을 재차 인식했다. 묵묵히 주행하는 차창 밖으로 플랫아이언 빌딩이 스쳐 갔다.

"작품전이 오월인데 일찌감치 마무리하는 게 좋지 않을까요."

"시간 충분하고, 내 일은 내가 알아서 해."

"정말 시간이 충분합니까. 졸업 후엔 회계사 시험도 보셔야 할 텐데."

"리오가 말 안 해?"

차창 밖을 보던 제인이 정면으로 고개를 돌렸다. 룸미러를 통해 두 사람의 시선이 맞부딪혔다. 아무 감흥 없어 보이는 푸른색 눈동자.

"시험 이미 봤고 합격증도 받았다고, 어제 내가 얘기했는데."

이건 또 무슨 소리. 시종 표정이라곤 없던 남자가 그제 보일 듯 말 듯 눈살을 찌푸렸다. 입 안의 혀처럼 움직이는 비서실장이 졸지에 배제됐으니 당혹스럽기도 할 것이다. 호텔에서 실어 오라는 지시만 받고 정작 중요한 이야기는 듣지 못한 모양. 무척이나 보기 드문 이 상황이 조금 즐거워서, 제인은 약 올리듯 한마디 더 해 주었다.

"조만간 필요할 거라고 하던데."

제인을 회계사로 쓰겠다는 것은 베런도 당연히 알고 있던 계획이다. 현재 비첼리오 패밀리가 손대고 있는 공식 사업은 주류 수입사를 포함해 세 개로, 회계를 담당할 사람이 조직 내부에 있다면 당연히 큰 득이 될 테다. 그러나 베런은 리오가 안젤로의 부재를 염두에 두고 있다는 데 주목했다.

조만간이라면 가까운 미래에 그렇게 될 거라는 뜻. 정말로 콘실리에리를 제거할 생각인가. 아니면 단순한 여유 인력의 확보인가. 밀려드는 생각들을 확률과 개연순으로 머릿속에 정리하며 베런은 바뀌는 신호에 따라 정차했다.

"본인 일을 알아서 하는 건 좋은데,"

잠시간 입을 다물고 있던 남자가 한숨을 섞어 말한다.

"요즘 저를 자꾸 곤란하게 만드십니다."

룸미러를 통해 뒷좌석의 여자를 본다. 나와 척을 져서 좋을 게 없다는 말을 혀끝에서 가늠하다 결국 삼켜 버렸다. 반항기의 십 대를 자극해서 좋을 게 없는 건 이쪽에게도 마찬가지니까.

"베런."

"예."

"당신은 이렇게 사는 게 좋아?"

거울 속에서 두 남녀가 서로를 응시했다. 질문의 의도를 파악하듯 그의 눈동자가 조금 골똘해졌다. 이렇게 사는 것. 두루뭉술한 질문에는 막연한 대답이 돌아간다.

"평범한 생활을 할 수 없는 유전자가 있다더군요. 대답이 될지는 모르겠습니다만."

마피아 수장의 심부름꾼치고는 꽤나 유식한 단어 선택이었다. 유전자. 제인은 다소 이질적인 그 어휘를 가만히 곱씹어 보았다.

베런을 포함하여 이쪽 세계의 사람들은 대부분의 사람들과 다른 삶을 산다. 금지된 것들을 팔아 돈을 벌고, 폭력과 강압으로 타인을 두렵게 하며, 상대가 충분히 겁먹지 않으면 더러 죽이기도 하면서. 떳떳하지 않은 일들을 몰래 해내기 위해 생의 대부분을 어둠 속에 숨어서. 그런 생활을 좇는 유전자가 따로 있다면 내 몸에도 그것들은 흐르고 있는 걸까.

"사람들은 인생의 주인이 본인이라고 착각하지만, 삶을 결정하는 순간들은 선택의 여지를 주지 않을 때가 많죠."

빨갛던 신호등에 녹색 불이 들어왔다. 베런은 능숙하게 기어를 바꾸고 가속페달을 밟았다. 덩치 큰 자동차를 부드럽게 몰며 말을 이었다.

"그런 게 아마도 운명일 거고."

룸미러 속의 남자는 더 이상 이쪽을 바라보지 않는다. 전방을 응시하는 푸른 눈동자와 옅은 색의 속눈썹에서 제인은 천천히 시선을 거두었다. 그리고 다시 창밖으로 고개를 돌렸다. 흐린 하늘 아래 도로 양쪽으로 회색 고층 건물들이 끝도 없이 지나간다.

선택의 여지를 주지 않는 순간들.

그런 게 아마도 운명.

제인은 음울하게 엉긴 하늘을 올려다보았다. 짙은 선팅을 감안하더라도 갑갑하리만치 구름이 두터웠다. 어쩐지, 폭설이 쏟아질 것 같은 날이다.

이스트 리버를 건너 동쪽으로 달리면 이민자들이 모여 사는 동네들이 출신 국가별로 이어진다. 맨해튼에서 멀지 않은 우드사이드는 이제 남미와 아시아 출신의 얼굴이 제법 섞여 들었으나 대대로 아일랜드계가 터를 잡고 사는 곳이었다.

초록색 클로버 깃발이 입구에 내걸린 도노반은 일찌감치 사람들로 북적였다. 아이리쉬 펍 특유의 어둑하고 편안한 실내는 오래된 벽돌 장식과 집기들로 고전적이다. 바로 옆 고가철도를 지나는 지상철의 쇳소리가 일정한 간격을 두고 리드미컬하게 흘러들었다. 일몰까지는 아직 먼 늦은 오후, 전통 방식대로 짠 나무문이 열리며 금발 남자가 들어왔다. 웃으며 다가오는 중년의 웨이트리스에게 그는 일행이 있다고 손짓하고 실내를 눈으로 훑었다. 익숙한 모습들을 찾아낸 얼굴에 보기 좋은 웃음이 번진다.

"세븐써리!"

사각 테이블에 마주 앉은 요한과 호세가 동시에 이쪽을 바라봤다. 오른손을 번쩍 든 남자를 발견한 두 사람도 희색만면.

"마크!"

"야 이게 얼마 만이냐?"

"못 본 지 실로 너무나 오래됐다, 개자식들아."

가볍게 포옹하며 욕설과 함께 인사를 주고받은 세 남자는 크지 않은 테이블 위로 얼굴을 맞댔다. 마크 오닐은 전형적인 아일랜드계로 두 사람과 같은 고등학교에 다녔는데, 셋 중 유일하게 2년제 대학을 마치고 도시교통공사에서 일하고 있다. 역시 유일하게 약혼녀와의 결혼을 앞두고 있는 예비 신랑이기도 하다.

"니들은 뭐 이렇게 만나기가 힘들어?"

"먹고살기 바빠서 그렇지 뭐. 마들린은 잘 있어?"

"다이어트하느라 예민해진 것만 빼면 잘 지내."

"다이어트? 마들린이 왜?"

"낸들 아냐? 고집부려서 한 사이즈 작은 드레스 맞출 때부터 알아봤지. 십 파운드는 빼야 한다고 저녁 안 먹은 지 벌써 한 달도 더 됐어."

덕분에 나까지 밖에서 먹고 들어간다니까, 눈치 보여서. 마크는 일행과 같은 흑맥주를 손짓으로 주문하며 웃는 얼굴로 넋두리를 쏟아 냈다.

"결혼식 언제랬지? 봄인 건 기억하는데."

"오월 십오 일. 총각 파티 찐하게 해 줄 걸로 기대하고 있다."

"당연하지! 여자는 요한 네가 맡아. 나는 테이블 세팅 제대로 해 줄 테니까."

호세가 말하며 코를 킁킁대는 시늉을 하자 예비 신랑이 낄낄 웃는다. 세 사람은 메뉴판도 보지 않고 점심거리를 골라 각자 주문을 넣었다. 십 대 때부터 드나들던 오랜 단골집이라 제각기 선호하는 메뉴는 잘 알고 있었다.

"너네 둘은 종종 만날 거 아냐."

"네가 마들린 눈치 보느라 밤에 못 나오니까 그렇지."

"그러니까 낮에 시간들을 좀 내 봐라, 나처럼 직장 다니는 것도 아니면서."

"우리도 자주는 못 보거든? 너처럼 따박따박 주급 나오는 구멍도 없어서 먹고살려면 빡세게 일해야 된다고."

요한이 핀잔을 주며 웃자 마크가 맥주잔을 들어 보인다. 가볍게 잔을 부딪힌 다음 한 모금씩 크게 삼켰다. 할 말이 있는 모양으로 두 사람을 살피던 호세가 멋쩍게 웃으며 입을 열었다.

"저기 미안한데 요한, 나는 이제 주급 나오는 구멍이 생겼어."

"뭔 헛소리야."

"맥도날드 취직했냐?"

"이 새끼 거기 취직 못 해. 멀쩡한 지원자들 넘칠 텐데 앨 왜 뽑아."

쿵짝을 맞춰 놀려 주니 꼭 고등학생 때로 돌아간 기분이다. 즐거운 요한을 향해 호세는 듣기 좋게 욕설을 해 준 다음, 주위를 슬쩍 둘러보며 오른쪽 다리를 몸 쪽으로 끌어왔다. 그러더니 바짓단을 올리고 발목을 덮은 양말을 내려 맨살을 드러낸다. 뭐 하나 싶어 내려다보던 마크가 두 눈을 크게 떴다. 이런 시발. 짧은 감탄사 후에도 한동안 입은 다물어지지 않았다.

"야, 요한. 이 새끼 봐 봐."

"뭔데."

요한은 궁금증을 숨기지 않고 상체를 길게 뻗었다. 앙상한 발목 안쪽을 훑던 시선이 복사뼈 위에서 멎었다. 검은색 문신은 손톱 크기였으나 단순한 형태는 즉각 눈에 들어왔다.

V

"이런 시발(Oh, fuck)."

요한이 똑같은 반응을 보이자 지켜보던 두 사람이 키득댔다. 충분히 자랑을 마친 호세는 아직 딱지도 채 떨어지지 않은 문신 위로 조심스레 양말을 끌어 덮었다. 만족스럽게 벌어진 입술 밖으로 왼쪽 앞니의 금테가 번쩍 드러났다.

하나같이 뒷골목 출신인 그들은 발목 안쪽의 V 자 문신이 무엇을 의미하는지 너무나 잘 알고 있다. 뉴욕 5대 마피아 가문 중 하나인 비첼리오 패밀리의 일원임을 나타내는 표식은 아무에게나 허락되지 않는다. 그들이 알기로 호세는 어소시에이트, 그러니까 말단 조직원과 접촉하며 거래를 이어 가는 준조직원 노릇만 수년간 해 왔다.

"솔저 된 거야?"

마크의 목소리가 저절로 낮아진다.

"아직 정식은 아닌데 곧 될 거 같애. 일단은 카포 밑으로 배속됐어, 크리스마스 직후에."

"와, 이 미친 새끼."

마크는 여전히 벌린 입을 다물지 못했다. 비슷한 표정을 짓고 있던 요한이 맥주잔을 들어 올려 건배를 이끌었다. 곧 마피아 정식 조직원이 된다니. 어차피 그 바닥에 머물 거라면 제대로 속하는 것도 당연히 축하할 일이다. 이탈리아 혈통도 아닌 히스패닉 주제에.

"비첼리오 보스가 그 라이언 킹, 맞지?"

"어. 라이언 킹."

"라이언 킹?"

요한이 되물으며 마크를 쳐다봤다. 넌 시내버스 차고지에서 근무하는 놈이 그런 건 어떻게 알아. 말하지 않아도 눈빛으로 알아들은 마크가 기꺼이 부연했다.

"라이언 킹이 삼촌 죽이고 보스 자리 뺏었잖아. 그게 사 년 전이야, 우리 고등학교 졸업한 이듬해."

"아아, 기억난다. 그때 거기서 사람 꽤 죽었다 그랬지."

요한이 크게 고개를 끄덕였다. 마피아나 갱단 같은 폭력 조직의 인물들은 실명을 쓰지 않으므로 별칭으로 불리는 것이 일반적이다. 라이언 킹. 삼촌을 죽였다는 삼십 대의 젊은 남자를 요한은 막연히 상상해 보았다. 그동안 마크는 물고기처럼 맥주를 마셔 대며 대화를 이어 나갔다.

"정식으로 솔저 되면 돈 많이 주나?"

"하기 나름이겠지만 정기적으로 배분이 있으니까."

"그래도 비첼리오는 다른 데보다 낫다던데, 합법적인 사업이 많아서."

"정치인들 쪽에 연줄이 있다는 소리가 들리긴 하더라."

"근데 마크 너는 왜 나보다 이쪽 얘길 많이 아는 건데?"

"너는 맨해튼 부자 동네 살잖아. 나는 아직 뒷골목 주민이라 주워듣는 게 많거든."

"뭘 미친 소리야. 여기 칼 맞은 거 안 보여?"

세 남자가 낄낄대며 대화에 몰두할 무렵 때맞춰 호출기가 울었다. 액정을 확인한 요한이 입꼬리를 실룩이더니 자리에서 벌떡 일어섰다. 맥주를 한 모금씩 삼킨 두 남자가 묻는 얼굴로 올려다본다.

"나 호출. 잠깐만."

입구 옆의 바 쪽으로 걸어가 전화를 청했다. 손님들과 수다를 떨고 있던 백발의 바텐더가 흔쾌한 얼굴로 무선전화기를 내민다. 받자마자 번호를 누르고 음성사서함을 확인했다. 새로운 메시지 한 개. 여자의 목소리가 흘러나오기 직전, 기분 좋은 긴장으로 가슴이 벅차

올랐다.

　— 나야. 어젠 선약이 있어서 나갔다 오느라 확인 못 했어. ……파티는 어땠는지 모르겠네. 난 클럽에서 뉴이어 이브를 보내 본 적이 없어서. 혼자 갔어도 즐거웠길 바래. 물론 그랬겠지만.

　거기까지 말한 제인이 잠시 말을 멈췄다. 아마도 적당한 말을 생각하고 있겠지. 어디까지 얼마나 어떻게 말해야 할지 나름의 적정선을 계산하면서. 그 공백 속에 혹 얕은 숨소리라도 들어 있을까 요한은 세심히 귀를 기울였다.

　— 참, 찐빵 잘 먹었어. 맛있더라. 고마워.

　풍선처럼 꾸준히 부풀어 오르던 웃음이 기어코 밖으로 터져 나왔다. 원어민이 발음하는 명사는 매우 자연스러워 전혀 웃기지 않건만 그는 키득키득 잘게 웃음을 이어 갔다. 바텐더와 수다를 떨던 백발의 손님이 혼자 좋다고 웃어 대는 청년을 힐끗 쳐다본다. 그는 아랑곳없이 계속하여 하얗게 웃음을 흘렸다.

　— 그럼, ……해피 뉴이어.

　손목시계를 들여다봤다. 오후 4시 반. 어제부터 거의 만 하루를 기다리게 해 놓고 이제야 겨우 돌려보낸 메시지는 어째 좀 빈약하다. 녹음된 제인의 목소리를 처음부터 다시 한 번 더 듣고 난 후에야 그는 바텐더에게 전화기를 돌려주었다.

　'나 알아요?'

　여자는 처음부터 방어적이었다. 접근하는 남자에게 싸늘히 반응했으나 도도하게 콧대를 세우는 느낌은 아니었다. 그것은 늑대를 목격한 사슴이 할 법한 본능적인 자기보호에 가까웠다. 그러나 잔뜩 경계하던 시선 속, 미미하게 섞여 있던 호기심을 요한은 분명히 보았다.

　'난 너한테 관심 없어.'

여자는 거짓말에 서툴다. 입으로 하는 말과 눈빛이 뜻하는 바의 간극이 그토록 뚜렷해서야 유치원생도 속이기 어려울 것이다. 생각을 숨기려 애쓰지만 제대로 숨겨 내지 못하고 딱딱한 얼굴 위로 감정은 속절없이 비친다. 결혼 경험까지 있는 미망인이라면서 중학생 같은 구석이 곳곳에 남아 있다.

모순투성이.

기사 딸린 롤스로이스를 타고 다니는데 몸치장엔 별 관심이 없고, 여왕 같은 생활을 누리면서도 남루한 눈으로 창밖을 응시한다. 소녀처럼 말간 얼굴에 노파 같은 표정을 짓는 여자. 제인 헤닝은 요한이 단 한 번도 겪어 보지 못했으며 따라서 예측할 수도 없는, 완전히 새로운 부류였다.

그래서인 모양이다. 여자를 속속들이 알고 싶단 마음이 이토록 빠르게 자라나는 까닭은.

"뭐야. 이 새끼 왜 실실 쪼개냐."

"뭔데? 여자야? 여잔데?"

"너 여자 만나? 누군데?"

테이블로 돌아온 요한이 여전히 피실피실 웃으며 두 명의 친구를 본다. 보편적인 성적 지향을 지닌 스물넷의 남자들은 여자 얘기가 나오면 목소리가 커졌다. 고등학생 때부터 사귀던 프롬 파트너와 결혼을 앞둔 마크가 각별한 관심을 보이며 질문을 던져 댔으나 요한은 웃기만 할 뿐 좀체 대답하지 않았다.

"설마 동양인은 아니겠지(Don't tell me she's Asian)."

농담 삼아 던진 말인데 어째 분위기가 이상했다. 호세는 대꾸 없는 요한의 얼굴을 멍하니 들여다보다 천천히 입을 벌렸다. 이런 시발. 옆에 앉은 마크가 다시 한번 감탄사를 흘렸다.

"말도 안 돼."

"난 네 문신보다 이게 더 충격적이다."

"야, 진짜야? 니가 진짜 동양인 여자 만난다고? 어떻게? 왜?"

그러게. 요한이 어깨를 으쓱하며 짧게 인정하자 좌중은 곧 유쾌한 충격으로 들끓었다. 오늘 술은 니가 사, 이 새끼야. 거하게 한 방 먹은 얼굴을 절레절레 흔들며 호세가 다시 한바탕 욕설을 퍼부었다. 탐스런 거품이 올라간 흑맥주 세 잔이 시끌벅적한 테이블에 도착했고, 중년의 웨이트리스는 솜씨 좋게 빈 잔을 거두며 아들뻘 청년들에게 농담을 건넸다.

그 와중에도 요한은 여자를 생각한다.

'나는 위험한 사람이야.'

지금 당장 만나고 싶어 몸이 달았다. 화장기 없는 얼굴에 검은색 옷을 입은 여자와 마주 앉아 이야기할 수 있다면 어떠한 화제라도 그는 기꺼울 것이다. 사는 곳을 알아 버린 탓에 인내는 더욱 괴로워졌다. 그 여자가 사는 아파트는 높고도 견고했으며 지나치게 화려해 요한 같은 남자는 감히 정문으로 들어갈 생각조차 들지 않았지만, 그보다 빠르고 확실한 통로를 그는 이미 알고 있다.

그런데도 너는 왜 아무 말도 남기지 않았을까. 만나고 싶다고, 와 줄 수 있냐고 한마디만 하면 나는 지금 당장 나는 듯이 달려갈 텐데.

그 여자는 완전히 새로운 부류다. 초월적 존재와 그 손길에 매달리고 싶도록 만든다. 무언가를 맛있게 먹는 모습, 소녀처럼 깔깔대며 웃는 모습을 요한은 보고 싶었다. 여자의 가장 솔직한 면면들에 대해 속속들이 알고 싶었다. 그리고 이러한 욕심들은 눈덩이가 구르듯 빠르게 덩치를 불릴 것임을 그는 이미 알고 있다.

9층까지 단숨에 올라가는 상상을 하자 그만 목이 탔다. 밀도가 높은 흑맥주를 들이켜며 요한은 생각한다. 만약 이런 걸 의미했던 거라면, 그녀는 정말로 위험한 사람이 맞을 수도 있겠다고.

❖

코너 비스트로의 바는 붉은 벽돌로 쌓은 벽을 등지고 있었다. 보기 좋게 진열된 수십 가지 술병은 크기와 빛깔이 각색인 와중에도 희한하게 조화로워 마치 설치 예술품 같았다.

그 예술적인 알코올의 향연을 배경으로 선 남자는 오늘도 글라스 닦기에 여념이 없다. 우람한 체구를 팽팽히 감싼 새하얀 셔츠와 붉은색 리넨 타월이 잘 어울렸다. 습관인지 과시인지 팔꿈치까지 걷어 올린 소매와 왼쪽 하완에 빼곡한 컬러 문신. 출입문이 열리고 손님이 들어오자 잭 알폰시는 여느 때처럼 가장 먼저 눈길을 주었다. 와우. 방문객을 알아본 그가 과장된 감탄사를 터뜨렸다.

"웬일이야, 뉴욕에서 제일 바쁜 분이 여길 다 왕림하시고."

"오다가다 들르라길래."

느긋하게 걸어온 베런이 바 한중간에 놓인 스툴에 걸터앉는다. 기나긴 연말 파티 시즌을 마치고 일상으로 돌아간 평일 오후, 아늑한 비스트로는 테이블 몇 개에 조용한 손님들이 띄엄띄엄 들어 있었다.

"오늘은 뭐 좀 드실 시간이 되나?"

"버거는 빼고 부탁하지."

"제일 좋은 걸 안 먹겠다네. 치킨 샌드위치?"

"그게 좋겠어."

"베이컨 넣어서?"

"좋지."

씩 웃은 잭이 곁에 서서 기다리던 웨이터를 향해 고개를 끄덕였다. 호리호리한 체구의 곱슬머리 웨이터가 재빠르게 주방으로 가 주문을 전달한다. 여전히 붉은색 리넨 타월과 글라스를 쥔 채 잭이 다시 물었다.

"진토닉?"

"같이 마실 거면."

"사 주면야 당연히 마시지."

"그래."

"허, 웬일이야. 콜린스한테 술을 다 얻어먹고."

껄껄 웃으며 잭은 잘 닦인 와인글라스를 허공에 이리저리 비춰 본다. 녹색 눈동자가 백열등 조명을 받아 언뜻 투명한 연두색처럼 보였다. 완벽히 닦인 글라스를 머리 위 레일에 잘 걸어 두고 나서야 바텐더는 진토닉을 만들기 시작했다. 투박한 손의 생김과 달리 날렵한 솜씨를 베런은 감상하듯 지켜본다.

재빨리 칵테일을 완성해 손님 앞에 놓아 준 잭은 제 몫으로 코냑 한 잔을 따랐다. 바닥이 둥글고 다리가 짧은 글라스에 호박색 코냑은 간신히 고여 있다. 볼수록 외모와 다르게 감상적인 취향이다. 베런은 생각하며 소리 없이 웃었다.

"잘 마실게."

"한 잔 더 마셔도 돼."

"이런. 나 취하게 만들어서 뭐 하게?"

덩치와 표정에 안 어울리는 대사를 하며 잭이 또 껄껄 웃는다. 한 박자 뒤늦게 피식거린 베런이 말을 이었다.

"안젤로에 대해서, 뭐 좀 아는 거 있나."

"안젤로? 우리 고문으로 있는 그 안젤로?"

"그래. 콘실리에리."

"허, 전혀 예상 못 했던 화제구만. 갑자기 그건 왜?"

잭은 되물으며 글라스를 코 아래로 가져와 둥글게 흔들었다. 코냑의 향을 충분히 들이마신 뒤 입으로 잔을 가져가 작게 한 모금 머금는다. 삼매경에 빠진 남자가 입 안의 술을 삼키길 기다리며 베런도 제 몫의 유리잔을 집어 들었다. 독주를 넉넉히 넣은 투명한 칵테일은 시원하고 맛이 깔끔하다.

"외부인이라 콘실리에리와 교류할 일이 없어서. 마주친 적은 몇 번 있지만."

"나도 일개 카포 주제에 윗분들 뵐 일은 잘 없는데."

"그래도 뭐 들은 얘기 같은 건 있을 거 아냐."

"흠. 지금 보스 삼촌이고 예전 보스 동생인 거 빼면 글쎄."

글라스 안에 감질나도록 얕게 고인 코냑을 여자 알몸 보듯 황홀한 눈으로 훑으며 잭은 말을 이었다.

"윗대 삼 형제 중에서는 제일 엘리트지. 대학도 나왔고 회계사에. 뭐 그 정도는 너도 알 거고. 성격은 좀 깐깐한 편이라고 들었어. 숫자 다루는 사람이라 그런지 머리도 잘 돌아가고 눈치도 빠르고. 왜 사 년 전 그때도 자기 형 죽인 조카한테 곧바로 머리 숙였잖아. 사실 그 때 콘실리에리가 버텼거나 맞섰으면 지금 상황이 좀 달라졌을 수도 있지."

"안젤로가 보스가 됐을 수도 있다는 건가."

"그 아들을 앉혔을 수도 있고."

베런은 언더보스의 프로필을 떠올렸다. 로코 비첼리오. 안젤로의 하나뿐인 아들이자 리오의 하나 남은 사촌은 일찌감치 결혼해 아들만 셋을 두고 있었다. 그러고 보니 죽은 자와 산 자를 통틀어도 이 집안은 순 남자들뿐이다. 아, 미스 비첼리오가 하나 있긴 하지. 베런은 생각하며 소리 없이 웃었다.

"안젤로는 마찰을 좋아하지 않는 성격 같던데. 순응적이고."

"맞아. 웃지도 않지만 싫은 소리도 안 해. 말수도 없고 표현은 더 적고. 특히 자기 손에 피 묻히는 건 질색을 하지."

계집애처럼. 잭이 조롱하듯 덧붙였다.

"뭐 이제 나이도 있는데 적당히 대접받다가 물러나겠지. 아, 그 양반 나이가 곧 육십이니까 아직 몇 년은 더 해 먹을 수 있으려나."

혼자 고개를 주억거리며 꺼내 놓는 말들을 베런은 차곡차곡 들으며 생각했다. 순응적이고 제 손에 피 묻히는 걸 질색하며 나이마저 지긋한 삼촌을 상대로 리오나르도는 대체 무슨 속셈일까.

"근데 갑자기 뭔 바람이 불어서 안젤로가 궁금해지셨나?"

"내가 원래 호기심이 많은 편이라."

"흠, 콘실리에리 입김이 필요할 일이라도 있는 건 아니고?"

진토닉을 한 모금 마신 베런이 되묻듯 바텐더를 바라봤다. 얼음을 꽉 채운 유리잔 표면이 미끌거렸다. 손바닥에 묻은 물기를 털어 내듯 그는 오른쪽 손가락들을 천천히 비볐다.

"너도 이제 문신해야 할 거 아냐, 패디."

알폰시의 표정에는 안쓰러운 연민의 빛이 스며 있다. 그를 포함하여 비첼리오 조직 내의 거의 모든 이들이 자신을 어떻게 보고 있는지 베런은 아주 잘 알고 있었다. 라이언 킹의 충견. 지하 세계 이 작은 왕국 최고의 권력자에게 온 충성을 바쳤으나 사냥철이 끝나자 외면당한 불쌍한 사냥개. 그럼에도 여전히 고분고분해 더욱 등신 같은 번견. 리오는 그를 수족 삼아 여기저기 알뜰히 활용하면서도 여태 그를 정식 조직원으로 받아들이지는 않았다. 그러니 갖은 폼은 다 잡고 다녀도 실제로는 상등신이라는 소리가 나올 만도 하다.

"언제까지 무료 봉사 할 생각이야?"

"주급 꼬박 받고 있는데 무슨 소린지 모르겠군."

"보스가 안 챙기면 네가 가서 졸라 봐. 성격상 아마 은근히 기다리고 있을지도 몰라."

"글쎄. 바빠서 통 그럴 틈이 나야지."

"무슨 일이 바쁜데. 밤비 뒤치다꺼리하느라 바쁘신가? 맨날 따라 다니기 지겹지도 않나."

경쾌하게 쏘아붙인 잭이 코냑 잔을 입가로 가져간다. 지척에 앉은 금발 남자를 그는 선 채로 빤히 바라보았다. 글라스 너머 맞닿은 시선이 지난하게 이어질 무렵, 무슨 생각을 했는지 잭이 돌연 눈살을 찌푸렸다.

"콜린스 너 설마,"

위험한 낱말들은 목구멍에서 걸러져 차마 소리로 나오지 않았다. 그러나 베런은 당연히 눈치껏 알아들었다. 앞선 말을 뱉어 놓고 농담처럼 눙치려는 듯 잭이 뒤늦게 웃음을 섞었다. 그러나 정작 본인은 불쾌해하지도 부끄러워하지도 않는 표정으로 유리잔을 향해 손을 뻗었다.

"매력이 없는 여자는 아니지만 글쎄. 난 헤닝처럼 경솔한 성격이 아니라서."

아무렇지 않게 뱉어 놓고 유유히 진토닉을 마시는 남자를 잭은 조금 멍하게 지켜본다.

알렉산더 헤닝은 생전에 잭과 가까운 사이였다. 나이 차는 꽤 났지만 브루클린에서 형제처럼 자랐으며 헤닝을 이쪽 세계로 이끈 것도 잭이었다고. 마르코를 따라 시카고로 떠날 때도 둘은 함께 갔다고 했던가. 베런은 생각하며 감흥 없는 시선으로, 잭의 비틀린 입가에 낡은 울분이 비치는 것을 보았다.

"난 그년이 별로야."

"그 여자 잘못은 아니었지."

"그년만 아니었으면 알렉스는 안 죽었어."

"경솔한 사람은 무기를 멀리해야 해. 제 손에 쥔 총으로 제 머리를 쏘기 십상이거든."

날카로운 칼일수록 손을 베이기 쉬운 것처럼, 무기를 과시하는 사람은 오히려 스스로 더욱 위험해진다. 꽃을 든 사람은 기껏해야 꽃가루에 재채기를 하게 되지만 손에 든 것이 총이라면 콧속으로 총알이 날아들 확률이 높아지므로. 그러니 무기를 잡는 일이란 제 목숨을 담보로 삼겠다는 묵약과도 같다. 알렉산더 헤닝의 죽음은 베런이 본 바에 의하면 대체적으로 그 자신이 부주의했던 때문이었고, 결정적으로는 운이 없었던 탓이기도 했다.

"그리고 알폰시,"

베런이 말을 이었다.

"말조심하는 게 좋을 거야."

"뭐?"

"난 운 없는 사람을 또 보고 싶지가 않아서."

감정이 배제된 말투는 담백하다 못해 무미건조해 잭은 더 이상 발끈하지 못했다. 때맞춰 웨이터가 샌드위치를 가져왔다. 그릴에 구운 닭고기가 두툼하게 끼워진 샌드위치는 한눈에도 먹음직스러웠다. 남은 진토닉을 훌쩍 비운 베런이 멀뚱히 선 바텐더를 바라봤다. 그의 손에 들린 코냑도 진즉 바닥난 지 오래였다.

"그거 한 잔 더 하지. 나도 한 잔 더 주고."

"네가 사."

"팁까지 포함해서 낼 테니까 걱정 말고."

여전히 불만이 잔류한 얼굴로 알폰시가 픽 웃었다. 그 씁쓸한 웃음을 흘려들으며 베런은 접시 위 샌드위치를 한 조각 집어 입으로 가져간다. 바텐더가 두 번째 칵테일을 만드는 소리가 띄엄띄엄 잘게 울렸다. 배경음악 한 곡 흐르지 않는 평일 오후의 비스트로는 아늑하고도 잠잠했다.

❖

며칠째 흐린 날씨가 계속되고 있다. 워싱턴 스퀘어 파크는 인적이 드물었다. 간식거리를 손에 쥐고 책을 들여다보는 대학생이라든가 클래식 기타며 바이올린 따위 악기를 들고 나와 신명을 부리는 낭만파 악사도 자취를 감추었으며 그 주변을 에워싸고 박수를 치는 관광객도 보이지 않았다. 날씨 탓인지 계절 때문인지 무척이나 토요일 오후답지 않은 풍경이었다.

서부의 태양처럼 밝은 빛깔의 오렌지주스를 마시며, 제인은 회색 공원을 내려다본다.

분수대의 물이 끊어진 지는 오래되었다. 잔디는 동절기 추위에 시달려 누렇게 말랐고 나목들은 앙상한 가지를 드러냈다. 마르고 허전한 텅 빈 공원은 그나마 군데군데 상록수들이 자리를 메우고 있어 황량해 보이지 않는다. 쓸쓸한 공원에서 변함없이 꿋꿋한 것은 정결하고도 당당한 대리석 아치뿐이었다.

아래층에서 위층까지 복층에 걸쳐 이어진 유리창은 성채의 그것처럼 크고도 밝았다. 제인은 그 창가에 선 채 공원을 내려다보며 오렌지주스를 조금씩 삼켰다.

해가 바뀐 후 처음 맞는 주말이었다. 쓸쓸한 공원을 홀로 달리고 난 뒤 느긋하게 샌드위치로 점심을 때우고는 미뤄 뒀던 작년의 필름들을 꺼내 한꺼번에 현상을 마쳤다. 한참 만에 암실 밖으로 나온 뒤에는 방으로 올라가 옷장을 정리했다.

드레스 룸 왼쪽 옷장에는 각종 디자인의 이브닝드레스들이 검은색 일색으로 걸려 있었다. 많아야 두세 번 걸쳤을 그것들을 들춰 보니 하나같이 새것 같아서 그녀는 조금 자책했다. 제 것이지만 원하지도 원한 적도 없는 값비싼 물건들에 왠지 주눅이 들어 평상복을 보관하는 오른쪽 옷장으로 돌아섰다. 역시 죄 검정인 그쪽은 몇 벌 되지도 않는 데다 태반이 운동복이라 살필 것도 정리할 것도 없었다.

이후로도 제인은 포기하지 않고 할 일을 찾았다. 그러나 바닥과 카펫은 말끔했고 침구에서는 섬유유연제 향기가 났다. 요리에 서툰 주제에 음식이라도 만들어 볼까 주방으로 향했지만 냉장고 안에는 우유와 오렌지주스, 녹즙 따위 음료를 제외하고 먹거리라곤 호밀빵과 달걀이 전부였다. 달걀이라도 삶아 볼까 생각했으나 삶은 달걀을 으깨어 마요네즈에 버무린 샐러드가 이미 플라스틱 통에 적당량 담긴 걸 보고는 그만두었다.

일거리를 찾아 집 안을 한 바퀴 더 돌고 난 뒤에야 그녀는 냉장고로 돌아와 오렌지주스를 꺼냈다. 유리잔에 반쯤 따라서는 깨끗이 닦인 창가에 서서 천천히 마셨다. 고작 고용인이 골라 사 둔 음료를 꺼내 마시는 것이 이곳에서 할 수 있는 최대한의 노동임을 갑갑하게 통감하면서.

창가의 제인은 타인의 흔적을 찾듯 쓸쓸한 공원을 바라본다.

겨울 방학이 시작되었다. 그러나 이제 그녀에겐 아무런 의미 없는 학제다. 무더위가 기승이던 지난여름 제인 헤닝의 이름이 찍힌 학위 증명서가 이미 발급되었다. 단 하루도 낭비 없이 매달린 결과, 계절학기까지 빼놓지 않고 학점을 채운 덕택이었다. 그렇게 따낸 학위와 학점과 실력으로 공인회계사 시험까지 응시했다. 리오는 물론 베런도, 아무도 모르는 일이었다.

그러나 아무도 모르는 조기 졸업은 그녀의 사정이고 졸업식과 졸업생 전시회는 여전히 오는 5월이다. 이미 제출한 졸업 작품을 아직까지 붙들고 있는 것도 어디까지나 그녀의 지극히 개인적인 사정이었다. 더 나은 작품을 가져오면 얼마든 바꿔 걸어 주겠네. 친절한 지도교수가 지나가듯 했던 말 때문도 아니었다.

'하고 싶은 대로 해. 대학 졸업할 때까지는. 하지만 졸업 후엔 내가 원하는 일을 해야 할 거야. 네가 약속한 대로.'

창가의 제인은 타인의 흔적을 찾듯 쓸쓸한 공원을 바라보았다.

별안간 범람한 강처럼 시간이 철철 넘쳐흐른다. 수년간 지독하게 매달렸던 공부와 시험과 과제들이 끝나 버린 후, 해야 할 일이 사라진 하루는 길고도 불편했다. 그러나 은퇴 직후의 노인처럼 집 안을 서성이는 까닭은 비단 급작스레 불어난 시간 때문만은 아니었다.

'소호 클럽에서 파티 있는데 같이 갈래? 오늘 같은 날엔 예약 없이 입장하기 어려운 데지만 아는 사람이 있거든. 장담하는데 올해 맨해튼에서 제일 핫한 뉴이어 파티일 거야.'

내가 너를 생각하던 그 시각, 너 또한 나를 생각하고 있었다는 자각은 가슴을 뛰게 했다. 그 사소한 발견에도 미소가 터지고 걷잡을 수 없이 기분이 들떠서 제인은 가만히 앉아 있기조차 힘이 들었다. 보고 싶다. 만나고 싶다. 화제 따위 아무래도 좋으니 마주 앉아 이야기하고 싶다. 거센 바람처럼 밀려드는 낯선 생각과 생생한 몸의 반응이 당혹스러워 그녀는 오히려 그의 호출기 번호를 누를 수 없었다.

그래서 허공을 향해 한참 동안 생각해 보았다. 이 모든 욕망들이 얼마나 헛된 바람인가에 대해.

제인은 남자를 모른다. 그 중의적인 표현이 의미하는 모든 측면에서 그랬다. 아버지도, 남자 형제도, 남자 친척도 없는 여자아이에게 남성은 낯설고 그만큼 꺼려지는 존재였다. 미지의 대상은 본능적인 불안과 의심을 유발하므로 남성과의 친밀한 교류가 전무한 소녀는 제 또래 소년들과도 줄곧 거리를 두었다. 개중 제게 호감을 보이는 소년도 있었고 유독 그녀의 눈에 띄는 소년도 없지는 않았으나 스스로 그어 둔 선 가까이 접근이 허락된 남성은 없었다. 그리고 간신히 소녀를 벗어난 이후부터 제인에게 남성이란 뻔뻔하고, 강압적이며, 두려운 대상으로 각인되었다.

그러나 끔찍한 경험을 했다고 해서 이성에 대한 본능적인 끌림마저 거세된 것은 아니다. 제인은 젊고 건강한 여자로서 분명 남자를 인식하고 있다.

이를테면 시카고 저택에서 저녁 식사를 할 때, 커트러리를 다루는 리오의 커다란 손의 윤곽과 푸르게 불거진 정맥 따위에 시선이 길게 머물렀다던가, 사격 자세를 바로잡아 주느라 그의 손이 어깨에 닿았을 때, 콧속으로 들이치는 그의 체향에 그만 온몸이 뻣뻣하게 굳어 버린 경험 따위가 제인에게도 분명히 있었다. 리오 비첼리오는 처음부터 그녀가 남자로 대해선 안 되는 대상이었고 나중에는 남자로 대할 수 없는 대상이 되어 버렸음에도 그 같은 인식과는 별개로, 제인은 여전히 그에게서 남성을 보고 있었다.

그러니 남자에 대한 여자의 타당하고도 지극히 자연스러운 욕망이 자신에게도 있음을 제인은 물론 부인하지 않는다. 다만 그녀의 고뇌는 욕망 자체가 아니라, 현재 자신의 처지가 과연 그것을 감당할 수 있겠는가에 대해 이루어지고 있었다. 지금 내가 느끼는 이 막연하고도 설익은 감정이 평범한 남자를 위험의 가능성으로 몰아갈 가치가 있는가. 이미 사흘째 되풀이하고 있는 질문의 대답을 그녀는 이미 알고 있다. 문제는 뻔히 아는 답을 자꾸만 외면하고 싶어진다는 것.

그렇게 번민하는 와중에도 그 남자를 생각한다.

놀랍도록 매력적인 미소. 유리알처럼 반짝이는 눈동자. 거리낌 없는 말투와 경쾌한 웃음소리. 그 아름다운 남자의 순정한 시선 속에서 황홀은 짧았으나 강렬했으며, 제인은 도저히 그것을 부인할 수 없었다.

그래서 거듭 어리석은 생각이 든다. 인구 150만의 작은 섬에서 한 남자와 두 번 마주칠 확률. 그저 별난 우연이었다 하면 아무런 색채도 띠지 않을 그 사소한 사건에 자꾸만 의미를 부여하고 싶었다. 피부색과 혈통, 나이. 그 우습지도 않은 조건들이 마치 대단한 운명의 속삭임처럼 마음을 홀리려 들었으며 할 수만 있다면 기꺼이 홀리고만 싶었다. 그러나,

종국에는 정해진 결말로 치달아 갈 잔인한 촌극.

그래서 제인은 대신 열중할 일을 찾아 종일 주변을 맴돌았으나, 오늘도 그녀의 노력은 그 남자에 대한 생각으로 귀결되고 말았다.

오렌지주스는 한참 만에 바닥이 났다. 영영 길 것 같던 하루도 슬슬 일몰을 향해 가고 있다. 물러날 줄 모르는 두터운 구름 탓에 뉴욕의 하늘엔 며칠째 노을이 지지 않았다. 제인은 잔뜩 부푼 회색 천공을 눈으로 살핀다. 날씨가 이렇게 추우니 구름이 무언가를 뿌린다면 틀림없이 하얗게 얼어붙어 쌓일 것이다.

이만 빈 유리컵을 들고 창가에서 돌아서려던 찰나였다.

별생각 없이 아파트 아래 풍경에 시선을 준 순간 공원 앞 공중전화 부스로 들어가는 남자가 눈길을 잡아챘다. 시야에 들어온 윤곽이 언뜻 그 남자 같아 제인은 불식간에 눈을 가늘게 떴다. 그러나 부스 안으로 사라진 사람은 9층인 이곳에서 보이지 않는다.

아마도 터무니없는 착각일 것이다. 턱수염을 기른 오십 대 중년 사내를 그 남자와 혼동한 기억을 되살리며 제인은 부인했으나, 그러면서도 전화 부스 안에 들어간 사람이 나오는 모습을 확인하려 창가를 떠나지 않았다. 그리고 수분이 지난 그때,

삐빅.

분홍색 호출기가 날카롭게 울었다.

몸에 걸친 카디건 주머니에 빠르게도 손을 집어넣었다. 침실 안에

꽁꽁 숨겨 뒀던 호출기를 이제는 거의 달고 다니다시피 하고 있다. 신년 전야의 파티 제안을 마지막으로 그에게서는 아무런 연락도 오지 않았다. 차라리 잘됐다 자조했으나 기다리는 마음까지 속여지지는 않았다. 멍청하게도 안절부절 분 단위로 침실에 올라가 호출기를 확인하다 실망하는 것에 지쳐, 아예 웃옷 주머니에 넣고 다닌 것이 오늘로 이미 이틀째였다.

제인은 분홍색 호출기를 손에 든 채 지상의 공중전화 부스를 다시 내려다보았다. 막 부스를 빠져나온 남자가 이쪽을 향해 반짝 고개를 든다. 고층 건물 꼭대기를 향해 두 눈을 가늘게 뜬, 손톱처럼 조그만 그 얼굴을 본 순간 그녀는,

심장이 덜컹 정지하는 기분이었다.

거실 협탁에 놓인 유선전화의 수화기를 집어 음성사서함 번호를 급히 눌렀다. 여느 때처럼 헤이 제인, 으로 시작되는 남자의 목소리는 경쾌하고도 간결하다.

— 네가 남긴 메시지를 다시 들어 보니까 말이야, 잘 먹었다는 말만 있고 답례한단 소리가 없더라?

그렇게 안 봤는데. 덧붙이는 말 끝에도 웃음기는 확연해서 그가 어떤 얼굴을 하고 있을지 대번에 눈앞에 그려졌다. 제인은 코끝으로 기어 나온 웃음을 기어이 흘리고 말았다.

— 그런 의미에서, 초대받지는 못했지만 난 오늘 저녁을 얻어먹을까 하는데.

아랫입술을 잘근잘근 씹으며 공백에 귀를 기울였다. 수화기를 통해 연결된 저쪽 세계에서 얕은 숨소리가 들리는 듯하더니,

— 집 앞 공원에서 기다릴게. 천천히 나와도 돼.

녹음된 내용은 그것으로 끝이 났다.

그러니까 나더러 저녁을 사 달라는 말이지. 오늘. 지금.

무례한 건 둘째 치고 참으로 막무가내인 남자다. 제인은 웃지도 찡그리지도 못한 채 수화기를 내려놓으며 짧은 숨을 뱉었다. 기다린 다니. 집에 없으면 어쩌려고. 호출기를 확인하지 않을 수도 있는데. 그러나 요한은 마치 그녀가 지금 집 안에 있고, 며칠째 저에 대한 상념과 상상으로 온 하루를 채우고 있으며, 아닌 척 전전긍긍하며 호출기가 닳도록 들여다본 사실 따위를 훤히 아는 것처럼 굴고 있었다. 원 머릿속을 꿰뚫어 보기라도 하는 건가. 제인은 속으로 중얼거리며 창 쪽을 힐끔거린다. 저 아래 지상에서는 9층 창가에 선 여자가 보이지 않을 텐데도, 그녀는 몸을 숨기듯 벽 쪽에 붙어 섰다가 곧 스스로 어이가 없어 픽 웃고 말았다.

별 우스꽝스러운 짓을 다 하고 있다. 아무짝에도 쓸모없고 심지어는 위험하기까지 한 짓을 하고 있다. 그걸 알면서도 제인은 스스로 기어이 현관문을 나서고 말 것을 또한 이미 알고 있었다.

기실 합리화는 호출기가 울린 순간부터 시작되었다. 한 번쯤 더 만난다고 무슨 큰일이 날까. 어색한 커피 한 잔, 격식을 차리지 않은 식사 한 번 함께 하는 것이 뭐 그리 대수일까. 제인 헤닝이 요한 리와 한 번쯤 나란히 또는 마주 앉는다고 해서 당장 어떤 사달이—그녀를 아는 누군가의 눈에 띄거나, 그로 인해 불필요한 호기심 또는 전언을 유발하거나, 그리하여 베런 콜린스에게 붙들려 감금되는 참극 따위가—벌어지겠는가. 어쩌면, 오히려 한 번쯤 마주 앉아 작정하고 대화를 나눠 본다면, 그 남자의 그럴싸한 외모에 홀렸는지 모를 이 한심한 마음도 정신을 번쩍 차릴 수 있지 않을까.

갖은 핑계와 사유를 끌어와 기어코 완성한 합리화는 군데군데 아귀가 맞지 않았으나 제인은 이미 옅은 화장까지 마쳤다. 검은색 일색인 옷가지들 중에 그나마 가장 '여성스러운' 스웨터와 코트를 골라 입었고 운동화 대신 평굽의 앵클부츠에 발을 넣었다. 현관 벽에 걸린 전신 거울 앞에 섰을 때 거울 안의 여자는 어찌나 상기된 혈색이 역력하던지 본인의 눈에마저 낯설게 보일 지경이었다. 챙이 넉넉한 모직 클로슈를 눌러쓰고 나서야 제인은 조금 안심이 되었다.

"굿이브닝, 미스 비첼리오. 외출하시는 모양입니다. 근사하신데요."

도어맨 카터의 과장된 찬사를 기꺼이 받아넘기며 아파트 로비를 나섰다. 짧은 겨울 해는 이미 사위어 가로등의 불빛이 반가울 만큼 주변이 제법 어둑했다. 건물 앞의 일방통행 도로를 건너면 곧바로 공원 입구로 들어서게 된다. 공중전화 부스를 지나 관목 무리를 끼고 돌자 기대하던 남자의 모습이 커다랗게 눈에 들어왔다.

어스름이 내린 한겨울의 공원엔 아무도 없었다. 벤치 위에 앉은 남자는 가로등 불빛의 권역에서 약간 비껴 있었다. 꽤나 편안한 자세로 기대앉은 채 그는 허공 어딘가를 바라보고 있다. 곁으로 가까이 다가갈 때까지도 정물 같은 옆모습은 움직이지 않았다.

일몰이 시작되었으나 어둠은 채 당도하지 않은 시각, 사방은 온통 짙은 보랏빛이었다. 그 속에 반쯤 잠긴 남자의 옆얼굴을 제인은 선 채로 바라보았다.

허공을 응시하는 남자는 아름다웠다.

어둑한 조도에 흐려진 탓인지 섬세한 프로필과 기다란 목이 언뜻 중성적으로 보인다. 목 한중간 유난스레 불거진 목울대가 아니었다면 경우에 따라 성별을 오인할 수도 있으리라고 그녀는 생각했고, 뒤이어 제가 보고 있는 이 장면 그대로 사진에 담고픈 강한 충동을 느꼈다. 그러나 아쉽게도 지금 그녀의 손에 카메라는 없다. 그리하여 이 몽환적인 광경을 육안으로나마 충분히 담은 후에야, 제인은 비로소 남자의 시야 안으로 걸어 들어갔다.

"어, 왔어?"

갑작스레 나타난 여자를 보고서야 요한은 몽상에서 깨어났다. 양쪽 귀를 막은 이어폰을 빼내며 파카 주머니에서 워크맨을 꺼낸다. 손바닥만 한 라디오 카세트에 이어폰 줄을 둘둘 감으면서 벤치에서 일어섰다. 남자를 내려다보던 여자는 이제 그의 웃는 얼굴을 보기 위해 턱을 들어 올려야 했다.

"일찍 나왔네. 더 걸릴 줄 알았는데."

"갑작스러워서 좀, 놀랐어. ……이틀 동안 연락도 없던 사람이 갑자기 집 앞이라니."

"기다렸구나. 이틀 동안."

쓸데없는 말은 왜 붙여 가지고. 정곡을 찔린 제인은 적당한 대꾸를 찾아내지 못했다. 요한은 못 본 척 이어폰 줄을 둘둘 만 워크맨을 주머니에 집어넣고 그녀를 마주 보았다. 달콤하게 웃는 이목구비는 어느 한 곳 빠짐없이 매혹적이다. 나도 기다렸는데. 낮게 덧붙이는 입술에 여자의 시선이 머물렀다.

"그 날 나 밤새 기다렸어. 언제나 연락 올까 싶어서 새해 카운트다운 보면서도 비퍼만 쥐고 있었다고."

"그날은, 유감이야. 말했다시피 선약이 있었어."

"그래서 혹시 오늘도 선약이 있을까 봐 이렇게 음악까지 준비해 왔지."

"집에 없었으면 어쩌려고."

"오늘 밤 안으로는 들어왔을 거잖아."

아닌가. 요한이 짓궂게 덧붙였으나 제인은 대답하지 않았다.

"저녁 뭐 사 줄 거야?"

"……뭐 먹고 싶은데."

"먹고 싶은 거 뭐든 되나?"

그가 앞장서 걸으며 거리낌 없이 대화를 이끌었다. 첫 만남부터 느꼈지만 거침없이 휘감아 오는 저 친화력도 재능이라면 재능일 것이다. 제인은 생각하며 남자와의 적당한 거리를 의식하면서 걸음을 옮겼다.

"한국 음식 먹으러 가자."

미리 생각해 두었을 것이 분명한 말투로 요한은 지하철역으로 향했다. 일주일 전 나란히 기어올랐던 플랫폼에 서서 두 사람은 열차를 기다렸다.

지하철에 오르기만 하면 코리아타운이 있는 32스트리트까지는 금방이다. 한식당과 한국식 유흥업소가 몰려 있는 코리아타운은 불과 서너 블록에 지나지 않는, 타운보다는 스트리트가 어울릴 아담한 구역이다. 그럼에도 어엿하게 맨해튼 한복판을 차지한 데다 그 유명한 엠파이어 스테이트 빌딩과도 이웃하고 있어 연중 방문객의 발길이 끊이지 않았다. 먼 과거를 공유한 사람들이 24시간 불을 밝힌 곳. 그러나 뉴욕에 머문 시간이 4년을 넘어갈 동안 제인은 이곳을 방문한 적이 거의 없다.

그 까닭을 굳이 대라면, 바로 이런 상황을 맞닥뜨릴 것이 꺼려진 것도 개중 하나일 테다.

"주문하시겠어요?"

제인을 향한 웨이트리스의 질문은 망설임 없는 한국어였다. 네가 우리의 언어를 모를 리 없다는 확신이 너무나 견고하게 깔린 그 태도에 제인은 외려 조금 당황했다. 시카고에서 엄마가 죽은 이후로 한국어로 대화한 적이 그녀의 기억으로는 없다. 덕분에 말하는 방법을 잊은 것처럼 혀가 잠시 갈피를 잡지 못했다.

"메뉴를 조금 더 보실 거면 다시 올까요? 천천히 주문하셔도 돼요."

여자는 여전히 친절한 얼굴로 제인에게 말했다. 맞은편에 앉은 요한에게도 힐끗 시선을 주었으나 유학생으로 보이는 웨이트리스의 주된 상대는 이미 제인이다. 외국인 또는 한국계 지인과 동행한 한인들은 이곳 한식당에서 매우 전형적인 손님이므로.

"아뇨. 지금 주문할게요."

완벽한 한국어로 답하며 제인은 메뉴판을 들여다봤다. 수년 만에 처음으로 소리 내 발음한 모국어는 긴 세월의 공백이 무색하도록 너무도 자연스러웠다. 그것이 아슬아슬 높이 쌓인 무언가를 툭 건드렸으나, 명치 위로 울컥 치밀어 오르는 더운 덩어리를 그녀는 꾹 눌러 삼켜 냈다. 그리고 요한을 향해 영어로 묻는다. 시선은 여전히 메뉴판 위에 둔 채로.

"뭐 먹을래?"

그러자 웨이트리스가 기다렸다는 듯 남자 쪽으로 시선을 돌렸다. 기껏해야 이십 대 초중반, 한국 출신의 젊은 여자는 또래의 남자에게 평소 이상의 뜨거운 친절을 보였다.

"아무래도 매운 걸 못 드시는 분들은 불고기를 좋아하세요. 오늘처럼 흐린 날에는 불고기전골도 좋죠. 한국에서는 추운 날 뜨끈한 국물 요리를 많이 먹거든요."

억양이 강했지만 그녀의 영어는 능숙했다. 그걸 보며 제인은 기이한 기분이 들었으나 내색하지 않았다. 이방인 취급에 익숙한 여자에게 모처럼의 귀속감은 어색하고도 또한 희한하게 안심스럽다.

"그럼 그걸로 할까? 불고기전골."

"좋을 대로."

제인이 동의하자 요한은 웨이트리스에게 고개를 끄덕였다. 사교적으로 웃는 남자의 얼굴과 의미 없는 눈 맞춤에도 그녀는 함빡 웃으며 물러갔다. 그 광경을 지켜보는 제인은 또다시 기이한 기분이 든다. 이번에는 뭔가, 조금 자랑스러운 기분.

자랑스럽다니. 맙소사.

"난 한식 중에 불고기를 제일 좋아해."

"전형적으로 외국인다운 취향이야."

"그다음은 갈비찜."

"비빔밥도 좋아하겠어."

"맞아. 그리고 잡채도."

제인은 고개를 숙이며 푹 웃었다. 그리고 김이 모락모락 오르는, 배가 둥그스름한 사기 물잔을 집어 들었다. 따뜻하고 구수한 보리차도 오랜만이다.

"청국장은 질색하겠네."

"으, 무슨 맛으로 먹는지 이해 안 가는 음식이야. 김치도 잘 안 먹어. 어렸을 때, 아마 일 학년 때였던 거 같은데, 같은 반 여자애가 나한테 마늘 냄새 난다고 얼굴을 찡그리더라고. 그날 이후로 절대 안 먹었지."

그 반에서 제일 예쁜 애였거든. 가볍게 덧붙이는 요한의 얼굴은 아무렇지도 않다.

"이래저래 어렸을 땐 한식이 그냥 싫었는데, 혼자 살다 보니까 종종 생각나더라."

"여기 자주 와?"

"가끔. 내키면 집에서 만들어 먹기도 하고."

"요리를 한다고? 한식을?"

보리차가 담긴 물잔 너머 제인이 눈을 큼직하게 떴다. 홑겹의 눈꺼풀 아래 동그랗고 까만 동자가 거의 다 드러났다. 끊기지 않는 대화와 조금씩 또렷해지는 여자의 표정이 요한은 기꺼웠다.

"그냥 간단한 거. 불고기나 김치볶음밥 같은 거."

"불고기를 할 줄 알아?"

"어. 먹으러 올래?"

틈을 놓치지 않는 남자를 향해 그녀는 대답 대신 어정쩡하게 웃었다. 음식을 기다리는 짧지 않은 시간 동안 테이블 위에는 갖은 이야기들이 차려졌다 사라지기를 반복했다. 김이 무럭무럭 오르는 전골 냄비가 테이블 위 불꽃 위에 올라오고, 이내 달큰한 냄새를 풍기며 끓어오를 동안에도 대화는 좀처럼 끊어지지 않았다.

"요리는 엄마한테 배웠어?"

"불고기 양념에 간장 설탕 마늘이 들어가는 거 정도? 나머지는 스스로 터득했지. 내가 요리에도 좀 소질이 있어."

"잘난 척에 더 소질 있어 보이는데."

"솔직한 성격이라니까."

남자가 뻔뻔스럽게 웃으며 국자를 집어 들었다. 팔팔 끓는 전골을 두어 번 뒤적이더니 가스 불을 줄이고 곁에 놓인 빈 사발에 전골을 덜기 시작한다. 깔끔한 솜씨로 담은 사발을 여자에게 먼저 건네준 다음 제 몫의 사발에 음식을 채웠다.

제인은 제 앞에 놓인 윤기 흐르는 공깃밥과 김 오르는 전골을 내려다봤다. 모처럼 입 안에 군침이 돌았다.

"맛있게 먹어."

얻어먹겠단 주제에 넉살 좋게도 그러며 요한이 숟가락을 들었다. 전골 국물을 한 입 떠먹어 보고는 만족스런 얼굴로 여자를 바라본다. 똑같이 맛을 본 제인도 남자를 향해 조금 어색하게 웃어 보였다. 음식은 매우 맛있었다.

배가 고팠던 모양인지 요한은 한동안 음식에 집중했다. 김치와 나물무침, 어묵볶음, 청포묵 따위 찬들도 둥글고 납작한 그릇에 담겨 테이블 위는 그득했다. 두 남녀는 말없이 마주 앉아 식사를 했다. 실로 오랜만에 맛보는 모국의 음식은 제인에게도 깊은 포만감을 주었다.

"졸업 전시회는 언제야?"

"오월 중순."

"사진 잘 나왔어? 이제 두 개 했잖아."

젓가락을 내려놓으며 제인이 눈을 들어 올렸다. 테이블 너머 그가 이쪽을 바라보고 있다. 그녀는 암실 가장 깊숙한 서랍에 넣어 둔 사진들을 떠올렸다. 남자의 모습을 박제한 흑백의 이미지들. 인화한 후 몇 번이나 한참을 찬찬히 들여다봤던 얼굴. 사진 밖을 바라보던 아름다운 요한 리는 이제 생동하는 실체로 그녀와 마주 보고 있다.

"지금까진, 만족스러운 편이야."

"기대할게. 전시회."

어묵볶음으로 젓가락을 가져가며 그가 말했다.

"얼마나 잘 찍었나 확인하러 갈 거니까."

그 와중에도 제인은 남자의 손끝에 시선을 준다. 요한의 젓가락질은 모범적이었다. 손가락의 위치와 움직임이 정석대로였다. 나이가 지긋하고 예의범절에 까다로운 이가 보았더라도 어여삐 여겼을 만큼 완벽한 모양. 능숙하고도 깔끔하게 음식을 집어 올리는 젓가락 끝을 보며 제인은 할머니를 떠올렸다.

그녀의 젓가락질은 어린 시절부터 형편없어 밥을 먹을 때마다 조모는 한숨을 푹푹 쉬어 대곤 했다. 본데없이 자랐단 소리 들을라. 손녀의 나쁜 습관을 고치려 노인은 무시무시한 예언까지 아끼지 않았지만 그녀의 젓가락질은 아직까지도 개선 없이 제멋대로다.

"그거 안 먹을 거야?"

밥공기를 깨끗이 비운 요한이 절반 조금 못 미쳐 남은 제인의 밥을 가리켰다. 그리고 미처 대답하기도 전에 팔을 쑥 뻗더니 밥공기를 통째로 가져간다. 이걸 다 못 먹냐. 타박처럼 중얼대며 숟가락으로 크게 떠서 망설임 없이 제 입 안에 넣는 광경을, 제인은 조금 놀란 눈으로 바라보았다.

'야야, 요만큼도 다 못 먹어가 남기나. 그래 이래 애빘제.'

"그러니까 그렇게 말랐지."

맨밥을 우물대며 요한은 아무렇지도 않게 덧붙였다. 그러고는 냄비를 기울여 바닥에 남은 전골을 제 사발 안으로 몽땅 옮긴다. 잘도 먹는 남자의 모습 위로 제인은 잊고 있던 풍경을 떠올렸다.

'아가, 재희야. 마이 무라. 니는 더 묵고 살 좀 찌야 된다.'

밥상 앞에 앉을 때면 늘 듣던 말이 있었다. 꾹꾹 눌러 담은 밥 한 공기를 그녀는 늘 반도 채 못 비우기 일쑤였지만 그때마다 할머니는 보얗게 구운 생선 살을 발라 밥 위에 올려 주며 추임새처럼 그 말을 되풀이했다. 마이 무라. 더 무라, 아가. 마치 손녀를 살찌우는 것만이 지상 최대 과제인 것처럼 칠순의 조모는 기꺼이 곁에 앉아 밥시중을 들었다. 정작 당신 몫의 식사는 상 한편에 미뤄 둔 채로.

갑자기 눈가가 뜨거워진다.

급작스럽고도 강렬한 물기. 실로 오랜만에 치민 그 감정은 설움과 몹시 닮았다. 제인은 방어하듯 코를 훌쩍대며 보리차 잔을 입가로 가져갔다. 그러는 동안 여자가 남긴 밥까지 깨끗이 먹어 치운 요한은 제 사발 안의 전골마저 말끔히 해치운 후에야 만족스런 얼굴로 숟가락을 놓았다. 사날은 굶은 애 같네. 제인은 부러 입꼬리를 당겨 본다.

"근데 왜 하필 사진 전공이야? 사진작가 되려고?"

보리차로 입가심을 한 남자가 물었다. 화제를 돌려 준 건 고마운데 대답하기 쉬운 질문은 아니었다. 잠깐 뜸을 들이다 제인이 답했다.

"그냥, 별생각 없이 정한 건데."

싱겁기 짝이 없는 답변에 요한은 기막힌 실소를 숨기지 않았다. 대학 같은 데는 근처에도 가 본 적 없으니 모르겠지만 4년간 파게 될 전공을 별생각 없이 정한단 소리는 고졸의 귀에도 상식적으로 들리지 않았다.

"아니 뭐, 그래도 이유는 있을 거 아냐. 사진 찍는 게 근사해 보였다던가, 원래 카메라에 관심이 많았다던가."

되물어 보았으나 여자는 여전히 흥미도 생각도 없는 표정이다. 학비나 취직 걱정 없는 부르주아는 원래 저렇게 별생각이 없는 건가. 요한은 기가 찼으나, 그마저 귀엽게 보이는 제 자신도 딱히 할 말은 없는 처지이므로 대답을 다그치는 건 그쯤 해 두기로 한다.

"별로, 특별한 이유는 없는데."

거짓말이다. 제인은 말을 뱉는 동시에 속으로 생각했다.

"그래? 미대까지 나온 사람은 당연히 프로 작가가 될 줄 알았는데."

"아마도 취미가 되겠지. 졸업 후에 하고 싶은 일은 따로 있거든."

이건 더한 거짓말이고. 생각하며 그녀는 찻잔을 입으로 가져갔다. 맘에 없는 말을 꾸며 내는 것도 이제는 면역이 생길 법하건만, 제인 헤닝의 앙가슴에 도사린 김재희는 여전히 또박또박 지적을 멈추지 않았다.

실제 사진을 전공으로 택한 과정은 말처럼 태평스럽지 않았다.

'학교는 뉴욕 시내에 있는 곳으로 정해.'

'학교라뇨.'

'대학 가려고 미국 왔다며. 전공은 뭐든 상관없으니 하고 싶은 대로 해. 뉴욕시 안에 있기만 하면 어느 학교든 관계없고. 다른 지역은 안 돼.'

언감생심이던 대학에 보내 준다기에 거절하지 않았다. 수학 영재라는 칭찬과 무관하게도 고교 시절부터 보석 디자이너가 되고 싶었지만, 이제 그런 미래는 없을 것이므로 대신 사진을 배워 보기로 했다. 그녀는 입학 심사를 통과할 정도의 감각이 있었고 학과에서 두각을 나타낼 재능은 없었다. 결과적으로 잘한 선택이었다.

"나도 꽤 소질이 있어(I'm a pretty good shooter)."

영어에서 사진과 사격은 동사를 공유한다. 내뱉고 보니 어느 쪽도 틀린 말은 아니라서 제인은 쓰게 웃었다. 그리고 천진하게 웃는 남자를 마주 보았다. 죄의식마저 느껴질 만큼 요한은 흔쾌히도 고개를 끄덕여 장단을 맞췄다.

"그래 보여(I can tell)."

말하는 순간 웨이트리스가 다가왔다. 깨끗이 비운 전골냄비와 손도 대지 않은 배추김치 접시 등을 거두며 디저트 의향을 묻는다. 식혜와 수정과 가운데 고를 수 있다는 말에 두 사람 모두 수정과를 택했고, 때마침 요한의 호출기가 울어 잠시 자리를 비웠다.

제인은 그가 카운터로 가서 전화기를 청하는 모습을 잠자코 지켜보았다. 짙은 색 청바지에 운동화. 시원스럽게 뻗은 팔다리. 검은색 니트를 걸친 든든한 어깨. 수화기를 가볍게 쥔 단단한 팔의 곡선.

"혹시 모델이세요?"

"예?"

이쪽을 등지고 선 남자의 뒷모습을 멍하니 바라보던 제인이 움찔 놀라 시선을 돌렸다. 뽀얀 백자 사발에 담긴 수정과를 가져온 웨이트리스가 속닥이듯 질문을 이었다.

"같이 오신 남자분요. 어디 잡지 같은 데서 본 거 같아서요."

"아…… 음, 글쎄요."

조금 난처하게 말끝을 흐렸다. 그래피티가 화보 배경으로 실렸단 소리는 들었지만 모델 일을 했단 말은 듣지 못했다. 그러나 저 남자에 대해 별로 아는 바 없는 것은 이쪽도 매한가지. 눈치 빠르게 알아챈 웨이트리스가 친근하게 웃으며 듣기 좋은 소리를 한다.

"배우 같은 거 하셔야 될 거 같은데요. 엄청 잘생기셨는데."

또래의 여자와 한국어로 대화를 나누는 기분은 전혀 어색하지 않다는 점에서 기묘했다. 조모의 죽음 직후 한국을 떠나온 것이 고등학교 3학년 가을이었으니 이미 다섯 해를 넘었다. 인생의 오분의 일 이상. 그 긴 시간을 훌쩍 뛰어넘어 제인은 멋쩍은 웃음을 제법 편하고도 자연스럽게 지었다.

"미안."

"아냐. 덕분에 모국어로 대화도 나눴고."

"무슨 얘기 했는데?"

"너 모델이냐고 묻던데."

테이블로 돌아온 요한이 자리에 앉으며 가볍게 웃었다.

"그래서 뭐라 그랬어."

"글쎄요."

여자의 무딘 대답에 그가 고른 이를 드러내며 웃었다. 싱그러운 웃음이라고 제인은 생각했다.

"모델 일 한 적 있어?"

"있지."

"언제?"

"지난달에. 네가 내 사진 찍었잖아(You shot me)."

돈도 줬고. 그가 덧붙이며 뜻 모를 미소를 지었다. 수정과를 마시는 척 사발을 입으로 가져가며 제인은 그를 곁눈으로 힐끗 보았다. 손바닥만 한 백자 사발을 훌쩍 비운 요한이 말했다.

"나가자."

"계산할게."

"내가 했어."

"뭐? 언제?"

제인이 물으며 카운터 쪽을 바라보았다. 계산서를 정리하던 웨이 트리스가 긍정하듯 이쪽을 향해 친절하게도 웃어 보인다. 팁을 넉넉히 지불했는지 표정이 밝았다.

"됐지? 가자."

"저녁 사 달라며."

"맥주 사 줘."

의자에 걸어 두었던 파카를 걸치며 요한이 그런다. 제인은 대답하지 않았다. 맥주는 너희 동네 가서 마실까. 거기도 술집 많잖아, 대학가라서. 대학생들은 어떻게 노는지 구경이나 할까. 코트를 입고 클로슈를 눌러쓴 다음 식당을 나설 때까지, 그녀는 쉼 없이 지껄이는 남자를 듣고만 있었다.

비로소 입을 뗀 것은 지하철역 개찰구를 지난 직후였다. 앞장서 교통카드를 긁는 남자의 손에는 이제 붕대가 없었으나 여전히 꽤 큼직한 밴드를 붙이고 있었다. 저 손으로 젓가락질을 잘하던 걸로 봐서 심각한 상처는 아닐 테지만.

"손은 괜찮아?"

"어? 아, 이거. 많이 나았어."

회복이 빠른 편이라. 요한이 말하는 순간 열차가 들어왔다. 다운타운 방향 열차는 토요일 저녁을 맞아 재잘대는 사람들로 평소보다 분위기가 밝았다. 이런 곳에 저를 아는 사람이 있을 가능성은 지극히 낮을 텐데도 제인은 열차 칸에 들어서며 빠르게 주위를 훑었다.

아울러 핸드백 안에 들어 있는 휴대전화를 의식했다. 이어 지하에는 전파가 닿지 않을 거란 생각이 미쳤고 역시 지극히 낮을 그 가능성에 신경을 썼다. 베런은 집 전화를 통해 그녀에게 연락을 한다. 지금까지 휴대전화를 사용한 적은 없지만 집 전화를 받지 않는다면 당연히 이쪽으로 전화를 걸 것이다.

'연락되지 않는 상황이 다시 생기면, 그땐 정말 제 얼굴을 매일 보게 될지도 모릅니다.'

여자의 경계와 긴장을 알 리 없는 요한은 곁에서 쾌활하게도 떠들었다. 그는 호감 있는 여자와 첫 데이트를 나온 이십 대 남자답게 그저 신이 난 것처럼 보였고, 제인은 거기에 마음 놓고 동조하지 못하는 것이 갑갑했다.

8스트리트 역에 내려 지상으로 올라온 후부터는 휴대전화 전파가 닿게 됐으나 그녀는 더욱 긴장했다. 저만치 지척에 보이는 아파트 건물 로비를 저도 모르게 서둘러 살폈다. 롤스로이스는커녕 택시 한 대 없이 도로가 텅 비어 있는데도 마치 불안증 환자처럼 어쩔 줄을 몰랐다.

"어디로 갈까? 아는 데 있어?"

"다음에."

요한이 묻는 눈으로 여자를 내려다본다. 그러나 검은색 클로슈에 가려진 얼굴을 그는 볼 수 없었다.

"오늘은, 집에 들어가 봐야 해."

왜냐고 묻지 말아 주길 바랐다. 적당한 거짓말을 떠올리려 머리를 쓰고 싶지 않다. 제인은 고개를 들어 남자를 바라보았다. 그를 불쾌하게 만들었을 것이 분명했으나 달리 다른 방법이 그녀에겐 없다. 함께 술을 마시는 것은 오늘의 계획에 없었으며 어두운 공간에서 이 남자와 웃고 떠들 자신 또한 없었다.

무엇보다도, 위험을 향해 한 걸음 더 디딜 각오가 제인에겐 아직 없다.

"알았어."

말없이 여자를 내려다보던 요한이 쉽게 고개를 끄덕였다.

"데려다줄게."

"아니. 여기서 헤어지는 게 좋을 것 같아."

"제인,"

"저녁 잘 먹었어. 조심히 들어가."

채 붙잡을 틈도 주지 않고 몸을 돌렸다. 그리고 아파트 입구를 향해 곧장 걸어갈 때까지, 도어맨 카터가 귀가를 반기며 열어 준 문을 통과할 때까지, 그녀는 뒤에 남겨진 남자를 단 한 번도 돌아보지 않았다.

그리고 도망치듯 펜트하우스 안으로 들어와 현관문을 잠근 뒤에야 비로소 긴 숨을 내쉬었다.

"못났다……."

자조가 절로 한숨에 섞여 나왔다. 클로슈와 코트를 벗어 아무렇게나 걸어 둔 다음 흘러내리는 머리카락을 쓸어 올렸다. 술이라도 잔뜩 마신 것처럼 피로감이 몰려왔다.

"후……."

스위치를 올리자 거대한 샹들리에가 환하게 달아올랐다. 제인은 어린애처럼 소파 위로 털썩 몸을 던졌다. 옆얼굴에 닿는 가죽의 감촉이 매끄럽고도 사늘했다.

그러는 와중에도 머릿속은 온통 그 남자뿐이다. 생각을 멈추려 눈을 감아 보아도 남자의 상은 도리어 또렷해졌다. 마지막으로 본 표정이 사진으로 찍은 듯 뇌리에 선명히 남았다.

두 번 다시 연락하지 않으면 어쩌지.

걱정과 서운함으로 차라리 울고 싶은 심정이 되었다가도,

다시 연락하면 그땐 또 어쩔 것인가.

주제에 넘치는 무모한 욕심을 스스로 비웃어 주었다.

끌려가고 싶은 마음과 그만둬야 한단 생각은 제법 팽팽했다. 제인은 방향을 잃고 뱅글뱅글 도는 팽이가 된 기분이었다. 선연한 욕망과

두려운 대상 사이에서. 달콤한 이상과 쓰라린 현실의 틈새에서.

그래서 그녀는 여전히 눈을 감은 채, 닫힌 시야에 맺힌 남자를 응시했다.

자꾸만 그 남자를 생각한다. 책갈피에 낙엽을 갈무리하듯 그의 시선과 미소를 하나하나 마음에 담게 된다. 뚜렷하게 자라는 욕심에 고개를 젓다가도 자기기만의 핑계거리들을 궁색하게도 늘어놓는다. 인구 150만의 작은 섬. 어쩌다 이곳에서 마주친 남자에게 자꾸만 어떠한 의미를 부여하려 애를 쓴다.

그래서 도대체 어쩌자고.

탁탁.

번쩍 눈을 떴다. 소리가 난 쪽으로 고개를 돌렸다. 두꺼운 커튼으로 가려진 창은 당연히 아무것도 보이지 않는다. 그럼에도 가슴이 즉각 뛰기 시작했다.

설마.

소파 위에 누워 있던 여자가 발작하듯 벌떡 일어섰다. 창 쪽으로 걸어갈 동안 두드리는 소리는 다시 나지 않았다. 창가로 다가갈수록 심장이 미친 듯이 요동친다. 그리고 굳은 손을 뻗어 커튼을 젖힌 직후, 제인은 기어이 짧은 한숨을 뱉었다.

검은 밤을 배경으로 선 남자는 마치 환상 같았다.

창밖에 선 요한이 안쪽의 여자를 보며 웃는다. 휘어진 눈매와 보기 좋은 입매를 제인은 망연히 바라본다. 내도록 머릿속을 들쑤시던 모습 그대로 남자는 눈앞에 있다. 상상을 꼭 닮은 장면은 지독하도록 현실감이 없었다. 숨을 쉴 때마다 하얗게 흩어지는 입김이 아니었다면 분명 환각이라 여겼을 것이다.

유리창을 사이에 둔 채 그들은 서로를 마주 보았다. 한 겹의 창을 경계로 이쪽과 저쪽의 세계는 판이하다. 문 좀 열어 봐. 요한이 눈짓으로 말했지만 제인은 움직이지 않았다. 지금 이 문을 열면 두 번 다시 돌이킬 수 없게 된다는 것을 안다. 둑이 터져 거대한 물이 아래로 쏟아지듯. 온전하던 유리잔이 와장창 깨어지듯.

그러나.

'삶을 결정하는 순간들은 선택의 여지를 주지 않을 때가 많죠.'

제인은 또한 알고 있다. 오늘 저녁, 그를 만나기 위해 화장을 하고 옷을 뒤질 때부터 그녀는 이 순간을 예감했을 것이다. 어쩌면 그보다 전, 경찰을 피해 처음으로 손을 잡았던 때부터 이 순간은 예비 되었을 것이고 어쩌면 그보다 훨씬 전, 그와 처음 눈이 마주친 순간부터 제인의 무의식은 지금을 대비하기 시작했을 것이다.

'그런 게 아마도 운명일 거고.'

손을 뻗어 창문의 잠금쇠를 풀었다. 깨끗이 닦인 유리창이 부드럽게 밖으로 열렸다. 겨울밤의 시퍼런 냉기가 들이쳤으나 제인은 움츠리지 않았다. 추울 텐데. 비상계단을 따라 여기까지 올라왔을 남자를 그녀는 걱정했지만 요한은 아무렇지도 않은 얼굴이었다.

"작별 인사, 아직 안 해 줬는데."

그 아무렇지 않은 얼굴이 창가 가까이 한 걸음 다가왔다.

"차도 한잔 주면 더 좋겠지만."

낮은 목소리 끝이 약간 갈라졌다. 거친 질감에 제인은 긴장과 아울러 미약한 흥분마저 느꼈다. 그리고 한 걸음 더 다가오는 남자를 무방비로 바라본다. 샹들리에 불빛을 되쏘는 눈동자. 흡사 황금빛으로 보이는 그 눈이 코앞으로 다가올 때까지 그녀는 움직이지 않았다.

두 남녀의 얼굴은 이제 불과 한 뼘의 거리만을 사이에 뒀다. 요한은 더 이상 웃지 않는다. 저를 빤히 바라보는 여자를 응시하며 허락을 구하듯 잠시 기다렸다. 남자가 뱉어 내는 숨결에서 과일 향이 진동했다. 그 단내를 들이마시며 제인은 저도 모르게 탄식처럼 중얼거렸다.

"길을…… 잃은 것 같아."

와중에도 남자의 금빛 눈을 묶인 듯 바라보았다. 마치 홀린 것 같다. 갈고리에 찍혀 깊은 동굴 안으로 끌려 들어가는 기분. 과거의 논리와 미래의 우려가 산산이 흩어져 사라지는 기분. 오직 지금 이 순간, 이 남자의 시선에 모든 것을 걸고 싶은 무모한 감정만이 남았다.

"잘됐네."

낮은 음성과 함께 그가 오른손을 들어 올렸다. 왼쪽 얼굴을 감싸는 손길에 제인은 숨을 들이켰다. 뺨을 지난 손가락들이 귓불과 턱선까지 천천히 더듬는다. 손길은 부드러웠고 체온은 뜨거웠다.

"길을 잃어야, 새로운 길을 찾을 수 있으니까."

충분히 기다린 남자가 왼손마저 들어 여자의 얼굴을 감쌌다. 얼굴을 기울여 다가오는 모습을 마지막으로 제인은 두 눈을 감았다. 입술 표면에 언뜻 차가운 이물감이 닿는가 싶더니, 곧 부드럽고 촉촉한 감촉이 위아래 입술을 파고들었다.

머릿속이 하얗게 비었다.

미친 듯이 뛰던 심장이 일순 멈춘 것 같았다. 콧속으로 들이치는 단내에 정신이 혼미해진다. 어찌할 줄 모르고 굳어 버린 여자를 남자는 친절하고도 단호하게 이끌었다. 제인은 요한이 하는 대로 내버려 두었다. 그의 혀가 제 입술을 핥았을 때는 어깨를 떨었지만 그녀도 곧 방법을 터득했다. 입술 틈을 벌려 그가 더 깊이 침범할 수 있도록 했다.

생애 최초의 입맞춤은 상상했던 것보다 훨씬 길고 뜨거웠으며, 깊었다.

요한이 턱을 좀 더 기울였다. 여자의 얼굴을 감싼 손에 힘이 들어

가고 숨은 조금 거칠어진다. 이제 고작 첫 번째 키스. 지나치게 흥분하면 안 된다고 그는 스스로 자제력을 요구했으나 몸의 반응이란 생각처럼 되지 않았다.

"하아……."

이제는 체액과 아울러 얕은 탄식마저 뒤섞였다. 제인은 휘몰아치는 흥분을 누르려 양손으로 가슴 아래 창틀을 쥐었다. 금속의 냉기가 얼음처럼 차갑다. 그러나 그마저도 아득히 멀게만 느껴질 만큼 모든 감각은 오직 남자를 향해 곤두서 있었다.

요한이 천천히 입술을 떼어 냈다. 제인은 감고 있던 눈을 떠 그를 본다. 건물 9층의 안과 밖, 둘 사이를 가른 벽을 넘어 여자를 끌어안고 싶은 충동이 거세게 일었다. 하얀 입김을 뿜으며 그들은 아주 가까이 서로를 마주 본다.

한 번만 더.

그가 다시 입술을 맞부딪쳐 왔다. 그녀는 두 팔을 들어 남자의 목을 감았다. 두 번째 입맞춤은 처음보다 과감하고 격렬했으며 이전보다 더 큰 자제심을 요구했다. 견고한 벽을 사이에 둔 채로, 두 남녀는 차가운 겨울밤 한가운데 한참 동안 뜨거운 숨을 나누었다.

넓지 않은 창고 내부는 조용했다. 검은색 피복의 전선이 천장 가까이 길게 늘어졌고 그 전선을 따라 알전구 몇 개가 잘 익은 과실처럼 매달려 있다. 낡은 나무 의자를 놓고 마주 앉은 남자는 두 명.

"이름이 뭐라고?"

이 유명한 식당 지하에 딸린 창고는 주로 술을 보관하는 곳인가 싶었다. 덩치 좋은 스테인리스강 생맥주 통 십여 개가 열 맞춰 놓여 있고 좀 더 안쪽으로는 나무 상자들이 수십여 개 쌓여 있다. 와인이며 위스키 따위 레이블에 잠깐 시선을 주던 남자가 배에 힘을 넣으며 의젓하게 대답했다.

"고메즈. 호세 고메즈입니다."

알폰시는 창고 안에 덜렁 놓인 나무 의자 위에 앉아서 젊은 히스패닉 남자를 바라보았다. 비쩍 마른 몸매가 여전히 눈에 거슬렸으나 공사판 인부를 구하는 건 아니니 꼭 나쁘달 건 없었다. 한편 그와 마주 앉은 호세는 입가가 잔뜩 굳어 몹시 부자연스런 표정이다. 뭘 저렇게까지. 카포와의 첫 만남이 신입 입장에선 어지간히 신경 쓰일 것이나 잭은 구태여 그의 긴장을 풀어 주려 애쓰지 않았다.

"치코랑은 학교 다닐 때부터 알았다고 했었나?"

"예. 팔 학년 때부터 어울려 다닌 사이입니다."

"팔 학년이라."

잭은 매끈한 턱 주변을 손으로 매만지며 다시 한번 상대를 눈으로 훑었다.

신입에 대한 정보야 진즉 보고받았다. 호세 고메즈는 잭의 휘하 솔저인 치코 지오티의 어소시에이트로 4년 넘게 일해 왔다. 퀸즈 태생으로 십 대 초반부터 뒷골목에서 구르며 자질은 증명됐고 무엇보다 본인 스스로 마피아 정조직원이 되는 데 대단한 열의가 있단다.

'약 파는 덴 도가 튼 놈이에요. 고등학생 때부터 마리화나로 용돈벌이 했는데 한 번도 잡혀 본 적이 없답니다. 그쪽 바닥에 훤해서 여기저기 줄도 많고. 우리 크루도 퀸즈 진출해야죠. 여기나 브루클린은 이제 너무 빡빡하잖아요.'

제법 설득력이 있던 치코의 말을 떠올리며 잭은 호세를 본다. 약을 파는 것은 물론 하는 데도 도가 튼 모양으로 껑충 큰 키가 고꾸라질 것처럼 마른 것이 흠이라면 흠이겠으나 저런 타입이 오히려 질길 수 있다는 것을 그는 경험을 통해 알고 있다. 신입의 가장 치명적인 단점은 뭐니 뭐니 해도 역시 멕시코 마약 조직에나 어울릴 법한 라스트 네임.

"정식으로 솔저 되려면 과제 해야 하는 건 알고 있지?"

"예."

"할 수 있겠어?"

"맡겨만 주십시오!"

듣던 대로 열의는 있네. 잭이 생각하며 입술을 비틀어 웃었다.

"여기서 퀴즈."

"예?"

"세상에서 우리가 무서워하는 게 딱 하나 있는데 그게 뭘까?"

호세는 정답을 찾듯 눈을 끔벅였다. 마피아가 무서워하는 딱 하나. 경찰과 검찰 중에 어느 쪽을 골라야 하나 진지하게 고민하는 그에게 카포가 순순히 정답을 일러 주었다.

"배신자다."

잭은 이십 대 중반의, 살이 없어 광대가 불거지고 눈자위는 거무스름하지만 젊음 특유의 생기가 숨겨지지 않는 눈동자를 똑바로 들여다보았다.

"오늘 이 자리를 시작으로 자네가 앞으로 우리 조직 내에서 본 것, 들은 것, 행한 것, 모두 외부인에겐 절대 함구하도록."

호세는 마른침을 삼켰다. 오메르타. 그 유명한 침묵의 계율을 모를 리 없다. 배신을 죽음으로 갚는 그들의 오랜 전통은 이제 낡고 해어져 과거의 역사가 되었다지만, 폐쇄적인 지하 세계 깊은 곳에서는 여전히 속죄의 율이 이어지고 있음을 그 또한 수차례 들었고 또한 보았다.

"명심하겠습니다."

"좋아. 자네는 승인 나면 내 밑으로 들어올 거라서 잠깐 보자고 한 거고, 신고식은 과제 마치고 나서 정식으로."

거기까지 말한 잭이 손목시계를 들여다봤다. 밤 9시 반. 새로 고용한 바텐더가 일을 제대로 하고 있는지 모르겠다. 토요일 밤의 비스트로는 손님들로 몹시 붐비니 그만 올라가서 가게를 좀 살펴봐야 한다. 무엇보다 친절한 걸로 모자라 섹시하기까지 한 이 바텐더를 기다릴 여성 손님들이 무척이나 많을 테니까. 잭은 제풀에 웃으며 이만 자리에서 일어섰다.

"돌아가 봐. 연락할 때까지 대기하도록 하고."

"알겠습니다."

똑바로 선 알폰시의 앞에서 호세는 묵례까지 꾸벅 했다. 키는 저보다 좀 작았으나 워낙 덩치가 우람한 데다 불끈대는 왼쪽 하완의 문신마저 위세가 당당했다. 이 남자에 대한 소문은 수도 없이 들었지만 실제로 대면하는 것은 처음이다. 호세는 저절로 오금이 졸아들었다.

잭 알폰시. 비첼리오 패밀리의 카포레짐 다섯 명 가운데 가장 잔인한 인물이자, 어떤 배짱이라도 한 시간 이내에 고분고분하게 만드는 고문 전문가라고.

"과제는 아마 곧 지시가 내려올 거야. 준비하고 있도록."

여전히 잔뜩 긴장한 신입을 향해 잭이 사람 좋은 웃음을 씩 지어 보였다.

요한은 침대 위에 누운 채 천장을 바라보았다. 붐박스를 통해 라디오의 음악 소리가 흐른다. 멜로디는 익숙한데 제목은 모르는 노래를 흘려들으며 그는 호출기와 유선전화를 머리 가까이 두고 홀로 누워 있다. 집에 도착하자마자 메시지를 남겼건만 샤워를 마치고 나온 지금까지도 제인에게선 답이 없었다.

말하자면 첫 데이트였다. 함께 저녁을 먹은 다음 맥주나 칵테일을 두어 잔쯤 마시고 헤어지기 전 여자의 집 앞에서 키스로 마무리하는 그 첫 데이트. 요한의 경우는 일반적으로 한 단계가 추가되어 키스를 마친 여자의 집 안으로 끌려 들어가기 일쑤였지만.

그는 부인하지 않는다. 요한 리는, 몇 주 후면 스물다섯이 되는 건강하고 왕성한 남자는 여자의 몸을 좋아한다. 탄탄한 허벅지와 엉덩이, 단단하고 풍만한 가슴을 대단히 좋아한다. 제 몸을 짓누르며 적극적으로 유희를 즐기는 여자를 선호하며 미혼의 젊은 남녀가 죄의식 없이 할 수 있는 모든 행위에 대해 개방적이다.

반면 진지한 관계에 대해서는 아는 바가 많지 않았다. 좀 더 정확히 짚어 보자면 그는 진지한 관계를 경험해 본 적이 없다. 그리고 무지한 자가 으레 그렇듯 자신이 모른다는 사실조차 모를 정도로 요한은 스스로의 결핍을 인지하지 못했다. 만나는 여자는 항상 있었으나 여자 친구는 단 한 번도 없었다는 사실은 그의 판단으로는 그리 큰 문제가 아니었다.

그러니까, 문제의 시초는 잘못된 교육이다.

바쁘고 가난한 부모를 둔 반항적인 소년이 대부분 그렇듯 요한은 사춘기의 도래와 함께 여성을 탐닉했고, 조숙하고 호기심 많은 소녀들은 타인의 시선이 닿지 않는 곳으로 그를 이끌어 기꺼이 옷을 벗었다. 시선과 말을 섞고 나면 다음 수순은 곧바로 섹스였으니 감정은 언제나 저만치 뒷전에서 부진하게 머물밖에. 요한이 여자에 대한 갈구를 배우기도 전에 테크닉부터 익힌 것은, 최초의 교육을 담당했던 소녀들의 편향된 가르침 탓으로 돌려도 과히 틀리지는 않을 것이다.

그래서 지금, 부진아는 뒤늦게 맞닥뜨린 과제를 맞아 몹시 골몰하는 중이다.

입맞춤은 황홀했다. 발아래 디디고 선 철제 발코니가 느껴지지 않아 마치 9층 허공에 떠 있는 기분이었다.

제인은 서툴렀으나 소극적이지는 않았다. 요령 없이 숫된 것이 도리어 자극적이어서 요한은 더욱 갈급하게 그녀의 입술을 파고들었다. 첫 데이트를 마친 여자의 집 앞에서―정확히는 창문 앞에서―작별 인사로 한 입맞춤이라기에는 양쪽 모두 틀림없이 온도가 과했다.

숨이 막힐 것 같아 입술을 떼어 낸 뒤 다시 입을 맞췄을 때, 제 목을 감아 오는 여자의 팔을 느꼈을 때, 그리고 그녀의 목 안에서 새어 나온 신음성을 들었을 때 요한은 당연히 오늘 밤 제인의 침대에서 자게 될 줄 알았다.

그런데 나는 왜 지금 내 침대에 혼자 누워 있나. 노래가 끝나고 이어지는 라디오 광고를 들으며 그는 다시 궁리를 시작해 본다.

'나 들어가도 돼?'

불안정한 숨을 몰아쉬며 여자에게 물었다. 그의 몸은 이미 기다리는 것이 괴로울 정도로 만반의 준비가 된 상태였다. 큼직한 창문은 바깥을 향해 활짝 열려 있었고 창틀은 불과 그의 허리께 높이였다. 얼마든지 넘을 수 있는 장애물 앞에서 순순히 기다리는 시간이 너무나도 길게 느껴졌다. 그때까지만 해도 요한은, 그 낮은 벽 안쪽으로 오늘 밤 당연히 넘어갈 수 있을 줄 알았다.

'……아니.'

잘못 들었나 싶었다. 둘 사이 치솟던 열기는 순식간에 어그러졌다. 두 번이나 연거푸, 신음에 가까운 탄식까지 주고받으며 관능적인 입맞춤을 나눈 여자는 뭔가 대단히 혼란스러운 얼굴이었다.

붉게 상기된, 두 사람의 타액으로 반들대는 입술 새로 하얀 숨을 가쁘게 내쉬면서.

요한은 당황했으나 달리 대응할 방법이 없었다. 들어오지 말라는 여자 앞에서 남자가 대체 무슨 말을 더 할 수 있었겠는가. 그저 고개를 끄덕이고, 전혀 마음에 담아 두지 않는다는 듯 가볍게 웃은 다음, 한껏 부풀어 오른 몸과 마음을 최대한 다스리며 비상계단을 따라 빠르게 퇴장하는 수밖에는.

차근차근 해 보자는 뜻인가.

아무리 되짚어 보아도 그가 생각하기에 답은 그거 하나뿐이다. 그래. 벌써 세 번은 만난 것 같지만 그조차 이르다고 생각하는 여자가 있겠지. 엄한 가톨릭 가정에서 자란 십 대 소녀가 아니더라도 그런 여자가 있겠지. 결혼한 적 있는 미망인 가운데도 그런 여자가 있겠지.

설마 죽은 남편한테 미안해서? 갑자기 제인의 남편이 언제 죽었는지 궁금해진다.

"아, 나 진짜."

별의별 창의적인 생각을 하던 요한이 젖은 머리칼을 벅벅 헝클어 뜨렸다. 그리고 공중으로 튀어 오른 물방울 몇 개가 얼굴에 닿았을 때,

삐빅.

왼쪽 귓가에서 호출기가 울었다.

득달같이 윗몸을 일으켜 앉더니 유선전화 수화기를 집어 든다. 대단히 빠르고도 정확하게 음성사서함 번호를 누르고 새로 들어온 메시지를 확인하기까지 20초도 채 걸리지 않았다. 윗니로 아랫입술을 쉼 없이 건드리며 요한은 귀를 기울였다.

— 잘 들어갔구나. 나도 이제 자려고. 음, 오늘, ……고마웠어.

낮은 목소리. 음성을 듣자 그녀의 냄새가 떠올랐다. 제인에게서는 잔잔하고 포근한 향기가 났다. 샴푸 냄새인지 바디로션 냄새인지 모

르겠지만 여자들이 흔히 쓰는 향수는 아니었다.

— 그리고 내일은, 미안하지만 곤란할 것 같아. 일이 있어서.

요한은 두 눈을 감아 버렸다. 내일 함께 영화 보러 가지 않겠냐고 메시지를 남겼는데 보기 좋게 거절당했다. 뭔가 다른 말—내일은 곤란하지만 모레는 괜찮은데 어떠냐는 등의 첨언—이 있을 거라 기대하며 끝까지 들었지만 그런 희망적인 내용 따위는 없었다. 그럼에도 포기하지 않고 다시 한번 메시지를 재생해 들어 보았으나 귀를 씻고 들어 봐도 희망은 들리지 않았다.

그래서 결국 난감한 얼굴로 수화기를 내려놓았다.

"뭐지."

그는 다시 궁리해 본다. 불과 두어 시간 전만 해도 뜨겁게 입 맞추며 숨을 뒤섞던 여자가 마치 딴사람처럼 물러서고 있다. 차근차근 해 보자는 뜻이 아니었나. 이쪽에서 더 당겨 달라는 뜻인가. 하지만 그토록 적극적으로 나선 남자에게 돌연 벽을 세운 것도 여자 쪽인데. 그렇게 매몰차게 밀었으면 한 번쯤 당겨도 줘야 게임이 될 텐데, 데이트 제안까지 딱 잘라 거절한 의도는 또 뭐란 말인가.

상대의 심리를 유추하려 열심히 이입을 해 보았으나 도무지 알 방도가 없어 요한은 그저 헛웃음만 웃었다.

'하아······.'

그리고 하얗게 내뱉던 여자의 낮은 탄식을 상기한다.

가만히 제 입술을 당겨 핥아 보았다. 녹아내릴 것 같던 입술의 촉촉한 감촉이 생생하게 떠올랐다. 분결 같은 얼굴과 곧고 검은 머리카락. 손에 닿았던 그녀의 몸은 하나같이 놀랍도록 보드라워서 그는 저도 모르게 힘을 조절하려 애써야 했다. 마음껏 쥐었다가는 틀림없이 여자를 아프게 할 테니까.

검은색 옷으로 꽁꽁 싸인 몸은 아마도 더 희고 부드러울 테지. 그

속살에 코를 묻으면 바디로션 냄새가 날까. 상상하자 대뜸 입 안에 침이 고이고 사타구니로 피가 몰렸다. 순식간에 회색 운동복 바지춤이 눈에 띄게 불룩해졌다. 그걸 보자 요한은 그저 기가 막힐 노릇이었다.

"아, 미치겠네 진짜."

미간을 찡그리며 침대 위에 도로 벌렁 드러누웠다. 아닌 게 아니라 정말로 돌아 버릴 지경이다. 앞에 여자가 없는데도 성욕에 시달리는 이 난감한 기분은 얼마 만인지 기억도 나지 않았다. 진짜 스스로 해결이라도 해야 하나. 요한은 죄 없는 호출기를 노려보다가, 침대 한편에 뭉쳐 놓은 이불을 홱 끌어당겨 하반신을 덮어 버렸다.

새하얗게 칠해진 천장은 시선을 집중할 만한 아주 작은 얼룩도 한 점 없다. 무한대로 확장될 것 같은 시야에 정신이 산화하는 기분이 들 때마다 화려한 몰딩으로 눈길을 옮겼다. 그렇게 송장처럼 누운 채 눈알만 왔다 갔다 움직이는 상태가 이미 한 시간은 족히 지속되었을 것이다. 베개 위를 축축이 적시던 머리카락도 이제 절반가량 말라 있다.

제인은 새하얀 이불을 목 아래까지 덮은 채 멍하니 천장만 쳐다보았다. 깊은 숨이 드나들 때마다 가슴 부위의 이불이 오르락내리락한다. 애꿎은 제 입술을 골고루 씹어 댄 덕으로 말갛게 씻은 얼굴에는 입술만 발갛게 부어 도드라졌다. 입술. 낯 뜨거운 장면을 불식간에 복기한 그녀는 두 눈을 질끈 감아 버렸다.

온몸의 세포가 다시 한번 와글와글 요동친다.

"무슨 짓을 한 거야……."

대체 무슨 미친 짓을 한 거냐고.

미쳐도 단단히 미친 게 틀림없다고 제인은 맹렬히 자책했다.

백번을 돌이켜 봐도 탓할 사람은 오로지 자신뿐이다. 창밖의 남자는 의사 결정할 시간과 틈을 충분히 주었으나 피할 수 있는 기회들을 흘려보낸 것은 자신이다. 경험도 지식도 없으니 적절히 제동을 거는 노련함까지는 바랄 수 없었더라도 그가 하는 대로 너무 쉽게 이끌렸다. 작정하고 달려드는 여자처럼 그를 끌어안기까지 했다. 그중에서도 가장 기막히고 아찔한 사실은,

'나 들어가도 돼?'

그 말에 즉각 긍정하려는 마음을 붙잡기까지 실로 엄청난 자기통제가 작용했단 점이다.

내가 알지 못하는 내 모습은 나를 놀라게 한다. 스스로 규정한 자신과 존재하는 실체로서의 자신은 때때로 보기 좋게 어긋나며, 두 개의 자아가 충돌할 때 대부분의 겁 많은 사람들은 전자를 택한다. 제인 또한 마찬가지였다.

'……아니.'

그때 제 얼굴이 허옇게 질렸는지 시뻘겋게 달았는지조차 기억나지 않았다. 그 남자는 집으로 돌아가며 무슨 생각을 했을까. 알 길 없는 남의 속을 이리저리 추측하다가, 제인은 가슴께 붙잡은 이불을 머리끝까지 뒤집어쓰고 앓는 소리를 냈다.

"미쳤나 봐……."

인생 초유의 사태 앞에서 그녀가 내릴 수 있는 판정이란 오로지 그것뿐이었다. 남성을 모르는 여자는 자기 안의 여성에 대해서도 제대로 알기가 어렵다. 타인을 이해하는 능력과 자기를 파악하는 통찰은 일반적으로 상통하는 법이니까.

그때 머리맡의 호출기가 난데없이 울렸다.

삐빅.

그와 거의 동시에 이불자락을 휙 걷어 냈다. 빼꼼 내민 얼굴과 함께 한쪽 팔을 쭉 뻗어 분홍색 호출기를 득달같이 낚아챈다. 녹색 불빛이 점멸하는 호출기 액정에는 열 개의 숫자가 찍혀 있었다. 212로 시작하는 열 자리 번호. 처음 보는 조합이었으나 맨해튼 국번의 전화번호임을 그녀는 당연히 안다.

이어 음성메시지 도착을 알리는 신호가 들어오자 급기야 윗몸을 벌떡 일으켜 세웠다. 무선전화기를 집어 번호를 누르는 손길은 그야말로 전광석화.

— 밤늦게 미안한데, 내가 이 상태로는 도저히 잠을 못 잘 거 같아서.

수화기 이편으로 흘러나오는 남자의 목소리는 낮았다. 얕은 잠에 들었다 깬 것처럼 조금은 잠긴 듯한. 고운 사포처럼 거칠한 음성이 마치 귓가에 속삭이는 것 같아 제인은 귓전부터 목덜미까지 간질간질해졌다.

— 지금 보낸 번호 내 집 전화야. 잠깐 통화 좀 하자. 기다릴게.

대단히 짧은 분량의 녹음은 거기까지였다. 호출기로 들어온 열 자리 숫자를 눈으로 읽으며 전화기를 껐다. 그리고 저도 모르게 잔뜩 죽였던 숨을 길게 뱉었다.

"후……."

내일 일이 있다는 건 거짓말이 아니다. 올해의 첫 번째 일요일에 참석해야 할 중요한 행사는 수개월 전부터 예정돼 있었다. 하지만 두 번째 데이트를 하고 싶다는, 몇 시간 전 열정적인 키스를 나눈 여자와 다음 단계로 나아가고 싶다는 지극히 타당하고도 자연스러운 남자의 제안에 응하지 않은 것은, 제인 나름대로는 오늘 저지른 사고를 무마하려는 어설픈 시도였다.

물론 당연히 이상하게 들렸겠지.

무선전화기와 호출기를 양손에 든 채 허공으로 시선을 놓았다. 마치, 자욱한 안개로 가려진 길 앞에 홀로 선 것 같다. 갈림길을 향해선 그 기분은 조금 전 창가에서 느낀 것과 비슷했지만, 문제의 대상이 눈앞에 없는 덕으로 그녀는 침착하게 약간의 시간을 흘려보냈다.

'평범한 생활을 할 수 없는 유전자가 있다더군요.'

제인은 궁금해졌다. 날 때부터 몸에 지닌 반점처럼, 생활의 방향을 결정하는 나침반이 사람에겐 이미 새겨져 있는 걸까. 삶의 길목에서 내리는 선택들은 자신도 모르는 사이 그것의 지배를 받는 것이 아닐까. 어느 쪽을 향해 서도 나침반의 바늘은 끈질기게 북쪽만을 가리키듯.

'누굴 탓하겠노. 지 팔자 지가 꼬는 거지.'

제인은 이어 떠올린다. 어린 시절 엄마에 대해 물을 때마다 할머니는 매번 그리 탄식했다.

엄마의 삶은 자율적인 선택의 연속이었다. 아무도 떠밀지 않았건만 스스로 미혼모가 된 소녀. 바다를 건너 남의 나라에 불법으로 정착한 여자. 이후로도 팔자를 잘도 꼬아 결국 죽음마저 평범하지 못했던 사람. 그 모체로부터 물려받은 유전자가 지금 내 몸을 지배하고 있다 생각하니 기가 막힌 가운데 기묘하게도 마음이 놓였다.

그러니까 나의 한심한 나침반이 가리킬 최종 목적지는, 최악의 경우, 아마도 갑작스런 죽음.

디지털 액정에 직선으로 표현된 열 개의 숫자를 다시 본다. 그리고 손끝으로 기억하듯 수화기의 버튼을 하나하나 꾹꾹 눌렀다. 불안하게 박동하던 심장은 마지막 다이얼 직후 오히려 차분해졌다. 전화가 연결되고 신호음이 몇 번 울리기도 전에 저쪽에서 기다렸다는 듯 응답했다.

— 여보세요. 제인?

"어."

— 호출한 지 십오 분 지났어. 기다리다 너네 아파트로 뛰어갈 뻔했다고. 원래 그렇게 신중한 성격이야?

아님 생각이 많은 건가. 요한이 덧붙이며 조금 웃었다.

"부정하지는 않을게."

— 무슨 생각을 그렇게 하는데.

"……."

— 제인.

대답 없는 여자를 기다리며 그가 가볍게 한숨을 쉰다.

— 나는, 네가 과거에 무슨 일을 겪었고 지금 무슨 생각을 하는지 잘 몰라. 궁금하긴 하지만 묻지는 않을 거고. 네가 얘기하고 싶어지면 그때 말해 주면 돼. 나도 그럴 거니까.

또박또박 눌러 쓰듯 정확한 발음. 여상한 말투 속에 아주 얕게 고인 열기는 부담스럽지 않을 정도로만 따스했다. 과분하도록 다정한 말을 들으며 제인은 무어라 답해야 좋을지 몰라 입을 떼지 못했다.

— 아, 지금 하나 묻고 싶은 게 있긴 한데. 물어도 돼?

"뭔데."

— 혹시 영화 싫어해?

"뭐?"

— 영화 보러 가자는데 안 된다길래. 뮤지컬이나 연극 같은 거 좋아하면 그런 걸 봐도 좋은데.

남자의 목소리는 편안한 가운데 쾌활했다. 그는 지금 누워 있을까. 아마도 그럴 것이다.

— 내일 시간이 안 되면 모레도 좋아. 주중에 시간 내기 어려우면 다음 주말도 좋고. 그때도 선약이 있으면 그다음 주말에 보면 돼.

"저기, 리."

— 요한.

그는 우스운 방어와 어설픈 발뺌을 더 이상 못 들은 척하지 않았다. 제인은 수화기를 귓가에 댄 채 고개를 떨구었다. 잠시간의 침묵이 지난 뒤 남자가 긴 숨을 뱉었다. 고작 잠깐의 입김일 뿐인데도 그녀의 귀에는 태풍처럼 들렸으며, 한차례 굉음이 지나고 난 후, 다시 조용해진 귓가에 또렷한 낱말들이 나지막이 굴러들었다.

— 나는 다 좋다고. 그러니까,

여전히 고개를 떨군 채 눈을 감았다. 하나의 감각이 닫히자 신경은 다른 감각을 향해 활짝 열린다.

— 너만 결정하면 돼.

예민해진 청각에 자극적인 남자의 음성이 흘러들었다. 그로 인해 제인은 또다시 눈앞의 갈림길을 보았다. 바늘 끝이 뾰족한 나침반의 환영도 아울러 보았다. 최악의 경우는, 아마도 갑작스런 죽음.

그러나 이미 구르기 시작한 바퀴를 달리 또 어찌 멈춰 세울 수 있단 말인가.

"다음 주, 금요일에 봐."

한 번 또는 두 번, 혹은 대여섯 번 정도 더 만나는 것은 가능할 것이다. 제인에게는 그럴 만한 시간과 자유와 자신이 있었다. 비록 과거에 저당 잡힌 삶을 살기로 선택했으나 가끔 꺼내어 볼 추억거리 정도는 욕심내도 되지 않을까.

"영화든, 연극이든,"

이 남자는 아무도 아니다. 그러니 리오도 베런도 가엾은 헤닝처럼 그를 사지로 밀어 넣을 수는 없다. 설령 그와 함께 눈에 띄어도 당장 어떻게 하지는 못할 것이다. 이 남자를 찾아내어 그녀의 고요한 일상에 던져 넣은 것은 다름 아닌 그들이 아닌가.

"나도 다 좋아."

제인은 감았던 두 눈을 천천히 떴다.

❖

새해의 첫 일요일은 화창했다. 해가 바뀌고 처음으로 쏟아진 햇살에 도시는 모처럼 은빛으로 빛났다. 밤새 잠을 설친 제인은 정오가 가까워서야 공원에 나가 한참 동안 달린 뒤 목욕을 하고 모처럼 낮잠을 잤다.

한참을 생각으로 뒤척이다 겨우 선잠에 들었으나 눈을 떠 보니 오후 2시 반. 펜트하우스는 무덤처럼 고요했고 오후의 일정까지는 아직 지루하게 긴 시간이 남아 있었다. 짧은 궁리 끝에 아파트를 나와 택시를 잡아타고 향한 곳은 미드타운의 사격장이었다.

코앞으로 끌려온 과녁을 레일에서 떼어 냈다. 그리고 상반신 여기저기 뚫린 구멍을 무념한 얼굴로 들여다본다. 두 귀를 막은 헤드셋을 넘어 옆 사격대의 총소리가 들렸다. 과녁에 원한이라도 있는지 발사 간격이 매우 밭았다.

탕! 탕! 탕!

종이 과녁을 죽일 듯 쏘아 대는 사람을 제인은 힐끗 곁눈질했다. 정면을 향해 권총을 겨눈 여자는 든든한 체격의 흑인이다. 앙다문 입술이며 쏘는 듯한 눈빛이 어지간히 성이 난 모양. 직장 상사에게 까였거나 오랜 연인에게 차였거나, 둘 다인 사람도 종종 있고요. 언젠가 사격장 직원 류가 해 준 말을 떠올렸다. 스트레스 해소는 이곳 멤버십을 구매하는 가장 흔한 목적이니 옆의 여자가 이상할 건 없었다.

바지 뒷주머니에 꽂아 둔 휴대전화가 울리기 시작한 것은 리볼버의 실린더를 반쯤 채웠을 때였다. 발광하며 과격하게도 울리는 전화기를 낯설게 바라보다 제인은 헤드셋을 벗고 폴더를 열어 귀에 가져다 댔다. 사격장은 지하 1층이지만 전화의 감도는 지상과 차이가 없었다.

"여보세요."

— 어디십니까. 아파트 전화를 안 받으셔서.

"사격장이야."

예상치 못한 대답에 베런은 잠시 대꾸하지 않았다. 우뢰처럼 곁에서 쏘아 대는 총소리는 저쪽에서도 생생히 들릴 것이다.

— 알겠습니다. 지금 그리로 출발합니다.

제인은 미처 채워지지 않은 탄환에서 시선을 떼어 손목시계를 들여다보았다. 오후 4시. 살롱 예약은 4시 반.

— 미드타운까지 십오 분쯤 걸릴 것 같습니다.

"알았어."

끊은 전화기를 도로 바지 뒷주머니에 쑤셔 넣은 다음 새 과녁을 레일에 걸었다. 15분이면 한 라운드 더 쏘기에 충분한 시간이다. 제인은 멀찌감치 과녁 속 남자를 향해 천천히 양팔을 뻗었다.

느긋하게 여덟 발의 탄환을 모두 소진한 뒤 카운터에 총기를 반납했다. 사격장을 빠져나와 지상으로 올라온 지 5분도 채 되지 않아 눈에 익은 롤스로이스가 그녀 앞에 멈춰 섰다. 뒷좌석 문을 열고 올라타는 여자를 운전석의 남자가 룸미러를 통해 눈으로 좇았다.

"의외였습니다. 갑자기 사격장이라니."

"갑자기 총을 쏘고 싶어져서."

"그랬습니까."

베런은 다운타운 방향으로 차를 몰며 건조하게 대꾸했다. 말투에는 웃음기가 하나도 없건만 어째 이죽거리는 것 같아 거슬린다 싶더니,

"총을 쏘고 싶어질 만한 날은 아닌 것 같지만."

역시나 기어이 토를 달아 신경을 건드리고야 만다. 하여간에 봐도 봐도 재수 없는 자식. 제인은 익숙하게 속으로 읊조리며 차창 밖으로 고개를 돌렸다.

패트리샤의 살롱은 3층까지 연결돼 있다.

아래 두 개 층은 언제나 손님들로 차 있는 데다 헤어 드레서와 메이크업 아티스트, 그들의 조수까지 바쁘게 돌아다녀 활기찬 분위기였다. 반면 3층은 한 번에 한 명 또는 한 팀의 손님만을 받는 프라이빗 룸으로 항시 침착하다. 주로 원장인 패트리샤가 직원 두어 명을 데리고 일을 하며 손님이 들어 있을 때는 아래층 직원들도 여간해선 3층에 출입하지 않았다.

"맙소사. 새해에도 드레스는 블랙인 거야?"

헤어가 완성될 무렵 패트리샤가 나타났다. 가운 차림의 제인을 곱게 흘기는 이쪽은 오늘도 맨얼굴에 금발을 하나로 질끈 묶고 흰색 셔츠를 팔뚝까지 걷어 입었다. 지각을 면하려 집에서 급하게 뛰어나온 것 같은 차림새가 저토록 멋스러운 걸 보면 패션 감각이란 체취처럼 몸에 배는 모양. 제인은 생각하며 훤칠한 여자에게 인사를 건넸다.

"오랜만이에요, 패트리샤."

"해피 뉴이어. 늦었지만 아직 일월이니까 봐줘."

"저도요. 앤에게도 안부 전해 주세요."

"만나면 전해는 줄게. 언제가 될진 장담 못 하겠지만."

"어디 갔어요? 학회?"

"학회까지 갈 것도 없어. 맨해튼에 있어도 지구 반대편에 있는 거랑 별 차이가 없으니까. 원 뉴욕주 암 환자는 자기 혼자 다 보는지 얼굴을 도통 보여 줘야 말이지. 글쎄 새해 첫날에도 자정 다 돼서 들어와서는 다음 날 아침 일찍 나갔다니까?"

토너가 든 병을 흔들며 패트리샤가 눈썹을 치켜올렸다. 그걸 보며 거울 속의 제인이 맥없이 웃었다. 투덜대는 말투와 불만스런 표정에는 그러나 숨길 수 없는 애정이 자박자박했다.

패트리샤의 동거인인 앤은 외과의사다. 미용사와 암 전문의라는 드문 조합의 두 사람은 오랜 세월 관계를 지속하고 있는 커플로 재작년에 10주년 기념으로 남부 프랑스 일주를 다녀왔다. 앤이 파리 태생 프랑스인이고 뉴욕대 의대를 졸업했으며 두 사람이 대학 시절 처음 만났다는 것까지 제인은 본인에게 직접 들어 알고 있다.

"그래도 보기 좋아요."

"뭐가. 독수공방하는 내 처지가?"

"기다리는 마음이요."

"내 참, 자기 눈에 보기 좋으면 뭘 해. 기다리게 하는 여자는 알지도 못할 텐데."

오랜 손님의 맨얼굴을 촉촉한 화장 솜으로 쓸며 패트리샤가 대꾸했다. 거울에 비친 금발 여자의 비스듬히 기운 미소는 차갑지 않았다.

제인은 입을 다문 채 제 얼굴에 집중하는 여자를 본다. 정확한 나이는 알지 못하나 마흔을 훌쩍 넘겼을 것이 틀림없는 그녀는 무척이나 푸른 눈동자를 지녔다. 호수 같은 벽안. 다양한 색채의 사람들을 일상으로 대하며 살아가고 있지만 인형의 것처럼 도드라지는 홍채의 빛깔에서 아직까지 이질감을 느끼는 것을 보면, 낯선 대상에 대한 인간의 거부감이란 생각보다 질기게 살아남는 모양이다.

"그래도 난 당신이 부러워요."

오늘따라 어쩐지, 제인은 끝내 속에 있는 말을 삼켜 내지 못했다.

특별히 운이 좋은 사람들이 있다. 사랑하는 사람이 있고 그 사람도 나를 사랑함을 의심하지 않는다. 그런 이와 시간과 공간을 공유하는 것을 당연한 일상으로 인식한다. 자전하는 지구의 기적 같은 움직임을 지상의 사람은 전혀 의식하지 못하는 것처럼. 생활 속에 완벽히 녹아든 행복이란 얄궂게도 그것을 갖지 못한 자의 눈에만 또렷하게 보인다.

"왜 이래, 갑자기. 자기 좋아하는 사람 생겼어?"

익살스럽게 상체를 뒤로 빼며 패트리샤가 물었다. 제인은 대답하지 않았다. 대신 어찌할 틈도 없이 떠올려 버린 남자의 얼굴을 본다. 좋아하는 사람. 듣자마자 그 남자부터 생각해 버린 주제에 막상 이름표를 붙이자니 조금 망설여졌다.

"설마 케빈 코스트너는 아니겠지."

농담처럼 떠본 패트리샤가 대번에 정색하는 여자를 향해 키득거렸다.

"근데 오늘은 무슨 일이야? 파티 시즌도 지났고. 연초엔 기금 모금 만찬 같은 거 잘 안 하잖아."

"개업 축하 파티요."

"개업? 뭘 개업하는데?"

"건설회사래요."

"건설회사?"

맨얼굴에 파운데이션을 바르던 여자가 눈을 동그랗게 떴다. 그리고 이어 괄목할 만한 통찰력을 발휘한다.

"오빠 회사구나. 사업 수완이 좋은가 봐."

"경기가 좋아서 그렇죠."

"호경기라고 차리는 족족 다 잘 되진 않지. 건설업 같은 건 아무나 손대기 어려운데."

부러움도 시샘도 섞이지 않은 말을 잠자코 들으며 제인은 거울 속 제 얼굴과 눈을 맞췄다.

그녀는 비첼리오가의 재정 형편에 대해 자세히 알지 못한다. 리오가 대표로 있는 주류 수입업체와 뉴욕 시내 마피아 가문들에게는 전통 가업과도 같은 사설 쓰레기 수거업체, 이렇게 두 개의 사업체를 갖고 있다는 것만 안다. 둘 다 합법적으로 고용도 하고 세금도 내는 멀쩡한 회사들이지만, 사업체로 조직의 구심점을 마련하고 운신의 폭을 넓히는 수법은 마피아와 전혀 상관없는 선량한 사람들조차 알고 있는 상식 수준의 지식이었다.

다만 평균치의 눈치를 가진 제인은 비첼리오가에 빌붙어 산 지난 수년간, 자신의 학비와 집세가 어디서 나오는지 대강 짐작하고 있었다.

뉴욕에는 비첼리오 조직을 비롯해 다섯 개의 마피아 패밀리가 있다. 중국계와 남미계 갱단을 포함하면 도시의 지하 경제도 경쟁이 퍽 치열한지라, 다섯 개의 마피아 조직은 서로를 견제하면서도 공동의 적을 만나면 손을 잡기도 한다.

뉴욕 5대 마피아로 불리는 비첼리오 휘하에는 다섯 개의 크루가 있다. 각 크루는 대장 격인 카포레짐의 통솔 아래 열 명가량의 솔저가 팀을 이루고 각자의 소질과 전략에 맞춰 온갖 방법으로 돈을 번다. 여기서 온갖 방법이란 말 그대로 수단과 방법을 가리지 않는다는 뜻으로, 마약과 사채, 매춘이 대표적이지만 형식과 종류에 구애받지는 않는다. 각 크루는 그렇게 벌어들인 돈의 일부를 보스에게 상납하고 그 대가로 소속과 보호를 제공받으며 공동의 사업체와 연줄을 통해 더 큰 이익을 도모한다.

그렇게 쓸어 모은 돈으로 차린 비첼리오가의 세 번째 사업체가 오늘 공식적인 창립 파티를 여는 것이다.

"듣고 보니 축하할 일이네. 메이크업해 준 여자가 무궁한 발전을 기원하더라고 전해 줘."

자기 오빠를 본 적은 없지만. 패트리샤는 농담처럼 제인을 조금 웃기고는 입을 다물었다. 그녀는 사생활에 대한 질문을 하지 않는다. 무심하게 보이지 않을 만큼만 언급할 뿐 먼저 말하기 전에는 묻는 법이 없었다. 제인이 수년간 그녀의 살롱을 찾는 이유 중 하나였다.

"그럼 오늘 파티는 자기가 호스트니까, 좀 화려하게 하자."

"너무 눈에 띄지는 않게요."

"이런, 아직도 그렇게 본인을 모르는 거야?"

너스레를 떠는 여자를 향해 쓰게 웃었다. 좋은 뜻으로 해 준 말이겠으나 패트리샤의 평가는 옳았다. 난데없는 동양인 여자. 아무런 접점도 없어 보이는 장대 같은 남자들 틈에 홀로 끼인. 리오의 곁에 있는 한 어딜 가나 사람들은 그녀를 주목한다.

"알아서 적당히 해 주세요. 언제나처럼."

"오케이."

이제 잠시 후면 다시 그 시선 속으로 걸어 들어갈 것이다. 어울리지 않는 남자의 팔짱을 끼고 태연하게 웃으며 낯선 사람들을 소개받을 것이다. 끝 모르고 이어지는 접시들을 하나하나 비워 내기 위해 분투할 것이고, 값비싼 재료의 고급 요리들을 맛도 모르고 삼키기에 급급할 것이다.

그제야 제인은 뒤늦은 허기를 느꼈다. 오늘 종일 먹은 음식이라곤 호밀빵 한 조각과 달걀 샐러드 약간, 우유 한 잔이 전부였다. 그녀는 문득 보글보글 끓어오르는 불고기전골을 떠올렸다. 무럭무럭 김을 뿜으며 사발에 전골을 덜던 국자. 반쯤 남은 제 밥을 공기째 가져가던 커다란 손. 깔끔하고도 단정한 젓가락질. 만족스럽게 휘어지는 눈매와 우물대는 입술.

빈속을 할퀴듯 맹렬한 식욕이 솟구쳤다.

낯설게도 치밀어 오르는 욕구가 당혹스러웠다. 그저 잠깐 상상만

했을 뿐이건만 식욕은 삽시간에 온 뱃속을 뒤틀어 놓았다. 제인은 제 얼굴 위로 브러시를 놀리는 금발 여자를 의식한다. 그리고 호수에 이는 파도처럼 이질적인 이 감각을 다스리기 위해 조용히 심호흡했다.

부디 위장이 너무 큰 소리를 내지는 않길 바라며, 그녀는 창을 닫듯 두 눈을 감았다.

월도프 아스토리아의 로비는 유서 깊은 특급 호텔답게 대단히 호화로웠다. 아르데코 양식으로 꾸며진 내부에 들어서자 특유의 중압감이 어깨를 짓눌렀다. 제인은 의식적으로 허리에 힘을 준다.

구둣발로 밟는 것이 저어될 정도로 정교하고 깨끗한 카펫. 드높은 천장과 공중에서 번쩍이는 거대한 샹들리에. 예술성을 한껏 발휘해 꾸며진 벽면과 육중한 기둥들. 화분에 담긴 이름 모를 조경수마저 계절에 아랑곳없이 청청한 이곳은 마치 딴 세상 같다.

로비는 주눅이 들 정도로 넓었다. 거대한 박물관처럼 온갖 장식이며 집기들이 휘황하게 시야를 어지럽혀 제인은 방향을 잡을 수 없었다. 걸음을 멈추자 베런이 다가와 말없이 오른쪽 팔을 내밀었다. 입구에서 에스코트를 거부하고 씩씩하게 앞장서 들어온 여자는 별수 없이 그의 팔에 왼손을 의지했다. 베런은 비웃지도, 토 달지도 않고 연회가 준비된 볼룸을 향해 잠자코 여자를 이끌었다.

터무니없이 화려한 장식은 회랑으로도 이어졌다. 높고 둥근 천장을 따라 육중한 샹들리에가 줄지어 매달려 있고 격자무늬 바닥은 흑백의 대리석을 교차시켜 마감했다. 붉은색 실크 벽지와 거대한 유리창. 화분 속의 푸르고 싱싱한 조경수. 실내장식을 담당한 이가 누군지는 모르지만 단단히 작정을 하고 꾸몄다는 건 아주 잘 알겠다. 흡사 유럽의 어느 왕궁 같은 회랑을 지나며 제인은 속으로 감상을 읊조렸다.

Victor Construction and Development.

빅터 건설의 창립 파티가 열리는 볼룸은 이미 사람들로 바글거리는 중이었다. 단조로운 피아노 연주를 배경으로 사교 활동에 한창인 사람들이 반가운 표정으로 포옹과 소개와 인사를 나누고 있다.

"생각했던 것보다 규모가 크네. 돈 많이 썼겠어."

"이런 자리는 쓴 만큼 벌게 되니까요."

"사장님 철학인가 봐."

"오늘은 제가 총괄했습니다."

"드디어 한자리 얻은 모양이야. 축하해."

"그럼 저도 미리 축하드리죠. 한자리 얻는 거야 피차 매일반일 것 같은데."

베런은 언제나처럼 느긋한 말투로 여자를 꾹 밟아 주었다. 겁 없이 달려드는 강아지를 가볍게 물어 제압하는 너그러운 사냥개처럼. 하기야 애초에 승산도 없는 도발이었다. 제인은 입을 다문 채 그의 팔을 놓고 연회장 입구로 들어섰다.

희미하게 웃으며 뒤따르려던 베런이 품에서 휴대전화를 꺼냈다. 진동하는 전화기에서 녹색 불빛이 번쩍거렸다. 연회장 안으로 홀로 들어서는 여자의 뒷모습을 확인한 뒤, 그는 전화기를 열어 귀에 가져다 대며 회랑으로 되돌아 나갔다.

제인은 사람들 틈으로 자연스레 섞여 들었다. 그랜드피아노 앞에 앉은 연주자가 치던 곡을 막 끝내고 새로운 곡을 향해 타건을 시작했다. 검은색 턱시도를 입은 남자에게 잠깐 눈길을 준 다음 그녀는 연회장을 천천히 눈으로 훑었다. 오늘의 주인공, 빅터 건설의 젊은 창업주를 찾기란 어렵지 않았다.

검은색 턱시도를 차려입은 리오는 압도적으로 눈에 띄었다. 새틴으로 라펠을 장식한 재킷과 새하얀 드레스 셔츠의 뾰족한 윙칼라. 긴 목을 감싼 얄팍한 보타이는 부인할 수 없도록 근사했다. 낯선 남자들과 대화를 나누는 그를 제인은 잠시간 지켜본다. 리오는 상대의 눈을 응시하며 간간이 고개를 끄덕이는가 하면 언뜻 미소까지 곁들였다. 남들의 눈에는 여전히 무표정에 가까운 얼굴이겠으나 그 나름대로는 대단히 기분 좋은 상태임을 제인은 안다.

"오랜만이오, 제인 양."

정확히 자신을 지칭하는 목소리에 고개를 돌렸다. 눈앞에는 검은색 수트 차림의 남자가 크리스털 잔을 들고 서 있었다. 희끗한 머리카락을 잘 다듬은 초로의 남자. 옅은 헤이즐색 눈동자와 마주치자마자 제인은 즉각 그를 알아보았다.

"안녕하세요, 미스터 비첼리오. 오랜만에 뵙습니다."

리오의 하나 남은 삼촌, 안젤로 비첼리오는 첫 만남부터 예민하고 신경질적인 인상이었다. 그를 마지막으로 본 것이 언제였던가 서둘러 되짚어 보았으나 얼른 기억이 나지 않았다. 수척한 얼굴이지만 워낙 장신에다 고급품들로 몸을 꾸민 덕에 남자는 오히려 기품이 있어 보인다.

"마지막으로 뵈었던 게 재작년이었던가요?"

"아마도 그 전해였을 거요. 엠파이어 창립 삼 주년 축하 자리였던 걸로 기억하니까."

예순을 목전에 둔 안젤로가 정확한 연도와 장소를 상기시켜 주었다. 제인은 그제 아아, 고개를 끄덕이며 어색하게 웃어 보인다. 그의 곁에 파트너의 모습은 보이지 않았다. 아내를 대동하지 않고 혼자 온 모양.

"부인께선 안 오신 모양이네요."

"몸이 안 좋아서."

이런 계절엔 늘상 있는 일이지만. 안젤로가 덧붙이며 위스키 잔을 입으로 가져갔다.

"회계사 시험을 준비한다고 들었는데."

"아, 네. 얼마 전에 합격증을 받았어요."

"빠르군요."

고개를 끄덕이는 남자의 눈길이 날카롭게 이쪽의 눈동자를 찔렀다. 그 예리한 시선에 모종의 위협을 느낀 제인이 조금 긴장하며 그를 마주 본다. 때마침 곁을 지나는 웨이터를 세운 안젤로가 샴페인 잔을 집어 들더니, 그녀를 연회장 벽 쪽으로 이끌었다. 사람들이 모인 중심에서 완전히 떨어져서야 그는 여자에게 샴페인을 내밀었다.

"고맙습니다."

"별말씀을. 그나저나 시험까지 합격했다면 곧 일을 시작하게 되는 건가."

"글쎄요. 아마도 졸업 후가 되지 않을까 예상하고 있습니다."

"졸업은 언제."

"올봄이요."

"봄이라. 그렇다면 얼마 남지 않았군."

안젤로는 제 몫의 위스키를 한 모금 더 마시고,

"지옥에 완전히 갇히게 될 날이."

혼잣말처럼 중얼거렸다.

막 샴페인 잔을 입으로 가져가던 제인은 순간 귀를 의심했다. 파악하기 어려운 말의 저의를 되묻듯 상대의 옅은 눈동자를 바라보았다. 선명한 의도를 확인시켜 주려는 것처럼 안젤로가 얄팍한 입술을 다시 뗐다.

"도망치고 싶지 않나."

"그게 무슨……."

"한번 발을 들이면 평생 벗어나지 못하는 게 이 바닥이거든. 알고 있겠지만."

중년을 넘어 초로에 들어선 남자의 눈에서 불꽃이 튀었다. 승부수를 띄우기 직전의 긴장감. 찰나였으나 역력한 그 동요를 그는 노련하게 안으로 녹여 낸다.

"처음엔 아주 근사해 보이지. 돈과 총, 제인 양에겐 해당되지 않겠지만 여자까지 마음껏 손에 넣게 되니까. 대단한 권력을 누리는 듯한 착각도 들지. 내가 누군지 아는 사람들은 총을 보고 겁을 먹고, 누군지 모르는 사람들은 돈을 보고 대접하고. 조직 안에서는 성과를 겨루고 보스의 인정을 다투면서 마치 대단한 사업이라도 하는 것 같은 착각에 빠져. 가끔은 이런 최고급 호텔에서 파티도 열고."

안젤로는 부드러운 위스키 냄새를 풍겼으나 전혀 취한 것 같지는 않아 보였다. 종잡을 수 없는 그의 말을 들으며 제인은 어떤 표정을 지어야 할지 결정해 낼 수가 없다.

"시간이 지나면 착각들은 걷히지만 그땐 이미 늦어 버리게 돼. 지하 세계의 사람들이란 포주에게 빚을 진 창녀와 같거든. 완전히 쓸모없어져 버림받거나 죽기 전까진 절대 빠져나올 수 없어. 한때의 착각 때문에 평생토록 영혼을 팔고 목숨을 걸며 살아야 하는데, 제인 양이 지금 바로 그런 길을 앞두고 있는 거지."

"미스터 비첼리오."

두 남녀의 눈길이 가까이 맞부딪혔다. 제인은 더 이상 굳은 표정을 숨길 수 없었다.

"제게, 왜 이런 말씀을 하시는 거죠?"

안젤로는 젊은 여자의 창백한 얼굴을 말없이 들여다보았다. 그리고 그녀의 검은 드레스 자락을 향해 한 걸음 더 다가섰다. 그들 사이 공간은 이제 더욱 좁아져 서로의 술잔이 곧 닿을 것만 같다. 제인은 정신을 똑바로 차리려 애쓰며 온 신경을 두 눈에 집중했다.

"넌 알고 있지. 마르코를 죽인 자가 누군지."

진짜 범인이 누군지 넌 알고 있을 거야. 덧붙이는 남자의 나직한 음성이 실재인지 아니면 스스로 만들어 낸 환각인지, 그녀는 혼란스러웠다.

"그가 제 아비를 죽였나?"

안젤로가 속삭이듯 빠르게 추궁했다. 제인은 상대의 날카로운 시선을 피하지 않은 채 두 눈을 가늘게 떴다.

마르코가 죽던 날 시카고의 저택에는 리오와 제인 둘뿐이었다. 총을 쥐는 법조차 잘 모르던 열아홉 살 여자와 사격에 출중한 이십 대의 건장한 남자. 두 사람 가운데 용의자가 있다면 누구나 후자를 꼽는 것이 자연스러울 것이다.

'잘 들어, 제인. 너와 나는 총소리가 났을 때 일층에서 텔레비전을 보고 있었어. 보안 카메라는 지난주부터 작동하지 않았고 이 방에는 그 혼자 있었어. 범인의 얼굴은 죽은 사람만이 본 거다. 알아들었어?'

실상은 그 반대라 할지라도.

"제가, 알고 있다면 어떻게 하실 건가요."

그녀는 떨지 않으려 가슴을 곧게 폈다.

"제 증언만으로 혐의가 성립되기 어렵다는 거 알고 계실 텐데요."

안젤로는 대답하지 않았다. 다만 묘하게 비틀어진 입술 끝에서 미소 비슷한 균열을 제인은 보았다. 성립 여부는 상관없다는 뜻인가, 아니면 혐의는 성립될 거란 믿음인가. 이 남자는 무엇을 원하고 있는 걸까. 그녀는 재빨리 생각했다.

안젤로는 콘실리에리로 조직의 회계를 전담한다. 리오나르도의 사업과 수상한 자금의 흐름에 대한 일체의 증거를 갖고 있다. 반면 형사적 불법행위에는 관여한 바 없으니 제대로 알지 못할뿐더러 다른 조직원들의 협조를 기대하기도 어려울 것이다. 그러나 제인이 마르코를 살해한 범인으로 리오를 지목한다면 살인 혐의는 충분히 가해질 수 있다. 혐의. 혐의 제기가 목적이라면. 그러니까 지금 이 남자는,

자신의 조카이자 조직의 수장을 수사기관에 넘길 셈인가.

"……너무 큰 모험을 하시네요."

"보기보단 머리가 돌아가는 모양이군."

"제가 어떻게 나올 줄 알고 이렇게 위험한 말씀을 하시는지."

"너도 도망치고 싶어 하는 걸 아니까."

제인은 대답하지 않았다. 그저 입을 다문 채 턱을 들고 장신의 남자를 마주 보았다. 클러치를 쥔 엄지손가락 아래로 명함 한 장이 끼워졌다. 태연하고도 빈틈없는 손길.

"내 장담하건대, 오늘 나와의 만남이 제인 양에겐 마지막 기회가 될 거야."

안젤로가 얇은 눈꺼풀을 한 차례 느리게 감았다 떴다. 동공과 구분되는 헤이즐색 홍채는 리오의 것보다 색채가 흐렸다.

만일 누군가 이 장면을 보고 있다면.

비로소 위기감이 들어 제인은 가만히 주변을 살폈다. 두 사람은 무리로부터 동떨어진 구석 자리에 서 있다. 파티에 초대받은 사람들은 시간의 흐름에 따라 더욱 가열하게 사교에 열중하느라 다른 이들에게 나눌 관심이 없어 보였다.

몸을 돌려 홀 중앙을 향해 섰다. 그리고 리오의 모습을 빠르게 눈으로 찾았다. 낯선 남자들의 무리에 섞여 대화 중인 그를 확인한 후에야 제인은 조금 안도했다.

"잘 생각해 봐. 지옥을 피할 수 있는 마지막 기회니."

어깨 너머 통보하듯 말한 뒤 안젤로가 곁을 스쳐 홀 쪽으로 걸어갔다. 자연스레 사람들 틈에 섞여 악수를 나누는 모습을 제인은 홀로 선 채 바라본다. 허리를 조인 이브닝드레스가 갑갑해 숨이 막혔다. 그랜드피아노 앞의 연주자는 새로운 곡을 시작하는 모양이다. 차분하던 피아노 선율이 조금 경쾌해졌다.

"여기서 뭐 하십니까. 보스께서 찾으실 텐데."

저쪽에서 베런이 걸어와 볼멘소리를 했다. 혀라도 찰 듯 한심해 죽겠단 표정을 보니 지금껏 찾아다닌 모양. 제인은 다시금 안도하며 손에 든 샴페인 잔을 그에게 내밀었다.

"파우더 룸에 좀 다녀올게."

기막힌 얼굴로 잔을 받아 드는 베런은 그러나 안색이 밝았다. 정말로 새 회사에서 한자리 제대로 받기라도 한 모양. 제인은 양해를 구하듯 미소까지 지어 보이고는 복도를 향해 돌아섰다.

파우더 룸이 있음 직한 곳을 향해 걸으며 클러치를 열었다. 엄지손가락과 클러치 사이에 끼워졌던 명함을 힐끗 확인했다. 안젤로 비첼리오의 이름이 적힌 엠파이어 주류상사의 명함. 그녀는 명함을 넣고 클러치를 닫은 뒤 연회장 끝 복도를 향해 계속 걷는다.

왕비의 침실처럼 사치스런 파우더 룸에서 오래 머물지 않았다. 금빛 꽃 넝쿨을 정성스레 양각한 거울 앞에 잠깐 서 있으려니 낯선 여자 두 명이 들어왔다. 그네들과 눈인사를 주고받은 뒤 제인은 밖으로 나올 수밖에 없었다. 화려한 용모의 그녀들은 연회장 안에 있는 근사하고 젊은 남자들에 대한 찬사를 주고받았고, 그 들뜬 음성과 노골적인 이름들이 제인을 불편하게 만들었다. 더불어 저 여자들은 어떻게 이 파티에 초대받았을까 궁금해졌으나 호기심은 오래지 않아 해결되었다.

"역시 파티에는 에스코트 서비스지. 이런 자리까지 아내 손 붙잡고 다니는 건 너무하잖아."

홀 중앙에 선 리오의 말 상대는 어느새 바뀌어 있었다. 로코 비첼리오. 리오의 하나 남은 사촌이자 조직의 언더보스인 그는 다소 수다스럽고 잘 웃는 삼십 대 중반의 유부남이다. 쾌활하게 지껄이는 로코의 목소리를 들으며 제인은 무리 가까이 다가섰다. 위스키 잔을 입으로 가져가던 리오의 눈길이 그녀에게서 멎었다.

"아, 제인. 오랜만."

"안녕하세요, 미스터 비첼리오."

"로코라고 부르라니까 그러네."

여기 미스터 비첼리오가 둘이나 되는데. 그가 덧붙이며 피식 웃었다. 위화감이 들도록 완벽히 손질된 흰색 턱시도 차림의 로코는 눈매가 가늘고 턱이 좁아 어딘가 경박한 인상이다. 제인은 저를 보는 리오와 짧게 눈을 마주친 다음 자연스럽게 그의 오른편에 자리를 잡았다. 향수 냄새와 고급 증류주의 향기가 뒤섞인, 강렬하고도 익숙한 체향을 그녀는 침착하게 들이마셨다.

"숙부님은."

"그러게. 아직 안 오셨나? 오셨을 텐데?"

이리저리 고개를 틀어 주변을 살피는 남자를 보며 제인은 생각했다.

로코는 안젤로의 외아들이다. 리오를 수갑 채워 감옥에 넣으려는 아버지의 계산을 그 또한 알고 있을까. 콘실리에리는 아들이 남아 있는 조직을 배신할 생각인가, 아니면 아들과 함께 보스를 배반할 심산인가. 상식적으로는 후자일 가망이 클 테지만 그랬다면 또 왜 굳이 제게 손을 뻗쳤을까. 제인은 마구 헝클어지려는 생각을 그쯤 중단했다. 지금은 어느 것도 장담할 수 없다. 비첼리오가의 참혹한 부자 관계를 이미 한 번 경험한 그녀로서는 그 어떤 판단도 섣불리 할 수 없었다.

"아, 저기 계시네. 아버지!"

멀지 않은 곳에서 부친을 찾아낸 로코가 손을 휘휘 흔들었다. 제인은 이쪽으로 걸어오는 안젤로에게서 의식적으로 시선을 돌렸다. 이윽고 그가 그녀의 지척, 리오의 앞에 섰을 때는 곁을 지나던 웨이터의 쟁반에서 샴페인 잔을 집어 들며 애써 딴청을 피워도 보았다.

"어서 오십시오, 숙부님."

"축하한다."

"제가 축하받을 일입니까. 집안의 사업인데."

리오는 평소와 같은 눈길로 지그시 삼촌을 바라보았다. 시선을 맞받는 안젤로도 표정의 변화는 없었다. 잠시 눈길을 교환한 뒤 그가 제인에게로 시선을 옮겼다. 그녀 또한 퍽 태연한 얼굴로 중년 남자를 마주 본다.

"오랜만입니다, 제인 양."

"건강해 보이시네요, 미스터 비첼리오."

이제 미스터 비첼리오가 세 명이 됐군. 로코가 코웃음을 섞어 대화에 끼어들었다.

"어머니는요?"

"몸이 안 좋은 모양이다. 연말부터 감기가 통 안 떨어져."

"저런. 그러고 보니 겨울인데 왜 뉴욕에 계세요? 플로리다 안 가시고."

대답이 없다. 제인은 계속하여 안젤로를 주시하는 리오의 시선을 곁눈으로 보았다.

"혼자 오실 거면 미리 말씀하시지 그러셨어요. 제가 교양 넘치는 여자분으로 소개해 드렸을 텐데."

"쓸데없는 소리."

"하여간에 우리 어머니는 참 다정한 남편을 두셨어. 일편단심이 체질에 맞는 건 우리 집안 내력인가? 나만 이상한 거야?"

로코가 리오를 향해 이죽거렸다. 제인은 그의 시선이 빠르게 저를 훑는 것을 느낀다. 약간의 수치심과 상당한 거북함이 뒤따라왔다. 익숙한 감정들.

"아, 나만 이상한 건 아니지. 백부님도 여자 문제 대단했으니까."

로코가 웃으며 내뱉은 말에 아무도 웃지 않았다. 살해당해 죽은 마르코를 아무렇지도 않게 화제에 올리는 태도에서 그녀는 무엇이라도 읽어 내기 위해 애를 썼다. 삼각을 이루고 선 세 남자. 그 틈에서 제인은 서서히 숨이 막혀 온다.

"멋진 파티구나. 네 아버지가 살아 있었다면 틀림없이 기뻐했을 거다, 리오."

"도와주신 덕입니다."

피아노 연주곡이 다시 바뀌었다. 아무도 귀담아듣지 않는 연회장에서도 연주자는 성의를 다해 건반을 눌렀다. 제인의 귓가로 깨끗한 타건이 쉼 없이 스쳐 간다.

"앞으로도 계속 도와주시길 기대하겠습니다."

리오가 들고 있던 크리스털 잔을 앞으로 내밀었다. 지켜보던 로코가 오른팔을 뻗었다. 호박색 증류주와 얼음 조각들이 그의 잔 안에서 달그락댔다. 숙부와 조카는 얼음 없는 위스키 스트레이트.

"숙부님도 아시다시피, 이건 집안의 사업이니까요."

제인은 장신의 세 남자를 지켜보았다. 세세히 닮지는 않았으나 그들의 외양은 혈족임을 의심할 수 없도록 겹치는 구석이 있다. 세 명의 비첼리오가 술잔을 한데 부딪히는 광경을 그녀는 바라보았다. 정교하게 깎인 크리스털의 표면에서 파편 같은 빛이 부서졌다.

담배 연기를 잔뜩 들이마신 것처럼 가슴이 갑갑해, 제인은 자꾸만 깊은 숨을 들이쉬었다.

❖

금요일 저녁 빌리지 이스트 시네마 앞은 드나드는 사람들로 북적였다. 이슬람 건축양식이 깃든 네오무어 스타일의 벽돌 건물과 툭 불거진 흰색 빌보드가 이색적으로 어우러진 극장은 요한의 집에서 멀지 않은 곳이다. 상영 중인 영화 제목들이 검은색 글씨로 적힌 빌보드 아래, 일행을 기다리는 사람들이 같은 방향을 향해 띄엄띄엄 서 있었다.

"오래 기다렸어? 어후, 날씨 너무 춥다."

정면의 도로를 보던 요한이 여자 목소리에 슬쩍 고개를 돌렸다. 옆의 남자에게 다가간 젊은 여자가 발갛게 언 얼굴로 함박웃음을 짓고 있다. 짧은 키스와 포옹을 나눈 두 사람은 손을 잡고 극장 안으로 들어갔다. 빈 옆자리로 찬 바람이 들이쳤다.

요한은 입술을 안으로 말며 손목시계를 들여다본다. 6시 15분 전. 이르지는 않지만 아직 늦지도 않았다. 일기예보에서는 오늘 밤 기온이 새해 들어 최저로 떨어진다고 했다. 밤늦게는 눈이 올 가능성이 높으며 적설량도 상당할 거라고. 추운 건 질색인데. 입술 새로 긴 숨을 허옇게 뿜으며 그는 주변을 한 차례 둘러보았다.

일주일은 빌어먹게도 길었다. 약속은 금요일로 잡아 놨는데 월요일부터 일찌감치 인내심이 말라붙기 시작하더니 수요일쯤부터는 하루에도 몇 번씩 전화기를 들었다 놨다 혼자 별 등신 같은 짓을 다 했다. 호출을 하자니 핑계거리가 없고 전화를 하자니 전화번호를 몰랐다. 평소 같으면 앞뒤 재지 않고 그냥 했을 텐데도 최근의 요한은 답지 않게 생각이 많아졌다.

여자들은 남자의 저돌적인 접근을 부담스러워한단다. 적당한 긴장감을 유지해야 매력을 이어 갈 수 있고 무엇보다도 쿨한 태도를 지키는 것이 여자를 사로잡는 비결이라고. 언젠가 잡지에서 스치듯 읽은 '똑똑한 연애를 위한 에디터의 조언'—여성에 대한 몰이해와 허세를 바탕으로 지극히 남성 중심적인 테크닉을 모아 놓은 겉멋 든 문장들—마저 제법 진지하게 곱씹어 보기도 했다.

정말이지 하나같이 등신 같은 짓.

그는 차마 인정하고 싶지 않았으나, 이토록 답지 않은 행동들의 기원은 다름 아닌 불안이었다.

그 여자는 나를 좋아한다. 직접 듣지는 못했지만 그런 건 굳이 말로 하지 않아도 알 수 있으니까 아마 틀리지 않을 것이다. 그걸 알면서도 마음이 놓이지 않았다. 요컨대, 제인이 어느 날 갑자기 그에 대한 흥미를 접어 버릴 가능성을 자꾸만 염두에 두게 된다는 뜻.

그래서 일주일이 다 가도록 울리지 않는 호출기가 내심 불안하면서도 먼저 연락하고픈 마음은 눌러 냈다. 바버숍에서 순서를 기다리며 뒤적인 잡지에서 보았을 '에디터의 조언' 따위에 귀를 기울이고, 집어 들었던 전화기를 혹시나 하는 마음에 내려놓았다. 용건도 없이 자꾸 연락하는 건 너무 저돌적인가 하는 생각이 들어서. 적당한 긴장감을 유지하는 데 실패해 매력을 잃을까 싶어서. 쿨한 태도를 지키지 못해 여자를 사로잡지 못하면 어쩌나 염려해서. 한마디로,

제인 헤닝한테 차일까 봐 걱정돼서.

"어이가 없네."

요한은 제풀에 헛웃음을 터뜨렸다. 그리고 파카 호주머니에 꽂은 왼손을 꺼내 손목시계를 다시 들여다봤다. 한참 지난 것 같았는데 시간은 아직 5분도 채 흐르지 않았다. 긴 숨을 뿜으며 다시 정면을 향해 고개를 들었을 때, 저만치 도로변에 옐로우캡 한 대가 섰다.

왔구나.

집에서 10분이면 걸어올 거리지만 저 여자는 택시를 탈 줄 알았다. 요한은 저를 찾듯 두리번대는 제인을 향해 오른손을 들어 보였다. 눈이 마주치자 마치 사탕을 문 것처럼 양쪽 뺨 언저리가 달큰해졌다.

"안에 들어가 있지 그랬어. 추운데."

"어, 추워."

"오래 기다렸어?"

"아니."

능청스레 거짓말을 하며 여자의 손을 잡았다. 가죽 장갑의 차가운 감촉과 작은 손의 윤곽이 동시에 느껴진다. 매끈한 표면 때문에 미끄러질세라 요한은 손아귀에 조금 힘을 실었다.

"아직 십 분 남았는데. 팝콘 살래?"

당황했는지 제인은 잡힌 손을 움찔거렸지만 매몰차게 뿌리치지는 않았다. 모자를 깊이 눌러쓴 탓에 요한에게는 그녀의 얼굴이 제대로 보이지 않는다. 코사지도 리본도 없는 밋밋한 검은색 모직 클로슈. 매서운 뉴욕의 겨울에는 남녀를 불문하고 방한용 모자를 많이들 쓰고 다니지만, 여자의 얼굴을 가린 클래식한 모자가 그는 영 마음에 들지 않았다.

"오늘 날씨 엄청 춥지."

"응, 해 바뀌고 오늘이 제일 춥대. 밤늦게 눈도 올 거라던데."

"그래? 어쩐지."

그는 금시초문인 척 추임새를 넣으며 기분 좋게 웃었다.

사람들이 줄을 늘어선 스낵 코너에 나란히 섰을 때 제인이 잡힌 손을 슬쩍 빼냈다. 목도리를 느슨하게 풀고 장갑을 벗는 모습을 요한은 지켜본다. 하얗고 가는 손가락들이 가죽 장갑에서 빠져나오는 장면이 희한하게 야해 보여서 눈을 떼지 못했다. 브래지어도 속옷도 아닌 가죽 장갑. 고작 밋밋한 장갑 한 켤레 벗는 걸 보며 마른침까지 삼켰다는 사실을 깨달은 직후에는 입 속으로 조용히 욕을 해 주었다.

미쳤냐, 진짜. 발정 난 개새끼도 아니고.

그러면서도 그 가느다란 손가락들이 갓 벗은 장갑을 잘 포개어 가방에 넣는 모습을 요한은 끝까지 눈으로 따라갔다. 갖은 옷가지들로 꼼꼼히 몸을 싸맨 여자는 양손과 얼굴을 제외하고 온통 검은색 일색이다. 얼굴을 가린 모자도 좀 벗어 주면 좋겠건만 아쉽게도 그럴 생각은 없어 보였다.

"표는?"

"샀어. 여섯 시."

사브리나. 제인은 그가 내민 입장권에 인쇄된 제목을 눈으로 읽었다. 그리고 로비의 조명 아래 완전히 드러난 남자를 바라보았다. 뺨 언저리가 불그스름하게 얼어붙은 얼굴. 자랑스럽게 입장권을 보여 주는 표정이 꼭 소년 같아서 그녀는 저도 모르게 입꼬리를 들썩였다.

"팝콘 큰 거 하나랑 콜라 두 개 주세요. 아, 콜라 안 마시나?"

제멋대로 주문한 요한이 여자를 돌아보며 되묻는다. 카운터 너머 수북이 쌓인 팝콘을 구경하던 제인이 고개를 들어 눈을 맞췄다. 남자의 매력적인 눈동자는 오늘도 윤기가 유난스럽다. 저를 향한 그 반짝이는 시선을 그녀는 잠시간 말없이 마주 보았다.

고소한 팝콘 냄새가 진동하는 극장 로비. 일회용 컵에 빨대 꽂은 탄산음료를 손에 든 사람들. 미리 사 둔 영화표를 주머니에 넣고 입구에서 기다리던 남자. 첫 번보다 덜 어색하지만 가슴은 더 벅차오르는 두 번째 데이트.

"아냐, 마셔. 마셔, 콜라."

해 보자. 할 수 있는 모든 것들을. 제인은 다시 한번 다짐했다.

주말 이후 내도록 침실에 틀어박혀 궁리했다. 안젤로 비첼리오의 명함을 들여다보며 생각을 거듭했다. 지옥에서 도망칠 마지막 기회. 시간을 두고 곱씹을수록 그것은 실로 유혹적인 제안이었다.

사법 당국에서는 수사에 도움을 제공한 증인을 보호해 준다. 미국의 마피아 조직들이 힘을 잃고 와해되기 시작한 가장 큰 이유 중 하나가 정부의 증인보호 프로그램이다. 침묵의 계율을 어기고 경찰에게 정보를 넘긴 조직원들은 새로운 신분증을 발급받고 제2의 인생을 살 기회를 얻는다. 그것이 아마도 안젤로가 원하는 바일 것이며, 충분한 증거를 챙겨 시도한다면 십중팔구 그는 성공할 테다.

그러나 제인은 그의 손을 잡을 수 없다.

'넌 알고 있지. 마르코를 죽인 자가 누군지.'

진짜 범인을 그녀는 알고 있으니까.

"이 영화 알아?"

"사브리나?"

콜라와 얼음으로 꽉 채운 컵을 손에 든 채 제인이 대답했다. 상영관으로 향하는 두 남녀는 보조를 맞춰 나란히 걸었다.

"오드리 햅번 나온 영화잖아."

"어, 아네. 오십 년대 개봉한 작품인데 이번에 리메이크한 거래."

"들어는 봤지만 보진 못했어."

"잘됐다. 나도 못 봤거든."

어두운 상영관은 이미 관객들로 만원이었다. 본편에 앞서 개봉 예정작들의 신나는 트레일러가 스크린을 채우고 있어 객석에서는 간간이 웃음소리가 흘렀다. 요한은 좌석에 앉자마자 여자의 품에 통째로 팝콘을 안겨 주었다. 거리낌 없이 제 품으로 손을 뻗어 팝콘을 집어 먹는 태도가 어찌나 자연스러운지 제인은 어이가 없어 웃지도 못했다.

영화는 적당히 가벼운 로맨틱 코미디였다. 여주인공의 시련은 안온한 수준이었고 갈등은 낭만적이었다. 유쾌한 장면이 지날 때마다 관객들이 한꺼번에 웃음을 터뜨리기도 했다. 소리 없이 따라 웃는 동안 제인은 몸에 밴 긴장에서 조금씩 벗어났다. 그러는 와중에도 요한의 낮은 웃음소리가 자꾸만 귀에 박혔다. 무수한 까마귀 틈에 홀로 끼인 백조처럼, 남자의 모든 것은 그녀의 감각에서 오롯이 도드라졌다.

영화는 나쁘지 않았으나 제인은 집중하는 데 어려움을 겪었다. 오른쪽에 앉은 남자가 시종 신경 쓰여서 몇 번이나 대사를 놓쳤는지 모른다. 그의 시선이 때때로 스크린을 벗어나 제 옆얼굴로 향하는 것을 느끼면서도 그녀는 영화에 집중하는 척 열심히 정면만을 보았다.

방심할 무렵이면 여지없이 제 가슴팍으로 남자의 손이 들어왔다. 양팔 사이, 지극히 사적인 공간을 침범하는 타인의 몸은 기이한 파장을 가져왔다. 그저 팝콘을 집으러 왔을 커다란 손이 팝콘 대신 다른 것을 집을까 봐—그럴 가능성이 매우 낮다는 것을 알면서도—제인은 매번 긴장했지만, 이제 와 편히 먹으라 통째 넘겨주기도 애매해서 그냥 모르는 척 제 몫의 콜라를 홀짝댔다.

이래서 다들 팝콘을 사는 건가. 극장 스낵 코너의 저의마저 의심하기 시작했을 때 두 시간 길이의 영화는 끝이 났다. 낭만적인 해피엔딩이었다.

“어땠어?”

“나쁘지 않았어.”

"너 칭찬에 되게 인색하지."

"호들갑 떠는 여자가 취향이야?"

"아니. 인색한 여자가 취향인데. 완전 취향이야."

남자의 넉살에 제인이 웃음을 터뜨렸다. 쪽 고른 치열이 보기 좋게 드러난다. 엔딩 크레딧이 올라가고 상영관에 불이 밝혀지자 장내는 급격히 소란스러워졌다. 금요일 저녁 8시를 넘긴 시각. 본격적인 파티를 앞둔 사람들이 들뜬 얼굴로 자리에서 일어났다.

우르르 걸어 나오는 인파 틈에 섞여 두 사람은 나란히 상영관을 빠져나왔다. 극장 앞은 입장객들과 퇴장하는 사람들로 혼잡했다. 들뜬 말소리와 여기저기 터지는 웃음소리. 금요일 밤의 기대와 흥분으로 거리는 조금씩 흥청대고 있었다.

"저녁은 햄버거 먹으러 가자. 금요일이라 엄청 붐비긴 하겠지만."

요한이 당연한 듯 제안하며 방향을 잡았다. 제인은 즉각 대답하지 않은 채 머릿속으로 따져 본다. 대학생과 예술가, 일본인들이 사는 이스트 빌리지는 이탈리아계 남자들이 즐겨 찾을 법한 동네가 아니다. 이국적이고 소박한 규모의 술집과 식당들이 모여 있어 호텔 연회장을 드나드는 사람들과 마주칠 확률도 낮았다.

"너 오늘은 맥주 꼭 사. 절대 도망 못 가, 오늘은."

그가 쐐기를 박자 제인은 손목시계를 확인했다. 한 시간 반 정도 함께 보내면 10시쯤 집으로 돌아갈 수 있을 것이다. 계산을 마친 다음 고개를 끄덕였다.

"그래. 오늘은 내가 살게."

만족스런 얼굴로 요한이 안내한 곳은 맥솔리 올드 에일 하우스. 극장에서 네 블록 떨어진 곳에 있는 이 오래된 맥줏집은 대학가와 이스트 빌리지의 터줏대감 같은 곳이다. 1854년 개업했다는 표식을 강조한 간판은 지나온 세월을 과시하듯 낡고도 선명했다. 제법 넓은 내부가 오래된 집기들로 가득했으며 다양한 연령의 사람들로 시끌시끌했다. 머리와 수염이 하얀 노인들의 무리부터 음주 허용 연령을 갓 넘긴 대학생들까지, 박물관처럼 유서 깊은 술집은 조명이 약해 어두웠고 그와 비례하여 몹시 흥겨웠다.

"백오십 년 가까이 된 술집이라니."

손잡이가 달린 유리잔에는 짙은 색의 에일 맥주와 뽀얀 거품이 절반씩 들어 있었다. 서너 모금이면 바닥나도록 적은 분량이 인상적이라 생각하며 제인은 잔을 들었다. 남자의 잔이 다가와 쨍하고 부딪히는 소리. 그 소리가 경쾌해 기분이 들떴다.

"분위기 특이하지?"

"시간 여행 하는 기분이야."

"놀라운 얘기 해 줄까?"

"뭔데?"

"육십 년대까지 여자들은 여기 못 들어왔대."

"왜?"

"십구 세기 전통을 너무 오래 따른 탓이지요."

어느새 테이블로 다가온 웨이터가 대화에 끼어들었다. 맥주 두 잔과 음식이 담긴 접시를 민첩하게 날라 온 그는 예순을 훌쩍 넘긴 것이 분명했다. 약간 구깃한 흰색 셔츠에 모직 조끼를 겹쳐 입은 노인이 젊은 동양인 남녀를 호감 어린 눈으로 바라본다.

"그 당시엔 여자들이 술집에 드나드는 걸 대단히 나쁘게 봤거든. 맥솔리는 모든 종류의 전통을 고집한 거요."

"주인이 대단히 보수적이었던 모양이네요."

"여성 손님도 받으란 법원 판결에 항소했을 정도니까. 자부심만큼이나 고집이 센 양반이었지. 내 솔직히 말하자면, 맥솔리에 숙녀분을 위한 화장실이 생긴 것도 이제 겨우 십 년을 넘겼어요."

"저는 운이 좋군요."

"이해심도 많으시고."

손녀뻘 되는 여자를 향해 미소 지으며 웨이터는 빈 맥주잔 두 개를 거둬들였다.

"사람은 대부분 변화를 싫어하지. 나만 해도 여기서 벌써 오십 년째 일하고 있고."

"보수는 사람의 본성이라고 들었어요."

"맞아요. 앞으로 나아가는 것보다야 머물러 있는 편이 늘 안전하니까. 어떻게 될지 모르는 미래보다는 안락한 현재를 택하는 게 몸도 맘도 편하거든. 나약하고 두려워하는 게 우리네 속성 아니오?"

"그러네요."

제인은 쓰게 웃으며 고개를 끄덕였다. 노인의 부드러운 음성에 담긴 낱말들이 가슴 어딘가를 따끔따끔 건드렸다. 웨이터는 테이블을 짚고 선 채 자리에 앉은 여자를 내려다보았다. 여전히 미소를 품은 얼굴.

"그러니 젊은 사람들이 더 용기를 내 줘야겠지. 나이 들수록 겁만 많아지거든."

패티를 훤히 드러낸 햄버거와 넉넉한 크기의 감자튀김에서 고소한 냄새가 풍겼다. 사람들이 우글대는 저쪽 테이블에서 와아 웃음소리가 터져 나온다.

"그럼 즐거운 시간 되시고, 필요한 게 있으면 부르세요."

"고맙습니다."

재빠른 걸음으로 물러가는 노인을 보다가 요한이 맥주잔을 집어 들었다. 잔을 내미는 남자에게 건배로 응하며 제인은 거품이 가득한 맥주를 한 모금 삼켰다.

"영어는 한국에 있을 때부터 배웠어?"

감자튀김 하나를 집어 입에 넣으며 물었다. 보수가 어쩌고 본성이 어쩌고, 그에게는 퍽 현학적으로 들리는 대화여서 끼어들지도 못하고 듣고만 있었다.

"한국에서도 영어는 다들 배워."

"내 부모는 영어 못 하는데."

"그때는 아마 의무교육 과정이 아니었을 거야. 잘은 모르겠지만."

"난 너 말하는 게 예전부터 궁금했거든. 분명히 외국인 억양이 있는데 나보다 영어를 잘하는 거 같아서."

"같아서가 아니라 아마 그럴걸."

원어민을 상대로 잘난 척해 본 제인이 제풀에 피식 웃는다. 한 방 먹었다는 듯 과장된 남자의 표정이 귀여워서, 이어 치열을 드러낸 웃음이 또한 매력적이어서, 이 유치한 장난질이 재미있고 반가워서, 그녀는 실없게도 연신 키득거렸다.

"근데 나 지금 반박할 수 없어서 좀 난감한 거 알아?"

"농담이었어."

"표정은 진심이었는데."

"티가 났구나."

"나더러 잘난 척에 소질 있다더니."

"솔직한 성격이라 그래."

"기억력도 좋고."

맥주 몇 모금에 취기가 올라오는지 기분이 둥둥 떠올랐다. 핏속에 도는 알코올이 예리하게 벼린 감각들을 무디게 만들어 시간이 갈수록 제인은 웃음과 말수와 표정이 늘어났다.

제 얼굴만 한 햄버거를 잘도 먹어 치우고 만족스럽게 고개를 끄덕였다. 시끄러운 주변을 극복하기 위해 상체를 바짝 기울이고 목소리를 돋웠다. 조개처럼 꾹 다물고 있던 입술 새로 꾸준한 말들이 흘러나왔다. 요한은 껍질을 갓 깨고 나온 새끼 새를 보듯 조금은 경이로운 심정으로 여자의 변화를 지켜보았다.

"고등학교도 미국에서 다녔어?"

"아니. GED(검정고시)로 대학 갔어."

"그럼 미국엔 몇 살 때 왔는데?"

"열여덟 살 때."

"와, 생각보다 늦게 왔네. 엘에이에 있었어?"

순진하게 되묻는 남자를 보며 제인은 피식 웃었다. 아예 근거 없는 추론은 아니다. 미국에 갓 온 한국 사람에게 만만한 도시라면 으레 로스엔젤레스가 첫째로 꼽히곤 하니까. 그녀는 대답을 아주 잠깐 망설였으나 대화를 중단하고 싶지는 않았다.

"시카고에 있었어."

"시카고?"

요한이 의외라는 듯 눈썹을 들어 올렸다. 여자가 자연스레 대화를 이어 간다.

"시카고 가 본 적 있어?"

"아니. 거기 되게 춥잖아. 여기보다 더 춥지?"

"어. 칼바람이 쌩쌩 불어서 겨울엔 거의 밖에 안 나갔어. 근데 뉴욕도 만만치 않은 것 같아. 특히 일월부터 삼월까지 여기 날씨는 진짜 최악이야."

"추운 거 좋아하는 거 아니었어?"

"전혀. 난 겨울이 제일 싫어."

"그럼 왜 반바지 입고 조깅한 건데?"

그때 센트럴 파크에서. 친절하게도 장소까지 상기시켜 주는 남자를 제인은 잠시 바라보았다. 그리고 테이블 위 제 몫의 맥주잔으로 시선을 옮긴다. 정확히 네 잔째지만 한 잔의 양이 적으니 마신 술은 많지 않을 것이다. 그런데도 한껏 취한 것 같은 기분이 들었다. 나이 많은 물건들로 가득한 낯선 공간과 시끌벅적한 주변의 소음들. 흥겨운 사람들의 목소리와 웃음소리. 그 가운데 한 자리를 차지하고 앉은, 오직 나만을 주목하는 매력적인 남자. 그 모든 것들의 틈새에 끼어 마치 다른 사람이 된 것 같은 환상에 제인은 흠뻑 취해 있었다.

오랜 세월 예민하게 세워 둔 울타리가 둥글게 무너지는 것을 느꼈다. 위험하다는 생각도 피해야 한다는 위기감도 들지 않았다. 단단히 채운 빗장이 조금씩 헐거워지고, 견고하게 쌓아 둔 벽이 서서히 허물어지는 느낌. 진짜 내 모습을, 나만 아는 내 모습을 공유하고 싶단 욕구가 목구멍으로 치솟았다.

"날 괴롭히고 싶어서."

말하고 그녀는 맥주 한 모금을 삼킨다. 에일 맥주의 쌉싸래한 뒷맛이 입 안에서 까끌거렸다.

"나는, 가끔 내가 괘씸하고 맘에 안 들어서 벌주고 싶을 때가 있어."

요한은 달싹이는 여자의 입술을 바라보았다. 아직까지도 벗지 않은 클로슈 아래 조그만 얼굴이 조금 침울하게 가라앉았다. 재잘대며 예쁘게 웃던 방금 전의 여자를 다시 보고 싶어 그는 몸이 달았고, 답지 않게 자상스런 생각에 내심 놀랐다.

"나까지 나를 벌주면 내가 너무 불쌍하지 않나."

말하며 여자의 손으로 시선을 옮겨 본다. 맥주잔을 찻잔처럼 감싸 쥔 열 개의 손가락. 하얗고 가는 그 손가락에 입을 맞추고픈 충동을 그는 내리눌렀다.

"네가 맘에 안 들면 나한테 넘겨. 괴롭히지 말고."

오른손을 뻗어 제인의 왼손을 쥐었다. 여자의 손은 깜짝 놀랄 만큼 차가워 마치 얼음으로 깎은 것 같다. 요한은 제 체온을 옮겨 주듯 차갑고 작은 손을 완전히 감쌌다.

"난 아주 맘에 드니까."

열 개의 손가락이 천천히 얽혀 들었다. 마디마디가 스치면서 찌릿한 전류가 흘렀다. 비비듯 파고드는 남자의 손가락이 길쭉하고 매끄럽다. 손날에 일자로 길게 그어진 상처. 이제 딱지가 앉아 아물어 가는 그 상처를 제인은 엄지 끝으로 살며시 매만졌다. 제 얼굴을 응시하는 남자의 시선에서 그녀는 더운 열기를 보았다.

"……아파?"

"아니."

보일 듯 말 듯 고개를 젓는 동안에도 요한은 여자를 놓아주지 않았다. 표정이 사라진 얼굴이 꼭 다른 사람 같다. 그는 아무런 장식도 패턴도 없는 밤색 스웨터를 입었다. 도톰한 옷감 덕분에 넓은 어깨가 강조되고, 쭉 뻗은 목줄기와 돌출된 목울대가 일견 선정적으로마저 비쳤다.

이 남자의 품에 안기고 싶다. 단단한 어깨를 쓰다듬고 섬세한 목덜미에 입 맞추고 싶다. 따뜻한 체온과 선명한 체취를 들이마시고 싶다. 이토록 발칙스런 생각이 드는 것은 술을 마신 때문일까.

제인은 붙잡힌 왼쪽 손의 소매를 걷어 손목시계를 확인했다. 밤 10시 30분. 시간은 거짓말처럼 성큼 흘러 있었다. 잡힌 손을 부드럽게 빼내며 웨이터에게 계산서를 청했다. 훌쩍 지난 시간을 핑계 삼아 달음질치는 마음을 좀 다잡아 볼 심산이었다.

"가려고?"

"응, 늦었어."

"안 가면 좋겠는데."

계산을 마칠 때까지 뭉그적거리던 요한은 여자가 코트를 입고 목도리까지 감고 나서야 비로소 비척비척 일어섰다. '안 가면 좋겠는데'를 온몸으로 표현하는 남자가 좀 귀엽다. 막내인가. 제인은 새삼 그의 형제 관계를 궁금해하며 연상의 여자처럼 슬며시 웃었다.

"어, 눈 온다."

출입문을 연 요한이 외치듯 말했다. 밤늦게 눈이 온다더니 일기예보가 기막히게 맞아떨어진 모양. 쏟아지는 함박눈을 바라보며 제인은 감탄처럼 긴 숨을 뿜었다.

바람 없이 눈 내리는 거리는 고요했다.

느리게 떨어지는 눈을 맞으며 그들은 워싱턴 스퀘어 파크를 향해 나란히 걸었다. 제법 오래전부터 내리기 시작했는지 보도 위에 옅은 발자국이 점점이 남아 있다. 에일 하우스에서 제인의 아파트까지는 예닐곱 블록 거리였고, 큰길을 세 번 건너자 어느새 골목길로 접어들었다. 벽돌과 사암으로 지은 건물들을 한 블록 더 지났을 때 그녀가 멈춰 섰다. 아파트까지는 이제 불과 두 블록. 더 가까이 가는 것은 꺼려진다.

"여기서 헤어지자. 혼자 갈 수 있어."

잘라 말하는 여자를 요한은 잠자코 마주 보았다. 가로등 빛이 정수리 위로 쏟아져 그는 마치 스포트라이트 속에 선 배우 같았다. 그 빛에 눈이 부신 건지 아니면 사방으로 낙하하는 함박눈 때문인지, 제인은 산란한 시야를 바로잡으려 두 눈을 조금 가늘게 떴다.

"나 아직도 못 들어가?"

무슨 의미인지 듣는 쪽도 모를 리 없었다. 입을 다문 채 대답을 고민할 동안 남자가 다가왔다. 제인은 이제 무슨 일이 벌어질지 직감한다. 예감과 동시에 심장이 죄이면서 무겁게 뛰기 시작했다.

골목은 거리보다 더 고요했다. 창문을 꼭꼭 닫은 건물들에서는 아무런 소리도 새 나오지 않는다. 그리고 목화처럼 하얀 눈송이들. 남자를 담은 도시의 설경은 황홀했다. 눈 내리는 밤이 이렇게 아름다웠던가. 생애 최초의 눈을 목격한 어린 짐승처럼 제인은 경탄 어린 마음으로 잠깐 넋을 놓았다.

그는 다가오는 내도록 시선을 옮아맸다. 인공의 빛을 퉁겨 내는 갈색 눈동자. 짙은 눈썹과 선명한 얼굴의 윤곽. 매혹적인 입술.

뺨을 감싸는 체온에 이어 그 입술이 닿는 순간 제인은 진작부터 이 순간을 기다리고 있었음을 인정했다. 차마 몸의 일부라고 믿어지지 않을 만큼 부드러운 감촉에 발끝까지 짜릿하게 간질거렸다. 이미 한 번의 경험이 생겼건만 여전히 귓가에는 아무 소리도 들리지 않았다. 두 번째 입맞춤에도 심장은 터질 것처럼 부풀어 올랐다.

맞겹쳐진 두 입술이 미친 듯이 서로를 찾았다. 홀린 것처럼 서로의 호흡을 들이마시고 타액을 삼켰다. 입술과 혀는 축축이 젖어 드는데 목구멍은 타는 듯이 말랐다. 깊은 입맞춤이 꽤 오랫동안 이어졌으나 까닭 모를 갈증은 사라지지 않았다.

격한 키스에 두 사람 모두 호흡이 모자라 입술은 곧 떨어졌다. 온몸이 뜨겁게 흘러내리는 것 같아 제인은 그의 품에 무너지듯 안겨 들었다. 하나로 겹친 두 개의 몸 위로 솜털 같은 눈송이가 무수히 내리고, 하얗게 숨을 몰아쉬며 그들은 맞닿은 서로의 고동을 고스란히 느낀다.

잠깐 동안 이어지던 침묵을 깬 것은 요한이었다.

"아직 초대할 생각이 없는 거면 내 집으로 와도 되는데."

748 이스트 9스트리트. 꽤나 상세한 주소까지 읊어 주자 제인은 코로 얕게 웃고 말았다. 그리고 무게중심을 다시 세우며 그의 품에서 떨어져 섰다.

"진짜야. 아무 때나 와도 돼."

미리 알리고 와 주면 더 고맙겠지만. 덧붙이며 웃는 얼굴을 향해 여자가 조금 더 밝은 웃음을 흘렸다.

"들어갈게. 조심히 가."

"전화해도 돼?"

"내가 할게."

"몇 시에?"

손목시계를 들여다봤다. 어느새 11시가 가까워져 있다.

"열한 시 반?"

"알았어."

그가 씩 웃으며 제인의 얼굴을 쓰다듬었다. 그 손길이 떨어져 나가는 것이 못내 아쉬웠으나 그녀는 걸음을 돌렸다. 아파트를 향해 걸어가면서도 뒤를 돌아보고픈 마음이 끈질기게 발목을 잡아챘다. 친절히 웃으며 문을 열어 주는 도어맨에게도 기분 좋게 인사를 건넸다. 도어맨들은 교대근무라 규칙적으로 사람이 바뀌지만 다들 익숙한 얼굴이다.

샤워하고 나서 침대에 누워 전화를 해야지. 그는 택시를 탔을까. 설마 집까지 걸어가는 건 아니겠지. 여기서 애비뉴 D까지 이십 분 넘게 걸릴 텐데. 엘리베이터를 타고 올라가는 동안에도 제인은 온통 그 남자만을 생각했다.

9층에 도달해 문이 열리자 가볍게 밖으로 걸어 나왔다. 주인을 반기듯 반짝 밝아진 센서 등에 의지해 핸드백을 열었다. 휴대전화와 콤팩트, 립스틱 사이를 뒤져 열쇠를 꺼내 구멍에 넣었다. 그리고 손에 익은 방향으로 열쇠를 돌렸을 때, 시종 들떠 있던 얼굴이 굳어졌다.

문은 잠겨 있지 않았다.

천천히 열쇠를 빼내어 손에 쥐었다. 차디찬 쇳덩이가 부드러운 손바닥을 파고들었으나 아무것도 느껴지지 않는다. 벽처럼 눈앞에 선 마호가니 문 너머 무엇이 기다리고 있을지 그녀는 알았다.

또한 피할 수 없다는 것도.

길게 망설이지 않고 손잡이를 잡는다. 소름이 돋도록 차가운 감촉을 견디며 문을 당겼다. 육중한 문은 언제나처럼 부드럽게 열렸고 캄캄해야 할 아파트 내부는 불이 켜져 있었다. 주인도 없는 빈집에 멋대로 들어와 참으로 당당하게도. 생각하며 현관 안으로 걸어 들어온 제인은 그러나 곧 맥없이 시인한다. 언제부터 내가 이 집의 주인이었나.

진짜 주인은 안에 있는 저 사람인데.

신발을 벗고 슬리퍼를 신는 동안에도 밝은 실내는 죽은 듯 고요했다. 현관에서 거실로 이어지는 좁고 긴 통로를 지나는 순간이 억겁처럼 느껴졌다. 걸음을 옮길 때마다 남자 향수 냄새가 한 움큼씩 짙어졌다. 그리고 드디어 통로의 끝을 지났을 때, 샹들리에 아래 남자의 모습을 실체로 확인했을 때, 윙체어에 석상처럼 앉아 있던 남자가 이쪽으로 천천히 고개를 돌렸을 때,

제인은 심장이 굳어 버리는 것 같았다.

리오의 얼굴에는 표정이 없었다. 치솟는 분노를 힘껏 누르고 있는 것 같기도 했고 아무것도 개의치 않는 것처럼 보이기도 했다. 그는 한 점의 감정도 묻지 않은 절제된 눈길로 앞에 선 여자를 관망했다. 마치, 죄인의 자백을 기다리는 재판관처럼.

그러나 제인은 아무 말도 하지 못했다. 입술에 아교 칠을 한 것처럼 꼼짝도 할 수 없었다. 리오는 이 집의 열쇠를 갖고 있다는 사실을 숨기려 한 적이 없다. 그러나 사전 통보도 연락도 없이, 비어 있는 아파트에 홀로 들어와 그녀를 기다리는 일 따위는 지난 4년간 결단코 없었다. 처음으로 당하는 상황에서 제인의 머릿속은 별수 없이 하얗

게 비어 버렸다.

두 사람 중 누구도 먼저 입을 떼지 않았다.

그가 차라리 화를 내면 좋겠다고 그녀는 생각했다. 어디 갔다 오냐고, 이렇게 늦은 시각 어디서 누구와 뭘 했느냐고 다그친다면 급조한 거짓말이라도 둘러댈 텐데. 그러나 리오는 전혀 다그칠 생각이 없는 얼굴로 여자의 창백한 얼굴만 바라보았다. 그러므로 제인에게는 이번에도 선택의 여지가 없다.

"……여기서 뭐 하는 거예요."

무난한 시작이다. 여자의 첫말을 기다리던 남자가 천천히 눈을 슴벅였다. 입술 언저리에 언뜻 미소 비슷한 것이 스치더니, 조형물 같던 얼굴이 그제 풀어지며 입술을 벌렸다.

"기다리고 있었지."

"연락도 없이,"

"전화를 안 받던데."

무슨 소린가 싶어 눈살을 살짝 찌푸렸다. 리오는 제게 휴대전화가 있다는 걸 모르는 눈치였다. 베런이 보고하지 않았다는 말인가. 좀 이상했지만 굳이 가방 속의 전화기를 꺼내 보이지는 않았다. 애먼 사람까지 곤란하게 만들 필요는 없으니까.

"내가 항상 집에 있을 줄 아나 보네요."

말을 뱉으면서도 아차 싶었다. 얌전히 통제 안에 있다는 인상을 줘도 모자랄 판에 이 무슨 멍청한 도발인가. 그래서 얼른 화제를 돌린다.

"여긴 무슨 일이에요."

"오래 기다렸냐고 먼저 묻는 게 예의일 것 같은데."

"미안하지만 실례는 당신이 먼저 했어요."

"실례라."

리오가 낮은 웃음을 터뜨리며 자리에서 일어섰다. 그러나 접었던 몸을 펼치고 정면을 향해 고개를 들었을 때 똑바로 선 장신의 남자에 겐 표정이 없었다. 쿵쿵쿵. 제인은 무겁게 뛰는 제 심장을 외면하며 어깨를 곧게 폈다.

"누가 더 무례한 사람인지는 나중에 따져 봐. 지금은 내 상황이 별 로 좋지 않아서."

"나쁜 일이라도 생긴 건가요."

"좋지 않다고 했지, 나쁘다고는 안 했는데."

느긋하게 말하며 걸음을 옮겼다. 천천히 다가오는 남자를 향해 그 녀는 입을 다물었다. 진짜는 지금부터. 날카로운 예감이 정수리를 내 리쳤다.

"내게 나쁜 일이 생기기를 바라는 것처럼 들리는 건 아마도 내가 과민한 탓이겠지."

그는 서두르지 않는다. 여자의 까만 눈동자를 지그시, 그러나 팽 팽히 바라보며 한 걸음 한 걸음 걸어왔다. 느긋하게. 상대가 스스로 겁을 먹도록 시간을 주듯이.

"혹시,"

리오는 정확히 두 발짝 떨어진 곳에 멈춰 섰다. 제인은 뒷걸음질 치지 않으려 발꿈치에 힘을 주었다.

"최근에 안젤로가 접근한 적이 있었나."

차갑게 굳은 양쪽 손에 감각이 없어졌다. 어디까지 알고 묻는 걸 까. 역시 그날 나를 본 건가. 설마 안젤로의 동향을 지켜보고 있던 걸 까. 찰나에 수백 가지 생각들이 끓어올랐으나 아무것도 모르는 척, 제인은 일단 그럴듯하게 시침을 떼 본다.

"일요일에 봤잖아요. 연회장에서."

"네게 개인적으로 접근한 적이 있었냐는 말이야."

"이상한 걸 묻네요. 당신 숙부가 나한테 접근할 이유가 있나요?"

"제인."

한숨처럼 이름을 부르며 그가 고개를 비스듬히 기울였다. 서늘한 눈길로 리오는 잠시 말을 멈추었다. 턱과 관자놀이의 근육이 불거졌다 가라앉는 것을 제인은 보았다.

"정말이지 너는, 매번 내 인내심을 시험해."

아마도 내 실수겠지만. 덧붙이며 한 발짝 더 다가왔다. 이제 두 몸 사이 거리는 위험할 정도로 가깝다. 참지 못한 제인이 뒷걸음질 치려는 찰나 그가 한쪽 팔을 휘어잡았다. 휘청대는 여자의 몸을 가볍게 바로 세우며 상체를 굽혀 얼굴을 가까이 들이밀었다.

"내가 같은 질문을 두 번 하게 만들어도 넌 무사할 거라 생각하겠지. 그리고 네 생각은 옳아. 네가 나를 두 번 화나게 하더라도 난 너를 봐줄 거다. 하지만,"

속삭이듯 말하며 그는 제인의 눈동자를 꿰뚫을 듯 들여다보았다.

"세 번은 곤란해."

그러니 다시 묻기 전에 대답해. 굳이 덧붙이지 않아도 요구는 명료했다. 제인은 가볍게 다문 리오의 입술로 눈을 옮겼다. 그리고 최대한 자연스레 거짓말을 했다.

"없어요. 그런 적."

대답을 들은 남자가 잠시간 침묵한다. 그리고 느긋하게 손을 뻗어 머리에 쓴 클로슈를 벗겨 냈다. 여전히 감정이 보이지 않는 남자. 그 얼굴이 이제 지척에 다가와, 둘 사이에는 금방이라도 입을 맞출 수 있는 거리밖에 남지 않게 되었다.

위험하다.

본능적인 거부감에 제인이 짧은 숨을 들이켰다. 어찌해 볼 겨를도 없이, 의지의 방향과 상관없이 몸부터 굳어졌다. 제 두 눈을 찬찬히 번갈아 보는 남자의 동공이 짐승처럼 확대되는 것을 그녀는 보았다.

리오는 잔뜩 긴장해 굳은 여자를 동요 없이 들여다본다. 조각조각 뜯어내듯 해부하는 시선이었다. 욕망한다기보다 관찰하는 듯한. 그제 제인은 조금 다른 위험을 알아차렸다.

"놔줘."

술을 마신 것을 알아챘을까. 남자의 흔적을 눈치챘을까. 그의 향수 냄새가 몸에 배었나. 입술 위에 입맞춤의 열기가 남아 있기라도 한 건가. 제인은 푸른 수염의 가엾은 아내처럼 피 묻은 열쇠를 들킬까 미친 듯이 가슴을 졸였다.

"……이거 놔."

"제법이네."

놓아 달라는 요구를 가볍게 묵살한 채 리오는 재미있다는 듯 두 눈을 가늘게 떴다.

"금요일 밤을 즐길 줄도 알고."

"잠깐 동기들 만났어."

"잘했어."

그의 입술 끝에서 제인은 냉기 어린 미소를 보았다. 수 얕은 거짓말에 속아 넘어간 것인지 속은 시늉을 하는 것인지 그녀로선 종잡을 수 없다.

"하고 싶은 대로 해. 이제 얼마 안 남았으니까. 하지만 이건 기억해야 할 거야."

리오의 낮은 음성은 침착하기 그지없어 친절하게마저 들렸다. 그는 교양 있는 집안에서 잘 배운 사람처럼 유려한 발음과 언어를 구사한다. 그러나 그 세련된 말씨에 담긴 내용은 무자비했다.

"넌 내 소유야(You belong to me)."

손아귀에 붙들린 여자가 남자의 눈을 마주 보았다. 귓가가 먹먹해졌다. 아무런 반응도 하지 못하는 여자를 향해 비첼리오는 새기듯 재차 선언했다.

"죽을 때까지."

한쪽에게는 고백이었으나 다른 한쪽에겐 차라리 선고와 같았다. 스스로 뱉어 낸 단어들에 자극된 남자가 마른침을 삼켰다. 불거진 목울대가 성마르게 꿈틀댔다.

"나는 네가 원하는 모든 걸 해 줬으니 너도 약속을 지켜야겠지."

여자의 까만 눈동자는 홍채와 동공의 경계가 보이지 않아 신비롭다. 그 눈이 가볍게 휘어질 때 빚어내는 호선은 사랑스럽다. 그러나 수년 전 실종되어 자취를 감춘 미소. 이제 눈앞에는 돌덩이처럼 굳어 버린, 악마 앞에 선 용감한 소녀처럼 겁내지 않으려 애쓰는 안쓰러운 여자만 남아 있다.

"혹시라도 기대한다면 그만두는 게 좋을 거다."

그러나 이제 와 놓아주기엔 너무나 멀리 와 버렸다. 그녀가 원한다면 무엇이든 해 줄 것이다. 예전처럼 웃게 할 수 있다면 천사의 날개라도 뜯어 올 것이다. 단 한 가지.

"나는 널 놓아주지 않을 거니까."

내 곁에서 사라지는 것만 제외하고. 죽을 때까지.

"할 수만 있다면, 죽어서도."

제인은 아무 말도 하지 않았다. 놓아 달라는 요구조차 하지 않았다. 그럼에도 리오는 순순히 손을 떼어 내고 스스로 한 걸음 물러섰다.

"그러니 동기들을 만날 때도 그걸 꼭 명심해 줬으면 좋겠군."

벗겨 낸 클로슈를 돌려주며 그가 말했다. 제인은 한 차례 눈꺼풀을 감았다 떴다. 목구멍이 갈라지는 것처럼 심하게 목이 말랐다. 이어 손목시계를 들여다보는 남자의 모습을 보며 그녀는 생각했다.

이제 거의 끝났다. 조금만 더.

"밤늦게 실례가 많았어."

조롱처럼 들리는 말조차 미치도록 반가웠다. 그리고 그가 몸을 돌려 현관문 밖으로 사라진 후, 아치형의 마호가니 문이 부드럽게 닫혀 드디어 실내에 홀로 남게 되었을 때, 제인은 떨리는 두 손으로 제 얼굴을 감싸 덮었다.

"하아……"

틀어막혔던 숨이 터졌다. 몇 번이나 길게 내쉬고 깊이 들이마셨다. 흑백의 대리석 타일이 교차해 깔린 체스판 같은 바닥 위에서 그녀는 여러 번 숨을 몰아쉬었다. 찬란한 샹들리에 아래 호화로운 가구들이 파수꾼처럼 여자를 지켜본다. 견딜 수 없는 냉기가 발끝부터 휘감아 올라 온몸을 꽁꽁 얼어붙였다.

욕실 안에 더운 김이 부옇게 찼다. 문을 열자 갇혀 있던 증기가 터지듯 밖으로 흘러나왔다. 요한은 젖은 머리를 수건으로 탈탈 털며 벽에 걸린 시계를 본다. 플라스틱 벽시계는 플리 마켓에서 단돈 1달러에 주워 온 중고품이지만 시간 하나는 정확했다.

11시 반.

붐박스는 언제나처럼 즐겨 듣는 라디오 주파수에 맞춰져 있었다. 흘러나오는 팝송을 따라 콧노래를 흥얼거리며 전화기가 있는 침실로 걸어 들어갔다. 철제 스탠드에 끼워진 알전구 하나가 방 안을 제법 넉넉히 밝히고 있었다. 그는 퀸 사이즈 침대 끝에 걸터앉아 머리카락 물기를 털어 내던 수건을 협탁 위에 대충 던져뒀다.

멜로디를 흥얼대며 유선전화기를 바라보았다. 조만간 요란한 신호흡이 터지리라 생각하니 괜히 비실비실 웃음이 샜다. 함께 영화를 보고 맥주를 마시고 웃고 떠들던 시간들을 찬찬히 되감아 회상해 본다. 하얗고 말랑한 웃음을 보여 주던 여자. 촉촉한 입술과 보드라운 뺨의 촉감. 시린 겨울밤을 녹여 버린 달콤한 호흡.

거기까지 생각하다 마르는 입술을 핥았다. 방금 헤어진 여자를 다시 보고 싶어 몸이 달았다. 여자의 아파트로 달려가는 상상을 하면서 그는 잠잠한 전화기로부터 억지로 눈길을 거뒀다.

그리고 차근히 더듬어 보았다. 어렸을 때, 그러니까 3학년이나 4학년 때쯤, 아직 남자 꼴도 갖추지 못한 소년 시절 느꼈던 것과 매우 흡사한 이 감정을.

그 애는 불쑥 떠올라 머릿속을 우르르 헤집어 놓고는 휙 하니 사라져 버린다. 자꾸만 보고 싶고 지금쯤 뭘 할까 수시로 궁금하다. 하지만 막상 내 앞에 나타나면 마음이 바람처럼 들떠 버려서, 나답지도 않은 후진 말들을 생각 없이 떠벌리고, 그 애를 웃게 하려 온 힘을 다해 머리를 굴리며, 평소라면 절대 하지 않았을 우스운 짓까지 하고 나서 나중에야 혼자 한심해한다. 나조차 내가 낯설어지는 괴상한 감정들. 요한은 아주 오래전에 만났던 이 괴물의 정체를 알고 있다.

따르르르.

결론과 동시에 전화벨이 울렸다. 예고도 없이 윽박지르는 험악한 벨 소리가 천사의 나팔 소리처럼 들리니 이것도 슬슬 중증이다. 생각하며 요한은 지체 없이 수화기를 들어 귀에 댔다. 상대는 아직 말 한마디 안 꺼냈건만 저절로 입이 함박처럼 벌어졌다.

"약속 한번 정확하네. 시간 재고 있던 건 아니지?"

수화기를 얼굴에 댄 채 침대 위로 완전히 올라앉았다. 그런데 기대하는 목소리가 돌아오지 않았다. 묘한 정적에 귀를 기울이다 되물었다.

"여보세요? 제인?"

— 어. ……나야.

"뭐야. 무슨 일 있어?"

소리로 전해지는 여자의 기색도 그렇거니와 전화의 감도 또한 이상했다. 아니나 다를까,

— 나 지금, 너희 집 앞에 와 있어.

"뭐?"

침대 머리에 편안히 등을 기대고 있던 요한이 튕기듯 허리를 세웠다. 별안간 심장이 펄떡대면서 온몸의 신경이 흥분하기 시작했다. 제대로 들었다는 걸 알면서도 확인하듯 되물었다.

"어디라고? 집 앞?"

— 철물점이랑 델리가 보이는데, 몇 층인지 알려 줄래?

황급히 방 안부터 둘러보았다. 워낙 물건이 없어 휑뎅그렁한 침실은 약간의 정리가 필요해 보였지만 그럴 여유는 없었다. 자정을 30분남겨 둔 늦은 시각. 애비뉴 D는 이런 시간에 여자 혼자 도로변에 세워 둘 만한 동네가 절대 아니다.

"일 분만 기다려. 지금 나갈게."

수화기를 탁 내려놓고는 침대를 내려와 현관으로 향했다. 이 인용식탁 의자에 걸어 둔 파카를 집어 팔을 꿰면서 맨발을 운동화에 쑤셔넣는다. 잠긴 현관문을 열고 밖으로 튀어 나가는 남자는 거의 달리다시피 건물 밖으로 나왔다.

거리를 덮은 함박눈은 이제 폭설이 되어 쏟아지고 있었다.

건물 옆쪽을 돌아 도로로 나오자마자 여자부터 눈으로 찾았다. 아무도 없는 고요한 거리, 자동차조차 다니지 않는 변두리 우범지대에 용감하게도 홀로 선 여자는 불이 꺼진 상가를 마주 보고 있다. 무사히 찾아낸 남자가 안도하듯 긴 숨을 뿜어냈다.

제인은 아까와 같은 차림이었다. 검정 코트에 클로슈. 어깨에 멘 가방. 온통 검정 일색으로 몸을 가린 채 하얗게 쏟아지는 눈을 맞고 있다. 그 모습을 바라보며 요한은 한겨울 밤의 냉기를 전혀 느낄 수 없었다. 방금 감은 머리카락이 잔뜩 젖어 있고 눈에 파묻힌 운동화 안은 맨발이었지만 온몸은 오히려 뜨거워졌다.

그리고 그때, 제인이 이쪽으로 고개를 돌렸다.

십여 미터가량을 사이에 두고 두 남녀가 서로를 바라본다. 주변을 빼곡히 채운 눈발에도 그들은 어려움 없이 서로를 알아보았다. 요한이 여자를 향해 성큼성큼 다가갔다. 크리스마스이브. 눈 내리는 성탄 전야의 소호 거리에서 마주쳤던 모습이 겹쳐 보였다.

또다시 가슴이 뛴다. 그때보다 훨씬, 빠르고 선명하게.

"이렇게 빨리 올 줄은 몰랐는데."

"나, ……들어가도 돼?"

제인이 서름하게 물었다.

"당연하지."

요한이 지체 없이 대답했다.

한쪽 팔을 뻗었다. 큼직한 손바닥 위로 굵직한 눈송이가 쉴 새 없이 녹아 사라진다. 여자가 내민 손을 단단히 붙잡으며 그는 조금 웃었다.

바람이 없어 사납지 않은 폭설이었다. 손을 잡은 채 그들은 건물 뒤편으로 돌아 안으로 들어갔다. 나오면서 열어 둔 철문을 다시 잠글 동안 제인은 작은 아파트 건물의 반지하 내부를 낯설게 둘러보았다.

푸르스름한 형광등이 켜진 복도에는 지하 특유의 연한 곰팡내와 아울러 세탁용 세제 냄새가 진하게 풍겼다. 아마도 이곳에 세탁실이 있는 모양이라고 생각하며 남자를 따라 걸었다. 역시나 플라스틱 통에 담긴 싸구려 세제가 굴러다니는 공용 세탁실을 지나 암녹색 철문이 나타났다. 여기에 사는 건가 생각했을 때 문을 연 그가 이쪽을 돌아보았다.

"들어와. 엄청 깨끗하지는 않지만."

여자를 먼저 들여보낸 요한이 뒤따라 들어온다. 철문에 달린 잠금 장치 세 개를 익숙하게 모두 채운 다음 운동화를 벗었다. 머뭇거리던 제인은 그가 신발을 벗는 걸 보고서야 앵클부츠에서 발을 뺐냈다.

방 안에서 흘러나오는 라디오 소리 덕에 어색함은 상당 부분 상쇄되었다. 요한이 파카를 벗어 식탁 의자 등받이에 걸었다. 잠깐 나갔다 왔는데도 얇게 뭉쳐진 눈이 여기저기 묻어 있다.

"편하게 있어도 돼."

다시 말을 건네며 여자를 살폈다. 모자챙을 깊이 눌러쓴 조그만 얼굴에 핏기가 없었다. 그러고 보니 뭔가 좀 이상하다. 협소한 거실과 주방 사이에 우두커니 선 여자는 꼭 허수아비 같았다. 아픈 사람 같기도 하고. 그제 심상치 않은 생각이 들어 다가가려던 찰나, 그보다 약간 앞서 제인이 고개를 들었다.

"요한."

막 걸음을 떼려다 제자리에 멈춰 섰다. 요한. 성을 뗀 이름으로 부른 것은 처음이다. 그게 뭐라고 또 등신처럼 비실비실 웃음이 새는 걸 그는 최선을 다해 억눌러 보았다. 별 소용은 없었지만.

"어."

순순히 대답하는 남자. 그 상기된 얼굴에 제인은 다시 한번 선연한 죄의식을 느꼈다.

풍랑을 만난 뱃머리 꼭대기에 선 기분이었다. 긴장과 흥분, 두려움과 불안, 갖가지 붉은 감정들로 온몸은 격심하게 요동치고 있다. 얼음굴 같은 펜트하우스를 박차고 나와 무작정 택시를 잡아탔을 때부터 기어이 그의 집 앞에 도착해 전화를 걸던 때까지, 그만둬야 한다는 내면의 경고로부터 제인은 끈질기게 귀를 막았다.

'넌 내 소유야. 죽을 때까지.'

이것은 리오 비첼리오와 제인 헤닝 사이의 거래다. 과거와 미래를 맞바꾸는 이 미친 거래에서 요한 리는 완벽한 제삼자였다. 이 평범한 남자를 위험으로 끌어들일 수 있음을 알면서도 욕심을 버리지 못하는 것. 끔찍하도록 이기적인 마음에 대해 그녀는 죄의식을 가져 마땅했다.

그러나 그보다 더욱 최악인 것은.

"나는, 진지한 관계를 원하지 않아."

이 엉망인 상황 속에서도 멈출 수 없는 기만.

"나를 더 알게 되면 넌 날 피할지도 몰라. 아마 그럴 거야. 그러니까, 내가 널 이용하는 거야, 지금. 나는,"

"말 참 예쁘게 하네."

무슨 서두가 그렇게 무시무시하냐. 덧붙이는 말 끝에 바람 빠지는 소리.

"나 보고 싶어서 왔다고, 그냥 그렇게 말하면 되는데."

왼쪽으로 고개를 기울이며 웃는 모습을 제인은 조금 당혹한 눈으로 바라보았다. 아무것도 모르는 남자는 그저 이 상황이 재미있는 눈치였다. 그럴 것이다. 방금 그건 완전히 횡설수설이었으니까.

"걱정 마. 책임지라고 안 해."

말하면서도 요한은 어이가 없어 픽픽 웃었다. 이젠 하다 하다 별말을 다 한다. 진지한 관계를 원하지 않는다니. 그 말을 여자 입에서 듣게 되는 날이 올 줄이야. 생각하며 그는 조금 더 키득거렸다.

"이용하고 싶으면 해. 날 어디다 써먹을 건진 모르겠지만."

위태롭게 선 여자를 향해 한 발짝 다가갔다. 오른쪽으로 서서히 기우는 날렵한 얼굴을 제인은 바라보았다. 미미한 웃음기를 품은 눈동자에서 언뜻 푸른 빛이 튀었다.

"어쩌면 너야말로 날 피할지 모르지. 나를 더 알게 된다면."

제인이 짧은 숨을 들이켰다. 저를 응시하는 남자의 눈은 예전에도 한 번 본 적이 있다. 푸르스름한 빛을 품은, 색기 같기도 광기 같기도 한 위험한 색채의 눈동자.

"근데 난 그런 걱정 안 하는데."

요한은 느리게, 그러나 멈추지 않고 여자를 향해 걸음을 뗐다.

알고 있다. 나는 네게 별로 어울리지 않는다는 것.

도어맨이 지키는 궁전 같은 집과 기사 딸린 값비싼 차를 지닌 여자. 수만 달러를 푼돈처럼, 그것도 대리인을 통해 쉽게도 써 대는 부유한 미망인. 그런 여자에게 우범지대 반지하에 사는 남자는 어쩌면 한낱 호기심거리일지 모른다. 그 남자의 침대 아래 어떤 것들이 숨겨져 있는지 알아차린다면 이 안락하고 순진한 여자는 어쩜 나를 벌레 보듯 할지도 모르지.

그러나 유쾌하지 않은 가정들 따위 미리 해 본들 무슨 소용인가. 아직 일어나지 않은 일을 걱정하는 것은 마약을 파는 것보다도 쓸모없고 한심한 짓이다.

"나중 같은 건, 신경 안 써."

망설임 없이 클로슈를 벗겨 냈다. 완전히 드러난 긴 머리칼에서 부드러운 윤기가 흘렀다. 벗겨 낸 모자를 바닥에 떨어뜨리며 그는 마른침을 삼켰다. 저를 올려다보는 검은 눈동자. 심하게 동요하는 그 시선을 진득하게 바라보았다. 전신 이곳저곳에서 무거운 진동이 웅웅 일기 시작한다.

잠깐의 침묵 끝에 제인이 마른 입술을 뗐다.

"……너 때문이야."

날 이렇게 만든 건 너다. 멈춰야 한다는 걸 알면서도 매번 미친 짓을 하는 이유 또한 너다. 정체를 일일이 가늠할 수 없는 감정들의 덩어리가 한꺼번에 각혈처럼 울컥 목구멍을 넘었다. 제인은 울지 않으려 눈을 감았다. 힘껏 숨도 참아 보았으나 별 소용은 없었다.

"지금 이건 다, 너 때문이라고……."

허락도 구하지 않고 멋대로 들어왔으니까. 간신히 체념한 마음을 함부로 건드렸으니까. 이 남자가 던져 넣은 파문 같은 희망은 언제부턴가 높은 파도가 되어 버렸다.

빛나는 웃음. 설레는 마음. 평범한 시간 같은 걸 나도 한 번쯤은 가져 보고 싶다는, 그럴 수 있을 거라는 희망. 그 구차하고 미련한 희망 따위가.

"그러자."

요한이 두 손을 뻗어 여자의 얼굴을 감쌌다. 뺨에 흘러내린 물기를 엄지로 슥 닦아 낸다. 짤막한 말투와 달리 손길은 꽤나 조심스러웠다.

"다 나 때문이야."

기꺼이 책임을 자청하며 달래듯 어루만졌다. 제인은 깊은 숨을 서너 차례 들이쉰 후 천천히 눈을 떴다. 물기 어린 눈동자가 조약돌처럼 까맣다.

"그러니까 울지 마."

걱정하지도 말고. 느리게 슴벅이는 여자의 눈을 들여다보며 그가 부드럽게 웃어 보였다.

"네 마음대로 써먹고 갖다 버려도 되니까,"

농담처럼 코웃음이 섞인 말에 제인도 웃음 비슷한 숨을 뱉었다.

제 얼굴을 감싼 커다란 손을 새삼스레 인지한다. 뜨거운 체온.

"지금은 나만. 아무것도 생각하지 말고. 그냥 나만 봐."

보일 듯 말 듯 고개를 끄덕이는 여자에게 요한은 그대로 입을 맞췄다. 가볍게 닿으며 시작된 입맞춤이 빠르게 깊어졌다. 여자의 뺨과 턱선, 귓불을 쓰다듬다 코트 깃 안으로 손을 집어넣었다. 가느다란 목과 쇄골의 윤곽. 따스한 체온이 손끝에 닿자 그가 짙은 숨을 내선다.

입술 안쪽을 혀로 누르며 코트의 단추를 풀었다. 정신없이 벗겨진 코트가 바닥에 떨어졌다. 제인은 눈을 감은 채 남자의 목을 양팔로 감았다. 스웨터 안쪽으로 맨허리를 더듬는 손길이 느껴진다. 짜릿하게 소름이 돋았다.

발라드가 흘러나오던 라디오는 이제 광고로 넘어갔다. 개성 넘치는 성우들이 재치 있는 설명을 늘어놓았으나 하나도 들리지 않았다. 다만 서로의 입술을 당기고 핥으며 뱉어 내는 숨소리. 맞닿은 가슴으로 느껴지는 뒤엉킨 박동 소리. 간간이 탄식하듯 얕은 신음 소리만이 온 감각을 채웠다.

제인은 긴장하지 않으려 노력했다. 허리의 맨살을 쓰다듬던 남자의 손이 몸통을 기어올라 갈비뼈 위쪽을 어루만질 때, 크고 뜨거운 그 손이 등 뒤쪽으로 돌아 브래지어 버클 위를 더듬을 때, 그녀는 움찔움찔 어깨를 떨면서도 태연하려 애를 썼다.

짧지 않은 입맞춤과 함께 침실에 도달했다. 드디어 침대에 여자를 눕힌 요한이 입술을 떼고 호흡을 가다듬었다. 두 눈을 감은 채 숨을 몰아쉬는 여자는 애처로울 정도로 몸을 떨고 있다. 내가 뭘 잘못했나. 잔뜩 흥분한 제 몸을 다스리며 그가 손을 거뒀다.

"제인."

숨을 고르며 여자가 눈을 떴다. 약간 벌어진 입술 새로 더운 숨이 새어 나온다.

"싫은 거면 지금 말해."

그는 정말로 물러날 것처럼 침착하게 말하더니,

"나중엔 싫다고 해도 안 멈출 거야."

본심도 굳이 감추려 하지는 않았다.

제인은 충실하게 대답을 기다리는 남자를 본다. 혀를 내밀어 제 입술을 축이는 모습이 좀 귀여우면서도 어딘가 퇴폐적이다. 붉게 달아오른 입술. 그 입술을 응시하다 상체를 반쯤 일으켜 입을 맞췄다. 뒤통수를 끌어안는 손길.

"멈추지 마."

요한이 기다렸다는 듯이 달려든다. 스웨터 안으로 들어온 손이 거침없이 가슴 앞쪽을 더듬어 제인은 어깨를 조금 움츠렸다. 그 자신의 말처럼 남자는 이제 제동이 불가능해 보였다.

걸리적거리는 스웨터를 머리 위로 벗겨 냈다. 살구색 브래지어와 반라의 흰 살결을 보며 그가 다시 한번 제 입술을 축였다. 쇄골과 어깨를 지나 팔로 이어지는 곡선을 천천히 눈으로 더듬었다. 상처 하나 없이 아름다운 몸. 함부로 만지면 상할 것처럼 가느다란 골격. 온갖 정성을 들인 세공품을 보는 것 같아 언뜻 황홀한 기분마저 든다.

"……예쁘다."

고작 그 정도의 찬사밖에 하지 못하는 것이 유감스러웠으나 더 적절한 감탄사를 궁리할 여유가 없었다. 요한은 제 상의를 아무렇게나 벗어 던지며 황급히 입을 맞춘다. 왼쪽 뺨을 훑고 턱선을 지나 목덜미를 더듬었다. 어깨가 떨리는 것이 느껴졌다. 예쁘다. 그는 잠꼬대처럼 흐린 발음으로 몇 번이고 그 말을 되풀이했다.

그녀의 몸에서는 기억하는 냄새가 났다. 여자들이 흔히 쓰는 향수는 아니고 은은한, 샴푸나 바디로션 같은 향기가. 그 체향을 들이마시며 몸 구석구석에 입을 맞췄다. 가늘고 작은 체구. 흠 없이 희고 보드라운 피부가 못된 욕구를 건드린다. 거칠게 다루고 자국을 남기고 미친 듯이 헐떡이며 비명마저 내지르게 하고 싶은. 생각도 못 한 그 파괴욕을 다스리는 것은 충분한 전희를 위해 삽입을 참아 내는 것만큼이나 그에겐 고역이었다.

제인은 처음 겪는 종류의 감각에 이리저리 몸을 떨었다. 브래지어 버클이 풀렸을 때는 이보다 더 빠를 수는 없겠다 싶을 정도로 심장이 날뛰었다. 남자의 손이 드러난 젖가슴을 감싸 쥐었을 때, 그가 낮은 감탄사를 중얼대며 둥근 젖무덤을 어루만졌을 때, 민감한 부위를 얄밉게도 건드렸을 때, 그녀는 날카로운 쾌감에 낮은 신음을 흘렸다. 그가 고개를 숙여 입술을 댔을 때는 그 쾌감이 어찌나 강렬하던지 발끝까지 붉은 피가 빠르게 도는 것이 느껴질 정도였다.

"아……."

제인은 제 가슴에 얼굴을 묻은 남자의 젖은 머리카락을 내려다보았다. 그는 작정한 사람처럼 여자의 양쪽 가슴을 골고루 자극했다. 덥고 습한 살점이 예민한 살갗을 집요하게 건드릴 때마다 그녀는 낮게 신음했다. 내 입에서 나올 거라 결코 생각한 적 없는 야릇한 감탄들. 그러나 참을 수 없었고, 멈춰지지도 않았다.

긴장했던 몸이 완전히 이완된 후에야 요한이 고개를 들었다. 상기된 얼굴로 숨을 몰아쉬는 여자와 눈이 마주치자 손을 뻗어 얼굴을 쥔다. 깊이 입술을 포개며 빼앗듯 타액을 삼킨다. 그는 더 이상 웃지 않았다.

"……미치겠다."

그래, 나도 미치겠어. 제인이 뜨거운 호흡을 가누며 입 속으로 중얼거렸다. 그러고는 제 바지의 버클을 푸는 남자가 쉽게 옷을 벗기도록 하체를 약간 틀었다. 살구색 속옷이 드러나자 남자의 손길이 급해졌다. 결국 발목에 걸린 바지를 끝까지 벗는 사소한 작업은 스스로 마무리해야 했다.

여자는 이제 거의 완전한 나신이다. 요한은 당장 저 속옷을 끌어 내리고 끝장을 내 달라는 격렬한 내면의 고함을 참아 냈다. 인내심을 갖고 손으로 골반을 쓸었다. 얇은 속옷 위를 더듬다가 손가락을 집어넣었다. 완전히 젖은 여자를 확인하자 입술이 바짝 말랐다.

제인은 대단히 예민하게 반응했다. 가벼운 자극에도 몸을 떨고 숨을 몰아쉰다. 가장 민감한 부분을 손가락 끝으로 살짝 건드리자 충격받은 얼굴을 했다. 낮은 비명을 흘리며 몸을 움츠리는 모습은 남자의 참을성을 짓뭉개 버린다. 요한은 벌어진 여자의 입술을 그대로 집어 삼켰다. 가느다란 목에서 울리는 모든 소리들이 그의 귀에는 우레처럼 박혀 들었다.

"아, 너 진짜,"

돌아 버리겠네. 잇새로 중얼대며 팔을 뻗어 협탁의 첫 번째 서랍을 열었다. 비어 있는 서랍 안에서 어렵지 않게 콘돔을 끄집어내 앞니로 포장을 뜯었다. 바지와 박서를 한꺼번에 벗어 내고 준비를 완료하기까지 10초도 채 걸리지 않은 것 같다. 어느새 이불을 끌어와 몸을 가린 여자를 향해 그는 억지로 조금 웃었다. 귀엽긴 한데 솔직히 지금은 웃을 여유도 없다.

제인은 눈에 띄게 굳어 있었다. 좀 이상하단 생각이 들었으나 깊이 생각할 여유가 없었으므로 부드럽게 다리를 벌리고 자리를 잡았다. 어려움 없이 입구를 찾아 천천히 들어갔다. 강하게 조여 오는 여체의 느낌은 불식간에 욕설이 샐 정도로 좋았다. 긴장을 했는지 조금 심하게 조인다 싶었지만 충분히 윤활하니 문제없을 거라 생각했다.

그런데 진짜 문제는 생각지도 못한 데서 튀어나왔다.

"아……!"

제인이 비명을 지른 것은 간신히 입구를 지났다는 느낌이 들었을 때였다. 끝이 뭉툭한, 안으로 먹히는 소리였으나 요한은 신음과 비명 정도는 당연히 구분할 줄 안다. 내가 또 뭘 잘못했나. 그는 즉각 움직임을 멈추고 여자를 살폈다.

"아파?"

제인은 미간을 찌푸린 채 눈에 띄게 몸을 떨었다. 긴장 때문이라기엔 지나치게 격심한 반응이었다. 왜 그럴까. 생각하던 요한이 눈썹을 모았다. 설마. 터무니없는 가설이었으나 확신에 가까운 직감이었다.

"야, 너,"

"멈추지 마."

제인이 그의 어깨를 붙잡았다. 그리고 애원하듯 다시 속삭였다. 멈추지 마. 요한은 황망한 얼굴로 여자의 눈을 마주 보았다. 무슨 생각을 하는지 알 수 없는 까만 눈동자. 그 눈을 번갈아 응시하며 낮게 대꾸했다.

"안 멈출 거라고 했잖아."

이미 늦었어. 중얼대며 조금 더 전진했다. 품 안의 여자가 다시 어깨를 떨었다. 이런 경우를 처음 겪는 것은 남자 또한 마찬가지다. 그는 망설이듯 잠깐 움직임을 멈추고 짧게 입을 맞췄다.

"힘주지 마. 긴장하면 더 아파."

제인이 자신 없는 얼굴로 고개를 끄덕였다. 보아하니 힘을 어떻게 빼는지도 모르는 눈치다. 미치겠네 진짜. 결국 요한은 협조 없이 스스로 알아서 하기로 마음먹어야 했다.

그러나 대단히 복잡한 머리와는 별개로 그의 몸은 미친 듯이 환호하고 있었다. 여자의 몸 안은 따뜻하고 보드라웠으며 강하게 그를 조여 왔다. 말도 안 되게 기분이 좋아서 몇 번이나 동작을 멈추고 사정

286

감을 참아야 했다. 부담이 되지 않도록 최대한 천천히 움직이다 보니 제인이 조금씩 풀어지는 것이 느껴졌다.

"이제 어때. 괜찮아?"

"……응."

"잘됐네."

그가 양팔에 힘을 실어 상체를 들어 올렸다. 예각을 이루던 접합 부위가 직각에 가까워졌다. 체위에 변화가 생기자 여자가 다시 긴장한다. 조여 오는 압박감을 느끼며 적나라한 두 몸의 결합을 바라보았다. 눈으로 보니 더 미칠 지경이다. 요한이 어금니를 사리물었다.

"나는 이제 못 참겠거든."

남자의 이마에 푸르스름한 정맥이 불거졌다. 그의 시선이 닿은 곳을 보며 어쩔 줄 몰라 하던 제인은 순간 강하게 치고 들어오는 남성을 뱃속으로 느꼈다. 부드럽고 느리게 움직이던 지금까지와는 완전히 달랐다.

저도 모르게 손가락을 말았다. 잡히는 대로 시트와 이불자락을 그러쥐었다. 몸속 깊은 곳을 치받는 생경한 감각은 아직 쾌락보다는 고통에 가까웠다. 그녀는 흔들리는 시야 속 남자를 보았다. 제 골반 양쪽을 단단히 붙잡고 두 눈을 뚫어져라 바라보는 남자를.

웃지 않는 요한은 다른 사람 같았다. 행위에 완전히 몰두한 얼굴은 관능적이다. 그는 정말로 멈추지 않았다. 얼굴을 찡그리며 짙은 신음을 뱉어도 더 이상 아프냐고 묻지 않았다. 아무것도 들리지 않아서인지, 아니면 아프지 않다는 것을 알기 때문인지 그녀로서는 알 길이 없다.

"아, 제인,"

정신이 없다. 시야는 멋대로 흔들리고 알 수 없는 감각들은 분별 없이 뒤엉켰다. 고통과 쾌락이, 긴장과 흥분이, 수치심과 만족감이 마구잡이로 섞여 버려 각각을 구분할 수 없는 지경이었다. 누를 길 없어 뱉어 내는 탄성과 억눌린 신음. 그 사이를 가득 채운 두 사람의 호흡. 제인은 힘껏 쥐고 있던 시트를 놓으며 남자를 향해 팔을 뻗었다.

"요한,"

그가 기다렸다는 듯 상체를 숙여 여자를 끌어안았다. 땀이 밴 남자의 몸은 열기로 타 버릴 듯 뜨겁다. 양팔 가득 그 몸을 끌어당기며 제인은 든든한 어깨에 입술을 묻었다. 비누 냄새와 함께 남자의 체취가 느껴졌다. 그녀의 품에 비해 그의 덩치는 터무니없이 컸지만 그럼에도 제인은 남자가 제 품에 안겼다고 생각했다. 내 품에 안겨 미친 듯이 나를 원하는 남자. 이 남자의 몸이, 숨이, 소리가, 내 몸 구석구석에 스미는 것이 너무나 기껍다.

빠르게 움직이는 남자가 몸으로 느껴졌다. 이제 거의 절정에 다다랐다는 것도. 누가 가르쳐 주지 않아도 제 몸 안의 남성에 대해 그녀는 본능적으로 알 수 있었다.

"아아,"

그러니 얼마나 큰 다행인가. 이 밤을 이 남자와 함께 나눌 수 있다는 것은.

제인은 품 안으로 무너지는 남자를 힘껏 끌어안으며 나란히 거친 숨을 내쉬었다.

❖

정사의 여운은 긴 꼬리를 드리웠다. 금세라도 잠에 빠질 것 같은 혼곤 속에서 제인은 억지로 눈을 떴다. 여기저기 널브러진 제 옷가지를 보자 정신이 번쩍 들었다. 요한은 어디 갔는지 보이지 않았고, 그가 돌아오기 전에 어떻게든 저것들을 처리해야 한다는 데 생각이 미쳐 벌떡 몸을 일으켰다. 다람쥐처럼 재빠르게 속옷 한 쌍을 주워 입고 막 스웨터를 목에 꿰었을 때,

"어디 가게?"

등 뒤에서 묻는 말에 화들짝 놀라 몸을 돌렸다. 처음 상태 그대로 스웻셔츠와 면 트레이닝 바지 차림의 남자가 열린 방문 앞에 서서 이쪽을 보고 있다. 아직 바지를 입지 못했는데 낭패라는 생각과 상의라도 입어서 다행이라는 마음이 초 단위로 엇갈렸다.

"……집에."

놀란 토끼 눈을 하고 대꾸하는 여자를 보다 요한은 피식 웃었다. 저 없는 동안 어떻게든 옷을 입으려 노력한 게 귀엽고 훤히 드러난 맨다리가 예뻐서. 자리를 비운 건 분명 아주 잠깐이었는데 무려 세 가지나 입어 내다니 놀라운 속도다.

"너 오늘 못 가."

말하며 어정쩡하게 선 여자에게 다가가 수건과 옷가지를 내밀었다.

"아까 눈 오는 거 못 봤어? 오늘 밤 내내 온댔는데."

제인은 저도 모르게 창문을 찾으려 주변을 둘러보았다. 천장 쪽에 바짝 붙은 커튼 한 쌍을 보고서야 여기가 지하라는 걸 상기했다. 짤막한 길이와 갑갑한 폭을 보아 창문의 높이는 제 팔뚝 길이도 되지 않을 성싶었다. 바깥의 풍경을 제대로 확인하기는 어려울 거란 소리.

"너 나한테 할 얘기도 있잖아."

그녀는 죄지은 사람처럼 시선을 피했다.

"씻고 나와. 맥주나 마시자."

새 칫솔은 거울 안쪽에 있으니까 꺼내 써. 요한이 턱짓으로 욕실 쪽을 가리키며 덧붙였다.

욕실은 좁고 욕조도 없었지만 샤워 부스 안의 수압이 셌고 더운물도 잘 나왔다. 제인은 샴푸와 컨디셔너 통을 확인해 가며 썼고 토막난 비누로 몸은 물론 얼굴에 남은 화장기까지 모두 씻어 냈다. 선반을 뒤져 로션도 약간 덜어 얼굴에 발랐다. 그가 쓰는 제품은 누구나알 만한 베이비 로션이라서 그녀는 조금 웃었다. 다 큰 남자도 베이비 로션을 쓰는구나. 몰랐던 사실이다.

"예쁘네. 엄청 잘 어울려."

욕실 밖으로 나오자 요한이 장난스레 감탄을 늘어놓았다. 픽 웃은제인이 젖은 머리칼을 수건으로 툭툭 두드렸다. 그가 이 인용 식탁으로 맥주 두 병을 옮기며 의자를 빼 앉았다.

"그나마 그게 제일 작은 거야."

"고마워."

"별말씀을."

제인은 헐렁한 스웻셔츠와 운동복 반바지를 돌아보았다. 상의는그런대로 걸칠 만했고 바지도 허리끈을 당겨 묶어 흘러내리진 않았다. 조금 쭈뼛대며 다가가 남자의 맞은편 의자에 앉았다. 맥주병을딴 요한이 냅킨으로 입구를 닦아 그녀의 앞에 놓아 준다. 12온즈짜리갈색 맥주병 주둥이에서 하얀 냉기가 스멀스멀 피어올랐다.

"방문을 환영해."

집주인이 맥주병을 내밀며 싱그럽게 웃었다. 그 해사한 얼굴 위에퇴폐적으로 입술을 핥던 남자가 겹쳐 보여 제인은 괜히 눈길을 돌렸다. 쨍. 두 개의 병이 맞부딪히는 소리가 경쾌했다. 목구멍으로 넘어가는 맥주는 차갑고 달콤하다.

지하층에 아파트 유닛은 여기 하나뿐인 건지 주위가 온통 조용했다. 제인은 텔레비전 한 대 없이 휑하고 아담한 거실을 돌아보았다. 둥근 벽시계 하나만 달랑 걸린 그 공간은 하도 좁아서 뭘 들여놓기도 애매할 것 같긴 하다. 자정을 넘긴 시각. 방 안에 켜진 라디오에서도 이제 느리고 차분한 음악들만 흘러나왔다.

"위장결혼이었어?"

한 대 얻어맞은 얼굴로 남자를 바라보았다. 예고도 없는 직설은 돌팔매질 같았다. 그러나 발칙한 언사와 달리 그의 얼굴은 아무렇지도 않아 보였다. 위장결혼. 대번에 정답을 들킨 여자가 순순히 시인한다.

"어."

요한은 가볍게 고개를 끄덕였다. 만점짜리 정답을 단번에 맞춘 비결은 별다를 게 없었다. 운 좋게 미국인으로 태어난 비루한 인생들을 많이 알고 있다는 것 정도. 외국인 여자에게 서류상 남편 노릇을 해주고 목돈을 챙긴 사람들을 그 또한 여럿 알고 있다. 미국인과의 결혼은 불법체류자들이 영주권을 취득하기 위한 유일하고도 확실한 루트이므로, 뉴욕처럼 이민자가 많은 곳에는 브로커와 변호사를 낀 위장결혼 시장이 꽤 규모 있게 형성돼 있다.

그런데 돈 많은 외국인도 그런 걸 하나. 위장결혼이었다면서 왜 가짜 남편의 성을 아직도 쓰고 있을까. 묻고 싶은 것들이 많았으나 그중 가장 궁금한 건,

"남편 죽었다며."

"사실이야."

"어떻게 죽었는지 물어봐도 돼?"

이름만 빌려준 가짜 남편이라는데도 미스터 헤닝이 신경 쓰이는 건 어쩔 수 없었다.

"……사고로."

시선을 피하며 맥주병을 집어 드는 여자를 요한은 지켜보았다. 정확히 어떤 종류의 사고였는지 궁금했지만 더는 묻지 않기로 한다. 우

글대는 호기심을 접으며 다시 정리해 보았다. 제인 헤닝은 결혼한 적이 없는 부유한 집안의 딸—남편의 유산이 아니라면 부모의 자산이 틀림없다—이고, 폭설이 퍼붓는 스물네 살의 금요일 밤에 처음 남자를 알았다. 요한은 마른 목을 축이려 맥주 한 모금을 삼켰다. 최초의 행위는 본인만큼이나 상대에게도 당연히 유의미하다.

"그럼 원래 성은 뭐였는데?"

"킴."

"김제인?"

남자의 입에서 튀어나온 한국식 발음은 꽤 그럴듯했다. 제인은 저를 보는 남자의 서글서글한 눈을 잠깐 마주 보다가,

"재희. ……김재희."

이제는 사라진 과거의 이름을 알려 주었다.

"김재희."

요한이 차근차근 뒤따라 발음한다. 김재희. 혀에 새기듯 다시 한 번 중얼대는 입술. 제인의 어딘가에서 조그만 나방이 파닥거렸다.

"나는 이요한."

싱긋 웃는 남자의 완벽에 가까운 발음은 의심의 여지없는 한국어였다. 우리말을 할 줄 아는 건가. 착각과 아울러 기대마저 들려는 찰나,

"오케이, 여기까지(Okay, that's it)."

더 길게 말하면 너 웃을 거야. 그가 가볍게 키득대며 맥주병 주둥이를 입으로 가져갔다.

"잘하는데. 더 해 봐."

"됐어, 웃기다니까."

"듣고 싶어. 아무 말이든 좋으니까 한 번만."

한마디만. 퍽 간절하게 애원하는 여자를 조금 난처하게 보다가 요

한이 결국 입술을 뗀다.

"안녕하세요. 내 이름은 이요한입니다. 한국말 못 하니까 영어로 해."

푸흡. 그녀는 저도 모르게 웃음을 터뜨렸다. 본인의 말대로 길게 말하니까 어떤 수준인지 단박에 견적이 나온다. 아 그러게 내가 뭐랬어. 요한이 뒤따라 웃으며 볼멘소리를 했다.

"웃길 거라고 했잖아."

"귀여워서 웃는 거야."

"바보 같은 거겠지."

"바보 같긴. 외국어는 다 그래. 나도 그랬어, 영어 배울 때."

"나한테 한국어는 외국어가 아니었는데."

모국어도 아니지만. 말을 잇는 남자에게 제인이 귀를 기울였다.

"어릴 땐 잘했대. 집에서도 한국어만 썼고 주일학교에서 배우기도 했고. 학교 막 들어갔을 땐 영어보다 한국어를 더 잘했을 정도였으니까."

"그런데 왜."

"안 썼어. 일부러."

요한은 아직도 기억하고 있다. 1학년 첫 학기 학부모 면담 시간이었다. 담임교사를 만나러 학교에 온 엄마는 유달리 작고 초라해 보였다. 불친절하고 서툰 통역을 사이에 두고 담임이 하는 말을 몇 번씩 되물어 가며, 쉬운 질문에도 대답을 더듬대며 고개만 주억거리는 엄마는 다른 애들의 부모와 너무나 달랐다. 담임의 눈을 마주 보고 악수를 하지도, 유쾌하게 웃지도, 고개를 끄덕이며 대화를 나누지도 않았다. 교사를 향해 깊이 허리를 숙여 인사하는 예절도 요한의 눈에는 이상하게만 보였다.

그때 처음으로 깨달았다. 가난하고 못 배운 이민자 부모는 창피한 거구나.

"한국과 관련된 건 뭐든 멀리하고 싶었어. 언어든 음식이든 예절이든 전부 다. 어려서 사고 치고 다닌 것도 뭐 비슷한 이유야. 여기서 태어난 한국계 애들은 공부 열심히 하고 말 잘 듣고 조용하고 그렇잖아. 그땐 그것도 맘에 안 들어서 걔네랑 달라지고 싶었거든."

그래서 난 한국계 친구 하나도 없어. 흘러나오는 그의 말들을 제인은 잠자코 들었다. 덤덤한 어조였지만 거기에 담긴 것들은 무척이나 무르게 들려 함부로 끼어들 수 없었다.

"동양인 여자를 안 만난 것도 그래서였던 거 같아. 한국은 나한테 그냥,"

요한이 오른손에 쥔 맥주병을 빙글빙글 느리게 돌렸다.

"창피한 부모 같은 존재였달까."

싫다 하여 마음대로 바꿀 수도 없는. 단단히 이어져 절대 끊어질 수 없는. 내 것도 아닌 부모의 조국은 요한에게 부모 그 자체와 같았다.

가만히 듣고만 있던 제인이 물었다.

"아직도 창피해?"

"지금은 별로. 그때는 어려서."

"이해할 것 같아. 어릴 땐, 내가 바꿀 수 없는 것들이 더 예민하게 다가오니까."

요한. 이름을 부르자 빙글빙글 돌던 맥주병이 멈춘다.

"어떻게 들릴지 모르겠지만, 부모님한테 잘해 드렸으면 좋겠어."

남의 나라에서 사는 게 쉬운 일이 아니거든. 요한은 약간 거리끼며 말하는 여자를 바라봤다. 헐렁한 제 옷을 입고 앉은 여자는 하얗게 예뻤다.

"안 해 준 거랑 못 해 준 건 다르잖아. 너희 부모님도, 너한테 못

해 준 것들이 마음에 많이 걸리실 거야."

"아는데, 잘 안 되네."

"노력해 봐. 나중에 후회하지 말고."

꽤나 어른스럽게 말하는 여자를 물끄러미 바라보다 코로 얕게 웃었다. 잔소리는 질색인데 이상하게 듣기 싫지 않다. 알았어. 어깨를 으쓱하면서도 얌전히 대답하는 남자를 향해 제인이 잔잔하게 웃었다.

"너 막내야?"

"외동인데."

"어쩐지."

"무슨 뜻이야."

"철이 없어서."

"어이없네. 너는 형제 있어?"

"……아니."

"뭐야. 그럼 너도 철없냐?"

웃기네, 김재희. 낮게 낄낄대던 요한이 되묻는다.

"제인이란 이름은 누가 지었어?"

"엄마가."

"엄마? 엄마도 미국에 계셔?"

"죽었어."

"아. 미안."

"아냐."

"언제 돌아가셨는데. 어렸을 때?"

"뉴욕 오기 전에. 시카고에서."

그다지 침울한 기색 없이 제인이 덧붙였다.

"……사고로."

이 여자 주변에는 사고로 죽은 사람이 유독 많은 모양이다. 요한은 더 이상 묻지 못하고 입을 다물었다. 그저 겸연쩍게 맥주병이나 돌리다가, 남은 맥주를 몽땅 마시고 빈 병을 흔들어 본다.

"더 마실래?"

"아니, 괜찮아."

"그럼 칫솔 꺼내 줄게."

일어나 욕실로 향하는 남자에게 제인이 되묻듯 고개를 들었다.

"자야지. 열두 시 넘었어."

그녀는 휑한 거실을 눈으로 훑었다. 같이 자는 건가. 한 침대에서? 자문했으나 이 집엔 여분의 침대는 고사하고 소파 하나 없으니 답은 뻔해 보였다.

"자, 여기."

칫솔을 입에 문 남자가 욕실 밖으로 얼굴을 내밀었다. 제인은 내용물이 반이나 남은 맥주병을 두고 일어서 쭈뼛대며 걸어간다. 갓 포장을 뜯은 새 칫솔 위에는 친절하게 치약까지 얹혀 있었다. 이것도 같이 하는 건가. 아무래도 어색했으나 잠자코 빳빳한 칫솔을 입 안에 밀어 넣었다.

비좁은 욕실에 나란히 서서 이를 닦는 기분이란 우습고도 어딘가 간질거려서 몇 번이나 웃음을 참았다. 얼룩진 거울을 통해 시선이 마주칠 때마다 부드럽게 눈을 휘어 웃는 남자는 예뻤다. 번갈아 가며 입 안의 거품을 헹궈 내고 칫솔질을 하는 동안 어색함은 빠르게 가라앉아, 두 사람은 각자의 칫솔을 컵 하나에 함께 꽂아 넣고 방으로 걸어갔다.

라디오를 끄자 붐박스의 노래가 멎었다. 일순 고요해진 침실은 좁고 어두웠다. 입구에 서 있던 제인이 머뭇거리다 침대 위로 올라갔다. 스탠드의 불이 꺼졌으나 주방 쪽에 켜 둔 작은 불빛 덕에 방 안은 동굴처럼 캄캄하지는 않았다.

과연 오늘 밤 잠을 잘 수 있을까. 바닥에 깔고 자게 남는 이불이 있냐고 물어볼 걸 그랬나. 매트리스에 실리는 남자의 체중을 느끼며 그녀는 가슴께까지 이불을 끌어 덮었다.

"……잘 자."

소음 하나 없는 좁은 방 안에 나란히 누워 있자니 어색해 죽을 것 같았다. 무슨 말이라도 해야 할 것 같아 생각나는 대로 뱉었는데 스스로 생각해도 웃기게 들렸다. 아니나 다를까 코로 웃는 소리가 낮게 흩어진다 싶더니,

"무슨 소리야."

요한이 여자의 위로 상체를 드리웠다. 가까이 내쉬는 숨결에 섞인 민트 향을 제인은 제 것처럼 들이마신다. 저를 내려다보는 얼굴을 분간할 수 있을 만큼 바깥의 조명은 확실했다. 흐리게 웃는 입술. 불그스름하고 윤곽이 확실한 그 입술에 시선이 멎었다.

"너 아직 못 자."

헐렁한 옷 안으로 어렵지 않게 한쪽 손을 집어넣었다. 허리를 감싸 안는 팔에 힘이 들어갔다. 맨살을 쓰다듬는 손길은 처음보다 침착했고, 긴장하지 않으려 애쓰느라 제정신이 아니었던 여자 또한 이제 약간의 여유가 생겼다. 제 몸을 어루만지는 커다란 손의 감촉을 제인은 완전히 받아들였다.

"키스해 줘."

몸을 숙이며 그가 속삭였다. 그녀는 망설이지 않고 두 팔을 들어 남자의 목을 당겨 안았다. 입술과 입술이 부드럽게 맞닿고 똑같은 민트 향이 입 속에서 뒤섞인다. 몸을 덮어 오는 체중과 뜨거운 체온과 쿵쿵대는 박동이 고스란히 가슴에 닿았다. 내 몸 밖에 있는 타인의 심장이 이토록 가까이 느껴질 수 있다니. 새삼 경이롭게 여기며 제인

297

은 두 눈을 감았다.

❖

호세는 사진 속의 남자를 멍하니 들여다본다. 마르는 입술을 혀로 축이며 손에 든 사진을 이만 품에 넣을까 말까 잠깐 고민했다. 그리고 앞에 앉은 카포를 곁눈으로 힐끗 봤다. 알폰시는 푸른 날이 번쩍이는 잭나이프를 폈다 접었다 왼손으로 장난을 치고 있다.

"목요일 저녁 여덟 시쯤 미드타운 고담 태번에서 나올 거야. 고담 태번이 어딘지는 알지?"

"예."

명료하게 대답하며 벌리고 앉은 양 무릎을 조금 좁혔다. 저번과 같은 코너 비스트로의 지하 저장고. 폭설이 내린 다음 날 호출이 왔을 때부터 직감은 했지만 막상 사진까지 확인하자 별수 없이 긴장이 됐다.

"집 근처까지 조용히 따라가서 처리해. 나이프 쓸 줄 아나? 총이 더 편하면 그렇게 하고."

"총으로 하겠습니다."

"쉬운 쪽을 고르네. 총은 있고?"

"반자동 피스톨 있습니다."

"소음기도 있겠지."

"예."

칼로 사람을 죽이려면 피를 흠뻑 뒤집어써야 할 텐데. 호세는 생각하며 눈앞에서 춤추는 칼날을 힐끗 쳐다봤다. 꽤 큼직한 사이즈의 나이프를 다루는 손은 마치 볼펜을 돌리듯 자유자재다.

"강도처럼 위장해. 지갑을 꺼내든가 시계를 풀든가. 무슨 말인지 알지?"

"압니다."

"좋아."

경쾌한 말투로, 잭이 크게 고개를 끄덕이며 나이프를 착 접어 왼손에 쥐었다.

"근데, 누굽니까?"

그는 대답 대신 마주 앉은 청년의 마른 얼굴을 눈으로 훑었다. 궁금한 건 이해하겠으나 신참 주제에 제법 발칙한 걸 묻는다. 그러나 잭은 여간해선 화를 내지 않는 평소의 성격대로, 주제넘은 질문을 탓하는 대신 사람 좋게 씩 웃어 보였다.

"잘 끝내고 오면 얘기해 줄게."

손목시계를 힐끗 본 뒤 자리에서 일어섰다. 곧 생맥주 배달이 올 시간이었다. 잭은 뒤따라 일어서는 신참을 약간 올려다본다. 키가 껑충하니 큰 탓에 눈을 맞추려니 턱을 좀 들어야 했다.

"별로 어렵지 않을 거야. 과제만 똑바로 하면 아마 정식으로 승인 날 거다."

유연한 얼굴로 용기를 불어넣어 주었다. 그러나 팔뚝을 툭툭 도닥인다거나 어깨에 팔을 두른다거나 하는 따위의 다정한 몸짓은 없다.

"아. 혹시나 해서 하는 말인데 만약에 실패하면 말이야,"

그럴 일은 없겠지만. 잭이 너털웃음을 터뜨리며 덧붙였다.

"최대한 재빨리 사라지는 게 좋을 거야. 뉴욕에서. 아무도 모르게."

"예?"

"아, 하긴 도망가도 어떻게든 찾아내겠다. 우리 보스가 좀 지독한 데가 있거든. 됐어. 자네는 그냥 못 들은 걸로 해. 부담 갖지 말고, 응?"

만담꾼처럼 익살을 섞어 지껄인 남자가 접었던 나이프를 펼치더니 이번에는 오른손으로 장난을 치기 시작했다. 위협하려는 의도가 전혀 없어 보이는 표정은 친절하기 그지없었으나, 수더분하게 웃는 눈매에 숨은 뜻을 호세는 당연히 알아들었다.

못 죽이면 네가 죽는다.

"알겠습니다."

신참은 그제야 손에 들고 있던 사진을 품 안에 넣었다.

3

쫓는 자와 쫓기는 자

베런으로부터 전화가 걸려 온 것은 저녁나절이었다. 짧은 겨울 해가 야음에 밀려 퇴장하고 난 직후. 화장대 앞에 앉아 있던 제인은 곁에 둔 무선전화기를 집어 들었다.

　"여보세요."

　— 콜린스입니다.

　"알아."

　— 여섯 시 반에 도착합니다.

　"알았어."

　대답과 거의 동시에 종료 버튼을 눌렀다. 먹통이 된 전화기를 내려놓으며 다시 거울을 본다. 검은색 원피스를 단정하게 차려입은 여자가 이쪽을 마주 보고 있었다. 화장은 이미 마쳤고 머리만 조금 손질하면 준비가 끝난다. 스위치를 올려 둔 헤어 아이언을 집어 온도를 확인했다. 적당히 달궈진 인두에서 열기가 스멀스멀 올라왔다.

아이언으로 긴 머리카락을 쓸어내리며 생각했다. 이제 곧 시작될, 지극히 불편할 오늘의 저녁 식사에는 대체 어떤 함의가 숨어 있을지에 대해.

'목요일 저녁 일곱 시에 식사 약속이 있습니다.'

'식사? 누구랑?'

베린이 펜트하우스로 찾아온 것은 토요일 오후였다. 요한의 아파트에서 아침 일찍 돌아온 제인은 태연하게 맞았지만 아닌 척 치열하게 그의 눈치를 살폈다. 베린에게서는 평소와 다른 기척이 전혀 느껴지지 않았으나 새 옷이 든 쇼핑백과 함께 날아든 통보는 퍽 갑작스러웠다.

'안젤로 부부가 동석할 예정입니다. 가족끼리 식사하는 자리니 편하게 나오라고 하시더군요.'

가족. 식사. 편하게. 구석구석 이상하기 짝이 없는 문장이었다.

제인은 긴 숨을 내쉬며 아이언을 놀렸다. 머리칼 끝부분은 안쪽으로 둥글게 말아 마무리한다. 같은 동작들을 기계적으로 반복하며 초조하게 생각을 이어 갔다. 갑작스런 외출. 안젤로 비첼리오 부부와의 저녁 식사. 그 남자는 대체 무슨 생각을 하고 있는 걸까.

'최근에 안젤로가 접근한 적이 있었나.'

리오는 분명 그를 의식하고 있었다. 머릿속을 꿰뚫어 본 것 같은 질문을 던져 심장이 바닥까지 추락하게 만들었다. 모든 걸 알고 있는 현자처럼, 막대한 권능을 쥔 제왕처럼. 그러나 그가 어떤 것들을 알고 있고 무슨 생각을 품고 있으며 어떠한 셈을 하고 있는지 제인으로서는 알 길이 없다.

머리 손질을 마친 뒤 화장대 맨 위의 서랍을 당겨 열었다. 가득히 진열된 장신구들을 눈으로 훑다가 작은 귀걸이가 한 쌍을 골랐다. 새끼손톱 크기의 프린세스 커팅 다이아몬드. 뾰족한 백금 침을 양쪽 귓불에 막 꽂아 넣은 찰나 전화기가 울었다.

화장대 위의 탁상시계는 정확히 6시 30분을 가리키고 있다. 지금 나가. 수화기 저편의 남자에게 짤막하게 답한 뒤 코트와 핸드백을 챙겼다. 화장과 장신구로 꾸민 얼굴을 마지막으로 확인했다. 거울 속의 여자는 잔뜩 굳어 있었다.

목요일 저녁의 고담 태번은 손님들로 만원이었다. 고급 수트를 차려입은 남자들이 대부분이었으나 간간이 여자들의 모습도 눈에 띄었다. 교양 넘치는 대화와 유쾌한 웃음소리, 호의를 가장한 약삭빠른 눈빛들이 오고 가는 곳. 제인이 리오와 함께 도착했을 때 예약된 테이블에는 안젤로가 홀로 앉아 신문을 읽고 있었다.

"먼저 와 계셨군요."

"왔구나."

신문을 접어 내려놓고 자리에서 일어서며 그가 리오를 향해 팔을 뻗었다. 이완된 표정으로 얼굴을 맞대는 두 남자는 영락없이 의좋은 삼촌과 조카처럼 보였다. 안젤로는 제인에게도 자연스럽게 인사를 건넸다. 왼쪽과 오른쪽 뺨을 번갈아 대는 이탈리아식 인사는 그녀도 이제 능숙하지만 적잖이 긴장을 한 모양이다. 하마터면 방향을 헷갈릴 뻔했다.

"숙모님은 함께 안 오신 모양입니다."

"몸이 안 좋아서."

"감기가 오래가는군요."

"미안하다고 전해 달라 하더구나."

"별말씀을. 저희가 죄송합니다."

"모처럼 저녁 초대를 받았는데 참석하지 못해 몹시 아쉽다고."

안젤로의 기색은 평소처럼 사늘했고 차림새는 중후했다. 드레스 셔츠와 베스트까지 갖춘 고급스런 수트. 사각 프레임의 가죽 스트랩

시계. 네 번째 손가락에 낀 오래된 결혼반지까지. 작은 다이아몬드로 제법 화려하게 세공된 반지에 시선을 둔 채 제인은 두 남자의 대화에 귀를 기울였다.

"오랜만에 뵈었는데 그땐 경황이 없어서. 좀 편한 자리를 마련하고 싶었습니다."

"글쎄다. 새 사업 때문에 네가 좀 바쁘긴 했지만."

"제가 아니라,"

말하며 리오가 왼쪽으로 슬쩍 고개를 돌렸다.

"제인 말입니다."

별안간 화제에 오른 여자가 시선을 들어 올렸다. 안젤로는 온도를 알 수 없는 표정으로 그녀를 보며 고개를 끄덕였다.

"그래. 제인 양은 아주 오랜만에 만났지. 한 삼 년쯤 된 걸로 기억합니다만."

노골적인 연기를 펼치면서도 중년의 남자는 마냥 자연스러웠다. 그러나 시침 뗄 각오를 단단히 품고 나온 여자의 응수 또한 수준급.

"맞아요. 엠파이어 창립 삼 주년 파티에서 마지막으로 뵀죠."

"그렇군요. 기억력이 좋으시군."

역시 젊어서 그런가. 덧붙이는 남자의 입술이 희미하게 웃는 것 같았다.

"숙부님께 많이 배워야 할 겁니다."

"나한테?"

"최근에 회계사 시험에 합격했습니다."

"오, 그래."

웨이터가 다가와 메뉴를 건넸다. 시키지도 않았는데 리오가 좋아하는 와인을 골라 병째 들고 왔다. 그는 흔쾌히 고개를 끄덕였고 웨이터는 능숙한 손놀림으로 코르크를 딴다. 잠시 끊어졌던 대화가 이어졌다.

"제인 양은 미대에 다닌다고 하지 않았나?"

"맞아요. 아시다시피 시험 치르려면 전공 학점을 채워야 해서, 일 학년 때부터 빠듯하게 했는데도 삼 년 넘게 걸렸어요. 정식 면허 받으려면 아직 몇 단계 더 남기도 했고요."

"단번에 합격했다더군요. 저도 최근에 알았습니다."

"대단하구나. 재능이 있는 모양이야."

"빨리 끝낸 대신 점수는 엉망이에요. 학교 졸업 성적도 겨우 맞췄거든요."

세 사람 사이 말이 오갈 동안 와인 잔이 채워졌다. 붉은 빛깔의 영롱한 포도주는 마치 희석된 핏물 같다. 마주 앉은 세 남녀는 하나같이 태연하고 편안한 얼굴이었다. 누군가 그들의 테이블을 지켜보았다면 가족끼리 식사하는 편한 자리임을 의심치 않았을 것이다. 서로를 속이는 연기와 시늉은 너무나도 감쪽같아서, 대화가 이어질수록 제인은 정말로 이것이 그저 식사 자리가 아닌가 착각마저 들 지경이었다.

애피타이저로 시작된 정찬은 강물이 흐르듯 순조롭게 이어졌다. 곁들인 화제 또한 지극히 가족적인 것들이었다. 지난여름 안젤로 부부의 휴가지였던 카리브해 섬의 빼어난 풍광 묘사를 시작으로 마이애미 가족 별장에 새로 들여놓은 월풀 욕조의 놀라운 성능까지. 세 사람은 갓 문을 연 리오의 건설회사가 작은 호텔의 신축 공사를 첫 사업으로 따낸 데 대한 축하의 건배도 나누었다.

이후 화제는 안젤로의 귀여운 손자들에게 옮아가 로코의 세 아들—열 살과 여덟 살, 여섯 살짜리 고만고만한 세 소년—의 성격이 얼마나 제각각인지에 대해 품평하는 데까지 흘렀다.

"그나저나,"

무난하던 분위기가 바뀐 것은 막 메인 디시 접시를 치우고 디저트를 기다리던 즈음이었다.

"두 사람은 언제 약혼할 셈인가."

돌덩이라도 쿵 떨어진 것처럼 일순 정적이 흘렀다. 제인은 잔잔히 유지하던 미소를 기어이 거두고 말았다. 시선 둘 곳을 찾아 테이블 위를 배회하는 동안 뱃속이 콕콕 쑤셔 온다. 억지로 삼킨 음식들이 기어이 체증을 일으킬 모양이었다. 그러나 안절부절못하는 것은 여자 혼자뿐인 모양인지,

"갑작스런 말씀이시군요."

리오는 대단히 여상스럽게 대답했다. 이어 와인 잔을 집어 드는 느긋한 손길.

"당연히 결혼을 생각하고 있는 줄 알았는데."

"글쎄요."

"너도 이제는 가정을 꾸려야지. 내가 다 조급해지는구나."

과년한 장조카를 걱정하는 숙부를 안젤로는 천연덕스럽게도 연기했다. 그 면도날 같은 인상의 남자를 제인은 조금 원망스럽게 바라보았다. 반면 리오는 불쾌하지도 유쾌하지도 않은 낯빛으로 천천히 와인 한 모금을 마신다. 그리고 막 잔을 내려놓으려는 순간 품 안에서 전화기가 울었다. 기가 막힌 타이밍이었다.

"잠깐 실례하겠습니다."

그럴 리 없다는 걸 알면서도 제인은 그가 그냥 여기서 전화를 받아 주길 바랐다. 그리고 기대와 달리 리오가 자리를 떴을 때는 때마침 디저트 접시를 날라 온 웨이터가 못 견디게 고마웠다. 낯선 남자는 접시와 찻잔들을 내려놓고 부리나케도 물러가 버렸지만.

"불편하겠지."

티스푼으로 홍차를 저으며 안젤로가 입을 뗐다. 설탕도 우유도 넣

지 않은 맑은 홍차를 그는 앙증맞은 스푼으로 느리게 젓는다.

"이제 익숙해서요."

"얕보지 말란 소린가."

"걱정하실 필요 없다는 뜻이에요. 저도 꽤 단련이 됐으니까."

무려 4년이다. 제인은 제 몫의 수플레 접시를 내려다보며 생각했다. 연기 경력 4년이 헛되지 않았으니 불행 중 다행일까. 디카페인 커피가 고소한 냄새를 풍겼으나 그녀는 커피 잔에 손도 대지 않았다. 두 사람은 잠시간 말없이 시선을 교환했다.

'내 장담하건대, 오늘 나와의 만남이 제인 양의 마지막 기회가 될 거야.'

그것은 아마도 사실일 것이다. 그러나 안젤로의 손을 잡을 수는 없다. 그가 원하는 것을 줄 수 없으니까. 마르코를 죽인 진범을 제인은 결코 지목할 수 없다.

"연락이 없길래 내가 오판을 한 건가 생각했다."

"판단력은 정확하셨어요. 운이 조금 없었을 뿐이지."

"운이라."

"당신의 잘못은 아니에요. 제가 무척 운이 없는 사람이거든요."

"어째 예감이 좋지 않군."

"걱정하시는 일은 없어요. 믿으실진 모르겠지만."

"믿는 수밖에."

"미스터 비첼리오."

제인은 저를 보는 안젤로의 눈을 통해 등 뒤 저편에 있을 남자의 위치를 가늠했다. 눈동자가 움직이지 않는 것으로 보아 아직 리오는 그의 시야 밖에 있는 모양. 어떻게든 제 몸을 보호하려 갖은 머리를 굴리며, 제인은 문득 밀려오는 자기혐오에 몸을 떨었다.

나라는 인간은 참으로 끔찍하지 않은가.

그의 혈육을 죽이고도. 그의 등 뒤에 숨어 죄를 감추고도. 그의 너그러움에 기대어 아무것도 모르는 척 안락한 생활을 누려 놓고도. 지금껏 속속들이 이용한 그 남자가 이제 팔다리를 꽁꽁 묶여 감금되기를 바라는 마음은 대단히 끔찍하게 느껴졌으나, 제인은 그토록 이기적인 자신의 본성을 또한 부정할 수 없었다.

　"건강하시길 바래요."

　반드시 건강하게, 원하는 바를 이루길 바란다. 그래야 나도 다시 꿈을 꿀 수 있을 테니.

　"진심이에요."

　남자의 눈을 똑바로 보며 나지막이 축원했다. 실내의 은은한 조명 탓에 동공이 확대돼 그의 눈빛이 조금 부드러워 보였다. 그리고 똑바로 시선을 맞받던 안젤로의 눈동자가 제 어깨 너머를 힐끗 넘겨다보았을 때, 제인은 자연스레 눈길을 떨어뜨리며 커피 잔 손잡이에 손가락을 넣었다. 아이보리 컬러의 본차이나 커피 잔이 무척이나 가벼웠다.

　"실례했습니다. 급한 전화라서."

　"괜찮다. 덕분에 제인 양과 이야기도 했고."

　"무슨 말씀을 나누셨는지."

　"뭐, 이런저런 이야기들."

　리오가 자리에 앉으며 제인 쪽을 돌아보았다. 그녀는 커피 잔을 코앞에 든 채 그의 눈을 마주 본다. 눈매를 약간 휘어 웃어 보이는 여자. 제법 그럴듯하나 가짜임이 분명한 미소를 들여다보며 리오가 입술을 뗐다.

　"제인이,"

　그녀는 흔들림 없이 저를 보는 남자를 마주 보았다. 침착한 눈동자와 촘촘한 속눈썹. 깎은 듯 뚜렷한 얼굴의 윤곽. 하루의 끝이라 수염이 올라와 푸르스름한 인중과 턱 주변. 흐리게 세로로 갈라진 턱끝까지.

"숙부님께 많이 배워야 할 텐데요."

말하며 리오는 가볍게 미소 지었다. 반듯한 입술이 완만한 곡선을 그렸다. 속내를 감추려 꾸며 낸 여자의 것과 달리, 그의 미소는 능숙하고 또한 진실되었다.

디저트와 함께 식사가 끝난 뒤 세 사람은 함께 레스토랑을 나왔다. 입구에서 대기 중이던 베런이 롤스로이스 뒷문을 열어 주었다. 리오가 집까지 모셔다드리겠다 제안했으나 안젤로는 직접 몰고 온 제 자동차를 가리키며 사양했다. 다정한 인사를 나눈 뒤 두 대의 자동차는 각자의 방향을 향해 헤어졌다. 저녁 8시가 조금 넘은 시각이었다.

목요일 밤의 미드타운은 곳곳이 정체였다. 집까지 20분이면 충분한 거리이건만 자동차는 도무지 나아갈 줄을 몰랐다. 앞에는 베런 콜린스, 옆에는 리오 비첼리오. 무척 재수 없는 남자와 몹시 불편한 남자 사이에 앉은 여자는 왼쪽 창밖만 쳐다본다. 한쪽으로 틀어진 고개가 슬슬 뻐근해져 올 무렵,

"졸업 작품은 어떻게 돼 가."

리오가 말을 걸었다. 운전석에 앉은 남자가 귀를 기울이는 모습을 상상하며 제인은 정면을 향해 대답했다.

"잘되고 있어요. 덕분에."

"다행이야. 콜린스가 애를 많이 썼거든."

그 사람 찾아내느라. 덧붙이는 말 끝에 미약한 웃음기가 묻어났다. 베런이 애를 많이 썼다는 건 제인도 요한에게 들어 알고 있다. 시내 구석구석 그가 남겨 둔 그래피티를 지독시리 찾아내어 싸그리 망쳐 버렸다고. 그러고도 값을 지불했으니 된 거 아니냐는 듯 태도는

당당하기 그지없었다지. 그 금발 놈 진짜 재수 없어. 수화기 너머 투덜대는 요한에게 그녀는 속으로 대답했다. 매우 동감이야.

"세븐써리라고 했던가."

리오의 입에서 튀어나온 요한의 닉네임은 대단히 불길하게 들렸다. 약하게 코웃음을 치는 걸로 봐서 그는 세븐써리가 무슨 뜻인지 아는 모양이다.

"얼마나 대단한 낙서를 했는지 궁금한데."

"그래피티에 관심 없잖아요."

"그쪽에 관심이 있어서 궁금한 건 물론 아니지만."

리오가 왼쪽으로 고개를 돌렸다. 저를 보는 여자는 늘 그렇듯 별 감흥 없는 표정이었다. 귓불에서 반짝이는 다이아몬드. 거기에 시선을 준 그가 운전석 쪽을 향해 말했다.

"그 사람 언제 식사 자리 한번 마련하는 게 어때. 작품 다 끝내고 나면."

갑작스런 제안에 제인이 두 눈을 가늘게 떴다. 식사라니. 순간 사이좋게 테이블에 둘러앉은 세 남녀의 모습이 눈앞에 그려졌다. 맙소사. 일어날 수 없고 그래서도 안 되는 장면이 상상만으로도 끔찍하던 찰나,

"아마 어려울 겁니다."

뜻밖에 등장한 백의의 기사는 베런이었다.

"어째서."

"개인적인 이유가 있어 보입니다만 신분 노출을 꺼려합니다. 아마 경찰 쪽에서 벼르고 있는 걸로 압니다."

"경찰? 경찰에서 무슨 일로."

"그게, 시경 본부에 장난을 좀 친 모양입니다. 한두 번도 아니고 몇 번을 했는데 잡힌 적이 없답니다."

"잡힌 적이 없다라."

재미있는 친구네. 호의적으로 중얼거리는 음성마저 제인의 귀에는 위험하게 들렸다. 호의든 적의든 비첼리오는 그 남자에게 어떠한 감상도 갖지 말아야 한다.

"그래도 말은 꺼내 봐. 우리야 뭐, 경찰과 전혀 상관없는 사람들이니까."

"알겠습니다."

베린이 차를 몰며 순순히 대답했다. 경찰과 상관없는 사람들. 아무렴 상관없다마다. 속으로 자조하며 그녀는 다시 왼쪽 차창을 향해 고개를 돌렸다. 차 안에는 다시금 익숙한 정적이 흘렀다.

베린은 주차장에 롤스로이스를 넣어 두고 집을 향해 걸었다. 24시간 보안시스템이 돌아가는 유료 주차장에서 그가 사는 아파트까지는 도보로 5분 거리였다. 밤 9시를 넘은 시각. 어둠에 지배된 거리는 벌써부터 한적했다.

그는 맨해튼 최남단, 차이나타운 근처의 오래된 아파트에 산다. 리오의 타운하우스까지는 브루클린 브릿지를 포함해 동남으로 15분 바깥쪽이고, 제인의 펜트하우스까지는 북서로 15분 안쪽. 누구든 부르면 재깍 달려가도록 위치마저 대단히 충성스러운 5층짜리 건물에서 베린은 2층의 작은 유닛에 혼자 살았다.

유독 길게 느껴진 하루였다. 안젤로와의 저녁 식사를 신경 쓰느라 제법 긴장을 했던 모양이다. 저만치 보이는 아파트까지 이제 얼마 남지도 않았건만 무쇠 구두를 신은 듯 두 발이 묵직했다.

아파트 입구 옆에 불이 켜진 가게가 눈에 들어왔다. 요즘 부쩍 끊었던 담배 생각이 나서 며칠째 살까 말까 망설이고 있었는데 오늘이 바로 그 날이 될 것 같다. 그깟 담배 좀 피우면 어떤가. 어차피 만수무강을 기대할 팔자도 아닌데. 자조하며 가게 문을 열려는 순간 품 안에서 휴대전화가 울었다.

순간 베런은 우뚝 걸음을 멈췄다. 관자놀이를 후비듯 날카로운 직감이었다. 저쪽에서 쏟아진 구정물이 이제 곧 내 몸 위에 촥 끼얹어질 것 같은, 무척이나 확실하고도 더러운 예감.

"콜린스입니다."

— 나야.

"예, 보스."

예상했던 대로 방금 댁에 모셔다 놓고 온 남자.

— 경찰서에 좀 가 봐야겠는데.

"경찰서라면."

— 구 경찰서.

이스트 빌리지. 9경찰서 관할 지역을 연상한 베런의 머릿속에 두 개의 얼굴이 동시에 떠올랐다. 그리고 번개 같은 직관이 한쪽을 가리켰을 때,

— 안젤로가 죽었다는군.

역시나 수화기 저편에서 같은 답이 돌아왔다. 빌어먹을. 그가 입속으로 뇌까리며 미간을 찌푸렸다.

— 가서 처리해.

"……알겠습니다."

대단히 짧은 통화였다. 상대가 전화를 끊는 것까지 확인한 후 베런은 폴더형 휴대전화를 탁 닫아 손에 쥐었다. 안젤로가 죽었다는군. 흡사 뉴스에서 들은 이야기를 전하듯 철저히 방관자를 자청한 말투. 옆집에서 기르는 개가 죽었어도 그렇게 태연스럽지는 않을 것이다.

전화기를 쥔 손마디에 하얗게 힘이 들어갔다.

담배를 포기하고 아파트 앞에 세워 둔 제 차에 서둘러 올라탔다. 검은색 포드에 시동을 넣기 무섭게 이스트 빌리지를 향해 내달렸다. 길이 좁고 일방통행이 많은 맨해튼은 여러모로 운전하기 유쾌한 도시는 아니지만 러시아워를 벗어난 밤길은 제법 속도를 낼 만했다.

"그러니까 총상이 총 세 군데인 거죠?"

"지갑 없어졌고 또 다른 건요? 서류나 플로피 디스켓 같은 건 없었어요?"

"경관님, 그냥 피해자 라스트 네임만 알려 줍시다. 어차피 주변 취재하면 다 나오는 건데 진짜 서운하게."

경찰서 앞은 어수선했다. 프레스 패스를 목에 건 기자들이 입구에 진을 치고 앉아 드나드는 경찰관을 괴롭히고 있었다. 베런은 귀찮은 기색이 역력한 경찰들을 지나쳐 건물 안으로 들어갔다.

"비첼리오 씨? 제이슨 에이헌 형삽니다."

"베런 콜린스입니다."

키가 크고 여윈 체격의 형사는 사십 대 초반쯤 되어 보였다. 방금 한 대 피우고 왔는지 선명한 담배 냄새가 풍겨 와 베런은 저도 한 대 빌리고 싶은 심정이 됐다. 가볍게 악수를 나눈 형사가 이름을 듣고는 슬쩍 눈살을 찌푸렸다.

"저는 가족분이 올 거라고 들었는데요. 아드님 성함이,"

"로코 비첼리오 씨."

"예에, 그렇죠."

"제가 그분의 법률 대리인입니다."

베런이 품속에서 명함을 꺼내 내밀었다. 빅터 건설. 법무팀장. 명료한 명사들을 훑은 형사가 고개를 끄덕였다.

"변호사시군요. 아시겠지만 주변인 조사가 좀 필요해서 연락드렸

315

습니다. 물론 대단히 경황이 없으시겠지만."

"주변인이라면."

"주로 가족들, 직장 동료들, 이웃들, 뭐 그 정도죠. 피해자가 회계사였다고요."

"맞습니다. 저희 회사 소속 회계사였습니다."

"어, 거긴 건설회사가 아니라 무슨 주류 수입업체던데?"

베런이 품속에서 명함 한 장을 다시 꺼내 내밀었다. 엠파이어 주류상사. 여기 직함은 인사과장이다. 이름은 하난데 법무팀에 인사과에, 투잡인가. 두 번째 명함을 받아 훑은 형사가 눈썹을 슬쩍 들어 올렸다.

"피해자가 오늘 저녁 약속이 있었다던데 혹시 알고 계십니까?"

"조카분과 미드타운에서 식사를 했습니다. 저도 같이 있었고요."

"그렇군요. 신고자가 부인인 건 알고 계시죠?"

대답 없이 고개를 끄덕였다. 방문객의 신원을 확인한 형사가 안쪽의 회의실로 그를 안내했다. 장방형의 회의 탁자 모서리를 사이에 두고 두 남자는 마주 앉았다. 형사는 대리인과의 만남을 최대한 빨리 끝내고 싶은 눈치였고 그런 기색을 굳이 숨기려 하지도 않았다.

"조사는 이제 시작 단계지만 여기까지 오셨으니 대강 말씀드릴게요. 피해자는 집 앞에 차를 세워 두고 내리자마자 당한 걸로 보입니다. 몸통 세 군데를 쐈는데 치명상은 아마 심장 같고요. 정확한 건 검시관이 봐야 알겠지만."

"강도 사건으로 보시는 겁니까."

"정황상 그렇죠. 지갑과 손목시계를 훔쳐 갔습니다. 거참 잽싸게도 가져갔어요. 부인은 총소리 듣고 바로 나갔다는데."

"용의자를 보지는 못했고요."

"승용차 몰고 도망가는 걸 봤다는데 남편이 쓰러져 있으니 번호판 같은 걸 확인할 경황은 없었던 모양이에요. 용의자가 운전석에 탔다는 걸 봐선 단독범행 같고."

"그럼 앞으로 수사는."

"거기가 주택가라 목격자나 보안 카메라 찾기 쉽지 않을 겁니다. 내일쯤 주변 큰길 쪽 뒤져 봐야죠."

확인은 해 보겠으나 소득은 딱히 기대할 수 없다는 말투. 피로와 매너리즘에 푹 젖은 남자를 가늠하며 베런은 조금 더 과감한 걸음을 떼어 본다.

"강도가 목적이었다면 위협만 했을 수도 있었을 텐데요. 왜 굳이 사람을."

형사가 그의 눈을 번갈아 보며 한숨 같은 웃음을 희미하게 뱉었다. 마주한 두 남자의 눈동자는 바다처럼 새파란 블루. 에이헌과 콜린스 모두 아일랜드계 성이다.

"아아, 형사사건은 잘 모르시나 보네. 그런 놈들은요, 변호사 선생님처럼 이성적이질 못해요. 돈 내놓으라는데 눈치가 조금 이상한 것 같다, 이러면 바로 방아쇠 당겨 버린다고요. 한 방 쏘고 난 뒤엔 에라 모르겠다, 말이라도 못 하게 아예 죽여 버리는 게 낫지, 또 이래 버린다고. 살인이라고 뭐 다 대단한 동기가 있고 음모가 있고 그런 게 아니에요. 그건 범죄영화에나 나오는 거지."

베런은 경청하는 척, 내키지는 않지만 설득된 척 작게 고개를 끄덕였다. 그 순순한 반응에 형사는 약간 신이 난 것 같았다.

"작년에 뉴욕 시내 살인 사건이 몇 건이었는지 압니까? 천백육십 건이었어요. 날마다 세 건 넘게 접수되는 게 살인인데, 그중에 우발적 동기가 얼마나 될 거 같아요?"

"글쎄요. 그런 건 저보다 형사님이 더 잘 아실 것 같습니다만."

"어쨌거나 일단 저희 쪽에서도 수사는 진행할 겁니다. 참고인 조사 필요하면 연락드릴 거고요. 시신은 일단 현장 감식 끝나는 대로 옮겨서 부검하고, 유가족 인계는 별일 없으면 한 일주일쯤 뒤에 될 거 같습니다. 그것도 일정 나오면 변호사님께 연락드릴 거고요."

"알겠습니다."

형사는 오늘 밤 할 일이 태산이라며 엉덩이를 들썩였고, 목적을 대강 이룬 베런은 그쯤 하여 경찰서를 빠져나왔다.

미친 듯이 담배가 당겼다.

안젤로의 정체에 대해 경찰은 아직 모르는 눈치였다. 어쩌면 모른 척하는 걸 수도. 비첼리오는 꽤 이름이 알려진 마피아 가문이지만 그 성씨를 쓴다고 해서 죄다 범죄 조직에 관계된 것은 아니니까. 회계사라는 전문직 자격에 그럴듯한 회사에 몸담고 있으니 설마 싶었는지도 모르고.

그러나 모든 것은 결국 시간문제다.

여기는 지역 치안을 담당하는 경찰서이고 사건은 아직 현장 감식도 채 끝나지 않았다. 보고서가 상부로 전달되면 조직범죄국 같은 NYPD 내부의 다른 조직에서 주목할 테고, 오늘 살해된 남자가 비첼리오 패밀리의 콘실리에리였다는 것도 쉽게 알아차릴 것이다. 어쩌면 어느 노련한 기자 하나가 당장 내일 아침 조간 헤드라인으로—마피아 간부 총격 살해! 강도인가 암살인가?—특종을 터뜨릴지도.

거기까지 생각한 베런이 입술을 비틀었다.

"빌어먹을(Shit)."

운전석에 앉아 차 문을 닫고 휴대전화를 꺼냈다. 밤 10시 10분 전. 시간을 확인한 다음 정확하고도 빠른 손놀림으로 제인의 아파트 번호를 눌렀다. 잠깐의 정적 끝에 짧게 끊어지는 낯선 신호음이 들린다. 반듯하게 굳어 있던 남자의 미간에 세로 주름이 잡혔다.

통화 중.

폴더를 탁 접은 다음 다시 한번 노려보듯 시간을 확인했다. 밤 10시가 다 된 한밤중에 통화 중이라. 그는 사냥감을 포착한 맹수처럼 두 눈을 가늘게 뜬 채, 거칠게 꽂은 열쇠를 비틀어 시동을 넣었다.

경찰서에서 제인의 펜트하우스까지는 5분 거리였다. 텅 비다시피한 도로를 지나 아파트 건물 앞에서 다시 전화를 걸었다. 설마 아직까지 통화 중은 아니겠지. 내심 신경을 세웠으나 이번에는 신호음이 돌아갔고 그는 저도 모르게 안도의 숨을 쉬었다.

"또 웬일이야, 갑자기."

잠시 후 현관문을 열어 준 여자는 당연히 그를 반기지 않았다. 화장을 씻어 낸 말간 얼굴을 베런은 빠른 눈으로 살폈다. 늘 그렇듯 들어와 앉으란 입치레도 없이, 얼른 용건이나 내놓고 꺼지라는 표정으로 팔짱을 끼고 선 제인은 평소와 크게 달라 보이지 않았다.

"안젤로가 죽었습니다."

충격적일 소식을 서두도 없이 냅다 꺼내 놓은 것은, 어쩌면 그 퉁명스런 얼굴이 무너지는 걸 빨리 보고 싶었기 때문일 것이다.

"……뭐?"

"지금 경찰서에 다녀오는 길입니다. 알아 두셔야 할 것 같아서."

"죽다니, 어떻게."

"집으로 돌아가던 길에 강도를 만난 모양입니다."

"강도, 강도라고?"

"경찰에서 그러더군요. 돈을 노린 것 같다고."

제인은 무척이나 충격받은 모습이었다. 대경실색한 여자의 반응은 예상했던 것 이상이라서, 베런은 그녀의 창백한 낯빛과 짧아지는 호흡의 간격, 절망에 가까운 표정의 미세한 변화까지 낱낱이 놓치지 않으려 신경을 집중했다.

"강도…… 당신은 그걸 믿어?"

그럴 리가. 베런은 속으로만 대답한다. 그리고 눈에 띄게 동요하는 여자를 계속하여 지켜보았다. 불과 두어 시간 전까지 함께 식사와 인사와 포옹을 나눈 남자가 더는 이 세상 사람이 아니라는 것에 기인한 충격인지, 아니면 그의 죽음에 창백히 절망할 또 다른 까닭이 있는지.

"무슨 말씀이신지."

그는 끝까지 시침을 떼며, 성급하게 속내를 비친 여자가 후회하듯 입을 다무는 것까지 침착하게 관찰했다.

이 사건의 배후는 명확하다. 강도로 위장한 암살자를 보낸 사람. 갑작스런 가족 모임 자리를 만들어 타깃을 밖으로 끌어낸 사람. 아무것도 모르는 수하를 보내 뻔뻔하게도 뒤처리를 맡긴 사람. 그토록 뻔한 막후의 사정이야 여기 이 여자조차 추리가 가능하도록 쉬운 일이니 놀라울 것은 없다. 다만 베런을 초조하게 만드는 것은,

조직의 이인자를 축출한 이 엄청난 사건에서 자신이 철저히 소외됐다는 것. 그리고,

'안젤로 주변을 좀 지켜봐야겠는데.'

저에 대한 비첼리오의 모호한 태도.

"형사사건이라 참고인 조사가 필요할 수 있답니다. 경찰에서 저한테 연락을 할 테니까 혹시 조사 요청이 오면 전달해 드리겠습니다. 그 외엔 별로 신경 쓰실 일은 없을 겁니다."

리오나르도 비첼리오는 사람을 믿지 않는다. 곁을 주는 것 같다가도 한순간에 신뢰를 거둬 버리며 해가 된다 판단하면 빠르고도 확실하게 손을 써 버린다. 수하의 실수는 너그럽게 참아 주지만 반복된 잘못은 가차 없다. 그런 보스가 조직원도 아닌 베런 콜린스를 최측근으로 신임한다며 내부에선 고깝게 생각하지만, 실상 그는 누구도 온전히 믿지 않았다.

자칭 타칭 비서실장도 언제든 집 앞에서 강도를 만나 쥐도 새도 모르게 뒤질 수 있다는 소리. 베런은 생각하며 유령처럼 선 여자를 향해 말을 이었다.

"그래피티 말입니다. 빨리 끝내죠."

그러니 개죽음당하지 않으려면 정신 똑바로 차려야 한다. 이제 더는 어떠한 실수도 없어야 한다. 아주 사소한 부분까지도. 완벽하게.

"주말까지 세 건 다 주시고 한꺼번에 전달하는 걸로 하겠습니다."

이번만큼은 협조해 주셔야 할 겁니다. 여전히 충격에 잠긴 여자에게 재차 다짐한 뒤 베런은 잠깐 고민했다. 물어볼까. 방금 통화한 사람 누구였냐고. 설마 지금 내가 상상하는 그 말도 안 되는 사람이 아니냐고.

만에 하나, 네 그 발칙한 불장난에 타 죽을 사람이 몇 명이나 될지는 혹시 알고 있느냐고.

"늦은 시간엔 되도록 외출 자제하십시오."

그러나 끝내 입을 떼지 못한 채,

"뉴욕은 대단히 위험한 도시니까요."

그는 현관에 선 여자를 등 뒤에 두고 아파트를 나와 버렸다.

러닝 머신이 작동을 멈췄다. 타운하우스의 지하실에서는 이제 아무런 소리도 들리지 않았다. 머신 위에서 내려온 리오가 입구를 향해 공간을 가로질렀다.

번쩍거리는 트레이닝 기구들을 들여놓은 쾌적한 지하실은 회원권을 팔아도 손색없을 피트니스 룸으로 꾸며져 있다. 관자놀이에서 흘러내린 물기가 턱에 맺히더니 바닥에 툭 떨어졌다. 아침과 저녁, 하루에 두 차례씩 땀을 쏟으며 운동하는 일과는 십 대 때부터 몸에 밴 습관이었다.

지하실 조명 스위치를 내리고 계단을 올랐다. 1층의 거실을 지나 2층 침실까지 멈추지 않는 걸음이 여유롭다. 땀으로 축축한 반팔 상의를 머리 위로 벗자 역삼각형 등의 굴곡이 드러났다. 벗은 옷가지를 빨래 바구니 안에 던져 넣으며 그는 침실에 딸린 욕실로 곧장 들어갔다.

샤워기를 켜자 더운물이 쏟아진다. 부연 김을 뿜는 물줄기 아래 선 채 리오는 눈을 감았다.

'지금 경찰서에서 연락이 왔는데,'

로코에게서 전화가 온 것은 막 집에 들어와 운동을 시작한 지 10여 분 지났을 무렵이었다.

'우리 아버지가 돌아가셨다네.'

수화기 너머 음성은 흡사 농지거리를 하듯 경박하게 들렸다. 워밍업 운동에 한창이던 리오는 그때 살짝 눈살을 찌푸렸던가. 어차피 기다리던 전화였고 예상했던 결과였지만 대답을 하기 앞서 그는 아주 잠깐 말을 않았다.

마치 묵념이라도 하듯이.

빠르게 샤워를 마치고 물을 잠갔다. 물소리가 사라진 주위는 다시 쥐 죽은 듯 고요하다. 샤워 중에도 부스 문을 닫지 않은 탓에 바닥에 깔린 타월 매트에 점점이 물이 튀어 있었다.

그는 집 안에서 어떤 문도 닫지 않는다. 현관문을 제외한 서재와 화장실, 침실과 욕실, 그 둘을 잇는 드레스 룸까지 모든 문은 언제나 활짝 열려 있다. 이 넓은 3층짜리 타운하우스에는 텔레비전도 라디오도 없다. 들을 일이 없으니 애당초 놓아둘 까닭이 없었다.

이 집은 주인이 있을 때나 없을 때나 늘상 고요하게 유지된다. 혹시 모를 침입자의 소리를 조금이라도 빨리 들을 수 있도록.

평범한 브라운스톤처럼 보이는 리오의 집은 전체에 걸쳐 방탄유리—동네를 통틀어 유일할—를 끼웠고, 사설 경비업체가 정문과 뒷문은 물론 창문들에도 일일이 감지와 경보 장치를 달아 놓았다. 그러니 '혹시 모를 침입자'가 숨어들어 독신의 주인을 기다리고 있을 가능성은 지극히 낮았으나, 그럼에도 집 안의 모든 소리에 귀를 기울이는 습관은 일종의 강박에 가까울 것이다.

리오는 선반 위에 잘 정리된 스킨 병을 집어 내용물을 손바닥 위에 덜었다. 커다란 손으로 얼굴을 툭툭 두드린 다음 비슷한 방법으로 로션을 바른다. 거울에 비친 제 얼굴을 감흥 없이 바라보던 남자가 바깥쪽을 향해 고개를 돌렸다. 침실에 둔 휴대전화가 울리고 있었다.

"그래."

— 콜린스입니다.

밝히지 않아도 알고 있다. 새로 바꾼 번호를 아는 사람은 아직 한 명뿐이니까.

"경찰에선 뭐래."

— 강도 사건으로 보고 있습니다. 아직 초동 단계라 그쪽도 꽤 어수선한 상태인데, 내일쯤 돼 봐야 반응이 나올 것 같습니다.

"그렇겠지."

— 제 연락처를 쥐여 주긴 했습니다. 어디로 연락할지는 모르겠습니다만.

"알았어. 계속 주시해."

— 예.

"수고했다. 들어가 쉬어."

— 알겠습니다.

수화기를 내려놓고 리커 캐비닛으로 다가가 술병을 집어 들었다.

며칠 전 새로 가져온 싱글 몰트 위스키 레이블을 눈으로 훑은 다음 봉해진 입구를 뜯었다. 금빛에 가까운 독주에서 묵직한 오크 향과 요염한 과일 냄새가 동시에 풍겼다. 리오는 크리스털 잔에 고인 액체를 들여다보며 망자를 생각했다.

지금쯤 지옥의 풍경을 목도하고 계시려나.

아직 채 식지도 않았을 혈육의 시신이 눈앞에 있기라도 한 것처럼, 그는 공중을 향해 술잔을 가볍게 들어 보인 뒤 입으로 가져갔다. 목구멍으로 넘어가는 독주가 뜨거웠다.

침묵의 계율. 조직의 이익. 배신자에 대한 응징. 그럴듯하게 들리는 거창한 명분들은 결국 하나의 목적으로 귀결된다.

생존.

내가 살아남기 위해 남을 죽인다. 먼저 쏘지 않으면 내가 그 총에 맞게 될 테니. 평범한 사람들에게 실패는 쓰든 달든 경험으로 남지만 이곳에서는, 이 화려하고도 위태로운 지하 세계에서 실패는 곧 죽음이다. 상대의 총알이 내 머리통을 박살 낼 것을 안다면 누구도 도덕 따위 내세우며 얌전히 실패를 기다리진 않으리라.

생존이 인간의 절대 선이라면 그것을 위한 모든 수단은 정당화된다. 그러므로 지하 세계 인간들은 유감은 품을지언정 죄의식은 알지 못했다. 리오가 아는 이들 가운데 죄책감에 시달리는 사람은 단 한 명.

'나를, ……죽여요.'

'지금 너를 죽이면 내가 뭘 얻을 수 있지?'

술잔을 쥔 채 드레스 룸으로 걸어갔다. 오늘 입었던 코트 주머니에서 작은 상자를 끄집어냈다. 보기만 해도 간질거리도록 달콤한 하늘색. 귀염성 넘치는 그 상자를 잠깐 쳐다보다 정성껏 묶인 하얀색 리본을 풀어냈다. 검정 벨벳 케이스 뚜껑을 열자 자그마한 귀걸이가 한 쌍이 등장했다. 프린세스 커팅의 다이아몬드 귀걸이. 하얗게 빛을 퉁기는 보석을 들여다보며 리오는 코로 긴 숨을 내쉬었다.

하마터면 낭패를 볼 뻔하지 않았나. 아까 제인이 똑같은 귀걸이를 한 걸 보고는 어찌나 당황했던지 순간 잘못 본 줄 알았다. 더 난감한 사실은 그걸 보는 순간 본인이 3년 전 크리스마스 선물로 준 것이 뒤늦게 기억났다는 점이다. 그런데도 같은 디자인을 골랐다는 걸 이틀 전 매장에선 왜 몰랐을까. 목요일의 저녁 식사를 앞두고 신경을 곤두세운 것을 인정하는 대신, 그는 일관된 제 취향 탓이라 합리화하며 위스키를 넉넉히 한 모금 삼켰다.

그러고는 자연스러운 수순처럼 그녀를 생각했다.

'그래피티에 관심 없잖아요.'

모를 일이다. 너는 정말로 몰라서 그런 말을 하는 건지.

네가 즐거워하는 걸 보고 싶어서. 네가 관심 있는 것이라면 그래피티든 카메라든 보석이든, 그게 무엇이든 구해다 주고 싶어서. 그렇게 하면 네가 웃는 걸 볼 수 있을까 봐서. 그런데도,

'당연히 결혼을 생각하고 있는 줄 알았는데.'

남의 눈에조차 당연하게 보이는 것들이 왜 그 여자의 눈에만 보이지 않는지는 참으로 모를 일이다.

리오는 빈 술잔을 협탁 위에 내려놓았다. 묵직한 크리스털이 나무에 부딪히는 소리. 그 뭉툭한 소음을 끝으로, 모든 문이 활짝 열린 타운하우스는 다시 물속처럼 고요해졌다.

요한은 파란색 글씨가 적힌 메모지를 코앞으로 당겼다. 손바닥보다 작은 노란색 종이에서 채 마르지 않은 잉크 냄새가 풍겼다. 검지

와 중지 사이에 낀 볼펜을 까딱거리며 스스로 적은 단어들을 눈으로 읽었다.

Lost. Will. Purgatory.

실종. 의지. 연옥.

상호 간 연관성이 있는 것 같기도 전혀 없는 것 같기도 한 세 개의 단어는 마치 수수께끼 같다. 요한은 골똘한 눈으로 그것들을 두어 번 더 훑어보고는, 목적 없이 까딱거리던 볼펜을 다시 쥐고서 새로운 글자를 적어 넣었다.

메트로폴리탄 교도소.

'나머지 세 건은 한꺼번에 해 주면 돼. 마치고 나면 잔금은 저번처럼 전달할 거고.'

세 개의 그래피티를 그려 넣을 장소는 메트로폴리탄 연방 교도소. 금발 남자가 호출기에 남겨 둔 용건은 거기까지였다.

앞서 두 건에 대한 대가는 이미 받았다. 두 번째 그래피티를 마친 다음 날, 그러니까 제인과 함께 경찰에 쫓겨 지하철 통로로 들어갔다가 코앞을 지나는 열차 구경까지 스릴 넘치게 한 다음 날, 코너 비스트로에 수고비를 맡겨 뒀으니 찾아가라는 메시지가 요한이 달라는 말도 하기 전에 호출기로 들어왔다.

느지막한 아침나절에 찾아갔더니 인상 좋은 바텐더가 두툼한 봉투를 건네주었다. 나름대로 구면이라고 친한 척을 하는 건지 붙임성 좋게 한쪽 눈까지 찡긋해 가며. 왼쪽 팔에 총천연색 문신이 있는 근육질의 남자는 다시 보니 그 식당 직원이 아니라 주인 같았다. 그에게서 건네받은 봉투 안에 백 달러짜리 지폐가 마치 종이 냅킨처럼 노끈으로 묶여 있었다. 현실감 없는 두께의 돈뭉치. 정확히 1만 2천 달러였다.

그때는 기분이 나쁘지 않았다. 평생 구경도 못 해 본 액수의 돈을 한 방에, 그것도 비린 냄새 폴폴 풍기는 현찰로 쥐었는데 기분이 나쁠 리가. 무엇보다도 요한은 지불을 서두르도록 지시한 사람이 제인이라고 믿었으며 그래서 더 기꺼웠다. 채 요구도 하지 않은 돈을 이토록 적극적으로 지불하다니. 필요 이상으로 친절한 행동은 일반적으로 호감의 표현이니까.

그런데, 지금은 기분이 몹시 나쁘다.

'당분간 연락하기 어려울 것 같아. 어딜 급하게 좀 다녀오게 됐어.'

갑작스런 음성메시지로 연락 두절을 통보한 후 제인에게선 벌써 일주일째 소식이 없다. 그녀는 요한의 시간에서 그야말로 감쪽같이 사라져 버렸다. 어디에 왜 가는지, 언제 돌아오는지 아무런 설명도 없이. 금방 다녀와 연락할 테니 기다리라는 말 한마디 없이.

처음 한 사흘 동안은 걱정이 됐다. 그래서 연락을 시도했지만 호출에는 답이 없었고 휴대전화는 전원이 꺼져 있었다. 집 전화는 어차피 번호를 모르니 시도조차 할 수 없었으나 설령 안다 해도 그는 다이얼을 돌리지 않았을 것이다.

갑작스런 연락 두절. 전기도 닿지 않는 오지로 탐험을 떠난 게 아니라면 사실 그건 매우 알기 쉬운 신호였으니까.

그래서 나흘째부터는 화가 나기 시작했다. 써먹고 버리랬다고 진짜 버리는 건가. 그 여자한테 나는 처음부터 그냥 일회용이었을까. 우범지대 반지하에 사는 남자를 역시 감당할 자신이 없는 건가. 별의별 생각에 시달리면서도 호출기가 울리면 별수 없이 기대를 품었다. 그러나 그는 매번 실망했고 이어 분노했으며 그럼에도 다시 기대했다.

제인의 아파트로 찾아갈까도 생각했지만 끝끝내 행동으로 옮기지는 못했다. 혹여 그 집에 불이 켜져 있을까 봐. 그 꼴을 보면 참지 못

하고 9층으로 기어올라 가 창문을 두드리게 될까 봐. 노골적인 신호도 알아먹지 못해 질척대는 등신 같은 놈이 될까 봐. 그리하여 기어이 돌이킬 수 없도록 비참한 꼴이 되어 버릴까 봐. 그 뻔한 결말을 외면하기 위해 요한은 어느 틈엔가 최선을 다해 뒷걸음질 치고 있었다.

그러다 일주일째 되는 오늘, 그녀의 심부름꾼이 연락을 취해 온 것이다.

'작업은 최대한 빨리 끝내 줬으면 좋겠어. 당장 오늘이면 더할 나위 없겠고.'

긴 숨을 내쉬며 메모지를 들여다본다. 실종. 의지. 연옥. 수수께끼 같은 단어들. 여자의 머릿속에서 나왔을 그 난해한 조합의 낱말들을 노려보며 중얼거렸다.

"진짜 너무하네. ……제인 헤닝."

입술이 원망하는 와중에조차 그의 눈은 여자를 본다.

집 안 곳곳에 그녀의 발자국이 남아 있는 것 같았다. 빌려 입었던 옷은 벗어 놓고 간 그대로 아직도 협탁 위에 개켜져 있다. 욕실 세면대 위 컵에는 두 개의 칫솔이 나란히 꽂혀 있으며 함께 마신 맥주병은 빈 채로 여전히 주방 한구석에 놓여 있다. 제인은 마치 유령처럼 집 안을 떠다녔다. 하룻밤. 고작 하룻밤 머물렀던 여자가.

삐빅.

불빛이 깜빡이는 호출기를 향해 팔을 뻗었다. 이번에도 단골 중 누군가의 주문이겠지. 더는 기대하지 않는 척 허세를 부려 보았으나, 액정에 찍힌 번호를 확인하는 그 찰나의 순간마저도 그는 여자의 얼굴을 떠올렸다. 어리석은 기대는 실망이 되었다가 다시 맥없는 분노로 진화한다.

"시발."

입술을 비틀며 호출기를 손에 쥐었다. 손아귀에 힘을 실으며 고개를 한껏 뒤로 젖혔다. 사람 기분을 이토록 더럽게 만들어 놓고 그 여자는 지금 뭘 하고 있을까. 정말로 전기도 닿지 않는 오지에 있기라도 한 걸까. 전화를 걸 수 없는 사정이 있나. 설마 어디가 아픈 건 아니겠지. 끝까지 환상을 놓지 못한 요한은 그만 제 머리를 한 대 치고 싶은 심정이 됐다.

그리고 텅 빈 천장을 노려보던 중, 문득 그럴듯한 방법이 떠올랐다.

'전시회에 제출할 연작에 세븐써리 그래피티를 넣고 싶어서.'

요한 리는 필요 없어졌을지 모르나 그녀는 여전히 세븐써리를 원하고 있다. 그러니 원하는 대로 그래피티를 그리지 않으면 아마 연락을 취해 올 것이다. 설령 연락해 오지 않더라도 상관없었다. 약속된 1만 8천 달러를 날리게 되더라도, 그 여자가 나타나게 할 구실이 된다면야 그깟 돈쯤 얼마든지.

요한은 젖혔던 고개를 똑바로 세운 뒤, 파란색 낱말들이 적힌 노란색 메모지를 보란 듯이 꽉꽉 뭉쳐 구겨 버렸다.

"당신의 종 안젤로를 모든 죄에서 해방시켜 주시고, 현세에서 그리스도의 부활을 믿고 살았던 그가 부활할 때에 영광스럽게 당신과 함께하게 하소서."

미사를 집전하는 사제와 흰옷을 입은 소년 복사들은 하나같이 평온해 보였다. 죽은 자의 부활을 진실로 믿기라도 하는 것처럼. 제인은 가라앉은 눈으로 제례를 지켜본다.

"이렇게 하여 그들은 영원한 벌을 받는 곳으로 가고, 의인들은 영원한 생명을 누리는 곳으로 갈 것이다."

안젤로의 장례미사는 생전에 그가 다니던 성당에서 치러졌다. 시신 안치소에 들어간 지 꼭 열흘 만이었다.

살해 사건에 대한 수사는 지지부진했다. 정황상 강도라는 경찰 입장에는 변함이 없었으나 간 큰 기자들은 정황상 암살일 거라 수군댔다. 제법 흥미를 끌 만한 기사임에도 어쩐 일인지 1면에 박히지는 못했다. 메트로 단신을 모아 둔 3면 귀퉁이쯤에 작게 한두 번 싣더니 그나마도 며칠 지나지 않아 자취를 감췄다.

텔레비전 뉴스에는 사건 사고 소식에 끼어 짤막하게 보도됐다. 건실하고 평범한 시민처럼 들리는 '오십 대 남성'이란 호칭에 제인은 위화감과 아울러 서늘한 한기마저 느꼈다. 왜인지, 경찰과 언론은 안젤로의 죽음에 의식적으로 관심을 두지 않으려는 것 같았다.

평일 오전에 열린 미사에는 유가족을 제외하면 대체로 안젤로 또래의 중년과 노인들이 참석했다. 일요일마다 이곳에 모여 함께 가슴을 치며 죄를 회개했을 그들은 갑작스런 교우의 죽음을 진심으로 애도하는 것 같았다.

"나약한 인간으로서 저지른 죄를 주님의 자비로 용서하시고, 하느님 나라에서 성인들과 함께 끝없는 기쁨을 누리게 하소서."

이제 한 명이 줄어 더 단출해진 비첼리오들은 신자석 맨 앞줄에 앉아 있었다. 장신의 남자가 둘, 못지않게 늘씬한 여자가 하나, 그녀의 곁으로 올망졸망 앉은 어린 소년 셋. 한눈에도 일가족임이 명백한 여섯 명 사이에 제인은 불순물처럼 끼어 있었다. 갓 미망인이 된 안젤로의 아내는 반대편 신자석 맨 앞줄에 홀로 앉았다.

온 성당을 통틀어 유일한 동양인 여자는 별수 없이 눈에 띄었다. 검은색 원피스에 검정 코트를 입은 검은 머리칼의 여자는 짧은 베일이 달린 필박스 모자를 썼다. 마치 이 가족의 일원처럼, 그녀는 리오와 로코 사이에 표정 없이 앉아 제례를 지켜보았다.

제인은 아직 가톨릭 신자가 아니지만 장례미사에 참석한 적이 있다. 시카고에서 치러진 마르코의 장례는 무척이나 한산했는데, 그때는 추도객보다 성당을 기웃대는 기자들이 더 많았다. 그런데 이번에는 무슨 손을 어떻게 쓴 건지 카메라나 수첩을 든 수상쩍은 사람은 하나도 보이지 않는다. 제법 넓은 신자석도 절반 이상 채워져 전체적인 풍경이 꽤 그럴듯했다.

"주님, 안젤로에게 영원한 안식을 주소서."

"영원한 빛을 그에게 비추소서."

"안젤로와 세상을 떠난 모든 이가 하느님의 자비로 평화의 안식을 얻게 하소서."

"아멘."

미사 절차에 익숙하지 않은 그녀는 비첼리오들을 따라 앉고 일어서기를 반복했다. 왼쪽으로 처자식을 거느리고 선 로코는 또렷한 발음으로 기도문을 읊었다. 죽은 아비의 영원한 안식을 신에게 간구하는 음성이란 너무도 낭랑하고 천연덕스러워 차라리 귀를 막고 싶은 심정이었다. 오른쪽에 선 리오는 시종 입을 다문 채 아무런 소리도 내지 않았다. 그러나 제인에게 그조차 끔찍스럽기는 매한가지.

여자의 파리한 낯색이 망자의 아내 다음으로 위태로워 보인다.

'안젤로가 죽었습니다.'

그날 밤 베런이 돌아가고 난 뒤, 제인은 죽은 이와 함께 먹었던 음식물을 모조리 게워 냈다. 헛구역질을 거듭하며 새벽까지 화장실을 드나들던 그날 이후로 좀처럼 잠을 잘 수 없었다.

저를 보던 그의 눈동자가 자꾸만 떠올라서.

'어째 예감이 좋지 않군.'

'걱정하시는 일은 없어요. 믿으실진 모르겠지만.'

대체 무슨 주제로 그딴 말을 했을까. 이미 겨누어진 총구조차 보지 못한 주제에 대체 무슨 생각으로. 제인은 어리석은 자신의 행동을 후회했다.

그녀는 하지 않은 일에 대해서도 후회했다. 리오가 뭔가를 알고 있는 눈치라고 한마디만 전했더라면 안젤로는 죽지 않았을지 모른다. 계획하고 있는 일이 있다면 서두르라고, 아니면 차라리 포기하고 몸을 피하라고 한 통의 전화만 걸었더라도. 제 한 몸 사리느라 비겁하게 숨어 있던 시간들을 제인은 수도 없이 곱씹으며 스스로를 괴롭혔다.

과거로 흘러간 일들을 매만지는 것은 이미 지극히 소용없는 짓임에도 불구하고.

미사가 끝난 후, 사제들의 무리가 퇴장하고 난 뒤에도 신자석의 사람들은 남아 있었다. 무릎을 꿇고 기도하는 자가 있는가 하면 제대 아래 놓인 관을 바라보는 이도 있다. 고인과 가까운 관계가 아니었을 그들은 안젤로가 아닌 죽음 그 자체를 애도하는 것 같았다.

"일어나지."

제대 위 촛대와 촛불들을 멍하니 응시하던 제인이 고개를 돌렸다. 리오의 얼굴을 마주 보는 대신 검은색 타이에 시선을 준다. 그녀는 줄에 매단 인형처럼 그를 따라 일어섰고 그와 보조를 맞춰 걸었다. 그 누구와 눈을 맞추지도 말을 건네지도 않은 채. 숨이 붙은 송장처럼.

"매우 유감입니다, 숙모님."

죽은 숙부의 아내를 위로하는 리오의 언사는 그뿐이었다. 짧고도 예사로운 말투에서는 그나마 냉기가 느껴지지 않아 제인은 조금 긴장을 놓았다. 그리고 천천히 눈을 들어 앞에 선 중년의 부인을 바라보았다. 검은 베일로 얼굴을 가린 비첼리오 부인이 몹시 지친 표정으로 입술을 달싹였다.

"리오,"

안젤로의 아내는 몸집이 자그마한 여자였다. 며느리의 부축을 받으며 선 그녀는 당장 눈을 뒤집으며 졸도해도 이상할 것 같지 않았으나 끝내 쓰러지지는 않았다. 오히려 위로에 답례라도 하려는 듯 리오를 향해 양쪽 손을 뻗어 왔다.

"와 주어…… 고맙구나."

제인은 중년 여인의 창백한 손을 바라보았다. 왼손 약지에 낀, 남편의 것과 같은 디자인의 결혼반지도. 부인은 시조카의 눈을 마주 보지 못한 채 시선을 아래로 내리깔았다. 공중을 향해 뻗은 두 손이 애처로울 정도로 벌벌 떨려 제인은 차마 지켜보기 괴로울 지경이었다. 그러나 리오는 그녀의 손을 마주 잡지 않았다.

"이만 가 보겠습니다."

어머니 잘 보살펴 드려. 지시인 듯 위로인 듯 모호한 말투로 덧붙이자 로코가 고개를 끄덕인다.

"걱정 마. 네 형수가 있으니까."

제인은 미망인을 부축하고 선 로코의 아내를 바라보았다. 그리고 그녀의 곁에 선 세 명의 소년. 벌써부터 성격이 제각각이라던 안젤로의 손자들은 아무렇지도 않은 얼굴로 저들끼리 장난을 치고 있다. 그중 열 살짜리 맏이가 의젓하게 할머니 곁에 서서 어른들을 올려다보았다. 제 조부를 꼭 닮은 그 아이와 눈이 마주친 순간 제인은 가슴 한복판이 푹 꺼지는 것 같았다.

"그럼 저희는 이만."

리오가 여자의 등허리에 가볍게 손을 대 에스코트했다. 양쪽 신자석 사이 중앙 통로를 통해 출구 쪽으로 걷는 동안 제인은 깊은 숨을 조용히 몰아쉬었다. 등 뒤로 멀어지는 안젤로의 번쩍이는 관. 그것을 의식하며 그녀는 함께 걷는 남자를 인식한다.

'제인이 숙부님께 많이 배워야 할 텐데요.'

그날 저녁 식사의 또 다른 목적이 이것이었다면 리오나르도는 뜻을 이루었다. 감히 그를 속이려 한 시도가 어떠한 참극을 불러오는지. 배신을 꾀한 자의 최후는 차갑고 번쩍이는 관이 될 것이며, 남은 가족에게 지울 수 없는 공포로 돌아갈 것임을.

'나는 널 놓아주지 않을 거니까.'

그 경고는 결코 허언이 아니라는 것까지 제인은 똑똑히 배웠으므로.

그러나 대단히 안타깝게도, 배운 것과 행하는 것은 별개의 일이다.

그녀는 마른 코를 훌쩍 들이마셨다. 인공의 꽃향기 같은 세제 냄새는 처음엔 진동했으나 이제는 거의 느껴지지 않았다. 인간이란 본래 이런 것일 테다. 코를 찌르던 냄새도 금세 익숙해져 곧 아무렇지 않아지는.

제인은 벽에 등을 기댄 채 차가운 바닥 위에 쪼그리고 앉아 있다. 무릎까지 덮는 니트 원피스 아래 하얗게 맨다리가 드러났다. 양말 한 짝 신지 않은 맨발을 운동화에 쑤셔 넣었다. 한눈에도 급하게 뛰쳐나온 차림새. 몸에 걸친 파카의 후드를 머리 위로 뒤집어쓴 채로, 그녀는 동그랗게 몸을 말고 얼음 같은 타일 바닥의 냉기를 견뎠다.

가까운 세탁실에서 건조기 돌아가는 소리가 났다. 단추 달린 옷을 넣어 뒀는지 건조 통에 플라스틱 부딪히는 소리가 탁탁탁 리드미컬했다. 누군지 돌아보지는 않았으나 여자의 것 같은 발소리가 한 시간 전쯤부터 몇 번인가 오고 갔다. 슬리퍼를 찍찍 끄는 그 가벼운 소리가 세탁을 마치고 건조까지 끝낸 빨랫감을 정리해 돌아갈 때까지, 제인은 언제 돌아올지 모르는 남자를 하염없이 기다렸다.

미사가 끝난 후 곧장 아파트로 돌아갔다. 자동차 안에 오르자마자

리오는 검은색 타이를 풀어내며 오늘의 일정을 물었다. 기다렸다는 듯이 대답하는 베런의 어조 또한 여상스럽기는 마찬가지였다. 아무 일도 없었던 것처럼 구는 남자들 사이에서 제인은 그럭저럭 평정을 지켜 냈지만 베런이 일식당에 두 사람 몫의 점심 예약을 해 두었다는 말을 꺼냈을 때는 화를 참기 위해 애를 써야 했다. 다행스럽게도 리오는 점심 식사 동행을 제안하지 않았다.

아파트에 도착한 후 욕조에 뜨거운 물을 가득 받아 한참 동안 목욕을 했다. 오래된 빵처럼 딱딱하게 굳은 몸이 좀처럼 풀리지 않았다. 물속에서 오래도록 숨도 참아 보았다. 욕조에서 익사하는 것도 가능할까 싶었으나, 한계에 다다르면 저도 모르게 물 밖으로 머리를 내밀어 번번이 실패였다. 끔찍한 꼴들을 목도하면서도 끝끝내 한 모금의 숨을 쉬고 싶은 마음. 나약한 근성인지 끈질긴 의지인지 헷갈리는 마음을 비웃다 또다시 그 남자를 떠올렸다.

'나중 같은 건, 신경 안 써.'

벌써 열흘째 목소리조차 듣지 못했다.

그날 이후 제인은 펜트하우스 밖으로 한 발짝도 나가지 않았다. 스스로를 유폐하듯 집 안에 몸을 가두었다. 휴대전화와 호출기의 전원을 꺼 버리고 그 남자를 차단했다. 겁나고 두려워서. 나의 이 지독한 불운이 그 남자에게 옮아갈까 무서워서. 이제라도 그의 시간에서 스스로 퇴장해야 옳을 것 같아서.

불행한 건 나 혼자로 충분하니까.

'지금은 나만. 아무것도 생각하지 말고. 그냥 나만 봐.'

그러나 결국은 또다시 이렇게 되고 말았다. 나약한 근성인지 끈질긴 의지인지.

쾅!

멀찍이 철문 닫히는 소리가 들렸다. 제인은 여전히 쪼그려 앉은 채 바닥의 타일에 시선을 박았다. 이쪽으로 다가오는 남자의 발소리. 운동화 밑창이 화강암 타일에 부딪히는 소리를 듣자 가슴이 쿵쿵 뛰기 시작했다. 가까워진 그 소리가 지척에서 멈출 때까지 그녀는 몸을 일으키지 않았다.

"여기서 뭐 하냐."

열흘 만에 듣는 남자의 목소리는 퉁명스럽다. 제멋대로 사라졌다 불쑥 나타났으니 당연히 기분이 상했을 테지. 납득하는 것과 별개로 마음이 울컥 서러워져, 제인은 뻔뻔하게도 눈물이 쏟아질 것 같아 힘껏 숨을 참았다.

"뭐 하냐고. 여기서."

검은색 후드를 뒤집어쓴 여자가 천천히 몸을 일으켜 세운다. 핏기 없이 종잇장 같은 얼굴. 요한의 눈이 살짝 가늘어졌다.

"……잠을, 통 못 잤어."

열흘 만에 보는 여자는 눈에 띄게 얼굴이 상해 있었다. 집을 박차고 나온 가출 소녀처럼 맨발에 운동화를 꿰어 신고서. 훤히 드러난 종아리와 화장기 없는 얼굴을 요한이 눈으로 훑었다.

"나 좀…… 재워 줘."

그리고 대답 없이 여자의 얼굴만 물끄러미 내려다보았다.

며칠에 걸쳐 갖은 장면들을 상상했다. 그녀가 눈앞에 다시 나타나는 광경은 수도 없이 떠올려 보았다. 상상 속에서 요한은 여자에게 화를 냈다. 사람 갖고 노냐고, 너는 내가 우습냐고 냉랭하게 쏘아붙였다. 그때마다 제인은 어디서 개가 짖나, 심드렁한 얼굴로 서서 아무런 대꾸도 하지 않았다.

그러나 현실로 나타난 여자는 상상했던 것과 판이하다. 비 맞은 고양이처럼 애처롭게 서서는 이쪽과 눈도 마주치지 못했다. 덕분에 요한은 적당한 말을 골라낼 수 없었다. 잔뜩 벼르던 뾰족한 단어들이 아주 많았던 것 같은데 그중 입 밖으로 빠져나온 한마디는 참 등신 같게도,

"야."

뿐이었다.

제인이 드디어 눈을 들었다. 저를 올려다보는 작고 파리한 얼굴. 까만 눈동자와 정면으로 마주치자 요한은 진짜로 할 말을 잃고 말았다. 화를 내야 하는데 화가 나지 않아서 난감했다. 좀 더 솔직해지자면 화는 고사하고 이제라도 나타나 저를 기다려 준 것이 감격스럽기까지 해서, 저도 모르게 안도의 웃음이 터지려는 것을 가까스로 참아내는 중이다.

내가 이렇게 배알 없는 놈인 줄 미처 몰랐네.

"젠장."

괜히 욕설이나 짓씹으며 고개를 돌렸다. 파카 주머니에서 열쇠를 꺼내 투닥대며 잠긴 문을 열었다. 들어오라는 말도 없이 저 혼자 안쪽으로 사라지는 모습을 제인은 문밖에 선 채 바라본다. 암녹색 철문은 빼꼼히 열려 있었다.

외부의 빛이 들지 않는 집 안은 컴컴했다. 운동화를 벗고 안으로 들어온 요한이 주방 쪽 천장에 매달린 형광등을 켰다. 파카를 벗어 식탁 의자 등받이에 걸면서도 그는 현관 쪽만 의식했다. 설마 그냥 가 버리는 건 아니겠지. 다시 나가 볼까 싶던 찰나 조심스레 철문이 닫히는 소리가 들렸다. 이어 운동화를 벗으며 부스럭대는 작은 소리. 요한은 그제야 안도했다.

제인은 처음 왔던 그 날처럼 현관 앞에 서 있었다. 나무 바닥을 디

디고 선 맨발이 깃털처럼 하얗다. 저도 모르게 거기 눈길을 주며 곁을 스쳐 현관으로 걸어갔다. 세 개의 잠금장치를 모두 걸어 잠그고 집 안으로 들어오려는 순간 막대기처럼 서 있던 여자가 그의 팔을 붙잡았다. 가늘고 하얀 손가락. 제 스웨터 자락을 그러쥔 그 손가락들을 요한은 우뚝 선 채 내려다본다.

"미안해."

풀꽃처럼 하늘거리는 목소리였다. 바닥만 쳐다보고 선, 여전히 검정 후드를 뒤집어쓴 여자. 그녀를 향해 천천히 돌아서며 그가 물었다.

"왜 그랬는지, 물어봐도 돼?"

"……미안해."

대답을 거부한 여자는 그러나 고집스레 옷자락을 놓지 않았다. 요한은 입을 다문 채 그녀를 바라보았다. 푸르스름한 정맥이 비치는 희고 마른 발. 그 맨발에 자꾸만 시선이 간다.

언제 올 줄 알고 대책 없이 기다렸나. 저토록 무방비한 차림으로. 그 모습을 상상하자 더 이상 유치한 시위를 이어 갈 마음이 없어졌다. 설령 이 여자가 순진한 척 연극을 하며 저를 갖고 노는 중이래도 상관없다. 덕분에 만만하고 우스운 남자로 보인대도 별수 없다. 이유나 목적 따위 아무려면 어떤가.

네가 여기 다시 와 주었는데.

그대로 팔을 끌어당겨 품에 안았다. 저항 없이 끌려와 풀썩 안기는 여자는 가벼웠다. 두툼한 파카를 걸쳤는데도 부피가 작은 몸. 그 몸을 양팔에 가둬 안으며 요한이 깊은 숨을 들이마셨다. 맞닿은 몸통 한복판에 물감처럼 온기가 번진다.

"얼마나 기다렸어."

"두 시간쯤."

"추운데."

"괜찮아."

그가 한참 만에 고개를 들더니 여자의 후드를 벗겨 냈다. 제인은 저를 내려다보는 남자의 눈을 마주 보았다. 아름다운 요한 리. 지난 며칠 수없이 들여다보았던 사진 속 모습 그대로. 촘촘하게 돋은 속눈썹과 빛나는 눈동자. 가슴이 너무 뛰어 눈물이 날 것 같다.

"예뻐졌네."

남자의 말에 제인은 찡한 코를 훌쩍이며 웃음 비슷한 숨을 뱉었다. 빈말이 틀림없건만 온몸이 크림처럼 녹아내렸다. 얼굴을 찬찬히 들여다보던 요한이 다시 고개를 숙였다. 더운 살과 습한 숨이 목덜미에 닿았다.

"걱정했잖아."

그는 여자를 조금 더 세게 끌어안으며 깊이 숨을 들이마신다. 그리웠던 냄새.

"차인 줄 알고."

한숨처럼 속삭이는 목소리가 짜릿했다. 차갑게 굳어 있던 피가 삽시간에 더워지는 것을 제인은 느꼈다. 딱딱하게 경직됐던 몸이 불을 지핀 듯 데워지면서 허기 비슷한 욕구가 밀어닥쳤다. 요한이 입고 있는 부드러운 스웨터. 손바닥과 얼굴에 닿은 그 니트의 촉감에 주체할 수 없이 갈증이 솟았다. 옷 안에 숨겨진 맨살의 감촉, 단단한 가슴과 뜨거운 체온을 온몸으로 느끼고 싶어서.

안고 싶다. 미친 듯이. 아무 생각도 하지 않고. 지금 이 순간을 제인은 솔직하고도 온전히 살아 보고 싶었다.

"요한."

"응."

몽롱하게 대답하며 그가 고개를 들었다. 제인은 허리를 감은 팔을 풀어 양손으로 남자의 얼굴을 감싼다. 흐리게 웃는 얼굴. 그 아름다운 얼굴로 황홀히 다가가 입을 맞췄다.

보드랍고 촉촉한 입술에서 파인애플 향기가 났다. 그가 풍기는 단내의 출처가 식탁 위에 수북이 쌓인 사탕이라는 걸 제인은 이제 안다. 달콤한 과일 향. 그 감미를 좇아 입술 안쪽으로 혀를 밀어넣었다. 제 얼굴을 쓰다듬는 남자의 손에 조금씩 힘이 들어가는 것이 느껴진다.

그러나 요한은 적극적으로 달라붙는 여자의 입술에서 이내 능숙하게 벗어났다.

"피곤하다며."

제법 신사적으로 한 걸음 물러나 본다. 창백한 얼굴만 아니었다면 달려드는 여자를 멈춰 세우는 짓 따위는 하지 않았을 것이다. 대신 제인의 뺨을 찬찬히 손끝으로 쓰다듬었다. 핏기 없던 얼굴에 어느새 혈색이 돌고 있었다.

특히 붉게 단 저 입술.

"너랑 자고 싶어."

그 입술을 벌려 여자가 말했다.

"지금."

요한이 기다렸다는 듯 달려들어 입을 맞춘다. 어울리지도 않는 신사 흉내는 겨우 시작만 해 보고 걷어치웠다. 파카를 벗겨 낸 여자의 몸에는 니트 원피스 하나 달랑 걸쳐져 있다. 야한 옷이 결코 아닌데도 그는 몹시 조급해졌다.

방으로 이끌어 침대 위에 앉힌 다음 제 스웨터부터 벗어 던졌다. 바닥 위에 양 무릎을 대고 몸을 낮췄다. 저를 내려다보는 여자의 얼굴. 보드라운 볼을 한 차례 어루만진 다음 아래쪽으로 시선을 돌렸다. 하얀 종아리와 맨발. 아까부터 자꾸 눈에 들어와 사람 미치게 하던 여윈 발목에 손을 댔다. 푸른 정맥이 뻗은 발등을 쓰다듬다가 천천히 위로 올라갔다. 남자의 손이 치맛자락을 밀며 무릎 위로 올라오자 여자가 두 다리를 움찔댔다.

"더 마른 것 같은데."

중얼대는 말투는 불평 같기도 걱정 같기도 했다. 어느 쪽이든 제인의 귀에는 기껍게 들린다. 천천히 몸을 일으켜 세우며 그가 다시 입 맞췄다. 오른손은 이제 허벅지 바깥쪽을 쓰다듬고 있다. 느긋하게 다가오는 남자가 제인은 조금 답답하게 느껴졌다. 빨리. 보채듯 그의 입술에 매달리던 그녀는 요한이 침대 위로 올라오자 비로소 만족했다.

여전히 입술을 맞댄 채 몸을 포갰다. 목덜미를 더듬는 입술과 혀를 느끼며 눈을 감았다. 엉덩이를 어루만지는 큼직한 손은 더할 나위 없이 자극적이다. 아직 옷도 다 벗지 않았는데도 제인은 그를 받아들일 준비가 완전히 끝나 있었다.

"요한."

으응. 여자의 목덜미와 머리카락 사이에 얼굴을 박은 채 그가 뭉개진 소리로 대답했다.

"보고 싶었어."

몸을 만지던 손이 우뚝 멎었다. 그리고 고개를 들어 여자의 눈을 본다. 안심한 듯 완전히 이완된 눈동자에는 긴장도 거짓도 없었다. 보고 싶었어.

가슴이 미친 듯이 뛰기 시작했다.

"……나도."

목소리가 떨려 나올까 봐 요한은 주의를 기울여 발음했다. 숨 쉬기가 버거울 정도로 박동이 거셌다. 나도 보고 싶었어. 보고 싶어 돌아 버리는 줄 알았어. 다시는 못 볼까 봐 두려웠어. 매일매일 기다렸어. 목구멍에서 아우성치는 말들은 속으로만 해 본다. 간절한 진심이란 연약하고도 무거워 쉽게 입 밖에 낼 수 없다는 것을 그는 처음으로 배웠다.

"제인."

대신 그녀의 이름을 불렀다. 그리고 계속해서 그녀의 얼굴을 들여다보았다. 제 얼굴만 쳐다보고 있는 남자를 기다리다 제인이 스스로 옷을 벗었다. 말끄러미 제 눈을 바라보는, 속옷 차림의 여자가 너무 예뻐서 요한은 저도 모르게 탄식했다.

"후……."

다시 입술이 닿고 숨이 섞인다. 얽힌 팔이 상대의 몸을 정신없이 쓰다듬었다. 서로의 민감한 곳을 건드릴 때마다 호흡에 스민 신음은 조금씩 짙어졌다. 요한은 취한 듯 어지러운 시야를 가누며 협탁의 서랍을 열었다. 빈 서랍을 확인한 뒤에야 콘돔을 다 썼던 걸 기억해 냈다. 폭설이 내렸던 금요일 밤과 토요일 새벽 사이에.

"잠깐만."

이불을 끌어와 여자의 몸 위에 덮었다. 지갑 안에 하나 넣어 둔 게 있으니 다행이라 생각하면서. 막 몸을 일으키려는 찰나 제인이 그의 손을 잡더니,

"괜찮아."

윗몸을 반쯤 일으킨 채 말했다. 괜찮다니 뭐가. 묻는 눈으로 보자 아주 짧게 머뭇대다 대답한다.

"나 약 먹고 있어."

요한은 벙찐 얼굴로 여자를 보았다. 생각지도 못한 제안에 솔직히 좀 당황했다. 뉴욕에서 성장한 남자들에게 콘돔은 피임 이상의 의미를 갖는다. 요한은 그것 없이 해 본 적이 단 한 번도 없다.

"야, 그래도,"

"괜찮아."

머뭇대는 남자의 몸 위로 제인이 과감하게 올라왔다. 둘 모두 이미 준비를 마친 터라 삽입은 자연스러웠다. 처음 시도하는 체위에 어쩔 줄 몰라 하는 것은 오히려 요한 쪽.

"야, 잠깐만."

고리가 씌워지는 기분이었다. 따뜻하고 부드러운, 못 견디게 말랑하고도 단단한 고리가. 생전 처음 고스란히 느껴지는 여자의 몸 안은 이전과 비교도 안 될 만큼 황홀했다. 온몸이 단숨에 빨려 들어가는 것 같아 요한은 저도 모르게 헉 하고 숨을 터뜨렸다.

"잠깐, 좀 천천히……."

"아파?"

양손으로 허리를 움켜쥐자 제인이 눈을 동그랗게 떴다. 아프냐니. 스물다섯을 앞두고 여자 아래 깔려서 그런 소리까지 듣게 될 줄은 몰랐는데. 요한은 기가 막히기도 하고 귀엽기도 하고, 이래저래 복잡한 얼굴로 제인을 마주 보았다. 진짜로 아픈 줄 아는지 표정이 심각해서 그는 결국 짧게 웃고 만다.

"아니 그런 게 아니라."

말하는 동안에도 정신이 어릿어릿했다. 통째로 조여 오는 느낌. 온전히 느껴지는 체온과 부드러운 감촉. 지나친 쾌감을 참아 내려 어금니를 가볍게 맞물었다.

"못 참을 거 같아서."

후우. 입술 새로 긴 숨을 뱉으며 움켜쥔 여자의 허리를 쓰다듬는다. 아는 것도 없이 위로 올라간 제인은 제인대로 어쩔 줄을 모르다 결국 남자의 품 안으로 안겨 들었다. 아프냐며. 빼 주기라도 할 것처럼 걱정스럽게 물을 땐 언제고. 그가 피식 웃으며 양팔로 여자를 감싸 안았다.

"너 좀 귀엽다."

천장을 향해 누운 채 목덜미에 입을 맞췄다. 하나로 포개진 두 개의 몸. 완전한 결합이 실감 나는 순간. 가슴 위로 느껴지는 여자의 무게감마저 못 견디게 좋았다. 요한은 제인의 몸 안에 얌전히 머물다가 슬쩍 움직여 조금 더 깊이 들어간다. 품 안의 여자가 낮게 숨을 몰아쉬었다.

"⋯⋯미치겠네."

햇솜처럼 보드라운 어깨에 입과 코를 박았다. 예민한 속살끼리 마찰하는 자극은 무척이나 강렬해서 정신이 나갈 지경이었다. 조금 더. 좀 더 깊이. 점점 격하게 움직이던 남자가 급기야 몸을 일으켜 세웠다. 마주 앉은 자세가 되자 여자의 얼굴을 제대로 볼 수 있어 반가웠다.

"제인."

그녀는 웃지도 찡그리지도 않은 얼굴로 그를 본다. 입술을 살짝 벌린 채 응시하는 남자는 아름다웠다. 손을 들어 얼굴을 쓰다듬자 그가 손바닥에 입을 맞췄다. 입술과 혀끝으로 어루만지다 이를 세워 가볍게 깨물기도 한다. 그러는 동안에도 두 사람의 몸은 더 큰 쾌감을 향해 부지런히 움직이고 있었다.

"아, 나 미칠 거 같아."

요한이 중얼대며 눈을 감았다. 입술을 벌린 채 미간을 찡그린 남자를 제인은 비슷한 표정으로 바라보았다.

"⋯⋯너무 좋아."

거짓말이 아니다. 진짜로 좋아서 미칠 것 같다. 너무 좋아. 고장 난 라디오처럼 같은 말을 되풀이하는 남자. 그 단단하고도 아름다운 목덜미에 제인은 흔들리는 고개를 묻었다.

"나도."

말하는 순간 그녀의 등이 침대에 닿았다. 여자의 다리를 들어 올려 제 어깨에 걸치는 남자는 이제 제정신이 아닌 것처럼 보인다. 더는 말하지도 웃지도 않았다. 그녀의 가장 깊은 곳을 건드리는 것이 유일한 과제인 것처럼 거칠게 파고들었다.

"아."

두 눈을 감았다. 흔들리던 시야가 닫히자 감각은 더욱 선명해진다. 진원에서 피어난 쾌감이 온몸을 뒤흔들었다. 제정신이 아닌 것은 여자 또한 마찬가지.

살아 있다. 터질 듯 고동치는 심장. 가눌 길 없는 호흡. 함부로 터지는 신음. 지금 이 순간 제인은 뜨겁게 살아 있음을 절감한다. 싸늘한 십자가. 외로운 촛대. 위태로운 촛불. 번쩍이는 관 따위의 상념에서 완전히 벗어나.

"요한."

오직 이 남자와 함께. 아무도 모르는 지면 아래 비밀의 공간. 어둡고 좁은 둘만의 세상에서.

깊고도 달콤한 잠이었다. 끈적할 정도로 진하게 탄 핫초콜릿 같은, 쫀득거리는 늪 속으로 기분 좋게 빠져드는 기분이었다. 이마에 땀이 밸 만큼 진을 빼고 난 직후, 제인은 무섭게 덮쳐 오는 수마의 품으로 단숨에 끌려 들어갔다.

눈을 떴을 때 시야는 어두웠다. 알몸을 감싼 이불 속에서 몇 차례 눈을 슴벅였다. 옆자리는 비어 있고 방 안에는 저 혼자였다. 닫힌 방문의 테두리를 따라 바깥의 빛이 하얗게 서린 것을 그녀는 멍하니 바라보았다.

"으음……."

잠 부스러기를 털어 내듯 웅얼대며 베개에 코를 묻었다. 납작하게 숨이 죽은 베개는 푹신하지 않았지만 적당히 닳은 베갯잇이 몹시도 부드럽다. 오래 쓴 것이 틀림없을 보드라운 직물에서는 그의 냄새가 났다. 편안하고 포근한. 그 냄새를 크게 들이마시며 제인은 조금 웃었다.

사위는 컴컴했으나 눈앞이 맑았다. 성에가 낀 것처럼 부옇던 머릿속도 말끔해졌다. 몇 시간이나 잤을까 감이 잡히지 않는다. 문밖에서는 사람의 기척과 아울러 간간이 투닥이는 소리가 들렸다. 달큰하고도 매콤한 냄새. 문틈을 파고든 음식 냄새를 인지한 순간 걷잡을 수 없이 허기가 밀어닥쳤다.

어둠은 서서히 눈에 익었다. 부스스 일어나 주변을 둘러보았다. 협탁 위에 가지런히 놓인 옷가지에 시선이 멎었다. 스웨셔츠와 반바지. 지난번에 빌려 입었던 옷을 여기 둔 것은 편하게 입고 있으란 뜻이겠지. 제인은 남자의 옷을 물끄러미 바라보다 주변을 휘휘 둘러본다. 그녀가 찾던 물건은 침대 반대편 끄트머리 위에 있었다.

네모나게 개켜진 니트 원피스를 들추자 한 세트의 속옷이 들어 있다. 열락에 취해 아무렇게나 벗어 던진 것만 알 뿐 정리한 기억은 없으니 이게 누구 작품인지는 뻔했다. 여기저기 내팽개쳐진 여자의 옷들을 주워 가지런하게 갈무리해 두는 남자. 그 광경을 상상하자 푸드득 웃음이 났다. 민망하기도 하고 귀엽기도 하고.

그 옷가지를 꿰어 입고 흐트러진 머리를 정리한 다음 방문을 열었다. 주방에서 구수한 음식 냄새가 훅 끼쳐 저도 모르게 코를 벌름댔다. 오랜만에 맡아 보는 정겨운 냄새.

집 냄새.

"일어났어?"

개수대 앞에 서서 달그락대던 남자가 뒤쪽으로 고개를 돌렸다. 제인은 그쪽으로 다가가며 좁은 주방을 눈으로 훑었다. 화구 두 개짜리 스토브 위에는 작은 크기의 압력솥과 냄비가 올려져 있다.

"뭐 해?"

"밥."

곁으로 바짝 다가온 여자에게 요한이 자랑하듯 냄비 뚜껑을 열어 보였다. 정확한 발음의 소개말과 함께.

"김치찌개."

약한 불 위에서 보글보글 끓고 있는 김치찌개는 정말이지 그럴듯했다. 달큰하고 매콤한 냄새가 이거였구나. 참치 통조림과 두부까지 넣고 끓인 김치찌개라니. 순간 입 안에 와락 군침이 돌아 제인은 저도 모르게 모국어로 감탄했다.

"완전 맛있겠다."

완전 맛있겠다. 냄비 뚜껑을 도로 닫으며 요한이 여자의 말투를 따라 했다. 외국인의 억양에 소리 없이 웃던 제인은,

"완전이 무슨 뜻이야(What does wan-jeon mean)?"

그의 질문에 답해 줄 적절한 어휘를 잠깐 고민했다.

"대단히(Extremely)."

"흠."

익스트림리. 가만히 발음하며 고개를 끄덕인 다음 새로 배운 한국어를 당장 응용해 본다.

"너 완전 많이 잤어."

"얼마나 잤는데?"

"네 시간 반(Four and half hours)."

"와, 다 알아듣네."

"알아는 듣지."

쉬운 말만. 덧붙이며 생긋 웃는 남자가 귀여워서 제인은 자꾸만 웃음이 났다. 힐끗 내려다본 그가 수상쩍다는 듯 미간을 좁혔다.

"왜 웃어."

"귀여워서."

"완전?"

"어. 완전."

그들은 나란히 키득대며 함께 식탁을 차리기 시작했다. 뜸을 잘 들인 밥을 푸고 김치찌개도 두 그릇에 나눠 담아 각자의 앞에 놓았다. 밑반찬 하나 없이 달랑 밥과 찌개뿐인 데다 그릇도 짝이 맞지 않아 크기와 색깔이 제각각이다. 그럼에도 하얀 쌀밥과 국물이 자작한 김치찌개의 조화는 제인의 눈에 대단히 먹음직스러웠다.

"집에 김치도 있었어?"

"사 왔지."

"케이타운 다녀온 거야?"

"응. 어차피 숟가락이랑 젓가락도 한 벌밖에 없어서. 그릇도 없고."

감격한 얼굴로 저를 보는 여자를 요한은 만족스럽게 마주 봤다.

"맛있게 먹어."

"잘 먹을게."

제인은 숟가락을 들어 찌개 국물을 한입 떠먹어 보고는,

"완전 맛있어."

"알아(I know)."

으스대는 남자를 온 마음으로 인정했다.

김치찌개는 그가 만들었다는 것이 믿어지지 않을 만큼 맛있었다. 압력솥으로 지은 밥도 고슬고슬하고 윤기가 흘렀다. 제인은 감탄을 거듭하며 넉넉히 담아 준 밥과 찌개를 남김없이 먹어 치웠다. 건더기

를 듬뿍 넣은 김치찌개는 어릴 적부터 좋아하던 음식이다. 외조모가 세상을 뜬 후로 먹어 본 기억이 없으니 근 6년이 다 되었을 것이다. 허기에 익숙한 뱃속이 군불을 지핀 듯 따스해졌다.

"잘 먹었어."

"더 먹을래?"

더 먹을 수도 있었지만 고개를 저었다. 남자 몫의 식사는 아직 끝나지 않았다. 그걸 보니 저만 너무 걸신들린 것처럼 먹은 것 같아 비로소 조금 후회가 됐다. 제 앞에 놓인, 바닥까지 텅텅 빈 두 개의 그릇이 왠지 민망해 그녀는 슬쩍 자리에서 일어섰고, 빈 그릇을 개수대에 옮겨 놓고 온 여자를 향해 요한이 까닭 없이 웃었다.

만족스런 포만감을 만끽하며 제인은 그가 식사를 마치는 모습을 가만히 지켜본다.

"옷은 왜 입었어."

편한 옷 놔뒀는데. 요한이 덧붙였다.

"집에 가야지."

"지금 가려고?"

"이거 정리하고 갈게."

그 말이 아닌데. 그가 눈살을 살짝 찌푸렸다.

"너 혼자 사는 거 아니야?"

"맞아."

"근데 왜 자꾸 집에 가야 된대."

제법 상식적인 질문을 하며 고개를 살짝 기울였다. 제인이 귀가를 서두르는 인상을 준 것은 이번이 처음이 아니었으며 그가 생각하기엔 자연스럽지 않은 행동이었다. 귀가에 신경 쓰는 여자는 그가 알기로 세 부류뿐이다. 부모와 함께 사는 미성년자, 남편이 기다리는 유부녀, 동거인을 둔 바람난 여자. 그녀는 셋 다 아니니 요한은 조금 더 머리를 굴려 본다.

"집에 동물 키워?"

개나 고양이 같은 거. 부연하자 제인이 짧게 웃었다. 개나 고양이. 평범한 남자의 머리에서 나올 법한 건전한 발상이었다.

"아니. 안 키워."

더 이상의 대화를 피하듯 자리에서 일어섰다. 그리고 요한 앞의 빈 그릇과 수저를 차곡차곡 포갠 뒤 개수대로 걸어간다. 수도꼭지를 열어 물을 콸콸 틀고 수세미에 세제를 덜어 거품을 냈다. 그 모든 과정에서 그녀는 조금이라도 더 큰 소음을 만들려 의식적으로 애를 썼다.

지금 이 순간에도 신경이 쓰였다. 파카 주머니 안에 있는 휴대전화가 울릴까 봐. 이 집에 처음 왔던 날, 무려 스타택이 있었으면서 번호도 안 가르쳐 줬냐며 볼멘소리를 하기에 요한에게 휴대전화 번호를 알려 줬다. 집 전화와 달리 휴대전화는 꺼 두면 그만이니 '그'의 앞에서 울릴 일은 없다고 계산하면서. 그러나 지금처럼 반대의 경우는 상황이 다르다.

'연락되지 않는 상황이 다시 생기면, 그땐 정말 제 얼굴을 매일 보게 될지도 모릅니다.'

요한과 함께 있을 때 휴대전화는 언제든 울릴 수 있다. 외출을 핑계 댈 그럴듯한 구실들을 몇 가지 생각해 두었지만 밤늦은 시간에는 통하지 않는 사유이며 외박의 구실은 더더욱 되지 못한다. 리오의 사냥개는 수시로 아파트를 드나들었다. 그녀가 잠들기 직전에도 베린은 갑작스런 용건을 갖고 아파트로—보통은 초인종을 누르기 5분 전쯤 전화로 통보를 한다—거리낌 없이 찾아오곤 했다.

그래서 제인이 나름대로 정해 둔 귀가 시간은 밤 9시 반이었다. 합리적인 외출을 핑계 댈 수 있는 안전한 시간의 마지노선.

그릇 네 개와 수저 두 벌을 수세미로 문지르기 시작한다. 식칼과 도마 따위 도구는 이미 깨끗이 씻겨 세워지거나 꽂혀 있었으므로 설거지감은 식탁에서 옮겨 온 식기들뿐이었다. 제인은 양손 가득 하얀 거품을 묻힌 채 미끌미끌한 맨손으로 그릇을 닦았다. 이렇게 설거지하는 것도 퍽 오랜만이었다.

그때 등 뒤로 타인의 기척이 다가왔다. 반사적으로 어깻죽지가 굳고 목덜미의 솜털이 곤두섰다. 몸과 몸이 맞닿기 직전, 그 찰나의 긴장감은 낯설었으나 결코 불쾌하지 않다. 등에 따뜻한 체온이 닿는다 싶더니 허리로 팔이 감겨 왔다. 남자의 몸이 완전히 밀착되자 긴장은 비로소 풀어졌다.

"기다리는 동물도 없는데,"

그가 말하며 어깨 즈음으로 얼굴을 가져간다. 부드러운 머리카락과 따뜻한 목덜미. 거기에 코와 입술을 묻으며 느리게 숨을 들이마셨다. 제인은 거품이 잔뜩 묻은 두 손을 개수대 안에 고정시킨 채 서 있다. 남자의 체온과 몸의 감촉, 그 아늑한 품속에 등을 묻은 채.

"자고 가."

내일 아침에 데려다줄게. 낮게 덧붙이는 속삭임은 순진한 응석 같기도 노골적인 유혹 같기도 했다. 제인은 대답 대신 수도꼭지를 열어 물을 틀었다. 쏴아아 쏟아지는 물 아래 그릇들을 하나씩 헹궈 내는 동안에도 요한은 등에 달라붙은 채 떨어지지 않았다. 꼭 새끼 원숭이나 캥거루 같다. 시답잖은 발상에 그녀가 소리 없이 웃었다.

"응? 자고 갈 거지?"

"나 맥주 마시고 싶어."

"맥주?"

"응. 맥주 마시러 가자."

"지금?"

설거지를 마치고 손의 물기를 털어 내며 몸을 돌려 세웠다. 내려다보는 남자의 얼굴이 얼떨떨하고도 뭔가 미심쩍은 기색이었으나 제인은 못 본 척했다. 함께 밖으로 나갔다가 아파트로 돌아가는 것이 좀 더 자연스럽겠다는 계산까지가 한계다. 집으로 돌아가야 하는, 요한이 납득할 만한 더 이상의 핑계거리를 궁리하기도 이제는 버거웠다.

"퀸즈 가자."

"맥주 마시러 거기까지 가자고?"

"나 퀸즈 한 번도 안 가 봤어."

"뉴욕에 기차 타고 온 거 아니면 그럴 리가 없는데."

"공항은 빼야지."

강 하나만 건너면 바로 퀸즈지만 제인은 섬 밖으로 나가 본 적이 거의 없다. 뉴욕시는 맨해튼을 포함해 다섯 개 구로 나뉘어져 있는데 시내 공항 두 곳이 모두 퀸즈에 있다.

아시아와 남미계 이민자들이 주로 모여 사는 지역이라 마피아 세력의 활동이 거의 없으니, 거기라면 한결 마음을 놓을 수 있으리라고 그녀는 판단했다.

"거기 끝내주는 흑맥주 파는 데 있다며, 너 어릴 때 살던 동네에."

"정확히는 옆 동네."

"나가자. 나 거기서 흑맥주 마셔 보고 싶어."

너 어릴 때 살던 동네는 어떻게 생겼나 구경도 하고. 그녀는 신이 난 것처럼 사뭇 과장되게 웃으며 그를 졸랐다. 요한은 뭔가에 휩쓸리는 찜찜한 기분으로 어정쩡한 표정을 지었다. 아파트 밖으로 나가 몇 블록만 걸어도 괜찮은 맥주 가게가 널렸는데. 당장 이 집 냉장고 안에도 시원한 맥주가 세 종류나 있는데 왜 하필 지금, 강까지 건너가며 옛 동네를 가자는 건지.

"너도 옷 입어, 얼른."

그러나 뽀르르 식탁으로 걸어가 의자에 걸어 둔 파카를 떼어 입는 여자는 지금껏 본 것 중 가장 귀여웠으므로, 그는 여전히 미심쩍은 얼굴을 한 채 결국 따라나서고 말았다.

❖

해가 진 뒤의 도노반은 평일에도 손님들로 가득했다. 문밖을 지나는 지상철의 소음마저 흥겹게 흐르는 아이리쉬 펍. 오늘은 동네 아마추어 밴드의 라이브 연주가 있는 날이라 분위기는 더욱 활기찼다.

백발의 바텐더는 언제나처럼 체크무늬 갈색 베레모를 쓰고 있다. 보기 좋게 주름진 얼굴에 노상 웃음기가 배어 있고 완벽한 비율의 거품을 올려 흑맥주를 따르는 손길이 노련했다. 그는 밀려드는 주문들을 가볍게 감당해 내며 홀로 앉은 젊은 청년을 간간이 주시했다. 바 오른쪽 끝자리에 앉은 이십 대 남자는 오랜 단골손님이다.

"브래드, 저 이거 한 잔 더 줘요."

"벌써 많이 마셨어."

"에이, 나 술 센 거 알면서."

"젊다고 그렇게 퍼부어 대면 나중에 골병든다."

"딱 한 잔만 더 마실게요."

"그 소리도 벌써 네 번째야."

잔소리를 섞으면서도 바텐더는 손님의 요구대로 맥주를 따랐다. 한 개의 잔에 흑맥주와 에일을 위아래로 반씩 섞은 블랙 앤 탠. 그래 봐야 맥주지만 저 손님은 이걸 벌써 열 잔도 넘게 마셨다. 바텐더가 새로 따른 맥주를 앞에 놓자 그가 갈퀴 같은 손가락으로 잔을 움켜쥐었다. 살이 없어 뼈마디와 힘줄이 불거진 기다란 손. 장작처럼 마른 손목을 걱정스레 흘낏대며 바텐더는 웨이트리스가 가져온 주문대로 흑맥주 두 잔을 새로 따랐다.

호세는 차가운 맥주를 두 모금 크게 마셨다.

눈앞이 좀처럼 흐려지지 않는다. 위스키 같은 술은 맛도 모르고 익숙하지도 않아서 즐겨 마시던 걸로 골랐는데 영 약발이 듣지 않는 기분이었다. 알코올도 중독성 약물의 일종이니 당연히 내성이 생기겠으나, 그걸 감안하더라도 이토록 취하지 않는 것은 기이했다.

취하기는커녕 술이 들어갈수록 머릿속의 장면은 더욱 또렷해진다.

'그가 보냈군.'

호세는 몰랐다. 그 남자가 누구였는지. 호세에게 요구된 일이라고는 최고급 레스토랑 건너편에 차를 세우고 입구를 주시한 것, 일러 준 시각에 나온 남자를 확인하고 뒤따라간 것, 지시받은 대로 집 근처에서 '조용히' 그의 몸통에 총알을 박고, 갖고 싶지도 않았던 지갑과 손목시계를 도둑질해 달아난 것까지였다.

그 일들을 왜 해야 하는지, 그 남자는 왜 죽어야 하는지, 이 일을 마치고 나면 자신은 어떠한 미래를 감당해야 하는지 등의 문제에 대해서는 아무도 설명해 주지도 경고하지도 않았다. 다들 하는 일. 당연히 해야 하는 일. 이 과정을 먼저 거친 모든 이들이 용감하게 해냈던 일. 알지도 못하는 사람들이 쌓아 둔 전통의 권위 앞에서 호세는 아무것도 감히 의심하거나 질문하지 않았다.

'그가 보냈군.'

안젤로 비첼리오가 세상에 남긴 마지막 말은 그러했다. 총을 겨눈 저를 바라보던, 낯선 얼굴을 가늠하듯 가늘게 뜬 두 눈에는 뭐라 표현할 수 없는 표정이 서려 있었다. 웃음. 그래, 대단히 미미한 그것은 분명 웃음이었다고 호세는 확신한다. 만용인지 체념인지 알 길은 없으나 생의 마지막 순간을 맞는 남자의 표정은 기이하리만치 여유로웠고, 태어나 처음으로 사람을 죽이게 된 청년은 그로 인해 도리어 겁을 집어먹고 거푸 방아쇠를 당겼다.

제 손에 죽은 남자가 누구였는지는 밤새 신경을 세우며 잠을 설친 다음 날, 혹시나 하는 마음에 사서 들춰 본 조간신문을 보고 알았다. 그리고 며칠 뒤 카포로부터 걸려 온 전화를 받았을 때에야 질문이 허락됐다. 그는 궁금했던 것들을 모조리 물어보았고, 모든 질문에 답을 얻을 수는 없었지만 별로 궁금하지 않은 사실들도 아울러 알게 되었다. 이를테면,

그 남자의 장례식이 오늘 치러진다는 소식 같은 것.

"시발."

호세는 자학하듯 맥주를 몸 안으로 쏟아부었다. 홀 쪽에서 때마침 아마추어 밴드의 연주가 시작되었다. 중년의 보컬이 기타를 치며 신나는 포크송을 불렀다. 바에서 조금 떨어진 홀 안의 테이블들은 사람들로 가득하다. 가족이나 친구들과 몰려온 일행이 대부분이었고 연인으로 보이는 커플들도 제각각 이 인용 테이블을 차지하고 앉아 있었다. 아무 생각 없이 풍경을 훑던 호세는 그중 낯익은 얼굴에 눈길을 주었다. 사람들 틈에 섞여 여자와 마주 앉아 웃고 있는 남자.

요한이었다.

드디어 알코올이 제 역할을 하는 줄 알았다. 그는 시력을 의심하듯 두 눈을 가늘게 떠 초점을 맞췄으나 다시 봐도 요한이 틀림없다. 그렇다면 같이 온 사람은 요새 만난다는 여자인가. 무려 동양인이라는 그 여자. 그렇지 않아도 어떤 여자인가 몹시 궁금했던 호세는 고개를 길게 뺐다.

어깨를 넘는 검고 곧은 머리카락을 가지런히 정돈한 여자. 하얀 얼굴과 홑겹의 큼직한 눈. 중키에 체구가 작고 몸매가 가늘던 동양인.

'누구긴.'

라이언 킹. 멀찌감치서 처음으로 보았던 조직의 수장 곁에 바짝 붙어 서 있던 여자.

'우리 보스가 애지중지하는 여자지.'

킬러의 사정거리에 들어온 콘실리에리와 살뜰하게 작별 인사를 나누고, 보스의 에스코트를 받으며 방탄 세단에 우아하게도 오른 여자.

'이름 같은 건 알 필요 없고 우리끼리는 이렇게 부르니까 참고해.'

여자의 정체를 묻는 질문에 알폰시는 시종 가벼운 말투였다. 그러나 그 안에는 어렴풋한 감정의 부스러기들이 섞여 있었다. 조소와, 경멸 같은.

"밤비······."

호세는 먼지로 부연 창문을 닦아 내듯 두 눈을 감았다 뜨기를 몇 차례나 반복했다.

❖

이 차를 탈 때마다 느끼는 것이 있는데, 자의든 아니든 사람도 가는 곳마다 영역표시를 한다는 사실이다.

뒷좌석에서 차창 밖의 야경을 바라보며 제인은 생각했다. 그녀가 앉은 곳에는 익숙한 잔향이 흔적처럼 남아 쉼 없이 들숨에 섞여 들었다. 리오가 쓰는 향수는 묵직하고 우드 향이 짙다. 정확히 무슨 브랜드인지 향수에 관심 없는 제인으로선 알 수 없었으나 빈티지가 좋은 위스키에서 나는, 잘 숙성된 나무통 냄새와 비슷했다.

반면 운전석의 베런은 시트러스가 강조된 제품을 쓴다. 상큼한 과일 냄새가 파편처럼 삐죽거리는 그의 향수는 섬세하여 필연적으로 신경질적인 느낌이다. 새파란 눈동자와 잘 어울리는 향이라고 제인은 평가했다. 베런은 무척이나 푸른 눈을 가졌다. 마치 긴 비가 내리고 난 뒤, 먹구름 뒤로 드러난 하늘처럼 청명한 푸른색.

청명한 하늘의 푸른색이라니, 사냥개 따위에게 정말이지 과분한 묘사가 아닌가. 제인은 코끝으로 짧은 숨을 뱉으며 더 멀찍이로 시선을 던졌다. 지나치게 관대한 태도와 서정적인 단어 선택은 최근 한껏 물러진 마음 때문이라 탓을 돌리면서.

사랑에 빠진 자의 눈에는 모든 것이 아름답다. 숨 쉬는 모든 순간 가슴이 뛰고 웃음이 난다. 내 인생의 목적과 의미는 온통 그 사람으로 귀결된다. 설령 발을 딛고 선 곳이 지옥의 한복판이라 할지라도, 어리석은 연인은 서로의 눈을 통해 오직 천국만을 본다. 제인은 차창 밖으로 스치는 쓸쓸한 야경을 바라보며 그 속에서 빛나는 가로등이 마치 별들의 무리 같다고 생각했다.

방탄유리로 무장한 롤스로이스는 브루클린 브릿지 위를 유유히 달렸다. 불야성인 맨해튼을 완전히 벗어나 바다와 강의 사이를 자동차는 가로질렀다. 다리만 건너면 곧바로 브루클린 하이츠. 리오의 타운하우스는 5분 거리에 있다.

"그 사람 출퇴근은 매일 당신이 수행해?"

브라운스톤이 즐비한 골목을 지나는 동안 제인이 물었다. 갑작스런 질문에도 대답은 곧장 돌아왔다.

"예."

"안전 문제 때문에?"

"편의 문제라고 하죠."

"당신은 기사로 고용된 게 아니잖아."

베런은 질문의 의도를 가늠하듯 룸미러를 통해 여자의 얼굴을 확인했다. 창 쪽으로 고개를 돌린 여자는 언제나처럼 옆모습.

"이것도 업무의 일환이라서."

"바쁘겠어. 돌봐야 할 업무가 많아서."

"이제 좀 줄어들길 기대하는 중입니다."

훤히 아는 골목을 따라 좌회전하며 말을 이었다.

"그래피티 완성됐답니다."

그리고 그제야, 제인이 운전석을 향해 고개를 돌렸다.

알고 있다. 일출을 한참 앞둔 수요일 새벽, 메트로폴리탄 교도소 건물의 회갈색 벽면에 파란색과 노란색, 흰색으로 세 개의 단어를 그리는 장면을 고스란히 지켜보았으니까.

아무에게도 들키지 않고 나쁜 짓을 마친 두 사람은 밤새 운영하는 차이나타운의 오래된 죽집에 들어가 중국식으로 끓인 뜨끈한 해물죽을 나눠 먹었다. 그리고 유령도시처럼 텅 빈 다운타운을 지나며 마음껏 손을 잡고 거리를 걸었다. 그게 정확히 사흘 전이니 베런은 이번에도 며칠의 텀을 두고 알려 준 셈. 저 남자는 왜 이렇게까지 신중하게 구는 걸까. 검은색 수트를 입은 뒷모습을 흘겨보듯 제인이 눈을 가늘게 떴다.

"수고비는 내일 전달될 겁니다."

"얼마 주기로 했는데?"

"삼만 달러."

"삼만 달러?"

때마침 궁금했던 주제라 잽싸게 물어본 건데 절로 입이 벌어진다. 떼돈 벌었다기에 대체 얼마나 줬나 했더니 예상했던 것보다도 많은 액수.

"제시한 액수를 두 배로 올리더군요."

약삭빠른 친구던데. 덧붙이는 말에 여자가 대꾸한다.

"당신이 협상을 못 한 거겠지."

베런은 늘 그렇듯 묵묵히 듣고만 있다. 발끈하기는커녕 불쾌한 기색조차 없었다.

"이게 뭐라고 두 달이나 걸릴 줄은 몰랐습니다. 그 친구 찾아내느라 쓴 시간까지 합하면 석 달은 되겠네요."

그래피티 이야기가 나오자 제인은 별수 없이 긴장했다. 운전 중인 남자의 얼굴은 당연히 보이지 않았으나 그녀는 모든 감각을 동원해 아주 조그만 징후라도 감지해 내려 신경을 세웠다. 요한은 베런에게 시침을 떼야 하는 사정을 깜찍한 비밀 연애 놀이쯤으로 이해하는 것 같았다. 만일을 피하기 위해서라도 둘 사이 이제 연락할 일이 없어졌다는 것은 좋은 소식이다.

"그래. 이제 다 끝났어."

"글쎄요(Well)."

제대로 끝난 거라야 할 텐데. 혼잣말처럼 중얼대며 남자가 차를 세웠다. 그 말투에서 제인은 드디어 어떠한 징후를 느꼈으나 무슨 뜻이냐 되물을 용기는 없었다. 분명 대수롭지 않은 뜻일 것이다. 뭔가를 알고 있다면 저렇게 혼잣말 따위나 중얼대며 손 놓고 있을 리 없다. 그녀는 제법 논리적으로 스스로를 안심시키며 창밖의 타운하우스를 보았다.

고전적인 디자인의 브라운스톤. 실내에는 불이 켜져 있었지만 모든 창문이 커튼으로 가려져 안쪽이 보이지 않았다. 지반 위 높이 떠 있는 현관문도 굳게 닫혀 있다.

"내리시죠."

내가 차 문까지 열어 줘야 하느냐고, 약간의 조롱하는 어조로 말하며 베런이 운전석 문을 열고 내렸다. 뒤따라 차 문을 열고—처음부터 당연히 제 손으로 열 생각이었다—내린 여자가 보도 위로 올라서자 그는 자연스럽게 앞장서 현관으로 가는 층계를 올랐다.

리오의 집에 오는 것은 처음이다. 초인종을 누르는 베런의 하얀 손가락을 보며 제인은 어깨를 한 차례 곧게 폈다. 잠금장치가 풀리는 소리가 나고 이중으로 된 현관문이 열렸다. 출입문 바깥으로 덧문을 다는 것은 뉴욕에서 자주 볼 수 있는 형태지만 창살 같은 금속제 덧문이 제인의 눈에 유달리 거슬렸다. 주물로 아름답게 장식된 그 문은 감옥 같기도, 새장 같기도 하다.

문을 열고 나타난 리오는 편안한 차림이었다. 니트 스웨터와 면바지. 완벽히 다듬어지지 않은 모습을 보는 것이 그녀로서는 4년 만이었다.

"모셔왔습니다."

깍듯이 말하는 베런에게는 눈길도 주지 않은 채 리오는 여자의 얼굴만을 바라본다.

"밖에서 대기해."

"예."

그리고 여전히 제인의 얼굴에 시선을 둔 채 문을 열었다.

"들어와."

창살 같은 덧문을 넘어 안으로 들어섰다. 현관에 가지런히 놓인 슬리퍼로 갈아 신는 동안 등 뒤에서 문이 닫히는 소리가 났다. 철컥. 금속성의 잠금장치가 맞물리는 소리에 그녀는 저도 모르게 뒤쪽을 강하게 의식했다.

"기다리게 해서 미안해. 일이 좀 늦게 끝나서."

원래 베런이 데리러 오기로 한 시간은 저녁 8시였다. 리오가 '업무상' 상의하고 싶은 것이 있다며 브루클린 집으로 오길 바란다는 건 전날 미리 들어 알고 있었다. 결론적으로 그가 차를 보낸 것은 약속한 시간보다 30분가량 늦었지만 제인은 개의치 않았다.

"아니에요. 어차피 집에 있었는데, 뭐."

말하며 거실 쪽으로 향했다. 필요 이상으로 힘이 들어간, 걸스카

웃처럼 씩씩하게마저 느껴지는 걸음을 막 서너 번 떼었을 때 뒤쪽에서 남자가 가볍게 팔을 잡았다. 제인은 놀란 기색을 내비치지 않으려 애를 썼다.

"서재로 가지."

다행히도 그는 곧바로 팔을 놓고 앞장서 계단을 올랐다. 타운하우스는 1층에 거실과 다이닝 룸, 주방과 화장실이 있었다. 단 한 번도 사용한 적 없는 것 같은 화장실은 샤워 부스의 유리마저 매끈하게 닦여 있었으나, 마치 가구점에 진열된 샘플처럼 완벽한 상태와는 별개로, 화장실의 문이 활짝 열려 있는 것이 그녀의 눈에는 기이했다.

서재는 2층에 있었다. 긴 통로를 따라 침실과 서재를 비롯해 네 개의 방들이 배치돼 있는데 역시 문이 모두 열려 있다. 열린 문을 통과해 서재로 들어가는 남자를 뒤따랐다. 제인은 활짝 열어 둔 문을 힐끗 쳐다보았으나 손을 대지는 않았다.

생각보다 아담한 서재였다. 세 개의 벽면을 차지한 책장은 가죽 장정과 하드커버, 페이퍼백 책들로 빼곡했는데, 그녀는 이곳의 주인이 과연 저걸 다 읽었을까 의구심이 들었다. 삼 인용 가죽 소파와 오토맨, 암체어가 둘러서듯 놓인 옆쪽으로 책상이 있다. 데스크톱 한 대가 놓인 나무 책상과 철제 램프까지 모두가 고급스럽고도 조촐했다.

"앉아."

소파 쪽으로 자리를 권하며 리오가 맞은편 벽 쪽으로 걸어갔다. 그동안 제인은 삼 인용 소파 끄트머리에 앉아 전체 공간을 다시 한번 둘러보았다. 짙은 초록과 남색이 혼합된 벨벳 커튼, 월넛 컬러의 목재와 가죽, 동제 스탠드까지. 조화롭게 꾸며진 서재 내부는 온통 무거운 색채와 차가운 질감뿐이다.

리오가 벽면을 채운 책장을 옆으로 밀었다. 커다란 책장이 마치 미닫이문처럼 오른쪽으로 밀려나면서 회색 금속판이 드러났다. 제인은 책장 안에 숨겨진 금고와 능숙하게 비밀번호를 누르는 남자의 뒷모습을 조금 긴장한 눈으로 지켜보았다. 잠금이 풀린 금고는 쉽게 열렸고, 그는 안쪽에 꽂혀 있는 서류철을 한 움큼 뽑아낸 후 금고 문을 닫았다. 책장은 다시 감쪽같이 왼쪽으로 밀려 안쪽의 비밀 공간을 능청스레 감췄다.

검은색 인조가죽 바인더에 말끔하게 정리된 서류들은 제인의 검지손가락과 맞먹는 두께였다. 리오가 그 서류철 두 개를 한꺼번에 내밀었다.

"이게 뭔데요."

"보면 알아."

보지 않아도 이미 알고 있다. 알고도 모르는 척, 약간의 틈이라도 얻어 내려 시침 떼는 한심한 버릇은 이미 습관으로 굳어진 지 오래였다. 제인은 묵직한 두 개의 바인더를 양손으로 받아 무릎 위에 내려 두고 첫 장을 열었다.

예상대로 회계장부였다.

종횡으로 빼곡한 차트에 검은색 펜으로 일일이 손으로 정리한 장부는 수정한 곳 하나 없이 완벽했다. 마치 초본을 만든 다음 또박또박 옮겨 적은 것처럼 숫자와 글씨체까지 철저했다. 누가 만든 것인지 그녀는 열어 보기 전부터 알고 있었다.

"앞으로 네가 맡아."

리오가 이것을 요구할 거란 것도.

"플로피 디스크로 옮기는 작업부터 해. 그럼 내용 파악도 빨리할 수 있을 거고, 어차피 전산화시키는 게 앞으로 너한테도 편리할 테니까."

그는 소파에서 약간 떨어진 암체어에 앉으며 물었다.

"컴퓨터 쓸 줄은 알겠지."

"알아요."

"그럼 바로 시작해."

"집에 컴퓨터가 없는데."

"여기서 해."

무릎 위의 장부를 훑어보던 제인이 고개를 들어 그를 본다. 리오는 당연한 소리 아니냐는 듯 되묻는 눈으로 마주 보았다.

"그게 얼마나 민감한 내용인지 설마 모르나."

안다. 그녀가 수긍하듯 눈을 내리깔며 서류를 서너 장 더 넘겼다.

몹시도 지적인 글씨체나 정리 방식과 달리 장부의 내용은 노골적이었다. 다섯 개의 마피아 크루에서 다달이 상납한 금액이 명료하게 적혀 있고, 그 돈이 주류상사와 쓰레기 수거업체, 두 개의 사업체로 흘러 들어간 내역까지 빈틈없이 기록돼 있었다. 몇 권이나 될지는 알 수 없으나 이 장부 전체를 파악한다면 불법으로 벌어들인 범죄 조직의 자금이 합법적인 법인의 자산으로 둔갑한 과정을 낱낱이 알 수 있을 것이다.

조직적인 돈세탁의 결정적인 증거.

안젤로는 이것을 동아줄 삼아 탈출을 시도했겠지. 죽은 이의 정성과 흔적이 오롯한 종이를 넘기며 그녀는 생각한다. 리오는 이 장부들을 어떻게 다시 수거했을까. 그의 아들이 부친의 금고를 뒤져 찾아냈을까, 아니면 그의 아내가 넘긴 걸까. 끔찍한 장면들을 연이어 상상하던 제인이 생각을 멈추듯 두 눈을 감아 버렸다.

"내일부터 퇴근 후에 아파트로 데리러 갈 거야. 보통은 일곱 시쯤 도착하겠지만 변동이 있으면 따로 연락할 거고."

남자의 통보를 그녀는 묵묵히 듣고만 있었다. 손바닥에 느껴지는 장부의 두껍고도 빳빳한 감촉. 무릎을 누르는 서류철의 묵직함. 이들의 '사업'에 본격적으로 가담하게 된다는 것이 비로소 실감 나기 시작했다.

"일정이 앞당겨져서 유감이지만 회계가 당장 공석이라 후임이 급해."

리오가 전혀 유감스럽지 않은 얼굴로 입치레를 했다. 그의 가벼운 푸념조는 마치 회계 담당자가 갑자기 은퇴를 했거나 직장을 옮겼다는 것처럼 들려 제인은 속으로 실소했다. 본래 이 일은 올여름 이후부터 조금씩 천천히 시작했어야 한다. 이토록 갑작스레 당겨진 것은 그녀 또한 몹시 유감스러우나 어차피 각오했던 일. 저항이나 반발 따위는 시간 낭비에 불과하다는 걸 제인은 알고 있다.

"알겠어요."

무릎 위의 바인더를 품에 안으며 순순히 자리에서 일어섰다. 저를 따라오는 남자의 시선을 의식하면서 책상으로 걸어가 제 것처럼 컴퓨터 전원을 켰다. 본체와 모니터, 키보드가 분리된 데스크톱은 한눈에 봐도 최신형이었다. 부팅되길 기다리며 제인은 의자에 앉아 서류 첫 장을 펼쳤다. 1992년 1월. 장부는 리오가 조직을 접수한 이듬해의 기록부터 시작된다.

"저녁은."

"대충 먹고 왔어요."

당신은, 이라고 되물으려다 입을 다물었다. 아직 식사 전이라면 어쩔 건가. 아래층에 내려가서 차려 주기라도 하려고? 속으로 조소하며 모니터의 회계 관리 프로그램 아이콘을 클릭해 빈 차트를 열었다. 장부에 정리된 대로 항목들을 입력하며 제인은, 최대한 동요하지 않으려 애쓰는 중이었다.

앞으로 저녁마다 여기에 와야 한다. 저녁 7시 이후부터, 매일, 이 집에서, 이 남자와.

집 안은 고요했다. 들고 나는 제 숨소리가 신경 쓰일 만큼 적요했다. 그녀는 회계 사무원처럼 건조한 태도를 위장한 채 모니터 너머 암체어에 앉은 남자의 뒷모습을 간간이 확인했다. 여자의 손가락이 키보드를 누르는 소리만 탁탁탁 도드라졌다.

가만히 앉아 있던 리오가 일어선 것은 차트의 종렬을 따라 항목 입력을 마쳤을 때였다. 제인은 그가 책상 앞으로 바짝 다가올 때까지 못 본 척하다가, 더 이상 시침 뗄 수 없는 시점이 되어서야 모니터에서 시선을 옮겨 그를 올려다보았다.

"몰랐는데, 원래 이렇게 급한 성격이었나."

제 집에서 남자는 사뭇 달라 보였다. 밖에서와 달리 차림은 평범했고 얼굴은 이완됐다. 그러나 장신에 커다란 체구는 여전해서 특유의 위압감은 크게 희석되지 않았다. 그 남자가 다가오자 코에 익은 향내가 짙어졌다. 묵직한 우드 향.

"오늘부터 시작하란 뜻은 아니었는데."

"후임이 급하다면서요."

"촌각을 다툴 만큼 비상은 아니야."

"난 또 밤중에 여기까지 오라고 하길래, 엄청 급한 줄 알았지."

빈정대는 투로 대꾸하자 리오가 말을 멈췄다. 물론 기분 상한 기색은 전혀 아니다. 싸움이란 실력과 지위가 엇비슷한 상대와만 가능한 일이므로, 제인 같은 여자의 어쭙잖은 공격 따위는 비쳴리오에게 감히 닿지조차 못했다.

다만 그녀를 긴장시키는 것은 그의 눈빛. 말없이 저를 응시하는 눈동자.

저 남자가 저렇게 입을 다물고 빤히 쳐다볼 때면 어째야 좋을지 모를 심정이 된다. 말로 전할 수 없는, 전하기를 갈구하는 묵직한 무언가가 시선 위에 바위처럼 실려 있는 것 같아서. 일자로 다물어진 저 입술에서 혹여 감당할 수 없는 요구가 튀어나올까 제인은 매번 마음을 졸이게 되는 것이다.

"내려가자. 저녁이나 먹고 가."

"……먹었다니까."

"그럼 차라도."

더는 토 달지 말라는 듯 리오는 대답을 듣지 않고 몸을 돌렸다.

"정리하고 내려와. 장부는 책상 위에 두고."

그리고 망설임 없이 서재 밖으로 나가 버렸고, 제인은 작성하던 차트 양식을 저장하고 천천히 컴퓨터를 종료했다.

고급스런 마감재를 아낌없이 동원한 타운하우스는 구석구석 잘 관리되어 있었다. 원목 바닥에는 깨끗한 카펫이 깔렸고 두꺼운 직물로 만든 겨울용 커튼이 창문마다 이중으로 달려 있다. 그녀는 계단을 타고 아래층으로 향하며 잘 꾸며진 거실을 내려다보았다. 왜인지 모르게 요한의 아파트가 불쑥 떠올랐다. 손바닥만 한 창문이 볼품없는 커튼으로 가려진, 세탁용 세제 냄새가 풍기는 반지하 아파트.

지금 내가 있는 곳이 거기라면 참 좋았으리라고 제인은 생각한다.

"집이 참, 조용하네요."

주방과 맞붙은 다이닝 룸에는 커다란 식탁이 있었다. 모던한 디자인의 샹들리에가 중앙 공중을 장식했으며 식탁 위에 센터피스 같은 건 없었다.

"차는 어떤 걸로."

"아무거나요."

그가 머그잔에 우롱차 티백을 넣을 동안 제인은 식탁 의자 하나를 빼어 앉았다.

주방은 스테인리스강과 화강암, 타일로 번쩍거렸다. 새것 같은 오븐을 비롯해 토스터와 커피 메이커, 식기세척기 등 모든 집기가 말끔한 상태로 갖춰져 있었다. 화구 네 개짜리 스토브에서 올라오는 파란 불꽃에 제인은 시선을 고정시켰다. 온 집 안이 지나치게 조용해서 얼른 저 주전자가 끓어올라 아무 소리라도 내 주길 고대할 정도다.

"라디오 없어요? 음악이라도 좀 틀게."

"없어."

"그럼 티비라도."

"그것도 없는데."

주전자 뚜껑을 열어 물의 상태를 확인하며 리오가 변명하듯 덧붙였다.

"시끄러운 걸 싫어해서."

아무리 소음이 싫다지만 이거야 원 집 안 전체가 물속 같다. 이 정도면 거의 결벽증 아닐까. 이 남자에 대해 아는 것이 거의 없다는 생각을 하며 제인은 냉장고 문을 여는 리오를 눈으로 좇았다. 텅 빈 냉장고 안에서 그가 쇼핑백 하나를 꺼냈다. 제인이 좋아하는 초밥집의 로고가 박힌 종이 가방. 장례미사가 있던 날 베런이 일식집에 점심 예약을 해 뒀더랬지. 제멋대로 떠오른 기억을 그녀는 애써 한편으로 밀어 치웠다.

"배고프지 않으면 맛이라도 봐."

초밥 좋아하잖아. 쇼핑백에서 두 개의 도시락을 꺼내 식탁 위에 놓으며 리오가 말했다.

제인은 단단한 플라스틱으로 만든 검은색 도시락 뚜껑을 열었다. 정성스럽게 만든 생선초밥들이 장난감처럼 진열돼 있었다. 빛깔마저 조화로운 모둠 초밥은 종류가 다양했으나 그녀가 싫어하는 새우와 문어는 빠져 있다. 고맙게도 손님의 식성을 기억한 덕분일 거라고,

제인은 영어를 거의 못 하던 일본인 주방장에게 공을 돌리려 노력했다.

리오는 여전히 스토브 쪽으로 등을 돌린 채 서 있다. 적당히 증기가 오르기 시작한 주전자를 불에서 내려 머그잔에 물을 따랐다. 쉬식 쉬식, 뜨거운 주전자 주둥이에서 더운물이 튄다. 노르스름하게 우러난 찻물에서 옅은 다향이 올라왔다.

"고마워요."

두 개의 머그잔을 양손에 들고서 그는 여자의 맞은편에 앉았다. 제 몫의 도시락 뚜껑을 열고 나무젓가락을 집어 드는 손길은 아무렇지도 않아 보였다. 리오는 뉴욕에 사는 백인들이 대부분 그렇듯 젓가락질에 서툴지 않다. 비록 손가락의 위치는 조금 어색한 데가 있었으나 식사를 하는 데는 전혀 문제가 없는 수준이었다.

"저녁이 늦었네. 바쁜가 봐요."

"아무래도. 신경 써야 할 일들이 좀 늘어서."

신경 써야 할 일들의 출처는 새로 시작한 건설회사인지 갓 죽은 콘실리에리인지 명확하지 않았으나 분명 둘 중 하나일 것이다. 그런 생각을 하며 제인은 날생선 살을 저며 올린 고운 초밥 하나를 입에 넣었다. 전쟁 중인 사람에게 전장에서 퇴장한 타인은 생각보다 신속히 과거로 소멸된다. 며칠 동안 그녀를 밤잠 설치게 했던 안젤로 비첼리오의 눈동자도 이제 서서히 빛을 잃고 흐려졌다.

따뜻한 차를 한 모금 삼키며 머그잔 너머로 남자를 바라보았다. 레스토랑이 아닌 곳에서 마주 보는 것이 그러고 보니 꽤 오랜만이다. 시카고의 저택에서 그들은 거의 날마다 식사를 함께 했다. 저택 식구가 넷이었던 시절부터 둘만 남게 된 이후까지, 그들은 매일같이 식탁을 공유하며 이렇게 마주 앉았다.

'잘생겼지? 우리 남편 아들.'

엄마는 제인의 앞에서 언제나 그를 우리 남편 아들이라고 불렀다. 고작해야 열서너 살밖에 차이 나지 않는 데다 나이에 비해 훨씬 젊어 보이는 동양인 여자를 리오는 몹시 데면데면하게 대했지만, 어차피 그는 한국어를 모르니 우리 남편 아들이든 내 아들이든 알 수도 없었고 알 바도 아니었을 것이다. 애초에 그는 아버지의 여자에게 관심이 없었다.

'여동생 삼으면 되겠어. 그렇지, 리오?'

활기차게 웃던 엄마의 너스레에 비췰리오 부자는 대꾸하지 않았다. 친절하게 웃으며 화제를 돌리던 마르코와 뻣뻣하게 미소 비슷한 걸 지어 보인 리오의 반응은 그땐 전혀 이상하다 느끼지 못했지만 지금 생각하면 비웃음이었던 것 같다. 여동생이라니. 언제든 소용이 다하면 돈푼이나 쥐여 내보낼 정부 따위가 가당치 않게. 그러나 그때, 갓 이국땅을 밟아 뒤바뀐 밤낮에 몽롱하던 소녀는 얼마나 설레었던가.

저토록 멋진 오빠가 생겼다는 것이.

"리오."

음식물을 삼키며 남자가 고개를 들었다. 선이 굵은 얼굴. 그 얼굴을 바라보며 입술을 뗀 것은 다분히 충동적이었다.

"나를, 동생으로 생각한 적 있어?"

안다. 우습기 짝이 없는 질문이라는 것. 그럼에도 제인은 간청하듯 그의 눈을 들여다보았다.

진짜로 원하는 것은 대답보다 질문이었다. 너는 어때. 그렇게 되물어 주길 바라며 그녀는 남자의 시선을 피하지 않았다. 느른하게 뜬 눈꺼풀. 속눈썹이 길게 드리워 우아한 눈매를 고집스럽게 마주 보며 제인은 묻지도 않은 질문에 대한 대답을 준비했다.

나는 당신과 의붓남매가 될 수 있을 거라 생각했다고. 그래서 한

심하도록 무구하던 십 대의 끝자락, 갑작스레 등장한 당신에 대한 긴장감을 애써 내리눌렀노라고. 막연하고도 숫된 그 정체 모를 감정은 곧 두려움과 원망으로 일그러져 버렸지만, 어리고 미숙했던 나는 당신 앞에 허둥댈 때마다 분명한 죄의식을 느꼈다고. 다정한 의붓남매의 환상 따위 무참히 깨져 버렸음에도 내게 당신은 여전히,

엄마 남편의 아들.

그러니까 제인은 일말의 도덕심에 호소하고 싶은 것이다. 이렇게 마주 앉아 식사하는 것 이상의, 그가 원하는 그 이상의 모든 것에 배덕이란 빈약한 꺼풀이라도 뒤집어씌워 보려고. 도덕심이라니. 그 엄마의 남편을 죽인 여자가 품기에는 참으로 위선적인 기대였으나 티끌만 한 구실이라도 동원하고 싶을 만큼 지금의 제인은 절박하다.

고분고분 앉아 있는 지금 이 순간마저, 그 남자가 못 견디게 보고 싶었다.

"갑자기 그런 걸 물어보는 이유는 알겠지만,"

탁. 리오가 손에 든 젓가락을 내려놓았다.

"네가 바라는 대답은 해 줄 수가 없겠는데. 미스 비첼리오."

그가 유유히 머그잔을 들어 차를 한 모금 마시는 장면을 제인은 텅 빈 눈으로 바라본다. 미스 비첼리오. 설령 같은 성을 나눈 진짜 의붓남매라도 상관없다는 뜻인가. 아니면 성조차 달라 완벽한 타인 주제에 같잖은 시늉 따위 집어치우란 비아냥인가. 어느 쪽이든 속셈은 너무나 쉽게 간파당해 버렸고 헛된 희망은 바스라졌다. 정해진 절벽을 향해 한 걸음 더 다가선 것처럼, 제인은 새삼 정신이 아찔해졌다.

"……왜 날 구했어."

근원 모를 감정과 생각들이 쇳물처럼 들끓었다. 제 앞에 놓인, 천연덕스럽게 정갈한 음식조차 저를 비웃는 것 같아 그만 화가 치밀어 올랐다. 바닥에 집어 던져 짓뭉개 버리고픈 충동을 참아 내며 제인은

벌떡 자리에서 일어섰다. 올무에 걸린 사슴이 몸부림치듯 발작적인 행동이었다.

"그때 그냥 경찰에 넘기지 그랬어."

"그 얘기는 그만해."

"아니면 당신 손으로 죽이든가."

"그만하라고 했어."

"차라리 그때,"

"제인."

리오는 여전히 앉은 채 여자를 올려다보았다. 어깨로 숨을 쉬는 여자는 안쓰러울 정도로 감정을 추스르지 못하고 있다. 왜일까. 그는 관찰하듯 그녀의 얼굴을 응시했다.

"이 집에 있을 땐 날 자극하지 않는 게 좋을 거야."

"협박하지 마."

씹어뱉듯 받아쳤다. 말아 쥔 두 손에 하얗게 힘이 들어갔다. 둑이 터지듯 무언가가 와르르 무너지는 기분이었다. 누구를 향한 것인지 모를 원망이 성난 물살처럼 그녀의 온몸을 집어삼켰다. 그래서 제인은 눈앞에 앉은, 여전히 흐트러짐 하나 없이 제 얼굴만 올려다보는 남자를 향해 함부로 빼 든 칼날을 겨누었다.

"당신을 증오해."

말의 힘은 무서웠다. 충동적으로 떠오른 단어 하나 발음했을 뿐인데 온몸이 증오감으로 바들바들 떨려 왔다. 제인은 변함없이 저를 보는, 준수하기 그지없는 타 인종의 남자를 노려보았다.

희망은 이미 오래전에 죽어 버렸다.

과거의 일을 되돌릴 수 없으니 부질없는 원망도 그만둔 지 오래다. 이제 와 당신을 탓하기엔 내가 저지른 죄가 또한 너무나도 끔찍하니까. 그럼에도 진저리 나게 염치없는 나는 아직도 자꾸만 기대하게 된다. 이 감옥 같은 죄의식에서 그만 해방시켜 주기를. 지금이라도 놓아준다면 나는 행복할 수 있을 텐데. 당신만, 당신만 나를 놓아준다면.

그럴 수 없다는 걸 뻔히 알면서도.

리오는 동요하지 않았으나 표정이 굳어 있었다. 끝까지 입을 떼지 않는 남자를 절망적으로 바라보다 제인은 두 눈을 감아 버린다. 잔뜩 고인 눈물이 후두둑 떨어졌다. 입술을 깨물며 몸을 돌려 현관 쪽으로 나가는 여자를 그는 잡지 않았다.

쾅!

잠금장치가 풀리는 소리에 이어 현관문이 세게 닫혔다. 단말마처럼 크게 울린 소음을 끝으로 집 안은 다시 고요해졌다. 타인의 체온과 숨이 빠져나간 식탁이 유달리 넓었다.

'당신을 증오해.'

리오는 천천히 눈을 감았다 뜬다. 검은 동공이 렌즈처럼 줄어들었다. 한 차례 닫혔다 드러난 눈동자를 제외하면 남자는 석상처럼 움직이지 않았다. 굳은 듯 미동도 않던 그가 깊은 숨을 들이쉰 것은 현관문 너머 희미한 자동차 엔진 소리가 완전히 멀어져 사라진 직후였다.

"후······."

긴 숨을 내쉬며 눈을 감았다. 당신을 증오해. 저주 같은 그 말보다도 뺨 아래로 떨어지던 여자의 눈물이 눈에 밟혀서.

타인의 고통에 유달리 민감한 사람들이 있다. 공감의 촉수가 예민하고 양심의 부피 또한 쓸데없이 큰, 바탕이 선량한 사람들. 그런 부류는 타인에게 고통을 주느니 스스로 아픈 쪽을 택한다. 간혹 못된 척 냉담하게 구는 것도 어설픈 위악에 불과하다. 역설적이게도 악을 위장하는 것은 선한 본성을 지닌 사람들뿐이니까. 그러므로 제인은 남에게 상처를 줄 수 있는 여자가 못 된다.

'당신을 증오해.'

리오는 비어 버린 의자에 미련스레 시선을 두었다. 음식이 고스란한 플라스틱 도시락. 우롱차가 담긴 머그잔에서는 아직도 보얀 김이 가늘게 오르고 있다. 모든 것이 그대로인 그의 시야에서 오로지 여자만 사라졌다.

너는, 내가 어떻게 해야 웃을까.

리오는 스스로 노력하고 있다고 생각했다. 제인이 좋아하는 것과 싫어하는 것을 파악하고 최대한 기분을 맞춰 주려 애를 쓰고 있다. 일본인이 맨손으로 만든 생선초밥을 좋아하지만 새우나 문어를 올린 것은 손도 대지 않는다는 걸 알며, 자신을 불편하게 여긴다는 것을 알고 있으므로 따로 공간을 주고 수시로 만날 것을 요구하지도 않는다. 4년인지 5년인지 이제는 햇수를 가늠하는 것이 무의미한 세월. 끝이 보이지 않는 과정을 지나며 욕심을 누르고 인내심을 베풀기 위해 그는 매번 조용히 분투하고 있다.

'당신을 증오해.'

그럼에도 불구하고, 결국 또 그녀를 울리고 말았다.

"무슨 생각 해?"

제인은 퍼뜩 눈을 들어 올렸다. 플라스틱 숟가락을 입에 문 남자가 제 얼굴을 들여다보고 있다. 곱게 눈살을 찌푸리는 남자를 마주 보며 서둘러 표정을 수습했다.

"아무것도 아니야."

"뭐야."

실없긴. 요한이 웃으며 아이스크림에 스푼을 푹 박는다.

"이것도 멋지다. 노숙자와 달마시안. 잘 어울려."

"그거 찍으려고 세 시간 기다렸어."

"오래 기다렸네."

"프로 사진작가들은 세 시간이면 양호한 편이래."

"담부턴 나 불러. 같이 기다려 줄 테니까."

바닐라 아이스크림을 떠서 입에 넣으며 그가 웃었다. 제인은 남자
가 내민 아이스크림 통으로 제 스푼을 가져가며 조금 따라 웃었다.

요한이 촬영한 사진들을 보여 달라고 조른 지는 꽤 됐다. 펜트하
우스로 초대받고 싶다는 뜻이라는 것 정도야 눈치챘지만 못 알아들
은 척 사진을 챙겨 그의 아파트로 왔다. 인화한 것 가운데 잘 나온 것
만 추렸는데도 스무 장이 넘었다. 다섯 개의 그래피티에서 그들은 함
께한 기억들을 보았다.

"이거 우리 두 번째로 만난 날이네."

"응. 소호 호텔에서 찍은 거."

"칠백육 호."

"그것도 기억해?"

"당연하지."

요한이 산타클로스가 찍힌 사진을 턱으로 가리키며 아이스크림을
한 스푼 뜬다.

"너랑 처음으로 간 호텔인데."

누가 들으면 거기서 뭐라도 한 줄 알겠네. 픽 웃는 제인에게 그가
스푼을 내밀었다. 순순히 입을 벌려 아이스크림을 받아먹는 여자. 그
모습을 사랑스럽게 바라보다가 요한이 속삭이듯 목소리를 낮췄다.

"솔직히 말해 봐."

"뭘?"

"너 그때부터 나한테 반했지."

"내가 너한테 왜 반해."

"에이, 솔직하게 말해 보라니까."

제인이 어이없다는 듯 눈을 가늘게 떴지만 그는 능청을 멈출 생각이 없어 보였다. 아이스크림을 떠서 이번에는 제 입에 넣으며 말을 잇는다.

"나는 너한테 반했는데."

"호텔에서?"

"어. 근데 완전히 넘어간 건 크리스마스이브 날."

남자가 아무렇지 않은 얼굴로 낯간지러운 소리를 했다. 비좁은 이인용 식탁에서 그들은 이마가 맞닿을 만큼 서로를 향해 상체를 바짝 당겨 앉았다. 요한이 제 스푼에 아이스크림을 실어 여자의 입술 앞으로 가져왔다. 역시나 착하게 받아먹으며, 그녀는 소용없어진 제 몫의 스푼을 식탁 한편에 내려놓았다.

"그때 나 진짜 소름 돋았어."

"소름?"

"왜 그런 거 있잖아. 직감이라고 해야 하나. 뭐라고 말로는 설명 못 하겠는데 몸으론 확실히 느껴지는 거."

끈적거리는 제 입술을 핥으며 그가 말했다.

"운명 같은 거."

남자의 눈동자는 오늘도 반짝이며 윤기를 흘렸다. 운명 같은 거. 요한은 제가 말해 놓고도 쑥스러운 기색으로 아이스크림 통을 향해 고개를 처박았다. 이 뻔뻔하기 그지없는 남자가 숫된 짓을 하는 게 사랑스럽다. 지켜보던 제인은 왠지 눈물이 날 것 같았다.

"아, 맞다. 너 온 김에,"

그가 잊고 있던 걸 떠올린 것처럼 방으로 들어갔다. 짧게 뒤적이는 소리와 함께 웬 누런 종이봉투를 하나 쥐고 나오더니 묻는 눈의 여자를 향해 봉투를 통째 내민다.

"자."

"뭐야, 이게."

"돈."

"돈?"

"어. 만 오천 달러."

엉겁결에 봉투를 받아 든 제인이 두 눈을 크게 떴다. 손으로 느껴지는 지폐의 부피가 상당했다. 이걸 왜 나한테.

"깎아 주는 거야."

"깎아 준다고?"

"원래 만 오천 준댔잖아. 그리고, 그렇게 필요하단 티를 내면 어딜 가도 바가지 쓴다고 꼭 좀 전해 줘."

첨부터 네가 나왔으면 공짜로 해 줄 수도 있었을 텐데. 덧붙이는 남자의 얼굴은 싱그러웠으나 그녀는 얼떨떨한 표정을 숨겨 내지 못했다.

"근데 이름이 뭐야?"

"누구?"

"그 금발."

손안의 돈 봉투를 난감하게 바라보았다. 뜨거운 쇳덩이를 쥔 것처럼 안절부절못하다 식탁 한편에 내려놓았다. 대답을 기다리는 요한의 얼굴은 너무나도 천진해서 그녀는 차마 화제를 돌릴 엄두를 내지 못했다.

"……베런."

"베런. 이름도 딱 깍쟁이 같네. 변호사야?"

그는 변호사인가. 아마도 아닐 것이다. 제인은 그의 정체를 정확히 알지 못하니 어쩌면 베런은 변호사가 맞을 수도. 초 단위로 갈팡질팡 머릿속이 헤집어졌다.

"비서야."

"비서? 누구 비서?"

어떻게 하면 이 대화를 끝낼 수 있을까. 그녀는 다음 질문을 차단하려 온갖 꾀를 그러모았다.

"……사촌 오빠."

"사촌 오빠가 뉴욕에 있었어?"

"어."

"그렇구나."

어쩐지. 요한이 수긍하듯 고개를 끄덕이며 다시 아이스크림 통을 집었다.

"그래서 내색하지 말라고 했구나, 금발한테."

오빠 귀에 들어갈까 봐. 중얼대는 말 끝에 그가 얕게 키득거렸다. 파인트 사이즈의 바닐라 아이스크림은 이제 거의 바닥을 드러냈다. 요한은 부드럽게 녹은 크림을 스푼으로 퍼서 여자의 입술로 가져갔다. 착하게 받아먹는 모습이 만족스럽다.

"귀엽네."

주어도 목적어도 생략된 말은 제인을 초조하게 만들었다. 뭐가 귀엽다는 걸까. 참새처럼 받아먹는 모양이. 사촌 오빠 눈치를 보느라 데이트를 숨기는 새가슴이. 혹은,

어설프게 늘어놓고 있는 백치 같은 거짓말들이.

"다 묻히고 먹고 있어, 애처럼."

귀여워 못 견디겠다는 듯 키득대며 상체를 내밀었다. 여자의 입술 가장자리에 묻은 크림을 혀끝으로 핥아 낸 뒤 고개를 기울여 천천히 입을 맞췄다. 단맛이 나는 끈끈한 입술. 부드럽고 따뜻한 입맞춤에 제인은 안도하며 눈을 감았다.

커다란 손이 여자의 목덜미를 더듬었다. 살결과 머리카락을 쓰다 듬는 손길은 서서히 뜨거워진다. 그러는 동안에도 잔뜩 졸인 가슴이 여전히 무겁게 뛰었다. 그녀는 귓전에서 쿵쿵대는 불안한 박동 대신, 입술로 느껴지는 달콤한 감촉에 집중하려 한참 동안 애를 썼다.

겨울 끝의 센트럴 파크는 여전히 잔설이 남아 있었다. 뉴욕의 봄 은 걸음이 몹시도 더뎌서 오랜 겨울에 지친 사람들에게 눈 폭풍을 퍼 붓기 일쑤다. 그러나 행진(March). 이름부터 푸른 냄새 풍기는 3월을 열흘가량 앞두고 한낮의 태양은 제법 온기를 품었다.

요한은 약속된 장소를 향해 빠르게 걸었다. 양쪽 귀에 이어폰을 꽂았지만 공원에 진입하면서부터 소리는 꺼 두었다. 산책하는 주민 들과 관광객 틈에 끼어 그는 간간이 주변을 살피며 호수로 향했다.

센트럴 파크에서 가장 인기 있는 호수는 이름도 참 명료한 '더 레 이크'. 호수 연안이 길고 들쭉날쭉한 데다 나무가 우거진 구석구석 벤치들도 많아 사색을 즐기는 사람들과 은밀한 공간을 원하는 연인 들에게 사랑받는 곳. 남의 눈을 피할 수 있고 접근하는 기척을 쉽게 알아챌 수 있다는 점에서 요한처럼 위험한 물건을 거래하는 이도 종 종 애용하는 곳이다.

"이제 비즈니스론 못 볼 줄 알았더니."

벤치에 홀로 앉은 뒷모습에다 대고 말을 걸었다. 회색 니트 비니 를 쓴 남자가 반응하듯 뒤쪽으로 고개를 돌렸다.

"정조직원은 도매만 취급하는 거 아니냐?"

농담조가 분명한 인사말에 호세가 힘없이 픽 웃었다. 요한은 발아 래 깔린 잔설과 나뭇가지 따위를 저벅저벅 디디며 벤치 가까이 다가왔다. 앉아 있는 남자와 가볍게 주먹을 맞부딪히는 요한의 낯은 밝다. 근데 이 새낀 왜 이렇게 매가리가 없어. 답지 않게 과묵한 호세를 보며 그가 고개를 갸웃했다.

"무슨 일 있냐?"

"앉아."

호세가 턱짓으로 제 옆자리를 권했다. 호젓한 물가 벤치에 남자 둘이 나란히 앉은 그림이라니. 누가 보면 게이 커플로 오해당하기 딱 좋은 장면이라, 요한은 내키지 않는 얼굴로 주춤대며 엉덩이를 붙였다.

"왜 아직도 네가 나와? 아직 승인 안 떨어졌어?"

"뭐, 그냥."

호세가 대답을 피하듯 시선을 돌리며 주머니에 넣고 있던 손을 꺼냈다. 손바닥 크기의 포장을 본 요한이 아무도 없는 정면을 날카롭게 훑었다. 은밀한 교환은 순식간에 이뤄졌다.

"무슨 문제 있는 건 아니지?"

담배를 꺼내 무는 남자를 살피며 요한이 물었다. 라이터로 불붙이는 손은 여전히 말라서 앙상했지만 어딘가 불안해 보이는 얼굴이 더 거슬린다. 마피아 크루에 가입을 앞두고 있는 녀석이었다. 이 바닥에 숟가락 꽂은 사람치고 불안하지 않은 인생이 있겠냐마는, 요한은 눈앞의 남자가 어째 유달리 더 위태로워 보였다.

"별일 없냐고."

"무슨 별일."

"없으면 됐고. 그냥, 조심하라고."

"사돈 남 말 한다."

위무처럼 던진 말에 호세는 픽 웃었다. 그러고는 담배를 문 탓에 부정확한 발음으로 대꾸하며 고개를 돌렸다. 공원에서는 금연이지만 둘 중 누구도 개의치 않았다.

"너나 조심해, 새끼야."

"장사 하루 이틀 하냐."

"그거 말고."

담배를 깊이 한 모금 빨아들이며 요한의 얼굴을 살폈다. 무슨 말인지 전혀 모르겠다는 눈이 천진하기 그지없다. 그럼 그렇지. 호세가 눈살을 팍 찌푸렸다.

"시발, 내가 이럴 줄 알았다."

이걸 말해 줘야 하나. 며칠에 걸쳐 이어 온 갈등이 다시 목구멍을 가로막았다. 무슨 소리야. 설명을 요구하는 요한을 외면한 채, 호세는 급한 사람처럼 담배를 절반쯤 태운 뒤 흙바닥에 비벼 껐다.

각질이 허옇게 인 마른 입술을 뗀 것은 그로부터 조금 더 뜸을 들인 이후였다.

"너 만나는 여자, 있잖아."

"여자?"

"너 요새 만나는 동양인 여자. 얼굴 하얗고 머리 길고."

"그걸 네가 어떻게 알아."

"봤다, 새끼야. 도노반에서."

아. 멍청한 소리를 내며 수긍한 요한이 활짝 웃었다. 잘 보일 사람도 앞에 없는데 혼자 터뜨리는 웃음은 진심이다. 생각만으로도 좋아 죽는 그 얼굴을 호세는 뜨악한 얼굴로 훑었다.

"그 여자, 누군지 몰라?"

입가에 여전히 웃음기를 묻힌 걸 보니 누군지 정말 모르는 얼굴이다. 이걸 진짜 말해 줘야 하나. 마지막으로 한 번 더 망설인 다음 주변을 한 바퀴 더 둘러보았다. 그러고는 저만치서 흙바닥을 쪼는 멧비둘기가 들을세라, 잔뜩 목청을 낮추고 빠르게 속삭였다.

"라이언 킹 여자야."

"뭐?"

"비첼리오. 우리 보스 여자라고, 그 여자."

호세는 기묘하게 틀어지는 남자의 얼굴을 본다. 말랑하던 미소 위로 느리게 번지는 이채. 생경한 외국어를 들은 것처럼 어리둥절한 얼굴. 그는 마치 정지한 화면처럼 정확히 3초간 눈조차 깜빡이지 않았다. 그러곤 고개를 갸웃하며 한다는 소리가,

"너 어디 아프냐?"

요한은 눈살을 살짝 찌푸렸으나 여전히 반쯤 웃고 있었다.

"아 답답한 새끼, 완전히 속아 넘어갔네. 너 지금 얼마나 좆같은 상황인지 감도 안 오지?"

그거 진짜 아주 대단한 년이네. 짓씹듯 덧붙이자 요한이 비로소 웃음기를 거뒀다. 호세는 마른 입술을 혀로 축였다.

"내가 봤어."

"뭘."

"고담 태번에서 둘이 같이 나오는 거 봤다고. 아주 여왕님 모시듯이 차에 태워서 데려가는 것까지 시발 내가 다 봤다고."

지겹도록 반복했던 장면을 다시 떠올렸다. 거구의 경비원이 딸린 최고급 레스토랑의 번쩍이는 입구. 탱크 같던 검은색 롤스로이스. 중년의 남자와 작별 인사를 나누던 한 쌍의 남녀. 여자도 그때 분명 알고 있었을 것이다. 그것이 남자와의 마지막 인사가 될 거라는 걸.

그러니 제가 끌어내 죽인 남자의 장례식 날 애먼 놈과 맥줏집에서 시시덕거리고 있었겠지.

"너 이용당한 거야. 그년이 너 갖고 논 거라고."

"말조심해."

요한이 순식간에 눈빛을 벼렸다. 혼란스런 낯으로 좀처럼 표정을

정하지 못하던 놈이 여자한테 가벼운 욕 한마디 붙였다고 대번에 전투태세다. 호세는 어처구니가 없어 허공에다 대고 실소했다.

"하, 이 새끼 이거 진짜 완전히 빠졌네."

미치지 않고서야. 이렇게까지 말을 해 주면 쫄아 붙는 시늉이라도 해야 정상 아닌가.

"잘 들어, 요한. 너 그거 걸리면 어떻게 될 거 같냐?"

그래서 호세는 저도 모르게 격앙됐다.

"쥐도 새도 모르게 뒤지는 거야. 알아?"

말하며 비첼리오를 떠올린다. 멀리서도 단번에 눈에 띄던 당당한 체구의 젊은 남자. 몇 분 후면 죽여 버릴 제 삼촌의 뺨에 아무렇지도 않게 키스하던 모습. 맞춤 수트 카탈로그에 나올 법한 근사한 외모마저 비인간적으로 느껴지던 남자.

"너 같은 거 하나 썰어서 묻어 버리는 건 일도 아닌 사람이라고. 알아?"

그는 결코 과장하지 않았다. 오히려 노파처럼 잔뜩 낮춘 목소리만큼이나 최대한 말을 아꼈다. 상상되는 장면들은 말의 수준을 월등히 넘어섰으나 굳이 세세히 묘사하고 싶지 않았다. 마피아 보스의 여자를 건드린, 돈도 빽도 없는 뒷골목 약사 따위가 어떤 벌을 받게 될지는 요한 스스로도 모르지 않을 것이다.

"아니야."

그러나 생각지도 못한 반응이 돌아와 호세는 잠깐 할 말을 찾지 못했다.

"뭐?"

"걔 아니라고. 네가 잘못 본 거야."

이게 누굴 개눈깔로 아나. 딴에는 대단한 우정을 발휘하며 도취돼 있던 심사가 울컥 틀어졌다.

"너 지금 내가 목숨 걸고 얘기해 주는 건 알고 있냐?"

"아니라잖아."

"내가 시발 이렇게까지,"

"아니라고!"

요한이 앉은 자리에서 벌떡 일어선다. 방금 전까지만 해도 생글거리던 얼굴은 이제 딴사람처럼 살기가 등등했다. 이 새끼 진짜 어쩌려고 이러지. 호세는 당혹스런 와중에도 가슴이 갑갑해졌다.

"계속 그딴 헛소리 지껄이면 가만 안 둬."

"뭐?"

"닥치라고."

"하, 미치겠네. 가만 안 두면 어쩔 건데, 새끼야. 쏘기라도 하게?"

그는 차갑게 굳은 요한의 얼굴에서 분명한 살기를 보았다. 저와 마찬가지로 그 또한 리볼버를 갖고 다닌다는 걸 안다. 옷 안에 총을 숨긴 사람은 무슨 짓을 할지 모른다. 특히나 저렇게 완전히 돌아 버린, 제정신이 아닌 얼굴을 한 사람은 더더욱. 그래서 그는 본능적으로 입을 다물었다.

"호세 고메즈. 내가 확실히 말해 두는데 걔 그런 여자 아니야. 네가 잘못 본 거야. 그러니까 어디 가서 두 번 다시 그딴 소리 지껄이기만 해 봐."

요한이 나지막이 말을 이었다. 배우처럼 일정한 톤과 정확한 발음으로. 윤곽이 뚜렷한, 빌어먹게 잘생긴 얼굴이 언뜻 희게 질린 것도 같았다.

"한 번만 더 그딴 개소리 지껄이면 나도 내가 무슨 짓 할지 몰라. 알아들어?"

호세가 기막히고 답답한 눈으로 그를 올려다본다. 요한은 자신의 경고가 진지하다는 걸 새겨 주듯 사나운 눈으로 응시하다 멋대로 몸을 돌려 왔던 길을 따라 멀어졌다. 그 뒷모습마저 시야에서 완전히 사라진 후, 홀로 남은 남자는 한숨을 터뜨리며 벤치 등받이에 상체를 기댔다.

긴장한 이마빼기에서 식은땀이 다 배는 기분이었다.

"……시발, 좆됐네."

저 새끼는 미쳤다. 아주 단단히 미쳤다. 돌겠네 진짜. 길고 마른 양손으로 머리를 감싸며 그는 입술 끝으로 연거푸 욕설을 짓씹었다.

'오늘 이 자리를 시작으로 자네가 앞으로 우리 조직 내에서 본 것, 들은 것, 행한 것, 모두 외부인에겐 절대 함구하도록.'

심장이 덜그럭덜그럭 소리를 내는 것 같았다. 호세는 아무도 없는 주변을 편집증적으로 살폈다. 불그스름하게 핏발 선 흰자위. 두 눈이 뻑뻑해서 호수의 물이라도 한 움큼 떠다 넣고 싶은 심정이다.

벌써 한 달이 넘었다.

시킨 일을 마치고도 한 달째 연락이 없어 호세는 몹시 초조했다. 그는 마피아 조직의 위계와 절차에 대해 세세히 알지 못하나 카포가 적당한 신입을 추천하면 보스가 승인하는 것이 기본이라고 했다. 그런데 왜 한 달째 소식이 없을까. 과제만 해내면 곧바로 신고식 해 줄 것처럼 굴었던 카포는 어깨만 으쓱했다.

'얼마나 기다려야 하는데요?'

'내가 아나. 보스 마음이지.'

그날 이후로 자꾸만 꿈을 꾼다. 그가 누군가를 쏠 때도 있고 누군가가 그를 쏠 때도 있지만 종국에는 언제나 시뻘건 피를 뒤집어썼다. 그럼에도 그는 죽지 않아서 온통 피투성이인 시야를 양팔로 허우적대며 한참을 헤맸다. 차라리 제발, 누구라도 당장 내 머리통을 좀 날려 줘. 악을 쓰고 싶은 지경이 되면 언제나 들려오는 목소리.

'그가 보냈군.'

주머니에서 담뱃갑을 꺼내 한 개비의 담배를 다시 입에 물었다. 차갑게 굳은 손으로 불을 붙이고 양 볼이 움푹 패이도록 필터를 빨아 댔다. 군데군데 잔설이 쌓여 있지만 호수는 이제 완전히 해빙되었다. 멀찌감치 봄의 행진이 들리는 평화로운 공간에서, 호세는 보이지 않는 대상에게 끊임없이 홀로 쫓기고 있다.

"시발……."

그가 버린 꽁초를 물끄러미 보던 멧비둘기가 부지런히 흙바닥을 쪼았다.

이번 겨울, 요한의 반지하 아파트에서 가장 눈에 띄는 변화는 냉장고다.

맥주와 유리병에 든 나초용 토마토 살사, 냉동 피자 정도가 고작이었던 낡은 냉장고는 제인이 드나들면서부터 그득해졌는데, 김치와 고추장부터 먹기 좋게 포장된 자반고등어까지 온통 한식 식재료들로 꽉 채워졌다.

코리아타운의 한인마트에 가서 이런저런 재료들을 구경하고 하나씩 담아 택시에 실어 오는 것은 그들이 가장 좋아하는 데이트 코스가 되었다. 요한은 한식 조리법과 레시피가 담긴 요리책을 사다가 퍽 진지한 얼굴로 학습했고, 계량스푼으로 고추장을 잴 때는 스푼 위로 둥글게 퍼야 하는지 평평하게 깎아 내야 하는지를 놓고 제인과 가벼운 실랑이를 벌이기도 했다.

그러나 둘 중 요리에 소질 있는 사람은 본인의 주장대로 요한 쪽이었다. 재능이 턱없어 주도권을 빼앗긴 제인은 식탁에 앉아 눈물을 찔끔대며 양파를 썰거나 흐르는 물에 상추를 씻는 보조 역할을 주로 맡았다. 설거지는 두 사람이 번갈아 가며 했는데, 역시 한인마트에서 사 온 분홍색 고무장갑을 끼고 냄비를 박박 닦는 요한을 향해 제인이 키득대며 카메라를 들이댄 적도 있었다.

함께 밥을 해 먹고 나면 침대 위에 나란히 누워서 라디오를 들었다. 진행자의 말소리가 방바닥에 흐르도록 낮게 틀어 두고서 이야기—주로 어린 시절에 있었던 잡다한 이야기—들을 서로에게 해 주다가 둘 중 한 사람이라도 좋아하는 노래가 나오면 잽싸게 붐박스로 내려가 볼륨을 키웠다. 그러곤 다시 침대 위로 올라와 이마를 맞대고 마주 누워서 한 곡이 모두 끝날 때까지 듣는 것이다.

특정 부분을 누르면 스프링이 삐걱대는 침대 위에서 그들은 아까 하다 끊긴 이야기를 다시 잇거나, 무슨 얘길 했었는지 기억나지 않으면 새로 떠오르는 이야기를 시작하거나, 별로 할 말이 없다면 그저 입을 다문 채 서로의 얼굴을 들여다보다 품을 파고들었다. 한낮에도 볕이 들지 않는 반지하 아파트에서 두 사람은 바깥세상과 유리된 채 평화로웠다.

그러다 지난주부터 제인이 바빠졌다. 사촌 오빠 회사에서 일을 돕기로 했다는 말을 들었을 때 요한은 그러려니 했다. 평일 저녁에 만나지 못하게 된 것은 아쉽지만 오전이나 낮 시간도 있고 주말도 같이 보내면 되니까. 제인은 잠자리에 들 준비를 마치고 저녁 10시 반쯤 전화를 걸어 왔는데, 날마다 통화를 하면서도 끊을 때가 되면 아쉬워 서로 먼저 끊으라며 몇 번씩 순서를 미뤘다. 내일 집으로 갈게. 달콤하게 속삭이는 목소리.

'우리 보스 여자라고, 그 여자.'

요한은 식탁 앞에 앉아 평평한 나뭇결을 멍하니 바라보았다. 옹이를 깎아 냈을 둥고선 같은 파문에 눈길이 멎는다. 이 식탁은 어디서 샀더라. 뭐라도 다른 걸 생각하고 싶어서 아무 물음이나 던졌다. 전에 살던 사람이 놓고 간 거였지. 정답이 너무 쉽게 떠오른 바람에 머릿속은 다시 공백.

'너 이용당한 거야. 그년이 너 갖고 논 거라고.'

호세가 했던 말들이 하루 종일 귓가에서 응응거렸다. 어제 그를 만난 후 요한은 곧바로 집으로 돌아와 옷을 벗어 던지고 샤워부터 했다. 바깥에서 딸려 온 것들을 모조리 씻어 내고 싶었으나 낯선 말들은 마치 유성 잉크로 그린 낙서처럼, 머릿속에 덕지덕지 달라붙어 떨어지지 않았다.

'너 같은 거 하나 썰어서 묻어 버리는 건 일도 아닌 사람이라고. 알아?'

그러나 아무리 되씹어 봐도 말이 안 되는 소리였다. 제인과 마피아라니. 차라리 내가 알고 보니 억만장자의 숨겨 둔 아들이라는 게 훨씬 신빙성 있겠다. 그 허술하고 순진한 애가 마피아의 여자. 도무지 말이 안 되는 소리라고 생각하면서도 요한은 발목에 줄이 묶인 새처럼 하루 종일 그 생각의 주변을 맴돌았다.

"라면에 달걀 넣을 거지?"

얼마나 그 생각에 빠져 있었는가 하면, 그는 얼굴도 모르는 마피아 수장 곁에 제인을 나란히 세워도 보았다. 비첼리오. 대를 이어 범죄 조직을 경영하는 삼십 대 남자가 어떻게 생겼는지는 통 감이 잡히지 않아서 신문이나 텔레비전에서 보았던 이탈리아계 마피아의 얼굴들을 종합해 대강 상상도를 그려 보았다. 제인과 라이언 킹. 역시 너무나도 어색해 차라리 코미디의 한 장면 같았다.

"달걀 넣을 거냐고."

호세는 분명 제 눈으로 똑똑히 봤다고 했다. 요한과 마찬가지로 뉴욕에서 나고 자란 데다 특히나 여자 얼굴은 인종을 막론하고 똘똘하게 기억하는 녀석이니 어지간히 닮긴 했던 모양. 그러나 이번만큼

은 그가 틀렸다. 얼굴 하얗고 머리 긴 동양인 여자. 그런 여자가 뉴욕
시내에 어디 제인 헤닝 하나뿐이겠는가.

"요한!"

요한은 그제 화들짝 식탁에서 눈길을 뗐다. 고개를 들자 스토브
앞에 선 제인이 달걀 하나를 들고 이쪽을 향해 눈살을 찌푸리고 있
다. 달걀 넣을 거냐고 두 번 물어봤어. 볼멘소리를 하는 말끝에 설핏
웃음기가 묻어났다.

"어어, 넣어. 넣어 줘."

"무슨 생각을 그렇게 해? 듣지도 못하고 멍하니."

냄비 뚜껑을 열고 달걀 두 개를 톡톡 깨 넣는 여자는 검은색 터틀
넥에 청바지를 입었다. 다른 건 못해도 라면만큼은 늘 제가 끓이겠다
고 우기는 귀여운 여자. 스스럼도 겁도 많아 주변 거의 모든 사물을
경계하는 여자. 스물넷이 되도록 제대로 된 연애 한 번 못 해 본, 믿
기지 않을 정도로 숫되던 여자는 이제 여기서 제법 편안해 보였다.

"받침 깔아 줘. 거의 다 됐어."

지시대로 냄비 받침을 식탁 한가운데 옮겨 놓고 요한은 자리에서
일어났다. 그릇 두 개와 국자, 수저 두 벌을 익숙하게 챙겨 식탁 위에
착착 배열하는 손길이 능숙하다. 전에 살던 사람이 버리고 간 이 인
용 식탁은 이제 이 집에서 그가 가장 좋아하는 물건이 됐다.

"오늘도 조깅했어?"

"했지."

"오렌지주스 마시고?"

"오늘은 녹즙 마셨어."

"녹즙? 그런 건 어디서 사는데?"

덜어 준 라면 그릇을 받은 제인이 입을 다물었다. 요한은 제 몫의
그릇에 라면을 덜며 대답을 기다렸다.

"나는, 잘 몰라. 집안일 해 주는 분이 사다 놓는 거라서."

그렇구나. 고개를 끄덕이며 국자로 라면 국물을 퍼서 여자의 그릇에 담아 준다.

'너 지금 내가 목숨 걸고 얘기해 주는 건 알고 있냐?'

우습지도 않은 헛소리 따위 흘려보내면 그만인데도, 이토록 마음이 불안한 까닭을 요한은 또한 알고 있다.

그간 제인에게 집중하느라 등한시했던 것들이 하나씩 떠오르기 시작했다. 어딘가 부자연스러운, 그녀가 묘사하는 세상 곳곳의 뚜렷한 균열 같은 것들.

이를테면 워싱턴 스퀘어 파크가 내려다보이는 펜트하우스에 살 정도로 부유한 여자가 위장결혼으로 영주권을 취득했다는 것이 그렇고, 혼자 산다면서 밤 9시가 다가오면 눈에 띄게 초조해하며 기어코 집으로 돌아가는 것이 그렇다. 제인은 이 집에 처음 온 날을 제외하면 단 한 번도 밤을 보내고 간 적이 없으며 함께 사람이 많은 곳에 가는 것도 꺼려했다. 밤은 물론이고 햇살이 따스한 낮에조차 클로슈나 파카의 후드로 얼굴을 최대한 가렸다.

마치 무언가에 쫓기는 사람처럼.

"일은 할 만해?"

"아, 응. ……어렵진 않아."

크리스마스 때 찾아갈 가족이 없다면서 갑자기 뉴욕에 사촌 오빠가 있다질 않나, 그 오빠의 회사에서 대뜸 일을 한다는 것도 이상하다. 오전도 오후도 아닌 캄캄한 밤중에 대체 무슨 일을 하는 걸까.

"그럼 금발도 만나?"

"어?"

"너네 오빠 비서. 이름이 베런이랬나."

사촌 오빠의 비서가 그녀의 운전기사 노릇을 하던 것도 자연스럽지 않다. 무엇보다도 그 남자는 차라리 변호사라면 모를까 누군가의 비서처럼 보이지 않았다. 더군다나 그 남자를 아주 잘 아는 듯한 코너 비스트로의 바텐더. 지하 세계 생리에 익숙한 요한의 눈에, 그 바텐더 또한 평범한 식당 주인처럼은 보이지 않았다.

"어, 뭐, 그냥."

얼버무리는 제인을 그는 다그치지 않는다. 그저 김이 모락모락 오르는 라면을 뒤적이고만 있는, 시선을 피하듯 고개를 숙인 여자의 면면을 예사롭게 보기 위해 애를 썼을 뿐.

"제인."

그러나 쉼 없는 노력에도 별 소득은 없었다.

"너 있잖아,"

요한은 결국 젓가락을 식탁 위에 내려놓았다. 별것 아니게 보이던, 혹은 애써 무시하던 사소한 모순들이 이제 사슬처럼 이어져 그의 어딘가를 조여 오고 있다. 그리고 라면 냄비를 사이에 두고 마주 앉은 여자가 천천히 고개를 들었을 때, 그녀의 얼굴에서 분명한 긴장을 보았을 때 그는 더 이상 참지 못할 지경에 다다르고 말았다.

"내가 무슨 일 하는지, 왜 안 물어봐?"

웃으려고 애썼으나 웃어지지 않았다. 겁주지 않으려면 자연스럽게 굴어야 하는데. 서너 차례 더 시도했으나 끝내 실패한 후 요한은 웃어 보려는 노력을 그만두었다.

"……무슨 일, 하는데?"

"나쁜 일."

"어?"

"나 되게 나쁜 일 해."

갑작스런 상황 앞에서 제인은 혼란스런 기색을 숨기지 않았다. 아까부터 깨작이고만 있던 라면은 일찌감치 먹기를 포기했다. 하얗게 굳은 얼굴. 불안스럽게 저를 바라보는 여자의 눈동자를 그가 똑바로 마주 보았다.

"알고 싶어?"

채 대답도 듣지 않고 자리에서 일어섰다. 성큼성큼 방으로 들어가 침대 아래를 더듬었다. 모서리가 찌그러진 운동화 상자를 꺼내 식탁으로 가져와 제인의 눈앞에 내밀었다. 돌변한 남자를 마주하며 그녀는 조금 겁먹은 얼굴이었다.

"열어 봐."

눈앞의 상자와 남자를 번갈아 본다. 누구나 아는 브랜드의 로고가 박힌, 아무것도 아닌 그 종이 상자 앞에서 그녀는 겁을 내는 것 같았다. 열어 보라니까. 사납지 않게 다그치자 그제 두 손을 뻗어 상자를 받아 들었다. 식탁의 협소한 빈 공간에 아슬아슬 걸쳐 둔 뒤에도 망설이며 뚜껑을 열지 못했다. 마치 거기에 토막 난 시체가 담겨 있기라도 한 듯이.

"걱정 말고 열어. 터지거나 그런 거 아니니까."

농담이랍시고 덧붙인 말은 전혀 웃지 않는 얼굴 탓에 외려 기이하게 들린다. 그럼에도 제인은 그 어색한 농담 덕에 아주 조금 마음을 놓았다. 그러나 몹시도 좋지 않은 예감. 기분 나쁜 미래와 마주하기로 마음먹으며 상자 뚜껑을 열었다. 헐겁게 닫힌 마분지 뚜껑이 쉽게 분리되고 안에 담긴 물건들이 형광등 아래 드러났다. 창녀의 알몸처럼 몹시도 적나라하게.

"……이거,"

상자를 들여다보는 여자의 정수리를 요한은 선 채로 지켜보았다. 그리고 그녀가 이쪽을 향해 고개를 들었을 때는 충격받은 까만 눈동자를 직시했다. 시선이 흔들리는 방향을 끈덕지게 따라갔다. 그 안에서 단서가 될 무엇이라도 건져 낼 수 있도록. 모래에 섞인 사금을 골라내듯 면밀하게.

"너……."

제인은 좀처럼 말을 잇지 못했다. 비닐 팩에 담긴 유백색 가루. 바짝 말라 고불고불하게 엉긴 암녹색 식물 부스러기. 두통약처럼 생겼지만 사이즈는 훨씬 작은 알약들. 그녀는 코카인이나 마리화나, 엑스터시 따위를 실물로 본 것이 처음이지만, 그럼에도 상자 가득 수북하게 쌓인 이 낯선 물체들이 환각제라는 것을 모를 만큼 모자라지는 않았다.

여자는 눈앞에 선, 두 팔을 늘어뜨리고 서서 뚫어져라 제 얼굴만 바라보는 남자를 마주 본다. 학생도 직장인도 아니라는 것은 진작부터 알고 있었다. 그가 파트타임 아르바이트조차 하지 않는다는 걸 알아차렸을 때는 이미 이 집에 드나들기 시작한 이후였고 그때부터는 의식적으로 묻지 않았다. 까닭은 간단했다.

같은 질문이 돌아올까 봐.

제 알몸 가리기에 급급한 사람은 타인의 차림새를 궁금해할 여유가 없다. 상대가 내게 던진 의미 없는 시선에도 의도를 파악하려 전전긍긍 애를 쓴다. 제인은 허술하게 가린 제 맨몸을 들킬까 눈치를 보느라 요한의 수입원 따위에까지 관심 가질 틈이 없었다. 아마도 비정기적으로 무언가 일을 하거나 또는 잠시 일을 쉬는 중이겠거니, 편리하게 생각해 버렸을 뿐.

두 사람은 말없이 서로를 바라보았다. 제인은 남자의 표정을 읽어낼 수 없었다. 그는 화가 난 것 같기도 하고 겁이 난 것 같기도 했다. 혼을 내려는 선생 같기도, 자진해서 벌을 청한 아이 같기도 했다. 들썩이는 가슴팍의 호흡을 잠시 지켜보다가 다시 상자 안으로 시선을 옮겼다.

금지된 상품들. 이것들을 현금으로 바꾼다면 얼마나 될까. 그러나 상점에서 팔지 않는 물건들의 값어치를 그녀는 모른다. 수백 달러일지 수천 달러일지, 혹은 수만 달러일지조차 제인은 전혀 알지 못했다.

"하지 말까."

남자가 선 채로 물었다. 여자는 여전히 고개를 숙인 채 대답하지 않았다.

"하지 말라면 안 할게."

재차 말하는 그의 목소리는 너무 확실해서 오히려 미심쩍게 들렸다. 제인은 빵빵하게 배가 부른, 제 손바닥보다 조금 더 큰 코카인 가루 덩어리에 시선을 박았다. 사람들은 왜 이런 것들을 필요로 하는 걸까. 찰나의 황홀을 위해 비싼 대가를 치르는 까닭은 무엇일까. 그 끝에 무엇이 있는지 뻔히 알면서도, 분명한 위험을 외면해 가며 그들이 기어코 갈구하는 그것은,

지금 내가 이 남자에게서 원하는 것과 비슷할까.

천천히 고개를 들었다. 아주 잠깐 외면했을 뿐인데 얼굴이 보고 싶다. 아주 가까이 있는데도 그의 몸과 떨어져 거리를 두는 것이 싫다. 이 짧은 시간조차 그가 그리워서 눈물이 날 것 같다. 제인은 충실하게 저를 내려다보는 남자를 간절한 눈길로 올려다보았다.

"네가 하지 말라면, 그만할게."

거짓이 섞이지 않은 얼굴로 그가 말했다. 너무나 담백한 말투라 진의가 의심스러울 정도였다.

"하지 마."

그래서 제인은 뻔뻔하게 말했다.

"그만해."

거푸 대답을 들은 요한이 기다렸다는 듯 팔을 뻗어 상자를 집어 들었다. 그가 곧장 화장실로 걸어가는 것을 제인은 자리에 앉은 채로

지켜본다. 맥없이 뜯긴 비닐 팩들이 변기 안으로 내용물을 주르륵 쏟아 내는 장면은 아무것도 아닌 것처럼 보였다. 변기 물을 내리는 소리가 들렸을 때는 뺨 언저리에 약간 소름이 돋는 것도 같았다. 그리고 곧 텅 빈 운동화 상자가 발아래 제물처럼 놓였을 때, 제인은 간신히 울음을 참아 냈다.

"잘했지."

"……응."

그럼 안아 줘. 독백 같은 부탁을 듣고서야 천천히 의자에서 일어섰다. 자석이 들러붙듯 가슴과 가슴이 맞닿았다. 서로의 몸에 팔을 두른 채 두 사람은 각자 깊은 숨을 들이쉬었다.

"무슨 일, 있었어?"

한참 후에야 제인이 조심스레 물었다. 아니. 대답하는 남자의 가슴에 한쪽 얼굴을 기댄 채, 그녀는 터틀넥 위 목덜미에 닿는 숨결을 느꼈다.

"그냥, 불안해서."

"뭐가."

요한이 두 팔에 좀 더 힘을 실어 여자의 몸을 조였다. 머리카락과 옷에서 풍기는 부드러운 냄새. 익숙하고도 갈증 나는 그 냄새를 한껏 들이마신 후 조그맣게 입술을 달싹였다.

"네가 가 버릴까 봐."

싫다고 할까 봐. 내가 어떤 놈인지 알면 떠나 버릴까 봐. 네가 뒤돌아설 구실이 될 것들이라면 티끌만큼도 남겨 두기 싫어서. 요한은 비누 거품처럼 부글대는 불안감의 근원을 오로지 제 자신에게 뒤집어씌우려 애를 썼다.

"가지 마."

상관없다. 아직은. 네가 누구라도.

"나랑 있어."

대답 없는 여자를 끌어안은 채 한 차례 더 심호흡했다. 약속해 달라는 말이 혀끝까지 치밀었으나 끝내 말하지 못했다. 그럴 수 없다는 답이 돌아올까 무서워서. 절망의 가능성과 대면하느니 그는 차라리 희망을 조작하고 싶었다.

아파트가 조용했다. 몸을 포개고 선 남녀는 한참 뒤에야 곁에 차려 둔 점심을 떠올렸다.

"라면 못 먹겠다."

요한이 식탁 위를 내려다보며 말했다. 적당히 덜 익혀 불에서 내렸던 면발은 이제 형편없이 퉁퉁 불어 있다. 그러게. 뒤따라 내려다본 제인이 서름하게 맞장구쳤다.

"너 배고프지."

"응."

"찐빵 먹을래?"

가만히 있던 품속의 여자가 반박자 늦게 고개를 끄덕였다. 기다렸다는 듯 누군가의 배 속에서 꼬르륵 소리가 나고, 요한은 그제야 간신히 조금 소리 내어 웃었다.

차 안의 대기가 바짝 말랐다. 엔진에서 끌어온 더운 공기는 사막의 모래바람처럼 건조하다. 콧속으로 먼지 가루가 들어오는 것처럼 불쾌해져 베린은 히터를 꺼 버렸다. 대기 중이던 검은색 포드는 주행 신호를 받자마자 튕겨 나가듯 직진했다. 세 블록을 지나 우회전하자 저만치 워싱턴 스퀘어 파크의 아치가 보였다.

포드는 제인의 아파트 정문 앞에 섰다. 능숙하게 기어를 옮기고 시동을 끄자 차내가 조용해졌다. 안전벨트를 풀어낸 남자가 조수석에 놓아둔 서류를 다시 집어 들었다.

날짜와 번호들이 빼곡히 적힌 리스트는 총 네 장 분량. 12월부터 어제까지, 근 석 달 동안의 통화 내역은 네 페이지를 가득 채웠다. 한창 수다 떨기 좋아할 이십 대 여자. 집 전화와 휴대전화를 합친 것치고는 비교적 간략했으나, 이 번호들의 주인은 그저 수다 떨기 좋아하는 평범한 이십 대 여자가 아니다.

12월은 발신이 거의 없었다. 수신 내역도 열다섯 건이 채 못 되었는데 온통 베런의 휴대전화와 사무실 전화번호뿐이었다. 문제는 마지막 주부터 찍히기 시작한 발신 번호. 오늘 오전 서류를 받아 첫 장을 넘기던 순간부터, 베런은 낯이 익은 이 번호를 보게 될 줄 알고 있었다.

세븐써리의 호출기 번호.

"어쩌면 이렇게 예감이 빗나가질 않을까."

하여간에 직감 하나는 예언자 수준이다. 이놈의 재능 덕에 내 팔자가 꼬이지. 그는 자조적인 웃음으로 긴장을 흩뜨리려 노력했으나 애석하게도 입가가 뻣뻣해 마음처럼 되지 않았다. 입술 안쪽을 잘근대며 서류를 한 장 더 넘겼다.

제인의 통화 내역은 두 사람의 관계를 그래프처럼 드러냈다. 1월부터 호출기로의 발신이 본격화되더니 새로운 번호가 등장했다. 맨해튼 국번의 전화번호. 펜트하우스에 설치된 유선전화도 그렇지만 한 장짜리 휴대전화 통화 목록은 더 가관이라서 누가 보면 그를 위한 전용 전화인 줄 알 지경이었다. 이렇게 쓰라고 비싼 휴대전화를 사준 게 아닌데. 베런은 위아래 입술을 안으로 당겨 물었다.

지도를 읽듯 번호와 시간의 나열을 눈으로 훑으며 서류의 마지막 장을 펼쳤다. 하얗고 뻣뻣한 종이 위에는 남자의 신상 정보가 차트

없이 글자로만 간략히 인쇄돼 있다. 거기서 베런은 자신의 후각이 과연 사냥개에 버금간다는 것을 다시 한번 확인했다.

748 이스트 9스트리트로 주소 일치. 곧 스물다섯 살이 된다니 이십 대 중반일 거란 눈썰미도 일치. 한국 출신 이민자 부부의 외아들로 한국계일 거란 우려 또한 일치. 이건 별로 궁금하지 않은 정보였지만 그의 부모는 브루클린에서 세탁소 운영. 출생 병원은 퀸즈 동북부의 플러싱 병원. 세븐써리의 본명은,

"요한 리."

서류 안에 사진은 없었다. 그러나 베런은 요한 리라는 이름 위로 그의 얼굴을 본다. 동아시아에서도 존을 요한으로 발음한다는 것이 이채로웠으나 친절한 감상은 거기까지. 베런의 업무는 이 요한이라는 남자를 제인에게서 떼어 내는 것이다. 최대한 신속히. 자신 이외의 누군가가 알아차리기 전에.

서류를 반으로 접어 글로브 박스에 집어넣고 열쇠로 잠갔다. 운전석 문을 열고 밖으로 나와 차 문도 잠갔다. 알은척하는 도어맨에게 가볍게 인사를 건네며 로비를 지나 곧장 엘리베이터로 향했다. 그리고 9층에 도달한 승강기의 문이 좌우로 열렸을 때, 코앞에 선 여자와 정면으로 눈이 마주쳤다.

검은색 클로슈. 모자챙 아래 눈동자가 흔들리는 것을 그는 어김없이 포착해 냈다.

"어디 가십니까."

제인은 엘리베이터에서 내리는 남자를 피하듯 두 걸음 뒤로 물러섰다. 평일 이른 오후, 정오를 막 지난 시각에 예고 없이 등장한 베런의 얼굴을 그녀 또한 읽어 내려 눈길을 벼렸다.

"웬일이야. 연락도 없이."

"전화기 배터리가 꺼지는 바람에."

입을 활짝 벌린 엘리베이터 안쪽으로 그녀가 힐끔 시선을 주었다. 붉은색 카펫이 깔린 내부에는 당연히 아무도 없었다.

"바쁘지 않으면 잠깐 다시 들어가시죠."

다시 남자와 시선을 맞춘다. 언제나처럼 아무렇지 않은 얼굴은 지독히도 포커페이스라 읽어 내기가 녹록지 않았다. 베런 콜린스는 철저한 사람이다. 그런 남자가 휴대전화 배터리가 방전될 때까지 방치했단 소리를 제인은 믿지 않았다.

"바빠."

막 닫히려는 문을 잡을 듯이 버튼을 향해 팔을 뻗었다. 그러나 베런이 그녀의 팔을 잡아챈 것이 조금 더 빨랐다. 허공을 향해 손을 뻗은 채 제인은 남자를 노려보았다.

"무슨 짓이야."

"잠시면 됩니다."

앙칼진 눈길을 그는 똑바로 받아쳤다. 하. 여자는 짐짓 기가 막힌 듯 실소까지 뱉었으나, 분기를 가장한 표정 속에 담긴 불안이 베런의 눈에는 훤했다.

제인은 물러설 기미가 없는 남자와 잠시간 눈싸움을 하다 붙들린 팔을 확 휘둘러 떼어 냈다. 그가 스스로 놓아줬다는 걸 물론 모르지 않는다. 불만스런 표정으로 가방에서 열쇠를 찾아 방금 잠근 문을 다시 열고, 신발을 신은 채 현관을 지나 안으로 들어갔다.

적당한 거리를 두고 뒤따라 들어온 베런이 문을 닫았다. 철컥. 저절로 잠기는 소리를 끝으로 펜트하우스는 조용해졌다. 독 안에 든 쥐새끼. 하나뿐인 입구를 가로막고 선 남자를 마주 보며 그녀는 극심한 위기감을 느꼈다.

"조금만 늦었으면 엇갈릴 뻔했습니다."

"용건만 말해."

"그럴 생각입니다."

처음으로 그의 입가에 미미한 웃음기가 스쳤다. 비소인지 미소인지 온도를 가늠할 수 없는 그 표정을 인지한 찰나,

"정리하십시오."

그는 정말로 작정하고 온 것처럼 쉼 없이 용건만 꺼내 놓았다.

"무슨, 무슨 말을 하는 거야."

당황하자 혀가 굳어 말이 엉켰다. 그러나 더듬대며 모르쇠를 잡으려는 여자의 시도 따위 베런은 봐주지 않았다. 그동안 적당히 모른 척 장단에 맞춰 주던 것은 어디까지나 그녀의 시치미가 귀여운 수준이었기 때문이다. 지금처럼 무려 사람 목숨 갖고 장난칠 줄은 미처 몰랐던 시절의 이야기.

"그만 만나라고. 그 남자."

제인이 입을 다물었다. 숨 가쁘게 치고 들어오는 말들이 허파를 꽉 움켜 숨이 쉬어지지 않았다. 혀를 잘린 듯 말을 잃은 채 그녀는 다가오는 남자만 바라보았다. 여전히 끔찍하도록 똑같은 표정. 그래서 어디까지 알고 있느냐고 차마 묻지 못했다.

이질적으로 푸른 눈동자. 그 눈이 마치 거울처럼 제 머릿속을 훤히 비치고 있는 것 같아서.

"아무리 아끼는 개라도, 미쳐 버리면 쏴 죽여야 한다더군."

베런이 천천히 걸어 현관을 지났다.

"마음이 아파서 망설이다간 결국 물리게 되니까."

4년에 걸쳐 이 아파트에 오가는 동안 그는 단 한 번도 현관 앞 매트 안쪽으로 넘어온 적이 없다. 뚜벅뚜벅 말발굽 같은 느린 구두 소리. 대리석 바닥을 거침없이 딛는 남자의 구둣발을 제인은 무방비하게 바라보았다.

"하지만 우리 보스는 망설이지도 않겠지. 쓸모없는 개 한 마리 쏴

죽이는 일이 뭐 그리 어렵겠어, 그분한테."

정신 차려야 한다. 제인은 바짝 마른 입 안의 혀를 의식적으로 움직이며 눈을 들었다. 베런은 이제 불과 한 발짝 앞까지 접근했다. 침엽처럼 날카로운 시트러스 향이 몹시도 가까워, 그녀는 무거운 긴장을 물리치려 턱을 치켜들었다.

"지금 협박하는 거야?"

"부탁이겠지."

"무슨 소리야."

"나 좀 살려 달라고, 부탁하는 거라고."

지금 내 목숨 줄을 당신이 쥐고 있잖아. 남자가 낮게 속삭였다. 제인이 얕게 눈살을 찌푸리며 지척에 다가온 눈동자를 번갈아 보았다. 가까이서 본 그의 얼굴은 몹시도 창백하다.

"당신이 무슨 짓을 해도 그는 당신을 죽이지 못해. 알고 이러는 거 아니었나?"

"……하고 싶은 말이 뭐야."

"대신 책임자를 죽이겠지."

두 사람 사이의 대화는 입술 사이의 거리만큼이나 은밀하게 오고 갔다. 모자챙 아래 조그만 얼굴을 베런은 찬찬히 눈으로 훑었다. 이마를 가린 클로슈를 벗기고 싶은 충동을 약간의 당혹감과 함께 물리친다.

"네가 멈추지 않으면, 내 머리가 날아가는 거라고."

남자가 말하며 검지손가락으로 제 관자놀이를 톡톡 건드렸다. 베런 콜린스의 키가 이렇게 컸나. 늘 멀찍이 거리를 두느라 실감되지 않던 월등한 신장이 그녀를 더 위축되게 만든다.

"지금이라도 멈추면 최악은 피할 수 있어."

베런의 말투는 무뚝뚝한 가운데 희한하게 다정스러웠다. 그것은 마치, 비록 네가 사고를 쳤으나 종국에는 내 책임이 될 것이므로 합심하여 잘 헤쳐 보자는 격려 같기도 했고, 비록 네가 죄를 지었으나 내가 힘껏 변호해 줄 테니 지나치게 염려는 말라는 위로 같기도 했다. 어떻게든 달래서 일을 무마해 보려는 계산일까. 아니면,

리오가 정말로 저를 죽일 거라 생각하는 건가.

제인은 남자의 새파란 눈동자를 번갈아 보았다.

"그러니 불장난은 이쯤에서 끝내."

여자를 내려다보며 그가 말했다.

"……지옥 불로 번지기 전에."

대화는 더 이상 이어지지 않는다. 복층을 아우르는 거대한 창을 통해 밝은 태양광이 마구 쏟아져 들어왔다. 오전의 맑은 햇살은 이제 눈에 띄게 짙어졌고, 그 안에 마주 선 남녀는 대결하듯 서로의 눈을 들여다보았다. 체스판처럼 흑백이 교차하는 대리석 바닥. 그 위에 놓인 거대한 말처럼 대결하듯 가까이 붙어 선 채로.

오만한 도시 위로 차가운 어둠이 내렸다. 오후 7시. 시계를 확인하며 제인은 소파에서 일어섰다. 브루클린의 타운하우스로 가야 할 시간이다. 거대한 샹들리에가 떠 있는 천장이 막막하도록 높았다.

하루치의 시간이 어떻게 흘렀는지 모르겠다. 목이 타고 가슴이 뛰어 무언가를 할 수도 그저 가만히 앉아 있을 수도 없었다. 그래서 냉장고와 소파를 오가며 간헐적으로 무어라도 마셔 댔다. 고용인이 사다 넣어 둔 생수와 신선한 주스 몇 병이 모조리 동나고 난 뒤에도 마르는 목구멍을 달래려 두 번이나 주전자에 물을 끓였다. 용건을 마친 베런이 뒤도 안 돌아보고 퇴장한 뒤, 그녀는 외출하려 입었던 옷차림

그대로 거실 소파에 앉아 한나절을 흘려보냈다.

'그만 만나라고. 그 남자.'

그는 수년간 깍듯이 지켜 온 선을 너무나도 쉽게 넘어왔다. 그녀의 몸에 손을 대고 사적인 공간을 침범해 왔으며 부탁이 아닌 명령을 했다. 그 와중에도 그는 결코 난폭하지 않았다. 제 목숨이 달린 문제라면서 정작 문제를 일으킨 여자에겐 욕설도 고함도 뱉지 않았으며 심지어 한마디 비난조차 하지 않았다. 그럼에도 제인은 흠씬 두들겨 맞은 양 온몸이 욱신거렸다. 사냥개의 송곳니에 목덜미가 뚫린 짐승처럼 온몸이 무력하게 축 늘어졌다.

'네가 멈추지 않으면 내 머리가 날아가는 거라고.'

그는 처음부터 끝까지 직설을 이어 갔다. 모든 것을 알고 왔으니 허튼수작 집어치우라는 식이었다. 어디까지 알고 있는 걸까. 고드름처럼 찬 두 손을 맞주무르며 도망갈 틈을 찾아보았으나 아무리 머리를 짜내도 상황은 이미 최악이었다.

그 남자가 누구인지도 베런은 알고 있을까. 아마 그럴 것이다. 그렇다면 요한은, 그는 나의 정체를 알고 있나. 잠긴 현관문을 확인하고 엘리베이터를 향해 서며 제인이 지그시 눈을 감았다.

'그냥, 불안해서.'

이상하다고 생각했다. 캐지 않은 비밀을 자진하여 드러내고 묻지 않은 죄까지 스스로 시인할 때부터. 그때 몹시 불안했지만 그녀는 끝까지 모른 척 요행만을 빌었다. 가지 마. 나랑 있어. 제 몸을 끌어안은 남자의 고백조차 외로운 독백으로 만들어 버렸다.

'네가 하지 말라면 그만할게.'

그때 그가 정말로 하고 싶던 말은 이게 아니었을까.

그러니 너도 그만해.

땡.

경쾌한 종소리를 신호로 엘리베이터 문이 열렸다. 제인은 정면을 향해 똑바로 고개를 들었다. 그리고 정문까지 이어지는 붉은 카펫 위를 나무랄 데 없는 자세로 걸었다. 연석에 바짝 댄 롤스로이스. 재빨리 그쪽으로 앞서간 도어맨이 뒷좌석 왼쪽 문을 열어 주었다.

열린 차 문 앞에서 제인은 아무도 몰래 깊은 숨을 들이쉰다. 그리고 차 안에 올라탔을 때, 문이 닫히고 옆 좌석에 앉은 남자가 고개를 돌렸을 때, 그녀는 긴장을 풀듯 천천히 조금씩 코로 숨을 뱉어 냈다. 리오와 얼굴을 마주하자 또다시 심장이 무겁게 뛰었다.

"오늘은 어땠어요(How was your day)?"

말과 동시에 자동차가 전진했다. 운전대를 잡은 베런을 제인은 의식하지 않으려 애썼다.

"괜찮았어(Good)."

입치레 같은 인사말에 의례적인 대답이 돌아왔다. 여자의 기분을 파악하려는 듯 얼굴을 살피는 시선. 그 시선을 흔쾌히 받아 내며 제인이 작게 고개를 끄덕였다.

"잘됐네요(Good)."

"저녁 먹고 들어갈까."

"집에서 배달시켜 먹어요."

할 일도 많은데. 그녀는 최대한 자연스럽게 덧붙였다. 평소처럼, 아무 일도 없었던 것처럼, 오히려 실제보다 조금 더 친근하게. 제법 감쪽같은 얼굴을 응시하며 리오가 흔쾌히 고개를 끄덕였다.

"그래."

똑같이 말수 없는 남녀의 대화는 그것으로 끝이었다. 차내에 침묵이 시작되자 베런이 눈치껏 라디오를 틀었다. 적당한 볼륨으로 흘러나오는 음악은 잔잔한 팝송. 덕분에 제인은 아주 조금 긴장을 이완한 채 차창 밖의 풍경을 바라볼 수 있었다.

자동차는 동남쪽을 향해 나아갔다. 브루클린 브릿지로 접근하는 차량 행렬은 러시아워답게 길고도 빽빽했다. 베런의 운전 스타일은—적어도 이 차를 몰 때만큼은—대단히 침착하다. 덩치가 큰 세단을 참을성 있고도 부드럽게 몰다가 다리에 진입한 후에야 비로소 속도를 내기 시작했다. 어둠에 완전히 잠긴 강물은 하늘과 구분되지 않았다. 제인은 이스트 리버 수면을 유심히 보았으나 물결의 흔적은 좀처럼 찾아지지 않았다.

브루클린으로 넘어온 롤스로이스는 리오의 집까지 정체 없이 달렸다. 불이 켜진 타운하우스 앞에 정차한 직후 베런이 즉각 차에서 내렸고, 보닛을 돌아 뒷좌석의 차 문을 여는 신속한 몸놀림을 제인은 보지 않으려 고개를 외로 꼬았다. 먼저 내리는 리오의 뒤를 따라 밖으로 내려설 때까지도 그녀는 마치 운전사가 존재하지 않는 것처럼 굴었다.

주택가는 여느 때처럼 어둡고 조용했다. 두 사람은 나란히 보도를 지나 타운하우스 현관을 향해 계단을 올랐다. 리오가 잠긴 문을 여는 동안 제인은 한 발짝 뒤에 서서 불이 켜진 창문을 바라보았다. 커튼으로 꼼꼼히 가려졌으나 전등의 불빛이 뚜렷한 창문.

퇴근길을 함께하게 된 이후 알게 된 그의 습관 중 하나는 이것이다. 사람이 없을 때도 이 집은 항시 내부가 밝았다. 특정 시간이 되면 자동적으로 불이 켜지는 건지 아침에 나갈 때 켜 두는 건지, 혹은 하루 종일 전등을 끄지 않는 건지. 24시간 불을 밝힌 집이라니. 마치 어둠을 두려워하는 어린애 같은 습관이라, 설마 잘 때도 불을 끄지 않는 걸까 제인은 조금 궁금해졌다.

두 사람이 집 안으로 들어가고 난 뒤 베런은 운전석으로 돌아왔다. 차 문을 탁 닫은 다음 웅얼대는 라디오를 꺼 버렸다. 쥐 죽은 듯 고요해진 차 안에서 그는 상체를 좌석 깊숙이 묻은 채 사이드미러를 살폈다.

　거울 속에 비친 골목 풍경은 예사로웠다. 별것 없어 보이는 장면을 눈으로 뒤지다 팔을 뻗어 룸미러의 각도를 살짝 왼쪽으로 튼다. 일자로 다물린 입술에 아주 짧게 힘이 들어갔다.

　미행을 눈치챈 것은 제인의 아파트 앞 골목을 벗어나 브로드웨이로 진입한 직후였다. 단순히 방향이 같은 차가 아니라는 건 시청을 지나면서 확신했다. 따돌리기로 마음먹고 머릿속에 루트까지 완성했으나 운전대를 잡은 사람의 얼굴을 확인하자 생각이 바뀌었다. 웃음기 없이 긴장한 얼굴. 스치듯 비친 반대쪽 자동차의 헤드라이트 덕으로 베런은 그 얼굴을 아주 정확하게 포착했다.

　여자를 쉽게 믿는 타입은 아닌 모양이지. 계집애처럼 곱살한 인물에 걸맞도록 꽤나 용렬하고도 소심한 처신이다. 저런 타입은 몰래 숨어 씩씩댈지언정 대놓고 사고 칠 배짱은 못 된다고 베런은 판단했다. 그래서 뒤를 밟는 남자가 끝까지 잘 따라올 수 있도록, 그는 미행자를 성심껏 배려하며 침착하게 차를 몰았다.

　"재밌네."

　불이 켜진 타운하우스 쪽으로 눈을 돌렸다. 제인이 나오려면 앞으로 두 시간은 있어야 한다. 어둠 속에 숨어 초조하게 기다릴 남자는 그동안 무슨 생각들을 하려나. 기막힌 웃음이 코끝으로 샜다. 어쩌면, 걱정했던 것보다 일이 쉽게 풀릴지도 모르겠다고 베런은 생각했다.

　서재에서는 경쾌한 키보드 타자 소리와 간간이 빳빳한 종이 넘기는 소리만 들렸다. 제인은 또 한 장 분량의 숫자를 모니터 위에 옮긴 다음 손목시계를 들여다봤다. 밤 9시. 이제 30분 남았다.

저녁은 멀지 않은 식당에서 중국 음식을 배달시켜 먹었다. 미국인 입맛에 맞도록 간을 달리한 칠리소스 새우와 브로콜리 볶음은 정통 중국요리는 아니었으나 먹을 만했다. 새벽의 예배당처럼 고요한 다이닝 룸. 그곳에서 남자와 마주 앉아 음식을 삼키며 제인은 평소보다 조금 더 말이 많았다. 이 집에서 저녁 식사를 하면서부터 매번 식탁에 올릴 화젯거리를 찾는 것이 그녀에겐 고역이었는데, 오늘은 브루클린에 짓고 있는 호텔 공사가 얼마만큼 진척되었는지를 주된 메뉴로 골랐다.

리오는 평소와 크게 달라 보이지 않았다. 토지측량이니 조닝 규정이니 생소한 어휘들을 차근차근 설명해 줄 때는 고개를 끄덕이는 여자를 보며 웃기도 했다. 흐리지만 명확한 남자의 미소에서 제인은 분명한 온기를 보았고 그로 인해 마음을 놓았다. 베런이 알고 있는 것들을 적어도 이 남자는 아직 모르는 것이 확실했다.

그렇다면 이제 어떻게 해야 하나.

온종일 지겹도록 자문했으나 답은 이미 알고 있다. 아니, 처음부터 알고 있었다고 해야 정확할 것이다. 이 모든 것을 시작했을 때부터, 제 발밑에 그어진 출발선을 맴돌며 번민하던 시절부터 그녀는 이 짧은 트랙의 끝에 무엇이 기다릴지 알고 있었다.

'당신이 무슨 짓을 해도 그는 당신을 죽이지 못해. 알고 이러는 거 아니었나?'

솔직히 말하자면 제인은 모른다. 각오했던 최악의 경우가 바로 그거였으니까. 이 모든 기만과 농락과 배신을 목도하고도 과연 리오나르도가 제 목뼈를 부러뜨리지 않을지 그녀는 대단히 의심스러웠다.

'나는 네가 원하는 모든 걸 해 줬으니 너도 약속을 지켜야겠지.'

나라면 총으로 쏘아 죽이기도 아까울 텐데. 어떻게든 엇비슷한 대가를 받아 내려 고통을 가할 방법을 궁리할 텐데. 그는 정말로 내가 아닌 베런에게 책임을 물을까. 숫자로 빼곡한 모니터를 멍하니 바라보며 제인은 토막 난 상념들을 이으려 애썼다.

"디카페인이야."

지척에서 들린 목소리에 고개를 돌렸다. 김이 오르는 두 개의 머그잔을 든 리오가 곁에 서 있다. 같은 디자인의 잔에는 똑같은 티백의 레이블이 바깥으로 길게 매달려 있었다. 여자를 내려다보며 그가 키보드 옆에 머그잔 하나를 내려놓았다. 따뜻한 수증기에 향긋한 허브와 말린 꽃 내음.

"고마워요."

양손을 뻗어 머그잔의 몸뚱이를 감싸 쥐었다. 차갑게 식은 손바닥에 따스한 온기가 닿는다. 차를 한 모금 마실 동안에도 리오는 그 자리에 계속 서 있었다. 아무 말 없이 저를 내려다보는 시선이 부담스러워, 그녀는 모호한 분위기를 환기시키듯 목소리 톤을 약간 높였다.

"나 궁금한 게 있는데."

"물어봐."

"여기 이 별도 계좌는 뭐예요? 계속 입금 기록만 있고 출납 내용이 없는데."

제인의 손가락이 모니터 위로 '별도 계좌' 항목을 짚었다. 계좌에 입금된 액수는 상당해서 수만 달러의 자금이 거의 매달 꾸준히 들어가고 있었다. 4년 분량의 장부 중 아직 절반도 채 끝내지 못했는데도 합계가 이미 수백만 달러 수준. 모든 돈의 흐름을 달러 이하까지 지독하리만치 꼼꼼히 밝혀 놓은 안젤로가 수백만 달러에 달하는 별도 계좌만큼은 눈먼 장님처럼 내버려 둔 것이 이상했다.

기실, 사용 내역이 빠진 돈이 있든 말든 전임자가 하던 대로 따라 하면 될 일이다. 그럼에도 굳이 짚어 물어본 까닭은, 첫째는 리오의 주의를 제게서 돌리고 싶었기 때문이고, 어쩌면 그의 반응이 궁금했기 때문일 것이다.

질문이 흥미롭다는 듯 모니터를 들여다보던 남자는 생각 외로 흔쾌히 답을 내놓았다.

"비자금."

"비자금?"

"정확히는 일종의, 로비용 자금이지."

"로비라면…… 의회 말인가요?"

다시 돌아온 질문에 리오는 대답하지 않았다. 대신 머그잔을 입술로 가져간다. 느긋하게 차를 한 모금 삼키는 모습. 위아래로 꿈틀대는 목울대에 여자의 시선이 잠깐 멎었다.

"미국에서 사업하려면 로비 없이 힘들어."

우리 같은 사업은 특히나. 덧붙이는 말을 제인은 가만히 듣고만 있다.

"별도 계좌는 내가 관리하고 있으니 신경 안 써도 돼."

"그럼 전체 계산이 안 맞는데."

"지금처럼 입금된 액수만 따로 표시해 둬. 계좌 출납 내역은 내가 갖고 있으니까."

너에게 허락된 정보는 아니라는 소리를 그는 부드러운 어조로 거푸 일러 주었다. 제인은 태연한 척 머그잔을 쥔 채 고개를 끄덕였다. 알겠어요. 순순히 대답할밖에 다른 도리는 없다.

리오는 이만 소파로 돌아가 읽던 책을 다시 집어 들었다. 여자가 컴퓨터 앞에 앉아 있을 동안 그는 소파나 암체어에 앉아 무언가를 한다. 회사에서 가져온 서류를 살필 때도 있고 저렇게 책을 읽을 때도 있었다. 그가 어떤 책을 읽는지는 궁금하지 않았으므로 제인은 타이틀을 묻지도 겉표지를 훔쳐보려 한 적도 없다. 이왕이면 그가 저 혼자 내버려 두길 바랐지만 턱없는 소망임을 또한 알고 있었는지도 모르겠다. 이따금씩 제 쪽을 바라보는 시선이 느껴질 때에도 그녀는 모니터에 붙박은 시선을 떼지 않았다.

시간은 병든 노견처럼 느릿느릿 나아갔다. 제인은 나름대로 정해 둔 하루 분량을 끝내고 손목시계를 봤다. 모니터 오른쪽 하단에 떡하니 시간이 표시되는데도 몸에 밴 습관은 별수 없다. 9시 30분. 오늘의 분량을 정확히 끝낸 회계사가 컴퓨터를 종료했다. 장부는 책갈피를 꽂아 표시한 다음 얌전히 덮어 키보드 곁에 두었다. 기계 돌아가는 소리가 완전히 사라진 뒤 자리에서 일어섰다.

"가 볼게요."

암체어에 앉은 리오가 책을 덮으며 일어섰다. 제인. 부르는 소리에 고개를 돌렸다. 앞으로 다가온 남자가 왼쪽 손을 내민다. 커다란 손바닥 위에 앉은 검은색 벨벳 케이스. 제인은 입술 새로 얕은 숨을 내쉬며 천천히 그의 얼굴을 올려 보았다.

'당신을 증오해.'

바늘 끝에 찔린 것처럼 가슴 한구석이 따끔거렸다.

"열어 봐."

갑자기 웬 거냐고 묻지 않았다. 그가 수시로 건네는 비슷한 선물들을 그녀는 이미 수없이 받아 보았고 이제 와 받지 않을 이유도, 새삼스레 사양할 핑계도 없었으므로 이번에도 제 것처럼 케이스를 집어 뚜껑을 열었다. 예상했던 대로 케이스 안에는 귀걸이 한 쌍이 들어 있다. 다이아몬드가 분명할, 처음 보는 디자인의 보석은 아름다웠다.

수년간 그토록 많은 장신구를 선물하면서도 그는 실수로라도 똑같은 것을 내민 적이 없다. 그 꼼꼼한 눈썰미도 비서의 솜씨일까. 제인은 남자로부터 다이아몬드를 선물 받은 여자가 하지 않을 법한 생각을 하며 찬연히 빛나는 보석을 응시했다.

무어라 할 말이 없어 입술을 떼지 않았다. 물끄러미 쳐다만 보고 있는데 시야에 남자의 손이 들어왔다. 그 커다란 손이 앙증맞은 귀걸이 한 짝을 집어 클러치를 분리하는 모습은 아슬아슬해 보이기까지 했다. 그리고 그 손이 제 오른쪽 귓불로 다가왔을 때 제인은 저도 모르게 숨을 멈췄다.

리오의 손이 귓불을 더듬었다. 빈 구멍의 위치를 확인하듯 매만지는 손길은 조심스럽다. 이어 플래티넘으로 빚은 뾰족한 침이 좁은 틈을 비집었다. 서툴렀으나 정성스런 그 손길을 피하지 않으려 애를 쓰면서 제인은 코앞까지 다가온 남자의 너른 가슴팍에 시선을 고정시켰다. 들숨 가득 쏟아져 들어오는 상대의 체향. 한쪽 귀걸이를 성공적으로 꽂아 넣은 남자의 손이 이번에는 왼쪽 귓불을 매만진다. 여자는 저도 모르게 어깨를 움찔거렸다.

요령을 익혔는지 두 번째는 처음보다 순조로웠다. 그러나 왼쪽 클러치까지 채우고 난 뒤에도 리오는 귓불에서 손을 떼지 않았다.

그의 손가락이 귀 뒤쪽의 살갗을 스쳤다. 커다란 손바닥은 이미 그녀의 뺨에 닿아 있다. 뜻하지 않은 접촉이 길어지자 입술이 바짝 말랐다. 긴장한 심장의 요동이 서서히 온몸으로 퍼져 나간다. 그녀는 떨지 않기 위해 온 힘을 동원하며 천천히 그를 올려다보았다. 시선이 마주치자 리오가 기다렸다는 듯 입술을 뗐다.

"잘 어울려."

전에 없던 일이다. 선물한 귀걸이를 직접 달아 준 것, 민감한 얼굴 부위에 손을 댄 것, 이토록 불필요한 접촉을 이어 가는 것까지 전부다. 처음 당하는 상황에서 제인은 그만 생각이 멎어 버렸고, 그 틈을 용케 비집듯 남자가 천천히 고개를 숙여 왔다.

귓불에 닿았던 손이 오른쪽 얼굴을 감쌌다. 무엇을 하려는지 모를 리 없었으나 그녀는 허둥대며 행동을 정하지 못했다. '피해야 한다'

와 '피할 수 없다' 사이에서 갈팡질팡하다 그의 입술이 코끝에 닿기 직전에야 왼쪽으로 고개를 돌렸다. 목표물을 잃고 허공에 정지한 남자가 아주 잠깐 거절을 곱씹는다. 제인은 감히 눈을 들어 그를 보지 못했다.

"……고마워요."

대답 없이 선 남자를 향해 뒤늦은 인사를 중얼댄 다음,

"내일 봐요."

도망치듯 그를 스쳐 서재를 빠져나왔다.

계단을 타고 1층으로 내려와 신발을 갈아 신을 때까지 홀로 남은 남자는 내다보지 않았다. 제인은 손에 익은 잠금장치를 풀고 집 밖으로 나와 두 개의 현관문을 닫았다. 그녀가 나타나자 대기하던 롤스로이스가 번쩍, 눈을 뜨듯 헤드라이트를 켰다.

빠른 걸음으로 뒷좌석에 올라타 차 문을 닫았다. 여전히 입을 벌린 채 열려 있는 벨벳 상자. 후우. 긴 숨을 소리 죽여 내쉬며 뻑뻑한 케이스를 탁 닫았다.

베런은 맨해튼을 향해 차를 몰며 아무 말도 하지 않았다. 좌석에 기대 고개를 젖히고 앉은 여자를 룸미러로 힐끗 확인했을 뿐. 내도록 침묵하던 여자가 감은 눈을 뜬 것은 브루클린 브릿지를 통과해 막 차이나타운에 진입한 무렵이었다.

"정리할게."

바뀌는 신호를 따라 여유 있게 차를 세웠다. 보행자 신호가 켜졌으나 건너는 사람은 없다. 헤드라이트 아래 하얗게 드러난 횡단보도 표시선이 마치 해골의 갈비뼈 같았다.

"언제쯤."

"……최대한 빨리."

"이번 달 내로 하죠."

2월은 이제 열흘도 채 남지 않았다. 무정하기 그지없는 시한에 울컥 반발이 올라왔으나 제인은 그러겠노라 얌전히 대답할 수밖에 없었다. 대신,

"그 사람은 건드리지 마."

다짐받는 말 끝이 살짝 떨려 나오는 것까지 막을 수는 없다.

"그건 걱정 않으셔도 됩니다."

횡단보도는 여전히 아무도 지나지 않았으나 베런은 흔들림 없이 정지신호에 복종했다. 변함없는 신호등을 바라보던 그가 룸미러로 시선을 옮겼다. 거울을 통해 뒷좌석의 여자와 눈이 마주치고, 불안한 기색이 역력한 그 얼굴을 담담하게 훑으며, 남자는 안심시키듯 짧게 덧붙였다.

"저도 일 키울 생각 없습니다."

드디어 신호가 녹색으로 바뀌었다. 기다렸다는 듯 즉각 기어를 바꾸고 가속페달을 밟았다. 밤 10시를 향하며 한산해진 맨해튼의 도로를 롤스로이스는 부드럽고도 거침없이 스쳐 지나갔다.

4

참극의 경계

제인은 코트까지 입은 채로 화장대 앞에 앉았다. 거울 속에 비친 여자의 얼굴을 망연하게 바라보다 귀걸이를 **뺐**냈다. 서랍을 열고 비어 있는 칸에 새로운 귀걸이 한 쌍을 떨어뜨린다. 장신구 수납용으로 칸막이를 짜 넣은 서랍은 이제 빈 곳이 거의 없어 새로운 공간이 필요할 지경이었다. 한눈에 다 들어오지도 않는 화려한 컬렉션을 무감동한 눈으로 훑었다.

수십 쌍의 보석들. 선명한 색채를 띠는 것도 군데군데 섞여 있으나 대부분 새하얀 다이아몬드다. 그 남자는 다이아몬드를 좋아하나. 아니면 내가 좋아한다고 생각하는 건가. 아마도 후자이리라 맥없이 판단하며 서랍을 밀어 닫았다. 그렇다면 리오는 이번에도 옳다. 순전히 하얗다는 이유로 그녀는 다이아몬드를 좋아했다.

'정리할게.'

거울 속의 여자는 감히 침울한 표정조차 짓지 못한다. 결자해지.

고교 시절 배운 성어를 동원해 제인은 스스로를 위로했다. 비련의 여주인공에 이입해 청승 떠는 것조차 내게는 염치없는 사치라고. 그러면서도 이 서랍 안에 든 보석들을 팔면 얼마나 될까, 끝내 발칙한 희망을 완전히 버리지 못했다.

결국에는 아무것도 해내지 못할 줄 알면서.

날개 돋쳐 훨훨 날아가는 공상은 처음이 아니다. 제인은 지금껏 수도 없이 탈주를 상상했으나 번번이 붙잡혀 끌려오는 장면으로 막을 내렸다. 실패와 성공의 확률을 가늠하자면 따져 볼 것도 없이 전자가 월등했으며 그것은 객관적으로도 꽤나 근거가 있는 계산이었다.

제인은 안젤로의 최후를 떠올린다. 탈출과 배신을 시도한 자가 끝내 안착한 곳을 상기한다. 차가운 십자가와 번쩍이는 관. 천국으로의 인도를 간구하던 사제의 기도. 남편을 죽인 자를 향해 뻗어 오던 미망인의 비굴한 손길까지도.

'혹시라도 기대한다면 그만두는 게 좋을 거다.'

그래서 그녀는 기대하지 않았다. 상상이 현실로 되는 기적 따위는 없을 것이다. 그러니 부질없는 희망은 애당초 품지 않는 편이 유익하다. 제 발목을 자르지 않는 한 놓여날 수 없다는 것을 알며, 자진하여 발목을 쳐 낼 용기도 그녀에겐 없다. 한심하게도 제인은 두려웠다. 아직까지도. 모든 것이.

띠띠띠.

휴대전화가 울린 것은 그때였다. 잠긴 목소리를 가다듬고 폴더를 열었다. 발신인이 누구인지는 알고 있었으므로 최대한 태연하기로 마음먹었다.

"여보세요."

— 나야.

"응."

— 잠깐 나와.

그러나 태연하려던 각오는 불과 10초도 채 버티지 못한다. 당황하여 침묵하는 여자에게 수화기 너머의 남자가 말을 이었다.

— 너희 집 앞이야. 카페 있는 코너.

지금 나와. 몹시도 일방적인 제안을 끝으로, 상대방의 대답도 듣지 않은 채 그는 공중전화 수화기를 내려놓았다. 촤라락. 동전 떨어지는 경쾌한 소리가 가시처럼 귓가를 긁었다.

밤 10시를 넘은 시각. 2월 말의 밤은 추웠다.

요한은 전화 부스에서 나와 보도 곁에 세워 둔 낡은 혼다에 기대섰다. 허연 입김을 길게 뿜으며 주변을 훑어보았다. 주위를 둘러싼 우람한 건물들. 보라색 대학 깃발을 늘어뜨린 건물 틈에서 그는 마치 소인이 된 듯한 기분이 들었다. 거인들의 화려한 도시에 궁상스럽게 끼인 난쟁이.

상상했던 것보다 충격이 크지 않았던 까닭은, 무엇을 보게 될지 이미 알고 있던 때문일 거라고 그는 생각했다.

롤스로이스는 정확히 7시에 제인의 아파트 정문 앞에 섰다. 그 차가 정차한 직후 기다렸던 것처럼 여자가 나왔을 때, 병정 같은 유니폼을 차려입은 도어맨이 당연한 듯 왼쪽 차 문을 열어 주었을 때, 그때 이미 요한은 호세의 그 말도 안 되는 경고를 더 이상 부정할 수 없음을 알았다.

그리고 그 차를 뒤따라가는 내도록 머릿속에는 그녀의 옆자리에 앉은 남자를 봐야겠단 생각뿐이었다. 아니, 자동차까지 빌려 가며 미행 따위를 결심한 순간부터 요한이 보길 원했던 것은 처음부터 그 남자.

비첼리오.

대를 이어 범죄 조직을 경영하는 삼십 대 남자는 그가 예상했던,

신문이나 텔레비전에서 본 이탈리아계 마피아의 종합판이 전혀 아니었다. 무시무시한 갱스터 두목이라는 남자는 차라리 갱스터 영화에 캐스팅된 배우 같았다. 완벽한 핏의 수트와 모직 코트, 서류 가방이 거부감 들도록 준수한 사업가 같기도 했다. 빛 아래 여러 개의 세계가 존재하듯 그림자 안의 세상에도 엄연히 차원은 구분된다. 애석하게도, 비첼리오는 요한 리와 완전히 다른 차원에 속한 사람이었다.

그 남자의 집은 맨해튼의 야경을 독차지한 브루클린 하이츠에 있었다. 고풍스런 타운하우스들이 모인 부촌에서도 그 집은 유달리 크고 그림 같았으며 기사 딸린 롤스로이스와도 기가 막히게 잘 어울렸다. 무엇보다 그 집으로 나란히 들어가는 남녀. 비첼리오와 제인이 나란히 선 광경은 상상했던 바와 너무나 동떨어져 오히려 비현실 같았다.

인정하지 않을 수 없도록 근사한 남자.

두 사람이 타운하우스 안으로 사라지고 난 뒤 요한은 멀찍이 닫힌 문을 한참 동안 바라보았다. 뜨겁고 단단한 덩어리가 숨이 턱 막히도록 가슴을 치받았다. 지독한 질투심인지 참혹한 열패감인지 분간할 수 없었다.

"무슨 일이야."

귀에 익은 목소리에 고개를 돌렸다. 코트 차림의 여자가 눈앞에 막대기처럼 서 있다. 거리끼는 기색이 역력한, 뻣뻣한 자세가 요한의 신경을 몹시 거슬렀다. 아까 본 것과 똑같은 옷차림. 근사한 남자와 나란히 걷던 뒷모습이 떠올라 그는 보일 듯 말 듯 눈살을 찌푸렸다.

"타."

밑도 끝도 없이. 제인이 낯선 자동차와 그 차 조수석 문을 잡고 선 요한을 번갈아 본다.

"……뭐야, 갑자기."

"타라고."

허둥대며 주변을 살피는 여자의 팔목을 붙잡았다. 조수석에 밀어 넣다시피 태운 다음 문을 닫았다. 보닛을 돌아 운전석 쪽으로 가는 동안에도 요한은 주변을 빠르게 눈으로 훑었다. 롤스로이스는 제인을 내려놓자마자 다운타운 방향으로 사라졌고 수상한 사람이나 차량도 없는 걸 확인했지만 그는 긴장을 놓을 수 없다.

운전석에 앉은 남자가 시동을 넣자 제인이 안전벨트를 끌어 버클을 채웠다. 혼다가 안정적으로 브로드웨이를 향해 주행했으나 운전대를 잡은 요한은 여전히 이질적이었다. 차가 없으니 당연히 운전도 할 줄 모를 거라 생각했던 모양. 자동차가 한산한 도로로 매끄럽게 진입하는 것을 확인한 후에야 비로소 그녀는 조금 긴장을 놓았다.

"요한."

정지신호를 받은 틈을 타 조심스레 불러 보았다. 여전히 전방을 향해 시선을 고정한 남자가 어, 성의 없이 대답한다. 석고상처럼 굳은 옆얼굴. 표정이 바짝 말라 버린 그 얼굴을 가뭇없이 바라보다 다시 물었다.

"무슨 일, 있어?"

"없어."

빈 도로를 확인한 요한이 기어를 바꾸며 가속페달을 밟았다. 빨갛게 불이 들어온 정지신호 아래로 혼다는 보란 듯이 노면을 누볐다. 당당하기 그지없는 신호위반. 밤늦은 시각 이런 곳에 교통경찰이 있을 리 만무한데도 제인은 저도 모르게 주위를 살폈다.

"어디 가는 건데."

"집에."

이해할 수 없었으나 일단은 입을 다물었다. 입을 다문 채 정면만 바라보았다. 나란히 앉아 같은 방향을 응시하는 남녀의 얼굴은 비슷한 모양으로 굳어 있다. 도로변에 차를 세우고 내릴 때도, 몇 발짝 떨어져 나란히 걸을 때에도, 지면 아래 반지하층에 함께 들어설 때까지도 두 사람 사이에는 아무런 말도 오가지 않았다.

그리고 세제 냄새가 밴 지하층 유일한 유닛 앞에 섰을 때, 잠긴 철문을 여는 남자의 등을 바라보며 제인은 결심했다.

홀린 듯 달려온 두 달간의 질주. 정해진 결말을 향한 이 미친 달음질을 여기서 끝내기로.

요한은 캄캄한 집 안으로 앞장서 들어갔다. 운동화를 벗으며 손에 익은 위치에 팔을 뻗어 스위치를 올렸다. 형광등이 켜지고 남루한 실내 풍경이 빈약하게 드러났다.

좁아터진 거실 벽에 칠한 흰색 페인트가 오늘따라 울퉁불퉁 고르지 못했다. 군데군데 칠이 벗겨진 주방 캐비닛. 모서리가 반쯤 부서진 낡은 나무 식탁.

그는 저도 모르게 한쪽 손을 말아 쥐었다.

"너,"

제인은 현관에 서 있었다. 낯익은 앵클부츠를 신은 채 닫힌 철문을 등지고 섰다. 너. 그 한 토막의 낱말만 뱉어 놓고 남자는 그만 말문이 막혔다. 곧 나갈 사람처럼 문가에 선 여자가 말없이 그를 마주본다. 일자로 다문 입술. 요한은 벌써부터 제대로 숨을 쉴 수 없다.

"그만하자."

쿵. 귓가에 바윗덩이가 주저앉았다.

"무슨 말이야."

"그만하자고. 우리 만나는 거."

"……왜."

왜 그만해야 되는데. 재차 되묻는 남자의 질문에 제인은 대답하지 못했다. 왜. 우리는 왜 여기서 그만해야 하나. 네가 몹시 위험해질 수 있다. 내가 무척 괴로워질 수도 있고. 혹은 지금 이 자리에 없는 어느 남자의 머리에 총알이 박히게 될 수도 있다. 대단히 명료한 이유들. 그러나 그것들을 내놓기 위해서는 너무나 긴 설명이 필요했고, 그래서 제인은 조금 다른 평계를 꺼내기로 했다.

"사람을 죽였어."

이 모든 것의 기원. 나의 불행을 낳은 원죄. 우리가 이제 그만둬야 하는 모든 이유들의 뿌리.

"내가 사람을, 죽였다고."

대답 없는 남자를 향해 다시 한번 말해 주었다. 그리고 부디 그가 여기서 자신을 내쳐 주기를 바랐다. 더는 어떠한 질문도 하지 말아 주기를. 그의 앞에 제 맨얼굴을 통째 드러내는 일은 없기를. 그리고 그녀의 바람대로 요한은 왜 그랬냐고 묻지 않았다. 대신,

"난 약 팔았잖아."

"……그거랑 같아?"

"뭐가 다른데."

"……"

"마약 밀매가 세금 안 내고 물건 팔아서 중죄인 것 같아? 간접 살인이라 그런 거잖아. 뭐라더라. 아. 미필적 고의."

나한테 약 사 간 사람 중에 뒤진 놈도 있겠지. 알 게 뭐야. 그는 있는 힘껏 위악을 부렸다.

"그거 알아? 나 사람 죽인다는 거 알면서도 돈 벌려고 했어. 그 사람들이야 폐인이 되건 송장이 되건 본인들이 알아서 하겠지, 주식 중개인에 대학생에 나보다 잘난 사람들이니까 알아서 하겠지, 나랑은 상관없다고 합리화하면서 계속했어. 변변한 기술도 없고 학벌도 없고, 잘하는 건 없는데 돈은 쉽게 벌고 싶어서. 그러니까 사람 죽인 거

421

말고 다른 이유 생각해 봐. 나는 그거보다 더한 놈이니까."

요한은 자신의 입에서 나오는 말의 출처를 알 수 없다. 암전된 머릿속에서 미처 걸러지지도 않은 낱말들이 마구 튀어나왔다. 내뱉으면서도 스스로 놀라운 말들. 그러나 정제되지 않아 진심일 수밖에 없는 말들. 그 말들이 목젖 아래 맹렬히 들끓어 도저히 가눌 길이 없었다.

"나는 있잖아, 지금껏 부끄럽다고 생각해 본 적이 한 번도 없거든?"

호흡은 이미 제 박자를 잃었다. 진정하기 위해 큰 숨을 들이마셨으나 별 소용은 없다. 머릿속이 팔랑개비처럼 마구 흔들렸다.

"근데 지금은 부끄러워. 왜 그런지 모르겠는데 너무 창피하고 부끄러워. 나는 왜 이거밖에 안 되는 놈인가, 왜 이렇게밖에 못 하고 있나, 그게 너무 쪽팔려서 그냥 어디로 숨고 싶어."

양쪽 귀가 뜨거워졌다. 벌거벗고 큰길 한복판에 선 기분인데 까닭을 모르겠다. 내가 지금 왜 이런 말을 하고 있는지조차 그는 이해할 수 없었다. 마치 가슴과 입 사이에 커다란 통로가 뚫려서, 속에 있는 느낌들이 곧장 밖으로 쏟아져 나오는 것 같았다. 잔뜩 불어난 급류처럼 콸콸 들이쳐 막아지지도 않았다.

"나 궁금한 거 많아. 네가 나한테 거짓말한 것도 알아. 묻고 싶은 게 빌어먹게 많아서 미치겠어. 근데 안 물어볼 거야. 네가 말해 줄 때까지. 네가, 다 말해 줄 준비 될 때까지."

덜컥 눈물이 날 것 같아 입을 다물었다. 심장이 터질 듯 날뛰고 온몸의 혈관이 폭발하는 것 같다. 이토록 격렬한 감정을 요한은 무어라 명명해야 좋을지 몰랐다. 아니다. 뭐라고 불러야 하는지 실은 이미 알고 있다. 다만 그 단어가 너무나도 무거워서,

"아무것도 안 물어볼게. 그러니까,"

돌덩이처럼 자꾸만 목 아래로 가라앉았다.

"가지 마."

묵직해진 발을 떼어 한 걸음 다가갔다. 여전히 문 앞에 선 여자가
그를 바라본다. 다시 한 걸음. 그녀는 마주하던 시선을 바닥에 떨어
뜨렸고, 고작 눈길 하나 놓친 요한은 엄마 손을 놓친 애처럼 절망했
다. 정말로 가 버리면 어쩌지. 두려움이 소나기처럼 세차게 쏟아진
다.

"오늘만."

오늘만이라도. 다급하게 손을 뻗어 팔을 붙잡았다.

"나랑 있어. 오늘 밤만이라도."

제인은 고개를 숙인 채 발끝만 쳐다보았다. 가슴이 미친 듯이 뛰
고 머릿속이 하얗다. 제 왼쪽 팔을 꽉 붙든 남자의 손. 애처롭도록 간
절한 악력. 순간 왈칵 울음이 솟구쳐 두 눈을 감았다.

"제인."

너는 왜.

"가지 마."

대체 왜.

"……제발."

다 알면서도, 왜.

제인은 말하지도 움직이지도 않았다. 울지도 웃지도 않았다. 사물
처럼 존재하는 여자를 요한이 조심스레 끌어안았다. 품에 익은 자그
마한 몸. 그 어깨 위로 떨리는 숨결이 흩어졌다. 그녀는 반응하지 않
았으나 반항도 않았으며 그것만으로 그의 두려움은 서서히 조금씩
물러갔다.

소나기가 그치고 집 안은 다시 고요해졌다. 품속에 안긴 여자는
여전히 말이 없다. 요한은 여전히 그녀를 꼭 끌어안은 채 매달리듯

깊숙이 얼굴을 묻었다.

❖

　도저히 잠들 수 없는 밤이었다.

　새벽 3시. 시간을 확인하고 곁에 누운 여자를 돌아보았다. 제인은 정사 직후 항상 그렇듯 죽은 듯이 잠에 빠져들었다. 길지 않던 행위 내내 그녀는 무척 소극적이었다. 그게 서글퍼서 요한은 몇 번이나 애원처럼 속삭였다. 안아 줘. 키스해 줘. 제인, 나 안아 줘.

　여자의 몸은 그가 아는 대로 똑같이 하얗고 따스하고 부드러웠다. 그 깨끗한 몸에 수도 없이 자국을 남기고 싶었으나 참았다. 몸에 새겨진 남자의 흔적이 혹시라도 이 애를 위험하게 만들까 봐. 그딴 생각까지 하고 있는 상황이 끔찍해서 욕설이 치밀었다. 그때 요한은 몇 번씩이나, 검붉은 베일이 펄럭이며 날아와 눈앞을 가리우는 환상을 보았다.

　'사람을 죽였어.'

　당연히 놀랐다. 믿기 어려운 그 말이 진실이라는 가정하에 또한 당연히 궁금했다. 언제, 누구를, 왜. 그것이 사실이라면 비첼리오라는 남자와도 분명 연관이 있을 것이다. 그러나 그에 대해서도 이 여자에 대해서도 아는 게 없는 요한으로선 아무것도 추측할 수 없었다.

　그러고 보니 아는 것이 없다. 이 여자에 대해. 이 침대에 누워 그토록 많은 이야기를 나누었건만 이제 와 돌이켜 보니 정작 중요한 것들을 듣지 못했다.

　제인 헤닝이 어떤 삶을 살고 있는지.

　그녀가 해 준 이야기는 대부분 김재희에 대한 것들이었다. 몸이 약해서 한 해 늦게 입학한 사정, 어린 시절 좋아하던 음식, 중학생 때 좋아했던 가수와 영화배우. 상호 간 연결할 필요가 없는, 주로 조각조각 나누어진 과거의 단편들. 그러니까 요한은 그 긴 시간 이 여자와 마주 누워서, 이미 시간의 저편으로 사라진 소녀의 이야기만 내도록 들었던 것이다. 상대의 과거를 꿰는 것이 현재를 이해하는 지름길이라 착각하면서.

'아 답답한 새끼, 완전히 속아 넘어갔네.'

호세의 말이 옳다. 그는 완전히 속아 넘어갔다. 호화로운 펜트하우스와 번쩍이는 롤스로이스, 고급 수트 차림의 대리인에게 홀려 버린 제 자신에게. 평일 늦은 오전에 센트럴 파크에서 조깅하던 팔자 좋은 여자. 부모의 유산을 물려받은 부유한 상속녀. 혹은 거하게 한 몫 챙겨 미국으로 도망 온 재벌 회장님의 서녀. 멋대로 추측해 낸 제인 헤닝의 배경에 요한은 감쪽같이 속아 넘어갔다.

"후……."

생각하며 그는 길고 무거운 숨을 뱉었다. 그리고 잠든 여자를 본다.

'나는, 가끔 내가 괘씸하고 맘에 안 들어서 벌주고 싶을 때가 있어.'

너는 왜 너를 벌주고 싶었던 걸까.

'나를 더 알게 되면 넌 날 피할지도 몰라.'

제인이 마피아 수장과 관계가 있는 것은 사실이다. 그러나 그의 여자는 아니다. 비첼리오가 제 여자를 관상용 화초처럼 바라만 보는 희한한 취미가 있는 게 아니라면. 그렇다면 두 사람은 무슨 관계일까. 그 남자는 이 애를 어쩌려는 생각일까. 요한은 흙탕물처럼 혼란한 머릿속을 정리해 보려 애를 쓰다 그만두기를 반복했다.

그리고 조용히 잠든 여자의 얼굴을 찬찬히 눈으로 쓰다듬었다.

'그만하자고. 우리 만나는 거.'

너는 정말 버릴 수 있을까. 우리가 나눈 그 마법 같은 순간들을.

"……나는 못할 것 같은데."

좁은 방 안에는 밤새도록 전등이 켜져 있었다. 노르스름한 빛의 경계에 누운 채 그는 잠든 여자의 얼굴을 오래도록 바라보았다.

다시 눈을 떴을 때 방 안은 밤과 같이 어두웠고 여전히 전등이 켜져 있었으나 여자는 없었다. 놀라 몸을 일으킨 요한은 닫힌 방문 너머 들리는 인기척에 안도했다.

시간이 오전 11시를 조금 넘어 있었다. 새벽 5시 반을 마지막으로 확인했으니 대략 다섯 시간쯤 잔 모양이다. 침대에서 내려와 방문을 열었다. 컵 하나를 두고 식탁 위에 앉아 있던 여자가 이쪽으로 고개를 돌렸다.

"언제 일어났어."

"좀 전에."

쓸쓸하게 웃는 흐린 얼굴. 코트까지 걸친 여자를 힐끗 본 다음 요한은 욕실로 들어갔다. 얼굴을 씻고 면도를 하고 이를 닦는 과정을 최대한 느리게 해냈다. 어떻게든 시간을 끌어 보려고 용을 썼으나 말끔해진 얼굴을 거울에 비춰 본 후에는 나가지 않을 도리가 없었다.

그가 나타나자 식탁 앞에 앉은 제인이 일어섰다.

"가려고?"

"가야지."

너 진짜. 요한은 초조하게 손을 들어 제 얼굴을 쓸었다. 여기서 보내면 정말로 다음을 기약할 수 없게 된다.

"밥 먹고 가."

"……요한,"

그녀가 막 입을 떼려던 찰나 방 안에서 전화가 울었다. 때맞춰 걸려 온 미상의 전화마저 요한은 고마울 지경이다. 열린 문 안으로 들어가 유선 수화기를 집어 들었다.

"여보세요."

— 미스터 요한 리?

남자 목소리에 살짝 미간을 좁혔다. 낯선 음색도 그렇지만 더 수상한 건 호칭이다. 미스터 요한 리. 그토록 정중하게 불린 적이 고등학교 졸업식 이후로 없는 것 같은데. 그는 경계하듯 몸을 물려 대답했다.

"그런데요."

— 안녕하십니까, 여기 구십 경찰섭니다. 저는 조셉 컨 형사라고 합니다.

"경찰서에서 무슨 일로."

— 미스터 순호, 리가 아버님 되시죠?

순호 리. 제법 능숙한 경찰관의 발음을 듣는 순간 요한은 직감했다. 잘 갈린 칼날이 목덜미에 닿듯 선뜩한 예감이었다. 90경찰서 관할 지역은 윌리엄스버그. 부모의 세탁소가 있는 곳.

"……맞는데요."

— 아버님이 총격을 당했습니다. 오늘 아침에요.

총상을 입어 지금 병원에 계십니다. 탄환 제거해야 해서 수술받게 되실 것 같은데 치명상은 아니고요. 시간이 걸리겠지만 회복하실 겁니다. 형사의 사무적인 어조와 선명한 단어들을 요한은 멍하니 듣고만 있었다. 총격. 총상. 탄환. 병원.

— 그래서 지금 저희 서로 좀 와 주셨으면 좋겠습니다. 가족분들 상대로 조사할 것도 있고, 미세스 리도 많이 놀라셨고요. 지금 와 주실 수 있겠습니까?

갈게요, 지금, 우리 엄마도 거기 있나요, 엄마는 괜찮고요, 알겠습니다, 지금 갈게요. 두서없는 대답과 질문들을 몇 차례 주고받은 다음 요한은 전화를 끊었다. 수화기를 내려놓는 손이 하얗게 질렸다.

"경찰이야? 무슨 일인데?"

전화를 끊자마자 제인이 다가왔다. 침대 가장자리에 걸터앉아 있던 요한이 고개를 들며 일어섰다. 불안한 얼굴. 역시 무언가를 예감한 모양으로 여자의 얼굴은 이미 핏기가 가셔 있다.

"아버지가 총에 맞았대."

"……뭐?"

"지금 병원이래. 심각한 상태는 아니고,"

안심시키려 얼른 덧붙였으나 제인은 이미 무너지고 있었다. 마치 고장 난 텔레비전 속 정지한 화면 같았다. 숨을 들이켜며 두 눈을 크게 뜬 채로 앞뒤가 뎅겅 잘린 낱말들만 간헐적으로 뱉어 냈다.

"미안…… 미안해……."

"네가 왜 미안해."

"나, 나, 나 때문에……."

여자가 와들와들 몸을 떨었다. 양손으로 입을 가린 채 죄인같이 머리를 수그렸다. 그 모습에 어쩔 줄 모르면서도 요한은 괜찮아, 걱정 마, 그런 태평한 말들을 차마 입 밖으로 낼 수 없었다. 그는 괜찮지 않았고, 또한 대단히 걱정스러웠다.

'너 지금 얼마나 좆같은 상황인지 감도 안 오지?'

이제야 실감이 된다. 수트 차림의 그 근사한 남자는 갱스터 영화배우가 아니라 진짜 범죄 조직의 수뇌라는 사실이. 자신의 존재를 아는 것은 물론 신원과 가족관계마저 파악했으며 보란 듯이 경고까지 날려 주었다. 요한은 애처롭게 떨고 있는 제인을 두 손으로 붙잡았다. 희다 못해 파랗게 질린 여자는 온몸이 공포로 꽉 차 있는 것 같았다.

"도망가자."

그는 말과 동시에 결심한다.

"같이 도망가. 아무도 못 찾는 데로."

"요한,"

"한국이든 어디든, 먼 데로. 여기서 멀리 떨어진 곳이면 어디든. 같이 가자."

여기서 멀리 떨어진 곳. 아무도 못 찾는 곳. 그런 곳은 없어. 제인이 절망적으로 고개를 저었으나 남자는 보지 못했다. 요한은 주방으로 걸어가 식탁 의자에 걸린 파카를 떼어 입고 캐비닛을 열었다. 새로 사 온 밥그릇 곁에 놓인 검은색 권총을 집어 방으로 돌아왔다.

"쏠 줄 알아?"

제인이 구식 리볼버와 남자를 번갈아 보았다. 대답을 망설이자 긍정으로 받아들였는지 그가 권총을 그녀의 손에 쥐여 준다. 제인은 다급히 손을 물리며 고개를 저었다.

"아냐, 너 가져가."

"갖고 있어. 혹시 모르잖아."

기어이 리볼버를 넘긴 요한이 옷장 선반에 놓인 검은색 야구 모자를 집어 머리에 눌러썼다. 파카 주머니에 손을 넣어 자동차 열쇠를 확인한 다음 제인에게 다가왔다. 모자챙 아래 작은 얼굴이 해쓱했다.

"나가지 말고 문 잠그고 있어. 누가 와도 문 열지 말고. 혹시 무슨 일 생기면 나한테 호출해."

거기까지 말한 뒤 입술을 깨물었다. 바보 같은 소리다. 무슨 일이 생기면 호출 같은 걸 할 수 있을 리 없는데. 그는 짧게 심호흡하며 손을 들어 제인의 얼굴을 감쌌다. 권총을 들고 선 여자는 몹시도 창백했다.

"금방 올게. 세 시간, 아니 두 시간 안에는 올게."

뺨을 어루만지는 남자의 손길이 무척이나 멀게 느껴졌다. 이보다 더 나쁜 일이 일어날 것 같아 제인은 온몸이 공포로 덜덜 떨렸다. 두렵고 불안해서 가지 말라고 붙잡고 싶었다. 그러나 제가 감히 어떻게.

"다녀올게."

요한이 그녀의 얼굴을 붙잡은 채 메마른 입술에 짧게 입 맞췄다. 그가 사라지고 철문이 닫히는 소리가 철커덩 울렸다. 밖에서 문을 잠그는 소리를 마지막으로 남자의 발소리가 빠르게 사라졌고, 홀로 남은 제인은 오른손에 들린 리볼버를 멍한 눈으로 바라본다.

한동안 물끄러미 보다가 실린더를 열었다. 가득 찬 탄환을 확인한 후 능숙히 탄창을 닫았다. 코트 주머니 안에 권총을 쑤셔 넣고 침대 가장자리에 걸터앉았다. 긴 한숨이 토막토막 끊어져 흘렀다.

반지하 아파트는 무덤처럼 고요했다.

3월을 일주일 앞둔 하늘이 놀라울 만큼 화창하다. 워싱턴 스퀘어 파크의 식물들은 슬슬 새순 틔울 준비가 한창이었다. 브로드웨이를 따라 내려오던 롤스로이스가 빠르게 우회전하며 공원 쪽으로 진입했다. 아파트 입구 앞에는 주인 없는 메르세데스가 서 있다. 그 뒤로 바짝 차를 댄 베런이 운전석에서 내렸다.

리오는 여간해선 혼자 다니지 않는다. 스스로 운전을 하는 일은 더더욱 드물다. 베런은 입술 안쪽을 지그시 문 채 옆구리가 날렵한 메르세데스에서 눈길을 거뒀다. 그를 알아본 도어맨이 신속하게 문을 열어 주었다. 안녕하세요, 미스터 콜린스. 상냥한 인사말에 대강 화답하며 엘리베이터로 향했다.

'아파트로 와.'

펜트하우스로의 갑작스런 호출은 대단히 불길하게 들렸다. 리오는 아무런 설명도 없이 지금 당장, 이란 단서만 붙이고는 전화를 끊어 버렸고 먹통이 된 전화기를 붙든 채 베런은 등줄기가 서늘해졌다. 정오를 갓 넘긴 이른 오후. 회사에 있어야 할 리오가 제인의 아파트에, 그것도 혼자서 차까지 끌고 예고 없이 왔다. 그것만으로도 충분히 비상인데 심상치 않은 어조로 저를 여기에 부르기까지.

빨간색 카펫이 깔린 고풍스런 승강기는 늘 그렇듯 로비에서 대기 중이었다. 거기 올라 9층까지 도달하는 길지 않은 시간 동안 베런은 모든 경우의 수들을 머릿속으로 빠르게 정리했다. 발생할 수 있는 최악의 상황들을 추려내 대비할 방책까지 마구잡이로 수집했다. 그리고 땡 하는 종소리와 함께 엘리베이터 문이 열렸을 때, 베런은 초조한 표정을 완벽히 지우고 갑옷 같은 포커페이스를 얼굴에 둘렀다.

펜트하우스 문은 잠겨 있지 않았다. 문고리를 돌려 열고 안으로 들어섰다. 내부는 평소처럼 환하고도 조용했다. 흑백의 대리석이 교차된 바닥. 그 바닥을 디디며 현관에서 거실로 이어지는 통로를 지났다. 그리고 베런은 천장이 높아 마치 신전 같은 거실에서, 가죽을 씌운 윙체어에 앉은 남자를 발견했다.

불이 꺼진 샹들리에가 자연광 속에서 하얗게 반짝였다. 육중한 덩치로 떠 있어 퍽 위태로워 보이는 크리스털 무리. 리오나르도의 머리바로 위에 있는 샹들리에를 힐끗 쳐다본 다음 그 앞으로 다가가 섰다.

"보스."

눈을 가라뜬 채 앉은 남자는 대답이 없다. 베런은 그가 입을 열 때까지 순순히 기다렸다. 리오는 아침에 회사로 실어 날랐을 때와 똑같은 차림새였다. 네이비색 스트라이프 수트와 흰색 드레스 셔츠. 팔걸이에 팔꿈치를 댄 오른쪽 소매 끝에서 은색 커프 링크가 도드라졌다. 베런이 그 직사각형 버튼에 눈길을 주었을 때, 리오가 반대쪽 팔을 움직여 무언가를 발치에 던졌다.

누런 봉투 안에 가득 든 지폐가 절반쯤 바닥에 쏟아졌다. 베런은 제 발아래 흩어진 백 달러짜리 지폐들을 내려다본다. 두 남자 모두 아무런 소리도 내지 않았다. 말은커녕 얕은 숨소리조차 없었다.

"설명해."

처음으로 입을 뗀 리오의 음성은 평소와 크게 다르지 않았다. 간결하고 낮고 건조한. 그 단조로운 말투에서 베런은 특별한 분노를 감지했으나, 그럼에도 이 돈의 출처에 대해 설명하지 않는 쪽을 택한다.

"잘 모르겠습니다."

죄송합니다. 망설임 없이 고개를 숙였다. 그것을 지켜보며 리오가 다시 무언가를 툭 던졌다. 흩어진 지폐들 위로 가볍게 떨어진 것은 가스라이터보다 조금 큰 사이즈의 상자였다. 이건 뭘까. 하얀색과 핑크색 표지의 직육면체 종이 상자. 그 안에 든 것이 피임약이라는 걸 깨달았을 때, 베런은 저도 모르게 두 눈을 질끈 감았다.

온갖 생각이 휘몰아쳐 그만 정신이 아뜩해졌다.

"콜린스."

리오는 더 이상 설명을 요구하지 않았다. 앉아 있던 자리에서 자연스레 일어서며 그의 이름을 불렀을 뿐.

"예, 보스."

부름에 응하듯 정면으로 얼굴을 들었다. 그리고 앞에 선 장신의 남자와 눈을 맞춘다. 창을 등진 채 역광을 받는 제왕 같은 남자. 한낮의 태양광을 후광으로 거느린 그 남자가 천천히 이쪽으로 다가오는 동안, 베런은 저를 똑바로 응시하는 눈길을 마주 보았다.

이윽고 비첼리오가 말했다. 간결하고 낮고 건조한. 단조로운 말투로.

"데려와(Bring her to me)."

지금 당장. 덧붙인 말 끝에서 베런은 분명한 떨림을 들었다. 더는 숨길 수 없는 감정이 버겁게 실린 음성을. 스치듯 그를 지나 현관 쪽으로 가던 리오가 문득 걸음을 멈췄다. 아, 그리고. 깜빡 잊은 물건을 상기한 것처럼 가볍게 중얼거리고는 거실에 선 수하를 향해 말한다.

"남자는 살려 둬."

"……알겠습니다."

"아직은."

용건을 끝낸 남자가 현관문 밖으로 사라졌다. 빈집에 홀로 선 베런이 천천히 허리를 굽혀 바닥에 흩어진 지폐를 줍기 시작했다. 벤자민 프랭클린의 초상과 일일이 눈을 맞추며 백 달러짜리 지폐를 하나하나 모두 주워 봉투에 넣은 다음 그 봉투를 품에 넣었다. 발치에 떨어진 피임약 상자에는 손도 대지 않았다.

돈을 모두 갈무리하고 난 후에야 베런은 비로소 똑바로 섰다. 그리고 휴대전화를 꺼내 저장된 번호를 뒤지기 시작한다. 버튼을 꾹꾹눌러 어렵지 않게 찾아낸 번호로 곧 신호음이 갔다.

— 안녕하세요, 코너 비스트로입니다.

"나야. 콜린스."

— 패디?

"애들 좀 빌려줘야겠는데."

갑자기? 지금? 왜? 되묻는 말 끝에 흥미가 역력했다. 귀와 어깨 사이에 수화기를 낀 잭이 한껏 눈썹을 들어 올리는 모습. 그 장면을 상상하며 베런은 한쪽 손으로 마른세수를 했다.

"다는 필요 없고 다섯 정도만 부탁하지."

— 그야 어렵진 않지만, 나도 무슨 일인지는 알아야 내 새끼들을 보낼 텐데?

전혀 긴장감 없는 음성은 단순히 궁금해서 하는 소리 같았다. 그렇게 결론 내린 베런이 입술을 뗐다.

"사냥을 좀, 해야 되게 생겼어."

그리고 아주 잠깐의 침묵 끝에 수화기 저편의 남자가 대답했다. 사냥감이 뭔지 이미 알고 있는 양 몹시도 흔쾌하게.

— 이런. 큰일 났네, 그 여자.

쾅쾅.

제인은 번쩍 고개를 들었다. 누군가 밖에서 철문을 두드리는 소리. 그럴 리 없겠으나 혹여 잘못 들은 게 아닌가 가만히 귀를 기울였다.

쾅쾅.

반응이 없자 밖에서 다시 문을 두드렸다. 노크보다는 셌으나 주먹으로 부서져라 치는 강도는 아니었다. 여전히 침대 가장자리에 앉은 채 현관을 주시했다. 현관문에서 침대까지는 열린 방문을 지나 직선으로 연결된다.

쾅쾅.

세 번째로 두드리는 소리를 들으며 제인은 이것이 마지막이리라 생각했다. 이제 밖에 있는 사람은 그만 돌아가거나 아니면 문을 열려고 할 것이다. 코트 주머니에 든 리볼버를 꺼내 양손에 쥐었다. 현관문 쪽으로 총구를 겨눈 채 숨을 죽였다. 잠시 후 열쇠 돌아가는 소리가 부드럽게 울린다. 제인은 눈을 가늘게 떴으나 겨눈 총을 거두지는 않았다.

쾅!

잠금이 풀린 철문이 세게 열렸다. 입구에 선 예닐곱의 남자들 사이로 그녀는 가장 먼저 베런의 얼굴을 확인했다. 그와 눈이 마주친 순간 뱃속의 무언가가 덜컥 주저앉는 기분이 들었다. 이어서 곁에 선, 공포에 질린 낯선 얼굴이 눈에 들어왔다. 관자놀이에 총구를 매달고 선 중년 남자는 아마도 아파트 관리인 같았다. 그의 머리에 총을 들이댄 자를 포함해 베런의 뒤에 선 남자들은 하나같이 낯선 얼굴들.

"제인."

무기를 겨눈 여자를 향해 베런이 한숨 쉬듯 말했다.

"나와."

총 버리라는 말 따위는 하지도 않았다. 쏘지 못할 것임을 훤히 아는 사람처럼. 역시나 제인은 순순히 사격 자세를 풀고 자리에서 일어섰다. 리볼버를 왼손에 든 여자가 현관으로 성큼성큼 걸어올 때까지만 해도 입구에 선 남자들은 긴장 없는 얼굴로 미동조차 하지 않았다.

그러나 코앞까지 달려든 그녀가 베런의 뺨을 후려쳤을 때, 그의 얼굴이 시원하게 오른쪽으로 돌아갔을 때, 뒤에 서 있던 남자들도 비로소 깜짝 놀라 표정을 바꿨다. 베런 콜린스. 갖은 폼은 다 잡고 다니는 고까운 외부인의 공개적인 굴욕이라니. 내심 통쾌해 개중에는 웃음을 참는 자도 있었다.

보기 좋게 따귀를 맞은 베런이 천천히 고개를 돌렸다. 창백한 얼굴에 붉은 손자국을 묻힌 채 여자를 본다. 죽일 듯 저를 노려보는 여자의 눈가가 불그스름했다.

"개새끼⋯⋯."

손찌검에 이어 욕까지 얻어먹고도 그는 대꾸하지 않았다. 대신 한낮에도 어두컴컴한 실내를 가리키며 뒤에 선 남자들에게 지시한다.

"끌고 나와."

관리인을 붙잡은 자를 제외한 나머지 네 명이 제각기 총을 빼 들고 안으로 들어갔다. 엄지손톱만 한 아파트는 덩치 큰 남자 네 명이 들

어가자 대단히 북적거렸다. 집 안의 나무 바닥을 뚜벅뚜벅 딛는 발소
리들이 바쁘게 흩어졌다.

"안 건드린다고 했잖아……."

베런이 여자를 내려다보았다. 하얗게 질린 채 바들바들 떠는 여자
는 여전히 왼손에 권총을 쥐고 있다.

"안 건드릴 거라고 했잖아."

"무슨 소리야."

"몰라서 물어?!"

으르렁거리는 제인을 향해 베런이 그제 눈살을 찌푸렸다. 그리고
그녀의 어깨 너머 안쪽을 본다. 뒤질 것도 없는 손톱만 한 아파트를
구석구석 살핀 남자들이 이쪽을 향해 고개를 저었다.

"이 새끼 냄새 맡고 뛴 거 아냐? 아무도 없는데."

빌어먹을. 베런이 입 속으로 중얼대며 제인의 팔을 휘어잡았다.
그러고는 손에 쥔 리볼버를 빼앗아 옆에 선 남자에게 넘겼다. 뿌리치
려 바둥대는 여자쯤은 손쉽게 제압한다.

"하이츠로 가. 나도 그쪽으로 갈 테니까."

지시를 받은 남자들이 덜덜 떠는 관리인을 끌고 사라졌다. 형광등
이 켜진 허름한 복도에는 이제 베런과 제인 둘뿐이다. 인적 없는 반
지하 공간이 괴괴했다.

"어디 있어."

그가 붙잡은 여자의 팔을 바짝 끌어당겼다. 가까워진 남자의 얼굴
을 제인은 사납게 마주 보았다. 베런의 왼쪽 뺨은 여전히 손자국으로
붉었다.

"세븐써리, 지금 어디 있냐고."

"경찰서 전화 받고 나갔어. 몰라서 물어?"

"경찰?"

베런은 여전히 미간을 찌푸린 채 그녀를 본다. 자세한 설명을 요구하듯이. 무슨 수작인지 답지 않게 시침 떼는 남자를 향해 제인이 악을 썼다.

"총으로 쐈잖아! 그 사람 아버지!"

"……난 모르는 일이야."

"당신이 아니면 누가 그런 짓을 해!"

"내가 한 짓 아니라고."

"정리하겠다고 했잖아! 건드리지 말라고 했잖아!"

"아니라니까!"

베런이 고함을 쳤다. 처음 보는 광경이었다. 언제나 느긋하던 표정이 일그러진 것도, 푸른색 눈동자가 흔들리는 것도, 제 앞에서 목소리를 높인 것도. 제인은 발개진 눈을 하고서 끝까지 울지 않았다. 그 얼굴을 잠시 들여다보다 베런은 그녀를 끌고 밖으로 향했다.

뒷문과 이어지는 좁은 주차장에 덩치 커다란 롤스로이스가 불청객처럼 서 있었다. 뒷좌석 문을 열고 제인을 쑤셔 넣듯 태운 베런이 곧장 운전석으로 향했다. 차 문을 닫자마자 철컥, 네 개의 문이 한꺼번에 잠겼다. 도망갈 생각도 없었던 여자가 룸미러를 노려본다.

"대체 어쩌려는 거야. 왜 일을 이렇게 크게 만들어!"

"잘 들어, 제인."

두 남녀의 시선이 거울 속에서 부딪혔다.

"그가 다 알고 있어."

"리오한테…… 알렸어? 미쳤어?!"

"내가 아니라니까!"

소리 죽여 윽박지른 뒤 그가 아랫입술을 당겨 물었다. 거울 속 여자의 눈동자는 이제 미친 듯이 흔들리고 있다.

"지금 상황이 대단히 안 좋아. 까딱하면, ……우리 셋 다 죽을 수도 있어."

베런은 최대한 정신을 집중해 단어를 골랐다. 여자를 움직일 가장 적절한 어휘를 고르는 한편 위기에서 벗어날 방법을 빠르게 궁리했다. 그러나 이미 최악인 상황. 극복할 방법은 아무리 생각해도 하나뿐이다.

"그가 원하는 대로 해."

어차피 이렇게 될 거였잖아. 떨리는 눈동자를 외면하듯 베런이 냉정하게 덧붙였다.

"이유가 뭐든 간에 넌 지금껏 머무르길 택했어."

그는 더 이상 제인의 눈을 보지 않는다. 시동을 넣고 안전벨트를 끌어 채우는 창백한 이마와 어두운 금발만이 거울 속을 오갔다. 이어 낮게 그르렁대는 엔진 소리.

"안전하고 편한 쪽으로 가. 지금까지 그래 왔던 것처럼."

자동차는 이제 앞을 향해 전진한다. 이런 동네에서 굴러다니기엔 지나치게 번쩍거리는 세단에 지나던 사람들이 너도나도 한 번씩 이쪽을 힐끗댔다. 짙게 선팅 된 차창 안에 숨은 여자는 남루하고도 파리하다.

"너 그런 여자잖아. 제인 헤닝."

제인은 대답하지 않았다. 베런 또한 더 이상 입을 열지 않았다. 화창한 햇살 아래 애비뉴 D의 풍경이 차창 밖으로 빠르게 물러났다. 롤스로이스는 남쪽을 향해 거침없이 내달렸다. 봄을 기대하는 도시의 한낮은 한가로웠다. 이스트 리버의 수면에 물비늘이 반짝인다.

리오의 타운하우스 앞에 도달할 때까지 두 사람은 침묵했다. 보도에 바짝 차를 세우고 기어를 당긴 후에도 베런은 묵묵히 기다렸다. 내리라고 채근하지도, 어떤 말로 위로하지도 않았다. 이 모든 것이 네가 자초한 결과라고 조롱하지도 않았다. 그리고 인형처럼 앉아 있던 여자가 스스로 차 문을 열고 내린 후에야, 베런은 두 눈을 길게 감았다 떴다.

제인은 천천히 보도를 가로질러 걸었다. 타운하우스 현관을 향해 계단을 오르는 걸음도 조금 느린 것을 제외하면 예사로워서, 근방의 누군가가 지켜보았더라도 이상하다 생각지 않았을 것이다. 새장 같은 철제 덧문 앞에 제인은 잠깐 머물렀다. 초인종을 누를까 하다가 문고리를 돌려 보았다. 문은 잠겨 있지 않았다. 마치 그녀가 올 것에 대비하고 있던 것처럼.

이 집에서 도망치듯 나온 것이 불과 어젯밤. 그로부터 아직 만 하루도 채 지나지 않았다. 왜 그렇게 피하려고 발버둥 쳤을까. 결국은 이렇게 제 발로 돌아올 거면서. 지친 낯으로 자조하며 두 겹의 문을 연이어 열었다. 집 안에서는 아무런 기척도 나지 않았다.

신발을 벗고 슬리퍼에 발을 넣은 다음 문 쪽으로 뒤돌아섰다. 그리고 세 개의 잠금장치를 스스로 돌려 채웠다. 철컥. 완전히 잠긴 문은 벽처럼 견고하다.

'이유가 뭐든 간에 넌 지금껏 머무르길 택했어.'

천천히 심호흡했다. 그리고 다시 안쪽을 향해 뒤돌아섰다. 2층으로 향하는 계단. 카펫이 깔린 저 계단 끝에 그가 기다리고 있을 것이다.

'어차피 이렇게 될 거였잖아.'

베런의 말을 그녀는 속으로 되풀이했다. 그래. 어차피 이렇게 될 일이었다. 몰랐던 것이 아니다. 각오하고 있었다. 그러니 억울할 것도 서러울 것도 없다. 이 모든 것은, 내가 자초한 일이다.

'안전하고 편한 쪽으로 가. 지금까지 그래 왔던 것처럼.'

첫 번째 계단에 발을 디뎠다. 잘 아는 남자 향수 냄새가 코끝에 느껴졌다. 뻣뻣한 다리를 움직여 천천히 계단을 올랐다. 2층으로 가까워질수록 묵직한 향내는 짙어진다.

'그가 다 알고 있어.'

열린 문을 통과해 안으로 들어갔다. 리오의 침실. 서재를 오가는 동안 몇 번 힐끔거렸을 뿐 한 번도 들어와 본 적 없는 공간은 1층 거실만큼이나 널찍했다. 주인처럼 놓인 커다란 침대에 저도 모르게 눈길을 주었다. 그리고 불에 덴 것처럼 시선을 떼어 남자를 찾았고, 이어 그와 소리 없이 눈이 마주쳤을 때,

그녀는 가장 먼저 빌었다.

"잘못했어."

리오는 둥근 티 테이블 앞 의자에 앉아 있다. 약간의 위스키가 고인 크리스털 잔을 든 채 이쪽을 바라보고 있었다. 그는 몹시 건조한 얼굴로 쳐다만 볼 뿐 대꾸하지 않았다. 그래서 제인은 다시 빌었다.

"내가…… 잘못했어."

잘못했다. 이렇게 될 수 있다는 걸 알면서 시작했다. 감당도 할 수 없는 처지에 만용을 부리고 주제넘은 욕심을 냈다. 내가 잘못했어. 무릎이라도 꿇고 싶었으나 그를 자극할 것이 두려워 제인은 그냥 가만히 서 있었다. 그가 저를 보고 있다는 것을 알면서도 차마 마주 보지 못한 채 고개를 떨궜다.

숨 막히는 침묵이었다.

"전에 내가 말했지."

리오가 한참 만에 입을 뗐다. 차분하고도 낮은 어조는 평소와 아무런 차이가 없다.

"난 내 영역에서 내가 모르는 일이 벌어지는 걸 아주 싫어한다고."

그는 화난 것처럼 보이지 않았다. 베런처럼 전에 없이 고함을 치지도 그녀를 쥐어흔들며 다그치지도 않았다. 그러나 그 침착한 음성이 마치 쇳덩이처럼 가슴을 짓눌러, 제인은 조금씩 숨 쉬기가 버거

워졌다.

"널 두 번은 봐주겠지만 세 번은 곤란하다고."

그 말을 끝으로 리오는 남은 독주를 모두 비웠다. 탁. 크리스털 잔
이 탁자 위에 놓이는 소리와 함께 의자가 마룻바닥에 다라락 밀리는
소리가 연이어 들렸다. 여전히 바닥만 쳐다보고 선 여자가 저도 모르
게 어깨를 움츠렸다.

"내 인내심은 여기가 끝이야."

제인. 리오가 선 채로 그녀를 불렀다. 여자는 천천히 고개를 들어
그를 본다. 흐트러짐 없이 완벽한 수트와 셔츠. 화창한 평일 이른 오
후에, 제 집 침실에 있기로는 더없이 이질적인 차림새로 남자는 서 있
었다.

"이리 와."

제인은 잠깐 숨을 멈췄다.

'이런, 가엾게도. 겁먹었구나.'

그녀는 기억한다. 온몸이 파묻히듯 푹신한 매트리스의 감촉. 위에
서 아래로 숨 막히게 짓누르던 체중. 진한 향수와 땀 냄새가 뒤섞인
체취. 결단코 빠져나갈 수 없음을 확신케 한, 그때껏 경험해 본 적 없
는 무자비한 손아귀.

탕!

똑똑히 기억한다. 베개 아래 넣어 둔 권총이 손끝에 닿던 느낌을.
구세주를 만난 양 짜릿하게 번지던 안도감을. 지금 이걸 쏘면 어떻게
될까 따위의 생각은 들지 않았다. 본능처럼 방아쇠를 당긴 후에야 비
로소 놀랐다. 아. 진짜로 작동되는 총이었구나.

'이 개같은 년이······.'

뒤이어 계속 기억한다. 가슴팍에서 피를 쏟던 남자. 비척대며 침대 아래로 물러나던 육중한 몸과 찢어 죽일 듯 노려보는 사나운 얼굴. 이대로 죽지 않으면 어쩌나. 죽지 않으면 나를 죽이겠지. 죽이지 않으면 내가 죽는다. 찰나의 사고는 지극히 동물적이었고, 도미노처럼 빠르게 작용한 논리가 다시 한번 방아쇠를 당겼다.

탕!

두 번째 탄환을 맞은 후에야 남자는 쿵 하고 바닥에 쓰러졌다. 몸통에 뚫린 두 개의 구멍에서 쉼 없이 핏물이 쏟아졌다. 체리목 바닥에 고인 웅덩이가 조금씩 넓어지는 광경을 제인은 헐떡이며 바라보았다. 피 냄새와 화약 냄새가 진동하는 방 안, 죽었는지 살았는지 알 길 없는 남자의 발치에 맨발로 선 채로.

억겁처럼 느껴지는 시간이었다. 발밑이 저 깊은 지옥으로 꺼져 들어가는 기분이었다. 제인은 불과 수분 만에 자신의 인생이 완전히 뒤틀려 버렸음을 실감했다. 스무 살을 두 달 남짓 앞둔 날. 엄마가 땅속에 묻힌 지 딱 일주일째 되는 날이었다.

'나를, ······죽여요.'

총성을 듣고 달려온 리오에게 텅 빈 눈으로 말했다. 피 흘리는 아비의 시신 앞에 그가 경악했던가. 제인은 차마 보지 못했으므로 기억도 없다.

'지금 너를 죽이면 내가 뭘 얻을 수 있지?'

그녀가 내민 총을 그는 받지 않았다. 복수를 종용하듯 자진하여 바친 총에는 눈길조차 주지 않았다. 그때 리오는 제인만을 보고 있었다. 쓰러진 아비를 살펴보기는커녕 경찰도 구급대도 부르지 않았다. 마치 이 모든 상황을 예측이라도 하고 있던 사람처럼, 그는 놀랍도록 침착한 얼굴로 오직 그녀만을 바라보았다.

'지금 너를 살리면, 내가 널 얻을 수 있나.'

제인은 아무 말도 할 수 없었다. 무자비하게 뒤바뀐 세상에서 사고는 이미 멎어 있었다. 남자의 말 따위는 귓바퀴를 뱅뱅 돌 뿐 머리로 들어오지 않았다. 다만 처분을 기다리듯 순순히 고개를 숙였다. 그리고 그가 드디어 총을 빼앗아 들었을 때, 그녀는 이제 꼼짝없이 죽게 되리라 생각했다.

탕!

바닥에 누운 마르코가 가볍게 몸을 들썩였다. 마치 그가 꿈틀꿈틀 되살아날 것 같아 제인은 소리라도 지르고 싶었다. 그러나 더 이상 살아 있을 수 없다는 것을 또한 알았다. 자꾸만 넓어지는 피 웅덩이. 그제 참을 수 없이 구역질이 올라왔다.

'이제 우린 공범이야.'

저를 돌아보던 남자의 얼굴. 여느 때와 다름없이 침착한 표정이었으나 미간에 서린 분명한 감정을 제인은 보았다. 긴장, 분노, 결심. 혹은 그 모두가 한데 뒤섞인 흥분.

그리고 그로부터 4년여가 지난 지금, 리오의 얼굴은 그때와 비슷하다.

제인은 그를 향해 걸음을 뗐다. 그때처럼 심장이 뛰고 다리가 후들거렸다. 지나친 경직을 들키지 않으려 그녀는 몹시 분투했다. 그러나 이윽고 그의 앞에 다다랐을 때, 그의 숨결에 섞인 위스키 향이 선명하도록 가까워졌을 때, 그가 손만 뻗으면 무엇이라도 가능한 권역에 속해 버렸을 때.

그녀는 더 이상 아무것도 생각지 않기로 결심했다.

"말해 봐."

리오가 물었다. 물으며 오른쪽 소매 끝에 달린 커프 링크를 왼손으로 돌려 푼다. 은빛의 사각형 버튼. 이어 왼쪽 소매로 오른손을 가져가며 그는 질문을 완성했다.

"뭘 잘못했는지."

티 테이블 위에 놓인 한 쌍의 버튼. 갈 곳 없는 시선을 거기에 둔 채 제인이 대답했다.

"잊고 있었어."

천천히 고개를 들었다. 저를 내려다보는 남자와 눈을 맞춘다. 주변의 빛에 따라 농도가 달라지는 헤이즐색 홍채. 길고 촘촘한 속눈썹에 둘러싸인 그 눈동자를 똑바로 바라보았다. 남자의 동공이 확대되는 것을 그녀는 어렵지 않게 포착했다.

"우리, ……공범이잖아."

대답하며 반응을 살폈다. 리오는 입을 다문 채 여자의 눈을 들여다본다. 진짜 의도를 읽어 내려는 것처럼 헤집는 시선이 집요해서, 제인은 감춘 것을 들키지 않기 위해 뻔뻔해지려 애를 썼다.

"그래(Good)."

그가 상체를 숙였다. 입가에 희미한 미소. 그녀는 조금 안도한다.

"그래, 제인."

남자의 손이 얼굴에 닿았다. 손가락 끝으로 쓰다듬듯 얼굴선을 덧그렸다. 제인은 피하지 않고 그의 시선을 꽉 붙들었다. 툭 불거진 목울대가 위아래로 움직이는 것을 그녀는 또한 보았다.

"앞으로는 잊지 말도록 해."

리오의 손은 신중했으나 망설이지 않았다. 뺨을 지나 아무것도 달리지 않은 귓불을 한 차례 매만진 다음 귀 뒤쪽의 살갗을 짚었다. 긴 손가락 사이로 얽히는 여자의 머리카락을 가볍게 쓰다듬으며 천천히 고개를 숙여 왔다.

'그가 다 알고 있어.'

점점 다가오는 남자의 얼굴을 본다. 반쯤 내리감은 눈꺼풀 아래 오직 저만을 응시하는 눈동자를 제인은 마주 본다. 힘주어 고개를 빳빳하게 들었다. 이제 더는 피할 수 없고, 피해서도 안 된다.

'우리 셋 다 죽을 수도 있어.'

그녀는 단념하듯 눈을 감았다. 이어 입술에 닿는 낯선 감촉.

전원이 끊어진 기계처럼 머릿속이 일순 비어 버렸다.

그는 서두르지 않았다. 서두르지 않으려 노력하는 것 같기도 했다. 부드럽게 입술을 누르고 쓰다듬으며 서서히 파고들었다. 허리와 어깨를 감싸는 팔은 어찌나 조심스럽던지 느슨하게 느껴지기까지 했다. 뿌리치면 얼마든지 놓여날 것 같았으나 제인은 저항하지 않았다.

첫 입맞춤이 길었다. 길고도 느렸다. 여자의 입술을 구석구석 맛보려고 작정한 사람처럼 끈질기던 그가 드디어 얼굴을 떼어 냈다. 남자가 내쉬는 숨이 아주 가까이 느껴진다. 차마 그를 마주 볼 용기가 없어 제인은 눈을 뜨지 못했다. 마주 감긴 눈꺼풀이 바르르 떨었다.

그리고 충분히 예고했다는 것처럼 그가 다시 입술을 부딪쳐 왔다.

젖은 입술 틈을 헤집고 혀가 들어왔다. 뒤통수를 감싼 커다란 손이 뜨거웠다. 숨이 모자라 가볍게 헐떡대는 사이 코트가 벗겨졌다. 리오는 더 이상 신중하지도 느리지도 않았다. 스웨터 안쪽을 침범한 손이 맨허리를 감쌌다. 맨살의 감촉과 온도를 맛본 남자는 이제 눈에 띄게 흥분하고 있다. 제인은 그가 이끄는 대로 휩쓸리듯 뒷걸음질 쳤다. 정강이 안쪽에 단단한 물체가 닿았고, 침대라고 생각한 동시에 몸이 매트리스 위로 쓰러졌다.

이 순간을 수도 없이 상상했다.

'지금 너를 살리면, 내가 널 얻을 수 있나.'

그날 이후 셀 수 없이 이 순간을 가정했다. 가정하고 상상하고 각오했다. 리오 비첼리오는 그녀를 죽이지 않았으나 언제든 죽일 수 있었으며 그러므로 이런 것쯤 당연히 요구할 수 있다고 생각했다. 진실로, 그는 요구할 수 있었다. 얼마든지. 언젠가는. 언제라도.

그래서 제인은 갖은 장면들을 각오했다. 굴욕적이고 끔찍하고 고통스러운 장면들을 하나하나 각오했다. 4년을 무사히 보내면서도, 무려 4년간 아무것도 요구하지 않는 남자를 때로는 오히려 불안해하면서도 꾸역꾸역 유예되는 '그 날'을 기다리며 상상하고 각오하길 반복했다.

그러니까, 그 무수한 상상들에 비하면 실제의 그는 대단히 신사적이다.

반항하지 않는 것을 제외하고 그는 아무것도 강요하지 않았다. 얼굴을 때리거나 몸을 묶거나 목을 조르지도 않았다. 스웨터를 벗겨 내는 손길은 침착하지 못했으나 결코 거칠지 않았다. 가혹한 폭력이나 노골적인 강제는 없었다. 오직 뜨거운 입맞춤과 숨결만이 몸 위로 쏟아졌다.

상체에서 하체로 차례차례 옷가지가 벗겨지는 동안 제인은 거의 움직이지 않았다. 입술을 꼭 다문 채 숨소리조차 참았다. 어떤 식으로든 그를 자극하고 싶지 않아서 밀짚 인형처럼 순순히 따랐다. 그러나 얇은 속옷 안으로 손가락이 들어왔을 때 그녀는 저도 모르게 발작하듯 몸을 뒤틀었다.

"리오, 잠깐만……!"

그가 여자의 얼굴을 움켜쥔 것은 그때였다. 제인은 몸을 떨며 강제로 그를 마주 본다. 완벽히 새하얀 셔츠. 손이라도 벨 것처럼 날이 선 깃이 변함없이 단정했다.

"여기서 더 화나게 만들지 마."

낮게 속삭이는 목소리가 떨려 나왔다. 지그시 노려보는 눈동자에 여과 없는 분노가 드러났다. 제인은 숨을 삼키며 남자를 본다. 숨길 수 없는 살기. 단언컨대 그를 보아 온 시간들을 통틀어 처음이었다.

"……죽여 버리기 전에(Unless you want me to kill him)."

심장이 미친 듯 뛰었다. 역시 나의 엉성한 속임수를 이 남자는 훤히 알고 있다. 제인은 이제 게임이 완전히 끝났음을 수용할 수밖에 없었다. 알면서 모르는 척. 그러나 그가 더는 모른 척해 주지 않는다면 이 이상 무엇을 할 수 있겠는가.

그녀는 복종하듯 눈을 감았다.

리오가 상체를 일으켜 세웠다. 여자의 나신을 양 무릎 사이에 둔 채 셔츠 단추를 풀어 내렸다. 힘주어 뜯어 발기고 싶은 마음을 그는 힘껏 참았다. 외면하듯 고개를 돌린 채 눈을 감은 여자.

"눈 떠."

명령하자 그녀가 기계처럼 눈을 떴다. 그 꼴을 내려다보며 그는 어금니를 맞물었다. 별안간 뜨거운 살의가 치솟아 참을 수 없을 지경이었다. 그 빌어먹을 남자가 지금 여기 있었다면 망설임 없이 머리를 부숴 놓았으리라.

괜찮을 줄 알았다. 상관없다고 생각했다. 최대한의 자유를 허락하며 어느 정도는 각오까지 했던 일이었다. 그러나 뻣뻣하게 굳은 여자의 옷을 벗겨 내는 동안 리오는 정신없이 남자의 흔적을 찾고 있었다. 희고 깨끗한 몸 어디에도 발칙한 흔적 따위 남아 있지 않은데도 심장은 여전히 긴장한 채 쿵쿵 뛰었다. 눈앞이 붉어져 미칠 것 같았다. 자만했던 바와 달리 그는 전혀 괜찮지 않았다.

단추가 모두 풀린 셔츠를 벗어 아무렇게나 던졌다. 이어 버클을 풀자 여자가 어깨를 움찔거렸다. 시트를 끌어다 몸을 가린 채 그녀는 여전히 엉뚱한 곳만 바라보고 있다. 하의까지 모두 벗어 낸 남자가 몸을 겹쳐 왔을 때, 제인이 마치 비명이라도 참듯 입술에 힘을 주는 것을 그는 보았다.

"눈 감지 마."

여자의 얼굴을 붙잡아 정면으로 돌렸다. 그를 보는 까만 눈동자가 마구 흔들렸다. 작은 몸이 떨리는 것이 가슴으로 느껴졌다. 지금껏 죽은 듯이, 시위라도 하듯 무반응으로 일관하던 여자가 이제는 반응을 숨기지 못한다.

비참하게도 리오는 그것이 기꺼웠다. 그녀가 제게 반응하는 것이. 어떤 식으로든. 이런 식이라도.

몸을 가린 시트를 빼앗듯 걷어 냈다. 어렵지 않게 다리를 벌리고 자리를 잡자 제인이 숨을 들이켰다. 견딜 수 없다는 듯 눈을 질끈 감았다가 다시 뜬다. 여전히 얼굴을 움켜쥔 채 리오는 그녀의 오른쪽 손목을 붙잡았다. 달아날 의지도 없어 보이는 여자를 단단히 속박하며 아직 열리지 않은 틈을 파고들었다.

"아."

여자의 입술이 처음으로 벌어졌다. 미간이 일그러지며 낮은 탄식이 흘러나왔다. 이리저리 헤매는 시선. 어디에도 닿지 않는 눈을 끈질기게 응시하며 그는 조금씩 전진했다.

밀어내듯 방어적이던 몸이 조금씩 허물어졌다. 침입에 불친절하던 통로가 촉촉하고 부드러워졌다. 남자가 더 깊이 들어올 수 있도록 스스로 길을 열어 주었다. 몸과 마음의 방향은 항상 일치하지 않는다. 그런 것쯤 당연히 알고 있음에도 리오는 도리 없이 황홀해졌다.

"하아."

중요하지 않다. 그녀가 누구와 함께 있었는지는. 이미 흘러간 과거의 시간은 여기 존재하지 않는다. 지금 이 순간 제인은 그의 품 안에 있으며 앞으로도 그럴 것이다. 그녀는 언제까지고 그의 영역으로 남을 것이다. 죽을 때까지. 할 수만 있다면, 죽어서도.

다짐하며 목덜미에 얼굴을 묻었다. 헐떡이는 여자의 호흡이 달콤하게 귓가로 흩어졌다. 그러나 그에게는 아직 부족했다. 좀 더 노골

적인 신음을 내 주길, 쾌감을 참지 못하고 소리라도 질러 주길, 사정
하듯 제 이름을 불러 주길 리오는 간절히 바랐다. 그래서 대답 없는
여자를 그는 자꾸만 더 거세게 밀어붙였다.

짓눌린 숨소리가 받아졌다. 고요한 침실은 뜨겁다. 맹수의 발자국
처럼, 여린 살갗 위로 점점이 붉은 자국이 남았다.

화창한 평일 오후의 90경찰서는 차분했다. 가게 앞을 청소하던 세
탁소 주인이 별안간 날아온 총탄에 맞아 병원에 실려 가는 사건쯤이야
항상 있는 일이라는 것처럼 분위기가 예사롭기 그지없었다. NYPD 제
복을 입은 경찰관들은 담배를 물고 모니터를 들여다보거나 저들끼리
두런두런 이야기를 나누고 있다. 오늘의 점심 메뉴는 뭘로 할까 토론
하는 표정들은 밝았고, 어디선가 키득대는 웃음소리가 들려 요한이 슬
쩍 고개를 틀었다. 못마땅한 기색을 그는 굳이 숨기지 않았다.

"그래서 범인을 못 잡는다는 겁니까?"

담당 형사 쪽을 다시 돌아보며 물었다. 이름이 조셉 컨이랬나. 컨
형사는 피해자 가족의 까칠한 말투에 어정쩡한 미소를 지었다. 총격
사건을 담당하기에는 참으로 물러 터진 인상. 공무원 하는 짓이 다
그렇지 뭐, 짭새 새끼들. 요한이 입 속으로 갖은 욕설을 지껄였다.

"잡아야죠. 잡아야 되는데, 제 말은 그게 꽤 멀리서 쏜 거라서 용
의자 흔적을 찾기가 쉽지 않을 거라는,"

"요한아!"

귀에 익은 목소리에 고개를 돌렸다. 일회용 커피 잔을 쥔 엄마를
보자마자 앉은 자리에서 벌떡 일어섰다. 종종걸음으로 다가오는 엄
마의 낯빛이 생각했던 만큼 나쁘지 않아 보여 그는 속으로 조금 안

도했다.

"엄마 괜찮아? 어디 갔었어?"

"여기 경찰 선생님이랑 잠깐 밖에. 이분이 도와주셨어. 한국분인데 경찰이시래."

"이거 참, 이젠 경찰 아니라니까 자꾸 그러시네."

요한은 엄마의 옆쪽으로 다가와 선 낯선 남자를 눈으로 훑었다. 턱수염을 보기 좋게 기른 남자는 오십 대쯤 되어 보였고 한국어가 대단히 자연스러웠다. 그는 양손에 든, 엄마의 것과 똑같은 일회용 커피 잔 하나를 요한에게 내밀었다.

"경찰은 아닙니다. 재작년에 은퇴하고 배지 반납했으니까. 제임스, 제임스 류라고 해요. 이 근처 사는데 통역 좀 해 달라고 연락이 와서."

유창한 영어로 말하며 남자는 씩 웃어 보였다.

"얼른 받아요. 뜨거워."

재촉하듯 커피 잔을 넘겨준 다음엔 호주머니를 뒤적이더니 명함 하나를 내민다. 모서리가 구깃한 종이 명함까지 요한은 얼결에 받아 들었다. 실내 사격장 어시스턴트 제임스 류. 은퇴 경찰과 사격장 어시스턴트라. 미드타운 주소를 눈으로 훑으며 그는 조금 미심쩍은 눈으로 제임스를 보았다.

"이야, 말씀하신 것보다 훨씬 잘생겼네요 아드님이. 영화배우 해도 되겠어."

제임스는 곁을 돌아보며 한국어로 말했다. 넉살 좋게 허허 웃으면서. 그제야 요한은 엄마의 낯빛이 생각만큼 나쁘지 않은 까닭을 이해했다.

"전화 받고 많이 놀랐죠?"

"안 놀랄 수가 없죠."

"그렇지. 교통사고도 아니고, 총격 사건 같은 걸 직접 겪는 사람은 흔하지 않으니까."

흔해서도 안 되고. 제임스가 덧붙이며 제 몫의 커피를 입으로 가져갔다. 요한은 짧게 사의를 표한 뒤 뒤따라 커피를 한 모금 마셨다. 설탕도 크림도 넣지 않은 블랙커피는 적당히 뜨거웠다. 긴장한 속이 조금 풀리는 것 같았다.

"천천히 마시면서 기다려요. 담당자 곧 도착할 테니까."

"담당자요?"

요한이 되물으며 컨 형사를 돌아본다. 모니터 앞에 앉은 형사는 눈이 마주치자 아까처럼 어정쩡한 미소를 돌려주었다.

"저희는 수사 지원만 할 거고 조사는 본부에서 할 겁니다."

"관할 경찰서는 여기잖아요."

"그건 그런데,"

제임스가 끼어들었다.

"이게 그, 갱단이랑 관계가 있는 사건 같아서요. 조직범죄 전담팀에서 맡을 겁니다."

"갱단이요?"

"퍼시픽이라고, 이쪽 브루클린 일대에서 활동하는 중국계 갱단인데, 아버님이 그쪽에서 사채를 좀 쓰신 거 같더라고."

"사채?"

이건 또 무슨 소린가. 요한이 엄마 쪽을 돌아보는 찰나 제임스가 한쪽 손을 번쩍 들었다.

"저기 담당자 왔네요. 어이, 스캇."

"어, 선배! 여긴 어쩐 일이십니까?"

사복 차림의 백인 남자가 제임스를 보고는 눈을 둥그렇게 떴다. 보자마자 손부터 와락 붙잡는 걸로 보아 잘 아는 사이 같았다. 나 이 근처 살잖아. 통역 좀 해 달라고 연락이 와서. 여기는 어떻게 된 게 한국어 하는 경관이 하나도 없냐. 하긴 브루클린이니까 없을 만도 해. 너희 애들은 잘 크고. 아이고, 걔네가 벌써 중학생이냐. 세월 참 빠르네. 느긋한 말투로 수다 떠는 제임스를 보며 요한은 머릿속이 복잡해졌다.

"조직범죄수사과 스캇 맥컬린 경위입니다. 이쪽은 저희 팀원 애덤스 경사고요."

"크리스토퍼 애덤스입니다."

"여어, 크리스도 오랜만이야. 일단 다들 회의실로 가자고. 오늘은 간단하게 할 거지?"

제임스가 명랑하게 말하며 회의실을 향해 앞장섰다. 그는 제집처럼 경찰서 내부를 훤히 아는 것 같았다. 뒤를 따르며 요한은 곁으로 다가온 엄마의 어깨를 가볍게 끌어안는다. 마른 몸피가 너무도 작게 느껴져 한숨이 흘렀다.

"남편분이 돈을 빌린 게 언제쯤인지 기억하십니까?"

"한 일 년쯤 된 것 같아요."

"독촉을 받은 적은? 가게나 집으로 찾아오거나 그런 적 있습니까?"

"글쎄요. 저는 못 봤지만 그런 건 남편이 알아서 하니까……."

"혹시 빚을 제대로 갚지 못하고 있었습니까?"

"요새 장사가 나쁘지 않아서 돈이 부족하지는 않은 것 같은데, 남편이 얼마를 빌렸는지 제가 잘 몰라서……."

제임스가 회의실 문을 닫자마자 질문이 시작됐다. 본부에서 나왔다는 두 명의 경찰관은 진지한 표정으로 묻고 듣고 기록했다. 요한이 할 일은 없었다. 그저 곁에 앉아서 엄마가 하는 말을 듣고, 몰랐던 사실들에 기막혀 한 다음, 그 말을 영어로 옮기는 제임스의 통역을 다시 듣는 것밖에는. 그러다 도저히 참을 수 없어 한마디 끼어들었다.

"장사 잘 된다며 돈은 왜 빌렸는데?"

"그게, 아빠가 너도 가게 하나 해 줘야 된다고, 먹고살 길은 만들어 줘야 된다고……."

"누가 그딴 거 필요하대!"

욕설을 참아 내듯 힘껏 마른세수를 했다. 가슴 한구석이 날카로운 무언가에 쿡 찔리는 것 같았다. 상황이 어떻게 돌아가는 건지 혼란스러웠다. 이어 아파트에 혼자 있을 제인을 떠올린다. 아버지가 병원에 있다는데도 그의 눈에 밟히는 것은 오로지 여자뿐이었다. 별일 없겠지. 지금쯤 혼자서 어쩌고 있을까. 라디오라도 틀어 놓고 올걸. 그는 초조하게 입술을 잘근거렸다.

"아드님은 혹시 짐작 가는 거 없으시고요. 사소한 것도 좋으니까 뭐든 말씀해 보세요."

맥컬린 경위가 질문 대상을 바꿨다. 녹색 눈동자를 마주 보며 요한은 짧게 망설였다. 실은 제가 마피아 쪽에 원한 살 일을 했는데 그거 때문인 줄 알았어요. 무슨 원한이냐면 마피아 보스 여자를 만나서. 근데 그 여자는 진짜 그런 여자가 아니거든요. 이런 얘기를 이 사람들 앞에서 구구절절 해야 하나. 요한은 어렵지 않게 결론을 낸 뒤 고개를 저었다.

"글쎄요. 잘."

"알겠습니다."

애당초 별 기대 하지 않았던 것처럼 경위는 가볍게 고개를 끄덕이며 수첩을 덮었다. 케이스에서 빳빳한 명함을 꺼내 한 장 건넨 뒤 경사와 함께 자리에서 일어섰다. NYPD 엠블럼이 찍힌 명함을 요한은 눈으로 훑었다. 조직범죄수사과 2팀장. 팀장급 경찰관을 만난 것은 당연히 처음이다.

"그럼 조만간 다시 연락드리겠습니다. 남편분께서 쾌차하시길 빌 겠습니다."

정중한 인사를 끝으로 두 명의 경찰관이 퇴장하고 난 뒤 회의실에 는 같은 혈통의 세 남녀만 남았다. 집기라고는 커다란 장방형 테이블 과 의자 예닐곱 개가 전부인 공간은 멋대가리 없이 삭막했다. 너무 걱정하지 마세요. 가족분들 안전이 우려되면 저 친구가 알아서 조치 를 취할 겁니다. 엄마를 안심시키듯 두런두런 말하는 제임스의 목소 리를 요한은 흘려들었다. 절반쯤 남은 커피는 이미 차게 식어 있다.

"미스터 리."

"요한이라고 부르세요."

"그래요, 요한. 내가 뭐 하나 궁금한 게 있는데."

두 남자의 시선이 테이블을 가로질러 마주쳤다. 턱수염을 기른 중 년 남자는 눈썹도 숱이 많아 인상이 강해 보였다. 요한은 까닭 모를 긴장감에 정신을 집중했다.

"퍼시픽 애들 짓이라고 가정합시다. 그럼 걔네는 왜 돈 갚을 사람 을 총으로 쐈을까?"

사채 조직이 가하는 위협이란 대체로 겁을 주기 위한 목적이다. 더러 채무자를 죽이는 경우도 있지만 그건 돈을 받아 낼 가망이 아예 없을 때 얘기. 열심히 일해서 빚을 갚아야 할 남자, 그것도 돈벌이가 나쁘지 않은 가게까지 지닌 남자를 병원에 눕혀 놓아 채권자가 얻을 이득은 없다.

"어떻게 생각하나? 좀 이상하지?"

요한은 되묻는 남자를 마주 보았다. 동양인 특유의 가느다란 눈매 에서 안광이 번득였다. 어쩐지 취조당하는 것 같은 기분이 들어 입매 가 굳었다.

"글쎄요. 그런 것 같기도 하고."

대화는 거기서 잠시 멎었다. 멀찍이 떨어져 마주 앉은 두 남자는 변함없이 서로의 눈을 응시한다. 세 사람뿐인 회의실에 기묘한 긴장이 흘렀다.

"혹시라도, 나한테 할 얘기 생기면 언제든 연락해요."

아까 내가 명함 줬죠. 제임스는 언제 눈을 번득였냐는 듯 씩 웃으며 그러더니,

"난 시간 많으니까."

고개를 끄덕이며 덧붙였다.

"그럼 지금 뭐 하나 부탁해도 돼요?"

"내가 들어줄 수 있는 거면."

"우리 엄마 좀 병원에 데려다주실래요."

멋대로 말하며 요한이 자리에서 일어섰다. 병원엔 이따 저녁때 갈게, 엄마 먼저 가 있어. 앉은 채 저를 올려다보는 엄마에게 한국어로 말한 뒤 그는 눈을 끔뻑이는 제임스에게 시선을 돌렸다.

"시간 많다면서요. 난 별로 시간이 없어서."

"총격 사건이야. 자네도 당분간은 혼자 있지 않는 게 좋을 텐데."

"그럼 부탁할게요."

앉았던 의자를 제자리로 돌려놓으며 입구를 향해 성큼성큼 걸었다. 닫힌 문을 열며 잠깐 뒤를 돌아본다. 요한아. 엄마가 불안하게 이름을 불렀으나 그는 제임스 쪽만 바라보았다. 검정 파카와 검은색 야구 모자. 모자챙 아래 작은 얼굴이 단호했다.

"난 지금 꼭 가야 돼요."

담배는 이제 두 개비밖에 남지 않았다. 헐렁한 담뱃갑을 들여다보다

가 새 담배를 뽑아 입에 물었다. 불을 붙여 양쪽 볼이 움푹 패도록 빨아들이자 니코틴이 퍼져 발끝이 나른해진다. 타운하우스를 등지고 선 채 베런은 천천히 담배를 피웠다. 여느 때처럼 단정한 검은색 수트. 그에 대비되어 더욱 창백한 얼굴로 또다시 손목시계를 들여다본다.

두 시간이 흘렀다.

그가 지키고 선 타운하우스는 괴괴할 정도로 조용했다. 여자를 집어삼킨 직후부터 지금까지 굳게 문이 닫힌 채 그림처럼 변함이 없다. 들어가는 사람도 나오는 사람도 없는 집 앞에서 베런은 계속하여 서 있었다. 선 채로 담배를 피우고, 눈을 감은 채 한참을 보내기도 했으며, 그러는 동안에도 손목시계가 닳도록 시간을 확인했다.

'그가 원하는 대로 해.'

제인이 저 집에 들어간 직후부터 베런은 번민했다. 도저히 가만 앉아 있을 수가 없어 차 밖으로 나왔다. 끝내 그럴 수 없다는 걸 알면서도 저 현관으로 달려가 초인종을 누르는 상상을 열 번쯤은 했다. 과연 이것이 최선이었나 스스로의 판단을 의심했다. 여러 번 다시 생각해 보아도 그것은 여전히 최선이었으나 그럼에도 그는 좀체 진정되지 않았다.

'너 그런 여자잖아. 제인 헤닝.'

불붙은 담배를 오른손에 쥔 채 왼손으로 얼굴을 쓸었다. 그런 말까지 할 필요는 없었는데. 그는 가까운 과거의 자신을 책망했다. 이미 소용없다는 걸 알면서.

'그가 원하는 대로 해.'

비첼리오는 이번에도 그녀를 봐줄까. 막상 얼굴을 보면 마음이 약해지지 않을까. 적극적으로 거부한다면 그는 물러서지 않을까. 명백히 우스운 기대를 만지작거리다가 다시금 자책했다.

'우리 셋 다 죽을 수도 있어.'

제인은 거부하지 않았을 것이다. 그 자신이 지시한 대로 순순했을 것이다. 베런은 반쯤 태운 담배를 깊이 빨아들인 뒤 한숨처럼 뱉어 냈다. 더러운 물질을 가득 담은 연기가 폐부 구석구석 스미도록 최대한 들이마셨다. 자신을 해하는 그 행위에서 약간의 위안을 얻는다면 지나치게 유치한 감상인가. 베런은 필터에 가까워질 때까지 담배 연기를 깊이 마시고 길게 뱉어 냈다.

저 안에서 그 여자는 어쩌고 있을까. 고통스러워하고 있을까. 울고 있을까. 발개진 눈으로 끝까지 울지 않던 얼굴이 떠올라 그는 미간을 찌푸렸다. 필터밖에 남지 않은 담배를 던지듯 바닥에 버렸다. 그리고 주홍빛 불꽃을 구둣발로 비벼 끈 순간, 멀지 않은 곳에서 자동차 엔진 소리가 들렸다.

점점 가까워지는 소리. 설마. 천천히 고개를 든 베런은 제 눈을 의심했다.

이 동네와 어울리지 않는 낡은 혼다가 골목 한중간에 섰다. 운전석에 앉은 남자는 시동을 끄자마자 망설임 없이 문을 열고 내린다. 그 광경을 생생히 목격하면서도 믿을 수 없었다.

여기가 어디라고.

"와, 시발 미친 새끼. 진짜로 왔네."

"콜린스 저것도 개코야 개코."

"조심해. 저런 또라이 새끼 뭔 짓 할 줄 알고."

롤스로이스 뒤쪽으로 연이어 주차된 두 대의 차에서 다섯 명의 남자가 한꺼번에 내렸다. 맨몸으로 골목을 건너 보도 위로 올라서려는 요한을 한 사람이 뒤에서 잡아챘다. 양쪽 팔을 뒤로 꺾어 제압하자 다른 한 사람이 그의 몸을 확인한다. 주머니와 벨트, 소매와 발목. 일일이 손으로 더듬어 확인한 남자가 기가 막히단 표정으로 실소를 터뜨렸다.

"깨끗한데."

"이거 완전히 미친 새끼 아냐."

"죽고 싶어 환장했냐?"

베런은 다섯 명의 남자에게 둘러싸인 요한을 지켜본다. 애당초 대결이 가능하지 않은 구도는 역시나 일방적인 구타로 흘러갔다. 총은커녕 나이프 한 자루 없이 맨몸으로 선 그를 알폰시의 크루는 신나게 두들겼다. 요한이 쓰고 있던 검은색 야구 모자는 금세 이리저리 짓밟혀 저만치 나뒹굴었다.

생초면의 남자들에게 흠씬 얻어맞는 꼴을 보며 베런은 미약하게 인상을 썼다. 대체 무슨 생각으로 여기에 왔을까. 설마 저 집에 들어갈 생각이었나. 대책도 계획도 심지어 무기도 없이 빈손으로. 창문 아래 손나팔을 만들어 제인의 이름을 부르기라도 하려고? 아무리 생각해도 이해할 수 없었다.

봄이 코앞이었다. 화창한 오후의 햇살이 세상을 가득 채우고 있다. 브루클린 브릿지의 우아한 아치 아래 은빛으로 반짝이는 강물. 그 너머로 하늘을 향해 쭉쭉 뻗은 맨해튼의 고층 건물들. 그토록 그림 같은 풍경 아래서, 요한은 아스팔트 위에 엎어져 움직이지 않았다.

"됐어. 그만해."

롤스로이스 앞에 서 있던 베런이 팔짱을 풀며 이쪽으로 걸어왔다. 다섯 명의 남자들이 물러서자 바닥에 널브러진 꼴이 적나라하게 보였다. 잔뜩 얻어터진 얼굴이 온통 피투성이다. 왼쪽 눈은 부풀어 올라 제대로 떠질 것 같지 않았고 입 안은 시뻘건 핏물이 흥건했다. 멀끔하던 얼굴은 온데간데없이 피 칠갑한 몰골로 간신히 숨만 색색 쉬고 있었다.

"일으켜 세워."

말이 떨어지기 무섭게 양쪽에서 팔을 붙잡아 거칠게 일으켰다. 무룤을 굽혀 바닥에 대자 제법 그럴듯한 자세가 나왔다.

요한은 잔기침을 하며 입 안에 고인 핏물을 바닥에 퉤 뱉어 냈다. 침과 피가 뒤엉킨 액체가 입술 끝에 걸렸으나 닦아 내기도 귀찮았다. 옷 아래 감춰져 보이지 않는 근육들까지 골고루 아프다. 낡은 배를 탄 것처럼 머리가 어지럽고 뱃속에서부터 쇠맛이 올라왔다.

"퍽이나 죽고 싶었던 모양이지."

베런의 목소리가 들리자 요한은 힘겹게 눈을 떴다. 눈앞에 선 남자의 검은색 수트를 따라 천천히 고개를 든다. 엉망으로 터진 얼굴. 그 얼굴을 베런은 선 채로 내려다보았다.

"어딨어……."

"뭐?"

"그 여자…… 어딨냐고……."

눈물겨워서 못 봐 주겠네. 누군가가 조롱하듯 그러자 여기저기서 실소가 터졌다. 베런이 무릎을 굽혀 몸을 낮추고 요한과 눈높이를 맞췄다. 그리고 한숨 쉬듯 그를 부른다.

"세븐써리."

요한은 어깨를 들썩여 숨을 쉬었다. 갈비뼈라도 부러졌는지 숨을 들이쉴 때마다 고통스럽게 얼굴을 찡그렸다.

"전에 내가 경고했지. 지나친 호기심은 명을 재촉한다고."

"시발, 어딨냐고 지금……."

"어디 있겠어."

베런이 눈을 가늘게 떴다. 너도 알잖아. 어디 있겠어. 그 여자가 누구 때문에 저기 있는데. 일순 뱃속에서 무언가가 울컥 솟아 재빠르게 숨통을 눌렀다.

"데려와……."

"뭐?"

"데려오라고!"

요한이 발악하듯 소리를 질렀다. 그러나 주먹을 휘두를 기운까지 남은 것 같지는 않았다. 베런은 저를 노려보는 남자의 시선을 피하지 않았다. 잠시간 지그시 맞받아치다가, 이내 굽혔던 무릎을 펴고 몸을 똑바로 일으켰다.

"그건 곤란하겠는데."

그는 제 앞에 무릎을 꿇고 앉은, 여전히 위태롭게 색색 숨을 쉬는 남자를 내려다본다. 별안간 참을 수 없이 화가 치밀었다.

"⋯⋯내 여자가 아니라서."

말과 동시에 다리를 크게 휘둘러 머리를 힘껏 걷어찼다. 구둣발에 왼쪽 얼굴을 정통으로 맞은 남자가 다시 바닥에 쓰러진다. 소리도 반응도 없이 널브러진 요한은 더 이상 눈을 뜨지 않았다. 주변에 선 남자들이 입을 꾹 다물었다.

"이 새끼 데려다주고 철수해."

베런은 시체처럼 늘어진 요한을 질질 끌고 혼다 뒷자리에 싣는 광경을 씩씩대며 지켜보았다. 여섯 명의 남자와 세 대의 자동차가 완전히 사라지고 난 뒤 홀로 남은 그가 드디어 타운하우스를 돌아보았다. 궁성처럼 우뚝 선 그 집은 여전히 침묵하고 있다.

모든 창이 커튼으로 가려져 완벽히 은폐된 공간. 그 집을 다시 등지며 품에서 담뱃갑을 꺼냈다. 하나 남은 담배를 마저 입에 물고 불을 붙였다. 두 번이나 헛손질을 하느라 세 번 만에 간신히 불이 붙었다.

금연 3년 만에 처음으로 산 담배 한 갑이 반나절 만에 끝났다. 베런은 연기를 발끝까지 보낼 것처럼 최대한 깊이 빨아들였다. 빈 담뱃갑이 손아귀에서 와락 우그러진다.

요한은 천천히 눈을 떴다. 흐린 눈앞을 닦아 내듯 서너 차례 깜빡였으나 왼쪽 눈꺼풀이 제대로 열리지 않았다. 오른쪽 눈에 시야를 의지한 채 정면을 보려 노력했다. 회색 펠트 천장. 여기가 어디더라. 자문한 순간 어제 빌린 렌터카 안이라는 걸 깨달았다. 천천히 눈을 움직여 차창 바깥쪽을 살폈다. 낯익은 철물점 간판 위로 짙은 남색의 어스름이 내리고 있었다.

집 앞이라는 확신과 함께 몸을 움직였다. 좁은 차 뒷좌석에 구겨진 다리부터 옮겨 본다. 그렇잖아도 불편한 몸 여기저기가 삐걱거려 절로 얼굴이 찌푸려졌다. 간신히 상체를 일으켜 좌석에 기대앉기까지 1분은 넘게 걸린 것 같다. 숨을 크게 들이쉬던 요한이 오른쪽 옆구리를 왼손으로 감싸 쥐었다.

"스읍……."

싸늘한 차 안에는 저 혼자뿐이었다. 기절할 때까지 사람을 패 놓은 분들이 친절하게 차에 실어 집 앞까지 데려다주고 가신 모양. 요새 마피아 매너도 좋네. 픽 실소했다가 다시 옆구리를 움켜쥐었다. 녹슨 모터가 돌아가는 것처럼 머리 한쪽이 윙윙 울린다.

몇 시나 됐을까 손목시계를 확인했다. 시계판이 박살 난 전자시계가 먹통이라 센터페시아 쪽으로 눈을 옮겼다. 오후 5시 10분. 대략 두 시간 반쯤 기절해 있었다는 계산이 나왔다. 요한은 옆구리를 움켜쥐고 눈살을 찌푸린 채 시계를 노려보다가 차 문을 열고 엉금엉금 밖으로 나왔다.

아파트로 돌아오는 길은 모든 것이 평소와 같았다. 지하층으로 통하는 철문은 열려 있었고 늘상 켜 두는 형광등이 간간이 깜빡거렸다. 세탁기와 건조기 돌아가는 소리. 차가운 복도를 비치적대며 지나 집 앞에 섰다. 잠기지 않은 문고리를 돌리자 암녹색 철문이 쉽게 입을 벌렸다.

벽을 더듬어 전등을 켰다. 빛 아래 드러난 실내를 낯설게 바라봤다. 아무도 없는 집은 바닥에 흩어진 발자국들로 침입의 흔적이 역력했지만 요한을 깊이 찌르는 것은 오직 텅 빈 정적뿐이다. 여기서는 처음부터 지금까지 쭉 혼자 살았는데도, 아무도 없이 비어 있는 아파트가 지독히도 어색해 소름마저 돋았다.

경찰서에서 서둘러 돌아왔을 때 현관문은 열려 있었다. 벌어진 날처럼 빼꼼한 문틈을 보는 순간 그는 숨을 멈췄다. 문을 열어도 안에는 아무도 없을 거라는 직감이 칼처럼 꽂혔다. 심장이 맨바닥으로 철퍼덕 떨어졌다.

무슨 생각으로 달렸는지 모르겠다. 제인의 펜트하우스로 뛰어 올라가는 동안에도 그녀가 거기 없을 것임을 그는 알고 있었다. 그래도 혹시, 혹시 모르니까. 그 애가 스스로 돌아간 걸 수도 있으니까. 그래서 간절히 창문을 두드렸으나 안에서는 대답이 없었다. 제인. 이름을 부르며 두드리고, 기다렸다가 다시 두드리고. 그걸 다섯 번쯤 하고서야 요한은 그만뒀다. 유리창을 확 깨 버리고 안으로 들어가고 싶었지만 참았다. 어차피 그녀는 여기 없단 것을 그는 알고 있었다.

아무것도 떠오르지 않았다. 어떤 것도 사고할 수 없었다. 단단히 뭉친 테이프처럼 엉겨 버린 머릿속에는 오직 한 타래의 질문만이 네온사인처럼 번쩍였다. 그 애는 지금 어디에 있을까. 내 집에도 제 집에도 없다면 대체 어디에. 누가 그 앨 데려갔을까. 대체 누가,

그 여자를 빼앗아 갔나.

요한은 비척비척 운동화를 벗고 집 안으로 들어갔다. 활짝 열린 문을 통과해 비틀비틀 방으로 들어갔다. 침대 끄트머리에 잘 개켜진 옷가지. 어젯밤 제인이 입었던 스웻셔츠와 반바지는 그녀가 정리해

놓은 그대로 남아 있었다. 인상을 찌푸리며 팔을 뻗어 그 옷을 쥐었다. 뜨겁고 물컹한 무언가가 울컥 목구멍을 넘어와, 그는 저도 모르게 소리 내어 중얼거렸다.

"어디 있어……."

아프다. 온몸이 아파서 죽을 것 같다. 멍들고 찢어지고 금이 가고. 성한 데가 하나도 없어서 그는 너무나도 아프다.

천천히 침대 위에 모로 누웠다. 손에 꽉 쥔 옷가지에 코를 묻었다. 옅게 남은 향기를 찾듯 숨을 들이마시다가 시름없이 눈을 감았다. 미간이 움찔거리더니 깊은 주름 한 쌍이 세로로 패인다.

어디 있어.

검붉은 피가 물감처럼 말라붙은 얼굴을 침대 시트 위에 처박았다. 깨진 둥지처럼 엉망이 된 아파트. 그 살풍경 속에서 한 벌의 옷을 끌어안고 누운 채, 요한은 아주 오랫동안 고개를 들지 않았다.

담배 연기 사이로 70년대 재즈 연주곡이 흘렀다. 차이나타운에서도 구석빼기 허름한 건물 지하에 위치한 술집은 겉보기와 달리 선곡이 퍽 감각적이다. 몇 안 되는 단골들을 상대로 욕심 없이 꾸려 가는 가게 같은데 술값이 싼 편인데도 북적이지 않아 좋았다. 중국계가 분명할 여자 바텐더는 항시 목까지 바짝 올라오는 셔츠로 꼼꼼히 몸을 가리고 일했다. 그 바텐더가 만들어 주는 청량한 진토닉을 베런은 좋아한다.

"오늘은 웬일로 위스키야?"

진토닉은 어쩌고. 쾌활한 목소리와 함께 선명한 향수 냄새가 훅 끼쳤다. 베런은 제 왼쪽 스툴에 앉는 여자를 힐끗 쳐다보곤 손가락 사이에 낀 담배를 빨았다. 절반이나 남은 장초를 재떨이에 비벼 끄는 모습. 여자가 장갑을 벗으며 눈썹을 한껏 치켜올렸다.

"뭐야. 담배 끊었다고 하지 않았어?"

베런은 대답 대신 주둥이가 넓은 유리잔을 집어 입으로 가져갔다. 얼음만 남은 잔을 내려놓고 바텐더에게 손짓하는 남자. 그에게 여전히 시선을 둔 채로 여자가 낄낄댄다.

"그럼 그렇지. 내가 뭐랬어. 선배처럼 마음 약한 사람은 담배 같은 거 못 끊는다고 했잖아."

키득대며 제 것처럼 담뱃갑을 집더니 한 개비를 꺼내 입에 물었다. 코앞으로 불쑥 내민 손바닥 위로 순순히 라이터를 넘겨주며 베런은 빈 잔을 채운 바텐더에게 눈짓으로 사의를 표했다.

"오늘은 무슨 일이야? 뭐 또 통화 기록 조회 같은 거 필요해?"

"리즈."

"옙, 선배님(Yes, Sir)."

리즈는 장난스레 대답하며 어깨까지 오는 주홍빛 곱슬머리를 귀 뒤로 꽂았다. 화장기 없는 입술이 조그맣게 벌어지더니 부연 연기를 능숙하게 뱉어 냈다. 하얀 콧잔등에 흩뿌려진 주근깨. 여기 콜라 한 잔 줘요, 코카콜라 말고 펩시로. 한결같은 취향으로 주문한 여자에게 베런이 물었다.

"안에서는, 아직 아무 얘기 없어?"

제 얼굴은 쳐다도 보지 않는 덕에 리즈의 시야에는 그의 왼쪽 옆모습뿐이다. 남자의 반듯한 프로필이 비싸 보이는 검은색 수트와 어우러져 제법 근사했다. 낡은 청바지에 스웨터를 걸친 제 차림새를 리즈는 새삼 의식했다. 절대 일행처럼은 안 보이겠군. 것도 나쁘지 않다는 데 생각이 미쳐 그녀는 조금 자조했다.

"글쎄. 맨날 똑같은 소리지 뭐."

증거 불충분. 덧붙이는 리즈의 목소리가 약간 더 작아진다.

"근데 별다른 낌새는 없어. 부장도 여전히 느긋하고 위에서 압박 오는 것도 전혀 없고. 뭐랄까, 다들 이걸 한 십 년짜리로 생각하는 거 같은 분위기랄까."

10년이라니. 빌어먹을. 그가 나지막이 욕설을 중얼거리자 리즈가 뒤늦게 손사래를 쳤다.

"에이, 설마 십 년 채우겠어."

"오 년째야. 못 채울 것도 없다."

"그 전에 어떻게든 끝나겠지. 끝나야 하고."

"글쎄. 끝낼 수 있을까."

"뭐야. 갑자기 왜 이렇게 풀이 죽었어? 천하의 베런 콜린스 씨가."

줄곧 정면만 보고 있던 남자가 드디어 이쪽으로 고개를 돌렸다. 느슨하게 노려보는 눈길에 리즈는 항복하듯 양 손바닥을 활짝 펼쳐 보였다.

둥글게 휘는 눈매. 천진한 웃음과 가벼운 말투. 모두 그녀 나름대로 위무의 방식이라는 걸 베런은 안다. 바텐더가 다가와 콜라와 얼음을 가득 채운 유리잔을 리즈 앞에 놓아 주었다. 그녀가 일회용 빨대의 종이 포장을 벗기는 동안 두 사람은 잠깐 대화를 멈췄다.

"잘 하고 있잖아. 쉬운 일 아니고. 다들 알아."

바텐더가 물러간 후 리즈가 입을 열었다. 차이나타운 변두리의 인기 없는 술집은 손님이 없어 텅텅 비어 있다. 스툴이 아홉 개 놓인 바 또한 손님이라곤 구석 자리에 나란히 앉은 두 사람뿐이었다. 뒤쪽으로 물러난 바텐더가 레코드를 바꿔 건다. 경쾌한 재즈곡이 탁구공처럼 통통 튀기 시작했다.

"근데 오늘 진짜 좀 이상하네. 무슨 일 있는 건 아니지?"

콜라를 한 모금 삼키며 리즈가 물었다. 밤중에 갑자기, 용건도 없이 불러내서 이쪽 상황을 묻는 것은 그녀가 생각하기에 전혀 그답지 않은 행동이었다. 사람이 패턴에서 벗어나는 짓을 할 때는 반드시 동기가 있기 마련. 몇 모금 빨지도 않은 담배를 재떨이에 비비며 리즈는 천천히 웃음기를 거뒀다.

"위험한 거야?"

"아무래도 날 의심하고 있는 것 같아."

"……특별한 낌새라도 있어? 원래 의심 많잖아. 치밀하고."

베런은 대꾸하지 않는 것으로 동의를 표시했다. 리즈의 지적은 옳다. 리오나르도 비첼리오는 의심이 많고 치밀하며 감각이 남다른 사람이다. 무서울 정도로 침착하고 예리하게 주변을 경계한다. 긴 시간을 들여 베런이 파악한 바에 의하면 그의 틈은 오직 하나.

그 여자뿐이었다.

요새처럼 견고한 비첼리오의 벽은 그 여자와 닿을 때면 어김없이 허물어졌다. 사방이 어둑하고 사람이 우글대는 연회장에 가는 것 따위가 그랬다. 마피아나 갱단의 수뇌들은 암살을 우려해 결혼식이나 장례식조차 참석을 꺼리는 것을 생각할 때, 비첼리오의 행보는 이를테면 목숨을 걸었다고 해도 좋을 만큼 위험한 짓이었다.

그에게는 하등 쓸모도 없는 자선 만찬들, 후원금 명목의 비싼 참가비와 귀중한 시간만 뜯어내는 파티의 초대장을 버리지 않고 일일이 챙기는 까닭은 순전히 그 여자, 그의 팔짱을 끼고 사람들을 소개받으며 방긋방긋 웃는 그 여자 때문이라는 것을 베런은 알고 있다. 그러므로 베런에게는 그 여자가 꼭 필요하다. 리오는 제인의 경호인—정확히는 집사나 보모 혹은 하인에 더 가까울 테지만—으로 누구보다 베런 콜린스를 신뢰하고 있으니까.

아니, 신뢰하는 줄 알았다.

"나를 믿지 않는 것 같아. 요즘 자꾸 배제되고 있어."

"지난달 사건 말고 또?"

지난달 사건이란 안젤로의 일을 가리키는 것이다. 베런은 입을 굳게 다문 채 짧게 고개를 끄덕였다.

"무슨 일인데. 설마 또 누가 죽은 건 아니지?"

"그건 아닌데,"

대꾸하며 이번에는 그 남자를 떠올린다. 세븐써리. 겁대가리 없이 맨몸으로 사자 굴 앞을 얼쩡대던 남자. 이번에는 다행히 아무도 죽지 않았지만 그 남자는 오늘 죽을 수도 있었다. 베런은 느리게 눈을 감았다 떴다.

"……느낌이 안 좋아."

남다른 후각에 육감까지 타고났다지만 비첼리오만큼은 도통 추측할 수가 없다. 무슨 속셈으로 어떤 행동들을 지휘하고 있는지 좀처럼 윤곽이 잡히지 않았다. 리오나르도가 통솔하는 판이 어느 정도의 크기인지조차 베런은 이제 슬슬 의심스러워지고 있었다. 제인에게 남자가 있다는 것은 어떻게 알았을까. 언제부터 알고 있었으며 누구를 시켜서 그의 가족을 공격했나. 설마 나 이외의 다른 누군가가 그녀를 감시하고 있었나. 언제부터? 얼마나 자주?

'개새끼…….'

베런은 여자의 얼굴을 다시 떠올린다. 원망이 우글대던 까만 눈동자. 울음을 터뜨릴 듯 붉어진 눈자위. 저주를 가득 담아 달싹이던 입술. 개새끼. 왼쪽 뺨이 얼얼해지는 착각과 함께 몸통 어딘가가 꽉 조여들었다.

'어차피 이렇게 될 거였잖아.'

심장이 다시 무겁게 뛰기 시작했다. 뱃속에 불이 붙은 것 같아 허겁지겁 위스키를 들이켰다. 얼음 알갱이가 하나가 식도를 타고 흘러 들어갔으나 지독한 열기와 갈증은 사라지지 않았다.

"선배 혹시라도 빠지고 싶으면 말해. 난 얼마든지 들어갈 의향 있으니까."

리즈의 말에 맥없이 코웃음을 쳤다. 이번에도 그녀 나름의 위무라는 것을 그는 안다. 그렇게 멋대로 빠지고 들어갈 수 있는 데였으면 4년이 지나도록 이러고 있을 필요조차 없었을 테지. 그럼에도 이 모든 것이 아무것도 아니라는 듯 가벼운 그녀의 말투에서 그는 별수 없이 약간의 위로를 받았다.

"그렇게 의향이 있었으면 처음부터 네가 하지 그랬어."

"그러게. 딱 일 년만 일찍 입사했어도 그랬을 텐데 말야. 에스코트 서비스 같은 걸로 위장해서 접근하면 딱인데. 내가 또 몸매가 쓸 만하잖아."

능청스런 대꾸에 베런이 씁쓸히 실소를 터뜨렸다. 에스코트 서비스 같은 소리 한다. 리오나르도가 여자를 사는 꼴을 그는 단 한 번도 본 적이 없다.

"그 남자가 무슨 짓 할 줄 알고."

"어우, 무슨 짓이든 해 준다면 나야 땡큐지."

"……정신 나갔군."

"내 정신 아주 멀쩡하거든요. 하여간에 선배도 전형적으로 답답한 남자야. 예쁜 여자랑 무슨 짓이든 해 보고 싶은 거, 그거 남자들만 그런 줄 알아? 여자도 똑같아. 감정적 교류 같은 거 꼭 없어도, 그런 남자가 한 번쯤 무슨 짓 해 준다면야 싫어할 사람 아무도 없을걸."

베런은 다다다 쏘아 대는 여자를 외면하듯 시선을 돌렸다. 각종 술병이 늘어선 진열장을 보며 술만 한 모금 더 마셨다. 못 본 척하는 남자 따위 아랑곳없이 여자는 콜라에 꽂은 빨대로 얼음을 휘저으며 입을 닫지 않았다.

"그나저나 그 남자 말이야, 절대 여자 검사 붙이면 안 된다고 벌써부터 다들 걱정인 거 알아? 검사가 변호사로 포지션 전환하는 진풍경을 보게 될 거라나. 하긴 그럴 만도 해. 난 사진만 봐도 한숨이 저절로 나오던데. 그 남자 실제로 보면 어때? 가까이서 보면 더 잘생겼나?"

신나게 지껄이며 리즈는 소녀처럼 낄낄댔다. 검사라니. 기소는커녕 증거 불충분으로 손 놓고 있는 처지에 별 배부른 걱정들을 하고 앉았다. 그 잘생긴 남자가 죽인 목숨을 세려면 열 손가락도 모자라다는 걸 뻔히 아는 사람들이. 베런은 더는 들을 가치도 없다는 듯 남은 위스키를 끝까지 마시고 잔을 탁 내려놓았다.

"간다."

"벌써?"

"지금 한 얘기 부장한텐 말하지 마. 필요하면 내가 보고할 테니까."

리즈가 고개를 끄덕이는 것까지 확인한 뒤 베런은 품에서 지갑을 꺼냈다. 20달러짜리 지폐 두 장을 바 위에 놓아둔 다음 자리에서 일어났다. 습관처럼 가게 안을 눈으로 훑었으나 특이한 점은 없다.

"몸조심해."

눈인사하듯 시선을 맞춘 남자에게 리즈가 조그맣게 속삭였다. 그는 대꾸 없이 몸을 돌려 입구를 향해 직선으로 걸었다. 레코드로 돌아가는 재즈 음악이 조금 느린 연주곡으로 바뀌었다. 기다란 바에 혼자 남은 여자는 남은 콜라를 쪽쪽대며 끝까지 마신 뒤에도 한동안 자리에서 일어나지 않았다.

검은색 바인더를 덮었다. 1993년의 기록이 끝났다. 이제 남은 것은 두 권. 모두 정리하기까지 얼마나 걸릴까. 일주일이면 충분하겠지.

넉넉히 가늠하며 제인은 높은 사무용 의자 등받이에 상체를 기댔다.

눈이 시리다. 티끌이 잔뜩 끼인 것처럼 눈알이 뻑뻑해 눈을 감았다. 오른쪽 팔을 들어 두 눈두덩을 가리자 시야는 더욱 어두워졌다. 눈앞이 먹지처럼 캄캄했다. 마치, 지반 아래 아파트의 어두운 방처럼.

냉습한 복도의 싸늘한 한기. 간간이 들리는 세탁기 소리. 탁탁탁, 플라스틱 단추가 건조기에 부딪히는 리드미컬한 소리. 옅은 곰팡내와 인공의 꽃향기. 그리고,

'여기서 뭐 하냐.'

퉁명스러운 남자의 목소리.

순식간에 환각들이 온몸을 덮쳐 와, 제인은 감은 눈꺼풀을 얕게 떨었다.

이 집에 온 첫날은 거의 온종일 침대 위에 누워 있었다. 서걱거리는 침구들에 알몸으로 파묻혀서. 리오는 한시도 곁을 떠나지 않았다. 그녀의 온몸을 조각내 삼켜 버릴 것처럼 안았다. 흐트러진 머리카락을 매만졌다. 고요한 눈길로 바라보았다. 얼굴을 쓰다듬고 어깨에 입을 맞추고 살결에 코끝을 뭉갰다. 그러다 폭풍처럼 다시 안았다. 부드럽게, 버겁게, 이기적으로. 그날의 그는 진정으로 미친 사람 같았다.

두어 시간가량 흐른 뒤였을까. 그때 제인은 독한 감기약이라도 삼킨 것처럼 정신이 혼곤했다. 욕실에서 나는 물소리를 들으며 느리게 눈을 슴벅였다. 두꺼운 커튼이 쳐진 덕에 방 안은 밝지 않았으나 바깥의 세상은 분명 한낮이었다. 정직하게 흐르던 시간의 속도가 조금씩 늘어지고, 어느 순간 창을 넘어 들어온 아주 작은 소리에 그녀는 번쩍 눈을 떴다.

몸을 일으켜 침대 아래로 내려왔다. 바닥에 떨어진 남자의 셔츠를 잡히는 대로 허겁지겁 팔에 꿰면서 저도 모르게 발꿈치를 들었다. 소

리 없이 창가로 가 커튼 사이로 얼굴을 댔다. 심장이 마구 조이고, 커튼 끝을 붙잡은 손이 덜덜 떨리기 시작했다.

낯선 남자들이 하는 말은 토막토막 끊어져 귀에 들어왔다. 저열한 욕설과 비웃음들. 먹잇감처럼 이리저리 휘둘리는 요한은 아예 맞설 의지가 없어 보였다. 피투성이가 된 얼굴. 이쪽을 등지고 선 베런이 팔짱을 낀 채 관망하는 것까지 제인의 눈에는 모조리 거짓말 같았다. 단정하게 다듬어진 남자의 금발 위로 햇살이 화창했다.

머릿속이 뒤죽박죽 어질러졌다. 그가 왜 여기 있는지, 어떻게 알고 여기에 왔는지, 저들은 그를 어떻게 할 작정인지, 주택가 한복판에서 여봐란듯이 폭거가 벌어지고 있건만 왜 아무도 경찰을 부르지 않는지. 흙탕물처럼 휘저어진 생각들 사이로 무섭게 심장이 뛰었다. 그러나 무엇보다 미친 듯 그녀의 가슴을 졸이게 한 것은,

욕실의 물소리가 끊어질까 봐.

조용한 집이었다. 실내는 사원처럼 적요했고 바깥의 소란은 너무나 가까웠다. 기어이 물소리가 멎자 제인은 소스라치듯 창가에서 물러섰다. 마음이 다급해져 사고가 멈춰 버렸다. 어쩌지. 어떻게 해야 하지. 저기서 그가 나오면 어떻게 되는 거지. 그가, 그가, 저 분노한 남자가,

저 애를 죽일지도 몰라.

하얗게 비어 버린 머리를 인 채 욕실을 향해 걸었다. 여전히 도둑처럼 발꿈치를 들고서 열린 문을 지났다. 막 샤워 가운을 걸치던 남자와 눈이 마주치자 욕실 문부터 닫았다. 리오의 눈시울이 가늘어졌다.

'목욕, 목욕을 하고 싶은데,'

말을 더듬지 않기 위해 혀끝에 힘을 줬다. 저를 이상하게 바라보는 남자를 지나 욕조의 수도꼭지를 열었고, 물줄기가 콸콸 쏟아지자 그제 조금 마음을 놓았다. 혹시라도 리오가 나가 버릴까 제인은 서둘

러 몸을 돌렸다. 그리고 그가 무슨 말이라도 하기 전에 앞질러 말을 뱉었다. 머뭇거릴 사치 따위 그녀에겐 없었다.

'같이, 할래요?'

그는 얼른 대답하지 않았다. 대신 의도를 가늠하듯 한동안 제인의 얼굴을 응시했다. 더운물에서 뿜어져 나온 증기가 두 사람 사이로 번져 나갔다. 만년처럼 느껴지던 시간. 귓전을 때리던 물소리.

그날 이후 제인은 더 이상 수치심을 느낄 수 없었다.

가만히 날짜를 꼽아 본다. 만 사흘. 사흘 동안 이 집 밖으로 나가지 못했다. 베런이 펜트하우스에서 필요한 물건들을 날라 왔고, 여행용 캐리어에 차곡차곡 담긴 옷가지와 가지런히 개켜진 속옷들을 꺼내면서도 아무 느낌이 없었다. 수치심 따위는 이제 그녀를 괴롭히지 못했다. 다만 쉼 없이 제인을 물어뜯는 생각은,

하마터면 그 애를 죽일 뻔했다는 것.

'도망가자.'

눈두덩을 가린 팔을 부스스 내리며 모니터를 바라보았다. 차트에 빼곡히 들어찬 숫자들이 어지럽게 꿈틀댄다. 몇 차례 눈을 깜빡이자 시야는 다시 맑아졌다. 천연덕스럽게 정리된 무수한 숫자들. 제 학비와 집세를 만들어 낸 돈의 출처들. 값비싼 드레스와 정교한 보석, 맨해튼의 스카이라인을 그림처럼 지닌 이 타운하우스마저도. 그 모든 아름다운 것들의 추악한 자취를 빈 눈으로 천천히 좇았다.

'같이 도망가. 아무도 못 찾는 데로.'

피투성이 얼굴. 비열한 폭력. 야비한 웃음. 그녀가 누리는 이 안락하고 풍요한 세상은 그런 것들 위에 세워진 왕국이다. 핏물을 마시고 자라나는 악마처럼, 이름 모를 사람들의 고통과 눈물과 생명을 지르밟고서. 비첼리오가를 경멸하던 자신을 제인은 더욱 경멸했다. 제가 부려 온 끔찍한 위선과 발칙한 위악에 침이라도 뱉어 주고 싶었다.

누가 누굴 경멸해. 악마의 등에 들러붙어 빼앗은 피를 빠는 기생충 주제에.

'한국이든 어디든, 먼 데로. 여기서 멀리 떨어진 곳이면 어디든. 같이 가자.'

여기서 멀리 떨어진 곳. 아무도 못 찾는 곳. 그와 함께 갈 수 있는 곳.

제인 헤닝의 세상에 그런 곳은 영원히 없을 것이다.

요한은 초저녁의 거리를 홀로 걸었다. 달력은 3월에 진입했으나 도시의 계절은 여전히 한겨울에 가까웠다. 파카의 후드를 푹 눌러써 옆얼굴이 제대로 보이지 않았다. 입가에는 여전히 피딱지가 엉겨 있고 얼굴 여기저기 붉고 푸른 멍이 반점처럼 묻었다. 무심코 그의 얼굴을 본 사람들은 화들짝 놀라기 일쑤였지만 일주일 전에 비하면 지금은 가히 사람의 꼴이라 할 만했다.

그날 그는 자정이 다 되어서야 아버지가 있는 병원에 갔다. 복도를 오가는 의사며 간호사들이 하나같이 그를 힐끔거렸는데, 응급실에 실려 온 환자가 어째서 제 발로 병동을 다 걸어 다니나 의아한 눈초리였다. 누가 봐도 문병객의 꼴은 아니었으니 그렇게 생각하는 것도 당연했다.

담당 의사는 정밀검사를 이유로 일주일간 입원을 권했다. 몰골은 대단히 흉했지만 대부분 타박상과 찰과상이었고 용케도 부러진 데는 없었다. 코뼈 한 군데 치아 하나 나간 데가 없었는데, 다만 오른쪽 갈비뼈에 금이 갔으니 한 달은 움직임을 삼가라고 했다. 엄마가 가장 걱정했던 왼쪽 눈도 부기만 가라앉으면 멀쩡해질 거라니, 나는 얻어

맞는 데도 소질이 있는 모양이라고 요한은 자조했다.

'저놈이 맷집은 좋네. 나한테 고마워해야 해.'

유도선수 출신의 아버지는 몸통에 붕대를 칭칭 감은 채 침대에 기대어 쯧쯧 혀를 찼다. 나란히 병실 신세를 지고 있는 부자 사이에서 엄마는 웃는 시늉조차 하지 않았다. 경찰에 알려야 한다는 걸 간신히 뜯어말리고 요한은 잠에 빠졌다. 팔에 꽂은 링거 수액에 수면제라도 섞은 모양이었다.

꿈속에서 그는 잃어버린 물건을 찾았다. 분명히 무척 중요한 걸 잃어버렸는데 뭔지 기억이 나지 않아서 돌아 버릴 것 같았다. 무엇인지도 모르는 물건을 찾아 밤새 헤매다 번쩍 눈을 떴다. 그리고 먼 새벽이 푸르게 열릴 때까지, 요한은 다시 잠들지 못했다.

마침내 퇴원한 오늘은 그의 생일이다. 스물다섯 번째 생일 아침을 세 식구가 오붓하게 병실에서 맞았다. 엄마가 집에서 따끈한 미역국을 끓여 왔고 아버지는 웬일로 케이크에 손수 촛불을 꽂고 불까지 직접 붙였다. 복부에 총알이 박힌 아찔한 경험 덕에 새삼 가족의 소중함을 되새기게 된 건지, 아니면 하나뿐인 아들의 잘난 얼굴이 저토록 얻어터진 것이 본인이 끌어다 쓴 사채 때문이라고 굳게 믿고 있기 때문인지 요한은 굳이 따져 보지 않았다. 그 사채를 끌어다 쓴 이유가 저 때문이라는 것에 대해서도 그는 구태여 내색하지 않았다.

그저 웃는 둥 마는 둥 피딱지 엉긴 입꼬리를 조금 움찔거리고, 여전히 부기가 남아 있는 입술을 동그랗게 모아서, 욱신대는 오른쪽 옆구리를 최대한 적게 부풀려 촛불을 껐다. 스물다섯 개의 촛불이 세 번 만에 간신히 꺼졌다. 시커멓게 타 버린 심지. 회색 냄새를 들이마시며 숯덩이가 된 심지들을 멍하니 바라보았다.

그리고 엄마가 잘라 준 케이크 한 조각을 억지로 받아 들었을 때, 부은 입술에 묻은 크림을 혀로 핥아 지웠을 때, 그는 또다시 조각조각 밀어닥치는 환영을 보았다.

'다 묻히고 먹고 있어, 애처럼.'

경련하듯 미간을 찡그렸다. 몇 번이나 눈을 깜빡이고 입술에 힘을 주었다. 요한은 말없이, 간간이 숨을 참아 가며 케이크를 먹어 치웠다. 끈끈한 크림이 혀에 감겼지만 아무 맛도 느껴지지 않았다. 금이 간 건 분명 오른쪽 갈비뼈라고 했는데 몸통 한복판이 쑤시듯 아팠다. 어딘가 부러져도 단단히 부러진 게 틀림없었다.

"어디로 갈까?"

"맥솔리!"

"오케이."

"근데 오늘 진짜 네가 사는 거야?"

어둠이 내리는 금요일 저녁은 활기차다. 대학생처럼 보이는 한 무리의 남녀가 시끌벅적 곁을 지나쳤다. 요한은 차안대를 한 경주마처럼 그저 앞을 향하여 빠르게 걸었다. 낯익은 대학 건물들이 가까워질수록 심장이 쿵쿵 뛰었다. 이제 곧 워싱턴 스퀘어 파크의 대리석 아치가 보일 것이다. 밤이 되면 조명으로 하얗게 빛나는 그 우아한 구조물이. 그는 시선을 멀리 둔 채 앞으로 앞으로만 걸었다.

알고 있다. 미련한 짓이라는 것. 그보다 더욱 위험한 짓이라는 것도.

그럼에도 멈출 수 없는 마음이 있다. 도저히 누를 수 없는 말들이 있다. 너를 떠올리는 것만으로도 부서질 것 같은 심장이 있다. 이제는, 이제는 나조차 어찌할 수 없이 미쳐 버린 내가 있다.

날듯이 걷던 요한이 우뚝 걸음을 멈췄다. 흐릿한 입김이 입술 새로 빠져나와 공중으로 흩어진다. 저 멀리 밤하늘 아래에 시선을 고정시켰다. 또다시 환영인가. 혹 다친 눈이 거짓말을 하는 건 아닐까. 그는 부기가 덜 빠진 왼쪽 눈을 제대로 떠 보려 애썼다.

젖빛 사암으로 지은 견고하고 아름다운 건물. 그 건물의 맨 꼭대기 층에 하얗게 불이 켜져 있었다. 낮보다 화려한 맨해튼의 밤, 색색의 조명을 뽐내는 고층 건물들 사이로 요한의 눈에는 오직 그 하얀 불빛만이 휘황했다. 길 잃은 선박을 부르는 등대처럼. 어리석은 나방을 유혹하는 불꽃처럼.

❖

— 엘리베이터가 고장 났답니다.

제인은 수화기를 귀에 댄 채 살짝 눈살을 찌푸렸다. 패트리샤의 살롱에서 보낸 미용사가 일을 마치고 돌아간 것이 방금 전이었다. 멀쩡하던 엘리베이터가 갑자기 고장이라니. 그녀는 한숨을 안으로 삼이며 거울 속의 여자와 눈을 맞췄다. 틀어 올린 머리카락. 어깨를 드러낸 검정 드레스. 목에 건 진주 목걸이. 입술에 칠한 고혹적인 레드. 온갖 기교를 부려 꾸민 여자는 지극히도 화려하다.

"계단으로 내려갈게."

— 제가 올라갈,

"됐어. 두 다리 멀쩡해."

올라와서 어쩌게. 업고 내려가기라도 하겠단 말인가. 제인은 멋대로 말허리를 끊어 버리고는 버튼을 눌러 전화를 껐다. 수화기를 내려놓는 얼굴이 밀랍처럼 희었다.

리오는 그녀를 붙잡아 둔 지 꼭 일주일 만에 첫 외출을 허락했다. 자선 파티에 동행하는 것은 제인의 입장에선 타운하우스에 감금되는 것과 크게 다를 것이 없었으나 준비를 핑계로 일단은 아파트에 돌아올 수 있었다. 갑작스런 일정이라 살롱에 예약이 되지 않았다. 미안해서 어쩌지, 자기. 앞선 예약이 있는 것이 몹시도 유감스럽다는 듯 다정한 말투로 패트리샤는 집으로 미용사를 보내 주겠다고 했다. 베런은 오히려 기꺼워했고 제인은 아무래도 상관없었다.

정확히 일주일 만에 여자를 싣고 이스트 리버를 건너며 베런은 한마디도 하지 않았다. 뒷자리에 앉은 제인 역시 그를 없는 사람 취급했다. 입을 굳게 다문 두 남녀 사이로 엔진 돌아가는 소리만 낮게 그르렁댔다.

'아파트는 다음 달부터 옮길 겁니다.'

도착 직전에야 그가 꺼낸 첫마디는 그랬다. 제인은 대답하지 않았다. 어디로 옮기냐고 묻지도 않았다. 아무것도 못 들은 척 창밖만 보다가 정차하자마자 문을 열고 내려 버렸다. 환하게 웃으며 건물 문을 열어 주는 도어맨 카터에게도 더는 억지웃음을 돌려주지 않았다. 입을 꾹 다문 채 로비를 지나 엘리베이터에 올랐고, 문이 닫힌 후에야 벽에 기대며 눈을 감았다. 그리고 9층까지 올라오는 동안 그녀는 내도록 울음을 참으려 눈을 부릅떴다.

너는 울 자격도 없어.

쨍!

거울 앞에 앉은 여자가 화들짝 고개를 돌렸다. 아래층에서 분명 뭔가 깨지는 소리가 났다. 요란한 파열음에 반사적으로 긴장하며 화장대 두 번째 서랍을 당겨 열었다. 얌전히 누워 있는 은색 리볼버. 망설임 없이 총을 집어 들며 제인은 자리에서 일어섰다.

치렁치렁한 이브닝드레스 자락이 거치적거려 왼손으로 대강 말아 쥐었다. 침실을 빠져나와 첫 번째 계단을 디뎠을 때야 그녀는 숨을 죽였다. 실크로 조여진 몸통에서 심장이 쿵쿵 뛰었다.

설마.

아래층으로 향하는 계단은 나선형이다. 곡선을 그리며 부드럽게 비틀린 통로 위에서 저 아래 거실을 내려다봤다. 샹들리에 아래 선 남자. 그녀는 숨을 들이켜며 입술을 깨물었다.

주변을 천천히 살피던 남자가 이쪽을 향해 고개를 든다. 공중에서 눈이 마주치고, 제인은 굳은 듯 그를 마주 보았다.

쿵쿵 뛰던 심장이 일순 멎는 것 같았다.

요한은 여자에게서 눈을 떼지 않았다. 화려한 차림과 완벽한 화장. 타인처럼 낯선 여자가 천천히 계단을 타고 내려오는 동안 굳은 듯 그녀만을 응시했다. 그리고 제인이 대리석 바닥 위에 내려섰을 때, 그는 그제야 손에 들린 은빛 리볼버에 시선을 주었다.

비상계단과 연결된 창문이 밖을 향해 활짝 열려 있었다. 일몰 후의 찬 공기가 마구 안으로 들이쳤다. 바닥 위에 흩어진 깨진 유리 조각들. 거기까지 확인한 제인이 남자의 손에 눈길을 준다. 역시나 오른손이 피투성이였다.

"……너 춥겠다."

요한이 파카를 벗으며 이쪽으로 다가왔다. 제인은 황급히 뒤로 물러나 손에 든 권총을 겨누었다. 그는 벗어 든 겉옷을 손에 든 채 여자와 무기를 번갈아 보았다. 부어오른 왼쪽 눈꺼풀. 물감 같은 멍 자국. 여기저기 붙은 반창고들. 상처로 엉망인 남자의 얼굴을 제인은 아득한 심정으로 바라본다.

"돌아가."

최대한 짧게 말했다. 목소리가 떨려 나오지 않도록. 그녀는 남자를 향해 총을 겨눈 채 천천히 걸음을 뗐다. 제 등 뒤로 활짝 열린 창문. 저 비상계단을 다시 넘어 탈출할 수 있도록 그를 몰아갈 작정이었다.

"제인,"

"가라고. 빨리."

"안 가."

나 혼자는 못 가. 요한이 덧붙이며 고개를 저었다. 제인은 절망적으로 밭은 숨을 내쉬었다. 로비 앞에서 롤스로이스가 기다리고 있다. 그녀가 내려가지 않으면 베런이 올라올 것이다. 그 전에 이 남자를 설득해야 한다. 탈출시켜야 한다. 구해야 한다. 제인은 입술을 안으로 깨물었다.

"……여길 왜 와."

"같이 가."

"미쳤어……? 죽고 싶어?"

"같이 가, 제인."

"너 정말……."

여자가 가늘게 입술을 떨었다. 동요를 포착한 남자가 한 걸음 다가왔다. 제인은 한 걸음 물러서며 양쪽 팔에 힘을 주었다. 검지 끝이 방아쇠에 닿았다. 그러나 하얗게 질린 두 손에는 감각이 없다.

뭐라고 말해야 너는 나를 버릴까. 어떻게 해야 너는 나를 떠날까. 가장 끔찍한 말들과 잔인한 몸짓들을 마구잡이로 떠올리며 제인은 남자를 본다. 윤기 흐르는 눈동자를 번갈아 본다. 상처투성이에 웃음조차 잃어버렸지만 그럼에도 여전히 아름다운 요한 리. 그가 터진 입술을 벌리는 광경은 제인의 눈에 마치 환상 같았다.

"사랑해."

잘못 들었다고 생각했다. 길게 뻗은 탄식을 착각한 거라고. 그러나 멍청히 선 여자를 향해 그는 다시 한번 선언한다. 사랑해, 제인. 가슴 한중간에 검푸른 독이 퍼지는 것 같아 그녀는 더 이상 숨을 쉴 수 없었다. 다만 눈앞에 선 남자. 성실하게 저만을 응시하는 남자를 마주 보았다.

요한은 한 걸음 더 가까이 다가오고, 제인은 다시 한 걸음 물러섰다.

"가까이 오지 마. ……쏠 거야."

네가 뭘 알아. 나에 대해 뭘 안다고 그런 말을 해. 아무것도 모르면서. 내가 얼마나 끔찍한 사람인지 하나도 모르면서. 무슨 짓을 했고 무슨 짓을 하고 있는지 알지도 못하면서. 제인은 남자의 어깨를 넘어 현관 쪽을 확인했다. 여기서 더 지체하면 베린이 올라올 것이다. 빨리. 그 전에 그를 보내야 해.

"제인, 제발."

탕!

남자의 어깨에서 피가 튀었다. 물 빠진 데님 셔츠가 빠르게 젖어들었다. 요한은 제 왼쪽 어깨의 총상을 확인하고 다시 여자를 본다. 손에 쥔 은색 리볼버가 바들바들 떨리고 있었다.

"……나가."

그는 대답하지 않았다. 두려워하는 기색도 놀라워하는 눈치도 없다. 저를 향해 총을 쏜 여자를 다만 굳게 응시했다.

"죽고 싶지 않으면 어서 가라고!"

제인이 소리 죽여 윽박질렀다. 제발 가. 제발.

"제발, 어서 가."

여전히 총구를 겨눈 채 그녀가 애원했다. 요한은 여자를 향해 걸음을 뗐다. 왼쪽 어깨가 불로 지지는 것처럼 아팠다. 구멍 난 몸에서 피가 빠져나가는 것이 느껴진다. 그럼에도 그는 총구를 향해 자꾸만 다가갔다.

"같이 가."

올라오기 전 보았다. 롤스로이스 앞에서 담배를 피우던 금발 남자. 요한은 등 뒤의 현관문 너머로 남자의 구둣발 소리가 들리는 것 같은 착각이 일었다. 총소리가 울렸으니 머지않아 그가 여기 도달할 것이다. 그 전에 이 여자를 설득해야 한다. 탈출시켜야 한다. 구해야 한다. 요한은 어금니를 한 차례 악물었다.

"같이 도망쳐. 같이 가."

다시 한 걸음. 다가오는 그를 위협하듯 제인이 리볼버를 고쳐 쥐었다. 그녀가 등지고 선 커다란 여닫이창은 밖을 향해 활짝 열려 있다. 얼음처럼 찬 밤공기가 안으로 들이쳤다. 추울 텐데. 시뻘겋게 물든 제 몸보다도 하얗게 드러난 여자의 어깨가 요한은 더 걱정스러웠다.

"……잘 들어, 요한 리."

제인의 낯빛이 가라앉았다. 검은색 드레스를 장식한 비즈 위로 백열등 빛이 부서졌다. 화려한 크리스털 샹들리에는 마치 거대한 불덩이처럼 그녀의 정수리 위에 아슬아슬 떠 있다.

"난 널 사랑하지 않아."

선언하며 팔을 옮겼다. 여자의 관자놀이에 총구가 닿는 광경을 요한은 속수무책으로 지켜본다. 그리고 그와 거의 동시에, 드디어 바깥에 도달한 남자가 미친 듯이 현관문을 두드리기 시작했다.

"제인! 문 열어! 제인!"

그녀는 요한의 어깨 너머 쾅쾅대는 문을 힐끗 쳐다봤다. 입술을 깨물며 방아쇠에 걸린 검지를 천천히 안으로 당겼다. 은빛의 총구가 관자놀이를 파고든다. 맨살에 닿은 금속은 발사의 잔열로 더웠다.

"그러니까 어서 꺼져. ……더 힘한 꼴 보고 싶지 않으면."

요한은 숨을 멈췄다. 이제 어떻게 해야 하나. 이대로 돌아설 수는 없는데. 이대로 너를 두고 갈 수는 없는데. 마음이 급해질수록 머리는 둔해지고, 공백으로 지워진 머릿속에는 오직 하나의 이름만이 뱅뱅 돈다.

"제인……."

탕! 탕! 탕!

우레 같은 총성이 연거푸 울렸다. 요한은 깜짝 놀랐으나 눈앞의 여자가 쏜 것은 아니다. 등 뒤에서 다시 한번 쾅 하는 소리가 나고, 자신의 어깨 너머를 향해 제인이 재빨리 리볼버를 겨누는 것이 정지한 장면들처럼 차례로 이어졌다. 탕! 다시 한 발의 총을 발사한 여자가 소리를 질렀다.

"총 버려!"

베런은 저를 향해 빠르게 다가오는 여자부터 확인했다. 상체를 반쯤 굽힌 채 거칠게 숨을 몰아쉬는 그의 얼굴은 하얗다 못해 푸르스름하게 질려 있었다. 이브닝드레스 차림의 여자는 무사하다. 무너지듯 안도하며 침입자에게 눈길을 돌렸다. 왼쪽 손끝에서 뚝뚝 떨어지는 핏방울. 두 남자의 시선이 짧게 맞부딪혔다.

"총 버리라고, 콜린스!"

코앞까지 다가온 제인이 소리쳤다. 다친 곳은 없는지 다시 한번 확인한 베런이 손에 든 권총을 순순히 바닥에 내려놓았다. 9층까지 단숨에 뛰어 올라오느라 호흡이 가빴다. 숨을 가다듬으며 그는 천천히 몸을 똑바로 일으켰다. 제 머리 바로 옆쪽으로 벽면에 총탄 자국. 그 자국을 힐끗 본 다음 양쪽 손바닥을 펼쳐 어깨 높이로 들었다.

깨진 창문이 활짝 열려 있다. 흑백으로 교차된 대리석 바닥의 흰 부분에 붉은 핏자국이 여기저기 흥건하다. 총은 여자의 손에, 총상은 남자의 어깨에. 순식간에 상황 파악을 끝낸 베런은 서둘러 얼굴에서 긴장을 지워 냈다.

"빨리 가!"

제인이 베런을 향해 외쳤다. 무기도 없이 양손을 펼친 남자를 향해 여전히 총을 겨눈 채로. 그러나 저를 노려보는 여자의 말을 베런은 알아들을 수 없다. 한국어라는 것만 확신했을 뿐. 여자가 외치는 낯선 외국어는 몹시도 필사적으로 들렸다.

"빨리 도망가라니까! 너 여기 있으면 죽어! 다시는 오지 마!"

베런은 제게서 눈을 떼지 않는 여자를 내려다보았다. 그리고 저만치 안쪽에 선 남자에게 다시 시선을 준다. 그가 요한을 쳐다보는 것만으로도 제인은 기겁했다. 제 머리 쪽으로 총구를 바짝 들이대는 여자에게 베런은 다시 눈길을 돌렸다. 아무것도 없이 빈 두 손은 여전히 허공을 향해 펼쳐져 있다.

"제발 가! 다시는 오지 마! 다시는……!"

제인이 발악하듯 거푸 소리쳤다. 희고 가는 목에 걸린 진주 목걸이. 그 위로 푸른 핏대를 세우며 악을 쓰는 여자를 베런은 말없이 내려다본다. 피 흘리는 남자가 밖으로 사라질 동안, 고통스러운 얼굴로 몇 번이나 뒤를 돌아보며 망설일 동안, 제인은 끝까지 베런만을 응시하며 단 한 번도 그쪽을 돌아보지 않았다.

활짝 열린 창문으로 바람이 불어왔다. 봄의 경계. 3월 첫날 뉴욕의 밤공기는 겨울의 복판보다도 시리다.

"갔습니다."

베런이 한참 만에 입술을 뗐다. 이미 고요해진 실내에는 여자의 가쁜 숨소리 외에 아무것도 들리지 않았다. 그럼에도 그녀는 다시 한번 신중히 귀를 기울였으며, 아무도 없는 안쪽까지 눈으로 확인한 후야 천천히 총을 거뒀다. 훤하게 드러난 어깨와 팔. 추울 텐데. 베런은 웃옷을 벗어 걸쳐 주고픈 마음을 조용히 억누른다.

"늦었습니다. 지금 출발해도."

무어라 할 말이 없어 되는대로 내뱉었다. 화려하게 치장한 여자의 무참한 눈빛은 어떻게 처리해야 하는지 그는 배운 바가 없다. 멋대로 뺨을 때리고 욕설을 하고 노려보던 여자. 금방이라도 울 것 같은 얼굴로 끝끝내 울음을 참아 내던 여자. 저를 향해 거리낌 없이 총탄을 쏘고 총구를 들이댄 여자.

"으흐흑……."

그 여자가 무너져 내리는 모습을 베런은 지켜본다. 차가운 바닥에 주저앉아 아이처럼 엉엉 우는 광경을. 공들여 완성한 화장이 엉망으로 번졌다. 검은색 마스카라가 눈물에 녹아 뺨을 타고 흘러내린다. 새하얀 손에 쥔 권총. 그 총이 불안해 빼앗고 싶었으나 베런은 움직이지 않았다.

그저 곁에 조용히 선 채로, 그녀가 제풀에 지쳐 멈출 때까지, 그는 다만 입술을 깨물며 모든 광경을 지켜보았다.

❖

실내는 심해처럼 고요했다. 모든 불이 꺼진 공간에서 헤드 테이블 위에 앉은 스탠드가 유일한 광원이다. 모던한 디자인의 전등갓을 씌운 스탠드마저 조도가 낮아 너른 방 구석구석 빛이 닿지 않았다.

전등에 바짝 잇닿아 놓인 가습기에서 구름 같은 분무가 흘러나왔다. 대기로 퍼지는 미세한 물방울. 너무 가까운가. 입자들은 여자의 얼굴에 닿지 못하고 공중으로 흩어졌으나 리오는 가습기 노즐을 조금 더 위쪽으로 조절했다.

마음에 찰 때까지 이리저리 돌린 후에야 그는 의자에 앉았다. 그리고 잠든 제인에게로 다시 시선을 고정시켰다. 파리한 얼굴. 죽은 것처럼 꼭 감은 눈을 번갈아 보며 리오는 느리게 눈꺼풀을 깜빡였다.

'신경성으로 보입니다.'

감기나 다른 병을 앓고 있었냐는 질문에 그가 고개를 저었을 때, 의사는 그럴 줄 알았다는 듯 머리를 끄덕였다.

'극도의 스트레스를 받으면 몸이 감당하지 못할 때가 있어요. 흥분한 신경끼리 충돌하는 거죠. 이를테면 합선된 전선에 불이 붙는 것과 비슷하다고 할 수 있겠네요. 몸이 견디지 못합니다.'

제인이 쓰러졌다는 연락을 받았을 때 그는 호텔에 있었다. 연회가 열릴 호텔의 라운지에 앉아 신문을 읽고 있었다. 베런은 여느 때처럼 침착한 목소리로 또박또박 정황을 보고했다. 제인이 펜트하우스에서, 샤워를 마치고 나오던 도중 쓰러졌고, 의식은 잃었지만 호흡과 맥박에는 문제가 없으며, 응급실보다 의사를 부르는 것이 나을 걸로 판단되는데 지시를 내려 달라고. 그 말을 듣자마자 리오는 자리에서 벌떡 일어섰다.

'당장 구급차 불러! 병원으로 데려가!'

자동차에 올라 병원으로 향하는 내내 리오는 몹시 초조했다. 운전대를 잡은 기사가 어쩔 줄 몰라 할 정도로 그는 평정을 지켜 내지 못했다. 금요일 저녁의 미드타운 도로는 도저히 속력을 낼 수 없다는 것을 알면서도 몇 번이나 다른 길이 없냐고 기사를 다그쳤다. 그의 목숨을 협박해 속도를 낼 수 있었다면 리오는 기꺼이 그리 했을 것이다.

간신히 도착한 응급실은 소란스러웠다. 베런이 입구에 서서 그를 기다리고 있었다. 응급실 안, 파티션이 쳐진 침대 위에 창백하게 누운 여자를 보고서야 리오는 긴 숨을 뱉어 냈다. 곧 의사가 올 겁니다. 예의 그 감흥 없는 표정으로 그러는 베런 콜린스를 하마터면 한 대 칠 뻔했다.

호흡과 맥박에 문제가 없어? 네가 어떻게 알아. 네가 의사야? 멀쩡하던 여자가 갑자기 쓰러졌는데 문제가 없어? 담당 의사를 기다리는 길지 않은 시간 동안 리오는 몰아치는 격분을 다스리기 위해 몇 번이나 주먹을 쥐었다 펴야 했다.

'바이탈 사인은 모두 정상범위입니다. 열이 좀 있지만 크게 걱정할 수준은 아니고요. 해열제랑 안정제 처방해 드리겠습니다.'

그리고 베런의 말이 옳았음을 의사의 입을 통해 듣고서야 리오는 비로소 안도했다. 고맙습니다. 축 늘어진 여자를 안아 타운하우스로 데려오는 내도록 그는 입 속으로 반복했다. 고맙습니다. 고맙습니다.

제인은 깊은 잠에 빠져 있었다. 간간이 얼굴을 찡그렸으나 눈을 뜨지는 않았다. 의사는 몸의 회복을 위한 반응이라고 했지만 리오의 눈에 그것은 그녀의 의지처럼 보였다. 눈을 뜨고 싶지 않아서. 보고 싶지 않아서. 외면하고 싶어서.

내가 꼴도 보기 싫어서.

'당신을 증오해.'

리오는 다시 눈을 감았다. 몸통 안쪽의 어딘가가 주욱 갈라지는 기분이 든다. 무턱대고 초조해져 깍지 낀 두 손을 천천히 맞비볐다. 너른 어깨가 호선을 그리며 앞으로 말렸다. 누가 가르쳐 주었으면 좋겠다. 어떻게 해야 하는지. 어디부터 풀어야 좋을지.

내가 어떻게 해야 네가 다시 웃을지.

'안녕하세요. 음, 리오나르도?'

잘 웃는 아이였다. 그녀에 대한 첫인상이 그랬다. 그때 제인의 영어는 그의 귀에 대단히 어색하고 엉성했는데 특히 그 발음을 어려워했다. 리오나르도. 그녀는 난감한 얼굴로 입술을 오물거리다가 몇 번 작게 반복하고, 제 나름대로 발음과 강세를 고쳐 다시 불렀다가, 그의 표정을 살피며 이게 아닌가, 고개를 갸웃하곤 소심하게 다시 웅얼거렸다. 리오나르도. 그러나 몇 번을 고쳐도 발음은 여전히 엉망이라서, 꽤 참을성 있게 기다려 주던 그는 결국 피식 웃었던 걸로 기억한다.

'리오.'

'네?'

'리오라고 불러.'

'아, 그래도 돼요?'

그러곤 다시 활짝 웃는 얼굴. 회색 벽돌로 지어 올린 시카고의 저택, 한낮의 햇살이 들이치던 복도의 창가에서 그녀는 꽃처럼 환하게 빛났다. 별처럼 반짝거렸다. 쑥스럽게 키득대던 낮은 웃음소리가 구슬처럼 주변을 굴러다녔다. 무구한 소녀. 조약돌처럼 까만 눈동자를 마주 보며 리오는 생각했다. 새하얀 종이처럼 무구하고 결백한 여자라고.

여자는 총명했다. 빨리 배웠고 꼼꼼히 기억했으며 낯선 사물들에 신속히 익숙해졌다. 적응력이 뛰어났다. 다만 그의 앞에서 종종 얼굴을 붉혔는데, 그 나이 또래의 여자애들은 으레 그러려니 리오는 막연히 생각했다. 수줍음이 많은 모양이라고. 어머니도, 여자 형제도, 여자 친척도 없는 남자로서는 그렇게 이해하는 것이 최선이었다.

제인이 시카고에 도착한 직후부터 하루에 두 시간씩 영어 교사가 저택을 방문했다. 그럴 가능성이 낮다는 것을 알면서도 리오는 수업을 맡은 선생이 혹 남자는 아닐까 신경을 썼다. 그렇지만 일레인—제인의 엄마—에게 물어보는 것도 우습기 짝이 없는 일이라서, 그는 대낮에 예고 없이 집으로 돌아오는 대단히 드문 짓까지 했다. 그러고는 전혀 갈 이유가 없는 3층 복도를 지나며, 방 안에서 흘러나오는 낭랑하고도 완벽한 발음의 여자 목소리를 듣고서야 마음을 놓았다.

그때부터였는지 모르겠다. 아버지의 외국인 정부가 데려온 딸. 손님방 하나를 차지한 십 대 후반의 소녀. 싫을 것도, 그렇다고 반가울 까닭은 더더욱 없는 객식구. 영어도 낯설어 말을 더듬대고 막힐 때면 멋쩍게 웃기만 하던, 그 어린 여자에게 지나친 신경을 기울이고 있음을 깨달은 것은.

'리오는 학생이에요?'

'아니.'

'그럼 무슨 일을 해요?'

'영어가 많이 늘었네.'

제인은 리오에게 자주 말을 걸었다. 배운 것을 응용할 실습 대상

쯤으로 생각하는 것 같았다. 그즈음 마르코와 일레인은 외출이 잦았다. 둘이 함께 나갈 때도 있었지만 각자 나갈 때가 더 많았다. 아버지가 정부에게 흥미를 잃고 있다는 것을 리오는 어렵지 않게 알아차렸고 어쩐지 그래서 불안해졌지만, 그 덕분으로 저녁 식탁에 제인과 둘만 남은 것은 부정할 수 없도록 기꺼웠다.

'좋아하는 게 뭐야.'

'좋아하는 거라면.'

'뭐든. 네가 좋아하는 거.'

포크에 파스타를 돌돌 말던 여자가 얼른 대답했다.

'보석이요.'

'보석?'

리오는 붉은 포도주가 담긴 와인 잔을 들며 마주 앉은 소녀를 바라보았다. 보석이라니. 열아홉 살짜리 여자치고는 참 성숙하고도 현실적인 취향이 아닌가. 의외라고 생각하는 순간 제인이 말을 이었다.

'나 보석 디자이너가 꿈이거든요. 그래서 왔어요, 미국에. 여기서 대학 가려고.'

제법 자연스러워진 그녀의 발음은 어느새 이질감이 거의 없었다. 하고 싶은 말을 할 수 있게 된 것이 무척이나 즐거운 양 제인은 쉼 없이 조잘거렸다.

'나는 작고 예쁜 것들이 좋아요. 그런 걸 만들면서 살고 싶어요. 보석, 너무 예쁘잖아요.'

제인은 희게 웃었다. 보석을 좋아한다고 거리낌 없이 말하는 여자의 저토록 무구한 웃음이라니. 그 웃음을 바라보며 리오는 천천히 와인을 삼켰다. 묵직하고 까끌한 말벡이 초콜릿처럼 달콤하게 넘어갔다.

셀 수 없는 식사와 대화를 나누는 동안 그녀는 그의 일상에 스며들었다. 이제 식탁에서 대화하는 것이 전혀 어색하지 않을 만큼 언어도 행동거지도 자연스러웠다. 텔레비전 뉴스를 보고 신문을 읽었다. 보고 읽은 것들에 대해 이야기하길 좋아했다. 그리고 그즈음부터 하루가 멀다 하고 외출하던 아버지가 꼬박 집에서 저녁 식사를 하기 시작했다. 네 명이 둘러앉은 식탁에 기묘한 긴장이 흘렀고, 그중 아무렇지도 않아 보이는 것은 제인 한 사람뿐이었다.

'나를, ……죽여요.'

작고 예쁜 것들을 좋아하는 여자. 그림자보다 햇살 속에 잠겨 있어야 할 무구한 여자. 아직 너무나 어리고 약한, 금방이라도 깨질 것 같아 그를 불안케 하는 결백한 여자. 하얗게 질린 채 덜덜 떠는 제인을 본 순간 리오는 결심했다.

'좀 오래 걸릴지도 몰라.'

'어디 가는데요?'

'뉴욕에.'

'뉴욕엔, 왜?'

숙부이자 보스인 로렌조가 자신을 그냥 두지 않을 것임을 알고 있었다. 비록 경쟁에서 밀려 쫓겨난 형제였으나 보스의 친형이다. 그를 죽인 자를 응징하지 않는 것은 비첼리오가에서 있을 수 없는 일이었다.

'돌아가야지. 거기가 내 고향이니까.'

마르코의 살해범으로 모두가 그의 외아들을 의심하고 있었다. 의심이라는 말이 우스울 만큼 다들 확신하고 있었다. 그러므로 리오에게는 선택의 여지가 없었다. 아버지의 몸에 총탄을 박아 넣던 순간부터, 아니 그 전부터 그는 제 행위의 결과를 알고 있었다. 삶의 방향이 완전히 틀어졌다는 것 또한 그는 기꺼이 받아들였다.

그 이후로 멈추지 않고 달려왔다. 두 명의 삼촌과 두 명의 사촌을 죽였다. 가문을 장악하고 조직을 빼앗았다. 그러는 동안 꽃 같고 별 같던 십 대 후반의 소녀는 웃지 않는 여자로 자라났다. 원하던 모든 것을 손에 넣었건만 그 모든 것을 원하게 만든 여자만은 제 것이 되지 않았다.

그래서 리오는 계속하여 분투했다. 좋아한다는 보석을 수도 없이 안겼으며 원하는 것은 무엇이든 해 주었다. 그러나 제인은 두 번 다시 예전처럼 웃지 않았다. 노력하고 노력하고 또 노력하고. 그리고 홀로 분투한 수년간의 노력에 좌절한 날 그는 결국 폭발하듯 그녀를 안았다. 인형처럼 몸을 내맡긴 여자를. 더는 웃지도 울지도 않는 여자를. 불과 일주일 전에.

강제로.

"도망가……."

리오가 감은 눈을 떴다. 괴롭게 미간을 찌푸린 여자가 마른 입술을 달싹인다. 고요한 방 안의 잔잔한 공기가 오로지 그녀에게 집중되었다. 악몽을 꾸는 건가. 그는 가만히 귀를 기울였다.

"오지 마…… 다시는……."

떨리는 음성이 가느다랗게 흘러나왔다. 그러나 리오는 여자의 모국어를 알아들을 수 없다. 오늘 아침까지만 해도 괜찮던 목소리가 조금 쉰 것 같단 감상밖에는. 그가 아는 한국어는 오직 하나뿐이었다.

"재희."

관심도 없던 나라. 그녀가 아니었다면 어디 붙어 있는지도 몰랐을 나라. 그 나라의 언어 가운데 그가 알고 싶은 말은 오직 하나뿐이다.

'이름이 뭐지.'

'제인이요.'

'그거 말고. 네 진짜 이름.'

리오는 여자를 바라보았다. 잠꼬대처럼 웅얼대던 여자는 이제 잠잠해졌으나 여전히 괴롭게 얼굴을 찌푸린 채 눈을 뜨지 않았다. 역시 너는 일부러 깨어나지 않는 걸까. 내가 꼴 보기 싫어서. 억센 손아귀가 심장을 틀어쥔 것처럼 둔통이 밀려왔다.

그럼에도 놓아줄 수 없다. 나는 너를 놓아줄 수 없어. 무구한 소녀. 결백한 제인. 나의 제인. 나의,

"……재희."

언제나 환하던 방 안은 아늑하도록 어둡다. 가습기가 착실하게 분무를 뿜어내고 그 아래 파리한 얼굴의 여자가 소리 없이 잠들어 있다. 그녀의 머리맡에 앉아 남자는 기다렸다. 꼭 감긴 두 눈이 열리길. 까만 눈동자가 자신을 봐 주길. 하얗게 웃어 주길.

그는 아주 오랫동안 기다렸다.

천장에 줄지어 매달린 형광등 덕에 실내가 훤했다. 어디에서 풍기는 건지 의료용 알코올 냄새가 났다. 환자가 없어 졸지에 이 인용 병실을 혼자 쓰는 호사를 누리고 있다. 요한은 상체 각도를 올린 침대에 눕듯이 앉아 제 발끝만 쳐다보았다. 하루 만에 병원 두 곳의 환자복을 아침저녁으로 바꿔 입었다. 기가 찼으나 그는 웃지 않았다.

"누군지 참 깔끔하게 잘 쐈어. 굵직한 신경이나 혈관은 안 건드려서 후유증도 없을 거고, 관통시켜서 수술받을 필요도 없고. 오른손잡이라 밥 먹는 데 불편도 없고."

경찰 아카데미였다면 만점을 받았을 텐데. 제임스가 실없이 중얼거리는 소리를 가만히 듣고만 있었다. 여전히 멍하니 정신을 놓고 있는 요한을 잠시 살피다가 그가 다시 물었다.

"정말 신고 안 할 건가? 신고하지 않으면 경찰에선 해 줄 수 있는 게 없어."

"신고하면,"

요한이 드디어 입을 뗐다. 붓기가 남은 그의 입술에 제임스가 짧

은 시선을 준다.

"뭘 해 줄 수 있는데요."

"수사 들어가야지."

"수사하면 잡을 수 있어요?"

"잡아야지."

막힘없는 대답에 요한은 코웃음을 쳤다.

"짭새들은 맨날 그 소리야. 수사해야죠. 잡아야죠. 시발, 잡지도 못할 거면서."

입술을 비틀었다. 힘주어 말한 탓인지 머리가 띵했다. 수혈을 받았는데도 아직 혈압이 낮은 모양이라고 아무렇게나 추측하며 입을 다물었다.

"이제 얘기해 봐. 날 부른 이유가 있을 텐데."

"말했잖아요. 귀찮아지는 거 싫어서 그랬다고."

총상을 입은 환자가 실려 오면 병원에서 반드시 경찰에 신고한다고 들었다. 그래서 피를 많이 흘려 눈앞이 어질어질한 가운데도 요한은 간호사에게 신신당부했다. 이 사람 뉴욕시경이에요. 아는 경찰인데 이쪽으로 좀 연락해 주세요. 제발요. 부탁할게요. 들어주지 않을 수도 있다고 생각했지만 제 병실로 제임스가 나타났을 때, 요한은 내색하지 않았으나 속으로 몹시 안도했다.

"아저씨."

한참 만에 불러 놓고 뜸을 들인다. 제임스는 침대맡에 앉아 요한을 바라보았다. 얼굴에 가득한 상처는 누가 봐도 싸운 게 아니라 일방적으로 맞은 거다. 최근에 생긴 상처들이지만 이미 아물기 시작한 것으로 보아 오늘의 총상과는 별개. 그는 불러 놓고 말이 없는 청년을 재촉하지 않았다.

"경찰이 마피아도 잡아요?"

"마피아?"

마피아. 대뜸 튀어나온 뜬금없는 단어에 제임스가 눈을 빛냈다.

"잡지. 조직범죄국에서. 저번에 경찰서에서 본 사람들 기억나지?"

그 사람들이 거기 소속이야. 부연하며 요한의 얼굴을 지켜보았다. 가장 속이기 쉬운 것이 말이다. 말보다는 표정이, 표정보다는 몸짓이 진실을 말할 때가 많다. 제임스는 정면을 보고 앉은 젊은 남자의 옆얼굴에서 선연한 분노를 보았다.

"좆까요. NYPD가 무슨 마피아야."

FBI 정도는 돼야지. 비웃듯 뇌까리는 요한을 보며 제임스는 자신의 판단을 재차 확신했다.

"왜. 경찰 되고 싶어?"

"아니요."

"그럼?"

"마피아 잡고 싶어서요."

"마피아라."

두 남자가 한꺼번에 입을 다물었다. 제임스는 여전히 정면 허공 어디쯤을 응시하는 환자를 본다. 그는 정신을 반쯤 놓고 있는 것 같았다. 처음 봤을 때부터 어딘가 위태로워 보였지만 지금의 그는,

몹시도 위험해 보였다.

"자네 혹시 군대 가 볼 생각은 없나?"

제임스가 말했다.

"나 아는 친구 하나가 해군 모병관인데 지금 뉴욕에 있거든. 한번 만나 보는 것도 괜찮을 거 같아서."

자고로 한국 남자는 군대를 갔다 와야 철이 드는 법이지. 농담처럼 덧붙이자 요한이 픽 코웃음을 쳤다. 나쁘지 않은 신호였다.

"그 친구한테 이리로 와 보라고 전해 주겠네. 병원에서 심심할 텐

데 수다나 떨어 보든지."

"됐어요. 군대는 무슨."

"요한."

어깨에 총상을 입은 남자가 천천히 이쪽으로 고개를 돌렸다. 제임스의 눈에 그는 마치 패잔병 같았다. 무력하고, 분노하며, 그리하여 더더욱 투지에 불타는. 절뚝대면서도 꾸역꾸역 적진을 향해 돌진할 무모한 패잔병. 그러나 눈먼 투지에 잘못 휩싸였다간 귀한 목숨을 잃기 십상이다.

"화난 상태에서 절대 하지 말아야 할 것이 두 가지 있어. 음주, 그리고 결정."

제임스가 말했다.

"그러니 결정은, 정신을 좀 차린 뒤에 해도 늦지 않아."

"……난 정신 못 차릴 거 같은데."

"긍정적으로 생각해 봐. 내 봐서는 군대 쪽도 꽤 적성에 맞을 것 같거든."

군대가 적성에 맞을 것 같다는 건 칭찬일까 욕일까. 요한은 미심쩍은 눈으로 제임스를 보았지만 그는 길게 머물지 않았다. 씩 웃으며 앉은 자리에서 일어나더니 환자의 멀쩡한 오른쪽 어깨를 툭툭 두드렸다. 두툼한 손바닥에서 온기가 묻어났다.

"그럼 쉬어. 푹 자야 빨리 낫지."

다시 올게. 인사처럼 가볍게 덧붙인 남자가 밖으로 사라졌다. 너른 병실에 홀로 남은 요한은 얌전히 닫힌 문을 바라보았다. 다시 올 필요 없는데. 입 속으로 중얼댄 순간 왼쪽 어깨에 날카로운 통증이 꽂혔다. 생살을 후비는 고통. 저도 모르게 인상을 찌푸리며 고개를 숙였다.

'빨리 도망가라니까!'

이를 악물었다. 관자놀이의 근육이 한참 동안 곤두섰다. 붕대 감은 오른손으로 왼쪽 어깨를 부여잡은 채 그는 부르르 몸을 떨었다. 총상에서 번진 통증이 왼팔 전체를 마비시켰다. 진통제가 필요했으나 그는 간호사를 부르지 않았다. 다만 어금니를 굳게 문 채 아무것도 없는 허공만 죽일 듯 노려보았다.

'너 여기 있으면 죽어!'

그럼 너는. 너는 거기 있어도 괜찮단 말인가. 너 혼자 거기서 무슨 짓을 당할지 나는 모르는데. 아무것도 몰라서, 할 수 있는 게 없어서, 해 줄 수 있는 게 없어서 미칠 것 같은데. 그 생각만 하면 멀쩡히 숨조차 쉴 수가 없는데.

'다시는 오지 마!'

터지고 부은 입술을 움직였다. 그리고 천천히 발음했다. 알아는 듣지만 말해 본 기억은 없는 한국어를. 너무도 필사적이라 듣지 않을 수 없었던, 송곳처럼 양쪽 귀를 후벼 파던 비명을.

"다시는…… 오지 마."

파도처럼 몸을 덮친 통증이 조금씩 밀려갔다. 요한은 여전히 고개를 숙인 채 얕은 숨을 몰아쉰다. 오지 마. 다시는. 다시는 오지 마. 제 몸에 칼집을 새기듯 거푸거푸 그 말을 반복했다.

눈앞이 붉었다. 아무것도 보이지 않았다. 다만 허공을 노려보는 눈동자. 요한은 대상 없이 부릅뜬 제 두 눈에서, 몇 번이고 불꽃이 튀어 오르는 환영을 보았다.

2부에서 계속

730

1판 **3쇄 찍음** 2023년 3월 2일
1판 **3쇄 펴냄** 2023년 3월 10일

지은이 이유월
펴낸이 정 필
펴낸곳 (주)뿔미디어

표지 디자인 우 물

출판등록 2002년 9월 11일 (제1081-1-132호)
주소 경기도 부천시 소향로 17, 303(두성프라자)
전화 032)651-6513 **팩스 |** 032)651-6094
E-mail bbulmedia@hanmail.net
비북스 http://b-books.co.kr

ISBN 979-11-90379-77-9 04810
ISBN 979-11-90379-76-2 04810 (SET)